華山歸還

화산귀환

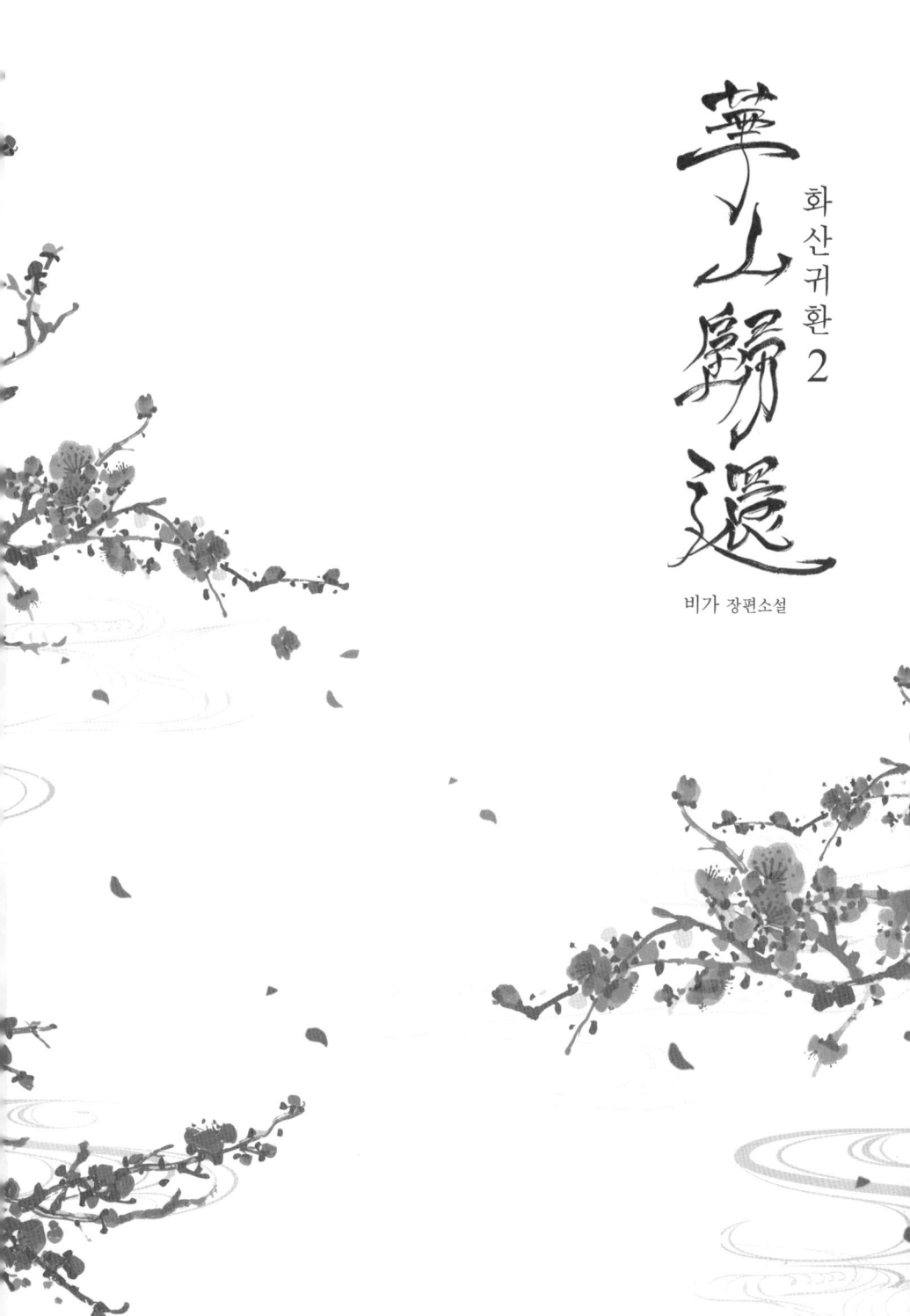

華山歸還

화산귀환 2

비가 장편소설

목차

5장
장문인! 저 놈은 재신(財神)입니다!
......
007

6장
구르는 사람에겐 이끼가 끼지 않아!
......
075

7장
영원히 잊지 못할 날을 만들어 주지
......
277

8장
화산은 사라지지 않는다
......
391

5장

장문인! 저놈은 재신(財神)입니다!

　황문약이 의식을 찾은 이후, 은하상단은 빠르게 정리가 되었다.
　황문약을 시해했던 번자복은, 계획에 성공하면 그다음엔 황종의를, 나아가 그의 자식까지 죽일 생각이었던 모양이다. 황가의 모든 핏줄이 같은 병에 걸려 천천히 죽어 간다면 세인들은 황가가 저주를 받았거나 괴이한 질환에 걸렸다고 믿을 테니, 의심을 피할 수 있다는 계획이라 했다.
　실제로 그 계획은 꽤 잘 맞아떨어졌다. 만일 황문약이 급사했다면 모두가 의심을 했겠지만, 일 년에 가까운 세월 동안 시름시름 앓았다 보니 아무도 살인일 거라 짐작하지 못했다. 심지어 당가가 독이 아님을 공증해 주지 않았는가?
　청명이 나타나지 않았다면, 총관의 계획대로 황가는 모두 명이 끊기고 총관이 황가의 재산을 꿀꺽했을 것이다.
　그 와중에 총관 번자복이 예전 황문약과 경쟁했던 상가의 자제라는 사실과 함께 눈물 없이는 들을 수 없는 슬픈 이야기를 읊어 댔다지만, 그건 청명이 알 바 아니고.
　"죄지으면 맞아야지. 세상에 사연 없는 사람이 어디 있어."
　청명이 유일하게 관심을 가졌던 건 단마수의 출처였다. 하지만 그마

저도 상행을 가던 중 깊은 산속에서 맞닥뜨린 시체에서 발견한 비급이라 했다. 청명은 김이 팍 새 버렸다.

'하기야, 마교 놈들이 일을 저질렀으면 이리 허술할 리가 없지.'

아니, 그보다 이리 신중하고 얌전하게 일을 처리했을 리가 없지. 거슬리면 일단 엎어 버리는 게 그놈들 아니던가.

어쨌든 결론적으로 보면 흉수도 잡았고, 황 대인의 병도 치료했으며, 마교가 얽히지 않았다는 것까지 확인했으니 모든 것이 좋게 좋게 흘렀다고 할 수 있다. 덕분에 은하상단의 은인이 된 청명은 귀한 손님 대접을 받게 되었다. 아주 귀한 손님 대접 말이다.

"으음."

황문약이 가볍게 자리에 앉았다.

"아버님, 아직 거동을 조심하셔야 합니다. 병상을 털고 일어나신 지 얼마 되지 않았습니다."

"괜찮다. 내 오래 누워 있었던 것은 사실이지만, 지금은 오히려 쓰러지기 전보다 힘이 더 넘치는구나."

"그래도……."

"걱정할 것 없다."

황종의가 미심쩍은 눈으로 황문약을 바라보았다. 그도 그럴 것이, 지금 황문약의 꼴은 목내이나 다름없었다. 금방이라도 픽 하고 쓰러져서 가야 할 곳으로 홀연히 떠날 것 같은 꼴인데, 힘이 넘친다니.

그때 황문약이 고개를 들어 청명을 바라본다.

"그보다…… 청명 소도장……이시지요?"

"네. 그때 뵙지 않았나요?"

"그때와는 인상이 조금 달라진 듯합니다만."

"아, 워낙 잘 먹어서."

청명이 포동포동한 손으로 뒷머리를 긁적였다. 그 광경을 보는 이들의 눈이 다들 미미하게 흔들렸다.

'사람이 두 배가 됐는데.'

'대체 삼 일 동안 얼마나 잘 먹었기에 옷이 터지려고 하는 거지?'

'얼굴에 기름이 좔좔 흐르는 것이 부처님이 따로 없구나. 불가로 갔으면 대성했을 것을, 왜 도가로 가서는.'

'숙수가 죽는소리를 하더니, 이유가 있었구나.'

고작 삼 일 만에 덩치를 두 배나 불려 버린 청명을 보며 다들 고개를 내젓고 말았다. 그나마 황문약만이 평온한 안색을 유지하고 있었다. 그가 얼마나 노회한 상인인지를 보여 주는 듯이 말이다.

"먼저 인사를 받으시지요."

황문약이 그 자리에서 넙죽 엎드렸다. 이에 화들짝 놀란 황종의가 그를 일으키려 했지만, 살짝 고개를 든 아버지의 준엄한 눈빛을 받고는 말없이 뒤로 물러섰다. 눈빛만으로 황종의를 물려 버린 황문약이 다시 고개를 숙였다.

"소도장 덕분에 목숨을 구했습니다. 이 은혜를 갚을 길이 없습니다."

"에헤이. 일어나세요, 일어나세요."

갚을 길이 없기는 왜 없어. 너무 많아서 문제지.

청명의 말에 황문약이 천천히 허리를 세우고는 빙그레 미소를 지었다.

"그간의 이야기는 종의에게 들었습니다. 도장이 아니었다면 저는 이미 죽은 목숨이었을 것입니다. 짐승도 저를 구해 준 은혜는 아는 법인데, 사람으로 태어나 은혜를 잊는다면 짐승만도 못한 것이겠지요."

아이쿠. 말 잘한다. 그렇지. 그렇지.

황문약이 가만히 청명을 보며 말했다.

"구명지은을 갚을 방법이 세상에 있겠습니까마는, 할 수 있는 한 도리는 다해 보고 싶습니다. 혹여 은인께서 원하는 것이 있으시면 제게 기탄

없이 말씀해 주십시오."

"아아, 원하는 거요."

"예."

"하하. 도인의 몸으로 어찌 사람을 구하고 보답을 받겠습니까. 사문에서 알면 큰일이 납니다."

"보은은 사람을 가리지 않는 법입니다. 도를 추구하는 분께 구명을 받았다 해서 은혜를 흘려 넘긴다면 세상 사람들이 이 황 모를 비웃을 것입니다. 그리고 제 스스로도 용납할 수 없는 일입니다."

"마음은 잘 알겠지만…… 사문에서도 용납하지 않을 것입니다. 제가 이곳에 사문의 허가 없이 온 터라."

"……사문의 허가 없이요?"

"예. 워낙 다급한 일이라, 사문의 허가를 받을 시간이 없었습니다."

황문약이 감동한 눈으로 눈앞의 어린 도인을 바라보았다. 자신을 구하기 위해서 위험을 무릅쓰고 사문의 담을 넘었다는 말일진대, 어찌 감동하지 않을 수 있겠는가?

"그렇게까지!"

"말씀드렸다시피 워낙 다급한 일이라."

황문약은 감동받았고, 황종의는 눈을 가늘게 떴다.

'거, 엄청 여유로워 보이던데.'

하지만 감히 아버지 앞에서 입을 열 수가 없었다. 연신 고개를 끄덕이던 황문약이 흐뭇한 얼굴로 말했다.

"그 문제는 제가 해결해 드리겠습니다. 그리고 도장. 제가 사문에는 알리지 않을 터이니, 원하는 것을 말씀해 보십시오. 제가 성심성의껏……."

"약속했어요?"

순간 불쑥 말허리를 자르고 들어오는 청명의 목소리에 황문약이 살짝 고개를 갸웃했다.

"무엇을?"

"사문에는 알리지 않기로 약속한 거예요."

"아…… 물론입니다. 제가 그래도 장사꾼인데, 그런 눈치도…….."

이번에도 황문약이 채 말을 끝내기도 전에, 청명이 소매에서 서책 한 권을 꺼내더니 펼쳐 들었다. 황문약이 그 서책을 빤히 보고는 의아한 얼굴로 물었다.

"그 서책은?"

"아. 별거 아니에요. 저도 나이를 먹다 보니 기억력이 가물가물해서."

나이를 먹어? 네가?

청명이 씨익 웃으며 서책을 살짝 흔들었다.

"좀 적어 왔어요."

"……뭘?"

"원하는 걸 말하라면서요."

"그랬죠."

"그래서 적어 왔다니까요."

아, 그러니까…… 그 책이…… 전부?

손가락에 침을 묻혀 책장을 넘긴 청명이 씨익 하고 입꼬리를 말아 올린다.

"자, 그럼 시작하면 되나요?"

"……."

"지금?"

황문약은 생각했다. 아무래도 자신이 큰 말실수를 한 것 같다고.

• ❖ •

"아버님."

황문약은 문을 열고 들어오는 황종의를 보며 살짝 고개를 끄덕였다.

"몸은 좀 괜찮으십니까?"

"음. 믿기 어렵겠지만, 정말 몸이 날아갈 것처럼 가볍구나. 마치 십 년은 젊어진 것 같다."

"그것참…… 기이한 일입니다."

"의원들도 영문을 모르겠지만, 맥이 활발하고 젊은이들처럼 정정해졌다 하는구나."

황종의의 눈에 당혹이 어렸다. 물론 황문약이 병상을 털고 일어난 것은 더없이 기쁘고 축하할 일이다. 하지만 오랜 세월을 몸져누워 있었던 황문약이 이리 짧은 시간 만에 몸을 회복하는 것도 기이하고, 되레 그전보다 더 건강해졌다는 것은 더욱 괴이한 일이었다.

"여하튼 감축드리옵니다."

"낯간지러운 말은 그만두어라."

황문약이 가볍게 손을 내저었다.

"소도장의 능력이 대단한 것뿐이다. 그저 그 은혜를 받은 것이지."

황문약은 청명이 그에게 처음 한 말을 떠올렸다.

- 신선?

사실 그리 틀린 말도 아니다. '신선'이 도를 닦아 인간을 벗어나 사람이 할 수 없는 일을 벌이는 이들을 지칭하는 말이라면 저 화산의 아이에게 신선이라는 말을 붙이지 못할 것도 없다. 황문약 자신이 바로 그 증거 아닌가.

"그래서 무슨 일이냐? 이미 완치된 것을 확인한 마당에 내 안위만을 살피러 온 것은 아닐 터이고?"

"소자가 스스로 효심 깊다 자부하지는 못하지만, 그리 불효자는 아닙니다. 자식이 어버이의 안위를 살피는 것이야 당연한 일 아니겠습니까?"

"싱거운 소리 말고 본론만 말하거라. 시간은 거저 주어지지 않는다."

황종의가 살짝 고개를 숙였다. 자리를 털고 일어난 지 얼마 되지 않아 비쩍 마른 몸임에도, 황문약의 눈빛은 완연한 상인의 것 그 자체였다.

'역시 아버님이시구나.'

그럼 말을 꺼내기가 수월하다.

"아버님. 아니, 단주님."

"말씀하시게, 소단주."

호칭을 바꿈으로써 대화가 가족의 영역에서 상단의 영역으로 넘어간다.

"종남과의 거래를 줄이라 지시하셨다 들었습니다."

"내 그리하였네."

"그리고 화산에도 꽤 많은 보상을 약속하지 않으셨습니까?"

"그러하네."

"단주님. 종남은 서안의 패자이자 섬서의 유력 문파입니다. 그런 곳을 멀리하고 다 쓰러져 가는 화산과 손을 잡는다는 것은 너무도 위험한 일입니다."

황문약은 딱히 이렇다 할 대답 없이 천천히 고개만 끄덕였다.

"단주님께서 소도장에게 감사한 마음을 가지시는 것이야 너무도 당연한 일이겠지요. 하지만 그에게 약속한 보상은 너무도 과하고, 화산과의 관계가 더 깊어지는 것 역시 위험합니다. 정 그리 마음먹으셨다면 종남과의 거래라도 전처럼 유지할 수 있도록 해 주십시오."

황문약이 한층 더 깊어진 눈으로 앞에 놓인 찻잔을 들었다. 서두르지 않고 느긋하게 차의 향을 음미한 그는 차를 한 모금 머금고 눈을 감았다.

얼마나 시간이 흘렀을까? 조용히 잔을 다시 내려놓은 황문약은 조금 더 진중해진 목소리로 입을 연다.

"소단주."

"예, 상단주님."

"상인의 본분이 무엇이오?"

"그야……."

살짝 고민하던 황종의가 입을 열었다.

"상인의 본분은 정도를 따르는 사업을 하여 상계를 건전하게 만들고, 나아가 나라와 세상에 이바지하는 것입니다."

"허허허허허."

황문약이 흡족하다는 듯이 고개를 연신 끄덕였다.

"소단주."

"예!"

"입에 기름이 끼었구려. 참 그럴싸하오."

"……단주님?"

황문약이 단호하게 말했다.

"상인의 본분은 돈을 버는 것이오. 법과 도리에 어긋나지 않는 한, 아니 때로는 그 법과 도리마저 걸리지 않는 선에서 어겨 가며 돈을 좇는 게 상인이오. 그렇지 않소?"

황종의가 고개를 푹 숙였다.

"……그렇습니다."

"정도를 행하고 싶으면 번 돈으로 행하시오. 남을 돕고 싶다면 그 돈으로 도우면 됩니다. 하지만 상인이 돈을 버는 행위에는 정도, 사도 없소. 오로지 효율만 있을 뿐이오."

"그럼 어찌……?"

그 말대로라면 지금의 선택은 더더욱 이상하지 않은가? 누가 봐도 욱일승천하고 있는 종남과의 거래를 줄이고 화산과의 거래를 늘리다니. 이 사실을 종남이 알게 되면 은하상단과의 거래를 끊겠다고 나서도 이상하지 않다.

"잊으셨소? 내가 어찌 돈을 벌었는지?"

"물론 알고 있습니다. 하나……."

황문약이 돈을 버는 방식은 간단했다. 남들이 주목하지 않는 물건의 가치를 알아내어 유통하거나, 아직은 저평가되는 것들을 찾아내어 후원한다. 그것이 문파이든, 다른 상단이든, 심지어는 무뢰배들이든 말이다. 황문약은 그런 식으로 은하상단을 키워 왔고, 결국에는 섬서에서 제일가는 상단으로 만들어 내었다.

"이번에는 화산에 투자하겠다는 말씀이십니까?"

"그렇소이다."

"상단주님. 지금까지의 투자에는 명확한 근거가 있었습니다. 하지만 저는 화산에 투자해야 할 이유를 알 수 없습니다."

"직접 보지 않았소?"

"……그 아이를 말씀하시는 겁니까?"

"그렇소."

"하나……."

황종의가 입술을 살짝 깨물었다. 청명은 대단하다. 그건 부정할 도리가 없다. 하지만 그건 청명의 대단함일 뿐이다. 한 사람의 역량이 문파 전체의 대단함으로 이어지는 것은 아니다. 더구나 저리 어린아이라면 더더욱.

"저 아이가 있어 화산이 발전하리라는 것은 납득할 수 있습니다. 어쩌면 제가 예상하는 이상으로 더 강해질 수 있단 것도 이해해 보겠습니다. 하지만 상단주님. 저는 아무리 생각해 보아도 저 아이 하나로 인해 화산이 종남보다 세가 강해질 것 같지는 않습니다. 그럼 아무런 의미가 없는 게 아닙니까?"

황문약이 빙그레 웃었다.

"그렇게 생각하시오? 나는 생각이 좀 다릅니다만."

"……상단주님."

"소단주. 상인은 현상이 아니라 이면을 보아야 하오. 한때는 은하상단이 종남에게 중요한 곳이었을지 모르지만, 이제 우리는 그들에게 있어서 그저 흔한 상단 중 하나일 뿐이오. 우리가 종남에게서 무언가를 얻어내는 시절이 얼마나 더 이어질 것 같소?"

황종의가 멍한 눈으로 황문약을 바라보았다. 여기까지는 생각지 못했다. 그리고 보면 이번 기목승의 태도도 고압적이기 짝이 없지 않았는가? 아무리 황문약이 병석에 누워 있었다고는 하나, 은하상단을 조금이라도 존중했다면 감히 그리 방약무인하게 굴진 못했을 것이다.

"종남은 이제 더 나아갈 곳이 없소. 물론 나아가기야 하겠지만 더디고 또 더디겠지. 하지만 화산은 아니오. 만약 화산이 내 생각대로 성장하고, 또 우리가 그 화산과 좋은 관계를 유지할 수 있다면 거기서 나오는 이득은 상상할 수 없이 클 것이오."

"하나, 상단주님. 저는 아무리 생각해도 화산이 그리 클 수 있다는 보장이 없는 것 같습니다."

황문약의 눈이 가늘어졌다.

"종의야."

"예! 아버님."

다시 호칭이 바뀌었다.

"어리석은 소리를 하는구나. 상인은 근거를 가지고 기다리는 자가 아니다. 근거를 만들어 내어야지."

"……."

"화산이 성장하기를 기다리는 게 아니다. 우리가 화산을 성장하도록 만들어야 한다. 이 일을 성공시킬 수 있다면 우리는 섬서 제일 상단이 아니라 중원 오대 상단으로 도약할 수 있을 것이다."

"어려운 일입니다. 실패한다면 돌이킬 수 없습니다."

"허허. 몸이 건강해지니 마음도 젊어지는구나. 실패하면 뭐 어떠냐? 그럼 다시 시작하면 그만이지. 너는 이 재산이 아깝더냐?"

"……."

"나는 아깝다. 너무 아깝다. 하지만 이보다 더 큰돈을 벌지 못할 수도 있다는 사실이 더 두렵다."

황종의가 고개를 끄덕였다. 이미 그의 아버지는 마음을 굳혔다. 더 이상의 대화는 의미가 없을 것이다.

"저는 여전히 반신반의하는 마음입니다. 하지만 아버님께서 그리 생각하신다면, 믿고 따르겠습니다. 그리고 제가 제 손으로 이 마음의 의혹을 걷어 낼 수 있도록 화산을 키워 내겠습니다."

"좋군. 간만에 듣는 좋은 소리야."

황문약이 기껍다는 듯이 껄껄 웃었다. 그러나 황종의의 말은 끝나지 않았다.

"다만."

황종의가 이것만은 양보할 수 없다는 듯이 미간을 찌푸렸다.

"그렇다 한들, 그 소도장에게 주신 재물과 보답은 너무 과한 것이 아닙니까?"

"그게 핵심이다."

"예?"

황종의가 의문이 담긴 눈으로 황문약을 올려다보았다. 그 의문에 답하듯 황문약이 빙그레 웃는다.

"너는 그 소도장이 어찌 되리라 생각하느냐?"

"성장을 말씀하시는 것입니까?"

"그렇다."

황종의는 고민에 고민을 거듭하다가 입을 열었다.

"그 심계와 결단력을 감안한다면 훗날 당연하게도 화산의 요직에 앉을 것입니다. 그리고 잘하면 화산의 장문인까지도…….”

황종의가 말끝을 흐렸다. 이건 함부로 할 이야기가 아니다.

"여튼, 크게 될 아이지요.”

"아니. 그는 이미 큰 사람이다.”

황문약이 고개를 내저으며 말을 이었다.

"나는 상인으로 평생을 살았다. 수많은 거상과 고수를 만나 보았지만, 나를 이토록 당황케 하고 감탄시킨 이는 그 아이가 유일하다. 어떻게든 이무기를 찾아보겠다고 천하에 돈을 풀었건만, 내 눈앞에 이무기도 아닌 승천을 준비하는 용이 들어온 셈이지 무어냐. 잡지 않을 도리가 없지.”

"그 정도란 말입니까?”

"너도 곧 알게 될 것이다. 무릇 천하인이라 불리는 이들은 평범한 이들의 사고방식으로는 이해할 수 없다. 이해하려 들지 말고 그저 지켜보거라. 그럼 자연히 받아들이는 때가 올 것이다.”

황종의가 고개를 끄덕였다. 아직 전부 이해할 수는 없지만, 황문약이 그렇다면 그럴 것이다. 다만 아직 한 가지 의문이 남았다.

"그럼 과한 재물을 주신 이유는?”

"그는 기본적으로 도가의 제자다. 그리고 아픈 이가 있다는 말을 듣고 한달음에 이곳으로 달려올 만큼, 나름의 협심도 지니고 있다. 물론 그가 오로지 협의지심만으로 이곳에 오지는 않았겠지만, 본성이 선하다는 것에는 의심의 여지가 없다.”

황문약이 이제까지와는 조금 다른 미묘한 미소를 머금는다.

"그렇다면 지금 받은 재물과 선물은 그의 마음에 지워지지 않는 짐이 될 것이다. 특히나 어린 나이이니 더욱 강렬하겠지. 그 정도 재물로 그에게 끊어 낼 수 없는 족쇄를 채울 수 있다면 싸게 먹힌 게지.”

"정말 싸게 먹힌 겁니까?”

"……사실은 생각보다 다섯 배는 더 나갔다. 독사 같은 놈이었어."

황문약의 얼굴에 왈칵 짜증이 어렸다.

"아니, 어린놈이 바라는 게 뭐가 그렇게 많아! 빌어먹을, 그만큼이나 뜯길 줄 알았으면 그냥 아픈 척하고 어떻게든 돌려보냈을 것을! 아귀도 아니고 그렇게나 뜯어낼 줄이야! 나이가 어린 놈이라 적당히 던져 주면 고마워서 눈물이라도 흘릴 줄…….

"진정하십시오, 아버님. 누가 들을까 걱정됩니다."

"크흠. 크흐흐흠!"

불쑥 튀어나온 본심을 꾹꾹 다시 밀어 넣은 황문약이 몇 번이나 입맛을 다시고는 한숨을 내쉬었다.

"어쨌거나 우리를 고맙게 생각해 주고, 평생 함께 갈 친우로 받아들여 준다면 상단은 손해 볼 것이 없다. 장기적으로 본다면 몇 배의 이득을 얻어 낼 수 있을 게야."

"이해했습니다. 우리는 좋은 친구가 되어야겠군요."

"그렇지. 그럼. 좋은 친구지."

황문약과 황종의가 의미심장하게 서로 마주 웃었다.

* ❖ *

"낄낄낄낄. 호구 잡았네."

청명이 헤벌쭉 웃었다.

"아니, 쟤들은 상인이라는 애들이 뭐 저리 현실 감각이 없어. 그거 하나 구해 줬다고 이걸 다 퍼 주나?"

돈! 돈이다! 재물! 크으. 옛 선인이 말하기를 돈은 많을수록 좋다고 하지 않았는가?

이미 장문사형의 비자금을 탈탈 털어서 섬서에서도 손꼽히는 부자가 된 청명이었지만, 재산이 늘어난다는 것은 언제나 즐거운 일이었다.

"화끈하기도 하지."

섬서에서 거상이라더니, 아주 그냥 손 크기가 장강이 따로 없다. 그냥 농담 삼아 이야기한 건데, 설마 그걸 다 줄 줄이야. 한 반만 챙겨도 만세를 부를 일이었는데.

물론! 당연히 저들이라고 청명에게 감사하는 마음만으로 이 많은 것들을 퍼 주지는 않았을 것이다. 황문약이 일어나기 전이라면 그럴 마음이 충분히 있었겠지만, 이미 쾌차해 버린 이상 상황이 달라지는 법. 측간 가기 전과 측간 다녀온 뒤의 마음이 달라지는 건 인지상정이니까. 그럼에도 그 많은 것들을 군말 없이 퍼 줬다는 건 필시 다른 속내가 있기 때문이리라.

하지만 저들이 청명에게 따로 바라는 게 있다고 해도, 청명의 입장에서는 아무런 상관이 없었다.

'안 해 주면 그만이지.'

청명이 겉으로 보이는 것처럼 어린아이였다면 이만한 재물을 받은 것에 부담을 느꼈을지도 모르지만, 안타깝게도 청명은 어린아이가 아니었다. 오히려 너무 과하게 닳아 버린, 고인 물이다. 그걸 저들이 알았다면 생각을 달리했겠지만……

"여하튼 뭐 대충 해결은 다 했네."

황 대인을 구했고, 그 보답으로 화산에 대한 지원을 약속받았다. 준비가 끝나는 대로 그도 청명과 함께 화산으로 향할 것이다. 그러니 이곳에서 그가 해야 할 일은 모두 했다고 할 수 있다. 딱 하나 남은 것은…….

청명이 다가오는 한 사람을 보며 피식 웃었다.

"여어. 몸은 좀 괜찮아요?"

이송백.

종남의 이대제자인 이송백이 대청마루에 드러누운 청명의 앞까지 다가와 가만히 내려다보았다.

"무슨 일이세요?"

이송백이 청명을 빤히 보다가 입을 열었다.

"종남으로 돌아가게 되었소이다."

"어, 잘됐네요. 혼자만 남아서 쓸쓸할 것 같더니. 축하해요."

"고맙소."

이송백은 그 말을 하고도 몸을 돌릴 기미를 보이지 않았다. 슬쩍 그를 보며 청명이 입을 열었다.

"하고 싶은 말이라도 있어요?"

청명의 말에 이송백이 희미하게 미소를 지었다.

"소도장."

"네?"

"이번 일을 해결하기 위해서 나를 함정에 빠뜨린 건 이해하겠소."

"네?"

"결과가 좋으니 이해할 수 있다는 말이오."

청명이 몸을 일으켜 대청마루에 앉았다. 그러고는 이송백을 보며 피식 웃었다.

"함정이라니 말이 좀 이상하긴 하네요. 막상 저를 함정에 빠뜨리려고 한 것은 그쪽 아니었어요?"

이송백이 싱긋 웃었다.

"그러니 탓하지 않기로 한 것 아니겠소?"

청명은 어이가 없어 웃고 말았다.

'얘 성격 희한하네.'

요즘 애들은 옛날과 확실히 좀 다른 것 같았다. 예전에 만났던 종남파 놈들은 하나같이 청명에게 적의를 표출하지 못해서 안달이었는데. 하기야 그러다 보니 종남파 제자들의 성격이 어떤지 확인할 겨를도 없었지만.

"그래서 하고 싶은 말이 뭔데요?"

"망신을 당했다거나, 위기에 처했다거나, 혹여 소도장의 손에 놀아났다거나 그런 건 아무래도 상관없소. 그건 모두 내가 모자라서 생긴 일이오."

이송백이 굳은 얼굴로 말했다.

"다만 나를 괴롭히는 건, 그 일이 터지기 전 소도장과 나누었던 비무 이외다. 나는 아직도 그때 내가 무슨 일을 겪었는지 이해할 수 없소."

청명이 눈을 살짝 가늘게 뜨고 이송백을 바라보았다.

"그래서요?"

"허락한다면 귀하와 다시 한번 비무를 해 보고 싶소. 이번 비무는 저번처럼 사특한 의도를 가진 게 아니오. 진정으로 그대에게 비무를 청하오."

청명이 이송백을 보며 볼을 긁었다.

'이것 봐라?'

보나 마나 다시 시비를 걸러 온 것이라고 생각했다. 돌아가는 사정을 모두 파악했다면 그가 청명의 손에 놀아났다는 사실을 모르는 게 더 이상하니까. 그러니 분명 선불 맞은 멧돼지처럼 날뛸 거라 생각했는데, 이송백은 되레 그 사실을 묻어 두고 비무를 청하고 있다.

'비무를 해서 패겠다는 의미도 아닌 것 같고.'

꽤나 재미있는 반응이다.

"흐음. 어쩔까나."

비무라는 건 애초에 서로의 무학을 견주는 것이다. 이송백의 입장에서야 청명과 비무를 하는 게 의미가 있을지 모르지만, 청명의 입장에서는 딱히 이송백에게 얻을 것이 없었다. 그러니 이 청을 받아 줄 이유가 없지만…….

"뭐, 그러죠."

뭐 딱히 거절할 이유도 없으니까. 청명이 자리에서 일어났다. 그리고 턱짓으로 마당을 가리켰다.
"여기에서?"
"사람들이 보지 않는 곳으로 갑시다."
"어휴, 무서워라. 혹시 슥삭 하려는 건 아니죠?"
청명이 제 목을 쓱 긋는 시늉을 하자 이송백이 한숨을 내쉬었다.
"소도장. 나는 바보가 아니오. 믿을 수 없는 일이기는 하지만, 소도장의 무위가 나보다 뛰어나다는 것은 이미 알고 있소."
"호?"
청명이 흥미롭다는 얼굴로 이송백을 바라본다.
"말하지 않았소? 나는 내가 겪은 일이 뭔지 알고 싶다고."
"후회할 텐데."
"그래도 좋소이다."
"네, 뭐. 좋아요. 그럼 가죠."
청명이 미묘하게 웃으며 먼저 발을 떼자 이송백이 굳은 표정으로 그 뒤를 따랐다.

이송백은 나지막이 숨을 내쉬었다. 긴장된다. 사형제는 물론이고, 사부나 사숙들과 비무를 할 때조차 긴장하지 않았던 이송백이지만, 눈앞에 서 있는 청명을 보니 심장이 세 배는 빨리 뛰는 느낌이었다.
'작다.'
찬찬히 다시 뜯어본 청명은 여전히 어린아이였다. 물론 이제는 아이라는 말을 붙이기가 조금 민망하기는 하지만, 적어도 그보다 열 살은 어리다는 사실이 변하지는 않는다. 종남으로 치자면 그의 막내 사질쯤 되려나?
'적어도 한 배분 차이는 넘겠지.'
한 배분이라는 것은 스승과 제자가 나뉘는 차이다. 원칙적으로 이대제자인 이송백은 삼대제자인 청명을 제자로 받을 수 있다. 물론 한창 수련에 전념해야 할 나이에 제자를 받는 건 어려움이 있는지라 실제로는 일대제자쯤 되어야 제자를 받지만, 원칙적으로는 가능하다는 말이다.

다시 말하자면 지금 그는 제자뻘 되는 이를 상대하겠다고 검을 들고 있다. 그런데 무엇인가, 이 중압감은? 그저 청명을 적으로 인식하고 앞에 두었을 뿐인데, 지금까지 받아 본 적 없는 압박감이 그를 짓누르고 있었다.

'왜 나는 이리도 긴장하는 것인가?'

마치 장로님들과 검을 맞댄 것 같은 느낌이다. 저 아이가 그 정도 급일 리가 없는데도 말이다.

실제로 지금 청명에게서는 어떠한 예기도 느껴지지 않는다. 그리고 상대를 반드시 쓰러뜨리겠다는 단단한 의지도 느껴지지 않는다. 그저 목검을 늘어뜨린 채 이송백을 바라보고 있을 뿐이다.

이송백은 입술을 질끈 깨물고 전의를 다졌다.

'나는 내 눈으로 확인해야겠다. 내가 본 것이 무엇인지.'

'감이 좋은데?'

청명은 검을 든 채 몸을 떨고 있는 이송백을 흥미롭게 바라보았다. 지금 청명은 그에게 어떤 위협도 가하고 있지 않다. 하지만 이송백은 범이라도 맞닥뜨린 것처럼 긴장을 풀지 못하고 있다. 꽤나 날카로운 감각이다.

'훗날에 종남제일검이 될지도 모르겠군.'

과거 청명이 저 나이일 때, 종남의 동년배 중 비슷한 감각을 가진 이들이 있었던가?

글쎄. 모르겠다. 그때는 다른 이들에게 딱히 관심을 가지지 않을 때였으니까. 스스로의 검을 갈고닦고 장문사형의 잔소리를 피하는 것만으로도 충분히 바빴으니까.

하지만 무위는 몰라도, 저만한 감각을 가진 이는 딱히 생각나지 않는다. 감각이 뛰어나다는 것은 더 많은 것을 볼 수 있다는 뜻이고, 그건 곧 잠재력으로 이어진다.

'대기만성형이로군.'

당장은 크게 두각을 나타내지 못할지도 모르지만, 나이가 들고 수련을 거듭할수록 다른 이들을 성큼성큼 앞서 나가기 시작할 것이다. 그리고 먼 훗날에는 종남제일검이나 종남검존쯤으로 불릴지도 모르지. 다만 가여운 것은…….

'하필 내가 돌아온 시대에 태어났군.'

청명이 슬쩍 검을 들어 올렸다. 사과하는 의미로 한 수 가르쳐 줘 볼까?

"안 와요?"

청명이 고개를 까딱거리며 검을 겨누자 이송백이 움찔하며 살짝 뒤로 물러난다. 그러고는 이를 악물며 몸을 앞으로 당겼다. 이마에 송골송골 배어난 땀방울이 지금 그가 얼마나 애를 쓰고 있는지를 보여 준다. 몇 번이고 심호흡을 한 이송백이 힘겹게 입을 뗐다.

"검을 나누기 전에 하나 물어도 되겠소?"

"네. 얼마든지."

"소도장은 대체 누구요?"

"……화산의 청명인데요?"

이송백이 이를 악물고 말했다.

"어찌 그럴 수가 있소. 소도장은 이제 검을 배운 지 얼마 되지도 않았을 텐데."

내가 호호백발이 될 때까지 백 년을 닦았다, 이놈아. 그리고 내가 네 나이일 때도 너 정도는 손가락으로 때려잡았어!

청명이 쩝 하고 입맛을 다셨다. 살짝 반칙을 저지른 느낌이지만, 그리 죄책감은 들지 않는다. 예전의 청명은 오히려 지금의 청명보다 더 강했으니까.

지금의 청명은 수련을 시작한 지 채 한 해도 되지 않았고, 기초를 쌓는다고 더없이 느리게 나아가는 중이다.

하지만 과거의 청명은 이때쯤 벌써 십 년이 넘도록 검을 닦았고, 후기지수 중에서는 감히 당해 낼 이가 없는 경지에 올랐었다. 그러니 뭐 껄끄러울 것도 없지.

"세상은 원래 불공평한 거예요."

"……."

"하지만 그쪽도 기회가 없는 건 아니죠. 중요한 건 본인의 길을 믿는 것 아니겠어요?"

"내가 나의 검을 믿고 정진하면 언젠가는 그대를 이길 수 있다는 말이오?"

"에이, 설마."

청명이 손을 내저었다.

"뱁새가 황새 따라가려다간 가랑이가 찢어지죠."

"……."

"하지만 그래도 괜찮아요. 저에게 이기지 못한다는 게 부끄럽지 않게 될 테니까. 오히려 검을 나눠 봤다는 걸 영광으로 알게 될 거예요."

"광오하군. 더없이 광오해."

이송백의 눈이 천천히 가라앉았다. 대화를 하다 보니 긴장이 조금 풀렸는지, 그의 얼굴은 다시 차츰 무인의 것으로 돌아오고 있었다.

"조심하시오. 나는 부족함을 알고 처음부터 내가 사용할 수 있는 최선의 수를 쓸 테니까."

"얼마든지."

이송백이 살짝 검을 옆으로 비틀었다. 그 움직임을 보며 청명이 눈을 가늘게 떴다.

'뭐지?'

검은 사소한 변화만으로도 그 결이 달라진다. 종남은 기본적으로 정도를 추구하는 문파. 검을 비트는 경우가 없다. 상대에게 검날과 검면을 동시에 보이는 건, 환검(幻劍)에서 주로 사용하는 방식이다.

그래. 저건 오히려 화산의 방식에 가깝다.

"나는 설화십이식(雪花十二式)으로 그대를 상대하겠소."

"설화십이식?"

생소한 이름에 청명이 고개를 갸웃했다. 종남에 그런 무학이 있었나? 종남 하면 천하삼십육검(天下三十六劍)이랑 태을분광검(太乙分光劍)이 기본인데? 아무래도 그가 없는 사이에 뭔가 새로운 무학을 창안한 모양이다.

"가겠소!"

"네."

"타아아아앗!"

이송백이 기합을 지르며 청명에게 달려들었다. 청명은 살짝 심드렁한 눈으로 그런 이송백을 바라보았다.

'자, 어떻게 할까?'

떡잎부터 다른 후배를 깔끔하게 짓밟아 버릴까? 아니면 가르침을 주어 잘 자랄 수 있도록 만들어 줄까?

'쯧, 내가 아무리 성격이 나빠도 그렇지.'

종남의 장로나 일대제자쯤 되면 몰라도 저런 아이를 짓밟는 건 취향이 아니다. 일단은 가르침을…….

그 순간이었다. 이송백의 검이 묵직한 변화를 일으켰다. 결코 빠르지 않지만 묵직하기 짝이 없는, 그리고 화려하진 않지만 다채로운. 지금까지 청명이 알던 종남의 그것과는 다른 변화가 청명의 눈앞에 펼쳐졌다.

그 변화를 본 청명의 얼굴이 순간 악귀처럼 일그러졌다.

"이······."

청명의 목검이 일체의 변화도 없이 강맹하게 앞으로 휘둘러졌다.

콰아아앙!

폭음이 터져 나왔다. 단 일 수 만에 이송백이 피를 뿜으며 뒤로 나가떨어졌다. 하지만 청명은 그걸로 만족하지 않고 지체 없이 앞으로 달려들어 이송백의 멱살을 움켜잡았다. 그러고는 자신의 얼굴 바로 앞으로 바짝 끌어당겼다. 삽시간에 악귀처럼 변해 버린 청명의 얼굴을 본 이송백은 숨도 쉬지 못하고 몸을 부들부들 떨었다.

"너 이 새끼 이거 어디서 배웠어?"

"쿠, 쿨럭. 그, 그게 무슨······."

"이······."

청명이 입술을 질끈 깨물었다. 설화십이식? 개 같은 소리. 그 말로 다른 사람은 모두 속일 수 있을지 모르나, 오직 한 사람. 청명만은 속일 수 없다. 변화가 둔탁하고 어설프지만 이 검식의 기본형은 청명이 아주 잘 아는 검이었다.

'매화분분(梅花紛紛).'

화산의 검. 화산을 대표하는 검. 화산의 모든 정수가 담겨 있다고 평해지는 검.

이십사수매화검법.

이제는 화산에서조차 실전되어 버린 이십사수매화검법이 다름 아닌 이송백의 손에서 펼쳐진 것이다.

"어, 어디서 배우다니. 쿨럭!"

이송백의 입에서 피가 뿜어져 나왔다. 그 광경을 본 청명이 한숨을 쉬고는 멱살을 잡은 손을 놓았다.

'좀 과했네.'

청명의 입장에서는 하늘이 무너져도 용납할 수 없는 일이지만, 그 죄가 이송백에게 있을 리는 만무했다. 그에겐 이만한 일을 벌일 능력이 없으니까. 짧게 혀를 찬 청명이 손을 펴 이송백의 등을 한 번 내리쳤다.

타악!

청명의 기운이 그의 육체를 훑고 지나가자 진탕되었던 내부가 가라앉아 갔다. 이내 이송백이 한결 편해진 얼굴로 길게 숨을 토해 냈다.

그가 진정된 걸 확인한 청명은 몸을 곧게 세우고 한참 동안 하늘을 바라보았다. 그러다 길게 탄식했다.

"그게 종남의 새 무공이라고?"

"……그렇소."

"설화십이식?"

"그렇소이다."

청명이 피식 웃고 말았다.

'이름이라도 좀 확 바꾸든가.'

이건 숫제 화산이 알면 뭐 어쩌겠냐는 도발이나 다름없다.

'아니. 그게 아니지.'

대놓고 이런 짓을 해도 화산에서는 이제 이 검을 알아볼 리가 없다는 확신이겠지. 이건 조롱이다. 청명이 나타나지 않았다면, 화산에서 실전되어 버린 검을 종남 놈들이 버젓이 쓰고 다니는 걸 보면서도 화산은 아무것도 몰랐을 것이다. 이 검을 만든 놈의 악의가 청명의 속을 있는 대로 긁어 놓았다.

"이 검을 누가 배우지?"

"……."

"뭐 그리 대단한 거라고 답을 재고 있어."

이송백이 고개를 끄덕였다.

"이대제자들부터입니다."

"이대제자부터라. 그럼 이 검을 아는 게 일대제자와 이대제자, 그리고 장로들인가?"

"장로님들은 이 검을 배운 적이 없다고 들었습니다. 지금 이 검을 익히고 있는 이들은 이대와 일대입니다."

"배운 적이 없다……."

청명의 눈이 무시무시한 빛을 발했다. 장로들 중 하나가 설화십이식을 창안했다면, 전수는 당연히 일대제자부터 이뤄졌을 것이다.

'그럼 이 검을 마지막으로 완성한 놈이 아직 종남에 있다는 뜻이렷다?'

개중에 그나마 나은 소식이었다. 이런 짓을 벌인 놈이 벌써 죽어 묻혀 버렸다면 죄를 지은 놈을 찾아 단죄할 수 없을 테니까.

'누군지는 모르겠지만, 감히 이런 개짓거리를 한 대가를 톡톡히 치르게 해 주지!'

청명이 이를 뿌득 갈았다. 어떤 일이 벌어졌는지 굳이 알아볼 필요도 없다. 화산에서 난리가 났을 때, 종남 역시 화산을 도우러 왔을 것이다. 바로 옆에 있는 문파가 마교의 침공을 받는데 손가락만 빨고 구경한다는 건, 강호의 지탄을 받을 일이니까.

'하지만 돕는 척만 하고 실제로는 화산의 무학을 빼돌렸다는 거로군.'

모두가 그러지는 않았겠지. 하지만 화산이 불타는 틈을 타, 하지 말아야 할 짓을 한 이가 있다. 아니, 어쩌면…….

'화산이 불에 탄 것도 마교의 소행이 아닐지도 모르겠군.'

이가 절로 빠득빠득 갈렸다. 생각하면 할수록 참을 수가 없는 일이었다.

"이 개 같은 놈들이……."

청명은 목숨을 걸고 강호를 위기에서 구했다. 그런데 이놈들은 되레 그 은혜를 화산에 원수로 갚았다는 뜻이 아닌가?

더구나 이건 한 사람의 욕심으로 끝난 일이 아니다.

사람은 누구나 실수를 한다. 그래서 죄를 저지를 때도 있다. 화산에 왔던 종남의 누군가가 욕심에 눈이 멀어 실수했다고 치자.

하지만 그 실수를 바로잡아야 하는 것이 문파가 아닌가? 준엄하게 죄를 꾸짖고 빼돌린 비급을 돌려주지는 못할망정, 그걸 바탕으로 새로운 무학을 만들어 낸다? 그것도 화산을 조롱하듯이 설화(雪花)라는 이름까지 붙여서?

"아주 지랄들을 하는구나."

이를 뿌득뿌득 갈아붙인 청명이 불타는 눈으로 이송백을 돌아보았다.

"너!"

"네? 아…… 네!"

"이거 익히지 마."

"예? 왜……?"

"익히지 말라면 익히지 마, 새끼야!"

청명이 이송백의 뒤통수를 후려쳤다. 머리를 잡고 낑낑대는 이송백을 보고 있으니 두 가지 감정이 교차했다. 이송백도 종남 놈이니 때려죽여 버리고 싶은 마음이 드는 한편…….

"쯔읏."

청명이 짜증을 잔뜩 섞어 혀를 찼다. 그리고 이송백을 내려다보며 말했다.

"이건 대성할 수 없는 무학이다."

이송백은 멍한 눈으로 청명을 바라보았다. 믿고 안 믿고를 떠나 무슨 말인지조차 이해를 못 하는 얼굴이었다.

하지만 청명은 지금 진실만을 말하는 중이다.

이송백이 그를 찾아와 비무를 청하고 그 설화십이식인지 나발인지를 보여 주지 않았더라면, 청명은 몇 년이 지나도록 이 일을 까맣게 모르고 있었을 것이다. 나름 이송백이 청명을 도와준 것이라 할 수 있다. 은혜는 적당히 갚을 수 있으면 갚고, 원한은 절대로 잊지 않는 청명이지만, 이 은혜는 뭉개고 넘어가기에는 꽤 크다.

"종남의 무학은 치우치지 않는 것을 기본으로 한다. 당장은 느리고 무거운 것 같지만, 검을 갈고닦으면 닦을수록 더더욱 강해지는 게 종남의 무학이야. 하지만 이건 아니다. 이건 종남과는 맞지 않는 무학이다. 네가 검으로 대성하고 싶다면 이건 당장 갖다 버려."

"하지만 장로님들께서는 이 검이 기존 종남의 검에서 한발 더 나아간 것이라고……."

"당연히 그렇겠지."

아직은 아무도 설화십이식을 대성한 이가 나오지 않았을 테니까.

화려한 것은 빨리 나아간다. 기초를 우직하게 닦는 이와 현란한 변초를 익히는 이가 서로 얕은 경지일 때 맞붙으면 현란한 이가 압도적으로 이기는 법이다.

'아니, 그걸 종남이 왜 모르…….'

"아……."

청명의 입에서 탄식이 흘러나왔다.

'너무 팼구나.'

알 것 같다. 청명이 종남의 검수들을 쥐 잡듯이 잡아 버린 것이 모든 일의 원흉이다. 자의식 과잉이나 넘겨짚기가 아니다. 사실 종남의 입장에서 보면 당연한 일이었다. 그들 역시 자신들의 검에 자부심을 가지고 있었을 것이다. 하지만 바로 이웃 문파에 청명이 등장하고 그가 마교와의 전투에서 죽기까지 수십 년, 종남은 단 한 번도 청명을 이겨 보지 못했다.

그렇다고 종남이 약했는가? 그건 절대 아니다.

'종남이 약했다면 구파일방의 한자리를 차지하고 있었을 리가 없지.'

되레 당대의 종남은 전례 없이 천재들이 쏟아지던 시기였다. 종남의 역사를 통틀어도 그때만큼 인재들이 폭발했던 시기는 찾아보기 어려울 것이다. 그런데 하필 그 천재들이 청명과 같은 시대에 태어나서, 청명의 손에 모조리 박살이 났으니…….

'자신들이 가진 것에 근본적인 회의가 일었다 해도 이상할 게 없지.'

멍청한 것들. 청명이 종남이었다면 검존으로 불리는 일 없이 묻혔겠는가? 아니다. 중요한 건 무학이 아니다. 아니, 무학도 중요하지만, 그것을 사용하는 사람이 누구인가가 몇 배는 더 중요하다.

"저……."

그때 이송백이 슬쩍 눈치를 보다가 입을 열었다.

"설화십이식을 익히지 말라고 하셨소이까?"

"그래."

"하나……."

이송백이 우물쭈물하자 청명이 슬쩍 그를 보고는 지금까지와는 다른 진지한 어투로 말했다.

"자신의 길은 남이 정해 줄 수 없는 거예요."

이송백이 조금 달라진 눈으로 청명을 바라보았다.

"어떤 결정은 다른 이들의 조언을 받는 게 도움이 되지만, 진짜 결정은 혼자 해야 하는 법이죠. 사문의 어른이 해 주는 말도, 제 말도 도움이 되지 않을 거예요. 혼자 고민하고 혼자 생각해서 혼자 결정하세요."

청명이 빙글 몸을 돌렸다. 그리고 두말없이 은하상단을 향해 걸어가기 시작했다.

"자, 잠시만!"

걸어가던 청명이 살짝 돌아보니 이송백이 정중한 자세로 포권을 해 왔다.

"가르침에 감사드리오."

"뭐. 별말씀을."

청명은 손을 가볍게 휘젓고는 걸음을 마저 옮겼다. 멀어지는 그의 뒷모습을 가만히 바라보던 이송백이 깊은 한숨을 내쉬고는 하늘을 바라보았다.

"정말 신선이라도 만난 기분이구나."

한편, 청명의 얼굴은 붉게 달아올랐다가 식기를 반복했다.
"생각할수록 열받네, 이 새끼들!"
감히 다른 것도 아니고 이십사수매화검법을 훔쳐? 그리고 그걸 베껴? 생각 같아서는 지금 당장이라도 종남으로 달려가 깽판을 쳐 버리고 싶다.
"아이고, 사형. 세상인심이 이렇습니다. 이 새끼들이 은혜를 갚기는커녕 이런 개짓거리를 하고 있었습니다. 이런데도 제가 참아야 합니까?"
- 안 참으면 네가 어쩔 건데.
하늘에서 청문이 피식 웃으며 반문하는 것 같다.
"아오, 내가 옛날만큼만 셌어도……."
청명이 지금 매화검존이었다면 종남의 장로들은 죽었다고 복창해야 할 텐데, 아쉽게도 지금의 그는 매화검존이 아니라 화산의 삼대제자였다.
'좀 더 빨리 강해져야겠어.'
새삼 느끼게 된다. 강호는 힘이 없는 자는 결국 아무것도 할 수 없는 곳이다. 화산의 장문인과 장로들이 이 일을 안다고 한들, 종남에 항의할 수 있을까?
없겠지.
항의를 하고 상대의 잘못을 지적하는 것은 힘을 가진 자만이 누릴 수 있는 특권이다. 지금의 화산은 종남의 무도함을 성토할 힘조차 없었다.
"지금은 말이지."

청명이 이를 뿌득뿌득 갈았다.

"하지만 얼마 안 남았어."

결국 화산은 과거의 영화를 되찾을 것이다. 청명이 있는 이상 그렇게 될 수밖에 없다.

오늘 하나 확인한 것이 있다면, 결국 화산과 종남은 양립할 수 없는 사이라는 것. 종남이 끝내 하지 말아야 할 짓을 해 버린 이상, 화산은 화산대로, 종남은 종남대로 잘 먹고 잘사는 것이 불가능하다. 설사 다른 이들이 그걸 원한다고 해도 이제는 청명이 용납하지 않을 것이다.

"더 빨리 강해져야 해."

청명의 눈에 독기가 어렸다. 그도 강해져야 하지만, 화산 전체의 힘 역시 강해져야 한다. 화산이 화산으로서 강해지지 못한다면 그 한계는 너무도 명확해진다.

청명은 자신에게만 의지하는 화산을 만들고 싶은 생각이 없었다. 청명 없이도 천하제일검문으로 우뚝 설 수 있는 화산이 되어야 한다. 그래야 저 무도한 것들을 벌할 수 있으니까.

'설화십이식이라……'

잘 만들어졌다.

물론 이십사수매화검법을 어설프게 베껴 만든 검법이기는 하다. 하지만 그저 형을 따오는 데서 그치지 않고, 종남의 무학에 어떻게 녹여 낼지 깊은 고민을 한 게 느껴진다. 화려함을 최대한 줄이고 종남의 내공에 맞도록 검식을 수정한 흔적도 엿보이고, 종남의 다른 무학과 어우러지도록 속도를 조절한 것 역시 보인다. 단순히 매화검법을 베낀 게 아니라, 완전히 종남의 무학으로 만들어 내겠다는 의지가 담겨 있긴 하다만…….

"오히려 그렇기에 극독이 되겠지."

청명의 얼굴에 숨길 수 없는 장난기가 생겨났다.

"일단은 그냥 내버려 둬도 서서히 곪아 갈 테지만."

또 그걸 지켜보고만 있는 건 청명의 성미에 영 맞지 않는다. 당했으면 패야 하는 게 청명이다. 망하기를 기다리며 기도하는 건 그의 방식이 아니다.

"너희 사람 잘못 건드렸어."

청명의 시선이 남쪽을 향한다. 저 멀리 우뚝 솟아 있는 종남산을 보며 그는 혀를 찼다.

"은혜도 모르고 화산을 건드린 대가는 반드시 치르게 해 준다. 종남파."

그리고 휘적휘적 걸어 다시 은하상단으로 향했다. 이때의 청명은 알지 못했다. 먼 훗날에나 올 거라 생각했던, 종남을 벌할 기회가 그토록 빨리 찾아올 줄은 말이다.

• ❖ •

화산은 난리가 났다. 갑자기 화산에서 사라져 버린 삼대제자가 복귀하지 않은 지 벌써 칠 일이 지났다. 이건 어마어마한 일이었다. 물론 화산이 몰락하던 때, 야반도주를 하던 이가 없었던 건 아니다. 그러나 최소한 최근에는 볼 수 없었던 일이다. 때문에 화산의 분위기는 흉흉하기 그지없었다.

"……무슨 사고라도 난 것 아닙니까?"

"사고?"

"아무리 막간다 해도, 복귀하지 않을 놈은 아닌 것 같은데. 게다가 그 녀석이 화산을 떠날 이유도 딱히 없잖습니까?"

"그렇지."

윤종이 고개를 끄덕였다. 이건 조걸의 말이 맞다. 청명은 화산을 떠날 이유가 없다. 그럴 생각이 조금이라도 있었다면 자신에게 영약을 먹이지는 않았을 것이다. 그 아까운 것을 퍼 주고 바로 화산을 떠난다? 사실 그게 영약이 아니라 독이라도 되지 않는 이상은 있을 수 없는 일이다.

다만 한 가지.

"떠날 이유가 없는 놈이 갑자기 복귀하지 않는다는 건, 사고가 터졌다는 뜻 아닙니까?"

"걸아."

"예, 사형."

"내가 아무리 머리를 굴려 봐도 그놈이 사고를 당하는 경우는 상상할 수가 없다."

"……."

"너는 상상이 가더냐?"

"저도 좀……."

조걸의 머리에 청명의 웃는 얼굴이 떠오른다. 물론 훈훈하게 웃는 얼굴이 아니라 사악하게 웃는 얼굴이.

'에이. 역시 아니야.'

절벽에 던져도, 지옥에 떨어뜨려도 악착같이 살아남을 놈이다. 그런 놈이 무슨 일을 당해 복귀하지 않는다는 건 있을 수 없는 일이다.

"무슨 사정이 생겼겠지."

"사숙조들께서 납득하실 수 있을 만한 사정이면 좋겠습니다. 화가 단단히 나신 것 같던데."

"그렇지……."

"운검 사숙조께서 다시 장문인께 불려 가셨습니다. 이러다 큰일이라도 터지는 게 아닐까 걱정됩니다."

윤종이 한숨을 내쉬고는 눈살을 찌푸리며 산문 쪽을 돌아보았다.

'이 녀석이 대체 무슨 일이지?'

별일 없을 거라고 생각하면서도 이상하게 자꾸 청명이 걱정되었다.

"방자하지 않습니까!"
날카로운 목소리에 현종이 미간을 찌푸렸다.
"칠 주야입니다. 삼대제자가 허락도 없이 칠 주야나 자리를 비우다니, 이는 처음 있는 일입니다."
"으음."
"묵과할 일이 아닙니다. 이제 겨우 문파의 기틀이 잡혀 가고 있는데, 다들 뭐라 생각하겠습니까?"
재경각주 현영이 목소리를 높이자 다들 고개를 끄덕였다. 확실히 이건 그냥 넘길 일이 아니다. 그때 무각주 현상이 나서서 입을 열었다.
"자자. 진정하게, 사제."
"제가 지금 진정하게 생겼습니까?"
"왜 그런 쪽으로만 생각하는가! 아이가 사고라도 당했으면 어쩌려고. 지금 우리의 도움이 필요한 상황일지도 모르잖느냐."
"사고를 당해요? 대체 화산에서 사고를 당할 일이 뭐가 있습니까? 설사 그렇다 하더라도 제 발로 산문을 벗어난 것이 사실일진대, 그것까지 우리가 헤아려 줘야 한단 말입니까?"
"아니면 실족이라도……."
이건 일리가 있다고 생각했는지, 언성을 높이던 현영이 순간 입을 닫고 침음했다.
화산은 산세가 워낙에 험하다. 출타하던 이들이 실족해 부상을 당하는 일도 종종 있다. 숙련된 무인들도 부상을 당하는 마당에, 삼대제자가 실족했다면 죽어도 이상하지 않다.
"산을 뒤져 봐야 하는 것 아닙니까? 혹시 부상을 입은 거라면……."
"그래 봐야지."

내내 침묵을 지키던 현종이 무거운 목소리로 대답했다.

"확실히 그럴 가능성을 배제할 수는 없지."

하지만 현영은 여전히 뜻을 굽히지 않았다.

"하나 그렇다고 해도 책임을 면할 수는 없습니다. 애초에 삼대제자가 제멋대로 본산을 비우고 산문을 나선다는 것이 문제가 아니겠습니까!"

현종의 얼굴이 살짝 굳었다. 청명에게 그 권한을 준 건 다름 아닌 현종이었다. 지금 현영은 현종이 아이에게 과도한 권한을 주었다고 은근히 면박을 주고 있다.

"그럴 만한 사정이 있었네."

"사정은 어디에나 있습니다. 본디 법도라는 건 일일이 사정을 헤아리기 전에 지켜야 하는 것 아닙니까!"

"재경각주."

"장문인. 이 일은 화산의 근간을 뒤흔드는 일입니다. 언제부터 화산이 아이에게 특권을 주는 곳이었습니까. 이대제자도 아니고 겨우 삼대제자입니다. 사가(私家)에 있어도 아직은 철이 들었다 할 나이가 아니라는 말입니다."

"그만하게."

무겁고 싸늘한 목소리에 현영은 할 말을 누른 채 입을 꾹 다물었다. 이 이상 말을 얹었다간 선을 넘는 게 된다. 그 역시 장문인과 대립하는 건 원하지 않았다.

"……장문인, 제가 과했습니다. 하지만 이건 장문인을 탓하고자 하는 말이 아닙니다."

"알고 있네."

현종이 한숨을 푹 내쉬었다.

'이게 무슨 일인가?'

아무리 생각해도 이해할 수가 없다. 그가 본 청명이라는 아이는 이런 사고를 칠 아이가 아니었다. 그렇기에 그런 권한을 과감히 준 것이 아닌가?

'내가 그 아이를 잘못 보았다는 말인가?'

그때 가만히 사태를 지켜보고 있던 운검이 무겁게 입을 열었다.

"장문인."

"말하거라."

"제자들을 뽑아 수색대를 만들겠습니다. 화산과 화음을 샅샅이 뒤져 청명을 찾아내겠습니다."

현종이 고개를 끄덕였다.

"그리하거라."

"청명을 찾은 뒤에는 제 죄를 물어 주십시오. 삼대제자가 잘못을 저지른 건 제대로 훈육을 하지 못한 저의 탓입니다."

"그게 어찌 너의 잘못이란 말이더냐? 네가 그 아이의 스승도 아닐진대."

"저는 모든 아이들의 스승입니다."

"하나……."

무언가 말하려던 현종은 결국 고개만 내젓고 말았다. 여기서 더 말을 했다가는 백매관이 아이들의 생활을 책임지지 못한다는 문제점만 더 드러날 뿐이다.

"이 일은 너의 잘못이 아니다. 그 아이에 대한 본도의 신뢰가 과했음이다."

"장문인, 그렇지 않습니다."

"지금 중요한 것은 잘못을 따지는 게 아니다. 잘잘못을 논하는 것은 아이를 찾고 나서도 늦지 않다. 혹여나 우리가 이리 시간을 지체해서 그 아이를 구할 수 있는 시간을 놓친다면 천추의 한이 되지 않겠느냐?"

다들 깊이 고개를 숙였다. 실수야 있었다 하더라도 제자를 생각하는 현종의 마음만은 그 누구도 부정할 수 없다.

"운암아."

"예, 장문인."

"운검을 필두로 수색대를 조직하거라. 모든 지원을 아끼지 않아야 한다. 일단은 그 아이를 찾아내고, 잘잘못은 그다음에……."

그 순간 문밖에서 커다란 목소리가 들려왔다.

"장문인!"

현종의 미간이 꿈틀댔다.

"지금은 회의 중이니 조금……."

"그 아이가 돌아왔습니다! 청명이 산문으로 복귀하는 중입니다!"

현종이 자리에서 벌떡 일어났다. 그 얼굴에는 숨길 수 없는 안도감이 어려 있었다.

"무사하더냐?"

"네. 사지는 멀쩡해 보입니다. 다만……."

"됐다. 내 직접 나가겠다!"

괘씸한 마음이 적지는 않았지만, 일단 무사하다는 말에 반가움이 앞섰다. 하지만 곧장 나서려는 현종을 현영이 만류했다.

"잠시 기다리십시오, 장문사형."

"왜 그러는가?"

"장문사형."

호칭이 장문인이 아니다. 현영은 슬쩍 주위 사람들을 둘러보고는 입을 열었다.

"장문사형이 그 아이를 아끼시는 건 이해합니다. 그 아이가 세운 공을 감안한다면 그만한 대접을 받는 게 당연하다는 것도 압니다."

현종이 살짝 미간을 찌푸렸다.

"무슨 말을 하려고 그리 뜸을 들이는 건가."

"사형. 아이를 망치지 마십시오."

"……."

"신상필벌은 문파를 다스리는 방법이기도 하지만, 사람을 바르게 키워 내는 방법이기도 합니다. 잘못을 저질렀음에도 그에 합당한 벌을 받지 않는다면 아이는 제 잘못을 알지 못하게 됩니다. 아끼는 아이일수록 엄하셔야 한다는 걸 잊지 말아 주십시오."

현종이 한숨을 내쉬었다.

"내가 그걸 모르겠는가? 걱정하지 말게나. 그 아이를 누구보다 바르게 키워 내고 싶은 건 나일세. 아이가 무사하다면 보름간 폐관을 명하겠……."

"그거로는 안 됩니다."

현종의 말을 자른 건 운검이었다.

"사사로이 명을 어기고 복귀하지 않은 죄는 중합니다. 적어도 반년간 참회동에 가두어야 합니다."

"운검아. 이제 겨우 삼대제자인 아이가 한 일이다."

"이대제자가 저지른 일이라면 일 년으로도 부족합니다. 청명에게 합당한 벌을 주지 않으신다면 제가 그 벌을 대신 받겠습니다."

현종이 눈을 질끈 감았다. 화산의 장문인이라는 자리는 모든 것을 제 마음대로 정할 수 있는 자리가 아니다. 모두의 의견을 규합하고 결정을 내리는 자리다.

"……다른 이들의 생각도 같은가?"

"그러합니다."

"장문인. 저희를 탓하지 마십시오. 그 아이의 재능을 아끼는 건 저희도 마찬가지입니다. 하지만 그렇기에 더욱 엄해야 하는 법입니다."

결국 현종이 얼굴을 굳힌 채 고개를 끄덕였다.

"알겠다."

짧게 답한 그는 굳은 얼굴을 풀지 않고 밖으로 걸어 나갔다. 좌정하고 있던 이들도 모두 일어서 그의 뒤를 따랐다. 운암이 그 모습을 지켜보며 한숨을 내쉬었다.

'어쩌자고 이런 짓을 저질렀느냐, 이 녀석아.'

현종이 청명을 얼마나 아끼는지 아는 사람은 운암 외에는 없다. 그러니 지금 현종의 심정이 어떤지를 이해하는 사람도 운암 외에는 없을 것이다.

산문에 거의 도착하자 문 안으로 들어오는 청명의 모습이 보였다.

"저……."

운검과 현영의 얼굴이 점점 달아올랐다.

어디 하나 다친 곳이 없다. 그렇다면 지은 죄를 알고 자숙하는 모습이라도 보여야 할 텐데, 어디 하나 반성하는 구석도 보이지 않는다. 되레 어깨를 쭉 펴고 당당히 걸어 들어오지 않는가?

"네 이놈!"

참지 못한 현영이 버럭 고함을 질렀다. 실로 엄한 목소리였다. 하지만 자신을 향해 다가오는 이들을 발견한 청명은 태연히 고개를 갸웃했다.

"어? 다들 어디 가세요?"

"네 이놈! 네 어디 방자하게 입을……."

"장문인을 뵙습니다."

청명이 현종을 향해 냉큼 고개를 숙였다. 그러자 버럭 소리를 지르던 현영이 어정쩡하게 말을 끊었다.

'저, 저놈이?'

"청명아."

"예, 장문인."

"본산을 비운 이유가 있더냐?"

"예, 장문인. 피치 못할 사정이 있었습니다."

현종이 고개를 끄덕였다.

"실명해 보거라. 만약 네 설명이 우리를 납득시키지 못할 시에는 그에 합당한 벌이 주어질 것이다. 화산의 법도는 지엄하다."

현영이 참지 못하고 첨언했다.

"어디 삼대제자가 이리 방자하게 구는 것이냐! 제대로 된 이유를 대지 못한다면, 혼쭐이 날 줄 알아라, 이놈! 장문인께서 네게 호의를 베풀었거늘, 호의에 이런 식으로 보답하다니!"

청명이 슬쩍 현영을 바라보고는 머리를 긁적였다.

"아니, 그런 게 아니고……."

"이놈이! 자세를 바로 하지 못할까?"

그 대답은 청명의 뒤에서 들려왔다.

"그러지 마십시오."

"응?"

그제야 청명이 혼자 온 게 아니라는 걸 알아챈 이들이 일제히 산문을 향해 고개를 돌렸다.

"황 대인?"

"화, 황 대인이 아니십니까?"

"몸이 성치 않다고 하시더니?"

산문으로 들어온 황문약이 모두를 쭉 돌아보았다. 현영에게 살짝 머물렀던 시선이 이내 장문인에게로 향했다. 황문약은 포권을 하며 허리를 굽혔다.

"장문인을 뵙습니다. 그간 강녕하셨습니까?"

"황 대인. 정말 오랜만에 뵙습니다. 몸이 좋지 않으시다고 들었는데 쾌차하셨으니 다행입니다."

짐짓 태연한 척 말을 받았으나, 사실 현종은 내심 당황했다.

'아, 아니 여기 황 대인이 어떻게?'

기식이 엄엄하여 곧 숨이 넘어갈 것 같다는 서찰을 받은 것이 불과 칠 주야 전이 아닌가? 그런 황 대인이 조금 마르기는 했지만, 멀쩡한 모습으로 이곳에 도착한 것이다.

그제야 현종의 눈에 산문으로 들어서는 은하상단의 사람들이 보이기 시작했다.

"장문인. 그리 노여워 마십시오. 제가 이 소도장 덕에 목숨을 구했습니다. 소도장께서 저를 살리고 은하상단을 살렸습니다."

"예?"

"화산의 은혜가 하해와 같습니다. 그래서 제가 직접 감사를 드리고자 방문한 것입니다."

모두의 의문과 경악 어린 시선이 청명에게로 향했다. 청명이 씨익 웃으며 어깨를 으쓱했다.

"뭐, 그렇대요."

'아. 얄밉다.'

'어쩐지 화가 난다.'

사람 속을 터뜨리는 데는 지금도 천하제일인 청명이었다.

 · ◆ ·

현종은 황당함을 감추지 못했다. 그건 방에 있는 다른 이들도 모두 마찬가지였다.

그 반응에서 벗어나 있는 사람은 둘뿐이었다. 하나는 현종의 맞은편에 앉아 있는 황문약. 그리고 그 옆에 무릎을 꿇고 앉은 청명.

"그러니까, 저 아이……. 청명이 황 대인의 병을 치료하고, 상단의 위기를 막아 내었다는 말입니까?"

"그렇습니다."

"허어."

현종은 청명과 황문약을 번갈아 바라보았다. 도무지 믿을 수가 없는 일이다. 화산의 제자라고는 하지만, 청명은 아직 입문한 지 석 달도 되지 않은 아이이다. 따지자면 이제 겨우 솜털을 벗어난 애송이에 불과한 셈이다. 그런데 그런 아이가 이토록 어마어마한 일을 벌였다는 게 말이나 되는가?

"정녕 그게 사실입니까?"

의심이 잔뜩 어린 현영의 말에 황문약이 눈을 찌푸렸다.

"재경각주께서는 지금 이 황 모가 거짓을 말한다 의심하시는 겁니까?"

"그, 그럴 리가 있겠습니까?"

현영이 꼬리를 말았다. 황문약과 은하상단의 힘은 지금의 화산으로서는 범접할 수 없을 만큼 거대하다. 더구나 황문약은 과거에도 꾸준히 화산을 후원한 사람이다. 황문약이 없었더라면 화산의 몰락이 배는 빨라졌을 것이다. 그렇기에 전대 장문인도 황문약을 화산의 가장 중요한 객으로 대우하지 않았던가? 아무리 현영이 화산의 재경각주이자 장로라지만, 황문약을 함부로 대할 수는 없었다.

"이 황 모는 그리 한가한 사람이 아닙니다."

현종이 살짝 눈을 찌푸리고 현영을 바라보았다. 현영은 찔끔하여 입을 열었다.

"결코 그런 의도는 아니었습니다. 제가 사과드릴 테니, 황 대인께서는 노여움을 푸시지요."

"음."

하지만 황문약은 쉽사리 불쾌한 얼굴을 거두지 않았다. 물론 정말 기분이 나빠서는 아니다. 거래에 임하는 상인이란 작은 틈도 놓쳐서는 안 되는 법이다. 이걸 호기 삼아 상대를…….

"크흠!"

황문약은 힐끔 헛기침이 나온 곳을 바라보았다. 청명의 얼굴이 대놓고 불편해 보였다.

'거참.'

문파의 장로가 구박받는 것을 도와주려는 삼대제자라니. 이런 광경을 어디서 보겠는가? 청명의 신호를 무시할 수 없었던 황문약이 표정을 부드럽게 풀었다.

그때, 운검이 가만히 입을 뗐다.

"이해가 가지 않습니다."

황문약은 잠깐 그의 얼굴을 보다 물었다.

"그쪽은?"

"화산의 운검이라 합니다. 백매관주를 맡고 있습니다."

"그렇군요. 운검 도장. 운검 도장도 내 말을 믿지 못하겠다는 것이오?"

"그런 게 아니라 근본적인 의문이 있어서 그렇습니다. 다른 건 다 그렇다 치고, 청명이 사람의 병을 치료할 수 있다는 겁니까?"

합리적인 의문이다.

모두가 두 눈에 의심을 듬뿍 담고 청명과 황문약을 바라보았다. 황문약도 할 말이 없어져 슬쩍 청명을 돌아보았다. 이건 그가 아니라 청명이 설명해야 할 일이다.

"그리 어려운 일도 아닙니다."

"설명할 수 있겠느냐?"

"예. 다들 아시다시피 저는 원래 거지였지 않습니까?"

"그렇지."

"거지는 원래 아무거나 주워 먹고, 먹을 수 있는 건 다 먹으니 탈이 나는 경우도 많고 중독이 되는 경우도 많습니다."

"허튼소리! 그 말대로라면 천하 독의 조종은 사천당가가 아니라 개방이 되었겠지."

"특정한 경우에는 그렇습니다. 왜냐면 거지들은 독을 쓸 일은 없지만, 중독을 푸는 방법은 꽤 압니다. 특히나 먹을 수 있는 것과 비슷한 경우에는 더욱 그렇습니다."

청명이 호흡을 깊게 들이쉬고는 입을 열었다.

"오음초(五陰草)라는 게 있습니다. 겉보기로는 쑥과 거의 똑같이 생겼지만, 극독을 품고 있죠. 눈에 잘 띄지 않아 사고가 나는 경우는 흔치 않지만, 먹을 수 있는 거라면 닥치는 대로 주워 먹는 거지들은 종종 이 오음초를 먹고 중독이 됩니다. 한번 중독이 되면 시름시름 앓다가 결국에는 죽음에 이르게 되지요."

다들 청명의 말에 빠져들었다.

"그런데 이 오음초를 해독하는 방법은 생각보다 간단합니다. 의원에게 데려가도 딱히 방법을 찾지 못하는데, 간 무를 먹이면 희한하게도 회복을 합니다."

"그럼 황 대인을 중독시킨 것이 오음초의 독이었다는 말이더냐?"

"예. 증상이 워낙 비슷해서 시험 삼아 한번 써 봤는데, 금세 회복이 되더군요."

"아니……."

가만히 말을 듣고 있던 무각주 현상이 입을 열었다.

"제가 비슷한 이야기를 들은 적이 있습니다. 확실히 개방 쪽에서는 중독에 대한 비전을 꽤나 많이 가지고 있다 하더군요."

"으음, 그런가?"

이걸 믿어야 하나 말아야 하나 고민하는 이들을 보며 청명이 내심 웃었다.

'물어봐라, 이놈들아.'

당장 개방으로 달려가 진위를 확인한다고 해도 걱정할 게 없었다. 왜냐면 이 말은 사실이기 때문이다.

전쟁은 보급과의 싸움이다. 하지만 어지러운 전선에 제때 보급품이 도착하게 만드는 건 세상에서 가장 어려운 일 중 하나였다. 그렇기에 전선에 있는 이들은 먹을 수 있는 거라면 뭐든 주워 먹었고, 탈이 나는 경우도 부지기수였다. 이 오음초에 관한 일도 청명이 전쟁 중에 실제로 겪은 일이었다. 그때 해법을 준 것이 바로 개방의 거지들이다.

황문약을 중독시킨 독은 오음초와는 아무런 관련이 없었지만, 이들이 그걸 알 게 뭔가?

'그럴싸하면 되는 거야, 그럴싸하면. 인생 다 그런 거지 뭐.'

"그런 일이 있었다니."

"그럼 바로 복귀하기 어려울 만도 하지요. 당장 눈앞에 사람이 죽게 생겼는데 하루 이틀 늦는 게 대수입니까?"

"큰일을 했습니다. 큰일을 했어!"

청명에게 쏟아지는 시선엔 이제 기특하단 기색이 가득했다. 그때 운검이 눈치 좋게 입을 열었다.

"장문인. 이 말이 사실이라면 벌을 내릴 일이 아니라 생각됩니다. 오히려 상을 줘야 하지 않겠습니까?"

"으음. 과연 그렇다."

현종의 눈가가 부드럽게 휘어졌다. 운암은 그 양을 보다 살짝 목소리를 높였다.

"하나, 장문인. 아무리 선도를 행했다고는 하나 장문인의 명을 어기고 복귀하지 않은 것은 큰 죄입니다."

"내 명이 사람의 목숨보다 중요하더냐?"

"……그건……."

"죽어 가는 사람을 내버려 두고 제시간에 복귀하는 제자를 기특하다

칭찬해야 한다는 말이더냐?"
운암이 입을 다물었다.
"화산은 정도를 추구하는 문파다. 사람을 돕고 살리는 것보다 우선할 수 있는 게 뭐가 있느냐? 내 하찮은 명령이 협의를 세우는 것보다 중요하더냐?"
"제가 생각이 짧았습니다."
운암이 고개를 푹 숙이고 몸을 뒤로 뺐다. 그 와중에 그는 현종과 살짝 눈빛을 교환했다. 운암이 먼저 운을 뗐다가 현종이 노하는 모습을 보였으니, 이걸로 다른 이들도 청명의 죄를 논하지는 못할 것이다. 그런 의도를 짐작한 현종은 운암에게 살짝 눈길을 주고는 청명을 돌아보았다.
"청명아."
"예, 장문인."
"고생했다."
청명은 예, 하고 답하며 깊이 고개를 숙였다. 대충 상황이 정리된 것 같자 황문약이 운을 떼기 시작했다.
"저와 은하상단은 화산에 큰 은혜를 입었습니다. 아니, 정확하게 말하자면 저는 청명 도장에게 도움을 받았지만, 청명 도장은 이 모든 것은 화산의 가르침 덕분에 가능했던 일이라며 모든 것을 화산의 공으로 돌리더군요."
"허어! 저 아이가."
"도기로다. 참으로 도기로다."
황문약이 살짝 고소를 머금었다.
'챙길 건 다 챙겼지만 말이지.'
하나 사실 그대로 말할 수는 없었다. 은하상단과 황문약의 입장에서도 화산에서 청명의 입지가 탄탄해지는 쪽이 좋다. 뻔한 거짓말을 뻔뻔한 얼굴로 듣고 앉아 있는 청명의 모습을 보고 있으니 웃음을 참기가 힘이

들 지경이었다.

"그렇기에 화산에 대한 은혜도 갚을 겸, 화산에 조금 투자를 해 보고 싶습니다."

"지금 투자라고 하셨소?"

"예. 아, 투자라는 말은 조금 어울리지 않는군요. 후원이라는 말이 조금 더 명확합니다. 투자는 돌려받을 것을 전제로 하지만, 후원은 돌려받지 않아도 주는 것이 아니겠습니까?"

"아, 이제껏 화산에 주신 것도 감사한데……."

황문약이 가만히 현종을 바라보며 말했다.

"장문인. 겨우 그 정도로 입을 닦을 생각이었다면 제가 식솔들을 이끌고 이곳까지 직접 오지도 않았을 것입니다. 저는 화산에 제 모든 것을 걸어 보고 싶습니다."

"화, 황 대인?"

현종의 눈가가 파르르 떨렸다. 놀란 그의 반문에도 황문약은 빙그레 웃을 뿐이었다.

"상단의 실무진들을 데리고 왔으니 천천히 논의해 보십시다. 화산에 무엇이 필요하고 저희가 무엇을 해 드리면 좋을지 말입니다."

"감사합니다. 참으로 감사합니다, 황 대인."

"제게 감사하실 일이 아닙니다. 구명지은을 갚기에는 모자랍니다."

황문약과 현종의 시선이 동시에 청명에게로 향했다. 현종이 더없이 흐뭇해하며 말했다.

"네가 화산에 복을 가져오더니 이제는 화산의 귀인을 도와 화산의 이름을 퍼뜨리는구나. 본도가 부끄러울 지경이다."

"그런 말씀 마십시오. 제가 화산에서 배운 게 아니었다면, 어찌 이런 일을 해낼 수 있었겠습니까?"

지켜보던 황문약이 크게 감탄했다.

'연기가 물이 올랐군.'

저 물 흐르는 듯한 언변을 보라. 아주 그냥 기름이 좔좔 흐른다.

"그럼 재경각주와 운암은 자리에 남고, 나머지는 그만 나가 보거라."

"예, 장문인."

"그리고 청명은 조금 후에 다시 부를 테니, 멀리 가지 말고 기다리거라."

"예."

청명이 살짝 고개를 숙이고는 사람들과 함께 밖으로 나섰다. 밖으로 나오자마자 무각주 현상이 그의 어깨를 도닥여 주었다.

"고생했다. 정말 고생 많았다."

"에이. 대단한 일을 한 것도 아닌데요, 뭐."

"대단하지. 어찌 그게 대단한 일이 아니더냐. 허허. 사람을 구한 것만으로도 기특하건만, 그게 황 대인이라니! 정말 화산에 복덩이가 굴러들어 왔구나!"

굴러들어 온 건 니들이지. 나는 원래 여기 박힌 돌이었고. 굴러들어 온 주제에 주인임을 주장하는 어린(?)놈들을 보며 청명이 남몰래 한숨을 내쉬었다. 그래, 그래. 기분 좋다는데 내가 뭘 어쩌겠냐.

그때, 운검이 조금 딱딱한 어조로 입을 열었다.

"청명아."

"예, 관주님."

"네가 좋은 일을 했다는 건 알겠다. 하지만 처리가 서툴렀던 것 역시 사실이다. 특히나 아무런 말도 없이 화산을 빠져나간 것은 명백히 잘못이다."

"제자가 마음이 급해 거기까지는 미처 생각을 못 했습니다."

"그럴 수 있지. 다음부터는 조심하거라. 이번 일은 네 생각 이상으로 위험했다."

"예, 주의하겠습니다."

"네가 장문인의 명을 어긴 것 역시 사실이다. 어찌할 수 없었다는 변명으론 매번 면피할 수 없다."

청명이 공손히 예, 답하며 고개를 숙였다. 하지만 보이지 않게 입술이 불뚝 튀어나왔다.

'애는 애가 왜 이렇게 고지식해?'

이렇게까지 해 줬는데! 더 안 해 줬다고 난리라니!

하지만 삐뚤어졌던 청명의 마음은 고개를 들어 운검의 얼굴을 보는 순간 풀렸다. 운검의 입가가 실룩이고 있었다. 자꾸만 지어지는 미소를 어찌할 수 없는 모양이다.

"크흠, 흠. 항상 정진해야 한다."

'애쓴다.'

다른 이들도 제각기 다가와 청명의 어깨를 두드리고, 그의 공을 치하했다. 청명이 생각한 것 이상으로 황 대인이라는 존재가 화산에 큰 모양이었다.

하기야 돈을 주는데. 원래 돈 주는 사람이 최고인 법이다.

"이제는 화산도 운이 풀리려는 모양이다. 연이어 좋은 일만 이어지는구나."

그게 화산 운이 풀린 거냐? 내가 화산에 온 거지.

청명이 남몰래 한숨을 푹 내쉬었다. 이 핏덩어리들을 데리고 언제 화산을 일으키나.

'아이고, 사형. 나도 이제 허리가 아프오.'

하늘 위에서 청문이 빙그레 웃는 것만 같았다.

◆ ❖ ◆

화산은 난리가 났다. 아니, 난리는 이미 나 있었지만, 그 난리의 의미가 완전히 반대로 바뀌었다.

"황 대인을 구했다고?"

"황 대인이 누군데?"

"화음 최고의 유지. 전에 본산으로 올라왔던 사람들 다 합쳐도 황 대인 하나만 못할 거야."

"헉! 그럼 굉장한 사람이잖아."

말을 하던 삼대제자가 얼굴을 확 일그러뜨렸다.

"그런 사람을 청명이 구하다니!"

"와! 이거 진짜……."

"망했네."

"하필이면 왜 그놈이……."

화산에는 무척 기꺼운 소식이었지만, 삼대제자들에게는 서글픈 소식이었다. 이걸로 청명의 입지는 수직 상승 할 것이고, 화산의 어른들은 청명을 더 싸고돌 게 뻔하다. 이미 운검 사숙조와 장문인의 비호를 받고 있는 청명이 아닌가? 그런데 여기서 더 올라간다고?

조걸이 헛웃음을 흘렸다.

"어디서 뭘 하고 있나 했더니."

정말 귀신 같은 놈이다. 아니면 하늘이 돕는 놈이든가.

"해도 해도 너무하지 않습니까, 사형?"

"글쎄."

"그놈만 운이 너무 좋지 않습니까."

윤종이 조걸을 빤히 보며 물었다.

"운이라고 생각하느냐?"

"……아니라고 생각하십니까?"

"그건 운이 아니라 실력이다."

조걸이 고개를 갸웃했다. 윤종이 그런 그를 보며 말했다.

"화음으로 내려갈 수 있었던 것도 청명이 능력으로 얻어 낸 권한이고, 화음에서 황가장의 일을 접한 것도 능력이다. 그 상황에서 우리가 할 수 있는 일은 뭐가 있었겠느냐? 그저 화산에 돌아와 알리는 것밖에는 없었겠지."

"……그렇지요."

"그래서는 해결이 안 된다. 그사이 황 대인이 죽지 않는다는 보장도 없고, 현장에서 잡지 않는 이상은 증거랄 것도 없다. 일이 잘못 풀렸으면, 돈맛을 본 화산이 괜한 이들을 핍박하여 재산을 강탈하려 한다는 말이 나왔을 것이다. 장문인도 함부로 움직이시지는 못했겠지."

조걸이 자신도 모르게 고개를 주억거렸다. 듣고 보니 구구절절 옳은 말이다.

"무슨 일이든 남이 해낸 뒤에 보면 쉬워 보이는 법이다. 하지만 막상 자신이 해 보면 보는 것처럼 쉽지 않기 마련이지. 운을 논하기 전에 실력을 키워라. 네 실력이 충분하다면 운은 따라올 테니까."

"알겠습니다, 사형."

조걸이 낮게 한숨을 쉬었다.

'사형도 요즘 잔소리가 많아졌다니까.'

예전에는 무슨 일이 벌어지든 한발 떨어져 있던 사람이 윤종이다. 삼 대제자 중 맏이라는 상징적인 자리에 앉아 있지만, 딱히 그 사실을 내세우지도 않았고, 그걸로 뭔가를 하려 한 적도 없다. 그저 물 흐르듯이 흐름에 몸을 맡기던 사람인데 최근 들어서는 정말 대제자다운 느낌이 난다. 화산에서 뭔가를 이뤄 보기로 한 이후로 사람이 바뀐 것이다.

하기야 그건 조걸도 마찬가지지만.

다른 이들도 윤종의 말에 느낀 게 있는지 입을 다물고 생각에 빠졌다. 그런데 윤종의 말은 끝나지 않았다.

"하나, 걱정이구나."

"예?"

"과정과 결과야 능력으로 얻어 낸 것이지만, 입지가 높아진 것 역시 사실이니……."

이미 화산에 여러 공을 세운 청명이다. 그런 청명이 또 공을 세웠으니 그 위상이야 말할 게 있겠는가?

"분명 또 무슨 짓을 하려고 들 텐데."

청명의 가장 큰 문제점은 악독하다는 게 아니다. 악독한 놈이 부지런 하기까지 하다는 점이다.

"에휴."

"진짜 내가 전생에 무슨 죄를 지어서."

백매관이 순식간에 탄식과 한숨으로 가득 찼다.

• ❖ •

"화음의 사업장은 황 대인께서 맡아 주시기로 했다."

"다행입니다."

"황 대인이라면 믿을 수 있지요."

현종은 들뜬 마음을 내리눌렀다.

'너무 좋은 티를 내서는 안 되겠지.'

하지만 당장 들썩이는 엉덩이를 누르기가 쉽지 않았다.

황문약은 사업장에 대한 관리를 대가도 받지 않고 해 주겠다고 제안했다. 심지어 이번 일로 입은 은혜를 조금이라도 갚겠다며 막대한 금액의 보상까지 약속했다.

조건은 두 가지. 번 돈을 축적하지 말고 화산의 발전을 위해 바로 사용해 줄 것. 그리고 다른 한 가지는, 삼대제자인 청명을 우대해 줄 것.

첫 번째 조건은 별문제가 없다. 현종 역시 번 돈을 쌓아 둘 생각은 없으니까. 아직 화산은 재산을 축재할 단계가 아니다. 밑 빠진 독에 물을 붓듯 돈을 퍼부어야 겨우 독 내부를 적실 판이다.

문제는 두 번째 조건이다.

'우대라는 게 참 불명확한 단어로군.'

황문약으로서는 당연한 요구다. 그에게 청명은 생명의 은인이니까. 청명이 화산의 제자이니 화산에 투자하여 그 은혜를 갚는다고 하였지만, 청명 개인에게 느끼는 감정은 조금 더 각별할 수밖에 없다.

문제는 그 '우대'에서 나온다.

'삼대제자를 특별히 우대할 방법이 뭐가 있는가.'

이게 현종의 머리를 아프게 만들었다. 청명이 세운 공을 냉정하게 평가하면, 어이없게도 제대로 된 상을 받지 못했다는 결과가 나온다.

이미 삼대제자가 받을 수 있는 것은 모조리 다 챙기다 못해, 감히 일대제자도 바랄 수 없는 특권마저 누리고 있는 청명이 아니던가?

'이럴 때는······.'

현종이 슬쩍 운암을 바라보았다. 운암이 눈치를 보더니 슬그머니 입을 열었다.

"크흠, 좋은 일입니다."

사람들의 시선을 모은 운암이 좌중을 둘러보고는 말을 이어 갔다.

"하지만 황 대인이 이렇게 나서 준 것은 청명이 그들을 위기에서 구했기 때문입니다."

"음. 그렇지."

"참 대단한 녀석이야. 어찌 그리 귀신같이 좋은 일만 골라 한단 말인가?"

"그야말로 도기(道器)로다."

"그래서 말입니다만."

운암이 모이는 시선에 헛기침을 한차례 했다.

"그 아이에게 이번에도 상을 내려야 하지 않겠습니까?"
"음, 그렇지. 그래야지."
"상을 받아 마땅하지요."
모두가 고개를 끄덕였다.
"흠, 그럼 어떤 상을 내리는 게 좋을 것 같은가? 다들 의견을 내 보도록 하게."
일이 원하는 대로 풀려 나가자 현종이 흐뭇한 미소를 지었다. 화산에는 좋은 일만 벌어지고, 제 뜻을 짐작하여 움직여 주는 제자까지 있을진대 어찌 즐겁지 않겠는가? 물론 복을 물어 오는 복덩이는 말할 것도 없고.
"삼대제자인 것을 감안하여, 아직 삼대제자로서는 익힐 수 없는 무학을 먼저 익히게 해 주는 건 어떻습니까?"
현종이 반색하며 현상을 돌아보았다. 이건 확실히 황문약이 말했던 '우대'라고 할 수 있는 일이다.
"낙화검과 칠매검에 대한 연구가 끝나는 대로 그 아이에게 배울 권한을 주는 게 좋을 것 같습니다. 분명 더없이 기꺼워할 것입니다."
"좋은 생각입니다. 장문인!"
"저도 찬성합니다."
참으로 훈훈한 분위기였다. 현종이 흐뭇하게 웃으며 고개를 끄덕였다.
"그래. 내 그림 그리……."
"안 됩니다."
그 순간, 더없이 단호한 목소리가 현종의 말을 끊었다. 현종이 슬쩍 시선을 돌려 목소리가 나온 곳을 확인하고는 질끈 눈을 감았다.
재경각주 현영. 그의 얼굴이 노기로 가득했다.
"장문인! 그 아이에게 그런 상을 내리는 것은 말이 되지 않습니다!"
'아니, 또 왜.'

이러면 골치 아파진다. 아무리 현종이 화산의 장문이라고는 하나, 현영은 그의 사제이자 화산의 장로이며, 재경각주였다. 그런 그의 말을 무시하고 일을 진행하는 것은 현종으로서도 부담이 컸다.

"이보게, 재경각주. 대체 뭐가 문제인가?"

"상이란 그런 게 아닙니다! 그게 무슨 상입니까!"

"응?"

"애들한테 무공을 내려 주면 애들이 좋다고 하겠습니까? 안 그래도 지금 백매관에서 무학을 익히느라 바쁜 녀석에게 더 많은 걸 익히라는 게 상입니까? 그게 벌이지! 이래서 칼잡이들이란!"

어? 뭐지? 대화가 좀 이상하게 흐르는데?

모두가 의아해하는 가운데 현영은 숫제 두 눈으로 불을 뿜었다.

"상이란 그런 게 아닙니다! 가지고 있는 것 중에 줘도 손해가 없는 걸 던져 주는 게 아니란 말입니다! 그게 무슨 상입니까! 주는 사람도 내어 주기 아까운 걸 줘야 제대로 된 상이라고 할 수 있는 겁니다! 무슨 소린지 아시겠습니까?"

저놈이 대체 왜 저러지? 현종이 도무지 알 수 없다는 눈으로 현영을 바라보았다. 이전 회의까지만 해도 청명에게 벌을 주어야 한다고 노골적으로 주장하던 현영이 아닌가? 그런데 왜 갑자기 입장을 획 바꾸고?

급기야 현영의 입에선 흥분한 목소리가 벼락같이 터져 나왔다.

"이게 보통 공입니까! 그 아이가 황 대인을 구한 덕분에 화산에 돈이……. 아니, 막대한 후원이 들어왔고, 또한 황 대인이 사업장 관리를 무⋯료로 해 주겠다지 않습니까! 무료로!"

현종은 그제야 현영이 왜 저러는지 알 수 있었다.

현영은 재경각주다. 그리고 재경각은 화산의 살림을 도맡아 하는 곳이다. 좋게 말하면 살림을 하는 곳이고, 직설적으로 말하면 화산의 돈을 관리하는 곳이 바로 재경각이다.

그리고 그동안의 재경각은 한마디로 표현할 수 있는 곳이었다.

지옥.

망해 나자빠지는 중인 문파의 돈 관리를 한다는 게 얼마나 끔찍한 일이겠는가? 그나마 지금까지 화산이 현판이라도 붙이고 살 수 있었던 건 구 할이 재경각주의 공이었다.

'그럴 만도 하지.'

돈 나올 구석이라고는 없고, 빚쟁이들은 심심하면 사람을 볶아 대다 보니 나중에는 자다가 돈 소리만 들어도 경기를 일으키던 사람이 현영 아닌가?

예전에 청명이 발견한 상자에서 한차례 막대한 돈이 나왔다고는 하나, 그건 쓰면 금세 사라질 돈이었다. 재경각이 원하는 것은 모아 둔 돈을 야금야금 털어먹는 게 아니라, 사업장이 잘 돌아가서 매달 쓸 만큼 쓰고도 남을 만한 돈이 들어오는 상황이다.

와중에 청명이 공을 세웠다. 그 상황을 이루기 위해 가장 필요한 사람인 황문약을 청명이 구해 냈으니 얼마나 기쁘겠는가? 재경각주의 입장에서는 한 달 동안 청명을 업고 다녀도 그 귀여움이 가시질 않을 것이다.

현영이 얼굴을 뻘겋게 물들이고는 소리쳤다.

"제대로 된 상을 줘야 합니다! 그래야 저놈이 또 어디 가서 공을 벌어 올 것 아닙니까!"

"공은 벌어 오는 게 아니라 세우는 걸세……."

"여하튼!"

현영이 현종을 잡아먹을 기세로 들썩였다.

"장문인! 저놈은 재신(財神)입니다! 저놈에게 제대로 된 상을 주고 자꾸 밖으로 돌려야 또 공을 벌어 온단 말입니다! 무슨 말인지 아시겠습니까? 예?"

"……."

"이번에 저놈이 벌어 온 돈이 얼만지나 아십니까! 돈이라고는 동전 한 푼 못 벌어 오는 이 쌀벌레 같은 놈들 사이에서! 저런 녀석이! 저런 기특한 놈이! 예? 무슨 말인지 아시냐고요! 예?"

무각주 현상이 빙그레 웃으면서 자리에서 일어났다. 그리고 현영을 뒤에서 안아 방에서 끌어내기 시작했다.

"장문인! 큰 상을 내려야 합니다! 장문이이이이이인!"

현영이 방에서 아주 끌려 나가자 현종이 깊은 한숨을 내쉬었다.

"다들 이해해 주길 바라네. 워낙에 맺힌 게 많은 사람이라."

"……이해합니다."

"사실 뭐 더 하셔도 되지요. 그동안 고생한 걸 생각하면."

"얼마나 한이 맺히셨으면……."

다들 촉촉해진 눈가를 훔쳤다. 그때 운암이 분위기를 정리하며 입을 열었다.

"장문인. 재경각주의 말이 맞습니다. 청명에게는 제대로 된 상을 내려야 합니다. 특히나 저는 남는 걸 내어 준다는 말이 마음에 걸립니다."

"으음, 그렇지."

"냉정히 보면 이번에 청명이 세운 공은 일전의 공만 못합니다."

현종이 고개를 끄덕였다.

"하지만 지난번의 공은 우연히 벌어진 일입니다. 그러니 제자들은 이번에 청명이 어떤 상을 받느냐로 화산의 신상필벌을 짐작할 것입니다."

"그렇겠지."

"저는 청명에게 제대로 된 상을 주었으면 좋겠습니다. 공을 세운 이는 상을 받는다는 당연한 이치를 모든 제자들이 알 수 있도록 말입니다."

모두가 고개를 끄덕였다. 현종이 중인들의 반응을 살피고는 입을 열었다.

"하면, 어떤 상이 좋겠는가?"

그러나 다들 서로 눈치를 볼 뿐 선뜻 입을 열지 못했다.

그 와중에 먼저 입을 연 이는 역시나 운암이었다.

"우선…… 그 아이가 화산을 내려가는 것을 좋아하니, 은하상단과의 연락책을 맡기는 게 좋을 것 같습니다."

"하지만 그건 심부름꾼으로 부리는 것이 아닌가? 그걸 상이라 할 수 있겠느냐?"

"황 대인께서 청명을 어여뻐하시니 갈 때마다 좋은 대접을 받을 것입니다."

"아, 확실히 그렇겠구나."

현종이 격하게 고개를 끄덕였다. 좋은 생각이다.

의견이 하나 나오자 다른 이들도 저마다 의견을 내기 시작했다.

"매화검을 미리 하사하는 건 어떻습니까? 아이들은 좋아하지 않겠습니까?"

"목검으로 수련하는 아이에게 매화검이 무슨 소용이라고 그러십니까! 차라리 새 무복을 주는 게 어떻습니까! 가슴에 금실로 수를 놓아서!"

"먹지도 못하는 무복이 뭔 의미가 있다고! 차라리 먹을 걸 줍시다! 그게 아니면 서고에 마음대로 드나들 수 있게 해 준다든가!"

"청명이 너 같은 줄 아느냐! 먹을 걸로 상을 주게?"

"그럼 영약이라든가!"

"영약이 어디 있어!"

"사면 되지! 이제 돈도 있는데!"

그 순간이었다. 벌컥 문을 박차고 들어온 현영이 가슴을 치더니 소리쳤다.

"그냥 돈을 주라고, 돈을! 돈만 있으면 다 할 수 있는 걸 뭘 고민을 하고 있어! 이 답답한 것들아! 일단 상은 닥치고 돈을……. 읍! 읍읍!"

현상이 말없이 현영의 입을 틀어막고 밖으로 끌어냈다. 그리고 어색하게 웃으며 문을 닫았다. 다시 조용해졌다.

"……."

현종이 가만히 눈을 감았다.

'좋은 일이 자꾸 생기는 건 사실이지만…….'

그가 알던 화산이 가면 갈수록 뭔가 조금 이상해지는 것 같다. 기분 탓이겠지?

• ◈ •

황문약은 청명과 마주 앉아 차를 홀짝였다. 청명은 눈앞의 황문약을 보며 살짝 미간을 찌푸렸다. 그때 황문약이 먼저 입을 열었다.

"어떻습니까?"

"중간중간 이상한 말을 하시더라구요."

"도장께는 나쁠 것이 없지요."

황문약의 눈이 날카롭게 청명의 반응을 살핀다. 미간을 찌푸린 채 가타부타 말이 없는 청명을 보고 있으니 미묘한 위화감이 들었다.

'이 황문약이 저런 아이와 대등하게 말을 나누고 있다는 말이지?'

스스로에 대한 자부심으로 꽉 찬 부류는 아니지만, 그래도 황문약이 이뤄 놓은 것을 감안한다면 화산의 삼대제자와 독대를 할 정도는 아니다.

그럼에도 그는 지금 청명과 독대하고 있다. 구명지은을 베푼 은인이 아닌, 그저 화산의 삼대제자 청명을 상대해 보고 싶은 마음에서였다.

"이제 한배를 탄 몸 아니겠습니까?"

"한배라……."

청명이 빙그레 웃었다.

"운이 좋아 상단주님을 구하기는 했지만, 제가 뭐라고 단주님과 한배를 타겠어요. 이제 장문인과 이야기를 하셔야죠."

"저는 화산과는 한배를 타고 싶은 마음이 없습니다."

청명이 살짝 눈을 가늘게 뜨고 황문약을 바라보았다.

'이것 봐라?'

너무 많이 보여 줬나?

"정확하게 말하자면 소도장이 계시지 않는 화산은 저의 관심 밖입니다."

"저를 너무 과대평가하시는 것 같은데."

청명의 겸손에 황문약이 살짝 입꼬리를 말아 올렸다.

"소도장. 저는 상인입니다. 평생을 상인으로 살아왔고, 죽는 그 날까지 상인으로 살 것입니다. 상인으로서 제가 가진 단 하나의 무기가 있다면 그건 사람을 보는 눈입니다."

"……."

"제 눈이 그릇되었다면 이미 저는 망했을 것이고, 설사 여태 운이 좋아 망하지 않았다 한들 언젠간 분명 주저앉겠지요. 억울할 것도 아쉬울 것도 없는 일입니다. 하지만 혹여 제 눈이 정확하다면……."

황문약이 의미심장한 눈으로 청명을 바라본다.

"은하상단과 화산 모두에게 좋은 일이 벌어지지 않겠습니까?"

청명이 가볍게 볼을 긁적였다.

"뭐 여하튼 한배를 탔다거나 그런 말은 하지 말죠. 제가 그런 말은 별로 좋아하지 않거든요."

"어째서입니까?"

"입바른 말을 하는 이들은 꼭 뒤통수를 치더라고요."

예전의 그들이 그랬지. 천하를 구하기 위해 나선 청명과 화산 사람들을 찬양하고 눈물 흘린 이들은 수도 없었다. 하지만 그들 중 누구도 끝내 화산에 온정을 베풀지 않았다. 그런데 이제 와 그런 말을 좋아할 리가 있겠는가?

"저도 그런 말은 썩 좋아하지 않습니다. 상인에게 있어서 배란 언제든 타고 내릴 수 있는 것이지요."

"네, 그렇겠죠."

"하나."

황문약이 사람 좋은 얼굴로 빙그레 웃었다.

"목적지가 같다면 굳이 배에서 내릴 필요도 없지 않겠습니까? 두 사람이 노를 저으면 더 빨리 갈 수 있을 테니까요. 그 정도는 괜찮지 않겠습니까?"

청명이 진중한 눈으로 황문약을 바라보았다.

"흐음. 네, 뭐. 나쁠 건 없으니까요."

황문약이 두 눈에 이채를 띠었다.

'확실하군.'

이걸로 확인했다. 지금 이 대화에서 결과가 어떻게 나오는가는 그리 중요하지 않다. 청명의 협조를 구할 수 있다면 좋겠지만, 그렇지 않다고 해도 장문인과 협상을 마무리한 이상 은하상단은 화산을 지원하고 그 이득을 취할 테니까. 그럼에도 황문약이 청명과 독대를 원했던 이유는 이 점을 확인하기 위해서였다.

'이 아이의 머릿속에서 화산은 이미 발전하고 있다. 자신이 있는 이상 화산은 반드시 발전한다고 생각한다 이거지?'

어마어마한 자신감이다. 하지만 그게 그저 세상 물정을 모르는 어린아이의 자만심으로 느껴지지 않는 것은, 청명에게서 순간순간 풍겨 오는 노회한 느낌 때문일 것이다.

"소도장."

"네."

"은하상단은 최선을 다해 화산을 지원하겠습니다. 그 말의 의미를 아시지요?"

"뭐, 종남과 척을 지겠다는 건가요?"

"그렇습니다."

"요구한 적도 없고, 원한 적도 없는 일에 대가를 바라는 건 좀 몰염치한 것 같은데."

"대가는 바라지 않습니다. 그저 도장께서 알아주시기를 바랄 뿐입니다."

"네, 그 정도야……."

알아주지. 알는 주지. 얼마든지. 그거 뭐 돈 드는 것도 아니고.

"앞으로도 종종 찾아뵐 일이 있을 겁니다."

"네. 장문인께서 말씀하시길, 앞으로 은하상단에 사람을 보낼 일이 있으면 제가 가게 될 거라 하시더라고요."

"그것참 기꺼운 일이군요. 자주 보고 정이 들었으면 좋겠습니다. 하하하."

"네, 그럼요. 하하하하!"

청명과 황문약이 서로를 보며 껄껄 웃었다. 내심으로는 전혀 다른 생각을 하며 말이다.

'이 능구렁이 같은 어린놈이!'

'어디 사람을 등쳐 먹으려고! 내가 전생에 너 같은 놈만 한 수레씩 봤다!'

웃는 낯으로 마주하고 있지만 미묘하게 불꽃이 튀는 것 같다.

"소도장."

"네?"

"이건 제 인생을 건 도박입니다."

"그건 젊은 사람이 해야 할 말 같은데."

"글쎄요. 소도장께서 저를 살려 주신 이후로 저는 새 삶을 얻은 거라 생각하고 있습니다. 새로이 얻은 삶, 소도장께 걸어 본다고 한들 나쁠 건 없겠지요."

"제가 딱히 그걸 신경 쓸 것 같지는 않은데요?"

"그저 말씀드리고 싶었을 뿐입니다. 그럼."

황문약이 자리에서 일어났다. 그러더니 청명을 가만히 바라본다.

"구명을 조금이라도 갚는 뜻으로 소도장께 한 말씀만 드리겠습니다."

"네."

"소도장. 도장은 뛰어납니다. 아마 도장의 나이에 도장 같은 사람은 천하를 뒤져 봐도 찾을 수 없을 겁니다."

"좋게 봐 주시니 감사하네요."

인마. 나 정도 나이에 나 같은 사람이 없는 게 아니라, 그냥 천하를 뒤져 봐도 나 같은 사람은 없어! 죽었다가 살아난 사람이 나 말고 또 있겠냐?

"하지만 소도장은 자신을 좀 더 감출 필요가 있습니다. 천하는 무서운 곳입니다. 천하는 온갖 귀신과 악귀들이 춤을 추고, 이득 하나를 놓고 이 전투구를 벌이는 아귀들이 즐비한 곳입니다. 소도장이 튀어나온 못처럼 자신을 드러내는 순간 정을 들고 달려드는 이들이 넘쳐 날 것입니다."

청명이 피식 웃었다.

"절 너무 대단하게 보시네요. 저는 그냥 꼬맹이예요."

"드릴 말씀은 모두 드렸습니다. 그럼."

황문약이 깊게 포권을 하고는 몸을 돌려 밖으로 나갔다.

"아, 잠시만요."

"네?"

청명이 붙잡자 황문약이 다시 돌아보았다. 청명의 얼굴에 묘한 미소가 걸려 있었다.

"몇 가지 알아다 주실 게 있는데. 가능하시겠어요?"
 황문약 역시 비슷한 미소를 지으며 고개를 끄덕였다.
 "얼마든지 그럽지요."

 탁 소리와 함께 황문약이 문을 닫고 나오자 기다리고 있던 황종의가 다가왔다.
 "대화는 잘 나누셨습니까?"
 "재경각주와의 협의는 어찌 되었느냐?"
 "당장 오늘부터 수하들을 화음에 배치하기로 했습니다. 상단의 물품을 지원하고 유통시킨다면 열흘이 되기 전에 사업장들을 안정시킬 수 있을 겁니다."
 "길다."
 황문약이 딱 잘라 말했다.
 "손해를 감수하더라도 사흘 내에 안정시켜라. 지금은 이득을 좇을 때가 아니다. 저들에게 우리의 능력을 보여 주어야 한다."
 "그리하도록 하겠습니다."
 대답한 황종의가 궁금함을 감추지 못하고 넌지시 물었다.
 "소도장은……?"
 "……글쎄."
 황문약이 미묘한 표정으로 슬쩍 뒤를 돌아보았다.
 '숫제 괴물이로군.'
 보이질 않는다. 속으로 무슨 생각을 하는지. 겉으로 드러나는 어린 치기마저도 진짜인지 가짜인지 알 수가 없다.
 "화산이라……."
 황문약이 기분 좋게 웃었다.
 "차라리 용소(龍沼)라고 하는 편이 낫겠군."

"예?"

"아무것도 아니다. 가자꾸나."

황문약이 휘적휘적 걸어 나갔다.

용소. 용이 사는 못을 뜻한다. 그리고 용이 누구를 의미하는가는 굳이 생각할 필요도 없었다.

"종의야."

"예, 아버님."

"생각이 또 조금 바뀌었구나. 어쩌면 우리는 화산에 모든 것을 걸어 봐야 할지도 모르겠다."

황문약이 살짝 들뜬 눈으로 주변을 돌아보았다.

상인은 돈을 먹고 사는 게 아니라 정보를 먹고 산다. 돈은 정보를 이용해서 취하는 결과일 뿐이다. 아무도 주목하지 않는 화산에 용이 살고 있다는 걸 누구보다 먼저 알아챘다. 이 정보의 가치가 얼마나 될지는 노회한 황문약으로서도 쉬이 짐작할 수 없었다.

'이 정보를 잘만 이용한다면 은하상단이 천하제일상단으로 발돋움할 수도 있겠지.'

쉽지는 않겠지만, 그렇기에 해 볼 만한 가치가 있지 않겠는가?

"할 일이 많겠구나. 가자. 판을 깔아 봐야지."

황종의가 영문을 모르겠다는 얼굴로 잠자코 황문약의 뒤를 따랐다. 백매관의 높은 처마 위에서 한 쌍의 눈동자가 멀어지는 그들의 뒷모습을 지켜보고 있었다.

두 사람이 식솔들을 이끌고 화산 어른들의 배웅을 받는 모습을 지켜보던 청명은 앓는 소리를 내며 처마에 벌렁 드러누웠다.

"끙……. 늙은 생강이 맵다더니."

황문약을 상대하는 건 현종이나 다른 화산의 장로들을 상대하는 것과는 전혀 느낌이 달랐다. 물론 화산의 장로들은 수양이 깊고 현기 또한 갖추었다. 그러나 냉정하게 봤을 때 그들은 산속에서 평생을 살아온 도인이다. 아귀다툼이 벌어지는 상계에서 평생을 살아온 황문약이 그들과 같을 리 없었다.

"아무려면 어때. 어쨌거나 해결했으면 그만이지."

황문약은 앞으로의 화산에 큰 힘이 되어 줄 것이다. 화산에 있어서 가장 모자란 부분을 채워 줄 테니까.

재물? 아니다. 황문약은 화산이 오랫동안 세상과 떨어져 있으면서 잃어버린 속세에 대한 감각을 채워 줄 것이다. 화산이 그저 도문(道門)이라면 모를까, 무문(武門)을 자처하는 이상 이건 반드시 필요한 일이다. 뒷머리에 깍지를 낀 청명이 푸른 하늘을 보며 씨익 웃었다.

"어쨌거나 하나는 해결했습니다, 사형. 어때요? 저 잘한 것 같습니까?"

하늘 너머로 보이는 청문의 모습이 청명을 향해 웃음 짓는다. 마치 '이놈아. 거봐라. 하면 되잖느냐?'라고 말하는 것 같다.

"이제 겨우 한 걸음인데요. 뭐."

갈 길이 멀다. 화산이 날아오르는 데 있어 가장 큰 방해물은 치워 냈다. 앞으로 재물 때문에 문제가 생기는 일은 없을 것이다. 먹고사는 문제는 해결했으니, 이제는 무학에 전념해야 할 때다.

종남을 욕할 때가 아니다. 종남이 자신들의 근본을 잊고 다른 것에 눈을 돌렸다면, 화산은 지금 근본을 아예 상실한 상황이 아닌가? 하루빨리 수를 내어 이들에게 화산의 근본을 되돌려 주어야 한다.

청명이 상체를 벌떡 일으켰다.

"끄응. 이것들을 언제 키우나."

입으로는 한탄하지만, 화산의 전경을 내려다보고 있으니 마음이 조금 풀리는 것 같다.

예전과는 많이 달라졌다 해도, 그래도 화산은 화산. 바라보고 있으면 그저…….

한탄하던 그는 다시 벌렁 드러누웠다.

"사형, 사형. 예전에 사형이 그렇게 잔소리할 때, 좀 들을 걸 그랬나 봐요. 내가 사형 입장이 되어 보니 알겠네요."

중얼거리며 눈을 감았다. 처마 위에 숨어서 사형의 눈을 피하던 예전의 자신과, 달아오른 얼굴로 자신을 찾아다니던 장문사형의 모습이 눈에 선했다.

모습은 달라지고, 세월은 변했지만, 화산은 화산. 그래. 그저 화산일 뿐이다.

긴 겨울이 가고, 화산에 봄 매화의 싹이 올라온 어느 날이었다.

6장
구르는 사람에겐 이끼가 끼지 않아!

은하상단의 힘은 과연 대단했다. 은하상단의 상단원들은 화산이 모든 제자들을 동원하고도 어찌하지 못했던 화음의 사업장들을 며칠 만에 안정화하고 깔끔하게 정비해 버리는 기염을 토했다. 덕분에 평소 야차와 흡사하던 재경각주 현영의 얼굴에서 부처 같은 미소가 떠나질 않았다. 그리고 그 부처 같은 미소가 향하는 곳은 대부분…….

"밥은 먹었느냐?"

"예, 장로님."

"그래그래."

현영이 더없이 자애로운 미소를 띤 채 청명의 머리를 쓰다듬었다. 눈에서 꿀이 떨어질 것 같다.

"많이 먹어야지. 많이 먹고 또 어디 가서 공을 벌어 오거라."

"……네?"

"아니지. 공을 세워 오거라."

삼대제자들은 그 아수라 같던 현영 장로가 웃을 수 있다는 것에 한 번 놀랐고, 심지어는 누군가의 머리를 쓰다듬을 수 있다는 것에 두 번 놀랐다. 새파란 후대에게 머리를 내어 주어야 하는 청명의 입장에서는 죽을 맛이었지만 말이다.

'조련당하는 기분이야.'

심지어 현종과 현영은 어이없게도 회춘을 하는 중이었다. 새하얀 백발 아래로 검은 머리가 송송 솟아나고, 귀밑머리가 검게 물드는 것을 보고 있으면 황당함이 물밀듯 밀려왔다.

'하기야 과도하게 늙긴 했지.'

나이에 걸맞은 모습이기는 하지만, 그들이 무인이라는 것을 감안했을 때는 너무 호호백발이기도 했다. 그동안 고생을 워낙 많이 해서 겉늙었던 이들이, 마음의 여유를 되찾으면서 제 모습을 찾아가는 모양이었다.

화음은 안정되었고, 장로들은 웃음을 되찾았다. 그리고 시간은 유수와 같이 흐르기 시작했다. 화산은 몇십 년 만에 찾아온 안정을 온몸으로 느끼며 시간의 흐름을 받아들였다.

그렇게 모두가 평온한 삶을 즐기는 와중에 삼대제자들은 죽어 나가고 있었다.

"끄으으으으으으으."

"아이고오오오오."

사람 몸만 한 돌덩이들을 짊어진 삼대제자들이 땀을 비처럼 흘리며 몸을 움직였다. 바닥에 닿을 때까지 몸을 굽혔다가 온갖 악을 쓰며 일으킨다.

"끄으으으으응!"

"허, 허리가······."

하지만 하나 달라진 점이 있다면, 쉴 새 없이 튀어나오는 게 당연했을 청명에 대한 욕이 거의 사라졌다는 것이다.

"아이고, 죽는다!"

"안 죽어. 안 죽어. 허리 펴."

"아니, 진짜 죽는다니까······!"

"두 번만 더 하면 돼. 자, 이게 마지막이다. 이게 마지막. 읏차. 잘한다. 한 번만 더어—!"

"아아악!"

바닥에 털썩 쓰러진 이가 바윗덩어리를 밀어 내고는 헐떡거린다.

"이, 이러다가 죽는 거 아니냐?"

"안 죽는다니까. 아직 죽은 사람 없잖아."

"……끄응."

처음에는 청명이 시켜서 멋모르고 시작했다. 그냥 맞기 싫어서, 찍히기 싫어서 시작한 수련이다. 하지만 수련을 몇 달 반복하다 보니 깨닫는 게 있었다.

'이거 효과가 있다.'

아니, 효과가 있다는 말로는 부족하다. 정확하게 말하자면 효과가 엄청나다. 청명이 먹여 준 영약 덕분에 수련을 버틸 수 있게 된 이후로는 훈련의 효과를 전신으로 체감하는 모두였다. 일단은 하체가 단단해져서 검로가 흔들리지 않고, 체력이 늘어났으며, 무엇보다 전신에 활력이 넘친다.

아무리 별 의욕 없이 살아온 이들이라지만, 기본적으로는 모두 무인이다. 무인이란 강해질 수만 있다면 산 채로 뱀을 씹어 먹는 것도 주저하지 않고, 만장단애의 절벽으로 서슴없이 몸을 던질 수 있는 이들이 아니던가. 헉헉대며 돌 좀 들어 올리는 것으로 실력이 늘 수 있는데 누가 수련을 마다하겠는가. 입으로야 우는소리를 늘어놓지만, 짊어지는 돌의 수는 점점 늘어 갔고, 이제는 숫제 바윗덩어리를 들어 올리는 이들도 나타났다. 개중 가장 눈에 띄는 이는 누가 뭐라고 해도 조걸이었다.

"흐아아아아앗!"

조걸이 제 덩치의 두 배는 되는 바위를 들어 올리고 있었다. 그 광경을 보며 모두가 혀를 내둘렀다.

"내공도 안 쓰고 저게 되나?"

"그러게 말이야."

말을 나누는 이들의 모습은 꽤나 변해 있었다. 불과 몇 달이 지났을 뿐인데, 다들 키가 한 뼘은 더 커 있었고 어깨는 쫙 벌어졌다. 특히나 조걸은 예전의 그를 알던 이라면 눈을 비빌 만큼 많이 변했다. 삼대제자 중 조금 작은 축에 속했던 그가 이제는 오히려 큰 편에 속할 정도로 자랐고, 전신이 탄탄한 근육으로 다져졌다.

윤종이 모두를 돌아보며 피식 웃었다.

'참 기이한 일이지.'

처음 이 수련을 시작할 때만 해도 윤종은 나름 걱정이 많았다.

기본적으로 화산의 검은 변검이고, 환검이다. 쾌속함을 바탕으로 수많은 변화를 만들어 내고, 그 변화를 통해 상대를 압박하는 것이 화산의 검이 가진 특징이다. 그렇기에 단순히 힘을 키우는 이런 수련법은 화산의 검을 펼치는 데 방해가 될 거라 생각했건만. 웬걸, 막상 수련의 효과가 나타나자 검이 두 배는 날카로워졌다. 덕분에 처음부터 다시 배우게 된 육합검도 무리 없이 소화해 냈고, 이제는 낙화검(落花劍)이라는 새로운 검을 익히는 중이었다. 칠성보(七星步)와 함께 익히느라 조금 버겁기는 했지만, 윤종은 이 버거움이 더없이 기꺼웠다.

칠성보와 낙화검은 지금까지 그들이 익히던 무학들과는 그 궤를 달리한다. 파고들면 파고들수록 상승의 묘리가 숨어 있다. 이것만 익히면 강해질 수 있다는 확신이 드는 무학이다. 그러니 절로 신이 날 수밖에.

'다만 한 가지.'

"흐ㅇㅇㅇㅇㅇ아압!"

"끄ㅇㅇㅇㅇㅇㅇㅇ!"

"크으, 몸이 커지니 검이 젓가락 같구나!"

"껄껄껄껄. 겨우 이 정도인가! 쇳덩이 하나 더 가져와라!"

여기가 과연 화산인가 화산채인가. 선기와 도기가 흘러야 할 화산이 산적 소굴처럼 변해 가고 있다는 느낌만은 지울 수 없는 윤종이었다.

"사형. 이제 슬슬 밥 먹으러 가야 할 시간입니다."

"음, 그렇지."

예전에는 모두가 수련 시간이 끝나기만을 학수고대했지만, 이제는 자체적으로 수련 계획을 세우다 보니 시간을 넘기는 일이 잦아졌다. 너무 과하게 수련을 하다 하루의 계획이 흐트러지지 않게끔 관리하는 것도 윤종의 역할이다.

"이제 그만 정리하고 들어가자. 씻고 식사하고 아침 수련 하러 가야지."

"예, 사형."

"하던 것만 마저 하고 마무리하겠습니다."

"음. 그러도록 해라."

주위를 둘러보던 윤종이 슬쩍 조걸에게 시선을 던졌다.

"그런데 청명은 어디에 있느냐?"

"요즘 수련에 잘 안 나오잖습니까."

"하긴 그렇다만."

삼대제자들의 체력 단련이 자체적으로 돌아가기 시작한 이후로 청명은 수련장에 얼굴을 잘 비추지 않았다.

"그렇다고 드러누워 자는 것도 아니고, 항상 제일 먼저 일어나는 것 같던데 대체 어딜 쏘다니는 거지?"

"저희가 알겠습니까? 사실 화산에서 제일 바쁜 사람이 바로 청명 아닙니까?"

"그렇지."

빈말이 아니라 사실이었다.

일련의 사태 이후로 화산은 활기를 되찾았다. 예전에는 눈을 씻고 찾아봐도 없었던 방문객들이 적어도 하루에 몇 명 정도는 찾아올 만큼 흔해졌고, 화음에서 회수한 사업체들은 새로이 단장하여 순조로이 돈을 벌어들이고 있다. 그에 발맞춰 화산의 낡은 전각들의 개보수가 진행되었고, 방문객을 위한 정비 또한 이뤄지는 중이다.

그 와중에 청명은 은하상단과 화산을 오가며 바쁜 나날을 보내고 있었다.

"사형. 우리는 지금 얼마나 강해진 걸까요?"

"글쎄."

윤종이 고개를 갸웃했다. 강함이란 상대적인 것이다. 스스로 얼마나 강해졌는지 알기 위해서는 잣대가 필요하다. 하지만 이들에게는 잣대가 없다. 강해지고 있는 건 확실한데, 사형제들이 모두 같이 성장하다 보니 얼마나 강해졌는지 체감하기가 힘들다.

"적어도 그놈이 나타나기 전보다 두 배는 강해지지 않았을까?"

"겨우 두 배요?"

"모르지. 두 배라는 말도 좀 추상적이니까. 확실한 건 나는 예전의 나를 셋 정도는 상대할 자신이 있다."

"그거로는 부족합니다."

"응?"

"아시잖습니까. 이제 곧 회가 온다는 것."

'회'라는 말이 나오자 윤종이 눈살을 찌푸렸다.

"그렇지."

"더 강해져야 합니다. 훨씬 더요."

"……그렇구나."

윤종이 피식 웃었다.

"그럼 청명 놈에게 조금 더 굴려 달라고 해 볼까."

조걸이 비장한 얼굴로 결연하게 고개를 끄덕였다.

"이게 뭐 하는 짓인지."

청명이 터덜터덜 걸어 낙안봉으로 향했다.

무인이 강해지기 위해서는 수련을 해야 한다. 그의 검은 과거의 육체에 완벽하게 맞춰져 있다. 따라서 그럴싸하게 따라 할 수야 있지만, 과거처럼 완벽한 신검합일(身劍合一)을 이루지는 못했다. 여기에는 왕도가 없다. 끊임없이 검을 휘둘러 육체와 머리의 부조화를 해결해야 한다. 다만 문제는 청명의 검이라는 게 도무지 남 앞에서 휘두를 만한 게 아니라는 점이다. 그가 마음먹고 제대로 수련을 하면 화산이 뒤집힐 테니까.

"끄으응. 앓느니 죽어야지."

결국 남의 눈이 없는 곳에서 수련을 하는 수밖에 없었다. 그래서 요즘은 새벽같이 산을 올라 인적 드문 낙안봉에서 검을 휘두르다 내려가기를 반복하는 중이다.

'이걸 어떻게 하긴 해야 하는데.'

낙안봉까지 오르는 거야 별문제 없지만, 시간이 적잖이 낭비된다는 게 문제였다.

'안 그래도 시간이 부족한데.'

삼대제자들을 손보고, 은하상단과 연계하여 화음의 사업장을 관리하고, 중간중간 이상한 짓을 하는 장문인과 장로들을 살살 달래는 것만 해도 눈이 돌아갈 만큼 바쁘다.

하지만 그보다 더 중요한 건 청명이 강해지는 것이다.

'느긋할 시간이 없어.'

이대로 백 년의 시간이 주어진다면 청명은 언젠가 과거 매화검존의 영역에 발을 들일 것이다. 그리고 당연하다는 듯이 과거보다 강해질 수 있다. 청명이 강해지는 만큼 화산도 자연히 강해질 것이다.

하지만 세상은 그리 만만하지 않다. 화산을 노리는 이들이 있다면 더 강해시기 전에 무슨 수라도 쓰려 할 것이고, 딱히 노리는 곳이 없다고 해도 마찬가지다. 융성하기 시작한 문파를 반기는 곳은 어디에도 없는 법이니까. 어떻게든 방해가 들어올 것이고, 시비를 거는 이들이 나타날 것이다. 느긋하게 시간을 잡고 강해지는 와중에 감당할 수 없는 이들과 부딪치게 된다면? 게다가 화산에는 종남이라는, 반드시 문제가 생길 수밖에 없는 적이 존재하지 않는가?

청명이 고개를 내저었다.

'한시라도 빨리 강해져야 한다. 무슨 일이 벌어져도 해결할 수 있을 만큼.'

그러니 수련을 게을리할 수 없었다. 그저 최대한 빨리 오르는 수밖에. 드러누워 있는다고 알아서 강해지지는 않는다. 이를 악물고 부지런히……

"어?"

청명이 눈을 가늘게 떴다. 누군가가 있다. 한 달 전부터 청명이 정해 놓고 사용하던 수련장에 불청객이 나타난 것이다.

'누가 이 시간부터 여길……?'

조심스레 낙안봉으로 접근한 청명의 눈에, 달빛 아래서 검을 휘두르고 있는 누군가의 모습이 들어왔다.

검 끝이 매끄러운 선을 만들어 낸다. 부드럽지만 힘차게. 그리고 화려하지만 단아하게. 땅을 박찬 검이 하늘을 수놓고, 하늘하늘 떨어지는 꽃잎처럼 천천히 내려앉는다.

검무(劍舞).

아직 해가 뜨지 않은 어두운 새벽. 세상을 비추는 달빛 아래 한 여인이 검무를 추고 있었다. 새하얀 무복과 흑단 같은 머리. 그리고 달빛을 받아 빛나는 검.

"월하가인(月下佳人)이라……."

검이 달빛 아래 녹아든다. 여리지만, 결코 흔들리지 않는 검. 저 검은 매화와 닮았다. 그렇다. 화산의 옛 검이 저 검무에 녹아 있다.

멍하니 여인의 검무를 보며 청명은 기이한 감흥에 빠져들었다. 이제 다른 이들에게서는 볼 수 없으리라 여겼던 화산의 옛 검술이 지금 그의 앞에서 펼쳐지고 있었다. 어떤 검술을 익혔느냐의 문제가 아니다. 어떤 의미로 검을 휘두르느냐의 문제다. 그래, 마치…….

"누구냐!"

그 순간 날카로운 목소리가 터지더니, 검무를 추던 여인이 돌연 청명을 향해 쇄도해 왔다.

"어?"

청명의 바로 앞까지 들이닥친 여인이 날카롭게 검을 찔러 왔다.

"어?"

매서운 검이 청명의 목에 닿았다. 그는 자신의 목에 닿은 검을 멍하니 보며 한숨을 내쉬었다.

'감흥은 얼어 죽을.'

이런 아이에게 기척을 들키다니. 매화검존 다 죽었네.

"너는 누구? 단 한 번도 본 적 없는 사람 같은데?"

그건 이쪽도 마찬가지야. 너 누구야?

여인은 차가운 눈으로 청명을 노려보았다. 그 와중에 청명은 눈앞의 사람에 대한 몇 가지 정보를 알아낼 수 있었다.

일단 이 여자는 화산의 소속이다. 무복의 가슴에 새겨진 매화 무늬가 그 사실을 증명한다. 이 무복을 입을 수 있는 사람은 화산의 제자밖에 없다.

둘째. 예쁘다.

'쯧쯧. 남자깨나 홀리겠네.'

이전 생의 청명은 수도 없이 강호를 누볐다. 세파에 휘둘리지 않고 도를 닦는 것이 도사의 바른길이라지만, 화산제일 고수로 이름 높은 청명이 화산 내에 처박혀 있는 건 불가능한 일이었다. 후기지수일 때부터 그랬다. 다른 문파의 후기지수들, 그러니까 천재니, 백 년 만에 나오는 인재니, 혹은 뭐 삼룡이니 하는 애들의 볼기짝을 후려치는 것부터가 시작이었다.

그 후에는 사고를 치는 마두 놈들이나, 사기를 치는 사파 놈들을 때려잡는 협행(俠行)을 통해 화산의 명성을 올려야 했다.

그뿐이랴. 노년에 들어서도 어느 문파의 제일고수니 하는 것들을 모조리 쓰러뜨려 화산의 검이 천하제일임을 증명해야 했다. 물론 자의는 아니었지만.

'영감님들이 워낙 쪼아 대야지.'

시키면 하기 싫은 게 인지상정. 죽어도 가지 않으려는 청명을 어떻게든 청문과 엮어서 내보내는 게 당시 화산 장로들의 역할이었다. 덕분에 청명은 질릴 만큼 강호를 돌아보았다.

하지만 그 많고 많았던 강호행 중에서도 이만한 미인을 목격한 경험은 거의 없었다. 아직은 덜 피어난 꽃 같은 느낌이 있기는 하지만, 언젠가 만개한다면 어떤 모습일지 궁금해질 정도다. 특히 흑단 같은 머리와 눈썹, 새하얀 피부. 그리고 더없이 맑고 큰 두 눈이 인상적이었다.

청명이 진짜 약관이 되지 않은 어린아이였다면 지금쯤 저 미모에 압도되어 허둥댔을지도 모르겠다. 문제는 지금의 청명이, 거죽에 불과한 미모에 휘둘리기에는 너무 많은 걸 겪고, 너무 많은 걸 본 노인이라는 점이다.

"너는 누구지?"

"사람이요."

검이 살짝 더 찌르고 들어온다. 아, 따가라! 얘가 농담을 모르네! 농담을!

"화산의 무복."

그녀의 시선이 청명의 가슴팍에 머물렀다가 다시 얼굴로 향한다.
"본 적 없는 얼굴. 누구?"
"저도 그쪽 처음 보는데요?"
여인의 눈이 가늘어졌다.
"혹시 삼대제자?"
"네."
"화산의 삼대제자는 해가 진 뒤에는 문외(門外) 출입이 금지되어 있어."
"저는 되는데요."
"……뭐?"
"장문인이 허락하셨어요."
뻔뻔하게 되받아치는 청명의 말투에 여인의 얼굴에 한기가 한 겹 덧씌워졌다.
"장문인께서?"
"네."
"삼대제자에게?"
"네."
"거짓말."
청명이 어깨를 으쓱했다.
"확인해 보시든가요. 설마 화산의 제자가 장문인의 이름으로 거짓말을 하겠어요?"
여인의 눈이 살짝 흔들린다. 일리가 있다고 여긴 모양이다.
"그러니까 일단 이 검 좀 치워 주세요. 따끔하거든요."
여인은 잠깐 말없이 노려보다 일단 검을 내렸다. 말의 진위를 확인하지는 못했지만, 혹여 장문인이 허락한 일이라면 청명이 여기 있는 것은 죄가 아니다. 다만.
"타인의 수련을 보는 건 원래 금지되어 있는 일이야."

"여긴 원래 제가 수련하던 곳이에요. 어제까지만 해도 제가 쓰던 곳에 갑자기 다른 사람이 나타났는데, 저보고 왜 훔쳐보냐고 하면 제가 뭐라고 답해야 하죠?"

"발견한 순간 떠나면 돼."

"처음 보는 사람이 화산의 주변을 알짱거리는데 확인은 해 봐야죠."

여인이 입술을 잘근잘근 깨물었다. 새하얀 얼굴이 살짝 붉어지는 것을 보니 슬슬 열이 받는 모양이었다.

'얘 말싸움을 못하네.'

검은 제법 날카로운 것 같지만, 혀는 날카롭지 않은 모양이다. 하기야 이만한 얼굴이면 말싸움을 할 일도 잘 없었겠지.

'더러운 세상 같으니.'

여하튼 얼굴 잘난 것들은 인생 편하게 산다니까.

"이름이 뭐지?"

"청명이요."

"도호를 벌써 받은 건가?"

"아니요. 이름이 청명인데요?"

"……삼대제자는 청자 돌림인데? 도호가 아니라 이름이?"

"네. 도호를 받으면 도호도 청명으로 받겠죠."

"아……."

맹하다. 확실히 얘 맹하다.

"나는 유이설(劉怡雪)이다."

"네."

유이설이 아무 말 없이 청명을 빤히 바라본다.

"왜 그러세요?"

"나는 이대제자니, 네가 화산의 청자 배가 맞다면, 나는 네 사고(師姑)다."

청명이 고개를 갸웃했다.

'백자 배가 있었어?'

아니, 물론 화산의 배분은 청명현운백(靑明玄雲白)을 따르니, 운자 배 아래에 백자 배가 있는 게 당연하다. 그 뒤에는 처음으로 돌아가 청자 배가 생기는 법이다. 다시 말하자면, 지금 아이들을 가르치는 운자 배 밑에 백자 배가 있는 게 정상이기는 하다.

'한 놈도 안 보이기에, 그냥 잊고 살았건만.'

사문에 전쟁이 벌어지거나 봉문을 하는 경우, 배분을 바로 이으면 나이의 차이 때문에 여러 문제가 생긴다. 그렇기에 사정에 따라 한 배분 정도는 건너뛰기도 했다. 화산의 사정이 워낙 어려웠으니 그리 처리된 줄 알았건만, 백자 배가 있다는 말인가?

"화산에 사숙이나 사고가 있다는 말은 오늘 처음 듣는데요?"

"너 화산의 막내지?"

"예, 그렇죠."

"네 사형들이 말해 주지 않았어?"

"어……. 그게…….."

청명과 눈만 마주쳐도 어떻게 도망쳐야 할까를 고민하는 삼대제자들이 그런 정보를 이야기해 줄 수 있을 리가 없다.

'내 죄구나.'

간단하게 납득한 청명이 깔끔하게 고개를 끄덕였다.

"뭔가 착오가 있었던 모양이네요. 아무려면 어떻겠요?"

생각지도 못했던 백자 배가 새로 나타났다. 하지만 그게 뭐 문제겠는가? 청명의 입장에서 보면 핏덩이들이 몇 추가된 것에 불과하다.

"그게 끝?"

"네?"

"인사는?"

청명이 얼굴을 확 일그러뜨렸다. 아니, 쥐톨만 한 게 늙은이한테 인사를 받아 먹으려고 하네. 어린 게 죄지. 어린 게 죄야. 서러워서 진짜.

"네. 반가워요, 사고."

그는 감정이 하나도 담기지 않은 목소리로 대충 인사를 했다.

'그러니까 이제 좀 가라.'

나도 수련을 해야지. 남의 수련장 떡하니 차지하고 앉아서 시간 끌지 말라고! 해 뜨려고 하잖아!

"……이상한 아이네."

누가? 내가?

두 눈에 이채를 띠고 청명을 바라보던 유이설이 조금 싸늘해진 목소리로 입을 열었다.

"네 말이 진실인지 장문인께 확인할 거야. 네가 만약 거짓말을 했다면 각오하는 게 좋아."

청명이 심드렁하게 대답했다.

"그러시든가요."

한참 동안 말없이 청명을 빤히 바라보던 유이설이 고개를 살짝 삐딱하게 꺾었다.

"진짜 이상하네."

청명은 그 말을 그대로 돌려주고 싶었다.

검을 검집에 집어넣은 유이설이 청명을 일별하고는 낙안봉을 내려가기 시작했다. 그 모습이 사라질 즈음, 청명은 저 멀리 뜨는 해를 보며 한숨을 내쉬었다.

"아이고, 내 팔자야."

증손자뻘도 안 되는 어린애한테 이런 취급이나 받고.

"수련 시간도 애매해졌네."

하려면 할 수야 있겠지만, 누군가와 이곳을 같이 쓴다고 생각하니 수련할 마음이 사라진다.

'진짜 이러다가 수련할 때마다 화산을 내려갔다 다시 올라올 판이네.'

청명이 입맛을 쩝 하고 다셨다. 아무래도 다른 수련장을 찾아봐야 할 모양이다.

• ◈ •

"분위기가 왜 이래?"

청명은 초상집이 되어 있는 식당을 보며 고개를 갸웃했다. 이런 거무죽죽하고 음산한 분위기는 몇 달 만에 처음이다. 예전의 백매관이 약간 이런 분위기였던 것 같지만, 청명이 뒤집어 놓은 이후로는 이런 적이 없었는데?

"왔느냐?"

윤종이 살짝 손을 들었다.

밥을 받아 들고 윤종과 조걸이 앉아 있는 식탁으로 간 청명은 자리에 앉자마자 물었다.

"분위기가 왜 이래요?"

"……네 사숙들이 돌아온단다."

"백자 배요?"

"오? 네가 그걸 알아?"

……이 새끼 한번 잡을까? 내가 화산에서만 평생을 산 사람이다, 인마!

"여튼 그래서요? 백자 배가 돌아온 게 뭐가 문제라도 됩니까?"

"음. 우선 사숙들을 백자 배로 칭하지 말거라. 사숙들이 듣기라도 하시면 사달이 날 거다. 크게 혼날 수 있어."

"제가요? 아니면 그쪽이요?"

"……그건 고민을 좀 해 봐야겠는데."

윤종이 쓴웃음을 머금었다.

"사숙들은 그동안 폐관을 위해서 화산을 떠나 있었다. 예전엔 수련동들이 제대로 정비가 되지 않아서 화산 내에 대규모로 폐관 수련을 할 장소가 없었거든."

"유학 갔다 온 거네요."

"……다른 문파에 다녀온 게 아니니, 유학이라 하기는 좀 그렇고."

"아무튼 그래서요? 그게 뭐라고 애들이 저러고 있어요. 사숙들이 하나같이 성격이 좋지 않아서 애들을 후려 패기라도 하나?"

"사숙들은 누구처럼 사람을 핍박하지 않는다."

"그 '누구'가 누구인지 궁금한데."

"……넘어가자꾸나."

윤종이 어설프게 공격을 했다가 쩔쩔매며 물러났다. 그러자 조걸이 재빨리 말을 받는다.

"화종지회(華終之會) 때문이야."

"응? 꽃이 끝나는 회?"

"그게 아니라 화산과 종남의 회."

"그게 뭔데요?"

조걸이 한숨을 내쉬었다.

"화산과 종남은 한 번씩 교류를 하거든. 지금은 이 년마다 한 번씩 모여서 서로의 성취를 비교해 보는 비무 대회를 열고 있어."

"아, 뭐 그런 게 있다고 들었던 것 같긴 한데……. 언제 생겼대?"

"나는 모르지. 여하튼 꽤 오래됐다고 들었어."

윤종이 거들었다.

"처음 화종지회는 오 년마다 한 번씩 친목을 다지는 자리였다고 들었다. 그게 조금씩 변해서 이대제자와 삼대제자들의 교류의 장이란 명목으로 비무를 하는 상황까지 가 버렸지."

"비무?"

"비무라고 해 봐야……."

대답은 다른 곳에서 들려왔다.

"일방적으로 얻어맞기만 했지."

"그때 맞은 허리가 아직 쑤시는데."

"이번에는 또 어떻게 버티나. 개박살 나고 나면 사숙조님들이 다들 또 얼굴에 철갑 쓰고 다니셔야 할 텐데. 분위기도 개판 나고."

돌아가는 상황을 보며 청명이 피식 웃었다.

"아, 그러니까. 윗분들이 직접 싸우면 일이 커지니까, 이대제자랑 삼대제자들이 싸운다고? 그리고 그동안은 일방적으로 얻어맞기만 했고?"

"그렇지. 그래서 이번에는 그 치욕을 당하지 않겠다고, 사숙들이 단체로 폐관에 들었다가 이제 돌아온 거야. 다시 말하면 화종지회가 열릴 때가 왔다는 거지."

"아, 그래요?"

청명의 입가가 싸아아악 말려 올라갔다.

"종남이랑 비무를 한단 말이지?"

안 그래도 종남에 대한 악감정이 인생 통틀어 최고점을 찍던 와중이다. 예전에는 안쓰러운 감정이 조금이나마 있었는데, 최근 설화십이식에 대한 것을 알게 되면서 종남이라면 자다가도 이가 갈리는 사람이 바로 청명이 아니던가?

"비무라……."

과거 청명이 있을 당시에는 화종지회 같은 게 없었다. 당시의 화산은 천하제일검문이었고, 종남이야 그 기세에 눌려 있을 때니, 비무 대회 같은 게 의미가 없었다. 그런데 화산이 약해진 틈을 타 친교의 비무를 한다? 웃기지도 않는 소리.

'이것들이 화산이 만만하다 이거지?'

청명의 눈이 돌아갔다. 아무리 화산의 꼴이 개판이라지만, 청명의 새끼가 아닌가. 내 새끼는 내가 까야지 남이 까는 꼴은 못 본다!

"그래서 그 이대제자 놈들이!"

"청명아, 제발 부탁이다. 사숙 분들이라고 해 주라, 제발."

"어. 그럼 그 사숙 놈들이!"

"……."

"폐관했으면 이길 수 있는 거야?"

"……그건 좀."

윤종이 선뜻 대답을 하지 못했다. 비무를 대비해 폐관을 한다는 것 자체가 불리하다는 뜻인데, 성취가 아무리 높아도 이긴다고 장담까지 하긴 힘들다.

"그렇단 말이지."

청명이 이를 뿌드득 갈았다.

"그럼 우리라도 이겨야지!"

"응?"

"사형들! 이기기 위해서는 무슨 짓이든 할 각오가 되어 있겠지? 독을 삼킨다든가! 아니면 팔다리가 부러진다든가! 어떻게든 종남의 애새끼들을 후려 패고 화산의 이름을 떨칠 수 있다면 죽어도 좋다는 그런 각오는 당연히 있겠지!"

아니, 거기까진 좀……. 너 너무 나가는 것 같은데?

"걱정하지 마! 내가 이기게 해 줄 테니까! 아주 피떡으로 만들어 버리겠어!"

아무래도 얘는 도사가 아닌 모양이다.

'녹림으로 가서 산적이나 하지. 왜 여기로 와서.'

하기야 여기도 산이구나. 허허. 허허허.

"이대제자들이 돌아오고 있습니다."

현종이 무겁게 침음성을 흘렸다. 폐관을 떠났던 아이들이 돌아온다는 건 좋은 일이지만, 그 뒤에 이어질 일을 생각하면 좋게만 생각할 수는 없다.

"어디쯤 왔다더냐?"

"몇몇은 이미 화음에 도착한 듯싶고, 대부분은 이제 거의 화음에 도달한 것 같습니다."

"그렇구나."

현종이 고개를 들어 운암을 바라보았다. 얼굴에 걱정이 가득했다. 그 모습을 보던 운암이 입을 뗐다.

"장문인. 본디 반년 뒤에 치러져야 할 화종지회가 왜 이리 당겨진 것입니까?"

"종남에서 연통을 보내왔다. 이번에는 화종지회를 조금 당겨 치르고 싶다는구나."

"회를 미루거나 연기할 수는 없겠습니까?"

"어렵다."

운암이 한숨을 내쉬었다.

"화산은 지금 한창 기세가 오르고 있습니다. 모든 일이 잘 풀리고, 적어도 밥걱정은 없이 살 수 있게 되어 가고 있습니다. 다들 얼굴에 웃음이 떠나질 않습니다. 이건 불과 몇 달 전을 생각한다면 괄목할 만한 변화입니다."

"그렇지."

현종도 운암의 말에 동의했다. 가장 달라진 점은 일단 화산에 활기가 넘친다는 것이다. 당장 내일이 어찌 될지 모르고 살아가던 이들이 희망을 봤다. 만면에 띤 웃음이 지켜보는 이의 마음까지 푸근하게 했다.
"하지만 저희는 본질적으로 무파입니다."
"그렇지."
"새로운 무학들을 발굴해 익히고 있지만, 아직 제대로 된 성과가 나올 시기가 아닙니다. 그리고 설사 성과가 나온다고 해도 종남에 대적할 정도는 아닙니다."
현종이 말없이 고개를 끄덕였다. 운암의 말이 모두 맞다. 과거의 화산은 종남을 압도할 수 있는 무학을 지니고 있었지만, 지금의 화산에 남은 무학은 껍데기뿐이다. 겨우 칠매검이 발견되어 희망을 얻은 정도였다.
'그것도 옅은 희망이지.'
갈 길이 너무도 멀다. 이제 겨우 먹고사는 문제를 해결했다. 하지만 화산이 옛 명성과 영화를 되찾기 위해서는 결국은 과거의 무위를 되찾아야 한다. 하나 어디 무학이라는 게 하루아침에 해결되는 일이던가? 시간이 절대적으로 부족했다.
"이번 화종지회의 결과가 전과 마찬가지라면, 이제 겨우 할 수 있다는 희망을 가졌던 제자들이 역시나 안 된다는 생각에 패배주의자가 되진 않을까 두렵습니다."
"운암아."
"……예, 장문인."
"나라고 왜 그걸 모르겠느냐?"
현종이 고개를 저었다.
"하지만 피한다고 달라질 게 있더냐? 우리가 화종지회를 피한다고 해서 제자들이 희망을 가지겠느냐? 장문인조차 자신들을 믿지 못한다고 생각하지 않겠느냐?"
"그건……."
말끝을 흐린 운암이 고개를 숙였다.

"승부에서 지는 건 부끄러운 게 아니다. 최선을 다했음에도 패한다면 어쩔 수 없는 일이지. 더 노력하면 된다. 하지만 지지 않기 위해서 승부를 회피하는 건, 결코 해선 안 될 일이다. 당장의 안락을 위해서 더 큰 화를 불러들이는 격이란다."

"제 생각이 짧았습니다, 장문인."

"걱정하는 네 마음은 충분히 이해한다. 하지만…… 화종지회를 미루는 건 여러모로 어렵겠구나."

운암은 한숨을 내쉬었다.

'괜한 말을 해서 장문인의 심기를 어지럽혀 드렸구나.'

이리되면 조금 희망찬 말을 해 볼 필요가 있겠다.

"사실 이대제자들이 좋은 성과를 낼 수 있다면 다 좋은 일 아니겠습니까?"

"그렇지."

운암도 현종도 그게 쉽지 않다는 걸 알고 있었다. 한때는 발아래에 두던 종남이지만, 지금 종남과 화산의 격차는 메울 수 없을 만큼 벌어졌다. 종남의 이대제자가 가지는 무게감과 화산의 이대제자가 가지는 무게감은 만근거암과 깃털만큼 차이가 난다. 폐관을 통해 노력을 했다지만, 이기는 건 어려울 것이다.

'적어도 쉽게 지지는 않는다면 좋으련만.'

현종의 마음이 무겁게 내려앉았다.

"운암아. 고생하고 돌아오는 아이들이다. 좋은 음식을 준비하고 술을 풀거라."

"하나……."

"힘들게 수련을 한 아이들에게 하루쯤 휴식이야 괜찮겠지. 그리고 그 아이들도 화산의 사정이 달라졌음을 알아야 하지 않겠느냐?"

"과연 그렇습니다. 차질 없이 준비하도록 하겠습니다."

"그래."

"그럼 이만."

운암이 자리에서 일어나 조심스레 예를 갖췄다.

그가 방을 나가자 현종이 가만히 자리에서 일어나 창을 연다. 창밖으로 보이는 연화봉을 보며 그는 참았던 한숨을 나지막이 내쉬었다.

'종남이라.'

심장에 박혀 있는 가시 같다. 숨을 쉴 때마다 아프고, 언젠가는 더 깊이 박혀 숨통마저 끊어 놓을 것 같은 가시.

"어렵구나. 어려워."

겨울은 길고 화산의 봄은 아직 너무도 먼 듯했다.

 • ◈ •

"이길 수 있어?"

윤종과 조걸이 청명의 방에 모였다. 다른 이가 이런 말을 했다면 무시하고 넘겼겠지만, 청명의 말은 그 무게가 다르다. 두 사람도 안다. 청명이 헛된 말을 한 적은 단 한 번도 없다는 것을. 아무리 황당한 말이어도 청명은 자신이 한 말은 반드시 지켰다.

"우리가?"

청명이 둘을 보며 혀를 찼다.

"지금은 안 되지."

"응? 이만큼 강해져도?"

"사형들이 세지긴 했지."

"그렇지?"

청명이 엄지와 검지를 티끌만큼 띄웠다.

"한 이만큼?"

"……."
"……."
"에이. 농담이야. 이 정도는 아니지."
"역시!"
"그럼 그렇지."
청명이 엄지와 검지를 딱 두 배만큼 더 띄웠다.
"이 정도는 되겠지."
얼굴이 붉으락푸르락하던 조걸이 결국 참지 못하고 벌떡 일어나 삿대질을 해 댔다.
"야! 그래도 우리가 그동안 죽어라고 구른 게 있는데, 겨우 그 정도 세졌다는 게 말이나 되냐! 내가 몸으로 느끼는데."
"겨우 몇 달 굴렀다고 세지기는 얼어 죽을!"
"아니, 예전보다는 확실히 세졌는데……."
"도토리가 세 배 자란다고 나무에 견주겠어?"
"끄응."
청명은 솔직한 평가를 내리는 중이다. 지금 삼대제자의 성장세가 무섭긴 하다. 이만한 속도로 성장하는 이들은 청명도 본 적이 없다. 하기야 그만큼 갈구고 그만큼 퍼먹였는데, 실력이 안 늘면 그놈이 더 대단한 거지. 하지만…….
'아직 멀었어.'
과거 화산의 삼대제자와 비교해 보면 갈 길이 구만리다. 그리고 그건 종남에 비해서도 마찬가지다. 당대의 종남이 화산에게 견주기는 어려웠던 건 사실이지만, 그래도 구파일방이다. 그때의 실력을 아직까지 유지하고 있다면, 지금의 청자 배 중에 종남의 삼대제자를 이길 사람은 없다.
'그나마 이 녀석 하나?'

조걸 정도는 상대를 잘 만나면 이겨 볼 가능성이 있는 정도다. 윤종은 좀 더 잘 만나야 하고. 삼대제자 중에서 딱 둘. 전체로 비교한다면 굳이 머리를 굴려 볼 필요도 없다.

"그럼 어떻게 이겨?"

"세지면 되지."

윤종이 눈을 찌푸렸다.

"화종지회까지는 이제 길어야 보름일 것이다. 몇 달 동안 수련을 했어도 못 이기는 상대를 보름 만에 어찌 따라잡는단 말이냐?"

"그러니까 물어봤잖아."

"······응?"

청명이 씨익 웃었다.

"죽을 각오 되어 있냐고."

아니, 그게······.

"대체 무슨 방법인지나 좀 들어 보면 안 되냐?"

"그게 뭐가 중요해. 중요한 건 각오가 되어 있냐는 거지."

"아니······."

조걸이 뭔가 말을 하려는 순간 윤종이 그의 말을 끊으며 입을 열었다.

"각오는 되어 있다."

"사형!"

조걸이 언성을 높였지만, 윤종은 조걸에게 시선조차 주지 않았다.

"다른 사형제들은 어떤지 모르겠지만, 나는 각오가 되어 있다. 그리고 아마 다른 아이들도 대부분은 각오가 되어 있을 거다."

"사형, 하지만 이놈이 하는 일은······."

"안다."

윤종은 더없이 단호했다.

"하지만 그런 건 상관없다. 나는 당장 죽으면 죽었지 다시 그 꼴은 못

본다. 그 종남 놈들이 내 가슴을 밟고 웃던 모습이 아직도 꿈에 나온다."

"……그건 그렇죠."

두 사람은 이미 이 년 전 화종지회에 대표로 나선 경험이 있다. 그리고 처참하다는 말도 모자랄 정도의 패배를 경험했다. 그 모멸감을 어찌 말로 다 하겠는가?

"그 굴욕을 돌려줄 수만 있다면 나는 죽음도 감수하겠다. 그걸 참고 사는 건 무인이 아니다. 차라리 환속하고 산을 내려가면 내려갔지, 다시는 그 꼴 못 본다."

조걸도 고개를 끄덕였다. 윤종의 말을 들으니 그때의 굴욕이 되살아난다. 다시는, 정말 두 번 다시는 경험하고 싶지 않은 일이다.

"흠, 그래. 그럼 내가 이기게 해 줄게, 사형."

"믿는다."

"좋아."

청명이 씨익 웃었다. 하지만 못내 불안했던 조걸은 묻지 말아야 할 걸 묻고 말았다.

"그런데 청명아. 이제 그 방법이란 걸 말해 주면 안 되냐?"

"응? 아, 별거 없어. 그냥 수련 방식을 좀 바꿀 거야."

"어떻게?"

청명이 대수롭지 않게 대답했다.

"실전형."

"응?"

"쌓았으면 이제 써먹어야지. 그 단련한 몸뚱이를 사용하는 방법을 알려 주지."

조걸의 눈이 살짝 흔들렸다.

"어……. 사용법이라면?"

청명이 어깨를 으쓱했다.

"알면서 그러네. 원래 모든 무공은 몸으로 구르면서 익히는 거지. 준비해. 오늘 저녁부터 당장 시작할 테니까."

잠깐 정적이 흘렀다. 뭔가 잘못되어 간다는 걸 직감한 두 사람이었다.

· ◈ ·

야심한 밤, 삼대제자들이 연무장에 모여 있었다.

"아니, 굳이 꼭 이렇게 밤에 모여야 하나?"

조걸이 입을 삐죽 내밀고 투덜거렸다.

이제는 삼대제자들이 새벽에 알아서 수련을 한다는 걸 모르는 어른들이 없다. 처음에는 수련에 대해 우려를 표하는 이들도 있었고, 수련 방식에 대해 딴지를 거는 사숙조들도 있었지만, 수련이 몇 달째 이어지다 보니 이제는 다들 그러려니 하는 편이다. 백매관의 관주인 운검이 효과를 공인하고 참견을 막아 주기도 했고 말이다. 그러니 이제는 밝은 낮에 수련을 해도 될 텐데, 청명은 굳이 이런 새벽에만 수련하기를 고수했다.

"그런데 대체 뭘 하려는 걸까요, 사형?"

"난들 알겠냐?"

윤종이 어깨를 으쓱했다. 다들 이런 새벽에 수련을 한다는 것에 불만을 토하면서도 단 한 사람도 빠짐없이 나와 정렬하고 있다. 이제는 다들 알고 있는 것이다. 청명의 수련이 과격하기는 하지만 효과가 있다는 것을. 그런 청명이 강하게 만들어 주겠다고 호언장담을 했으니 분명 이번에도 그럴 것이다.

"다들 나왔어?"

그때 청명이 어슬렁어슬렁 연무장으로 다가왔다.

삼대제자들이 흥분과 두려움이 섞인 시선으로 그를 바라보았다. 아마 이번에도 말도 안 되는 짓거리를 하겠지만, 버텨 낼 수만 있다면 분명히 결과를 만들어 줄 것이다. 이제는 다들 미묘한 느낌으로 청명을 신뢰하게 된 삼대제자들이었다.

"청명아. 그런데 이번에 할 수련이······."

그때였다.

스르르르릉.

청명이 허리춤에 찬 검을 뽑아낸다. 순간 모두의 눈이 거세게 흔들렸다.

진검? ······어? 저거 진검 같은데?

청명이 뽑은 검이 달빛을 받아 새파랗게 빛났다. 평범한 놈이 진검을 잡고 있어도 미묘하게 겁이 나는 법인데, 미친놈이 달밤에 저러고 있으니 심장이 덜컥 내려앉는 느낌이다.

"아, 수련?"

청명이 태연하게 반문했다. 그리고 진검을 든 채 천천히 그들에게 다가왔다.

"별건 없어. 그냥······."

입꼬리가 씩 올라갔다.

"한 번씩 죽어 보면 돼. 별거 없지?"

청명의 시선이 왼쪽에서 오른쪽으로 천천히 이동했다. 시선을 받은 이들은 하나같이 눈을 마주치지 않고 슬쩍슬쩍 외면했다.

'눈 마주치지 마.'

'저 새끼 오늘 날 잡았어.'

희번덕거리는 청명의 눈만 봐도, 괜히 걸렸다가는 몸 성히 돌아갈 수 없을 게 뻔해 보인다. 삼대제자들이 필사적으로 청명의 눈을 외면했다.

"나는······."

청명의 입에서 지옥에서 들리는 것 같은 목소리가 새어 나왔다.

"종남 놈들에게 지는 꼴은 못 봐."

그의 눈은 광기로 번들거리고 있었다.

'오줌 싸겠네.'

'오늘따라 애가 더 미쳤네. 보름이라서 그런가?'

"사람이 자존심이 있지. 어떻게 종남에 질 수가 있어?"

다른 모두가 넘어간다 해도 청명만은 그 사실을 인정할 수 없었다. 아무 짓도 저지르지 않은 종남에 패해도 속이 쓰려 잠을 못 잘 텐데, 매화검법을 훔쳐 간 그 악적 놈들에게 처발린다? 화병으로 급사하지 않으면 다행이다.

"사형들은 이겨야 해. 내가 그렇게 만들어 준다."

다들 어떻게든 청명의 마수에서 벗어나기 위해서 필사적이었다.

하지만 사람이 이만큼이나 모여 있으면 개중 눈치 없는 놈 하나 정도는 반드시 있는 법.

"그런데……."

조걸이었다. 그는 티 없이 의아한 눈으로 물었다.

"아까 그게 무슨 소리야? 죽어 보면 된다니?"

청명은 조걸을 보며 만면에 미소를 띠었다.

"오? 사형. 사형 나와 봐."

"……나?"

조걸이 손가락으로 제 얼굴을 가리키며 반문했다.

"응."

조걸이 살짝 주변을 돌아보았다. 다른 사형제들이 그를 보며 흐뭇하게 고개를 끄덕이고 있다. 밀려드는 배신감에 조걸의 입이 슬쩍 벌어졌다.

'나쁜 놈들.'

사형제의 의리는 어디에 모조리 가져다 팔아먹었단 말인가? 저 청명이 놈이 화산에 오기 전에는 그래도 서로 돕고 사는 끈끈한 의리가 있었는데. 언제 이곳이 이리 각박해졌는가.

"빨리 나와 봐. 빨리."

"대, 대사형."

조걸이 마지막으로 윤종을 돌아보자 그는 헛기침을 하고는 고개를 끄덕인다.

"얼른 나가 봐라."

"이 개……."

차마 뒷말은 나오지 않았다. 결국 고개를 푹 숙인 조걸은 도살장에 끌려가는 소처럼 앞으로 터덜터덜 걸어 나갔다. 윤종의 눈에는 조걸의 목에 감긴 목줄이 보이는 것 같았다.

청명이 앞으로 나온 조걸을 보며 말했다.

"세지고 싶다고 했지?"

"……그렇지."

"사실 이게 조금 이상한 말이지만……."

청명이 씨익 웃었다. 달밤에 칼 들고 있는 놈이 웃고 있으니 뭔가 스산하다.

"사형들은 이미 충분히 세졌어."

"……응?"

"그동안 한 수련들이 헛된 건 아니라는 거지."

조걸이 미간을 찌푸렸다.

"아직 종남 놈들에게는 어림도 없다며?"

"뭐, 그렇겠지."

청명이 가만히 머리를 굴렸다.

'이송백이 종남 이대제자 중에서도 나름 강한 편이라고 했었나?'

다른 사형제들이 이송백을 대하는 걸 보면 확실히 그들 중에서도 강자인 것 같았다. 그를 기준으로 삼대제자들의 수준을 유추해 본다면…….

'전에 생각했던 거랑 비슷하겠네.'

조걸은 승부를 겨뤄 볼 수 있고, 윤종은 운이 필요하다. 하지만 다른 삼대제자들은 절대 못 이긴다. 물론 승부라는 건 그날그날의 몸 상태와 운에 따라 급격히 달라지기도 하는 법이지만, 천운이 따르지 않는 이상은 화산의 삼대제자들이 종남의 삼대제자를 이기는 그림이 그려지지 않는다.

"그런데 그건 사형들이 약해서가 아니야."

"……그럼?"

"몸뚱어리는 만들었는데, 예전이랑 똑같은 짓을 하고 있으니까 그런 거지."

몸뚱어리? 조걸이 슬쩍 고개를 내려 자신의 몸을 바라보았.

'달라지기는 했지.'

청명이 시키는 대로 수련을 하고 영약을 받아먹은 덕분에, 삼대제자들은 몸 하나는 소림에도 꿀리지 않을 정도로 탄탄해졌다. 쫙쫙 갈라진 근육을 보고 있으면 절로 흐뭇한 미소가 나올 정도다.

물론 보기에만 좋은 건 아니다. 수련에 적응한 이후 그들의 몸이 과거에 비해 몇 배는 강해졌다는 것을 모두 실감하고 있었다. 검은 더없이 빠르고 강해졌고, 하체는 바위처럼 굳건하다.

"그런데 똑같은 짓이라니. 지금 하는 게 뭐가 잘못됐나?"

"그걸 지금부터 알려 준다니까."

청명이 씨익 웃으며 조걸에게 다가왔다.

그그극.

청명이 든 검이 바닥을 긁으며 귀에 거슬리는 소리를 냈다. 마른침을 꿀꺽 삼킨 조걸이 다가오는 그를 바라보았다.

"사형."

"응?"

"사형은 검을 왜 배운다고 생각해?"

"……그야……."

화산에서 말하는 정답은 분명하다. 검을 통해 몸을 다스리고, 최후에는 도에 이른다. 도문에서의 검은 그저 도에 이르기 위한 수련의 방편일 뿐이다.

'하지만 이놈이 그런 대답을 원할 리는 없지.'

괜히 이 말을 했다가는 뻔한 소리 한다고 욕이나 들어 처먹을 게 뻔하다. 그러니…….

"상대를 이기기 위해서 아닐까?"

"크으!"

청명이 박수를 쳤다.

"사형의 머리에서 그런 대답이 나오다니! 정말 놀라운 일이군. 도인과는 전혀 어울리지 않는, 전형적인 흑도인의 대답 잘 들었습니다."

……그냥 뻔한 대답 할걸.

청명이 고개를 끄덕였다.

"반은 맞았어. 이기기 위해서지. 그럼 검으로 이기기 위해서는 어떻게 해야 할까?"

"더 강해지면 되는 거 아냐?"

어차피 어떤 대답을 해도 욕은 먹는다는 걸 알아챈 조걸이 거침없이 대답했다.

"그거지."

하지만 이번에는 의외로 청명이 선선히 조걸의 대답을 인정했다.

"더 강하면 된다. 상대보다 강하면 이기는 거지. 그런데 이게 조금 의미가 다르다는 말이지."

"……이해가 좀 어려운데?"

"간단해."

청명이 빙그레 웃고는 검을 들었다.

"자, 지금부터 사형이랑 내가 비무를 할 거야. 사형은 할 수 있는 모든 수를 써 보도록 해. 나는 그냥 내려치기 하나만 할 테니까."

"……진짜?"

"응."

조걸이 미간을 찌푸렸다.

'날 너무 무시하는 것 아닌가?'

이미 청명에 대해 수많은 경험을 한 조걸이다. 그가 아무리 발악해도 지금 시점에 청명을 이기는 건 불가능하다는 걸 누구보다 잘 알고 있었다.

하지만 이건 이야기가 조금 다르다. 아무리 격차가 크다 해도, 내려치기만 쓰는 청명에게 패배한다는 건 자존심의 문제다.

'내가 얼마나 강해졌는지 보여 주지.'

조걸이 이를 악물고 목검을 들어 올렸다.

"그런데 너 진검으로 할 거냐?"

"응."

"……노파심에 하는 말인데."

"에이, 설마."

왜 확실하게 대답을 해 주지 않지? 안 벤다고? 조걸은 불안해하면서도 떨떠름한 얼굴로 고개를 끄덕였다. 뭔가 생각이 있겠지.

"시작하면 되냐?"

조걸이 자신감 있게 목검을 들어 올리자 청명이 미묘한 미소를 지었다.

"호오? 사형, 자신감이 좀 붙은 것 같네."

"덕분에 죽도록 수련했으니까."

청명도 빙그레 웃으며 검을 들어 올렸다.

'자신감이라, 좋지.'

검을 쓰는 이는 언제나 자신감이 있어야 한다. 자신을 믿지 못하는 이는 제 실력을 발휘하기 힘든 법이니까. 하지만……

'아직은 좀 이르지.'

닭이라도 된다면 인정해 주겠지만, 삼대제자들은 아직 병아리에 불과하다. 화산이 욱일승천하는 기세로 발전하고 있으니 그에 덩달아 들뜨는 건 당연하지만, 지금은 자신감을 가질 때가 아니라 내실을 다질 때였다. 이제 그걸 알려 줘야지.

조걸이 날카로운 눈으로 청명을 노려보았다. 눈빛만 본다면 일류 검수가 따로 없다.

"각오해라!"

"응?"

"사심은 없다! 흐아아아앗!"

조걸이 기합을 지르며 청명에게 달려들었다. 사심이 없다는 말이 무색하게도 그의 눈은 사심으로 불타오르고 있었다. 죽어도 한 대는 때리고 죽겠다는 의지가 너무 보여서 민망할 정도다.

'내가 뭘 그리 잘못했다고.'

남들이 들으면 거품을 물고 손가락질했을 말이지만, 다행히 이곳에 독심술을 익힌 이는 없었다. 청명이 혀를 차고 조걸의 검을 피해 냈다.

"타아앗!"

하지만 그 정도는 당연히 예상했다는 듯이 조걸의 검이 어지러운 변화를 일으키기 시작한다.

낙화검(落花劍).

아직 전수가 시작된 지 한 달이 채 되지 않았음에도 조걸은 낙화검을 능숙하게 펼쳐 내고 있었다. 칠성보(七星步)와 어우러진 낙화검은 검을 알지 못하는 이들이 봐도 절로 탄성이 나올 만큼 화려하고 정교했다.

'확실히 재능은 있다니까.'

청명이 새삼스러운 눈으로 조걸을 보았다. 검에 대한 선천적인 재능으로 따진다면 조걸은 화산의 누구에게도 뒤지지 않을 것이다. 재능만으로는 종남의 이송백에게 결코 밀리지 않는다.

'하지만.'

청명이 씨익 웃었다. 원래 자라나는 새싹은 한 번씩 꾹꾹 밟아 줘야 더 잘 자라는 법이 아니던가? 이건 절대 사심이 아니다. 오로지 조걸의 성장을 바라는 마음이다. 그는 검을 꽉 움켜잡았다.

"생각보다 잘하고 있는 것 아닙니까, 사형?"

"……잘해?"

"예. 조걸 사형이 일방적으로 몰아치는 것 같은데요?"

윤종이 쓴웃음을 지었다.

"겉으로야 그리 보이겠지."

"예?"

"일방적으로 몰아치고는 있지만, 옷자락 하나 건드리지 못하고 있지 않느냐?"

"아…….'"

다른 이들이 조걸의 검에 주목할 때, 윤종은 청명의 움직임에 주목했다.

보법? 그런 것도 아니다. 그저 다가오면 물러나고, 내리치면 비껴 낸다. 적당히 한 발 한 발을 떼는 것만으로 청명은 조걸의 검을 모조리 피해 내고 있었다. 가만히 보고 있자면 대련이 아니라 잘 짜인 검무를 보는 느낌까지 난다. 표홀(飄忽)히 한 발 한 발을 내디딜 때마다 조걸의 검이 마치 일부러 청명을 피하는 것처럼 허공을 가른다.

'나는 지금 저 녀석의 움직임을 어디까지 파악하고 있는 걸까?'

윤종이 청명을 상대할 수 있었던 건, 그에게 얻어맞거나 함께 수련할 때뿐이었다. 청명이 화산에 온 지 몇 달이 지났지만, 그가 무공을 펼치는 모습을 옆에서 자세히 지켜보는 건 이번이 처음이다. 그렇기에 이제야 알 수 있었다. 청명과 그들의 격이 얼마나 차이가 나는지 말이다.

"이이익!"
 조걸은 이를 악물고 검을 떨쳤다. 잡히지 않는다. 마치 유령과 싸우는 것 같다. 그의 검이 바람에 휘날리는 꽃잎처럼 화려하게 공간을 메우는데도 청명은 그의 검을 아무렇지도 않게 피해 낸다. 단 한 치. 찌르면 한 치 앞에서 검이 멈추고, 내리치면 어깨의 한 치 옆을 스쳐 지난다. 그리고 휘두르면 고개를 까딱이는 것만으로 그의 검이 만들어 내는 모든 변화를 무위로 돌려 버린다.
 암담하다. 전에 청명과 맞붙었을 때는 어떻게 겼는지도 알지 못했다. 하지만 이번에는 다르지 않은가? 전력을 다하고 있음에도 옷깃조차 스칠 수 없다. 조걸은 이를 악물고 검에 내력을 불어 넣었다.
"으아아아아아아!"
 조걸의 검이 새파랗게 빛난다.
"검기?"
"사제가 검기를?"
 등 뒤에서 쏟아지는 목소리는 조걸의 귀에 닿지 못했다. 그는 오로지 청명을 베어 내겠다는 일념으로 필사의 검을 전개했다. 하지만.
"끝이다."
 그 순간 청명이 단 한 발 앞으로 불쑥 나오더니 머리 위로 검을 들어 올렸다.
 조걸은 보았다. 청명이 검을 들어 올리는 광경을. 마치 시간이 멈춘 듯이 느리게 흐르는 세상에 청명의 검만이 제 속도로 천천히 움직이고 있다. 바람이 불고 물이 흐르는 것처럼, 그저 자연스러운 동작.

'이건?'

정확하게 하늘을 가리킨 검이 멈춰 섰다.

파아아아아아아아!

그리고 이내 고막을 찢어 버릴 것 같은 가공할 파공음과 함께 청명의 검이 조걸의 머리 위로 떨어진다.

'죽는…….'

조걸은 눈도 감지 못하고 제 머리로 내리쳐지는 검을 바라보았다. 순간 그의 눈앞에 지금까지 살아왔던 삶이 주르륵 스쳐 지나갔다. 이게 주마등이라는 것을 알아채기도 전에 청명의 검이 조걸의 머리에 와 닿았다.

파아아아앙!

그리고 가죽 북이 터지는 소리와 함께 검이 조걸의 이마에 닿은 채 멈춰 섰다.

털썩.

그대로 바닥에 주저앉은 조걸은 혼이 빠진 얼굴로 청명을 바라보았다. 청명이 씨익 웃으며 말했다.

"죽어 본 기분이 어때?"

……어떠냐면…… 조금 지린 것 같은데. 어…… 음.

그뿐만이 아니다. 땀이 숫제 폭포처럼 쏟아졌다.

"후…….”

죽지 않았다는 것을 실감한 순간 전신이 삶의 증거를 쏟아 내기 시작한 것이다. 얼마나 땀이 흐르는지, 눈을 뜨기가 어려울 정도다. 이내 몸이 벌벌 떨리기 시작했다.

'한 치만 더 깊었으면?'

아니, 한 치까지도 필요 없다. 정말 검이 조금만 더 아래에서 멈췄다면 지금 조걸은 머리가 반으로 쪼개진 시체가 되었을 것이다.

"이……. 어……. 어어."

욕을 하고 싶었지만, 말도 나오질 않았다. 덜덜 떨리는 몸을 주체할 수가 없었다. 청명이 그런 조걸을 보며 피식 웃었다.

"어떠냐고, 죽어 본 느낌이."

어떻긴 뭘 어때? 평소라면 대답할 말을 찾을 수 있었을지도 모르지만, 지금의 조걸에게는 그럴 만한 정신이 남아 있지 않았다. 그는 마지막 힘을 쥐어짜 내어 간신히 입을 열었다.

"이…… 망아지 같은 새끼……."

"낄낄낄낄."

욕을 들어 먹고도 청명은 전혀 기분 나쁜 기색을 보이지 않았다. 그야 당연한 일이다. 지금 조걸은 지옥의 문턱에 발을 들였다가 돌아온 심정일 테니까. 검을 들 힘이 남아 있었다면 당장에 청명을 죽이겠다고 달려들었을 것이다.

"자, 사형은 좀 쉬고 있고."

청명이 경쾌하게 빙글 몸을 돌렸다. 그리고 질린 눈으로 자신을 바라보는 다른 사형제들에게로 시선을 옮겼다. 눈이 마주치자 움찔한 사형제들이 다들 슬그머니 시선을 내리깔았다.

"사형들, 사형들. 잘 생각해 봐."

"……."

"그런다고 안 맞을 수 있을까?"

'저 악마 같은 새끼.'

'어쩌다가 화산에 저런 인간 말종이 들어와서는.'

'저게 도인이라는 놈이 할 말인가?'

청명이 하는 꼴을 본다면 태상노군도 쌍욕을 도경 외듯 쏟아 낼 거라고 확신할 수 있었다.

"자. 쓸데없이 시간 끌지 말고 나다 싶으면 나옵시다. 네? 대사형?"

윤종이 떨떠름한 시선으로 청명을 보다가 슬쩍 고개를 돌렸다.
"종학이가 나가 보는 건 어떨까?"
"예? 사형. 사형을 부른 것 같은데."
"그래서 안 나가겠다고?"
윤종이 눈을 부라리자 종학이 고개를 푹 숙였다.
'인간들이 하나같이 이상해져 가지고는.'
그래도 예전의 윤종에게는 대사형다운 위엄이라는 게 있었는데, 청명이 온 이후로는 확실히 뭔가 이상해졌다. 하기야 이상해진 사람이 어디 윤종뿐이겠냐마는.
"안 나가?"
사형제들이 실랑이하는 모습을 본 청명이 한숨을 푹 내쉬었다.
"안타까운 일이로다. 서로 돕고 살아야 할 사형제들이 이토록 이전투구를 벌이다니."
'그게 누구 때문인데, 인마!'
'양심은 시전에 팔아먹었나!'
'너만 없으면 화목해! 너만 없으면!'
처절한 외침들은 차마 입 밖으로 나오지 못했다.
그때 청명이 걱정하지 말라는 듯 고개를 끄덕였다.
"본디 사형제들이 단합하는 방법은 하나지. 다들 같은 고생을 하면서 구르다 보면 형제애가 절로 피어나는 법. 걱정하지 마. 내가 공평하게 처리해 줄 테니까."
뭘? 모두의 눈에 의문이 피어났다. 그 의문에 답하듯, 청명이 검을 들어 올렸다.
"안 오면 내가 가면 되지. 간다!"
하지 마! 이 미친놈아!
모두가 경악하건 말건, 청명이 광소를 흘리며 삼대제자들에게 달려들었다. 기겁한 삼대제자들이 비명을 지르며 달아났지만, 청명은 양 떼를 쫓는 늑대처럼 사형제들을 쫓았다.

"이리 안 와?"

"너 같으면 가겠냐! 이 미친놈아아아아!"

비명을 지르던 윤종이 자신의 머리로 떨어지는 칼을 보며 눈을 질끈 감았다.

"으……."

"흐아……."

연무장에 널브러진 삼대제자들이 하나같이 넋이 나간 눈으로 허공을 보며 몸을 덜덜 떨었다.

"아이고. 어머니……."

"아버지, 착하게 살게요……."

"침상 밑에…… 육포 숨겨 놨는데."

"지금 그런 게 생각이 나냐? 지금?"

청명이 널브러진 사형제들을 보며 혀를 찼다.

"뭐 대단한 거 했다고."

평소라면 발끈이라도 했겠지만, 지금의 삼대제자들에게는 대거리할 기운조차 남아 있지 않았다. 무시무시한 속도로 자신의 머리를 향해 떨어지는 진검을 보는 경험은…… 차라리 죽으면 죽었지, 다시는 하고 싶지 않았다. 윤종이 덜덜 떨리는 손으로 눈가로 흘러내리는 땀을 훔쳤다.

'저 망나니 같은 놈이…….'

지금까지 청명에게 수도 없이 당한 윤종이지만, 이건 경우가 좀 다르다. 정말 저승 문턱에 발을 밀어 넣었다가 간신히 빠져나온 느낌이었다.

청명이 모두를 보며 입을 열었다.

"어때?"

"……뭐가?"

그나마 가장 처음 당해서 정신을 좀 차린 조걸이 힘겹게 되물었다.

"왜 못 막았지?"

"……어?"

"뻔한 내려치기잖아. 왜 못 막았어?"

고작 그 말을 하려고 이 짓거리를 했다는 말인가? 조걸이 울컥하여 소리쳤다.

"그야 빠르니까! 생각하고 막을 수 없을 정도로 빠르고 강하니까 못 막는 거지. 그거야 세 살짜리 어린애도 알 일 아니냐고!"

"그래?"

청명이 만족스럽다는 듯 씩 웃었다.

"잘 아네."

"이……."

조걸이 이를 갈았다.

"그런데 왜 사형들은 그렇게 안 해?"

"어?"

순간 조걸은 멍한 눈으로 청명을 보았다. 막 반박할 말을 꺼내려는 순간 청명이 검을 들어 아래로 내리쳤다.

파아아아아앙!

공기가 찢어지는 소리와 함께 바닥에서 흙먼지가 솟구쳤다.

"간단하지?"

정적이 흘렀다. 조걸뿐만이 아니다. 이제는 다른 사형제들도 몸을 일으켜 청명의 검을 보고 있었다.

"……내가 본 검이 이거라고?"

"응."

"몇 배는 빨랐던 것 같은데? 살살 한 거 아냐?"

"똑같아. 내 머리로 떨어지는 검과 옆에서 지켜보는 검이 같을 수는 없는 법이지."

조걸은 나름 머리가 좋은 사람이었다. 그렇기에 청명이 하는 말이 뭘 의미하는지 금세 이해할 수 있었다.

"나도 할 수 있다는 말이냐?"

"충분하지. 봐."

청명이 검을 들어 올렸다. 그리고 다시 내려쳤다.

파아아아앙!

조걸은 그 모습을 단단히 눈에 새겼다. 확실히 눈에 보이지 않는 속도라거나 굉장한 기술 같은 건 아니다. 그저 빠르고 담백하게 일직선으로, 군더더기 없이 검을 내리칠 뿐이다. 검을 들고 내리친다. 그 간단한 동작이 완벽하게 이루어지는 순간 검을 든 이는 한 폭의 그림이 되었다.

조걸은 저도 모르게 입을 헤 벌렸다.

"이게 내려치기야."

그러다 벌린 입을 퍼뜩 다시 다물었다.

"몸뚱이를 만들었으면 그게 걸맞은 검을 써야지. 우선은 하체."

청명이 바닥을 쿵 밟는다.

"단단하게 고정한 하체를 바탕으로 허리로 힘을 끌어 올리고, 손끝에 힘을 전해 내력과 일체화시킨 뒤 단숨에 내리친다."

파아아앙!

청명이 씨익 웃는다.

"쉽지?"

설명을 들은 윤종이 무거운 목소리로 입을 열었다.

"네가 무슨 말을 하는 건지는 알겠다. 어설프게 화려한 검식을 추구하는 것보다 단련된 육체를 바탕으로 간결하게 검을 휘두르는 것이 지금의 우리에게는 더 낫다는 거겠지?"

"거기에 일격필살(一擊必殺)."

청명이 윤종의 설명을 보완했다.

"두 번 검을 휘두르지 않는다는 각오가 필요해. 한 번에 죽이지 못하면 내가 죽는다는 각오 정도는 있어야겠지."

윤종이 한숨을 내쉬었다.

'그래서 일일이 보여 준 거로군.'

백문이 불여일견이라 했다. 일격필살의 검을 직접 상대해 보는 것과 말로만 듣는 것에는 어마어마한 차이가 있으니까. 지금 이곳에 있는 사람들도 청명의 검이 자신의 머리로 떨어지는 경험을 해 보지 못했다면 납득하기 쉽지 않았을 것이다. 윤종이 무거운 한숨을 내쉬며 말했다.

"하나, 청명아. 네 말이 무얼 의미하는지 내 모르지는 않으나, 우리는 화산의 제자다. 이런 방식으로 이기는 게 의미가 있겠느냐?"

"화산의 제자라는 게 뭐?"

"화산의 제자라면 응당 화산의 검술로 상대를 쓰러뜨려야 하지 않겠느냐?"

그러자 청명이 어이없다는 눈으로 윤종을 바라보았다.

"내가 지금 한 게 뭔데?"

"내려치기."

"육합검의 첫 초식이 뭔데?"

"……내려치기."

"그래. 육합은 화산의 검도 아니야?"

청명이 뚱한 눈으로 바라보자 윤종이 크게 헛기침을 했다.

"내 생각이 짧았다."

"쯧쯧쯧."

청명이 혀를 차고는 모두를 돌아보았다.

"육합은 화산의 기본이자, 화산의 기초다. 화산의 모든 것은 육합에서 출발해 육합으로 끝난다. 그런데!"

청명이 눈을 부라리자 찔리는 이들이 슬그머니 고개를 돌렸다.

"육합도 제대로 펼치지 못하는 것들이 벌써 겉멋만 들어서는 낙화가 어쩌고, 칠매가 어쩌고!"

"크흐흠."

"아, 밤공기가 시원하네."

"달도 밝고."

얼굴이 뻘게진 삼대제자들이 딴청을 부렸다.

"똑바로 알아 둬."

청명의 목소리가 낮게 가라앉았다. 장난기를 싹 뺀 말투에, 사형제들이 일제히 진지한 눈으로 그를 응시한다.

"육합을 제대로 익히지 못한다면 다른 검술을 익혀 봤자 소용이 없어. 화산의 모든 검은 육합을 기반으로 하니까. 토대를 쌓지 못한 건물은 작은 바람에도 무너지는 법이야. 사형들은 우선 가진 것을 완벽하게 자신의 것으로 만들 필요가 있어."

모두가 고개를 끄덕였다. 눈으로 보지 않았다면 믿지 못할 말이다. 하지만 이미 그들은 몸으로 겪지 않았는가?

'그토록 강해 보였던 낙화검으로 단 일 검도 막지 못했다.'

'단순한 내려치기가 천하제일의 검술 같아 보였어.'

'중요한 건 검술이 아니라 검을 쓰는 사람인 거지.'

조걸이 자리에서 일어나 청명을 바라보았다.

"청명아."

"응."

"하나만 묻겠다."

조걸이 살짝 생각을 정리하고는 바로 입을 열었다.

"육합이 중요하다는 네 말이 무슨 의미인 줄은 안다. 하지만 우리는 네가 아니야. 바보 같은 소리처럼 들리겠지만, 지금 우리에게는 먼 미래의 강함보다 지금 당장 종남 놈들의 콧대를 꺾어 줄 힘이 필요하다."

"흠."

"이 중에서 육합으로 이런 힘을 낼 수 있는 건 솔직히 너뿐이다. 그래서 묻는 건데."

조걸이 눈을 빛냈다.

"네가 시키는 대로 하면 우리가 종남 놈들을 이길 수 있는 거냐?"

청명은 대답 대신 한숨을 내쉬었다. 그의 반응을 살피던 조걸이 살짝 입술을 깨물었다.

'한심한 말인 건 나도 알고 있어.'

무학을 익히는 자는 사사로운 승부에 연연하지 않고, 먼 곳을 보아야 한다는 것을 모를 조걸이 아니다. 하지만 종남에게 지는 것은 다시는 하고 싶지 않은 경험이었다. 그 모멸감을…….

"사형은 내 말을 뭐로 들었어?"

"응?"

청명이 눈을 희번덕거렸다.

"종남한테 진다고? 그런 인간은 살아 있을 자격이 없지. 어디 화산의 제자가 종남 같은 잡놈들에게 져! 대가리를 뽀사 버릴라!"

살기로 번들거리는 청명의 눈을 보며 조걸이 몸을 부르르 떨었다.

'아니, 우리는 그렇다 치고 너는 왜 종남에 그 난린데?'

화산에 들어온 지 얼마 되지도 않은 놈이.

"말했지? 내가 이기게 해 준다고."

청명이 검을 들어 사형들을 가리켰다.

"좋은 패배 같은 건 없어."

"……."

"싸움은 이기는 게 전부다. 바짓가랑이를 물고 늘어지든, 눈에 흙을

뿌리든! 이기면 끝이야! 비겁? 웃기는 소리! 전장에서 목 잘린 놈이 비겁을 논할 수 있을 것 같아? 어떤 수를 써서라도 이긴다!"
 사문의 어른들이 들었으면 거품을 물 만한 선언을 태연하게도 하는 청명이었다. 조걸이 그런 청명을 보며 피식 웃었다.
 '하기야. 이놈은 원래 이런 놈이었지.'
 뭔가 안심이 되는 기분이었다.
 "그래서 그럼 우리가 이제 뭘 해야 하는데? 어떻게 해야 너처럼 검을 쓸 수 있는 거냐?"
 "그야 간단하지."
 청명이 입꼬리를 씨익 말아 올렸다.
 "일단 내려치기 만 번부터 시작하자."
 "……농담이지?"
 "설마?"
 "농담이어야지."
 "에이."
 "농담……."
 청명이 빙그레 웃는다.
 "져서 뒈질래? 지금 뒈질래?"
 어쩌면 종남보다 더 큰 적이 화산 안에 있는지도 모르겠다.

· ◈ ·

 쐐애애액!
 운검이 절도 있게 검을 회수했다. 그의 이마에 땀이 한 방울 흘러내렸다.
 '좋은 검이로군.'

확실히 이 칠매검은 지금까지 그들이 화산에서 익혀 온 검과는 다른 무언가가 있었다. 천하의 절기라고는 할 수 없지만, 검에서 현기가 묻어 난다. 능숙하게 펼치기 위해서는 많은 시간이 필요하겠지만, 지금까지 익힌 것만으로도 칠매검이 다른 화산의 검보다 한 차원 위에 있다는 것을 확인하기에는 충분했다.

'이 검을 제대로 전수할 수 있다면 화산은 더 강해질 것이다.'

당대도 강해지겠지만, 후대는 더욱 강해질 것이다. 그리 생각하는 것만으로도 운검은 자꾸만 피어나는 미소를 억누르기 힘들었다.

"크흠."

운검이 얼른 손으로 입가를 주물렀다.

"이거 영 곤란하군."

그래도 스승이란 자고로 제자들에게 엄하게 보여야 하는데, 요즘은 자꾸 헤실헤실 웃음이 나온다.

어찌 그렇지 않겠는가? 삼대제자들이 화산에서 겪은 고난은 고난이라 할 수도 없다. 입산했을 때부터 지금까지 일대제자들이 겪은 고난이야 오죽했겠는가? 그들은 한창 피어날 청춘을 모조리 화산에 바쳤다. 쓰러져 가는 문파를 어깨에 이고 고난을 뛰어넘고, 고통을 헤쳐 나갔다. 그 길고 긴 암흑의 시절 끝에 이제야 겨우 빛이 보이기 시작한 것이다.

'아직은 광명이라고 할 수는 없지만.'

이제 겨우 빛을 보기 시작한 정도다. 아직은 갈 길이 멀다는 걸 운검 역시 잘 알고 있었다.

그럼에도 미소를 지울 수 없는 것은, 최근 들어 기이할 정도로 빠르게 성장하기 시작한 삼대제자들 덕분이었다.

사숙들과 사형제들은 화산의 재정이 나아지고 과거의 무학을 되찾았다는 사실에서 더없는 기쁨을 느끼는 모양이지만, 운검은 다르다. 백매관의 관주인 그에게는 제자들의 성장이 무엇보다 중요한 일이고, 또한 가장 큰 즐거움이었다.

'그 아이들은 우리와는 다르다.'

작금의 일대제자들 역시 노력했지만, 안타깝게도 화산의 사정이 무학에 전념할 수 있는 환경을 만들어 주지 못했다. 그리고 솔직하게 말해 그들 역시 무학에 대한 열정이 그리 뛰어나지 않았다.

하지만 지금의 삼대제자들은 지금까지의 그 어떤 화산 제자들보다 열정적으로 수련에 전념하고 있다.

"흠."

기분 좋은 콧소리를 낸 운검이 검을 허리에 차고는 경쾌한 발걸음으로 연무장을 나섰다. 이제 아이들을 수련시킬 시간이다. 그의 머릿속은 즐거운 상상으로 가득했다. 이제는 더 이상 궁핍하지 않은 화산의 환경과 새로운 무학, 거기에 삼대제자들의 열정이 합쳐진다면 화산이 화려하게 부활할 가능성도 얼마든지 있었다. 그리고 그 주역은 삼대제자들이 되리라.

"그리되도록 내가 더 열심히 해야겠지!"

노력하는 제자들을 이끌어 주지 못한다면 어찌 스승이라 하겠는가? 모퉁이를 돌아 연무장으로 들어서며 운검이 얼굴을 환히 폈다.

"자, 오늘도 열심히 해……. 이게 뭐야, 미친!"

그는 순간 기겁을 하여 뒤로 물러났다. 눈앞에, 그야말로 아비규환이 펼쳐져 있었다.

"끄으으으으……. 팔…… 내 팔이!"

"허, 허리가……. 허리가 부러진다……. 허리가!"

"사, 살려 줘. 살려…….."

운검이 자신도 모르게 눈을 비볐다. 꿈과 희망이 가득 차 미래에 대한 열정으로 불타올라야 할 연무장에 이게 웬 지옥도라는 말인가? 삼대제자들은 하나같이 목검을 잡은 채 바닥에 널브러져 끙끙대고 있었다. 부르르 경련하는 어깨와 입에서 질질 흘러나오는 침이 무슨 일이 있었는지를 짐작하게 한다.

"이게 대체……."

그 순간 운검의 귀에 아직 생기가 남아 있는 소리가 들려왔다.

"후우우우웁!"

소리가 들려온 곳 쪽으로 시선을 휙 돌렸다. 상의를 탈의한 채 목검으로 내려치기를 하고 있는 조걸의 모습이 눈에 들어왔다.

"조, 조걸……."

"후우우웍! 후우우우우웍! 후으으으으으으아아아아!"

전신에서 땀이 비처럼 쏟아진다. 검을 내리칠 때마다 땀이 사방으로 비산하고, 입에선 더운 숨이 훅훅 뿜어져 나왔다. 핏발이 선 눈과 파들파들 떨리는 어깨가 그가 지금 얼마나 힘겨운지를 말해 준다. 잠깐 그 모습을 본 운검마저 어깨가 뻐근하고 다리가 후들거리는 느낌이다.

"자아, 하나 더."

운검의 시선이 옆으로 살짝 돌아갔다.

'저건 또 뭐야?'

조걸의 옆에서 청명이 느긋하게 검을 잡고 있다. 옆에서 땀을 비처럼 쏟아 내는 조걸과는 달리, 청명의 모습은 산뜻하기 짝이 없다. 의관은 깔끔하게 정제되어 있고 빗어 넘긴 머리는 단 한 올도 흐트러지지 않았다. 금방이라도 죽을 것 같은 표정을 짓고 있는 사형들과는 상반되는 느긋한 얼굴로 검을 휘두르고 있었다.

"그냥 휘두른다고 끝이 아니라니까? 한 번을 휘두르더라도 발끝부터 머리끝까지 모든 힘을 짜내서 검에 싣는다고 생각하라고! 한 번 더!"

운검의 머릿속에 수레바퀴가 끼익 대며 구르는 듯한 소리가 울려 퍼졌다. 상황을 이해하지 못한 머리가 덜컥대는 느낌이다.

저게 뭔 상황이지? 청명은 삼대제자 중에서도 막내가 아니던가? 그런데 왜 청명이 조걸을 가르치고 있지?

그 와중에 하는 말은 다 맞는다는 게 더 문제였다.

"자, 하나만……."

"크아아아악!"

결국은 버티지 못한 조걸이 바닥에 철푸덕 엎어져 꿈틀댔다. 그 광경을 보며 청명이 혀를 찼다.

"쯧쯧쯧. 사람이 그렇게 대가 약해서야."

청명이 푹푹 한숨을 내쉰다.

"그냥 몸을 혹사시키는 거야 소도 한다. 머리를 쓰라고, 머리를! 어떻게 휘둘러야 검에 모든 힘을 담을 수 있을지 생각하고 휘두르란 말이야!"

얼씨구? 운검의 눈이 파르르 떨렸다.

다른 사형제들은 모르지만, 운검은 청명이 삼대제자들을 휘어잡고 있다는 걸 어느 정도 알고 있었다. 이해할 수 없는 일이기는 하지만, 세상에는 종종 나이를 뛰어넘는 수재가 나타나기 마련이지 않은가?

하지만 지금 청명이 말하고 있는 건 단순히 재능이 뛰어나고, 능력이 있다고 해서 알 수 있는 게 아니었다.

'저 아이가 무학에 대한 이해까지 높다는 말인가? 보면 볼수록 신기한…….'

그 순간 퍼뜩 상념에서 깨어난 운검이 머리를 흔들었다. 지금은 이럴 때가 아니었다.

"이게 무슨 일들이냐!"

운검이 버럭 소리를 치자 청명이 고개를 획 돌리더니 운검에게로 쪼르르 달려왔다.

"아이고, 관주님! 간밤에 강녕하셨습니까?"

그 광경을 보며 삼대제자들이 이를 뿌득뿌득 갈아붙였다.

'저 가증스러운 새끼!'

'황궁에 들어갔으면 간신으로 역사에 길이길이 남았을 놈!'
'바늘로 찌르면 바늘이 휘어질 인간 말종 같으니!'
평소에는 예의와는 담을 쌓고 살던 놈이 운검에게만 저리 깍듯하니 속이 뒤집히지 않을 도리가 있는가? 특히나 가장 큰 피해자라고 할 수 있는 조걸과 윤종은 숫제 해탈한 얼굴로 청명을 바라보고 있었다.
"이게 어찌 된 일이더냐?"
"수련하고 있었습니다."
"수련? 이게?"
아니, 수련은 수련이겠지. 조걸이 검을 휘두르는 것을 두 눈으로 봤으니까. 하지만 그 결과라는 게…….
"끄으으응, 관주님……."
"너…무 힘듭니다. 죽을 것 같…습니다…….."
삼대제자들이 비 맞은 강아지 꼴로 스승을 바라본다. 그 시선에 울컥한 운검은 저도 모르게 언성을 높였다.
"수련이라는 것은 몸을 단련하고 경지를 높이기 위한 과정의 일환이다. 너무 과하면 오히려 독이 됨을 모르느냐? 그리고 너는……."
"알고 있습니다, 관주님."
"응?"
말을 자르고 들어온 청명의 목소리에 운검이 살짝 눈을 가늘게 떴다. 적절한 대답으로 이어질 말을 잘라 버린 것 같지 않은가?
"하지만 이 수련은 제가 시작한 것이 아닙니다. 사형들께서 이번에는 절대 화종지회에서 망신을 당하지 않으시겠다고……."
"……화, 화종지회?"
그렇지. 화종지회가 멀지 않았지. 그건 그렇다만…….
"사형들께서 저번 화종지회의 치욕을 되새기며 워낙 분루를 삼키시는지라……."

분루? 운검이 슬쩍 고개를 돌려 삼대제자들을 바라보았다. 청명의 뒤에서 아이들이 필사적으로 손을 내젓고 있었다. 그 꼴을 보고 있으니 뭔가 속에서 치밀어 오르는 운검이었다.

"저 아이들은 그리 보이지 않는데?"

"에이. 그럴 리가 있겠습니까? 사숙조님! 그 종남의 잡것들에게 얻어맞고도 아무렇지도 않다면 어찌 대화산의 제자라 자부할 수 있겠습니까! 화산의 자존심이 있지!"

어? 그건 또 맞는 말인데?

"한 번은 질 수 있습니다. 하지만 두 번 진다는 건 있을 수 없는 일이 아니겠습니까? 대화산파의 제자가 종남 따위에 진다니요."

"……그렇지."

운검의 머릿속에 혼란이 자리하기 시작했다.

그가 세상에서 가장 중시하는 것이 딱 두 개가 있다. 하나는 화산에 대한 자부심이고, 다른 하나는 제자들을 올바르게 키워 내는 것이다. 지금 그 두 가지 문제가 머릿속에서 서로 삿대질해 대며 싸우기 시작했다.

그런 운검의 눈빛을 읽은 청명이 슬쩍 그에게로 다가가 낮게 속삭였다.

"생각해 보십시오, 관주님. 화산의 명예를 드높이는 가장 좋은 방법은 사형들이 강해져서 그놈들의 콧대를 꺾어 놓는 것 아니겠습니까?"

"그야……."

"그러면 장로님들께서도 사숙조의 노고를 치하하시겠지요."

'이 간신배 같은 놈이.'

청명이 그를 살살 꼬시고 있다는 걸 모를 운검이 아니었다. 하지만 귀에 들려오는 말이 너무도 달콤하다. 노고를 치하하고 어쩌고는 관심 없다만 그 종남을 이긴다는 게…….

"가능하리라 보느냐?"

운검이 저도 모르게 묻고 말았다. 그 말에는 아주 여러 가지 의미가 담겨 있었다.

질문을 들은 청명이 씨익 웃었다.

"저 청명입니다."

운검은 그런 그를 가만히 바라보다가 헛기침을 했다.

그러고 보면 이 아이들을 바꾼 건 다름 아닌 청명이다. 타성에 젖어 있던 아이들이 청명을 만난 뒤로 고작 몇 달 만에 바뀌지 않았던가? 어쩌면 지금은 검 하나를 더 배우는 것보다 이런 과정이 필요한지도 모른다. 제아무리 운검이라고 해도 지금부터 이들을 가르쳐서 종남의 제자들을 이기게 만드는 건 불가능하니까.

'이번 한 번만 더……'

운검이 모두를 둘러보며 입을 열었다.

"제자들은 듣거라."

"예! 관주님!"

삼대제자들이 애처로운 눈빛으로 운검을 주목했다. 그야말로 마지막 희망이 빛을 발…….

"너희가 이리 열정을 보이니 내 뿌듯하기 이를 데가 없다. 본래대로라면 너희를 수련시키는 것은 내 몫이지만, 너희가 이리 자발적으로 수련을 하는 걸 방해하는 것도 옳은 일은 아니겠지."

……무너지네? 어? 희망이 무너져?

"화종지회가 열릴 때까지 수련은 자율에 맡기겠다. 그동안에는 굳이 연무장에 나오지 않아도 좋다. 다만 몸이 상하지 않도록 주의해야 할 것이다."

관주님? ……이게 아닌데? 예? 관주님?

"크흠. 그럼 계속하거라."

운검이 몸을 획 돌렸다. 몇몇 삼대제자가 자신도 모르게 앞으로 손을 쭉 뻗었다가 청명의 눈빛을 보고는 천천히 접어 내렸다.

이윽고 운검이 수련장에서 완전히 멀어지자, 청명이 몸을 빙글 돌리더니 고개를 삐딱하게 꺾었다.

"아까 관주님한테 힘들다고 한 사람 나와."

"……."

"빨리."

허리춤에 찬 목검을 빼 드는 청명을 본 삼대제자들의 눈빛이 절망으로 물들었다.

* ◈ *

청명이 영 마음에 들지 않는다는 얼굴로 산을 올랐다.

"쯧. 손이 많이 가네. 이렇게 더뎌서야."

입술 새로 연신 한숨이 푹푹 나왔다.

그는 전생에서도 제자를 키워 본 적이 없다. 청명을 어떻게든 굴려 먹으려고 혈안이 되어 있던 청문조차도 차마 그에게 제자를 키우라고 하지 못했다.

청명의 검술이 후대로 전해지지 못하면 어찌하느냐고 걱정하던 사제들에게 청문은 이리 말했다.

– 나 역시 그게 걱정은 된다. 하나, 나도 사람인지라 도저히 저놈 밑에 제자를 들일 수가 없다. 인두겁을 쓴 사람이라면 차마 할 수 없는 짓이다. 저놈의 제자로 들어가는 아이들이 대체 무슨 죄를 지어서 그런 벌을 받아야 한다는 말이더냐? 너희가 정녕 도를 닦는 도인이라면, 그런 험한 말은 입에 담는 게 아니다.

그 이후로 사제들은 단 한 번도 청명에게 제자를 받으라는 소리를 하지 않았다.

'생각하니 기분 나쁘네, 이 새끼들?'

내가 뭐 어때서! 이렇게 잘만 키우고 있구만!

물론 더럽게 손이 많이 가기는 한다. 청명이 삼대제자를 키우는 것은 다 큰 성인이 아이를 붙들고 걸음마를 가르치는 것과 그리 다르지 않았다.

다른 것이 있다면 한 가지. 아이는 놔두면 알아서 걸음마를 하지만, 저놈들은 발을 잡고 한 발씩 떼 줘야 비로소 걸음마가 뭔지 겨우 이해한다는 점이다.

"끄으응. 앓느니 죽어야지."

그러다 보니 시간이 예상보다 더 소요되었고, 자연히 수련할 시간이 부족해졌다. 이제는 수련할 시간을 만들기 위해 숫제 잠을 거의 포기해야 할 지경이다.

청명이 한숨을 푹 내쉬고 하늘을 올려다보았다.

"장문사형. 제가 이렇게까지 해야 합니까? 그냥 저 혼자 북 치고 장구까지 치는 게 편한데."

- 그럼 그러든가.

"에이, 진짜!"

청명이 한숨을 푹푹 내쉬었다. 그 역시 화산의 정신을 되찾는 건, 혼자만의 힘으로는 불가능하다는 걸 잘 알고 있었다. 화산의 이름을 날리는 것? 그 정도는 혼자서도 할 수 있다.

하지만 청명이 영원히 살 수는 없는 것 아닌가. 자신이 죽으면 사라질 영화 같은 건 필요 없다. 지금 청명이 만들어야 할 것은, 그가 없어져도 이어질 화산의 정신이다. 영화는 꽃잎처럼 화려하지만 금세 지고, 정신은 뿌리처럼 드러나지 않지만 나무를 살아가게 해 준다.

"알고는 있는데……."

어디 그게 말처럼 쉬운가? 청명이 쩝 하고 입맛을 다셨다. 생각을 정리하며 산을 오르다 보니 어느새 낙안봉에 도착했다. 그는 주변을 빠르게 훑었다.

'그때 그 여자는 안 오겠지?'

지금 시간이 축시 초다. 모두 잠자리에 들고도 남았을 시간이다. 아무리 수련에 미쳤다고 해도 이 시간에 산문을 벗어나 수련을 하러 오지는 않을 것이다. 물론 그날은 더 늦은 시간에 마주쳤지만, 그때는 그녀가 화산에 복귀한 날이었으니까.

"없지?"

주변을 샅샅이 살핀 청명이 허리에 찬 목검을 들어 올렸다. 가만히 검을 뻗어 상단세를 취한 그의 눈이 천천히 가라앉는다. 아이들을 가르칠 때의 장난기 어린 눈빛은 사라지고, 검으로 수없는 전장을 헤쳐 온 검수의 눈빛이 그 자릴 대신한다.

'예전의 나를 되찾는다?'

아니. 그것만으론 안 된다. 청명은 모든 토대를 부쉈다. 그가 전생에 쌓아 올렸던 내력을 부정하고 그 자리에 새로운 내력을 채워 넣었다. 더 나아가기 위해서.

하지만 그것만으로는 부족하다. 내력은 바꿨지만, 검은 바꾸지 못했다. 검이 바뀌지 않는다면 그의 검은 그저 더 강맹해질 뿐이다. 조금 더 강맹해지고, 조금 더 빨라지고. 그래서야 아무것도 바뀌는 게 없다.

'나는 천마를 이겼는가?'

아니다. 천마가 대산에 오른 이들의 합공 끝에 기력이 쇠진하지 않았더라면, 청명은 절대 그의 상대가 되지 못했을 것이다. 화산제일검이니, 천하제일검이니 떠들어 댔지만, 천마 단 한 사람도 홀로 이기지 못한 패배자가 바로 청명이다.

'내가 홀로 천마를 이길 수 있었다면?'

그랬다면 아무도 죽지 않았겠지. 장문사형도 사제들도 모두 멀쩡히 돌아와 화산을 지켰을 것이다. 장문사형이 청명을 쫓아다니고, 사제들이 몰래 사형에게 이르는 평화로운 일상이 이어졌겠지. 대산에서 모두가 죽은 것도, 화산이 몰락한 것도 모두 청명이 강했다면 벌어지지 않았을 일이다.

후회? 그런 게 아니다. 이미 지나간 일을 붙들고 통곡하는 취미는 없다. 문제는 앞으로다.

'천마와 같은 이가 다시 나오지 않는다는 보장이 어디에 있는가?'

어쩌면 천마보다 더 끔찍한 자가 다시 강호를 노릴지도 모른다. 그 모든 위기에서 화산을 지켜 내기 위해서는 강해져야 한다. 세상 그 누구보다, 과거의 청명보다, 그리고 그 천마보다 더!

청명의 검은 과거 거의 완벽에 이르렀다. 그럼에도 천마를 당해 낼 수 없었다.

'왜?'

검을 더 갈고닦지 않았기 때문에? 아니다.

"호랑이가 아무리 발톱을 날카롭게 간다고 해도 하늘을 나는 새를 잡을 수는 없는 법."

한계를 넘지 못했기 때문이다.

천마의 무학은 그가 옳다고 믿던 모든 것을 부숴 놓았다. 그저 선인이 만들어 놓은 길을 따라가는 것만으로 끝에 이를 수 있다고 생각했던 청명을 비웃듯이 말이다. 땅에 발을 붙인 이가 하늘의 날짐승을 바라보듯, 청명은 결코 닿을 수 없는 그 경지를 그저 바라볼 수밖에 없었다.

천마를 뛰어넘고 싶다면, 일단 과거의 자신을 뛰어넘어 하늘을 날아야 한다. 하지만 어떻게?

청명의 눈이 차분히 가라앉았다.

'버린다.'

하지만 버리지 않는다. 비워야 채울 수 있다. 하나 청명은 다시 태어나면서 이미 모든 것을 비웠다. 그렇다면 이제 다시 채워야 한다. 그럼 무엇을 채울 것인가? 화산의 것? 아니면 청명의 것? 그것도 아니면……?

"뭐든 상관없겠지."

청명의 검이 천천히 움직이기 시작한다. 화산의 것을 지킨다? 화산의 모든 것을 버린다? 그게 아니면 청명의 것을?

- 다 집착이다.

그렇죠, 사형.

채우는 것이 자연스럽다면, 버리는 것도 자연스러운 법. 굳이 무엇을 채우고 무엇을 버릴 것인지 애써 고민하고 정할 필요는 없다.

보라. 검은 제 알아 흐르지 않는가? 한계를 긋지 않는다.

무엇을 취하고 버릴 것인가를 정해 버리는 순간 검은 스스로가 만들어 낸 한계에 갇히기 마련이다. 그저 내버려 둔다. 검이 가고 싶은 대로. 그리고 청명이 원하는 대로.

청명의 검이 부드러운 호선을 그렸다.

그와 동시에 하늘에 매화가 한 송이 한 송이 피어나기 시작한다. 화산의 매화이기는 하나, 지금까지 청명이 그려 내던 것과는 달랐다. 조금 더 생기 있고, 조금 더 온화하다.

뻗어 나가고 흩날린 뒤, 내려앉는다. 동(動)에서 정(靜)으로, 그리고 다시 동(動)으로.

검 끝에서 시작된 매화가 흐드러지게 피어난다. 이내 낙안봉을 모두 덮을 정도로 피어난 꽃이 늦은 밤에 봄을 불러왔다. 부드럽고 쾌속하고 현란하고 아름답게.

하나 그 매화는 얼마 가지 못해 쓸쓸히 지고 만다. 모든 것이 환상이었던 듯 다시 고요해진 낙안봉에서, 검을 늘어뜨린 청명만이 가만히 눈을 감고 있었다.

'뭔가 잡힐 듯도 한데.'

싹을 틔우지는 못했다. 하지만 실마리는 잡은 느낌이다. 화산의 검이 되 이제까지의 화산의 검을 초월하는 청명만의 검. 그의 한계를 넘고, 화산의 한계까지 넘어 새로운 곳으로 나아갈 수 있는 검.

"후우우우."

청명이 낮게 탄식을 토한다.

'쉬울 리가 없지.'

새로운 검법을 창안하는 것이 아니다. 새로운 경지를 개척하는 일이다. 아직은 청명에게조차 요원한 일이다. 청명의 내력이 그와 함께 성장하는 것처럼, 이 검 역시 함께 성장할 것이다. 지금은 그저 매화 봉오리(梅花芽)에 불과하다. 하지만 언젠가는······.

"저······."

"히익!"

갑자기 옆에서 들려온 소리에 청명이 식겁하여 옆으로 푸드득 물러났다.

"와, 씨바! 뭐야!"

어느새 낙안봉에 다른 누군가가 함께 서 있었다. 기겁한 청명이 눈을 끔벅이며 그 사람의 정체를 확인했다.

'······저번에 그 여자잖아?'

유······. 유······. 유 뭐였지? 아, 맞다! 유이설! 그런 이름이었지.

유이설이 미묘한 시선으로 청명을 바라보고 있었다. 살짝 풀린 듯한 눈으로 말이다.

'아니, 그런데 쟤는 어떻게 내 이목을 벗어나서 여기까지 다가올 수 있는 거지?'

아무리 무아(無我)의 경지로 검을 펼쳤다지만, 청명이 괜히 청명인가. 무아지경 속에서도 주변 십여 장 내의 기척은 손으로 잡듯 느낄 수 있는 게 청명이다. 그런데 저번에 그의 기척을 들킨 것도 그렇고 지금 그의 곁으로 아무 문제 없이 다가온 것도 그렇고, 이 여자 뭔가 좀 이상한데?

'아니, 뭔 자객술이라도 익혔나! 어떻게 기척이 안 잡혀?'

그러고 보니 바로 앞에 있는데도 존재감이 묘하게 희미하다. 일부러 의식해서 느끼려고 하면 잘 느껴지지 않는다. 눈으로 사람을 보고, 귀로 인기척을 듣는 이라면 별문제가 없겠지만, 오감(五感)보다 기감(氣感)에 더 익숙한 청명이다 보니 이런 일이 벌어지는 것이다.

자신을 빤히 바라보는 유이설을 보며 청명은 치열하게 고민했다.

'이거 어떻게 수습하지? 어디까지 봤을까?'

일단은 얼버무려 보······.

그때 유이설이 천천히 입을 열었다.

"매화······."

다 봤네. 썩을.

그녀의 고개가 살짝 옆으로 갸우뚱했다. 자신이 본 것을 이해하지 못하겠다는 얼굴이다.

그래, 그래. 계속 이해하지 마라. 청명이 빙그레 웃었다. 다른 사람이라면 당황했겠지만, 청명이 누구인가? 화산 역사상 다시없을 사고뭉치다. 청문 사형이 평하기를, 화산의 역사가 시작된 이래로 청명이 입문하기 전까지 벌어졌던 사고보다, 청명이 입문해서 친 사고가 더 많을 거라 하지 않았던가! 그런 청명에게 이런 일쯤은 아무것도 아니다! 일단은 자연스럽게. 자연스럽게, 아무렇지도 않은 것처럼 유이설을 향해 고개를 꾸벅 숙였다.

"사고. 강녕하셨습니까?"

청명이 한 발짝 다가서자 유이설이 움찔한다. 그러더니 살짝 심각해진 눈으로 청명을 바라보았다.

"살인멸구?"

"미쳤나, 이게?"

아……. 자연스럽게는 물 건너갔네. 저도 모르게 쌍욕을 해 버린 청명이 손을 들어 입을 틀어막았다. 다른 백자 배는 아직 화산으로 오고 있다는데, 이 여자는 왜 미리 와서 사람을 이렇게 귀찮게 한단 말인가?

이제 방법은 하나밖에 없다. 청명은 손을 흔들고는 재빠르게 낙안봉을 벗어났다.

"그럼 저는 이만!"

"아…… 잠시!"

그를 잡으려는 목소리가 들렸지만, 청명은 깔끔하게 무시했다. 말로 변명할 수 없을 때는 무조건 회피하는 게 최고다.

유이설의 손이 청명의 등을 향해 뻗어졌다 천천히 내려앉는다.

"매화……."

그녀는 멍한 눈으로 그의 뒷모습을 바라보다 살짝 주먹을 쥐었다.

"식겁했네!"

이건 명백히 청명의 실수다. 하지만 달리 생각하면, 들켰다 해도 딱히 달라질 것 없다. 그녀가 본 것을 모두에게 말한다 한들 아무도 믿지 않을 테니까.

다만 이제부터는 조심해야 한다. 목격자가 한 명이면 목격자가 정신 나갔다는 소리를 듣지만, 목격자가 세 명만 되어도 호랑이를 소환할 수 있으니까.

'백자 배들이 돌아오면 수련하는 것도 조심해야겠어.'

아……. 수련만이 아니지? 청명이 단호한 얼굴로 고개를 끄덕였다.

"백자 배가 오기 전에 할 일이 있군!"

그가 빠른 걸음으로 산문을 향해 내려가기 시작했다.

◆ ❖ ◆

"여기요!"

"아이고. 공자님 또 오셨군요. 이쪽으로 오십시오. 좋은 자리로 안내해 드리겠습니다."

"별일 없죠?"

"아이고. 별일이 뭐가 있겠습니까? 공자님께서 자주 찾아와 주신 덕분에 장사도 잘되고 살 만합니다. 하하하하."

청명이 점소이의 안내를 받아 창가 자리로 향했다.

"시원한 물수건입니다. 조금만 기다리시면 늘 드시던 소홍주를 내오겠습니다. 오늘 안주는 뭐로 하시겠습니까?"

"적당한 걸로 두어 개 내다 줘요."

"예. 제가 주방장과 이야기해서 오늘 가장 좋은 음식으로 준비하겠습니다."

제일 좋은 것 말고 제일 맛있는 거, 인마! 누굴 호구 잡으려고!

하지만 점소이는 말릴 틈도 없이 부리나케 주방으로 달려가 차게 식힌 소홍주를 두 병 내왔다.

"여기 있습니다."

"크, 감사."

청명은 일단 소홍주를 받아 들자마자 지체 없이 뚜껑을 열고 잔에 따랐다. 술이 쫄쫄쫄 흘러 들어가는 소리부터 더없이 흐뭇하다.

'사람이 이 맛에 사는 거지.'

아무리 청명이 도가의 법도를 걷어차 버린 인간이라고는 하지만 삼대 제자의 신분으로 화산에서 술을 먹을 수 있을 리가 없다. 술을 완전히 금하는 건 아니지만, 산문 내에서의 음주는 엄격히 금지되어 있기 때문이다.

하지만 청명이 누구던가. 하지 말라면 해야 하고, 절대 안 되는 건 절대 해야 하는 청개구리 띠 인간이다.

'이상하게 먹지 말라고 하면 더 먹고 싶단 말이야.'

동굴에서 챙겨 나온 술 두 병은 동난 지 오래였고, 이제는 장문인이 준 특권으로 화음에 내려올 때마다 도복을 갈아입고 주루에 들르는 게 일상이 되어 버렸다. 얼마나 자주 왔는지 이제는 점소이가 먼저 알은체한다. 민망하게시리!

"크으."

술 한 잔을 시원하게 목으로 털어 넣은 청명이 극락에라도 온 것 같은 얼굴로 의자에 늘어졌다.

"자연히 흘러가는 게 도라면서 하지 말라는 건 뭐 그렇게 많아? 사람이 말이 앞뒤가 맞아야지!"

하여튼 도사 놈들이란! 뭐? 나도 도사라고? 에이. 나는 좀 다르지.

청명이 술을 한 잔 더 따라 입가로 가져갔다. 그러더니 마시지는 않고 가만히 술잔을 바라본다. 찰랑이는 술을 물끄러미 내려다보던 그가 살짝 미소를 머금었다.

"예전 같지는 않습니다, 사형."

술은 눈에 불을 켜고 청명을 찾아다니는 사형들의 눈을 피해서 숨어 마실 때가 제맛이었다.

"나는 여기에 이렇게 있는데."

사람이 없구나.

술잔을 보던 청명은 결국 피식 웃었다. 이상한 일이지. 평생 술잔 건너편에 앉을 사람을 그리워해 본 적이 없는데, 이제 와 그 너머를 바라보다니 말이다.

"쯧."

그렇다고 깊게 감상에 빠지지는 않는다. 지난 일은 그저 지난 일일 뿐이다. 그가 궁상떠는 모습을 사형제들이 본다면 배를 잡고 웃을 것이다. 그 양반들은 원래 그런 인간들이니까. 세간에는 높은 도를 깨달은 도인이니, 살아 있는 신선(活仙)이니 하는 말로 불렸지만, 실제로는 그냥 장난기 많은 노인들이었을 뿐이다. 청명 역시 마찬가지고.

"자, 여기 삼피사(三皮絲) 나왔습니다. 그리고 여기 대려대파주자(大荔帶把肘子)입니다."

삼피사는 오골계와 돼지, 그리고 해파리의 껍질을 무친 요리이고, 대려대파주자는 족발을 조린 요리다. 둘 다 섬서의 전통 음식이었다.

"동파육은요?"

"이제 곧 나옵니다."

청명이 입맛을 다시며 젓가락을 들었다. 옛일 따위야 당장 식탁에 놓인 진미만 못한 것 아니겠는가? 소홍주 한 잔을 쭉 들이켜고 냉채를 집어 먹으니 극락이 따로 없다.

'여기가 선계지.'

우화등선은 얼어 죽을. 사형들, 나는 안 갈랍니다. 거기서 행복하게들 사시오.

그때 문이 열리더니 일단의 무리가 들어섰다.

"어서 오십시오오오!"

점소이가 부리나케 문 쪽으로 달려간다. 안으로 들어온 이들은 모두 사남이녀의 청년들이었다.

'아니, 청년이라기에는 좀 삭았나?'

남자들은 이립 정도는 된 것 같고, 여자들은 그보다는 확실히 어려 보이기는 했지만……. 여하튼 청명이 보기에는 핏덩어리들이다. 안으로 들어온 이들이 주변을 두리번거리다가 청명의 옆 탁자를 차지하고 앉았다. 청명은 그들에게 신경 쓰지 않고 부지런히 젓가락을 놀렸다.

"간만에 음식다운 음식을 먹겠군."

"이제 벽곡단은 물려서 더 못 먹겠어요, 사형."

"그래서 여길 오지 않았는가? 하루빨리 산에 올라 사숙들께 인사를 드리는 게 우선이긴 하지만, 이 정도는 그분들도 이해해 주실 걸세."

사형? 사숙? 청명이 고개를 살짝 들고 등짐을 내려놓는 이들을 흘끔 보았다. 그러고 보니 모두 검은 무복을 입고 있다. 그리고 그 가슴팍에는 화산을 상징하는 매화가 수놓여 있었다.

'백자 배인가?'

매화가 수놓인 무복을 입었으니 화산의 문도고, 청명이 본 적이 없으니 백자 배가 맞을 것이다. 나이대도 딱 그 정도고.

청명이 고개를 푹 숙였다. 지은 죄는 없지만, 얼굴을 보이고 싶지 않았다. 괜히 엮이기도 싫고. 다행히 지금은 평상복을 입었으니, 얽히지만 않으면 문제는 없을 것이다.

'밥도 제대로 못 먹게 하네. 에잉. 빨리 먹고 나가야지.'

후학을 만난 기쁨 같은 게 있을 리가 없다. 어차피 이놈도 골치 아프고, 저놈도 골치 아프다. 최대한 엮이지 않는 게 최선이다.

"그런데 유 사매는?"

"화산으로 먼저 올라간 것 같아요."

"화음에서 만나기로 하지 않았던가?"

"유 사매가 언제 말 듣는 경우가 있어요?"

"흐음. 그럼 사부님들께서도 우리가 온 줄 아셨겠군."

"괜찮아요. 유 사매가 유별난 건 다들 아시니까."

"그럼 다행이지."

가운데에 앉은 청년이 점소이를 불러 간단한 주문을 마쳤다. 그리고 술을 시켜 사형제들의 잔에 채웠다. 청명이 눈살을 찌푸렸다.

'저, 저……. 이제 겨우 이대제자 놈들이 다른 데도 아니고 화음의 한가운데서 술판이라니. 문파가 거꾸로 돌아가도 유분수지!'

여하튼 요즘 것들은! 응? 나? 에이. 나는 경우가 다르지. 내가 나이가 백에 가까운데……. 넘어가, 넘어가.
"다들 고생 많았다. 힘든 수련을 잘 이겨 냈어."
"사형만큼 고생한 사람이 또 있겠습니까? 저희는 그저 사형을 따른 것뿐입니다."
"맞아요. 사형이 제일 고생하셨죠."
가운데 앉은 훤칠한 청년이 빙그레 웃는다.
'잘생겼네?'
남자인 청명이 봐도 훈훈함이 느껴지는 외모다. 거기에 흑색의 무복까지 입혀 놓으니 그림이 잡힌다. 뭐랄까. 이야기 속에 나오는 전설의 협사 같은 분위기라고 해야 할까?
"함께 수련한 이들 중에서 너희가 가장 노력했다는 건, 내가 누구보다 잘 알고 있다. 이 술은 내가 개인적으로 사는 것이니, 부담스러워하지 말고 마음껏 마시도록 해."
"감사합니다. 사형."
"대신 너무 취하지는 말고. 저녁에는 화산에 올라야 하니까 말이야."
"물론이죠."
웃음소리가 짤랑짤랑 들려왔다.
그러니까, 수련을 마치고 복귀하는 와중에, 화음에 들른 김에 한잔하는 모양이다. 아마도 저 사형이라고 불리는 놈이 백자 배의 대제자이고, 남은 이들은 백자 배의 실세들이겠지. 그렇지 않고서는 다른 사형제들이 볼지도 모르는 곳에서 이리 당당하게 술을 마실 수는 없을 테니까.
'문파 꼴 잘 돌아간다.'
청명이 콧김을 살짝 뿜었다. 그가 이대제자일 때는 그들끼리 술을 마신다는 건 감히 상상도 할 수 없었다. 그랬다가는 참회동에 처박혀서 일주일은 벽만 보고 검을 휘둘러야 했을 것이다. 그러니 청명이 숨어서 술을 마셨지!

응? 어. 마시긴 마셨지. 에이, 그걸 어떻게 안 먹나? 근데 나는 근본 있게, 숨어서 술을 먹었단 말이지! 저렇게 대놓고가 아니라!

청명의 생각을 알 리 없는 이들이 잔을 부딪치며 술을 나누기 시작했다. 금세 안주가 나오고 식탁이 채워지자 분위기가 달아오르기 시작한다.

'그냥 빨리 먹고 가자.'

왁자지껄해진 가운데 청명은 재빠르게 젓가락을 놀렸다. 그리고 소홍주 한 잔을 깔끔하게 털어 넣는 순간, 그의 귓가에 무시할 수 없는 말이 파고들었다.

"백천 사형."

"말하게. 사제."

"이만큼 고생을 했으니 화종지회에서 좋은 결과를 얻을 수 있겠죠?"

백천이라 불린 이가 팔짱을 끼더니 느릿하게 고개를 끄덕인다.

"……으음."

"그렇겠죠, 사형?"

"사제. 솔직히 나는 모르겠네. 하지만 내가 아는 것 한 가지는 있지."

"그게 뭡니까?"

"노력은 절대 사람을 배신하지 않는다는 것."

백천의 눈이 맑은 정광을 흘렸다.

"우리는 노력할 만큼 했네. 그 힘든 수련을 이겨 냈고, 스스로를 끊임없이 채찍질했지. 설사 우리가 승리하지 못한다고 해도 우리가 그 시간 동안 많이 나아간 것은 사실 아닌가?"

"그렇습니다. 사형."

"승패에 목을 매지 말게. 우리는 긴 승부를 하고 있는 걸세. 당장의 승부에 마음을 빼앗긴다면 먼 미래를 잃을 수도 있어."

"아……. 제 생각이 짧았습니다."

"하지만 나도 이기고는 싶군."

백천이 부드럽게 웃는다. 잘생긴 얼굴에 미소가 지어지자 주변이 밝아지는 느낌이었다. 이대제자들이 다들 신뢰가 가득한 눈으로 그를 바라보았다.

하지만 그 뒤에 썩은 얼굴을 한 이도 하나 있었다.

'입에 기름 발랐나.'

청명이 영 메슥거린다는 얼굴로 소홍주를 벌컥벌컥 들이켰다. 청명은 저런 입바른 소리가 체질적으로 맞지 않는다.

'이게 뭔가 사형들이랑도 다른 것 같은데.'

고리타분한 소리를 늘어놓는 건 사형들도 마찬가지였지만, 이건 뭔가 좀 다르다. 그렇다고 뭘 잘못한 것도 아닌데…….

"그럼 우리 실력은 어느 정도나 됐을까요? 이제 그 종남의 제자들과 맞서 싸울 수 있겠습니까?"

백천이 침중한 얼굴로 입을 열었다.

"글쎄다. 종남은 강하다. 명실상부한 구파일방이 아니더냐?"

"예. 그렇지요."

"과거에는 우리 역시 구파의 일원이었다지만, 솔직히 지금 종남과 우리는 서로 비교할 수 없을 만큼 차이가 벌어졌다."

백천의 말에 모두의 얼굴이 어두워졌다. 그러자 분위기를 환기시키려는 듯 백천의 목소리가 살짝 높아졌다.

"하지만 그건 명성일 뿐이다. 명성과 실력은 꼭 비례하는 게 아니지. 지난 화종지회에서 우리가 패하기는 했지만, 그 차이가 크지는 않았다. 그 시간 동안 우리는 밤잠을 줄여 가며 수련에 매진하지 않았더냐? 이제는 종남과도 충분히 자웅을 겨뤄 볼 수 있을 것이다."

"그 종남과 말입니까?"

"종남은 어디 처음부터 종남이었더냐? 화산은 어디 처음부터 화산이었느냐? 정해진 것은 아무것도 없다. 우리가 쉼 없이 정진할 수 있다면 우리의 대에 종남을 넘어 천하를 바라보는 것도 불가능하지는 않을 것이다."

힘이 담긴 목소리와 의지견정한 눈빛. 확실히 사람의 마음을 끌어들이는 모습이었다. 다들 감동한 눈으로 백천을 바라보려는 순간이었다.

"픕!"

뒤쪽에서 낮은 비웃음 소리가 들려왔다. 탁자에 앉아 있던 여섯 사람의 고개가 일제히 한쪽으로 돌아갔다.

"어……."

시선이 자신에게 쏠리는 걸 깨달은 청명이 어색한 얼굴로 입을 가렸다.

'헐, 나도 모르게.'

너무 황당한 소리를 들었더니 웃음이 터지고 말았다. 모두의 시선을 받으며 청명은 평소처럼 빠르게 돌파구를 떠올렸다.

'자연스럽게 넘겨 보자.'

그리고 격렬하게 기침을 하기 시작했다.

"푸흡! 픕! 아이고! 기침이! 사레가 들렸나? 푸우우웃!"

하지만 여전히 빤히 바라봐 오는 시선은 걷히지 않았다. 청명이 눈살을 찌푸렸다.

'왜 안 속지? 연기는 완벽한데?'

좀 더 격렬하게 기침을…….

"소형제."

"네?"

백천이 자리에서 천천히 일어난다. 그러더니 청명을 빤히 바라보며 입을 열었다.

"소형제는 누구신가? 화음에서는 본 적이 없는 얼굴 같은데. 실례가 되지 않는다면 가문과 이름을 물어도 되겠는가?"

"……."

이거 망한 것 같은데? 그치?

청명이 말이 없자 백천의 눈이 가늘어졌다.

'이 녀석은 누구지?'

기이하기 짝이 없다. 처음 이 객잔에 들어왔을 때부터 미묘한 위화감을 느꼈는데, 지금 자세히 보니 왜 그런 기분이 들었는지 알 것 같다.

이제 겨우 열다섯 남짓이나 되었을 만한 아이가 비싼 요리를 시켜 놓고 술을 마신다? 물론 가능한 일이다. 고관대작의 자제들이나, 명문세가의 후인들, 그리고 상가의 자제들 같은 경우는 어린 나이부터 풍류를 즐기는 법이니까.

문제는 이곳이 화음이라는 것이다. 그가 알기로 화음에는 고관대작이 없고, 명문의 후예가 없고, 돈 많은 상가의 자제가 없다. 있다고 한들 청명의 나이는 아니다. 그럼 저 아이는 대체 누구기에 저리 당연한 듯 화음에서 혼자 술잔을 기울이고 있다는 말인가?

아이가 나지막이 쿨럭쿨럭 기침하더니 손을 내저었다.

"저는 그냥 지나가던 사람이에요. 신경 쓰지 마시고 드시던 거 마저 드세요."

"지나가던 사람이라."

백천의 눈매가 부드럽게 휘어졌다.

"그래, 그럴 수도 있겠군. 소형제, 그럼 이리 만난 것도 인연인데 통성명이라도 하는 게 어떻겠는가? 나는 대화산의 이대제자인 백천이라고 하네."

청명은 얼굴을 가린 손 뒤에서 빠득 이를 갈았다.

'아니, 이 새끼가? 왜 이리 끈질기지? 확 패 버릴 수도 없고.'

청자 배면 후려 까든 털어 말려 연을 만들든 별 부담이 없지만, 백자배는 아니다. 만약 청명이 백천을 쥐 잡듯이 팼다는 사실이 화산에 퍼지기라도 한다면, 장문인은 머리를 싸매고 드러누울 것이고, 요즘 들어 잔소리가 심해진 운검은 청명을 베어 버리겠다고 길길이 날뛸 게 뻔하다. 그럼 청명이 이제껏 쌓아 왔던 모든 것이 무너지는 것이다.

'그건 안 되지.'

괜히 어린놈이랑 얽혀서 그런 손해를 볼 수는 없다. 청명이 헛기침을 두어 번 했다.

"저는 딱히 내세울 만한 이름이 없네요……."

"대화를 나눔에 있어, 얼굴을 가리는 건 군자의 도리가 아닌 것 같네만?"

도사 놈이 뭔 군자 타령이야? 그럼 관직 나가지, 이 새끼야!

뭔가 울컥한 청명이었지만, 일단 지금은 몸을 피하는 게 먼저다. 청명은 슬그머니 자리에서 일어났다.

"그럼 저는 이만."

"거기 서게."

"다음에 만나 뵙고 이야기 나누시죠."

슬쩍 몸을 돌리려던 청명이 아차 하고 탁자 위의 술병을 주섬주섬 움켜쥐었다. 그리고 입을 가린 채로 고개를 꾸벅 숙였다.

"안녕히 계세요."

"소형제. 나는 소형제와 조금 더 이야기를 나누고 싶소만?"

"남자랑 노가리 까는 취미는 없어서요. 그럼."

청명이 후다닥 입구로 내달리자, 백천이 얼굴을 굳히며 빠르게 손을 뻗었다.

'어딜!'

그의 손이 청명의 옷자락을 붙들려고 하는 순간.

스슷.

청명이 자연스레 옆으로 한 발 물러나고, 백천의 손이 허공을 가른다.

"수고하세요!"

청명은 그대로 부리나케 뛰어 객잔을 나가 버렸다. 백천이 멍한 눈으로 그가 나간 곳을 바라보았다.

'뭐……? 피했다고?'

그는 마지막 순간에 분명 금나수를 운용했다. 비록 절정의 수공은 아닐지라도, 어린아이 하나 붙잡는 데는 과한 수법이었다. 그런데 피했다?

"사형. 왜 잡지 않으셨습니까?"

"……으응?"

"마지막에 놓아주지 않으셨습니까?"

백천의 얼굴에 당황이 어렸다. 뭐라고 대답을 해야 하지?

"……굳이 어린아이를 핍박하는 것도 도인이 할 일은 아니다 싶더구나."

"사형다우십니다. 하하."

백천이 어색한 미소를 머금었다.

'실수였겠지.'

오랜 여정으로 피로했거나, 그게 아니면 화산에 당도했다는 사실 때문에 마음이 풀어진 게 분명하다. 그가 제대로 금나수를 펼쳤다면 저 작은 아이 하나 잡지 못할 리가 없으니까.

"화음에 사람이 많아졌다 싶더니, 못 보던 얼굴도 늘었군요."

"화음이 작은 곳도 아니니, 우리가 모두를 알 수는 없지. 인연이 있다면 또 만나게 될 것이다."

백천이 빙그레 웃으며 자리로 돌아갔다. 하지만 그의 미소는 조금 전처럼 밝지 못했다.

• ❖ •

"에라이! 썩을!"

청명이 돌부리를 걷어찼다.

"왜 하필 거길 기어들어 오고 난리야! 다른 객잔도 많고 주루도 넘치는데. 여하튼 재수가 없으려면 뒤로 넘어져도 코가 깨진다더니!"

아, 아까워. 채 다 먹지 못한 안주를 생각하니 속이 뒤집힌다. 그게 돈이 얼만데.

"술이라도 챙겨 왔으니 다행이지."

화산을 오르며 청명이 연신 병째로 술을 들이켰다.

"캬, 입에 쫙쫙 붙는구나."

안주만 있다면 더 좋았을 텐데. 청명이 입맛을 쩝쩝 다시고는 비어 버린 술병을 구석으로 던졌다.

"끄응. 산 오르기 더럽게 힘드네."

이놈의 산은 올라도 올라도 익숙해지질 않는다.

'그나저나 백자 배라.'

청명의 계획에 없던 놈들이 갑자기 불쑥 나타났다. 물론 그놈들이 나타난다고 해서 딱히 방해를 받는 건 아니지만…….

'좀 귀찮아질 수는 있겠네.'

그동안 청명이 화산 생활을 편하게 했던 이유는 어마어마하게 공을 세워 은연중에 우대를 받기 때문이다.

하지만 자세히 따져 보면 그뿐만은 아니다. 청명이 생각하는 가장 큰 이유는 운자 배와 청자 배의 나이 차이가 극심하다는 점이다. 모두 쉰을 넘어 버린 운자 배에 비해, 청자 배는 이제 겨우 스물도 안 된 애송이들뿐이다. 운자 배가 일일이 쫓아다니며 윽박지르기에는 체면이 상한다.

본디 이런 건 윗기수가 하는 법이다. 갓 군에 들어온 신병에게 제일

무서운 사람은 장군도 아니고 황제도 아니다. 바로 손위 기수다. 멀리 있는 천하제일의 명장보다 눈앞의 성질 더러운 고참이 무서운 게 인지상정 아닌가? 그런데 없다고 생각했던 고참이 갑자기 생겨 버렸다.

"끄응. 백자 배라."

일단 첫 인연은 좀 이상하게 엮였다.

"에이. 내가 거기서 웃으면 안 되는 건데."

하지만 웃음을 참을 수가 없었다. 백천이 늘어놓는 말이 너무 황당했으니까.

"종남을 잡아? 그 주제에?"

청명이 연신 혀를 찼다. 예전 종남의 삼대제자만도 못해 보이는 놈들이 입만 살아서는.

"아이고, 사형. 이제는 저런 것들도 화산의 제자라고 설치는 시댑니다. 예? 요즘 것들은! 어휴!"

삼대제자를 봤을 때는 충격이 덜했다. 애들이 무학을 배워 봐야 얼마나 배웠겠는가? 어차피 제대로 된 무학을 배웠어도 그 수준에서 크게 다르지는 않았을 것이다.

하지만 이대제자는 말이 다르다. 삼대제자는 기초를 닦고, 이대제자는 수련을 통해 성장하고, 일대제자는 완숙에 접어들어야 한다. 그리고 장로 정도 되면 자신만의 무학의 길을 완성해 나가는 게 정석이다. 그래……. 그게 정석인데.

"아이고 두야."

청명이 한숨을 푹 내쉬었다. 이대제자들의 꼴을 보고 있자니 속이 뒤집혔다. 저놈들도 화산의 일원이니 청명이 안고 품어야 하는데…….

"내가 이렇게 시간 낭비할 때가 아니지."

이대제자들의 꼴을 보고 있으니 안 그래도 급한 마음이 더욱 급해진다.

"끄응. 어느 세월에 저것들을 사람 구실 하게 만드나."
아직은 너무도 멀고 먼 길이었다.

◆ ❖ ◆

"조걸 사형! 삼대제자 전부 연무장으로 모이라십니다."
"왜?"
"사숙들께서 돌아오셨답니다."
"음, 알았다. 대사형께는 알렸어?"
"예! 금방 나오신답니다."
"알았다."
조걸이 주섬주섬 옷을 챙겨 입었다. 그러고 보니 곧 해가 떨어질 시간이다.
'이 녀석은 돌아왔으려나?'
조걸이 문을 열고 나가 청명의 방문을 열었다.
"쿠하⋯⋯. 드르렁, 쿠!"
조걸은 순간 말문이 막혔다. 침상에 널브러진 청명을 보니 기가 막히다 못해 기절할 노릇이었다. 드러누운 자세가 마치 거하게 한잔 걸친⋯⋯.
"아니, 진짜 처먹었나?"
어디서 술 냄새가 나는 것도 같은데? 당황한 조걸이 청명에게 달려들어 어깨를 잡고 흔들었다.
"청명아! 사제! 청명 사제! 이 미친놈아⋯⋯."
"응?"
"⋯⋯아, 아냐. 마지막은 잊어."
참 적절하게도 깨어난다.

"사숙들이 돌아왔다고 다 모이란다. 너 빨리 씻어라. 지금 몰골이 말이 아니다."

"흐아아암."

청명이 늘어지게 기지개를 켰다.

"잠깐 쉰다는 게 좋아 버린 모양이네."

그건 존 게 아니야, 청명아. 그렇게 조는 생물은 세상에 존재하지 않아. 드러누워 잔다고 표현해야지.

"너 일단 씻……."

"훗차!"

청명이 살짝 기합을 넣자 술 냄새가 화아아악 풍겼다. 눈살을 찌푸린 조걸이 막 한마디 하려던 찰나…….

'어?'

확 풍겼던 술 냄새가 일시에 사라졌다. 쿵쿵대며 냄새를 맡아 봤지만 역시 마찬가지다.

"어? 어디서 술 냄새가 났는데?"

"술이라니. 신성한 청정도량에 그게 무슨 망발이오, 사형. 그러다 천벌 받소."

"……아닌데? 분명히……."

"가자. 늦게 나갔다 볼기 맞을라."

매우 억울해진 조걸이었지만, 일단은 청명의 말이 맞기에 군말 없이 서둘러 뒤따라 나갔다.

"그런데 이대제자 복귀하는 데 우리는 왜 나가는 건데?"

"그래도 환영은 해 드려야지. 힘든 폐관을 마치고 돌아오시는 분들인데."

힘든 폐관은 얼어 죽을. 폐관은 그런 게 아니다. 빛도 안 드는 참회동에 처박아 놓고 두 달이고 석 달이고 이끼 뜯어 먹으며 검만 휘두르게 만들어야 '아, 내가 수련 좀 했구나.' 하는 거지.

'어딜 청춘남녀끼리 삼삼오오 짝지어서 칼이나 좀 휘두른 주제에 건방지게 수련을 입에 올려.'

나 때는 안 그랬는데! 나 때는! 백 년 전의 화산에서는 상상도 할 수 없던 일이다.

"이번에는 정말 칼을 가셨다. 그래서 장문인도 큰마음을 먹고 수련을 지원하셨지. 어떻게든 종남의 코를 한번 눌러 주겠다고 말이야."

"그래?"

"응. 백천 사숙께서 강력하게 요청하기도 했고."

청명이 코웃음을 쳤다.

"그래, 그래."

"너도 태도 조심해야 한다. 백천 사숙은 엄한 면이 있어서 평소처럼 굴다가는 분명 혼쭐이 날 테니까!"

"그래, 그래."

"진짜라니까."

"그래, 그래."

울화통이 치민다는 표정을 짓는 조걸을 버려두고 청명은 휘적휘적 걸어 산문 쪽으로 향했다.

청명이 도착할 때쯤에는 이미 사람들이 꽤 모여 있었다. 장문인과 장로들, 그리고 운자 배들도 전각 밖으로 나왔다. 모두가 산문에 쭉 서 이제 곧 돌아올 백자 배들을 기다렸다.

"저기 옵니다."

"산문을 열어라."

멋들어지게 새로 지어 올린 대문이 좌우로 열렸다. 이내 검은 무복을 입은 화산의 이대제자들이 당당하게 걸어 들어왔다.

"오!"

"기세가 달라졌군."

"과연 훌륭하도다."

운자 배들이 감탄했고, 청자 배들은 연신 박수를 쳤다. 그리고 현자 배들은 흐뭇한 얼굴로 귀환하는 제자들을 환영했다. 심드렁한 사람은 오직 하나뿐이었다.

'언제 끝나나.'

밥 먹으러 가야 하는데.

가장 앞에서 이대제자들을 이끌던 백천이 미소를 지으며 환영에 화답했다.

'와, 그림 나오네.'

역시 쟤, 다시 봐도 잘생겼다. 하기야 예전의 청명도 훤하다 소리를 많이 들었었지. 단장하고 마을에 내려가면 꽃다운 처녀들이…….

– 양심.

"에이, 진짜."

거 환청으로 사람을 구박하나. 청명이 고개를 내젓고 박수를 치려는 순간이었다.

"어?"

사질들의 인사를 받아 주던 백천의 눈이 청명에게 고정되었다. 잠시 멈칫했던 백천은 슬쩍 고개를 갸웃거렸다. 묘한 눈으로 한참 동안 청명을 주시하던 그는 이내 청명의 바로 앞까지 와서는 씨익 하고 웃었다.

"혹시……."

빙글빙글 웃는 낯의 백천이 청명을 똑바로 응시하며 말한다.

"우리 구면 아니던가, 소형제?"

……이거 진짜 확 패 버릴까? 이 와중에 환하게 웃는 백천의 얼굴은 그림에서 나온 것만 같았다. 완벽하게 잘생긴 얼굴이라고 할 수는 없지만, 사람을 끌어당기는 힘이 있다고 해야 할까?

'이거 옛날에 몇몇 놈들에게서 받은 느낌인데.'

그 남궁가의 얌생이라든가……. 소림의 그 빡빡이가 이런 기운을 풍겼었지. 다시 말하자면…….

'기재는 기재라는 거군.'

물론 그놈들과는 비교할 수 없지만, 고만고만한 놈들이 모여 있는 이 화산에서는 단연코 군계일학이라는 느낌이다. 대체 왜 이런 놈이 다 망해 자빠진 화산에 기어들어 왔는지 궁금할 정도로 말이다. 문제는 그 기재 놈이 지금 청명의 발목을 물고 늘어진다는 점이겠지.

"무슨 말씀이신지?"

일단은 발뺌하자.

"아는 것 같은데?"

"전혀 모르겠는데요?"

"아, 그런가?"

백천이 고개를 살짝 갸웃했다. 정말 몰라서 하는 행동이라기보다는 청명을 도발하는 과장된 행동이다.

"이상하군. 구면 같은데 말이야. 혹시 입문을 언제 했지?"

대답은 청명이 아니라 그 옆에 있던 윤종이 했다.

"사숙께서 화산을 떠나 있는 동안 입문한 아이입니다. 보신 적이 없으실 겁니다."

"흐음, 그렇군. 그래."

백천이 빙그레 웃었다.

"그런 것치고는 너희와 친해 보이는구나. 대사형으로서 막내를 챙기는 건 좋은 일이지. 그렇지 않으냐?"

"예, 사숙."

윤종이 어색한 목소리로 대답했다. 그 대답에서 뭔가를 읽은 듯 백천이 고개를 끄덕인다.

"아무래도 내가 너와 인연이 있는 모양이다. 초면인데 이리 낯이 익은 걸 보니 말이야. 앞으로 자주 보게 될 것 같은데. 이름이 어떻게 되지?"

"청명이요."

"나는 백천이라고 한다. 내 이름을 꼭 기억해 두거라."

그때 단호한 목소리가 날아들었다.

"장문인께서 기다리고 계시는데, 어찌 사사로운 잡담을 나눈단 말이더냐!"

"아, 죄송합니다. 잠시."

백천이 운검을 향해 꾸벅 고개를 숙이고는 청명에게 눈인사를 했다. 그리고 몸을 빙글 돌려 연무장 쪽으로 향하는 대열에 끼어들었다. 조걸이 그 광경을 지켜보다가 청명에게 속삭였다.

"너 백천 사숙 본 적 있냐?"

"없어."

있어도 없다.

"조심해. 백천 사숙은 이대제자 중 대제자시거든. 엄청 대단한 분이야."

"대단?"

"그렇다니까."

윤종이 조걸의 말에 보탰다.

"화산제일 기재라고 불리는 분이다. 무너져 가는 화산을 다시 일으킬 사람이란 평을 받고 있지."

"화산제일 기재?"

그거 옛날에 자주 들어 본 말 같은데? 그러니까 내가 어……. 코흘리개 찌질이였을 때 주변에서 자주 그런 말을 했지. 곧 화산 제일 망둥이로 바뀌었지만.

"화산제일 기재는 조 사형 아니었어?"

"뭔 소리야. 남이 들어!"

조걸이 그답지 않게 얼굴을 시뻘겋게 물들였다.
"백천 사숙은 감히 내가 따라갈 수도 없는 사람이라고."
"아, 그래그래. 패배 의식은 좋은 거지. 사람을 겸손하게 만들어 주고."
"응?"
"아니야, 사형."
청명이 앞서 걸어가는 백천을 보며 미묘한 표정을 지었다.
'군계일학이라.'
좋은 말이지. 아주 좋은 말이야. 하지만 실제로는 그리 좋은 말이 아니란 말씀. 백로는 백로 속에 있을 때, 자연스러운 법이다. 백로가 까마귀 무리 사이에 있다는 건 무척 부자연스러운 상황일 수밖에 없다. 그리고 대부분의 경우…….
'하자가 있다는 말이지.'
조금 흥미가 당긴 청명이 백천을 관찰하는 중에도, 윤종은 설명을 계속했다.
"실제로 백천 사숙의 태을미리검은 거의 완숙의 경지에 이르렀다는 평이야. 윗분들의 기대가 매우 크다고 들었어. 심지어 아직 젊은 나이임에도 복호청양검을 전수했잖아."
아마도 이대제자 중에서는 화산이 가장 중점적으로 밀어주는 제자인 모양이다.
'흐음, 그거 엄청 귀찮은 건데.'
과거의 청명도 그랬다. 뭐 그렇게 익히라는 게 많은지. 남들은 적당히 수련하고 가서 쉬는데 청명은 장로가 찾아와서 닦달해, 사숙들이 찾아와 닦달해. 심지어 사형……. 아니. 장문사형은 뭐 빠지는 데가 없나.
하긴 그럴 만한 일이다. 문파의 위명이야 역사와 함께 쌓아 가는 것이라지만, 당대의 흥망성쇠는 단 한 명의 고수에게 달려 있는 경우가 많으니까.

중소 문파라도 이름난 고수 하나를 배출해 낼 수 있으면 입문을 원하는 이들로 문전성시를 이루기 마련이다. 반면에, 아무리 역사와 전통을 자랑하는 거파(巨派)라도 이름에 걸맞은 고수를 배출해 내지 못하면 파리만 꾀는 법이다.

망해 가는 화산이 일발 역전할 방법은 누구라도 인정하는 고수를 배출하는 법밖에 없다. 단 한 명. 단 한 명만 나와 주면 상황을 뒤집을 수 있다.

'물론 내가 오기 전까지는 그랬겠지.'

이제는 뭐 딱히? 돈도 많은데 뭐.

"사숙들은 정말 그림이 나오지 않습니까?"

"그러니까. 평생 따라갈 수나 있을지 모르겠다."

"멋지기도 하고, 강하기도 하고."

청명이 허망한 눈으로 둘을 바라보았다.

'이것들 눈은 옹이구멍인가?'

'멋지다'까지는 그렇다 치자. 그건 개인 취향의 영역이니까. 사람의 취향은 다양한 법이고, 청명은 자신의 취향을 남에게 강요하지 않는 바른 사람이었다. 하지만 '강하다'는 별개지.

'쟤들이 강하면 전 중원에서 약한 애들은 하나도 없겠네.'

"웬만한 사숙 정도는 사형들이 이기고도 남겠는데?"

청명의 말에 조걸이 어이가 없다는 듯 피식 웃었다.

"뭔 헛소리야."

"……어, 그래."

사형. 장문사형. 제가 이런 말을 듣고 삽니다. 양심이 있으면 좀 내려와서 한마디 해 주십쇼! 내가 이거 억울해서 살겠습니까? 다른 신선들은 현세에 와서 이런저런 조언들도 해 준다는데. 사형은 대체 뭔 덕이 그렇게 모자라서 신선도 못 되고, 와서 내 이야기도 못 해 주는 겁니까? 예?

신선이 돼도 제 편은 안 들어 준다고요? 에라!

청명이 사형들과 옥신각신하며 대화를 나누는 사이, 백자 배는 어느새 도열을 마쳤다. 그때, 산문 쪽이 아니라 전각 쪽에서 한 사람이 종종걸음으로 달려와 줄에 합류했다.

청명이 눈을 가늘게 떴다.

'저거도 백자 배였지.'

유……. 유 뭐였더라? 하여튼 유 뭐시기.

이상한 인연으로 얽히다 보니 신경을 쓸 수밖에 없다. 설마 하루 사이에 저 요망한 주둥아리를 나불대지는 않았겠지? 청명이 눈가를 찌푸리고 유이설을 바라보자 조걸이 음흉한 미소를 지었다.

"그러고 보니 너는 유 사고를 처음 보는구나."

"재?"

"응. 유이설 사고. 처음 보면 눈을 뗄 수가 없지. 너무 아름다우시니까."

"대사형."

"응?"

"혹시 산초 가루나 계피 가루 가진 것 없어?"

"그건 왜?"

"귀에 좀 뿌려야겠어. 조걸 사형 입에서 저런 말이 나오는 걸 들으니까 귀에서 기름 나오는 기분이야."

느끼해도 이렇게 느끼할 수가 없다. 윤종이 크게 고개를 끄덕였다.

"간만에 의견이 맞는구나. 구하면 네게도 주마."

"감사."

조걸이 인상을 확 일그러뜨렸다.

"내가 뭐 틀린 말 했어? 유 사고를 아는 사람이 많지 않아서 그렇지. 강호행 두어 번만 하고 나면 섬서제일미는 떼 놓은 당상일걸?"

조걸이 촐랑대듯 말하자 청명이 한숨을 푹 내쉬었다.

"이놈의 문파는 화산제일 기재에, 섬서제일미에. 모르는 사람이 들으면 섬서 지방 정도는 찜 쪄 먹는 줄 알겠네."

"하지만 사실이잖아."

조걸이 턱짓으로 유이설을 가리켰다.

"솔직히 예쁘지?"

"하……."

청명이 채 대답하기도 전에 조걸이 선수를 쳤다.

"하지만 꿈 깨라. 유 사고는 백천 사숙에게 마음이 있으니까."

"……사형."

"응?"

청명이 깊은 한숨을 내쉬었다.

"남의 연애사에 관심을 가질 시간에 검 한 번 더 휘둘렀으면 지금쯤 사형이 검으로 이름을 날리지 않았을까?"

"사람 그렇게 아프게 찌르는 것 아니다."

"말을 말자."

청명은 한심하다는 듯 조걸을 보고 시선을 돌려 버렸다. 그러고 보면 자신이 사고라 주장하더니, 사고는 맞는 모양이다. 청명은 도열에 합류하여 서 있는 유이설을 물끄러미 보았다.

백자 배가 모두 도열을 마치자 그 모습을 지켜보던 장문인이 훈훈한 미소를 지었다.

"다들 고생했구나. 수련은 힘들지 않았느냐?"

백천이 백자 배를 대표하여 입을 열었다.

"장문인. 전혀 힘들지 않았습니다. 저희의 수련이 본문의 뼈를 깎는 지원으로 이루어졌다는 것을 모르지 않을진대, 어찌 힘들다는 말을 입에 올리겠습니까."

"성과는 있었느냐?"

백천이 미소를 지었다.

"검의 길은 파고 또 파도 끝이 없다는 것만 깨달았습니다. 다만 수련을 시작하기 전의 저희를 우습다 할 성취는 얻고 돌아왔습니다."

"좋은 일이구나."

현종이 고개를 돌려 현영을 바라본다.

"재경각주."

"예, 장문인."

"화산의 아이들이 힘든 수련을 마치고 돌아왔으니, 당연히 잔치를 열어 노고를 치하해야 하지 않겠는가?"

"뭘 했다고 잔……. 아니, 아닙니다. 당연히 그래야지요."

현종이 미묘한 시선으로 현영을 바라보았다.

'사제가 요즘 좀 이상해진 것 같은데.'

정확하게는 얼마 전 은하상단의 일 이후로 이상한 말을 하는 빈도가 급격하게 늘어났다. 이게 성격이 변한 건지 아니면 없는 살림에 참고 살다가 고삐가 풀린 건지 도통 알 수가 없다.

"그렇지 않아도 식당에 준비를 해 뒀습니다. 회포를 풀 정도는 될 것입니다."

현영의 말에, 현종이 백자 배를 보며 말했다.

"그래. 하고픈 말은 많다만, 먼 길을 온 이들을 잡아 두는 것 역시 좋지 않은 일이겠지. 특별히 할 말이 없으면 여기까지 하자꾸나."

"……장문인. 외람되지만 하나 여쭤도 되겠습니까?"

현종은 행사를 빨리 끝내고 싶어 하는 눈치가 역력했지만, 백천은 그렇지 않은 모양이었다.

"묻거라."

"오랜만에 화산에 돌아오니 경관이 많이 달라진 듯한데, 이게 어찌 된 일인지 궁금합니다."

"좋은 일들이 있었다. 덕분에 외관을 다시 단장할 수 있었구나."

부드럽지만 단정적인 대답이었다. 이 대답을 듣고 나니 그 '좋은' 일이 무엇이었는지 묻기가 어렵다.

"궁금한 게 많겠지만, 시간은 많으니 천천히 이야기를 들으면 될 것이다."

"예, 장문인."

"운암."

현종의 곁을 지키던 운암이 공손히 시립했다.

"고생한 아이들이 회포를 풀 수 있도록 네가 도와주거라."

"예, 장문인."

현종이 가볍게 고개를 끄덕이고는 한쪽으로 고개를 돌렸다.

"청명아!"

청명의 얼굴이 살짝 일그러졌다.

'아니, 근데 저 양반은 날이 갈수록 왜 나만 찾아 대지?'

오늘은 별일이 있는 것도 아닐 텐데.

"예! 장문인!"

청명이 도열한 삼대제자들 사이에서 비척비척 걸어 나왔다.

"잠시 내 처소로 오거라. 내가 이야기할 것이 있느니라."

"또요?"

옆에서 상황을 보고 있던 백천의 눈이 툭 튀어나왔다.

'또……. 또요?'

장문인에게 또요? 백천은 자신이 뭔가 잘못 들은 건 아닌지 의심했다. 하지만 아무리 생각해도 그가 잘못 들은 건 아닌 모양이다. 도열해 있던 이대제자들이 모두 그와 같은 표정을 짓고 있으니까.

하지만 도무지 이해가 가지 않는 것은 이대제자를 제외한 모두가 별다른 반응을 보이지 않는다는 점이다. 장문인에게 저런 망발을 한 놈의 입을 찢어 놓겠다고 길길이 날뛰어도 모자랄 텐데! 하물며 장문인마저도 그저 빙그레 웃을 뿐이다.

"당과(糖菓)라도 준비하면 오겠느냐?"

"끄응. 네, 알겠습니다. 지금 갑니다."

현종이 흐뭇한 얼굴로 청명을 이끌고 처소로 향했다. 말없이 그 광경을 바라보던 백천이 황당한 얼굴로 운검을 돌아보았다.

"사숙. 저 아이는 대체……."

그러자 운검이 사람 좋게 웃었다.

"그냥 신경 끄는 게 정신 건강에 좋을 것 같구나."

"예?"

"특히나 너는 말이다."

그는 어깨를 으쓱하고는 몸을 돌렸다.

"짐을 풀고 식당으로 오거라. 늦지 않게."

"……예."

백천은 조금 전부터 느꼈던 묘한 위화감이 점점 더 커지는 것을 느꼈다.

'화산이 뭔가 달라진 것 같은데.'

오랜만에 와 어색해서 그럴 수도 있다. 하지만 단 하나는 그렇게 생각해도 납득이 안 된다. 백천의 시선이 멀어지는 장문인과 청명에게로 향했다. 그리고 뭔가 마음에 들지 않는다는 표정으로 눈을 가느스름하게 떴다.

• ❖ •

"사, 사형. 이게 무슨 일이랍니까? 아무리 저희의 노고를 치하하는 일이라지만……."

자신을 부르는 목소리에도 백천은 아무런 말을 할 수가 없었다. 놀란 건 그도 마찬가지였으니까.

그들의 눈앞에 진수성찬이 차려져 있다. 속세의 개념으로 보자면 진수성찬이라고 말하기에 조금 부족함이 있을지 모르나, 화산의 개념으로 보자면 거의 황제가 먹는 음식과 다를 게 없었다. 일단 저거. 저거! 저거!

"……고기 아닙니까?"

"허어."

백천이 두 눈을 비볐다. 지금 그의 앞에 있는 것은 분명 살아 있는 짐승을 죽여 그 살을 취한 죄악의 증거로 만들어진 음식이 분명했다. 청정도량에서 어찌 이토록 잔학한 일이 벌어질 수 있단 말인가?

"돈이 어디서 나서?"

어디서 훔친 것도 아닐진대, 화산에 돈이 어디 있어서 고기가 나왔단 말인가?

"자, 잠시만요, 사형. 그러고 보면 식당 내부도 좀 바뀌었습니다. 워낙 오랜만에 와서 어색한가 했더니, 뭔가 반질반질 깨끗한 것 같지 않습니까?"

"……그러고 보니."

백천이 주변을 둘러보았다. 전각 전체가 새로 지어진 건 아니지만 분명 개보수가 된 것 같은 모양새다. 곳곳에 뚫려 있던 구멍과 낡아 떨어질 것 같던 곳들이 모두 고쳐졌다.

"새 전각들이 생기지를 않나, 식당이 고쳐지질 않나. 그리고 지금 식탁에 고기가 올라오질 않나!"

"……."

"대체 우리가 없는 동안 화산에 무슨 일이 있었던 건지 모르겠습니다. 어디서 재신(財神)이라도 강림하지 않고서야."

백천이 헛웃음을 지었다. 재신이라니. 화산은 재물의 신이 버린 땅이다. 세상에 천하제일 거지 문파를 두고 개방과 다툴 수 있는 단 하나의 문파가 있다면 그건 화산이다. 아니, 개방도 화산보다 가난하지는 않을 것이다. 개방은 거지가 모인 단체일 뿐 개방 자체가 가난한 건 아니니까. 그런 화산에 재물이라니. 이렇게 어울리지 않는 말이 또 있겠는가?

백천이 고개를 슬쩍 들어 운검을 바라보았다.

"사숙. 이 음식들은?"

"재경각주께서 너희를 치하하기 위해 준비해 주신 음식들이다. 많이 먹거라."

아니, 왜 그렇게 대수롭지 않게 말씀하십니까? 삼십 년 동안 풀만 뜯어 먹다 보니 검이 아니라 토끼와 하나가 되는 것 같다던 사숙은 어디 가시고?

이 와중에 더 이상한 것은 삼대제자들의 반응이었다. 이대제자들을 축하하기 위해 이 자리에 동석한 삼대제자들은 앞에 고기가 놓여 있음에도 딱히 놀라는 기색이 없었다. 그저 심드렁하게 식탁을 바라보고 있을 뿐이다.

백천이 살짝 귀를 기울여 삼대제자들의 대화를 엿들었다.

"고기도 이제 지겨운데, 뭐 색다른 거 없나? 생선이라든가."

"미친놈이 산에서 생선 찾고 자빠졌네. 생선 대가리로 처맞고 싶냐?"

대체 지금 뭐라는 거야, 미친놈들이. 뭐? 고기가 지겨워? 도무지 상황을 이해할 수 없자 답답해진 백천이 입을 열었다.

"아니⋯⋯."

"크흐흐흐흠!"

"으흐흠! 으흠! 으흐흐흐흠!"

아니, 입을 열려 했었다. 슬쩍 옆으로 고개를 돌린 백천은 사형제들의 칼날 같은 시선에 입을 다물었다.

'좀 먹고 하자.'

'너야 돈 많으니 고기 먹고 다니겠지. 우리는 지금 벽곡단만 일 년을 먹었다.'

사형제들의 눈빛과 기세에 눌린 백천은 헛기침을 하고 입을 열었다.

"장문인이나 장로님들께서 오시지 않는 거라면, 먼저 식사를 해도 괜찮겠습니까?"

"음? 아, 내가 눈치가 없었구나. 어서 들거라."

"예, 그럼."

운검이 눈치 좋게 젓가락을 들고 고기 한 점을 입에 넣었다. 그걸 신호로 사형제들이 미친 듯이 젓가락을 놀리기 시작했다.

파파파파팟!

음식이 허공으로 튀어 오른다. 하지만 걱정할 건 없었다. 허공으로 튀어 오른 고기가 바닥에 떨어지기도 전에 젓가락이 날아들어 낚아채 가니까.

백천은 그 아비규환을 보며 눈을 질끈 감았다.

과해 보일지 모르지만 사실 당연한 일이다. 화산은 천하에서 가장 가난한 문파였고, 화산의 제자들은 천하에서 가장 가난한 이들이다. 그동안 이곳에서 그들이 먹은 음식이라고 해 봐야 곡식 가루 조금에 솔잎, 그리고 몇 가지 견과류가 전부다. 좋게 말하면 선식이고, 나쁘게 말하면 세상에서 가장 저렴한 식단이었다.

게다가 이번 수련 덕분에 일 년 동안은 벽곡단만 먹고 살지 않았던가? 백천처럼 가문에 나름 여유가 있는 이들은 집에서 보낸 돈으로 음식을 사 먹을 수 있지만, 그렇지 못한 이들은 벌써 몇 년째 고기는 냄새도 맡아 보지 못했다. 당연히 눈이 돌아가지.

그 와중 백천의 눈에 느긋하게 음식을 먹고 있는 삼대제자들이 들어온다. 태연한 그들을 보고 있으니, 이 음식들이 이제는 화산에서 특별할 것 없는 일상이라는 게 실감이 났다.

"사숙."

음식을 먹는 둥 마는 둥 하던 운검이 고개를 돌려 백천을 바라보았다.

"왜? 음식이 입에 맞지 않느냐?"

"그런 게 아니오라…… 도통 지금의 상황이 이해가 가지 않아서 그렇습니다. 저희가 없는 동안 대체 화산에 무슨 일이 있었던 겁니까?"

"그렇구나. 너희 입장을 생각하지 못했군."

운검이 피식 웃었다.

"지금 하기에는 너무 긴 이야기다. 차차 알게 될 것이다. 그저 화산에 복덩이 하나가 굴러 들어왔다는 것만 알면 된다."

"복덩이요?"

그 순간이었다.

쾅!

문이 대차게 열렸다. 음식을 먹던 이대제자들이 움찔하여 자리에서 일어나려 했다. 이렇게 문을 과감하게 열고 들어올 수 있는 이라면 분명 장로급…….

'어?'

'장로님 중에 저리 어린 분이 계셨나?'

'그럴 리가 있나!'

놀랍게도 문을 열고 들어온 이는 새파란 어린아이였다. 장문인을 따라갔던 청명이 부들부들 떨며 안으로 들어왔다.

"여기 자리 있어."

조걸이 살짝 손을 들자 청명이 운검을 향해 슬쩍 고개를 숙이고는 쿵쿵거리며 자리로 향했다. 근처에 앉아 있던 이들이 슬쩍슬쩍 자리를 당겨 청명이 지나가기 쉽게 해 주었다. 백천은 그 광경을 보며 눈을 가늘게 떴다.

'아이들이 저 아이를 배려한다고?'

물론 그럴 수 있지. 모두가 예의 바르고 착한 아이들이라면 말이다. 하지만 백천이 아는 삼대제자들은 성실하고 눈치는 빠를지언정, 착함이라는 말과는 그다지 어울리지 않는 녀석들이었다. 그런 이들이 저런 행동을 자연스레 한다는 것은 단 한 가지를 의미한다.

'저 꼬마 녀석이 삼대제자들을 휘어잡았다는 건가?'

믿기지 않는 일이다. 하지만 믿을 수밖에 없게 만드는 증거가 너무 많았다. 아이들이 비워 둔 자리가 하필 중앙 자리라는 것, 그리고 그 자리의 좌우로 윤종과 조걸이 앉아 있다는 것. 윤종은 삼대제자 중 대사형이고, 조걸은 삼대제자 중 가장 강하다.

'명분과 실세를 좌우로 끼고 있다는 건가?'

하지만 저 작은 아이가 대체 무슨 수로 저들을 휘어잡았다는 말인가? 게다가…….

'왜 운검 사숙은 아무런 말씀이 없으시지?'

조금 전 문을 차고 들어온 저놈의 행위는 꽤 무례했다. 안에 이대제자나 운검이 없다고 생각하고 실례를 할 수 있지만, 실례를 저질렀다면 제대로 사과를 하는 것이 예의다. 평소 예의를 중시하는 운검 사숙이라면 분명 한마디 했어야 한다. 하지만 그는 자신은 전혀 상관없다는 듯 태연하게 젓가락질을 하는 중이었다.

'보면 볼수록 알 수가 없군.'

백천이 고개를 내저었다. 그의 눈에 주변 아이들과 대화를 나누는 청명의 모습이 들어왔다.

"왜 또 그렇게 화가 났느냐?"

"은하상단에 다녀오래."

"……거길 또."

"그러니까. 내가 무슨 전서구도 아니고!"

청명의 불평에 윤종이 피식 웃었다.

"처음에는 좋아하더니."

"그것도 한두 번이지. 끄응."

청명이 머리를 벅벅 긁었다.

"그래도 화음에 있는 지부에만 전달하면 되니 다행이지, 서안까지 갔다 오라고 했으면 진짜 드러누울 뻔했어."

청명을 위로하는 윤종과, 낄낄대며 쿡쿡 찔러 대는 조걸의 모습을 보며 백천은 확신하고 말았다.

'저놈이 삼대제자들을 모조리 먹어 버렸군.'

어떤 방법을 쓴 건진 모르겠지만, 청명이 삼대제자를 지배하는 실세가 된 것만은 확실했다.

'여러모로.'

백천이 묘한 미소를 지었다.

삼대제자의 대제자인 윤종은 윗사람을 깍듯이 모시는 성향이었다. 굳이 백천이 눌러 주지 않아도 스스로 고개를 숙일 줄 알았다. 하지만 아무리 보아도 저 청명이라는 놈은 그런 성향으로는 보이지 않는다.

'한번 날을 잡을 필요가 있겠군.'

여러 궁금증도 풀 겸 말이다.

"대사형."

"음?"

"안 드십니까?"

"아, 먹어야지."

백천이 젓가락을 들었다. 하지만 이내 도로 젓가락을 내려놓은 그는 주위를 둘러보았다.

"유 사매는 어디 있느냐?"

"……글쎄요? 조금 전까지는 있었는데."

유 사매라는 말에 이대제자들이 주위를 두리번거린다.

"식당에 올 때까지는 있었습니다."

"그새 또 어디로 빠진 모양인데요."

이런 일이 꽤 자주 있었는지 다들 대수롭지 않게 대답했다. 하지만 백천은 그게 영 못마땅한 듯 인상을 찌푸렸다.

"찾아봐야 하지 않겠느냐? 사형제들이 간만에 회포를 푸는 자리다. 빠지는 사람이 있으면 즐거움이 주는 법이지."

"유 사매를 찾을 수 있는 사람이 없잖습니까? 올 생각이 없으면 아무도 못 찾습니다."

"괜히 헛수고만 할 겁니다, 사형."

백천이 미간을 살짝 좁혔다. 그의 불편한 기색에 눈치를 살피던 이들은 결국 나지막이 한숨을 쉬며 자리에서 일어났다. 유이설은 기이한 면이 있어서, 스스로 모습을 드러내지 않는 이상 찾기가 쉽지 않다. 하지만 백천이 저리 표정을 굳힌 이상 찾는 척이라도 해야 한다.

'사형은 유 사매를 너무 편애한다니까.'

다른 일에는 공평한 사람이 유이설이 엮인 일에서는 자주 평정을 잃는 듯했다. 하기야, 이해 못 할 일도 아니다. 덕분에 조금 귀찮을 뿐.

이대제자들 중 몇몇이 막 자리에서 일어나려는 순간이었다. 닫혀 있던 문이 느리게 열렸다. 모두의 시선이 그쪽으로 향했다.

열린 문으로 쏟아지는 햇살을 뚫고, 한 여자가 안으로 걸어 들어왔다. 발소리조차 들리지 않는 걸음걸이였다. 안으로 들어선 그녀는 주변을 두리번거렸다. 누군가를 찾는 듯했다.

백천이 빙그레 웃으며 손을 들고 목소리를 높였다.

"사매. 사매, 이쪽……."

유이설이 걸음을 다시 떼기 시작했다. 하지만 그 방향은 백천이 있는 쪽이 아니었다.

자박. 자박.

한쪽으로 걸어간 그녀는 이내 목적한 곳에 도달하여 걸음을 멈추었다. 그리고 앞에 앉아 있는 이를 빤히 바라보았다. 백천의 눈가가 살짝 꿈틀댔다.

유이설이 빤히 바라보던 사내를 향해 물었다.

"앉아도 돼?"

이대제자들이 퍼덕댔다. 특히나 남자들은 얼마나 놀랐는지 눈이 금방이라도 빠질 듯이 튀어나와 있었다.

'유 사매가 남자에게 말을 걸었어?'

'아니. 유 사매가 마지막으로 말을 한 걸 들은 게 언제지?'

하지만 경악은 끝나지 않았다. 유이설이 말을 건 사내, 그러니까 청명이 온갖 짜증을 얼굴에 다 담고는 날파리를 쫓듯이 손을 휘적거린 것이다.

"안 돼요."

"……그럼 잠시 이야기 좀."

청명이 단호하게 말했다.

"안 돼. 이야기해 줄 생각 없어. 돌아가."

저게 미쳤나? 이대제자들의 얼굴이 경악으로 물들었다.

'이게 뭔 상황이야?'

조걸 역시 정신을 차릴 수가 없었다. 유이설의 존재를 모르는 화산의 제자가 있겠냐마는 이리 가까운 거리에서 그녀를 마주한 건 처음 있는 일이다.

조걸이 삼대제자라서가 아니다. 이대제자들도 유이설과 친하게 대화하는 걸 본 적이 없다. 화산의 제자이긴 하지만 뭔가 조금 동떨어져 있는 존재가 바로 유이설이었다.

그런 그녀가 지금 조걸의 코앞에서 청명에게 말을 걸고 있었다. 이내 이대제자들의 칼날 같은 눈빛이 그에게 쏟아진다.

'와, 눈빛으로도 사람 죽이겠네.'

아니, 정확히는 청명에게 쏟아지고 조걸은 그 옆에 앉아 있는 것뿐이지만 모난 놈 옆에 있으면 정 맞는다고, 지금 그 정을 사정없이 얻어맞는 중이었다.

'청명아, 제발!'

존댓말 좀 써라, 이 망둥이 같은 놈아! 이대제자들 다 있는데 말투가 그게 뭐냐.

사숙들이 눈을 부라리고 있음에도 청명은 태연하기 짝이 없었다. 금방이라도 뭔가 날아올 것 같은 분위기에서 유이설만은 아무렇지도 않다는 듯 작게 속삭인다.

"잠깐이면 돼."

"안 간다니까요."

"진짜 잠깐이면 된다니까."

"안 간다고! 말귀를 못 알아들으시나!"

말투. 말투, 이 새끼야! 조걸이 자신도 모르게 청명의 허벅지를 꾹 눌렀다. 그러자 청명이 고개를 획 돌린다.

"왜?"

"……어…….''

그걸 물으면 안 되지. 어……. 사숙들 앞에서 그렇게 나한테 물으면 안 되는데, 알아서 눈치를 채 줘야 하는데.

혀를 쯧 하고 찬 청명이 고개를 돌려 유이설을 똑바로 보았다.

"나는 사고랑 할 말이 없는데요."

"내가 할 말이 있어."

"딱히 듣고 싶지 않은데."

"잠깐이면 돼. 잠깐 나가자."

"귀찮은데, 그냥 밥이나 먹으면 안 될까요?"

"그럼 밥 다 먹을 때까지 기다릴게."

이대제자들은 환장하기 일보 직전까지 가 버렸다.

우선 첫째로 그들은 지금까지 유이설이 한 번에 저리 많은 말을 하는 걸 본 적이 없다.

아니, 정확하게는 장로님들이 아닌 비슷한 나이대의 사람과 저리 말을 하는 걸 본 기억이 없었다. 그런데 그런 유이설이 지금 새파란 사질을 붙들고 사정을 하고 있지 않은가?

그렇다. 두 번째로 그들을 더더욱 환장하게 하는 건 바로 청명의 태도였다.

'저 또라이 같은 놈이……'

'사고가 말씀하시는데 당장 일어나지는 못할망정?'

'저 새끼는 눈이 없나?'

'진짜 도인이로다, 무량수불.'

활활 타오르는 분노와 미묘한 존경이 동시에 청명에게로 쏟아졌다.

도를 닦는 이란 자고로 이성을 멀리하는 것이 가장 먼저다. 그런데 유이설은 그런 수행을 파괴하기 쉬운 존재였다. 제아무리 수양이 깊은 사람이라도 유이설이 저리 사정한다면 못 이긴 척 들어줄 수밖에 없을 것이다. 저 얼굴을 눈앞에서 본다면 말이다.

하지만 청명은 그런 유이설에게 대놓고 귀찮다는 티를 팍팍 내고 있었다. 이건 이대제자들로서는 상상도 할 수 없는 일이다.

"안 간다니까요! 저 할 일 많아요. 다른 사람 찾아보세요."

"널 찾아온 거야."

"아니, 왜 나를……"

그 순간이었다.

"흠."

나직하지만 내력이 실린 탓에 넓게 퍼지는 목소리였다. 모두의 고개가 한쪽으로 돌아갔다. 하얀 무복을 입은 백천이 자리에서 일어나 빙그레 웃으며 청명을 바라보았다.

"청명이라고 했었느냐?"

"네."

대답 한번 간결하다. 하지만 백천은 화를 내지 않았다. 이럴 때 화를 내는 건 자신의 밑바닥을 보이는 것밖에 안 된다.

"네가 장문인께 다녀오고 여러 임무를 맡아 피곤한 건 잘 알겠다. 아마 내가 알지 못하는 일들도 하고 있겠지. 하지만 사고가 저리 부탁을 하는데, 사질 된 도리로 한 번쯤은 생각을 해 줄 수 있지 않겠느냐?"

말을 끝낸 백천이 온화한 미소를 지었다. 그가 생각해도 괜찮은…….

"왜요?"

백천이 움찔했다. 내가 잘못 들었나? 아닌데? 그럼 지금 진짜로 '왜요'라고 한 건가?

당황한 백천이 청명의 표정을 살폈다. 뾰로통한 얼굴을 보니 잘못 들은 게 아닌 모양이다. 순간 울컥한 백천은 간신히 억지로 화를 억눌렀다.

'침착하자.'

여기서 화를 내 버리면 그는 삼대제자 중에서도 막내와 드잡이를 한 사람이 되어 버린다.

"'왜요'라고 했느냐?"

"네."

"이유야 여러 가지가 있겠지. 우선 사람은 예의라는 게 있어야 하는 법이다. 사제 간에도 지켜야 할 예의가 있는 법이지."

"아, 예의요?"

청명이 잘 알았다는 듯이 재빨리 고개를 끄덕이고는 유이설을 부른다.

"사고."

"응?"

"빨리 사과드려요. 지금 예의 없다고 뭐라고 하잖아요."

유이설이 손가락을 들어 자신을 가리켰다.

"네. 빨리 사과드려요."

"내가?"

"거참, 이해를 못 하시네."

청명이 차근차근 설명을 해 주었다.

"지금 이 자리는 이대제자의 복귀를 축하하는 자리잖아요. 그런 데서 사사로운 부탁을 하고 개인행동을 하면 예의에 어긋나는 거예요."

"아……."

유이설이 그건 생각하지 못했다는 듯 고개를 끄덕였다. 그러더니 자리에서 일어나 백천을 향해 고개를 꾸벅 숙였다.

"죄송해요, 사형. 미처 거기까지 생각 못 했어요."

"아, 아니, 사매. 그게 아니라……."

백천이 입술을 꽉 깨물었다. 왜 이야기가 이렇게 되어 버렸지?

그가 어떻게든 사태를 수습하려 입을 연 순간, 유이설의 뒤에서 청명이 다시 속삭인다.

"그쪽이 아니라 사숙조께 사과드려야죠. 사숙조가 계시는 자리에서 실수를 했으니까."

"그러네."

쉽게 납득한 유이설이 운검을 향해 다시 고개를 숙였다.

"제자가 생각이 짧았습니다."

운검이 빙그레 웃는다.

"별말을 다 하는구나. 나는 괜찮으니 앉거라."

"예, 사숙."

유이설이 자리에 앉아 버리자 곤란해진 사람은 바로 백천이었다. 순간적으로 자신이 뭘 해야 하는지 감을 잡을 수가 없었던 것이다.

호기롭게 일어났는데…… 이런 식으로 해결이 되어 버리니 다시 자리에 앉기도 민망하다. 이대제자들도, 삼대제자들도 이제 백천이 뭐라 할지를 기대하며 그를 바라보고 있지 않은가? 이런 눈빛을 받으며 그냥 앉아 버리면 백천의 꼴만 우스워진다.

그가 나직이 헛기침을 두어 번 하고는 청명에게 시선을 고정했다. 그러자 조걸과 윤종이 눈빛을 교환했다.

'안 되는데.'

'막아야 하는데.'

청명을 칼로 때려잡는 건 어렵지만 말로 때려잡는 건 더 어렵다. 이놈은 논리가 없는 놈이다. 말싸움에서 이기기 위해서 온갖 궤변을 들이밀고, 무논리를 논리처럼 사용한다. 여기서 대화가 더 길어지면 백천이 정말 돌아 버리는 사태가 벌어질지도 모른다. 그것만은 막아야 한다.

"크흐흐흠! 사숙! 돌아오신 것을 축하드립니다!"

"오늘은 정말 좋은 날 아닙니까. 사숙들께서 이리 수련을 잘 마치고 돌아오셨으니 화종지회는 문제가 없다고 봐도 되겠지요."

조걸과 윤종이 필사적으로 화제를 전환했다. 청명을 비호하려는 게 아니다. 그저 첫날부터 청명과 백천이 드잡이를 해 화산이 개판이 되는 꼴을 보고 싶지는 않아서였다.

백천이 슬쩍 조걸과 윤종을 바라보았다. 둘의 간절한 눈빛에, 백천은 살짝 눈을 가늘게 뜨며 입을 열었다.

"청명이라고 했나?"

'아, 저 한결같은 인간!'

'후진을 모르네. 후진을 몰라.'

백천을 막는 건 불가능하다는 걸 이해한 두 사람이 손을 뻗어 청명의 옷자락을 움켜잡았다.

야, 제발 그냥 넘어가자. 딱 한 번만 예의 바르게…….

그 간절함을 읽은 걸까. 청명의 입이 열렸다.

"먼 길을 여행하느라 고초가 많으셨나 보네요."

오? 윤종과 조걸이 눈을 크게 떴다. 청명의 입에서 이런 예의 바른 말이 나오는 게 대체 얼마 만…….

"물었던 걸 또 물으시는 걸 보니. 쉬실래요?"

……일 리가 없지. 암, 그럴 리가 없지. 빌어먹게 초지일관한 새끼.

백천의 눈썹이 꿈틀했다.

"하나 묻지. 정말로 오늘 낮에 나를 만난 적이 없나?"

"처음 뵙는데요."

"솔직히 말하는 게 좋을 것이다."

"에이, 처음이라니까. 거 속고만 사셨나."

초롱초롱한 청명의 눈을 보면 누구도 그가 거짓말을 한다고 생각하지 않을 것이다. 물론 삼대제자 빼고. 운검도 빼고.

어……. 이대제자는 그렇게 생각할 수도 있다. 어……. 음.

"그래? 물어보면 알겠지."

백천이 몸을 돌려 운검을 향해 포권 했다. 이렇게까지 하고 싶지는 않았지만, 이 자리에서 청명의 콧대를 꺾어 놓지 못하면 되레 그의 꼴만 우스워질 판이다.

"사숙. 제가 오늘 낮에 화음에서 저 아이를 보았습니다."

운검의 눈이 살짝 꿈틀댄다.

"그래?"

"예. 제가 알기로 삼대제자는 화산을 벗어나는 것이 금지되어 있습니다. 그런데 홀로, 도복도 아닌 사복 차림으로 화음에 내려왔다는 것은 분명 꺼림칙한 일입니다. 그러니 오늘 낮에 화산에서 저 아이를 본 사람이 있는지를 조사하여……."

"괜찮다."

"예, 조사는 제가……. 예?"

포권을 한 채 고개를 숙이고 있던 백천이 고개를 번쩍 들었다. 잘못 들었나? 아니, 오늘따라 귀가 이상한가 자꾸 이상한 소리가…….

"괜찮다고 했다."

백천이 황망한 얼굴로 운검을 바라보았다.

운검은 엄하디엄한 백매관의 관주다. 백매관의 관주이기 때문에 엄한 것이 아니다. 원래 규칙에 민감하고 엄한 사람이기 때문에 백매관의 관주가 된 것이다. 그런 이가 지금 명백히 화산의 규율을 어긴 삼대제자를 두고 괜찮다고 말하고 있다. 이게 대체 어찌 된 일이란 말인가?

"사, 사숙?"

"저 아이는 허락 없이 산문을 나서는 게 허락된 아이다."

"허, 허락이라니요. 대체 누가 아이에게 그런 권한을 줄 수 있다는 말씀이십니까?"

"장문인이 내리셨다. 무슨 문제라도 있느냐?"

"자, 장문……. 진짜요?"

너무 놀라 되묻고 만 백천이 황급히 손으로 자신의 입을 틀어막았다. 말투도 그렇지만 사숙이 한 말의 진위를 묻는 것도 예의가 아니다. 오늘따라 자꾸 실수를 연발하는 백천이었다.

"그러니 상관없다."

백천의 망연한 시선이 청명에게로 향했다. 차라리 비웃는 얼굴로 이쪽을 보고 있었다면 화가 덜 났을 것이다. 하지만 청명은 이 일련의 사태에 전혀 관심이 없다는 듯 재빠르게 젓가락을 놀려 음식을 흡입하는 중이었다.

찹찹찹찹.

백천이 입술을 질끈 깨물었다.

'끝까지 간다.'

이리된 이상 더는 사정을 봐줄 수 없었다. 백천은 칼을 품고 다시 입을 뗐다.

하지만 그가 채 말을 꺼내기도 전에 문이 벌컥 열렸다. 그리고 한 사람이 안으로 들어섰다. 얼굴에 차가운 얼음을 한 겹 씌운 듯한 사람, 재경각주 현영이었다. 그는 성큼성큼 안으로 들어와 주변을 둘러보았다.

"장로님을 뵙습니다."

"장로님을 뵙습니다."

모두가 자리에서 일어나 인사를 하자 그는 다 귀찮다는 듯 손을 내저었다.

"됐다. 잘 놀고 있는데 괜히 왔구나. 확인 한번 해 보러 왔다. 다들 오늘 마음껏 먹고 편히 쉬거라. 나는 간다. 운검은 아이들이 과하게 놀지는 않도록 잘 단속하거라."

"예, 사숙."

그때 서 있던 백천이 입을 열었다.

"장로님께 아뢸 말이 있습니다."

밖으로 나가려던 현영이 고개를 돌려 백천을 바라본다.

"무슨 일이냐?"

"아뢰옵기 송구하오나, 제가 오늘 낮에 이곳에 있는 삼대제자가 화음의 주루에서 술을 마시는 걸 보았습니다."

"술?"

"예!"

현영의 얼굴이 일그러졌다.

"삼대제자가 술이라니! 네 눈으로 똑바로 본 것이 맞더냐?"

"분명합니다. 본인은 아니라고 하지만, 제가 똑똑히 보았습니다."

백천이 포권으로 얼굴을 살짝 가리고는 입꼬리를 씨익 말아 올렸다.

조금 치사한 것 같지만, 먼저 도발한 건 저쪽이다. 그러니 이 정도는 해 주어야겠지.

"네가 본 삼대제자가 누구냐?"

백천이 슬쩍 시선을 옆으로 돌려 청명의 얼굴을 확인했다. 태연한 척 하고는 있지만 아마 속이 타 죽을 지경일 것이다.

'나를 원망 마라.'

이건 화산의 법도를 세우는 일이다.

"삼대제자 청명입니다."

"……누구?"

"청명입니다. 저기에 있는 저 청명."

장로쯤 되면 삼대제자를 일일이 알 수 없는 법. 백천이 굳이 손까지 뻗어 청명을 가리켰다. 백천의 손끝 쪽에 놓인 청명을 바라본 현영은 미간을 확 찌푸렸다. 그러더니 짜증과 노기가 스멀스멀 올라오는 얼굴로 입을 열었다.

"그게 뭐?"

"예. 저 청명이 술……. 예?"

"그게 뭐?"

"……예? 자, 장로님?"

어안이 벙벙한 백천을, 현영은 못마땅한 얼굴로 보았다.

'내가 뭔가 잘못 말했나?'

백천이 서둘러 사태를 수습하려 애썼다.

"삼대제자가 홀로 화음에 내려가 술을 먹는 건 중죄입니다. 아무리 장문인께서 저 아이에게 홀로 화음에 내려갈 수 있는 권한을 주셨다고 한들, 어디 그 권한이 술을 먹는 데 쓰일 권한이겠습니까? 마땅히 벌을 내려야 한다고 생각합니다."

그러자 현영의 고개가 살짝 삐딱해졌다.

'이번에는 제대로 이해하신 것 같군.'

그러면 당장 저놈을…….

"말귀를 못 알아먹는 놈이로구나."

"……예?"

현영이 노기를 숨기지 않고 말했다.

"화산의 규율을 네가 정하느냐?"

"그, 그럴 리가 있겠습니까?"

"그래서 네가 말하는 화산의 규율 중에 산문을 벗어나 술을 먹으면 안 된다는 조항이 있더냐?"

백천은 차마 입을 열지 못했다. 아니, 그런 조항은 없지. 그도 그럴게, 대체 어느 문파가 문규에 문도들은 산문 밖에서 술을 먹어서는 안 된다는 글귀를 넣는다는 말인가? 그건 응당 암묵적으로 정해지는 부분이지!

"그리고."

현영이 백천을 똑바로 보았다.

"그럼 뭐 어때서."

"……장로님?"

"술 좀 먹으면 어때서?"

현영의 얼굴이 점점 달아오르는 것처럼 보이는 건 백천만의 착각일까? 그건 아니었다. 이윽고 얼굴을 시뻘겋게 물들인 현영이 백천에게 삿대질을 하며 일갈했다.

"제 처먹는 밥값도 못 벌어 오는 밥버러지 놈들이 이렇게 수두룩한데! 너희 먹여 살리는 놈이 제 돈으로 술 좀 사 먹기로서니! 어? 사숙이 되어 가지고 그걸 미주알고주알 꼰지르고, 어?"

예? 자, 장로님?

"사질이 벌어 온 돈으로 고기는 처먹는 놈들이! 그 사질이 한 푼 두 푼 모은 돈으로 술 좀 먹겠다는데! 그걸 못 참아서 쪼르르 달려와 고자질해? 이 처먹은 밥값도 못 하는 좀생이 같은 놈이!"

백천이 얼이 빠진 얼굴로 입만 뻐끔거렸다. 삼대제자가 술 처먹는 걸 봤다고 일렀다가 욕을 먹는 상황도 이해하기 어려웠지만, 더 이해하기 어려운 건 현영의 반응이었다.

평소 지나치리만큼 침착하고 차가워서, 북해빙궁에 입문해야 할 사람이 화산에 오는 바람에 제 재능을 십분 발휘하지 못한단 말까지 듣는 현영이 아니던가? 그런 현영이 눈을 까뒤집고 삿대질하는 모습을 보자 이게 현실인지 꿈인지 구별이 되지 않을 지경이다.

"네 사질은 그렇게라도 화음에 내려가서 돈을……. 아니! 공을 벌어 오는데 너는 사숙이 되어서 하는 게 뭐가 있느냐! 그냥 검이나 휘두르고 밥이나 축내는 것들이 뭐 잘났다고 지적질이야, 지적질이! 대가리를 깨 버릴까! 처먹지 마, 이것들아! 니들이 뭘 했다고 고기를 처먹……."

그 순간 누군가가 문을 과격하게 쾅 박차고 들어왔다.

"하하하하! 사제, 여기에 있었군!"

매우 기묘하게 웃는 낯으로 뛰어 들어온 무각주 현상이 현영을 뒤에서 끌어안고 입을 틀어막는다.

"읍! 읍읍! 이거 놔 보십……. 읍!"

"하하하. 잠시 나가세. 잠시, 애들 없는 곳으로. 아, 가만히 좀 있게!"

타아아악!

문이 닫히는 소리를 마지막으로, 장내가 기이한 침묵으로 가득 찼다. 그 누구도 쉽사리 입을 열지 못했다.

찹찹찹찹.

그 기묘한 정적 속에 들리는 소리라고는 청명이 밥 처먹는 소리뿐이었다. 백천은 저도 모르게 중얼거렸다.

"대체…… 뭐가 어떻게 돌아가는 거지?"

모든 이대제자의 심정을 대변하는 한마디였다.

• ❖ •

"너무 이상하지 않습니까? 사형?"

제게로 향한 질문에도, 백천은 그저 아무 말 없이 손에 든 찻잔을 내려놓았다. 그가 오래전부터 사용해 온 낡아 버린 찻잔. 폐관 수련을 다녀오기 전까지는 나름 운치 있다고 생각했다. 하지만 지금 다시 보니 운치가 있다기보다는 궁상맞아 보인다.

하기야 원래 화산에서는 이게 기본이었지. 낡은 집기들과 낡은 건물. 그리고 낡은 사람. 그 낡아 빠진 문파의 유일한 희망이 이대제자들이었고, 그중에서도 가장 큰 희망이 바로 백천이었다.

하지만 일 년 만에 돌아온 사문은 상전벽해라는 말이 무색할 정도로 변해 버렸다.

"건물들이 쭉쭉 새로 지어지는 것도 이상하고, 십 년을 넘게 방치되던 곳들이 보수되는 것도 이상하고, 아니……. 뭐 그런 건 다 좋다 이 말입니다. 돈이 없다가 생기면 그동안 못 했던 것들을 하는 것이 당연하니까요. 하지만!"

백상(白商)이 울분을 참을 수 없다는 투로 말했다.

"문파 어른들의 태도가 이상하지 않습니까? 오랜 폐관을 마치고 돌아왔는데 장문인은 별달리 말씀도 없으시고……."

"장문인께서는 충분히 노고를 치하하시지 않았느냐?"

"그래도 무려 일 년 만에 왔는데……."

"공사다망하신 분이시다."

백상이 살짝 고개를 숙였다. 스스로 생각하기에도 장문인까지 나간 건 너무 과했다. 하지만 그렇다 해서 납득이 된 것도 아니다.

"장문인은 그렇다 치고, 현영 장로님과 운검 사숙도 이상하기는 마찬가지 아닙니까?"

백천은 별다른 대답을 하지 않았다. 어떤 말을 해도 이상해진다. 그렇다고 하면 상부에 불만이 있는 것으로 비칠 것이고, 그렇지 않다고 하기엔 걸리는 게 너무 많다.

"못 느끼셨습니까? 윗분들이 그 아이를 싸고돌고 있단 말입니다."

"백상."

"예, 사형!"

"내가 그리 눈치가 없지는 않다."

면전에서 욕을 들어 처먹었는데 그걸 모르겠는가?

"사형. 그놈 좀 건방지지 않습니까?"

"음?"

"윗분들이 싸고돈다고 해도 사형이 그리 나오면 일단 고개부터 숙여야 하지 않겠습니까? 그런데 그놈은 그……."

백상이 뭔가 말을 하려다 입을 다물어 버렸다. 차라리 비웃기라도 했으면 노골적으로 욕을 퍼붓겠는데, 관심 없다는 듯 밥이나 처먹던 놈을 욕하려니 뭔가 찝찝한 느낌이다.

백천은 말없이 한숨을 내쉬며 단정한 미간을 찌푸렸다.

"그리고 유 사매가 그 아이에게 저토록 관심을 보이는 것도 이해가 가지 않습니다. 대체 유 사매가 왜……."

백상의 손에 들린 찻잔에 작은 파문이 일었다.

"그야 유 사매의 마음 아니겠는가?"

"저희와도 대화가 거의 없는 유 사매입니다. 저는 사매가 그렇게 적극적으로 누군가에게 말을 거는 건 난생처음 보았습니다. 저희가 유 사매와 하루 이틀 같이 지낸 사이도 아니잖습니까?"

"……."

"저야 그렇다 치고, 적어도 사형에게는……."
"백상."
"……예, 사형."
"너무 화를 돋우지 말거라."
백상이 고개를 다시 푹 숙였다. 그리고 슬쩍슬쩍 백천의 눈치를 살폈다. 표정을 관리하려 애써 보았지만 백천의 얼굴에는 불편한 심경이 어쩔 수 없이 고스란히 드러났다. 자꾸만 눈살이 찌푸려졌다.
'내가 그 어린놈에게.'
심지어 사제도 아니고 사질이 아닌가? 화산 같은 문파에서 한 배분의 차이는 말 그대로 하늘과 땅이라고 할 수 있다. 그가 어떤 일이 있어도 운자 배에게 항명할 수 없듯, 청명 역시 당연히 그래야 할 텐데.
'건방진 놈.'
백천이 살짝 입술을 깨문다. 그때, 움츠리고 있던 백상이 슬그머니 말을 이었다.
"억울해서 그럽니다, 억울해서. 그 힘든 수련을 마치고 왔는데 존장들께선 알아주시지도 않고, 어디서 나타난 밤톨 같은 놈이 사문 어른들의 귀여움을 독차지하고 있지 않습니까?"
"우리가 귀여움을 받을 시기는 지났지."
"그런 의미가 아니라는 것 알고 계시잖습니까?"
알지. 너무 잘 알지. 백천이 조용히 한숨을 쉬었다.
'묘하게 주도권까지 넘어간 느낌이란 말이지.'
자리를 오래 비워서인가? 예전이었다면 돌아오자마자 화종지회와 수련에 대한 일로 백천을 찾았을 사문 어른들이 그에게 별다른 관심을 보이지 않고 있다. 대신 이 사람이고 저 사람이고 청명을 찾아 댄다. 백천은 그게 못마땅했다.
청명이 대체 무슨 일을 해서 저토록 사문 어른들의 기대를 한 몸에 받고, 은근한 비호까지 받는지는 모르겠지만, 화산은 그의 문파다. 화산 모든 이들의 기대를 받는 건 백천이어야 하고, 이후 문파에 찬란한 광명을 다시 찾아올 이 역시 그여야 한다.

"사형, 그놈을 이대로 두실 겁니까?"

"두지 않으면?"

"……그래도 따끔하게 혼을 내야 하지 않겠습니까? 이대로 두면 화산이 거꾸로 돌아갈 겁니다. 지엄한 법도를 바로 세우기 위해서라도 사형께서 나서 주셔야지요."

백천이 쓴웃음을 지었다. 어린놈이 나대는 게 마음에 들지 않으니 한 번 늘씬하게 패 달라는 말이다.

"일단은 좀 침착하거라."

"사형!"

백상이 결국 목소리를 높이자 백천이 미간을 찌푸렸다. 그 표정을 본 백상이 아차 하고 슬며시 눈을 내리깔았다. 그 반응을 보고서야 백천은 흡족하다는 듯 고개를 끄덕였다.

"나 역시 그러고 싶은 마음이 없는 건 아니다."

"한데 왜……."

"우선은 알아야지."

"예?"

백천이 고개를 내저으며 천천히 찻잔을 내려놓았다.

"일에는 선후가 있는 법이다. 대체 어떤 이유로 사숙들께서 그 아이를 그리 감싸고도는지 알아야 할 것 아니겠느냐?"

"아, 그렇지요. 그래야지요."

"오는구나."

"예?"

백천의 말이 끝나기가 무섭게 누군가가 문을 두드렸다.

"들어오너라."

끼이익.

문 열리는 소리와 함께 들어온 이가 포권을 해 보였다.

"제자 윤종이 사숙들을 뵙습니다."

"어서 오너라."

백천이 앞쪽을 가리킨다.

"앉아라."

"예, 사숙."

윤종은 조심스레 의자에 앉았다. 감히 제가 이곳에 앉아도 되겠냐는 말을 온몸으로 전한다. 그야말로 예의 바른 태도였다. 백천은 윤종의 그 태도가 마음에 들었다.

'사질은 이래야지.'

그 건방진 망둥이 놈처럼 구는 게 아니라. 살짝 기분이 풀린 백천이 나름 부드러운 목소리를 냈다.

"윤종아."

"예, 사숙."

"내가 없는 동안 네가 대제자로서 사문 어른들을 모시느라 고생이 많았다."

"화산의 제자로서 당연히 해야 할 일을 한 것뿐입니다."

"그래, 그렇지. 당연히 해야 할 일이지. 한데……."

백천의 말이 잠깐 멎자 윤종이 슬쩍 고개를 들어 그의 안색을 살핀다. 그리고 이어지는 말은 역시 예상한 대로였다.

"지금 화산에는 당연하지 않은 일들이 벌어지고 있는 모양이구나."

"……청명 말씀이십니까?"

백천은 가타부타 대답하지 않았다. 하지만 윤종이 그의 의중을 짐작하지 못할 리가 없다.

"사형으로서 사제를 제대로 이끌지 못한 제 잘못입니다. 노하셨다면 저를 벌해 주십시오, 사숙."

"아니다. 네가 감당할 일이 아니더구나. 그래서 하는 말인데."

"예, 사숙."

백천이 입가에 미묘한 미소를 머금었다.

"내가 없는 동안 대체 무슨 일이 벌어졌는지 네 입으로 말해 보거라. 내 그걸 듣고 앞으로의 방향을 정하겠다."

윤종이 깊이 한숨을 내쉬었다.

'사숙께 설명을 드리는 건 너무도 당연한 일이지만, 뭔가 청명을 배신하는 느낌이구나.'

이곳에 오기 전 윤종은 이미 청명에게 물었다. 사숙께 가 지금까지의 일을 고해도 되겠느냐고. 그에 대한 청명의 대답은 아주 간단했다.

- 가.

거, 이래라저래라 말 좀 해 주면 차라리 편할 것을. 윤종이 슬쩍 백천을 한번 바라보고는 결심을 굳혔다.

"일단은 청명이 처음 화산에 들어왔을 때부터 이야기해 드려야 할 것 같습니다."

윤종이 천천히 그간의 이야기를 풀어놓기 시작하자 이대제자들이 숨을 죽인 채 그의 말을 경청했다. 그리고 이야기가 이어질수록 백천의 얼굴은 조금씩 더 일그러져만 갔다.

마침내 이야기가 끝났을 땐 아무도 곧장 입을 열지 않았다. 다들 심각한 얼굴로 윤종의 얼굴을 바라보다가 고민에 빠지기를 반복했다. 그 오랜 침묵을 깬 것은 역시나 백천이었다.

"그러니까 그 아이가……."

"예, 사숙."

"사문의 재보와 무학들을 발견하고."

"예."

"장부를 발견하여 화산의 빚을 청산한 데다, 사업장까지 압류했다는 말이더냐?"

"그렇습니다."

"게다가 심지어 은하상단 황 대인의 병을 치료했다?"

"예."

"그 대가로 은하상단이 화산의 재정을 봐주기로 했다……. 화산의 재정을."

윤종이 말없이 고개를 끄덕였다.

그러고 보면 돌아오는 길에 이상하다는 생각은 했었다. 화음에 활기가 넘치고, 못 보던 상인들이 자주 보였던 것이다. 오랫동안 화산을 떠나 있었기에 그새 화음의 경기가 좋아졌나 막연히 생각했었는데, 아무래도 그게 아닌 모양이다.

"……그렇군."

백천은 뭔가 말을 하려 입을 열었다가 가만히 다시 닫았다.

"알겠다."

"예. 사숙, 그럼 저는 이만."

"그래."

윤종이 방에서 빠져나가자 백천이 심각한 표정으로 허공을 보았다. 다른 사제들 역시 얼이 빠진 얼굴이었다.

"아니, 이게 무슨……."

백상이 허탈하다는 듯이 입을 열었다. 목소리에 경악이 묻어났다.

"그럼 그 어린 녀석이 혼자 화산의 골칫거리들을 다 해결해 버렸다는 말이 아닙니까?"

백천도 딱히 반박하지는 못했다. 화산의 가장 큰 문제는 무학도 아니고, 문도의 수가 적은 것도 아니었다. 화산이 그토록 급격히 몰락했던 것은 돈이 없었기 때문이다.

'그냥 돈이 없는 것도 아니었지.'

빚도 어마어마했다. 화산을 떠나 폐관에 들어가면서 백천이 가장 우려했던 일이, 다시 돌아왔을 때 화산이 망해 있으면 어떻게 해야 하나였으니 말 다 한 것 아닌가. 그런데 그걸 청명이 말끔히 해결해 버렸다니.

"사문 어른들께서 녀석을 싸고도는 것도 이해가 가는군."

백천의 혼잣말에 백상이 허탈하게 웃었다.

"저는 현영 장로님께서 그 아이가 벌어 온 돈으로 고기를 처먹는다기에, 대단한 상가의 자제라서 화산에 많은 돈을 후원하는 줄로만 알았습니다. 그런데 듣고 보니 그게 아니라……."

정말 말 그대로 그놈이 화산을 먹여 살린 것이다. 백천이 고개를 내저었다.

'이건 답이 없다.'

입장을 바꿔 백천이 현영이었어도 청명을 업고 다니려 했을 것이다. 몇십 년 동안 도무지 해결의 기미가 보이지 않던 화산의 재정 문제를 단 몇 달 만에 해결하다 못해 돈을 물처럼 벌어들이게 만들어 준 아이다.

눈에 넣어도 아프지 않다는 말은 이럴 때 쓰는 말이다. 현영이 자식이 없어서 다행이지, 만약 자식과 청명이 싸움을 벌였다면 폭풍같이 자식 놈을 걷어차 날려 버렸을 것이다. 애야 또 낳으면 되지만 청명 같은 놈을 어디서 구한다는 말인가?

"……사형, 이건…….."

"으으음."

백천이 침음했다.

"그저 문제 하나만 해결했다면 '공을 세웠다'에서 끝날 문제다. 하지만 녀석은 은하상단과 얽혀 있다. 은하상단이 화산의 재정을 관리하고 화산이 그 덕에 돈을 벌어들이는 이상, 매달 돈이 들어올 때마다 청명의 입지는 높아지겠지."

한동안은 말이다.

"……어느 순간은 당연한 일이 되지 않겠습니까?"

"그야 그렇지. 하지만 그 순간이 빨리 오겠느냐? 너희도 알다시피 이건 지금……."

거지 굴에 황금이 떨어진 격인데. 보기만 해도 좋고, 만져만 봐도 좋을 것이다. 굳이 황금을 떼어 내 쓰지 않더라도, 황금이 있다는 것만으로도 배가 부르지 않겠는가?

청명은 화산이라는 거지 굴에 황금을 던져 준 사람이다. 아무리 백천이라고 해도 그만한 업적을 세울 수는 없었다.

'장문인께서도 그 아이를 따로 보시더라니.'

백천이 살짝 아랫입술을 깨물었다. 폐관을 마치고 돌아오면 사문 어른들의 기대를 한 몸에 받을 거라 생각했건만, 어디서 툭 튀어나온 녀석이 백천에게 와야 할 기대를 모두 가져가 버렸다. 이건 좌시할 수 없는 문제다.

"그게 뭐 그리 대단한 공이라고 그러십니까?"

지금까지 두 사람의 대화를 듣고만 있던 백문(白聞)이 영 마음에 들지 않는다는 투로 말한다.

"화산의 재보를 발견한 건 그저 우연이고, 은하상단의 황 대인을 치료한 것 역시 그저 운이 좋았던 것 아닙니까?"

"사제."

"사형. 화산은 무파입니다. 무파가 돈을 벌어 온 아이를 우대한다는 건 있을 수 없는 일입니다. 화산이 거꾸로 돌아가지 않고서야 어찌 그런 일을 벌인단 말입니까?"

백천이 넌지시 백문을 타일렀다.

"사제는 말을 조심하는 게 좋겠군. 그건 사숙들과 사숙조들을 힐난하는 말이네."

"……그런 의도는 아닙니다만."

"하지만 꼭 틀린 말은 아니지."

"예?"

백천이 담담히 고개를 끄덕였다.

"사제의 말이 맞아. 화산은 무파지. 아무리 돈을 벌어들인다고 해도 이곳이 상단이 아니라 무파인 이상 결국은 무학이 중요할 수밖에 없지."

"옳으신 말씀이십니다."

"그렇습니다."

사제들이 기다렸다는 듯 동조했다.

"결국 근본으로 돌아갈 수밖에 없는 걸세. 지금이야 사문 어른들이 녀석들에게 관심을 가질 수밖에 없지만, 곧 화종지회가 다가온다는 것을 실감하시고 나면 삼대제자들에게 신경을 쓰실 수 있을 리가 없지."

"예, 사형. 응당 그리될 것입니다."

"그러니 일단은 무학에만 전념하도록 하세. 청자 배 녀석들의 버릇을 고쳐 주는 건 그다음에도 할 수 있으니까."

백상이 슬쩍 백천의 눈치를 살폈다.

"하나, 사형."

"왜 그러느냐?"

"화종지회에 나가는 것은 우리만이 아니잖습니까? 삼대제자들 역시 화종지회에 출전하게 됩니다."

"그걸 모르는 이가 있더냐?"

"저희만 열심히 해서 될 일은 아니라는 거지요. 삼대제자들이 망신을 당하는 것 역시 막아야 하지 않겠습니까?"

그 말에, 백천은 흥미롭다는 듯한 눈으로 백상을 보았다.

"사제의 생각은 어떠한가?"

"저희만 생각한다면 수련에만 집중하는 것이 옳겠지만, 삼대제자들 역시 화산의 제자입니다. 어찌 저희 배분만 생각할 수 있겠습니까? 조금은 부담이 되더라도 짧은 시간이나마 삼대제자들의 무학을 봐줄 수 있다면 화종지회에 큰 힘이 될 것입니다."

백천이 빙그레 웃었다.

"역시 사제는 그 누구보다 화산을 생각하고 아끼는군."

"쑥스럽습니다, 사형."

"좋은 생각이야. 일 년간 문파를 비우느라 아이들과 소원해지기도 했을 테니, 간만에 같이 땀을 흘리는 것도 나쁘지 않겠지."

"예, 사형. 좋은 방법입니다."

백천과 백상이 마주 웃었다.

결국 위엄이라는 것은 힘에서 나온다. 온화한 사람은 존경을 받지만, 존경은 존경일 뿐이다. 가족이라 한들 권위는 필요한 법. 이대로 둔다면 삼대제자들이 기어오를 날도 멀지 않았다.

그러니 그 전에 알려 줄 필요가 있다. 그들이 왜 어른인지, 왜 고개를 숙여야 하는지 말이다.

"청명이라는 아이가 무학에도 재능이 있으면 좋겠군. 그럼 우리 화산도 후대를 이끌어 갈 기재를 얻는 것 아니겠는가?"

"후대를 이끌어 갈 기재는 사형이시지요."

"나라고 언제까지 사제들의 손을 빌릴 수는 없지. 적당히 말 잘 듣는 똘똘한 아이라면 시킬 수 있는 일이 많아지겠지."

백천이 미묘한 미소를 지었다.

"거, 피죽도 못 먹은 것처럼 생겼던데, 그 아이가 무학에 재능이 있을 리가 있겠습니까?"

백문의 차가운 목소리에 그가 어깨를 으쓱했다.

"그러니 더 가르치고 이끌어야 하지 않겠나? 녀석에게는 조금 벅찬 일이겠지만 말이야."

"과연, 이해했습니다."

세 사람이 서로 마주 보며 흐뭇하게 웃었다.

'윗사람의 위엄을 제대로 보여 줄 필요가 있겠군.'

백천의 눈이 천천히 가라앉았다.

• ❖ •

"자냐?"

"네."

"끄으으응. 나는 저 때문에 사숙들에게 끌려갔다 왔는데, 속 편하게 드러누워 잔다는 말이지?"

조걸의 대답에 윤종의 얼굴이 살짝 달아올랐다.

'내 위엄이…….'

이제 와 청명에게 막내로서 예의를 갖추라고 할 생각은 없다. 대사형으로서의 대접 같은 건 애저녁에 갖다 버렸다. 그럼에도 오늘따라 울컥하는 마음이 드는 것은, 백천을 대하는 다른 백자 배들의 모습을 보았기 때문이다.

'옳게 된 문파란 그런 거지.'

대사형에게 깍듯한 존중을 보이는 그 모습을 보고 나니 제 처지가 왠지 너무 서글프고 눈물겨웠다.

'한때는 나도 그런 대접을 받은 적이 있었는데.'

저놈이 오고 나서는 다른 사제들도 건들건들하다. 한 놈만 그러면 이해를 하겠는데, 나쁜 건 빨리 배운다고 다들 하나같이…….

"뭔 생각을 그렇게 하십니까, 사형?"

"……아니다."

이놈도 문제다, 이놈도! 예전에는 반항하는 와중에도 나름 존중이 있었는데, 이제는 숫제 동네 형 대하듯 굴지 않는가!

한숨을 푹 내쉰 윤종이 조걸을 바라보았다.

"걸아."

"예?"

"청명이 화산에 온 게 정말 좋은 일일까?"

"이상한 소리 하지 마시고, 이야기나 해 보십시오. 어찌 되었습니까?"

이상한 소리라니 이놈아. 그게 대사형에게 할 소리냐? 아이고, 내 팔자야……. 결국 다 놓아 버린 윤종이 침상에 드러누워 있는 청명을 슬쩍 돌아보고는 입을 열었다.

"저놈이 지금까지 뭘 했는지 말하라고 하시더라."

"그래서 있는 대로 불고 왔습니까?"

"……그걸 굳이 감춰서 뭐 하게."

"하기야."

어차피 알게 될 일이다.

"반응은요?"

"몰라서 묻는 건 아니겠지?"

"……끄응."

윤종과 조걸이 한숨을 푹 쉬었다. 침상에 드러누워 배를 두드리고 있는 청명을 보자니 한숨을 도저히 안 쉴 도리가 없다.

'미친놈.'

'망둥이 같은 놈.'

아무리 그래도 그렇지. 백천은 사형도 아니고 사숙이다. 사숙과 첫 대면을 하는 자리에서 이렇게 깽판을 쳐 버리는 경우가 어디에 있다는 말인가?

백천은 삼대제자들에게 그리 엄한 사람이 아니었다. 하지만 이리 관계가 틀어져 버린 이상은 앞으로 어떻게 나올지 알 수 없다.

"좋게는 안 나오시겠지."

"……저 같아도 그럴 겁니다."

청명을 처음 보고 호감을 품을 사람은 세상에 존재하지 않는다. 조걸도 윤종도 처음에는 청명을 어떻게든 한 대라도 패 보려고 하지 않았던가? 다행히 그들은 적당히 처맞는 수준에서 끝날 수 있었지만, 백천이 마음먹고 청명을 짓밟으려 든다면 상황이 생각보다 커질 수 있다.

"괜히 우리한테 눈먼 화살 떨어지겠네요."

"그러게 말이다."

다시 한번 땅이 꺼져라 한숨을 토한 윤종이 단호한 눈으로 조걸을 보며 말했다.

"어쨌거나 사숙들이 돌아온다는 말을 들었을 때부터 짐작했던 일이 아니냐?"

"그렇지요."

"애들 불러서 내일부터 행동거지 조심하라고 해라. 특별한 일이 없어도 꼬투리가 잡힐 판국에, 이런 일까지 벌어졌으니 절대 그냥 넘어가는 않을 것이다."

"예, 알겠습니다."

대답한 뒤 몸을 돌려 나가려던 조걸이 문득 멈춰 섰다. 그러더니 슬쩍 윤종을 돌아보았다.

"그런데, 사형."

"응?"

"궁금해서 그러는데…….."

"뭘?"

"백천 사숙이 청명하고 붙으면 진짜로 누가 이깁니까?"

"……뺄소리 하지 말고 시킨 일이나 해라."

"쳇."

윤종의 면박에 조걸이 삐죽거리며 밖으로 나갔다. 청명의 방에 남은 윤종은 여전히 꿈속에서 헤매는 방 주인을 슬쩍 보았다.

'누가 이기냐고?'

그걸 몰라서 묻냐?

"……잘도 잔다. 사고뭉치 놈."

이제 화산의 평화는 끝났다. 앞으로는 한바탕 소란이 일 것이다. 세상 모르고 잠든 청명의 얼굴을 내려다보던 윤종이 피식 웃고는 방을 빠져나 갔다.

• ◆ •

"들거라."

"예, 장문인."

운검이 손을 뻗어 찻잔을 잡았다. 매화 꽃잎을 말려 만든 매화차는 현종이 가장 자신 있어 하는 것 중 하나다. 그 차를 내어 온다는 것은 오늘 할 말이 꽤 많다는 뜻이기도 했다.

"어떻더냐?"

그의 질문에, 운검이 답하기 전에 운암을 흘끗 바라보았다. 누군가 들어도 괜찮겠냐는 뜻이다. 그러자 현종이 차를 들며 짧게 말했다.

"괜찮다."

"예, 그럼."

운검이 입을 뗐다.

"장문인께서 말씀하신 대로 개입을 하지 않았습니다. 그랬더니……."

"그랬더니?"

"문제가 좀 생기고 있습니다."

현종이 가만히 고개를 끄덕였다.

"현영 사숙께서 오지 않으셨다면 분위기가 더 급박해졌을 겁니다. 장문인께서 말씀하신 대로 이대제자들과 삼대제자들 사이에 미묘한 기류가 흐릅니다."

"그렇겠지."

현종이 한숨을 내쉬었다. 이건 그들의 선택 때문에 벌어진 일이다.

'너무 마음이 급했어.'

운자 배와 백자 배의 간격은 너무 멀고, 백자 배와 청자 배의 간격은 너무 가깝다. 그러다 보니 백자 배의 막내인 유이설의 나이는 청자 배에서 가장 나이가 많은 윤종과 거의 차이가 없다.

보통 입문을 잠시간 막아 어느 정도 차이를 두는 것이 관례인 것을 감안한다면, 터질 문제가 터졌다고 봐야 한다.

'어쩔 수 없는 문제였지.'

삼대제자들을 받을 당시의 화산은 새로이 제자를 들일 여력이 없었다. 동시에 문파의 재정은 점점 곤궁해져만 갔다. 입문을 막아야 마땅한 상황이었다.

그때, 누군가가 계속 제자를 받는 대신에 그들의 가문으로부터 후원을 받자는 말을 꺼냈다. 그게 문제의 시작이었다.

바스러진 지푸라기라도 어떻게든 이어 붙여서 부여잡아야 했던 화산의 입장에서는 그렇게 해서라도 당장 돈을 마련해야 하지 않았겠는가? 다 죽어 가도 명문이라고, 나름 제자들을 골라 받던 화산이었다. 하지만 그때만큼은 후원을 하는 집안의 자제는 묻지도 따지지도 않고 제자로 들였다.

덕분에 청자 배는 무학의 재능이라는 측면에 있어서는 다소 처진다는 평가를 받았다.

"예전이라면 감히 청자 배 아이들이 백자 배를 어찌할 수 없었겠지. 하지만 지금의 청자 배는 예전과는 다르지 않느냐?"

"그렇습니다."

구심점이 존재하는가, 존재하지 않는가? 개개인의 삶에서는 딱히 의미가 없는 것이 집단과 집단 사이의 일에선 어마어마한 차이를 보이기 마련이다.

운종과 조걸이라는 애매한 구심점을 바탕으로 할 때의 청자 배는 그저 화산의 삼대제자에 불과했다. 그러나 청명을 중심으로 뭉친 청자 배는 그저 그것만으로는 만족하지 않을 것이다. 스무 살 차이가 나는 이들은 서로를 경쟁 상대로 여기지 않지만, 열 살 차이가 나는 이들은 어떻게든 서로를 의식할 수밖에 없다.

"제가 부덕한 탓입니다."

운검이 고개를 숙이자 현종이 단호히 고개를 저었다.

"이건 네 잘못이 아니다."

"장문인……."

"백매관을 만들자 주장한 건 나였다. 그리고 그것은 모두의 의견이지 않았느냐. 애초에 이 일은 백매관을 만들고, 이르게 삼대제자를 받을 때부터 예견이 되어 있던 일이다."

이는 단순히 운검을 위로하기 위해 하는 말이 아니었다. 백매관을 만들면서 화산은 많은 이득을 얻었다. 하지만 얻는 것이 있으면 잃는 것도 있는 법.

예전처럼 사제 관계로 전승이 이뤄지는 방식이었다면, 아무리 나이 차가 적다고 해도 감히 위 배분을 함부로 대할 수는 없다. 하지만 지금의 삼대제자들은 백자 배에게서 받은 것이 아무것도 없다. 배움은 운검에게서 얻고, 수련은 동기들과 한다. 자연히 위 배분과는 거리가 벌어질 수밖에 없다. 이것이 백매관이 가진 가장 큰 약점이었다.

운암이 슬쩍 눈치를 보고는 입을 열었다.

"장문인. 하면 어쩌실 생각이십니까?"

현종이 가타부타 말없이 매화차를 음미했다. 은은한 매화 향을 맡고 있으니 마음이 조금 진정되는 느낌이다.

"어찌할 수 있겠느냐?"

"하나 이대로는……."

"사람이란 본디 그런 법이지. 우리가 짓누르고 억지로 이끈다고 해서 마음의 응어리가 사라지겠느냐? 때로는 그냥 부딪치게 놔두는 것도 나쁘지 않다. 결국은 흘러가는 것 아니겠느냐?"

"장문인, 제자들의 일입니다."

"하려고 마음만 먹는다면야 강의 방향을 틀 수도 있겠지. 하지만 물줄기를 억지로 틀어 놓으면 처음에는 그럴싸해도 결국에는 문제가 생기는 법이다."

현종이 빙그레 웃으며 말했다.

"운검아."

"예, 장문인."

"우리 아이들을 믿어 보자꾸나."

운검이 정말 복잡한 얼굴로 현종을 바라보았다. 여전히 의구심이 남은 게 역력히 드러난 표정이다. 그때, 현종이 운검의 생각과는 조금 다른 방향의 말을 꺼냈다.

"백천이 그리 과할 아이는 아니다."

"예?"

"그리 생각하지 않느냐?"

운검의 얼굴이 멍해졌다.

'아니, 장문인 그게 아니옵고!'

백천이 문제가 아닙니다, 장문인! 문제는 그 청명 놈이라고요!

운검은 그제야 장로들이 바라보는 청명과 자신이 바라보는 청명 사이에 커다란 간극이 있다는 것을 깨달았다. 백매관주인 운검은 삼대제자를 휘어잡은 청명의 모습을 알고 있지만, 현종은 청명을 그저 화산에 복을 물어 오는 예쁜 강아지쯤으로 보고 있는 것이다.

"백천은 그래도 생각이 올바로 박혀 있는 아이가 아니더냐? 자존심이 상해 잠깐 화를 낸다고 해도 숙질 간의 의까지 상하게 할 아이는 아니다. 적당히 봉합할 테니 너무 걱정 안 해도 된다."

네? 누가 누굴 봉합해요? 백천이 청명을 달래?

'난리 났구나. 어쩐지 장문인께서 태평하더라니!'

하지만 지금부터 설명한다는 건 불가능한 일이다. 아무리 이야기해도 믿어 주지 않을 것이다. 그리고 사실 운검도 청명에 대해 어떻게 설명해야 할지 난감하다. 그가 청명을 보며 느끼는 위화감 등은 막연한 감각에 불과했다. 막상 설명하려고 들면 어떤 식으로 납득시켜야 할지 애매하지 않은가?

"……예. 알겠습니다, 장문인."

결국 운검은 그저 물러날 수밖에 없었다.

"운검아."

"예, 장문인."

"화종지회가 얼마 남지 않았다."

화종지회라는 말이 나오기 무섭게 운검의 얼굴이 어두워졌다.

사실 있는 그대로 말하자면 지금 화산의 제자들은 과거처럼 종남에 악감정을 가지고 있지 않다. 애초에 화산이 종남에게 가졌던 감정은 경쟁심에서 비롯된 것이다.

그러나 본디 경쟁이란 비슷하거나 큰 차이가 없는 이들끼리 하는 것이 아니던가? 화산과 종남의 격이 하늘과 땅만큼 차이가 나 버린 지금 굳이 종남에게 진심으로 경쟁의식을 불태우는 이들은 남아 있지 않다.

그나마 아이들이니 그 정도 차이가 나는 것뿐, 무학이 완숙에 접어든 일대제자나 장로급에서는 차이가 배는 더 벌어질 것이다.

하지만 아무리 경쟁의식이 없다고 해도 자파의 제자들이 타파의 제자들에게 꼼짝없이 당하는 꼴을 보고 싶을 리 없다.

"많은 문제를 해결했다. 하지만 가장 중요한 문제를 해결하지는 못했구나. 우리는 이제 겨우 시작점에 섰을 뿐이다. 찬란했던 화산의 영광을 재현하기 위해서는 네가 많은 것을 해 주어야 한다."

"명심하겠습니다, 장문인."

"그래. 둘 다 나가 보거라."

"예."

운검과 운암이 인사를 하고 물러나자 현종이 조용히 자리를 털고 일어섰다.

방 뒤쪽 창을 열자 이제는 눈이 거의 녹은 연화봉이 보였다. 부쩍 자란 매화나무에 작은 꽃봉오리들이 맺혀 있었다. 아마 화종지회가 시작될 즈음에는 온 산에 봄 매화가 만개할 것이다.

'매화…… 매화라.'

칠매검을 되찾았다. 하지만 칠매검만으로 과거의 영광을 재현하기란 불가능하다는 사실을 현종은 뼈저리게 잘 알고 있었다.

'매화검법만 있었어도.'

현종이 눈을 질끈 감는다. 그러나 없는 것을 바라본들 달라질 게 없다는 것 또한 알고 있다. 지금은 없는 것을 찾아 헤맬 때가 아니라, 있는 것을 탄탄히 다져야 할 시기다. 그럼에도 마음 한구석에서 아쉬움이 사라지지 않는다.

"선인들이시여. 화산을 굽어살피소서."

그 선인이 이미 화산에 들어와 있다는 걸 알 리가 없는 현종이었다.

안타깝게도 현종은 두 가지 실수를 저질렀다. 물론 그중 하나는 청명을 너무 좋게 평가한 것이다.

하지만 이건 화산의 입장에서 본다면 딱히 문제가 될 게 없었다. 청명의 궁극적인 목표는 어찌 되었든 화산을 키우는 것이다. 현종이 청명을 좋게 생각하면 할수록 청명의 활동 반경은 넓어지기 마련이니까. 의도한 것은 아니지만 현종이 청명을 좋게 봐 준 덕분에 화산은 더 빠르게 발전하고 있다.

하지만 다른 한 가지 잘못은 생각보다 치명적이었는데…….

그건 바로 현종의 생각처럼 백천이 그리 온화한 성격이 아니라는 점이다.

"뭐라도…… 좀 먹어야 할 텐데."

"……아."

화산의 삼대제자들이 넋이 나간 얼굴로 백매관에 옹기종기 모여 있었다.

청명의 수련은 사람의 모든 것을 쥐어짜 낸다. 대체 어떻게 아는 건지는 모르겠지만, 이 귀신같은 놈은 삼대제자들의 남아 있는 체력을 정확하게 확인하여 정말 마지막 남은 물 한 방울까지 짜내 버린다. 그렇기에 수련이 끝나면 다들 이렇게 햇볕에 바싹 마른 천 조각처럼 빳빳해질 수밖에 없었다.

하지만 의외로 삼대제자들은 연일 혹독하게 이어지는 수련에 별다른 불만을 표하지 않았다.

물론 수련을 할 때마다 숨이 넘어가고 살짝살짝 저승 문턱을 넘어갔다 오는 기분이지만 사람은 적응의 동물이 아니던가? 그 끔찍했던 수련도 하루 이틀이 넘어 한 주쯤 반복되자 어떻게든 버텨 볼 만하게 됐다. 이제는 저승 문턱에 들어서도 저승사자와 정겹게 인사를 나누고 돌아올 정도로 발전한 것이다.

─ 철은 두드릴수록 강해지고, 사람은 굴릴수록 강해진다! 구르는 사람에겐 이끼가 끼지 않아!

'사람은 원래 이끼가 안 껴. 이 미친놈아.'

더 끔찍한 건, 삼대제자들이 청명의 말을 온몸으로 훌륭히 증명하고 있다는 점이었다. 하루하루 본인들이 달라지는 게 체감이 된다. 육체에 걸맞은 방식이라는 말이 무엇인지도 이제는 이해하는 중이다.

다만, 청명의 수련만 이겨 내면 모든 것이 괜찮을 거라 믿었던 삼대제자들에게 새로운 날벼락이 떨어진 게 문제였다.

"뒈질 것 같다."

"저, 씨……. 진짜 사숙만 아니면 확 그냥."

"해도 해도 너무한 거 아니냐?"

지금 그들을 괴롭히는 건 백자 배. 그러니까 이대제자들이었다.

그날 청명이 백천과 대립한 이후로, 이대제자들은 교묘하게 삼대제자들을 다그치기 시작했다. 사사건건 온갖 트집을 잡는 게, 작정하고 괴롭히는 게 분명했다.

"대체 저 인간들 왜 저러는 거냐?"

"몰라서 묻냐?"

"끄으으응."

모두의 시선이 일제히 한곳으로 돌아갔다. 그 시선 끝에 놓인 사람이야 뻔했다. 사형제들의 시선을 받은 청명이 고개를 갸웃거렸다.

"응? 아니, 왜 날 봐?"

"……."

이 새끼는 양심이라는 게 존재하지 않는 게 분명하다.

· ❖ ·

"본산에서 걸어 다닐 때 무릎 펴고 걸으라더라."
"나한테는 물 먹으러 갈 때도 허락 맡고 가라던데."
"아, 씨바. 진짜 쪼잔하고 더러워서."
이대제자들은 정말이지 갖은 방법으로 그들을 괴롭혔다. 수련할 때마다 사소한 것들까지 일일이 지적을 해 대는 것은 물론이고, 일상생활에서도 온갖 트집을 잡아 댄다. 오늘은 하다못해 백매관의 외관이 더러우니 먼지 한 톨 없도록 청소해 두라는 지시까지 떨어졌다.
"차라리 패든가!"
조걸이 이를 뿌득뿌득 갈아붙였다. 주먹으로 괴롭히는 데에는 익숙하지만, 이런 식의 괴롭힘에는 도무지 적응할 수 없었다.
"나는 사숙들이 그런 사람들인 줄은 상상도 못 했다."
"존경했는데!"
"이게 무슨 동네 왈패도 아니고, 이래도 되는 거야?"
윤종이 한숨을 푹 내쉬었다.
'안 될 건 없지.'
이대제자들이 그들을 괴롭히기 위해 이런 일을 벌인다는 데엔 의심의 여지조차 없다. 말끝에 묻어 있는 악의와 비웃음이 너무 생생하니까.
하지만 그렇다고 해서 저들의 행위가 잘못되었다고는 할 수 없다. 애초에 이대제자들이 요구하는 것은 전부 화산의 규범으로 정해져 있는 것들이다. 그런데 그게 왜 문제냐고?
'그 규범이 적어도 이백 년 전에 정해진 것들이니까.'
본디 낡은 규범들은 시대의 변화에 따라 고쳐지는 법이다. 하지만 화산의 규범은 그러지 못했다. 따라서 지금까진 그 괴리를 극복하는 방법으로 시대에 맞지 않는 규범을 암묵적인 합의하에 무시하는 쪽을 택해

왔다. 그런데 이대제자들이 이 규범을 들고나와 삼대제자들을 단속하기 시작한 것이다.

다 떠나서, 이 고릿적 규범이라는 것들이 하나같이 귀에 걸면 귀걸이, 코에 걸면 코걸이라는 게 제일 큰 문제였다.

"아니, 화산의 제자들은 손에서 검을 놓아서는 안 된다는 소리가 어떻게 씻을 때나 볼일 볼 때도 검을 들고 있어야 한다는 의미냐고!"

"……밥 먹을 때도 손에 들고 먹으라던데."

"잘 때도 잡고 자라잖아!"

"그게 전부면 말도 안 하지. 화산의 제자들은 언제나 선인들의 가르침을 마음에 새겨야 한다는 것이 어떻게 화산의 역사를 모조리 외워야 한다는 의미가 되냐고!"

"……지들도 모르면서."

"내 말이!"

삼대제자들이 으득으득 이를 갈았다. 너나없이 모두가 이 기묘한 문파 부조리(?) 앞에 신경이 갈려 나가고 있었다. 이대제자들이 슬그머니 다가와 슬쩍슬쩍 훑어볼 때마다 수명이 줄어드는 느낌이었다.

"밥도 제대로 못 먹고! 잠도 제대로 못 자고!"

"심심하면 집합이지. 한 명이 잘못했다고 다 불러서 욕을 해 대지를 않나."

"대명천지에 이게 무슨 짓거리냐고!"

"대사형! 어떻게든 해야 하지 않겠습니까?"

윤종이 한숨을 푹 내쉬었다.

"뭘 어떻게 하자는 거냐?"

"이건 좀 심하잖습니까! 솔직히 대놓고 괴롭히겠다는 게 눈에 뻔히 보이는데, 당해 주는 것도 정도껏이죠."

"맞습니다! 다른 건 다 참을 수 있습니다. 하지만 수련을 방해하는 것만큼은 더 못 참습니다! 아무리 그래도 여기가 무파인데 수련은 방해하지 말아야죠!"

삼대제자들이 눈에 핏발을 세웠다.

사실 그동안 삼대제자들과 이대제자들은 딱히 부딪칠 만한 일이 없었다. 이대제자들은 제 수련만 하기에도 바빴고, 삼대제자들을 가르치는 것은 백매관의 역할이다 보니 서로 소 닭 보듯 지내 왔다.

그래도 삼대제자들은 나름 이대제자들에게 어떤 동경 비슷한 것을 느껴 왔던 게 사실이다. 그런데 이들이 저리 치졸하게 나오니 그 배신감이 이루 말할 수가 없다.

윤종이 슬쩍 고개를 돌려 이 모든 일의 원흉을 바라보았다. 심드렁하게 의자에 기대 있는 청명의 눈치를 보던 윤종은 조심스레 입을 뗐.

"청명아."

"응?"

"……어떻게 좀 해 봐야 하지 않겠니?"

"뭘?"

"사숙들 말이다, 사숙들."

윤종이 한숨을 푹 내쉬었다. 다들 대놓고 말은 하지 않을 뿐, 이 일이 왜 벌어지고 있는지 모를 사람들은 없다. 지금 이대제자들은 삼대제자들, 그중에서도 특히 청명이 그들에게 고개를 굽히고 들어오길 원하는 것이다.

'너무 졸렬한 방식이긴 하지만.'

윤종은 나름 그들의 입장을 이해했다.

사실 이건 백자 배가 잘못되었다기보다는 청명이 잘못된 것이다. 정확하게 말하자면 청명의 행동이 아니라, 그 존재 자체에 문제가 있다. 윤종이 백자 배라고 해도 아래 배분에 청명 같은 망둥이가 있는 건 참아 내기 어려울 것이다.

지금까지 일대제자나 장로들과의 관계에는 별문제가 없었다. 청명이 그들을 대할 때는 절대 선을 넘지 않기 때문이다. 내심이야 어떻든 겉으로는 사문의 어른으로 존중하는 것이 확실히 보인다.

하지만 백자 배에겐 다르다. 윤종은 이미 청명이 백자 배를 대하는 것을 보지 않았던가?

"……저쪽에서 원하는 건 뻔하지 않으냐?"

"뻔해?"

윤종이 다시 한번 한숨을 내쉬었다.

"내가 네 성격을 익히 아니, 굽히라고는 말하지 않겠다. 그냥 살짝 비위만 맞춰 주면 내가 어떻게든 해결을 해 볼……."

"비위이이?"

청명의 목소리에 윤종의 눈가가 살짝 떨렸다. 아차, 단어를 잘못 선택했…….

하지만 윤종의 예상과는 달리 청명은 발작하지 않았다. 오히려 초롱초롱하기 짝이 없는 눈으로 윤종을 바라보며 더없이 쾌활하게 말했을 뿐이다.

"사형, 사형!"

"으응?"

"내가 그거 말고 더 좋은 해결책을 알 것 같아! 이거면 진짜 다 해결할 수 있어!"

신이 나서 활짝 웃는 청명의 얼굴을 보니 들어 보기도 전에 덜컥 불안해졌지만, 대사형으로서 묻지 않을 도리가 없었다.

"……무슨 방법인데?"

"뭐긴, 뭐야. 저 사숙 놈들을 다 처패 버리는 거지!"

청명이 말이 끝나기가 무섭게 자리를 박차고 일어섰다. 화들짝 놀란 윤종이 기겁하며 소리쳤다.

"잡아! 저거 잡아! 못 잡으면 우리 다 죽는 거야! 잡아아아!"

운종처럼 불안함을 느꼈던 건지, 미리 대비하고 있던 사형제들이 일제히 몸을 날렸다. 그들이 청명의 팔다리를 잡고 늘어지는 동안 조걸이 힘껏 뛰어올라 청명의 몸을 바닥으로 짓눌렀다.

"으아아아아!"

"놓지 마! 절대 놓지 마!"

"놔! 이거 안 놔?"

개떼처럼 달라붙은 삼대제자들이 필사적으로 청명을 잡고 늘어졌다. 그들의 필사적인 눈빛에선 '절대 이 미친개를 백매관 밖에 풀어놓지 않겠다'는 결사의 의지가 묻어났다.

"청명아! 진정해라, 청명아!"

"우리 다 박살 난다!"

"하극상도 정도가 있지! 사숙 패면 진짜 파문당한다니까!"

청명의 두 눈이 희번덕거렸다.

"알았어, 안 팰게! 안 팬다고! 그냥 죽빵 한 대만 갈길게! 내가 딱 한 대만 친다니까!"

"그게 패는 거지, 이 미친놈아! 야야! 거기 똑바로 잡아!"

"아니, 뭔 놈의 힘이 이렇게 세!"

"끄으으응!"

청명이 꿈틀대며 이를 갈았다.

"저 또라이 같은 놈들이 백 년 전에도 안 하던 짓을 하네! 내가 승질이 뻗쳐서 그냥!"

도가는 기본적으로 자연스러움을 추구하는 곳이다. 다시 말하자면 사회가 만들어 낸 규범과 계급에 얽매이지 않는 곳이 도가다. 과거 공자가 노자에게 인사를 드리러 왔을 때, 노자가 그런 짓 좀 하지 말라고 학을 뗐다는 일화야 워낙에 유명하지 않은가?

그런데 도가의 제자라는 놈들이 유가에서도 하지 않을 꼰대 짓을 하고 있다.

"진정해라, 청명아! 사숙들 패면 진짜 큰일 난다."

"지금까지 세운 공이 다 날아갈 수도 있어!"

"가만히 좀 있으라고! 가만히 좀!"

"놔! 안 놔? 확 마!"

삼대제자들은 숫제 거대한 인간 탑을 쌓아 청명을 내리눌렀다. 하지만 청명이 한번 꿈틀할 때마다 거대한 탑이 휘청거렸다. 윤종이 그 광경을 보며 식은땀을 흘렸다.

'아니, 이게 말이나 되는 상황인가?'

백천은 이대제자 중 가장 강하다. 청명이 오기 전까지만 해도 화산제일 기재의 자리는 당연하게 백천의 차지였고, 모두가 언젠가는 그가 화산제일 고수가 될 거라는 사실에 한 치의 의심도 품지 않았다.

조걸 역시 재능은 남부럽지 않지만, 결국 무학이란 시간을 들여 쌓아 나가는 것. 이미 조걸보다 십여 년 일찍 검을 익힌 백천을 조걸이 따라잡는 것은 거의 불가능한 일이었다. 설사 가능하다 하더라도 수십 년 뒤의 이야기겠지.

배분이란 그런 것이다. 아무리 재능이 뛰어나다고 해도 쌓아 올린 시간이 다르고, 배우는 무학이 다르다. 그렇기에 쉽사리 넘을 수 없는 것이 배분의 차이였다.

하지만 지금 윤종의 눈앞에 펼쳐진 상황은 대체 무엇인가. 화산에 가장 마지막으로 들어온 청자 배의 막내가 백자 배의 대사형을 패 버리겠다는 허무맹랑한 말을 지껄이고 있다.

'진짜 문제는 여기 있는 그 누구도 그게 불가능한 일이라고 생각하지 않는다는 거지.'

이성적으로 생각하면? 잘 모르겠다. 아무리 청명이 강하다고 해도 백천과 승부가 될 것 같지는 않다. 청명이 걸음마를 떼기 전부터 무학을 익혔다고 해도, 백천은 그 이상의 기간 동안 검을 잡아 왔을 테니까.

웬만한 재능의 차이로는 세월의 차이를 뛰어넘는 게 불가능하다. 그게 가능한 이를 천재라고 부르지만, 제아무리 대단한 천재라고 해도 십여 년의 차이를 뛰어넘는 데는 시간이 필요한 법이다. 더군다나 백천은 재능이 부족한 사람도 아니다. 이성적으로, 정말 이성적으로 생각하면 청명이 백천을 이기는 건 절대 불가능한 일이다.

'하지만 이상하게 막상 붙으면 백천 사숙이 얻어맞을 것 같은 느낌이 든다는 게 문제지.'

애초에 눈앞의 이 인간에겐 상식이나 이성 따위가 통용되지 않으니까. 이놈이 지금까지 벌인 일 중에 상식적인 일이 뭐가 있던가? 윤종이 깊이 한숨을 내쉬며 말했다.

"청명아. 네 기분은 알겠지만, 지금은 절대로 안 된다."

"왜?"

"화종지회가 얼마 남지 않았잖아."

"그게 왜?"

"……백천 사숙은 화종지회에서 이대제자의 대표가 되어야 할 사람이다. 그런 사람이 너한테 맞아서 화종지회에 출전하지 못하기라도 하면 어떻게 할 셈이냐?"

"에이. 내가 설마 그렇게까지 패려고. 아프게, 하지만 안 다치게 패는 게 내 특기잖아. 몰라?"

"알지."

아주 잘 알지. 수도 없이 맞아 봤으니까.

"하지만 그래도 안 된다. 백천 사숙이 사질에게 얻어맞아 봐라. 자신감이 남아나겠냐?"

"……."

"우리가 조금만 더 참자. 우리가 백천 사숙에게 당하는 게 종남 놈들에게 무시당하는 것보다는 낫잖아."

청명이 오만상을 찌푸린다.

"그냥 속 시원하게 날려 버리는 게 나을 것 같은데."

"이번 한 번만 내 얼굴을 봐서라도 넘어가 다오. 화종지회는 그만큼 큰일이다. 부탁한다."

"흐으음."

청명이 고개를 돌렸다. 그리고 조금 날이 무뎌진 목소리로 말했다.

"이제 비켜."

사형제들이 윤종의 눈치를 본다. 윤종이 고개를 끄덕이자 그제야 슬그머니 청명을 놓고 슬금슬금 옆으로 물러났다. 그러면서도 청명이 튀어나가면 언제든지 다시 잡을 수 있게끔 거리를 유지했다.

"그럼 딱 화종지회가 끝날 때까지만 참으면 된다 이거지?"

"……꼭 그때까지만 참아야 한다는 건 아니지만……."

"뭐가 이렇게 흐리멍덩해! 확실하게!"

윤종이 눈을 질끈 감았다. 그리고 일단 급한 불부터 끄는 심정으로 외쳤다.

"그래! 화종지회까지만이다!"

"알았어."

청명이 선선히 고개를 끄덕였다.

"그래도 대사형이 그동안 고생한 게 있는데, 내가 그 정도는 들어줘야지."

"……눈물 나게 고맙다."

"왜 울어?"

"아니. 아니다."

이건 눈물이 아니다. 마음의 땀이다, 이 새끼야.

"그런데 저쪽에서 싸움 걸면 어떻게 해야 하는데?"
"……그럴 일이 있겠냐?"
"혹시라도 걸면."
윤종이 한숨을 내쉬었다.
"그럼 네가 알아서 해라. 나도 더는 모르니까."
"그래?"
청명이 입꼬리를 씨익 말아 올렸다. 그 웃음을 본 윤종은 마음이 한없이 불안해져 갔다.

· ◆ ·

"어떠하더냐?"
"……의외로 별다른 반응이 없습니다."
백상이 살짝 백천의 눈치를 보며 말했다.
"무척 열받아 하는 기색은 역력한데, 반항하지 않습니다. 문제가 될 만한 말조차 하지 않고 있습니다."
"흠, 그래?"
백천이 살짝 미간을 찌푸렸다.
'이건 예상과 조금 다른데.'
한창 혈기 넘치는 나이가 아닌가? 조금만 긁어 줘도 바로 발끈할 거라 생각했다. 그리고 그게 백천이 최종적으로 노리는 상황이었다.
화산은 명문정파다. 그 명문정파에서 가장 죄악이라 여겨지는 것이 딱 두 가지다. 하나는 마도(魔道)이고, 다른 하나는 바로 하극상이다. 이 두 가지는 어떤 상황에서도 용납하지 않는다. 전자는 정도를 표방하는 화산의 정체성과 관련된 문제고, 후자는 화산의 역사와 체계를 뒤엎는 일이기 때문이다.

살살 긁어서 삼대제자들을 발끈하게 한 뒤, 적당히 하극상으로 엮어서 다시는 반항할 엄두도 내지 못하게 만들어 버릴 생각이었는데…… 의외로 삼대제자들은 이대제자들의 압박을 잘 참아 내고 있다.

"압박의 강도가 약한 게 아닌가?"

"이 이상은 무리입니다. 더 했다가는 시시비비를 가리는 과정에서 저희 쪽으로도 문제가 불거질 수 있습니다."

백천이 영 마음에 들지 않는다는 얼굴로 침음했다.

'아무 생각 없는 다혈질은 아니란 말이지?'

식당에서 본 청명을 생각하면 벌써 못 참고 달려들었을 것 같은데, 본인이 자중하는 건 물론이고 다른 삼대제자들도 단속하고 있다라…….

'아니면 윤종이 하는 일인가?'

이유가 어느 쪽이든 백천의 생각대로 풀리지 않고 있다는 것만은 확실했다.

"다른 삼대제자들은?"

"한눈에 보기에도 이상한 수련을 하고 있다는 것 말고는 딱히……."

백천이 가만히 손가락으로 자신의 볼을 톡톡 건드렸다.

"그렇단 말이지."

"사형. 시간을 계속 끄는 건 무리입니다. 언제 사숙들이 언짢은 기색을 보일지 모르고, 화종지회도 얼마 남지 않았습니다. 이제 슬슬 저희도 화종지회를 대비해야 합니다."

"알고 있다."

백천이 가볍게 고개를 끄덕였다.

"적당히 끓여 놨으니 이제는 죽을 퍼 담아야 할 시간이지."

"하면?"

백상의 물음에 백천은 슬쩍 웃으며 운을 뗐다.

"너도 알다시피 청자 배들도 원래는 다들 착한 아이들이다."

"그건 그렇습니다. 저희가 폐관을 떠나기 전에는 다들 순진한 아이들이었지요. 불과 일 년 사이에 저리 변할 줄은……."

"그게 다 질 나쁜 놈과 얽혔기 때문이다. 사실 청자 배 아이들에게 모두 벌줄 필요가 있겠느냐? 문제는 청명 그 아이 하나지."

"옳은 말씀입니다."

백상은 백천의 말에 전적으로 동의했다. 삼대제자와 그들을 대표하는 윤종은 다루기가 어려운 아이들이 아니다. 개중 조금 튀는 조걸이 있기는 하지만, 조걸은 굳이 백천이 나서지 않아도 백상의 선에서 충분히 해결 가능했다.

문제는 그 청명이다. 근묵자흑(近墨者黑)이라 하지 않던가. 멀쩡하던 삼대제자들이 그 청명과 어울리더니 다들 이상해졌다.

적어도 그들이 봐 왔던 삼대제자들은 윗사람을 공경할 줄 알았고, 동기의 말보다 사숙의 말이 중요하다는 건 아는 아이들이었다. 그런 삼대제자들을 저리 만든 것은 다름 아닌 청명이다. 그 말인즉슨 청명의 콧대만 꺾어 놓을 수 있다면 다른 삼대제자들은 자연히 과거처럼 고분고분해질 거라는 뜻이었다.

"하면 어쩌실 생각입니까?"

"사제."

"예, 사형."

백천이 빙그레 웃었다.

"별다른 방법이 필요하겠는가? 우리가 지금 하는 일은 그저 화산의 법도를 지키는 일 아닌가?"

"물론입니다."

"사사로운 감정이 끼어들 여지가 없네. 청명 역시 나의 소중한 사질이 아닌가? 조금 건방지긴 하지만 잘 다독인다면 좋은 재목이 될 걸세. 그러니 아직 어릴 때 엇나간 걸 바로잡을 뿐이지."

백천이 미묘한 미소를 지었다.
"다만 방법이 문제인데, 될 수 있다면 거친 방법은 쓰고 싶지 않았지만, 시간이 충분치 않으니 어쩔 수 없는 노릇이지. 아이를 훈육하는 가장 좋은 방법은 대화지만, 때로는 매도 필요한 법 아니겠는가?"
백상이 기껍다는 듯 고개를 끄덕였다.
"언젠가는 저들도 사형의 깊은 뜻을 알게 될 겁니다."
"그리되겠지. 지금은 조금 아프더라도 말일세."
두 사람이 서로를 보며 마주 웃었다.

◆ ❖ ◆

끼이이익 소리와 함께 백매관의 문이 살짝 열렸다.
빼꼼.
그리고 이내 작은 머리 하나가 밖으로 나왔다. 고개만 살짝 내밀어 주변을 이리저리 살핀 이가 살짝 인상을 찌푸렸다.
'없지?'
어둠을 틈타 스며드는 밤손님처럼, 청명은 기감을 바짝 세워 주변을 살폈다. 걸리는 것도, 인적도 없다. 그는 그제야 나직이 한숨을 쉬고는 밖으로 나왔다.
"끄으응."
이게 뭐 하는 짓거린가. 터덜터덜 걸어 백매관 밖으로 나온 그는 영혼이 빠져나가 버린 얼굴로 하늘을 바라보았다.
"장문사형. 보고 계십니까?"
장문사형이 세상에서 가장 아끼고 어여삐 여기던…….
– 뭐?
아, 여기부터 짜증 내지 말고 일단 마저 듣고 화를 내든가 하십쇼! 거

사람이 인내심이 있어야지! 화산 장문인이라는 양반이!

청명이 얼굴을 와락 일그러뜨렸다.

"아무튼 간에 내가 머리에 피도 안 마른 어린애를 피해서 이러고 있단 말입니다. 이게 말이나 되는 소립니까?"

억울함을 가득 담아 하소연해 보았지만, 안타깝게도 청문의 대답은 들려오지 않았다.

"그뿐이요, 어디? 어린 여자는 뭐 빼먹을 거 없나 사람을 달달 볶아 대고, 웬 기생오라비같이 생긴 놈은 어디서 들도 보도 못한 규범을 들고 와서는 사람을 닦달해 대고. 아오, 내가 않느니 죽지!"

성질 같아서는 진짜 그냥 다 뒤집어엎어 버리고 싶다. 어린놈들이 이 난리를 치는데 대체 네놈은 뭘 했냐고 장문인을 데려다 볼기를 치고 싶은 기분이다.

청명이 화산을 이끌고 천하를 질주할 때는 태어나지도 않았던 것들이 사숙이랍시고 거들먹거리는 꼴을 보고 있자니 거의 해탈할 지경이다. 지금이라면 소림으로 바로 달려가도 불법을 깨달은 귀인이 왔다며 곧장 제자로 받아 줄 거다. 진짜로.

"하! 내가 전생에 무슨 죄를……. 죄를…… 짓긴 많이 지었지."

솔직히 이건 양심에 찔려서 안 되겠다. 그가 화산의 이대제자, 일대제자였던 시절에 저질렀던 일들 때문에 장문사형이나 장문인들이 속을 얼마나 끓였던가를 생각하면 빈말로라도 지금 힘들다 소리를 할 수가 없다.

"내가 왜 그랬을까."

청명의 두 눈에 습기가 차올랐다.

적당히 할걸.

전생의 업보가 모조리 되돌아오는 느낌이다. 사람 같지도 않은 어린 것들을 어르고 달래서 어떻게든 이끌어 가야 한다니.

아, 이래서 장문사형이 전생에 혼인을 안 했구나. 나 같은 자식 낳을까 봐. 미안해요. 장문사형. 나는 사형이 얼굴이 안돼서 혼인 못 하는 줄…….

한숨을 푹푹 내쉬며 청명이 터덜터덜 걸어 산문을 벗어났다. 옛날의 화산이었다면 이 시간에도 문을 지키는 위사가 있었겠지만, 지금의 화산은 방문자가 없는 시간에는 딱히 번을 서지 않고 있었다.

이유야 단순하다. 얼마 전까지만 해도 화산은 거지도 가진 동전을 던져 주고 돌아설 곳이었으니, 딱히 위사가 필요할 이유가 없었던 것이다.

그런 화산을 사람 살 만한 곳으로 만든 이가 청명이다. 그런데 이 배은망덕한 놈들이! 늙은이가 개고생을 해서 먹고살 만하게 해 줬더니 감사하지는 못할망정! 성질 같아서는 이놈이고 저놈이고 다 패 버리고 싶지만…….

"끄응. 이것도 못 할 짓이지."

이상한 일이지만, 요즘 자꾸 윤종의 얼굴에 장문사형의 얼굴이 겹쳐 보인다. 산적같이 우락부락한 장문사형의 얼굴과 비교를 한다는 건 윤종에게 굉장히 실례되는 일이겠지만, 얼굴이 아니라 표정이 닮아 가고 있다. 청명이 무슨 일을 벌일 때마다 속이 썩어 문드러진다는 표정을 짓는 윤종을 보면…….

'이상하게 죄책감이 든단 말이야.'

마치 장문사형이 살아 돌아와 끙끙대는 것 같아서 무시하기가 힘이 들었다.

쩝, 입맛을 다신 청명이 고개를 내저었다.

"화종지회인지 뭔지 그거 끝날 때까지만 내가 참는다."

종남 놈들을 뒤집어엎어 버리고 싶은 심정이야 청명도 같으니까. 아무리 저 백자 배 놈들이 마음에 들지 않는다고는 하나 종남과 비교할 수는 없는 노릇이다. 백자 배는 엉덩이를 걷어차 주고 싶은 놈들이지만, 종남 놈들은 목을 졸라 버리고 싶은 놈들이니까. 윤종의 말대로 일단은 화종지회가 지날 때까지는 참는 게 맞다.

그게 맞는데…….

"끄응. 이러다 내 성질 못 이겨서 사고 치지."

화종지회가 끝날 때까지는 최대한 백자 배들과 마주치지 않는 게 상책이다. 청명은 평소와 다른 길로 산을 오르기 시작했다.

'이제 낙안봉엔 절대로 안 가.'

사람이 두 번은 당할 수 있지만, 세 번은 당하면 안 된다. 같은 걸 세 번 당하면 그게 어디 사람인가? 청명이 고개를 돌려 낙안봉(落雁峰)을 바라보았다.

"아이고, 내 팔자야. 이제는 수련도 내 마음대로 못 하네."

앓느니 죽지, 앓느니 죽어.

이 순간에도 다른 문파들에서는 백 년 가까이 수련을 한 노괴(老怪)들이 쉴 새 없이 강해지고 있으리라. 그 간격을 좁히기 위해서는 청명도 쉴 시간이 없다. 같은 배분들 사이에서 강하다는 건 아무런 의미가 없으니까.

화산이 다시 구파일방으로 우뚝 서기 위해서는…… 아니, 그걸 넘어 과거의 영화를 재현하고 더 나아가 천하제일검문으로 이름을 떨치기 위해서는 그 노괴들을 제압할 고수의 존재가 필수적이다.

그리고 아무리 눈을 씻고 찾아봐도 화산에서 그 역할을 할 수 있는 사람은 청명밖에 없다.

하긴, 또 모르지. 한 오십 년? 백 년? 그쯤 뒤에 천하제일검문을 노린다면 조걸이나 윤종을 키워 어떻게 해 볼 수 있을지도 모른다. 비록 싸가지는 없을지언정 백천도 재능이야 있으니, 엇나간 기초를 어떻게 잘 다스리면 가능성은 보이겠지.

하지만 문제는 청명이 그 기간을 느긋하게 기다릴 수 있을 만큼 성격이 좋지 못하다는 점에 있었다.

"오십 년은 얼어 죽을."

그 전에 내가 속이 터져 죽지.

터덜터덜 연화봉에 오른 청명이 천천히 검을 뽑아 들었다. 그리고 슬쩍 주변을 둘러보았다.

'없지?'

그 사고인지 나발인지는 그날 이후로 찰거머리처럼 청명을 따라다니고 있었다. 그나마 다른 청자 배들과 같이 움직일 때는 자제하는 듯하지만, 청명이 혼자 떨어졌다 싶으면 어떻게든 나타나 잠깐만 이야기를 나누자고 사람을 귀찮게 해 댔다.

기척이라도 잘 느껴지면 미리미리 피해 버리면 그만이지만, 이상하게도 유이설의 기척은 천하의 청명이 펼친 감각으로도 포착하기가 쉽지 않았다.

'귀신도 아니고.'

때때로 기감이 약해 존재감이 흐릿한 사람이 없는 건 아니지만, 유이설은 청명도 놀랄 정도로 기감이 흐릿하다. 더구나 눈이나 귀가 아닌 기로써 사람을 느끼는 데 익숙해져 있는 청명은 특히나…….

"청명."

"으아아아악!"

그러니까. 이렇게.

자리에서 거의 뛰어올라 버린 청명이 기겁하며 뒤로 훌쩍 물러났다. 어정쩡하게 그를 향해 손을 뻗고 있는 유이설의 모습이 보였다.

"아니! 진짜! 기척 좀 내고 나타나라고!"

청명이 버럭 소리를 지르자 유이설이 슬쩍 미간을 찌푸렸다.

"내가 네 사고. 너는 내 사질."

"그래서?"

"사고에게 예의."

'사고는 얼어 죽을. 귀신 같은 게.'

청명이 짜증을 한껏 담아 한숨을 내쉬었다. 기척이 없는 것까지는 그렇다 치자, 이 넓은 중원 천지에 저런 특이 체질 하나 있다고 해서 이상한 건 아니니까.

사실 청명이 워낙에 기감으로 사람을 느끼는 데 특화가 되어 있어서 그렇지, 마음먹고 오감을 활용하면 인기척을 느끼지 못할 정도는 아니다. 진짜 문제는 따로 있다.

"아니, 왜 이렇게 따라다녀!"

"다녀?"

"……요."

청명은 매우 깊은 슬픔을 느꼈다.

'사형들이 지금 내 꼴을 보면 피눈물…… 아니지. 배를 잡고 웃다가 숨이 넘어가겠지.'

손이 부러질 때까지 박수를 칠지도 모른다. 그러고도 남을 양반들이니까. 손녀뻘도 안 되는 어린 후예에게 존대까지 붙이려니 인생무상이 절로 찾아왔다. 세상의 허무함을 직격으로 처맞고 깨달음을 얻어 우화등선할 기세다. 선계에서 청명을 받아 주느냐의 문제는 둘째 치고 말이다.

- 안 받는다, 이놈아.

아, 좀! 청명이 한숨을 푹 내쉬고는 유이설을 바라보았다.

"또 왜! 왜 자꾸 사람을 이렇게 따라다녀!"

"다녀?"

"……다녀요."

유이설이 마음에 안 든다는 듯 눈썹을 치켜세웠다. 살짝 화난 얼굴로 겁을 주려는 모양인데, 보고 있으니 귀엽다.

'그냥 내가 늙은이라 귀여운 건 아닌 것 같고.'

조걸을 비롯해 나머지 삼대제자들이 모두 입을 모았듯, 확실히 예쁘긴

예쁘다. 표정이 다채롭고 인상이 부드러웠더라면 지금보다 몇 배로 사람의 눈길을 끌 만한 얼굴이다. 그래 봐야 가죽 껍데기지만.

하지만 사람이란 그 가죽에 연연하는 법. 청명도 과거에 수려한 외모로 득을 크게 보지 않았던가…….

아, 알았어요! 안다고!

그때 유이설이 청명을 보며 말했다.

"그 검. 매화를 피우는 검."

"뭔 말 하는지 나는 저어어언혀 모르겠네에."

청명이 시치미를 뗐다. 설명하려면 설명하지 못할 것도 없지만, 굳이 그래야 할 이유도 없다. 귀찮은 건 딱 질색이니 그냥 잡아떼는 게 상책이다.

"뭘 잘못 본 건지는 모르겠지만, 저는 그런 거 모르니까 헛수고하지 마시고……."

"가르쳐 줘."

"가세……. 어?"

청명이 눈을 살짝 크게 떴다.

"뭐라고요?"

"가르쳐 줘."

청명이 미간을 찌푸렸다.

'따라다닌 이유가 이거였나?'

보나 마나 어디서 화산의 것이 아닌 무학을 익혔냐느니, 사술을 익혔냐느니 하면서 사람을 귀찮게 굴 줄 알았는데, 저런 말이 나올 거라곤 예상도 못 했다. 그러자 이젠 새삼 궁금해졌다.

"그게 뭔지 알……. 아니지. 저는 그런 거 모른다니까요."

유이설이 입술을 살짝 깨물었다.

"사숙들에게 말할 거야."

"말씀하시든가. 그쪽에서 믿어 준다면."
"장문인께도 말씀드릴 거야."
"네네. 마음대로 하세요. 마음대로."
청명이 콧방귀를 뀌며 손을 휘휘 내저었다.
'믿을 걸 믿으라고 해라.'
화산에 들어온 지 반년도 안 된 새파란 놈이 검을 떨쳐 낙안봉 가득 매화를 피워 냈다고 말을 해? 장문인이 '허허. 우리 이설이가 폐관 수련을 하느라 많이 힘들었던 모양이구나. 헛것이 다 보이고. 내 좋은 의원을 알아봐 주마.'라며 묶어서 의가에 집어 던져 버리지 않으면 다행일 거다.
"말 안 할 테니 가르쳐 줘."
"말씀하시라니까. 나는 상관없다니까요."
청명이 피식 웃었다.
"그러니까 남의 수련 방해하지 말고 좀 가세요. 사고 때문에 매번 수련도 못 하잖아요."
가라, 응? 좀 가라! 이 찰거머리 같은 것아!
청명이 뭔가 더 쏘아붙이려는데, 유이설이 그를 빤히 보다가 입을 열었다.
"안 가르쳐 줘?"
"저기요, 사고."
"응?"
"그쪽이 사고고 내가 사질인데, 내가 사고에게 뭘 가르쳐요, 가르치긴? 오히려 배우면 내가 배워야지."
유이설이 움찔했다.
'오, 이거 통한다.'
처음 만났을 때도 자신이 사고라는 것을 강조하던 유이설이다. 그러니 이 말이 통하겠…….

"배움에는 위아래가 없어."

"……."

아니, 이것들은 대체 어디서 유가 사상을 배워 와서는! 백자 배는 단체로 유교로 전향이라도 했나? 어디 신성한 도관에서 유교질이여! 태상노군이 아시면 거품을 무시겠네!

"그러니 가르쳐 줘."

"아니, 내가 가르쳐 줄 게 없다니까 그러네!"

청명이 딱 잘라 말했다.

"사고가 뭘 본 건지는 모르겠지만, 그거 그냥 꿈이에요. 아니면 환상이거나. 그게 아니면 힘들어서 헛것이라도 봤겠죠. 나는 사고가 무슨 말을 하는 건지 모르겠거든요? 그러니까 이제 그만하고 좀 가세요."

청명이 단호하게 자르자 유이설이 눈을 가느스름하게 떴다.

"잘못 봤을 리가 없어."

"아니, 그냥 헛것을……."

"전에도 본 적이 있으니까."

"그야 전에……."

청명의 눈이 번쩍 떠졌다.

"뭐?"

청명의 기세가 일변했다. 그리고 날카로운 눈으로 유이설을 노려본다.

매화를 피워 내는 검. 매화검법. 화산에는 매화를 본뜬 수많은 검법이 있다. 하지만 단순히 매화의 형상을 흉내 내는 것이 아니라, 매화를 피워 낼 수 있는 검은 몇 되지 않는다.

그중 단 하나를 제외하고는 일반 제자들에게 전해지지 않는다. 최소한 장로는 되어야 익힐 수 있다. 그것도 비급이 아니라 오로지 구결로만 전수된다.

그날, 십만대산의 정상에서 화산의 모든 장로가 죽었다. 아무도 전멸을 생각하지 못했기에 구결조차 남기지 못했다. 그 말인즉슨 누군가가 검으로 매화를 피워 냈다면, 그건 결국 이십사수매화검법을 익혔다는 뜻일 수밖에 없다. 그리고 그 검법이 지금 전해진 곳은……

"종남파와는 무슨 관계지?"

청명이 살짝 으르렁대듯 말하자 유이설이 고개를 갸웃한다.

"종남?"

"……."

"웬 종남?"

아닌가? 청명이 유이설의 얼굴을 뚫어져라 바라보았다. 아무리 뜯어봐도 전혀 모르겠다는 기색만이 가득하다. 만약 이게 연기라면 빨리 검을 때려치우고 경극 배우로 전향하는 게 좋다. 황제 앞에서도 공연을 할 수 있게 될 테니까.

하지만 맹한 구석이 있는 유이설이 표정까지 완벽하게 연기할 수 있을 것 같지는 않고. 청명의 기세가 맥없이 풀렸다.

'하기야.'

종남에서 비급을 봤다고 해도 매화검법을 제대로 익힐 수 있을 리 없다. 매화검법은 화산의 내공과 함께할 때 그 의미가 있는 검법이니까.

……근데 이 새끼들 설마 화산의 내공까지 훔쳐 간 건 아니겠지? 설마?

실실 웃는 얼굴로 돌아간 청명이 어깨를 으쓱하고는 묻는다.

"전에도 봤다니 그게 무슨 소리죠?"

유이설의 얼굴이 조금 멍해졌다.

"아주 오래전에."

뭔가 오래전 기억을 떠올리는 듯 어두운 하늘을 바라보던 그녀는 다시 단호한 얼굴로 말했다.

"가르쳐 줘."

"진짜 모른다니까 그러시네."

"그래?"

유이설이 고개를 끄덕였다. 드디어 포기한 듯한 모습에 청명의 얼굴에 화색이 돌았다. 그럼 다행……

"어쩔 수 없지."

"그래요. 이제 이해를 한 모양……"

스르르릉.

유이설의 허리춤에서 검이 뽑혀 나왔다. 청명이 식겁한 얼굴로 그 광경을 바라보았다.

"아, 아니 검은 왜 갑자기!"

"안 가르쳐 준다 이거지?"

이거 미친년인가? 검술 하나 안 가르쳐 준다고 검을 뽑네? 대체 윗놈들은 뭘 했기에 이런 걸 제자로 받아서 키우고 있었지?

"안 가르쳐 준다는데 검은 왜 뽑아요?"

"네 말이 맞으니까."

"네?"

"나는 사고, 너는 사질."

"……"

"그럼 내가 가르쳐 줘야지."

유이설이 검을 들어 청명을 겨누었다. 그 광경을 보며 청명은 흐뭇하게 웃었다.

'어쩐지 백자 배들이 애랑 안 친하더라.'

당연히 그렇겠지. 제정신이 아니니까. 매화검법에 집착하는 것도 꽃 달려고 그러는 거 아닌가? 머리에 매화 한 송이 올려놓으면 식별하기도 편해 서로 좋을 것 같기는 하다. 광년이는 피해야지. 아암.

"간다."

"뭘 와! 오지 마요!"

하지만 미친 사람이 청명의 말을 들을 리가 없었다. 유이설이 검을 일직선으로 겨눈 채 청명을 향해 쾌속하게 달려들었다.

"에이!"

청명은 얼른 목검으로 날아드는 유이설의 검을 쳐 내며 재빠르게 뒤로 물러났다.

"아니! 뭔 사고가 사질한테 진검 들고 덤비냐고!"

"네가 나보다 더 강하니까."

어? 그건 맞는 말인데? 아니, 그런데 그렇게 생각하는 근거가 뭐지? 사고 과정은 분명 틀렸을 텐데, 정답을 맞혀서 구박할 수 없는 이상한 경우다.

팟! 파아앗! 파앗!

전에 잠깐 보았던 것처럼 유이설의 검은 경쾌했다. 그리고 더없이 유려했다. 날카롭게 찔러 들어왔다가 부드럽게 휘어진다. 환상처럼 흔들렸다가 다시 가볍게 찔러 들어온다.

화산의 검이다.

화산으로 돌아온 이후 청명은 수많은 검을 보았다. 같은 청자 배는 물론 운검의 검을 보았고, 때때로 장로들의 검들도 견식 할 기회가 있었다.

하지만 지금 그의 앞에 펼쳐지는 이 검은 그 누구의 검보다 화산의 근원에 맞닿아 있다. 보고 있으면 조금 아련해질 정도로 말이다. 어째서일까? 그녀의 성향이 화산의 그것과 닮아 있기 때문에? 아니면…….

"빈틈!"

그 순간 유이설의 검이 빛살 같은 속도로 청명의 얼굴을 찔러 들어 온다. 청명이 고개를 휙 돌려 그녀의 검을 피해 냈다.

스슷.

앞 머리카락이 몇 가닥 잘려 나갔다.

"히이이이익!"

아니, 이 미친 인간이 진짜 찌르네?

"미쳤어요? 못 피하면 죽었잖아!"

"네가 못 피할 리가 없어."

"네가 왜 나한테 자신감을 갖는 건데!"

진짜 머리가 어떻게 됐나? 사고방식이 왜 정상적이지가 않아? 어쩐지 얼굴은 예쁜데 친구 없더라. 하지만 따지고 들 틈이 없다. 청명을 노리고 들어오는 유이설의 검은 점점 날카로워졌다.

뭐 여유롭게 상대해 줄 정도는 된다. 공격을 할 수만 있다면 말이다. 검 한번 잘못 휘둘렀다가는 사고 두드려 팬 패륜아가 된다. 그러니 다치지 않게 막기만 하면서 제압해야 한단 건데.

쇄애애애액!

"살초 쓰지 말라고, 이 여자야!"

"사고야!"

"어느 사고가 사질한테 살초를 쓰냐! 진짜 머리가 어떻게 된 거 아냐?"

아이고, 선인들이시여. 화산이 여기까지 왔습니다!

속으로 한탄하던 청명의 미간이 일순간 슬쩍 일그러졌다. 마음껏 살초를 뿌려 가며 공격을 할 수 있어서인지, 유이설이 점점 검에 취하는 게 보였기 때문이다. 그 예로 눈이 조금씩 몽롱해지고 검이 정해진 검로를 이탈한다.

'호?'

대련 도중에 깨달음에 든다?

'조결은 가져다 대지도 못하겠네.'

검에 대한 재능으로 따지자면 화산제일일지도 모른다.
 청명은 목검을 뻗어 엉뚱한 검로로 가려는 검을 슬쩍 밀어 제 검로에 올려놓았다.
 무아지경에 들어 자신의 검로를 찾아가는 단계. 평범한 이들이라면 감히 개입할 생각도 하지 못하고 물러나기 급급했을 것이다. 어설프게 잘못 건드렸다가는 깨달음이 한순간에 날아가 버릴 수도 있고, 까딱했다가는 주화입마에 드는 최악의 경우가 벌어질 수도 있다. 청명쯤 되니까 이 모든 검로를 예상하고 파악해, 올바른 길로 인도할 수 있는 것이다.
 '거기 아니고. 그렇지, 여기. 아니, 아니. 여기라니까.'
 톡. 톡. 톡.
 청명이 유이설의 검을 톡톡 건드려 올바른 검로로 이끌었다. 순간순간 살초가 날아오는 상황에서 이런 일을 할 수 있는 건 오로지 청명…….
 "지금 뭐 하는 짓거리냐! 이노오오오옴!"
 느닷없는 개입에 청명이 고개를 획 돌렸다. 분노로 이성을 잃은 듯한 백천이 그를 향해 미친 듯한 속도로 달려오고 있었다.
 아……. 네가 거기서 왜 나와, 인마!
 백천이 미친 듯한 속도로 달려오는 것을 본 청명이 혼이 빠진 듯한 얼굴로 하늘을 올려다보았다. 하. 아이고, 내 팔자야.
 백천은 일말의 주저 없이 청명에게 달려들어 검을 휘둘렀다.
 아니, 이 새끼도 진검이네? 백자 배 놈들은 무슨 진검에 한이 맺혔나? 뭔 일만 있으면 진검 뽑고 난리네?
 잠깐 생각을 하는 와중에도 백천의 검이 청명을 향해 위협적으로 날아들었다. 기가 잔뜩 실린 검은 새파란 기운을 발하며 청명의 어깨를 노려 왔다. 눈이 완전 돌아간 와중에도 급소가 아닌 곳을 노린 건 합격이다. 다만…….
 "검기 실어 버리면 어차피 뒈지잖아! 이 미친놈아!"

청명이 날아드는 검을 발로 걷어찼다.

카앙!

검기가 실린 검과 발이 맞부딪혔는데 어이없게도 쇳소리가 터져 나온다. 역으로 실린 힘을 감당하지 못한 백천이 뒤로 나뒹굴었다.

"허?"

몸을 벌떡 일으킨 백천은 믿을 수 없다는 얼굴로 청명과 자신의 검을 번갈아 바라보았다. 워낙 순식간에 벌어진 일이라 어떻게 튕겨 나왔는지도 이해하지 못한 얼굴이다.

"쯔읏."

청명이 혀를 차고는 재빨리 유이설의 상태를 살폈다. 무아에 든 와중에 옆에서 폭음이 터졌으니 분명히……

"괜찮네?"

보통은 이 정도 폭음이 터졌으면 벗어날 만도 한데, 유이설은 여전히 무아지경에 들어 있었다.

얘 둔하네. 너무 둔해. 하지만 지금은 그 둔함 덕분에 이득을 봤다. 사람이 검을 휘두르다 무아지경에 빠지는 경험은 그리 흔한 게 아니다.

불가에서는 자신을 잊고, 껍데기를 벗어던져 새로운 경지를 연다는 의미로 따로 '탈각(脫殼)'이라 지칭하기도 할 정도다. 무인에게 있어서는 더없이 중요한 순간이라 할 수 있다. 만약 이 충돌로 무아에서 깨어났다면 평생을 아쉬워했을 것이다.

"이놈! 뭐 하는 짓이냐! 무아(無我)가 무인에게 있어서 얼마나 중요한 순간인 줄 모르는 거냐?"

그걸 아는 놈이 그래? 청명이 두 눈을 휘둥그레 뜨고 백천을 바라보았다. 왜 열이 받았나 했더니.

"무아지경에 든 사람을 건드리다니! 아무리 상식이 없다고 해도 할 수 있는 일이 있고, 할 수 없는 일이 있는 법이다! 이 무도한 놈 같으니!"

백천이 눈에 살기까지 띠고 청명을 노려보았다.

"내가 너를 좋게 보지 않은 것은 사실이지만, 설마 무아에 든 사고를 건드릴 정도로 빌어먹을 놈이라고는 생각지 못했건만! 진즉에 네 버릇을 고쳐 놓았어야 했는데!"

청명이 한숨을 푹 내쉬었다. 아니, 인마. 건드린 게 아니라 도와준 거라고. 하기야 네가 그걸 어떻게 알겠냐. 다 내 죄지. 내가 잘난 죄지. 납득은 하지만 말이 좋게는 안 나간다.

"그걸 아는 사람이 검 뽑고 덤벼요?"

"지금 뭐라 했느냐?"

"그러다가 그 소중한 사고가 다치기라도 하면 어떻게 하려고?"

"네가 반격만 안 했으면……!"

"죽으라고?"

청명이 퉁명하게 대꾸하자 백천은 당황한 듯 입만 뻐끔거렸다.

'백자 배는 다 미친놈들만 모아 놨나.'

세상은 보통 멀쩡한 이들이 주를 이루고, 간간이 미친놈들이 섞여 있기 마련이다. 그런데 이 백자 배 놈들은 그 미친놈과 정상인의 비율이 거꾸로 되어 있는 것 같다. 일단 지금까지 청명이 말을 나눠 본 백자 배 중에서는 정상인이 없다.

윤종이 들었으면 뭐 묻은 개가 뭐 묻은 개 나무란다고 학을 뗐겠지만, 뭐 어떤가. 여기 없는데.

"내가 너를 죽일 리가 있겠느냐?"

"살기 실렸던데."

"……그건 워낙 급박하니."

"검기도 뽑았던데."

"……그, 그건……."

청명의 말을 들으며 움찔움찔하던 백천의 얼굴이 일순간 멍해졌다.

아니, 잠깐만. 청명의 말대로다. 살기도 싣고, 검기도 뽑았다. 그런데 저놈은 어떻게 상처 하나 없이 저리 멀쩡한 거지? 다른 이도 아니고 백천이 힘을 실은 일격을 아무렇지도 않게 받아쳤다는 건가?

"사매에게서 물러나라!"

백천의 얼굴이 딱딱하게 굳는다. 그리고 단호한 어투로 말했다.

"네가 뭘 하고 있었는지는 더 이상 묻지 않겠다. 하지만 지금 당장 검을 내려놓고 뒤로 물러나라. 그러지 않는다면 너는 오늘 사숙이 아닌 무인으로서의 나를 겪어야 할 것이다."

좋은데? 청명이 반색했다.

"어, 진짜요?"

와, 그거 진짜 바라던 건데.

"……끝까지 이놈이……."

백천이 이를 뿌드득 갈았다.

사람에게는 역지사지(易地思之)가 필요하다. 입장 바꿔 생각해 보면 지금 백천이 화를 내는 것도 충분히 이해할 수 있다. 그의 상식으로 봤을 땐 벌어져서는 안 되는 일이 벌어지고 있으니까. 그러니 원래는 여기서 물러나 주는 것이 맞았다.

문제가 하나 있다면……. 청명이 입맛을 다시며 슬쩍 고개를 돌렸다.

'이거 조금만 더 손보면 엄청 큰 게 나올 것 같은데.'

유이설은 지금 일생에 다시없을 깨달음에 들어 있다. 뜬금없기는 하지만 애초에 깨달음이라는 게 느닷없이 찾아오곤 한다. 누군가는 평생을 면벽하며 고려해도 단 한 번의 깨달음조차 얻지 못하는 반면, 누군가는 그냥 밥을 먹다가도 깨달음을 얻는다. 노력으로 할 수 있는 것이 아니고, 하고자 해서 할 수 있는 것도 아니다. 그저 하늘에 달린 일일 뿐이다.

그리고 유이설이 얻은 가장 큰 기적은 무아에 든 게 아니다. 무아에 드는 시점에 청명이 옆에 있다는 것이다.

기본적으로 무아지경에 든 이는 자신을 잊고 오로지 검에 빠져들기 마련이다. 그 와중에 자신이 알고 있던 검을 벗어나 새로운 검을 펼치기도 하고, 더 높은 경지를 견식 하기도 한다. 그렇기에 누구도 무아에 든 이를 함부로 건드려서는 안 된다. 자칫 괴리를 벗어난 검에 제대로 대처하지 못할 경우에는 큰 사고가 날 수도 있기 때문이다.

하지만 청명이 누구인가. 그는 화산의 모든 검을 이해하고, 누구도 오르지 못한 경지에 발을 들였던 대종사(大宗師)다. 아직 이 몸으로 구현하지 못할 뿐, 화산 검술에 대한 이해도는 화산의 역사를 다 따져 봐도 청명을 넘는 이를 찾아보기 어렵다. 그러니 유이설의 무아에 개입하여 그녀의 검을 더 높은 곳으로 이끌어 줄 수 있는 건데…….

'저 새끼는 왜 나타나선!'

남이 보는 앞에선 이끌어 주기가 애매하다. 잘못했다가는 일이 끝도 없이 커져 버릴 수가 있으니까. 청명이 유이설을 슬쩍 보고는 입맛을 다셨다.

'어쩌겠냐? 네 복이지.'

화산을 끌고 가기 위해서는 한 명의 고수가 아쉬운 상황이지만, 청명은 이미 떠나 버린 배에는 미련을 두지 않는다. 하지만…….

'배를 놓치게 만든 놈을 패는 건 다른 일이지.'

유이설에게서 두어 발짝 멀어진 청명이 백천을 노려보았다.

"됐어요?"

"더."

"쯧."

청명이 다시 유이설에게서 두 발짝 더 떨어졌다.

"됐죠?"

"……지금 나와 장난하자는 거냐? 제대로 떨어져라. 네놈이 사매에게 해를 끼치게 둘 생각은 추호도 없다."

"해를 끼치긴 누가 해를 끼쳐요. 해는 그쪽이 끼치고 있구만."
"그쪽?"
노기가 묻어나는 백천의 반문에 청명은 그만 할 말을 잃은 얼굴로 하늘을 바라보았다.
'애들은 존댓말에 한이 맺혔나.'
유이설도 그러더니 백천도 말이 조금만 짧으면 금세 발끈한다. 공자님이 살아 돌아오시면 당장 제자로 들일 인재들이네, 아주 그냥.
"네, 사숙. 지금 문제는 사숙인 것 같은데요."
백천이 차가운 눈으로 청명을 노려본다.
"나는 네 방자함을 어떻게든 이해하려 했다."
얼씨구? 온갖 트집은 다 잡아서 문제를 키우려고 난리를 치시더니, 이제 와서 군자……. 아, 이것도 그쪽인가. 여하튼 도관에 왜 저런 게 들어와서는.
"하지만 내 인내심에도 한계가 있다. 그리고 세상에는 말이 통하지 않는 놈도 있는 법이지."
"와……."
청명이 탄성을 흘리자 백천이 미간을 찌푸린다.
"무슨 말이 하고 싶은 거냐?"
"아뇨, 아뇨. 그냥 신기해서요."
"뭐가?"
"말해도 모를 거예요."
백 년이 지났는데 어떻게 사형제들이 하던 거랑 똑같은 말이 나오지?
— 저놈에겐 말을 해 봐야 소용이 없다.
— 사형에게 도를 논하느니, 차라리 소나 닭에게 도경을 읊는 쪽이 빠를 겁니다.
— 싸움이나 못하면 말도 안 하지.

사람이란 다 비슷비슷한 모양이다. 그게 아니면 청명이 백 년이 지나도록 바뀐 게 없거나.

신기해하며 히죽거리는 청명에게 백천이 날카롭게 말했다.

"검을 들어라. 내가 오늘 너에게 버릇이 뭔지를 가르쳐 주겠다."

"괜찮겠어요?"

"이놈이!"

"아니, 아니. 그게 아니라……. 거, 성질만 급해서는."

청명이 너스레를 떨자 백천이 미간을 찌푸렸다.

"하고 싶은 말이 뭐냐?"

"아뇨. 걱정돼서 그러죠. 그래도 사숙인데, 사질과 싸움박질했다고 하면 체면이 상하시지 않을까 싶어서요."

백천이 피식 웃었다.

"여기까지 와서 체면을 찾을 성싶으냐? 사숙들이나 장로님들이 너를 보호해 줄 거라 생각했다면, 틀렸다. 나중에는 몰라도 이 순간만큼은 그분들도 너를 비호할 수 없으니까. 벌이야 나중에 받으면 그만이지."

"그거참 간만에 듣는 사내다운 말이네요."

청명이 흠, 하며 고개를 끄덕인다.

"근데 저한테 더 좋은 방법이 있는데 들어 보실래요?"

"……무슨 수작을 부리려고."

"아뇨. 그게 아니라 우리끼리 맹세를 하는 거죠. 여기에서 벌어진 싸움박질을 세상 그 누구에게도 말하지 않는다고요."

청명이 씨익 웃으며 말을 이었다.

"제가 얻어맞아도 사숙조들에게 이르지 않겠다는 소리죠. 남자가 쪼잔하게 싸움에 졌다고 달려가서 일러 댈 수는 없잖아요. 안 그래요?"

백천이 묘한 눈으로 청명을 바라보았다.

'이놈이 무슨 생각이지?'

살짝 그의 표정을 확인한 백천이 정색하며 말했다.
"이 상황을 모면해 보려는 모양인데, 이제 와 그런다고 내가 봐줄 것 같으냐? 너는······."
"아니, 그게 아니고."
청명이 답답함을 못 이겨 한숨을 내쉬었다.
"사숙이니 사질이니 문파니, 그런 것들 다 벗어던지고 그냥 깔끔하게 가자고요. 뒤끝 없이. 그게 서로 낫지 않아요?"
"······."
"서로 약속만 하면 제가 무슨 꼴을 당해도 윗분들께 말하는 일은 없을 거예요. 만약 제가 고자질하면, 사숙이 하라는 건 뭐든 다 하죠. 물론 사숙도 마찬가지고요. 어때요?"
백천이 미묘한 미소를 지었다.
"그래도 사내다운 면은 있구나. 좋다. 네가 원한다면 맹세해 주지. 이곳에서 벌어진 일은 누구에게도 발설하지 않겠다."
백천의 입장에서는 저 제안을 받지 않을 이유가 없다. 청명을 패는 데 있어 가장 껄끄럽던 부분이 바로 운자 배와 현자 배니까. 그들의 비호를 받는 청명이 백천에게 얻어맞았다고 쪼르르 달려가서 이르면 뒷수습이 귀찮아질 게 불 보듯 뻔하지 않은가? 그런데 그 찜찜한 부분을 스스로 없애 주겠다니. 백천이 마다할 이유가 없다.
하지만······ 뭔가 찜찜한 마음을 지울 수가 없다.
"그럼 맹세한 거예요."
"그렇다. 너 역시 마찬가지겠지."
"네. 저도 맹세하죠."
"그럼 이걸로 뒤끝은 사라졌군."
백천이 검을 슬쩍 들어 올려 청명을 겨눴다.
"그래도 사내다운 면이 있다는 건 인정해 주마. 이 비무에서 나는 네 사숙이 아니고, 너는 내 사질이 아니다. 그리고 나는 이 비무로 네게 가졌던 악감정을 모두 정리하겠다. 너 역시……."

"비무?"

그 순간 삐딱해진 청명의 목소리가 백천의 말을 끊어 버렸다. 백천이 의아한 눈으로 청명을 바라보았다.

'어?'

그리고 백천은 보고 말았다. 청명이 이제까지와는 전혀 다른, 사악한 얼굴로 웃고 있는 것을.

"누가 비무래? 넌 이제 뒈졌다, 이 새끼야."

청명이 콧김을 뿜으며 백천을 향해 걸어갔다.

'저놈이 미쳤나?'

백천은 황당함을 금할 수 없었다. 청명이 고개를 옆으로 우득우득 꺾어 대며 걸어오는 모습이 흡사 뒷골목 무뢰배가 양민들을 위협하는 모양새였다.

백천이 당황한 이유는 딱 두 가지였다. 하나는 무뢰배처럼 구는 모습이 청명에게 너무 잘 어울린다는 것. 그리고 다른 하나는 지금 청명이 위협하고 있는 사람이 다름 아닌 백천이라는 사실이었다.

'정신이 나가 버리지 않고서야?'

백천은 청명의 사숙이다. 물론 이 비무에 있어서만큼은 배분이고 뭐고 없는 걸로 하겠다, 백천의 입으로 직접 말했으니 그건 중요한 게 아니다. 중요한 것은 백천과 청명이 한 배분이 차이가 난다는 점이었다.

백천은 지금 청명의 나이보다 더 어렸을 때 화산에 입문했다. 다시 말하자면 무학을 익혀 온 세월이 이미 십오 년은 깔끔하게 넘었다는 뜻이다. 반면 청명은?

'입문한 지 이제 겨우 반년.'

설사 엄마 배 속에서부터 무학을 익혔다고 해도 백천보다 오랜 세월 무학을 익혔을 수는 없다. 다시 말해, 청명의 재능이 저 달마대사나 삼봉진인에 버금간다고 해도 지금 백천을 이기는 건 불가능하다는 뜻이다.

재능도 최소한 발현될 시간이 있어야 하는 법. 재능 하나만으로 시간의 벽을 깔끔하게 뛰어넘을 수 있다면 누가 노력하여 무학을 배우려 하겠는가?

'그런데 저 반응은 대체 뭐지?'

하지만 청명은 자신이 백천을 이기는 게 당연하다는 듯이 굴고 있다. 황당해서 말도 나오지 않는다.

"……네가 정말 미쳐 버렸구나."

"에이, 아니지. 미친 건 너지."

"뭐?"

"미치지 않고서야 나한테 시비를 걸겠어?"

과거 청명과 얽혔던 이들이 지금 이 자리에 있었다면 다들 오와 열을 맞춰 고개를 끄덕였을 것이다. 종남에서는 화산에서 내린 악귀, 무당에서는 도가 사상 유일무이한 개차반이라 불리던 청명이다. 청명의 명성은 하늘을 찔렀지만, 그의 악명은 대지를 뒤덮었다.

'뒈지려고.'

청명이 손을 풀었다. 놀랍게도, 애초에 청명은 폭력을 그리 선호하지 않는다. 응? 지금까지 한 건 다 뭐냐고? 그야 안 패면 말을 들어 먹질 않으니까.

청명에게 있어서 폭력은 수단일 뿐이다. 그가 궁극적으로 원하는 것은 굳이 손을 대지 않고, 윽박지르지 않아도 다들 알아서 잘하는 것이다. 그렇게만 된다면 왜 굳이 힘을 빼 가며 폭력을 쓰겠는가? 그게 잘 안 되니까 문제지.

하지만 지금 청명은 간만에 폭력을 수단이 아닌 목적으로 활용하고 싶은 마음이 드는 중이다.

"네 방자함은 끝을 모르는구나. 내 손속이 독하다 원망치⋯⋯."

"계속해 봐."

"⋯⋯지금 뭐라 했느냐?"

청명이 어깨를 으쓱했다.

"내가 원래 평소에는 싸우기 전에 말을 많이 하는 걸 그리 좋아하지 않는데, 너는 들어 준다. 어차피 조금 지나면 말을 하고 싶어도 할 수 없게 될 테니까."

"이놈이 끝까지!"

백천이 검을 움켜잡았다. 그 역시 더는 시간 끌 생각이 없었다.

'요절을 내 버리겠다.'

그는 이를 갈아붙였다. 아무리 비무가 아니라지만 사제를 검으로 벨 수는 없다. 하지만 검면으로 패 버릴 수는 있다. 이왕 이렇게 된 것, 앞으로는 눈만 마주쳐도 오줌을 찔끔 지리도록 아주 다져 버릴 생각이었다. 그는 검을 꽉 움켜잡고는 청명을 향해 달려들었다.

백천의 검이 쾌속하게 청명에게로 날아든다. 유이설의 그것과는 확연히 다른 검. 얼핏 보면 닮아 보일지 모르나, 그녀의 검보다 훨씬 더 무겁고 강맹했다.

어찌 보면 정도(正道) 그 자체. 화산 검의 기본인 다채로운 변화를 최소로 줄이고, 강맹한 맛을 살린 검이다. 단 일 초의 검식만으로 청명은 백천의 검이 어떤 성향을 지녔는지 파악했다.

'기묘하네.'

종남은 자신들의 검을 버리고 화산의 화려함을 닮으려 했다. 그런데 백천은 오히려 반대로 화산의 화려함을 줄이고, 종남의 정직함을 자신의 검에 담고 있었다.

하기야, 생각해 보면 당연한 일이다. 검이란 언제나 변한다. 그리고 그 변화의 방향은 좀 더 발전된 경지, 더 나아 보이는 경지를 목표로 할 수밖에 없다. 화산의 전성기, 청명에게 짓눌렸던 종남은 화산의 화려함이 정답이라 여겼을 것이다.
반면 종남의 전성기에 짓눌린 화산, 특히나 화종지회를 통해 격차를 절절히 실감한 화산의 이대제자들은 종남의 검을 정답으로 여겼을 것이다. 서로 닮으려 하는 것도 이해가 간다.
하나!
'한심한 것들.'
청명이 미간을 좁혔다. 어디 처배울 게 없어서 종남의 검을 배운다는 말인가? 여하튼 이 새끼는 사사건건 마음에 안 든다.
'제 가진 것도 소화하기 벅찬 놈이 남의 것을 탐내?'
아무래도 알려 줘야겠다. 화산이 무엇을 가졌는지.
그때 백천이 달려들며 일갈한다.
"오늘 네 버릇을 고쳐 주겠다."
그리고 청명은 달려드는 백천을 보며 주먹을 움켜쥐었다.
"내!"
오른발을 한 발 뒤로 뺀다.
"버릇은!"
허리가 뒤로 뒤틀린다.
"지금껏!"
그리고 한껏 뒤로 당겨진 주먹이 앞으로 튕기듯 뻗어진다.
"고친 사람이 없다, 이 새끼야!"
자랑이다.
청명의 권이 백천의 검이 만들어 낸 검영의 변화를 뚫고 들어간다. 변화와 변화의 사이를 노려 정확한 각도와 적절한 속도로 뻗어지는 일 권.
백천은 자신의 검영을 뚫고 들어오는 청명의 주먹을 보며 두 눈을 휘둥그레 떴다. 말은 쉽지. 닿기만 해도 팔이 잘려 나가는 검기의 변화 속에 주먹을 쑤셔 넣는다는 게 어디 가당키나 한 일인가? 백천의 입장에서는 귀신의 손이 검기 사이에서 불쑥 튀어나오는 것과 다를 바 없이 느껴졌다.

하지만 놀랄 시간은 그리 많지 않았다.

퍼어어억!

백천의 턱이 그대로 돌아간다.

뚜두두둑.

목 뒤에서 뭔가 어긋나는 소리가 들린다. 순간 의식이 아득하게 날아갔다가 돌아온다. 정신을 차려 보니 그의 몸이 저만치 뒤로 튕겨 나가고 있었다.

'뭐? 무슨 일이 벌어진 거지?'

현실감이 사라진다. 튕겨 나가는 와중에도 백천은 자신의 몸에 무슨 일이 벌어졌는지 제대로 깨닫지 못하고 있었다. 멀어졌던 현실감은 일순간에 밀려들며 그를 덮쳤다.

쿠웅!

몸이 바닥에 처박히는 순간, 말로는 형용할 수 없는 고통이 전신을 뒤덮었다.

"끅! 끄으으윽."

처박힌 등은 오히려 괜찮다. 진짜 고통은 턱에서부터 퍼져 나간다. 백천이 턱을 부여잡고 신음했다.

무학을 익힌다는 것은 고통에 익숙해진다는 말과 그리 다르지 않다. 육체를 한계까지 몰아붙이는 고통은 물론이고, 대련과 비무로 부상을 입는 경우 또한 빈번하니까. 하지만 이건 지금까지 그가 겪어 왔던 그 어떤 고통과도 달랐다. 그야말로 고통의 신세계가 열리는 느낌이다.

"일어나, 인마."

청명이 고개를 좌우로 꺾으며 백천에게 다가왔다. 그 모습을 본 백천이 비척이며 자리에서 일어났다. 그러자 청명이 의외라는 듯 눈을 휘둥그레 떴다.

"호오? 일어나네?"

네가 일어나라며?

턱에서 느껴지는 고통을 버텨 내는 와중이라, 백천은 지금의 상황을 이해하는 것만으로도 심력이 모조리 빨려 나가는 느낌이었다. 그럼에도 그는 파들거리는 다리를 필사적으로 진정시키며 검을 들어 올렸다. 입 안에서 비릿한 피 맛이 느껴진다.

"어, 어떻게?"

백천은 바보가 아니다. 조금 전 있었던 일격의 교환은 절대 우연이 아니다. 요행을 바라고 검기 속으로 자신의 팔을 밀어 넣을 사람은 세상에 존재하지 않는다. 다시 말하자면 청명의 눈에는 백천의 검이 빤히 보였다는 뜻이다.

"어떻게는 얼어 죽을."

청명이 한심하다는 듯이 백천을 바라보았다.

"원래 변화를 전제하고 만들어진 검식을 네 멋대로 고쳐 변화를 줄여 버렸는데, 허점이 없을 것 같냐? 이것들은 하나만 알고 둘을 모르네. 당연히 빈틈이 숭숭 생기지!"

백천의 눈에 핏발이 섰다.

"누, 누구도 그런 빈틈을 발견하지 못했다."

"그야 네가 상대하는 놈들도 고만고만하니까. 당장 장로급만 되었어도 금세 알아챘을걸?"

아닌가? 어……. 지금 장로들 수준이? 어? ……넘어가자.

"내 검이 잘못되었다는 거냐?"

"어."

청명은 생각할 것도 없다는 듯이 말했다.

"지금이야 네가 그걸 바탕으로 남들보다 조금 앞서 나갈 수야 있겠지. 하지만 시간이 흐르면 흐를수록 네 사제들이 너를 앞지르기 시작할걸?"

"네가 그런 걸 어떻게 안다는 말이더냐! 이제 겨우 입문한 놈이! 난 믿을 수 없다."

"아, 뭐 그러시든가."

청명이 피식 웃었다. 종남이 저지른 잘못을 화산의 제자가 똑같이 저지르고 있다. 그리고 청명은 왜 이런 일이 벌어지고 있는지를 이해했다.

'지금이 이상한 게 아니야.'

아마 청명이 살던 시대에도 이와 같은 일은 수도 없이 벌어졌을 것이다. 하지만 당시의 청명은 그런 변화가 어떤 결과를 초래할지 알지 못했을 뿐이다. 수많은 경험을 하고 드높은 경지를 경험했기에 검이 어떻게 발전해 나갈지 파악할 수 있는 눈을 가지게 되었다. 그 눈으로 이제 막 검을 만들어 나가는 이들을 보니, 예전에는 보이지 않았던 것들이 보이기 시작한 것이다.

"네가 화산의 제자라는 것에 감사해라."

"뭐?"

청명이 목검을 들어 올렸다. 생각 같아서는 주먹으로 뒈지게 패 버리고 싶지만, 그래도 귀여운 화산의 제자가 아닌가? 패더라도 기왕이면 발전에 도움이 되는 방향으로.

"걱정하지 마. 주먹 말고 검으로 패 줄 테니까. 크으, 내가 이렇게 자상하다니까."

……미친놈인가? 아니, 미친놈 맞는 것 같은데?

말문이 막힌 채 황당해하는 백천을 보며 청명이 깊게 숨을 내쉬었다.

"혹자들은 화산의 검이 매화를 닮는 데 그 목적이 있다고 한다. 하지만 그건 화산의 검을 잘 모르는 이들이 하는 말이야. 화산의 검은 매화를 흉내 내는 게 아니다. 화산의 검이 목표로 하는……."

진지하게 말하던 청명이 돌연 인상을 썼다.

"아, 모르겠다. 네가 듣는다고 알겠냐. 몸으로 처맞으면 이해가 쉽다. 간다!"

"어, 어어?"

백천이 자신도 모르게 뒤로 한 발 물러났다. 하지만 청명이 달려드는 속도가 그보다 배는 빨랐다.

백천이 검을 휘둘러 달려드는 청명을 후려친다. 그의 몸에 새겨진 검수로서의 본능이 그의 머리보다 빠르게 검을 휘두르고 있었다.

하지만 그 순간 백천은 보았다. 청명의 손끝이 살짝 흔들린다 싶더니 그의 목검이 수십 개로 불어나며 자신의 시야를 가득 메워 버리는 모습을 말이다.

'이, 이게 뭐……?'

"하체!"

따아아아악!

목검이 백천의 정강이를 후려쳤다. 말 그대로 눈물이 찔끔 나는 고통에 백천이 입을 따악 벌렸다. 하지만 끝난 게 아니다.

"손목!"

따아아아악!

청명의 검이 정확하게 검을 잡고 있는 백천의 손목을 후려쳤다. 손목부터 손까지 거의 사라져 버린 듯한 느낌에 하마터면 검을 놓칠 뻔했다.

'버, 버티…….'

그때 백천의 귀로 차마 듣고 싶지 않은 소리가 파고들었다.

"대가리! 대가리! 대가리! 대가리! 대가리!"

왜 한 번이 아닌데, 인마?

쾅! 쾅! 쾅! 쾅! 쾅!

머리를 터뜨려 버릴 것 같은 연격을 얻어맞은 백천이 입을 딱 벌리고 모로 넘어갔다. 쓰러지는 그 순간까지도 백천의 머리를 지배한 생각이 있었다.

'왜 다섯 번 말하고 여섯 번 때리지?'

의식이 날아가는 그 순간까지도 풀지 못한 의문이었다.

• ◈ •

"으……."

정신이 듦과 동시에 끔찍한 고통이 밀려왔다. 머리가 깨질 것 같은 고통에 신음하던 백천이 겨우겨우 눈을 떴다.

'내가 얼마나 기절해 있었던 거지?'

시간 개념이 잡히지 않는다. 굉장히 오래된 것 같기도 하고, 금방 눈을 뜬 것 같기도 하다. 눈을 뜨자마자 들어오는 어두운 하늘을 보니 다행히도 반나절 이상 뻗어 있었던 건 아닌 모양이었다.

"끄으으응."

고개를 살짝 돌려 보니 조금 떨어진 곳에서 느릿하게 검을 휘두르는 유이설의 모습이 들어왔다.

'시간이 많이 지난 건 아닌 모양인데.'

물론 무아에 빠진 이는 때때로, 하루는 물론이고 사나흘까지도 현실로 돌아오지 못하기도 하니 그녀의 모습만으로 시간을 추론할 수는 없지만 말이다. 바닥을 짚고 겨우겨우 몸을 일으킨 백천의 귓가에, 낯익다면 낯익고, 낯설다면 낯선 목소리가 들려온다.

"일어났어?"

놀란 백천이 고개를 획 돌렸다. 어깨에 목검을 걸치고 쪼그려 앉은 청명의 모습이 시야에 들어왔다. 백천의 몸이, 머리가 반응하기도 전에 움찔 경련을 일으키며 화들짝 뒤로 물러났다.

"놀라기는."

청명이 히죽 웃었다. 백천은 눈을 휘둥그레 뜨고 그를 빤히 바라보다가 아, 하고 탄식을 토했다.

'졌구나.'

아니, 진 게 아니다. 조금 전의 싸움은 차마 승패를 논하기도 부끄러울 정도였다. 도대체 어떻게 이런 일이 벌어질 수 있는지는 아직도 이해하지 못했지만, 어쨌든 결론은 하나다.

그는 완벽하게 패했다.

백천이 손을 들어 머리를 꾹꾹 눌렀다. 청명에게 얻어맞은 머리가 아직도 종처럼 울리고 있었다. 하지만 엄살을 부릴 만한 상황이 아니다. 지금 자신을 때려눕힌 사질 놈이 두 눈을 동그랗게 뜨고 지켜보고 있었으니까.

"하나 물어도 되나?"

"얼마든지요."

"……넌 어떻게 그렇게 강할 수 있지?"

"호오?"

청명이 새삼스럽다는 눈으로 백천을 바라보았다.

'신기하네.'

보통 이런 말도 안 되는 경우를 겪은 이들은 현실을 인정하지 않는다. 눈앞에서 뻔히 벌어진 일임에도 믿지 못하겠다느니, 인정 못 하겠다느니 지껄이며 길길이 날뛰기 마련이다. 특히나 스스로에 대한 자부심이 강한 이들은 나불대는 주둥아리에 주먹을 틀어박아 버리기 전까지는 죽어도 인정하지 않는 경우가 태반이었다.

하지만 백천은 누가 봐도 자존심으로 먹고사는 사람 같은데도 지금의 상황을 빠르게 인정하고 있다. 그거 하나는 장점으로 쳐줄 만하지만…….

"내가 강한 게 아니라 사숙이 약한 거지."

"내가?"

"응."

백천의 눈가가 살짝 떨렸다.

"내가 약하다고?"

"응."

백천이 비틀거리며 자리에서 일어났다. 그리고 죽일 듯한 눈으로 청명을 노려보았다.

"나를 무시하지 마라. 나는 백천이다. 백자 배의 대사형이자 최고수고 언젠가 화산 장문인이 되어 화산을 이끌 사람이다."

"어, 맞지."

청명이 순순히 고개를 끄덕였다. 지금 백천의 말 중에서는 틀린 부분이 없었다. 다만 한 가지.

"그런데 그게 약하지 않다는 근거는 아니잖아?"

백천이 뭔가 반박하려는 찰나 청명이 손가락을 들어 그를 가리켰다.

"우물 안 개구리."

"……."

"그게 지금 딱 사숙에게 적절한 말이지. 우물, 그것도 좁아터져서 지나가던 다른 개구리들이 들어올 생각조차 하지 않는 우물. 그 안에서 배나 한껏 부풀리고 있는 개구리."

백천의 얼굴이 무시무시하게 일그러졌다.

"내가 개구리라고?"

"네."

"내가?"

인정하지 못하고 계속해서 반문하는 백천을 향해 청명이 피식 웃었다.

"저기요, 사숙."

"……."

"사숙도 화산이 망했다는 건 이미 알고 있지 않나요?"

"……그야 물론이다."

망했다는 말은 심하지만, 몰락했다는 사실을 부정할 수는 없다. 그 몰락한 화산을 다시 부활시키는 것이 바로 백천의 역할이었다. 백천은 지금까지 그리 믿고 살아왔다.

"하지만 그렇기에 나는 노력해 왔다. 어떻게든 화산을……."

"사숙이?"

청명이 황당하다는 눈으로 백천을 바라본다.

"언제?"

청명의 반응에 백천도 일순 할 말을 잃었다.

"내가 보기에는 전혀 그런 것 같지 않던데? 애들이랑 폐관한답시고 소꿉장난이나 하고, 돌아오는 길에는 시원하게 술 한잔 걸쳐 주고, 그 화종지회인지 뭔지가 얼마 남지도 않았는데 사질들이나 괴롭히는 사숙이 노력? 노오오려어어억?"

백천이 입을 다물었다. 스스로 노력이 부족했다고는 생각하지 않는다. 하지만 청명이 짚은 부분에 대해선 할 말이 없었다.

"사숙은 노력이 뭔지 모르는 것 같은데, 하고 싶은 걸 다 하고 남는 시간을 투자하는 걸 노력이라 하는 게 아니야. 내 하고 싶은 일을 줄여 가며 하는 게 노력이지."

"……."

"사숙은 노력한 게 아냐. 그냥 화산이라는 작은 왕국에서 왕처럼 군림하고 싶었던 거지. 딱히 경쟁할 대상도 없고, 딱히 잔소리하는 윗사람도 없고. 편했지?"

백천이 입술을 지그시 깨물었다.

"아니, 아니. 그런 표정 지을 것 없어. 사숙에게 뭐라고 하는 건 아니니까. 하지만 남들과 비교당하는 걸 거부하고 그 안에서 왕처럼 살기를 원했다면, 적어도 노력했다는 말은 하지 말아야지. 그리고 강하다는 착각도 버려야 하고."

청명이 심드렁하게 말했다.

"누구와 제대로 싸워 본 적 있어?"

"……."

"기껏해야 종남이었겠지. 사숙. 종남이 여기서는 저승사자 취급 받지만 강호 전체를 보면 종남도 기껏해야 열 손가락 안에 겨우 드는 것에 불과해. 다른 구파일방의 이대제자들은 지금 하늘을 날아다니고 있는데, 조금 뛸 줄 안다고 강해? 강하다고? 사숙이?"

청명의 얼굴에 명백한 비웃음이 내걸렸다.

"착각하지 마, 이 개구리야. 내가 강한 게 아니라, 너희가 약한 거야."

백천의 머릿속에서 커다란 경종이 울렸다.

'내가 약하다고?'

인정하고 싶지 않다. 하지만 따져 보면 청명의 말에는 틀린 구석이 조금도 없었다. 화산은 종남 하나도 버거워하고 있다. 실제로 그가 만약 이번 화종지회에서 활약을 하여 종남을 꺾어 낸다고 해도, 세상에는 종남 이상 가는 문파들이 분명 존재한다.

"……그럼 타 문파에는 너보다 강한 놈이 얼마든지 있다는 거냐?"

"뭔 개소리야. 내가 제일 세지!"

……말이 앞뒤가 안 맞잖아, 이 새끼야!

"다만 사숙이 당한 게 내가 강해서는 아니라고. 지금의 사숙은 종남도 못 이겨. 당연히 소림이나 무당 혹은 남궁세가 같은, 기재가 바닥에 굴러다니는 곳의 제자들과는 비교조차 안 되겠지."

백천이 입술을 질끈 깨물었다. 하지만 청명은 인정사정없이 그런 그의 명치에 돌덩어리를 집어 던졌다.

"그러니까 굳이 내가 아니더라도 사숙을 때려눕히는 건 딱히 어려운 일이 아니라는 거지. 이해해?"

이해는 했다. 하지만 이해하고 싶지 않다. 세상 누가 '너는 세상에 널린 모래알 중에 하나에 불과하다'라는 말을 진심으로 이해하고 싶어 하겠는가?

하지만 백천은 반발하는 대신 이를 악물었다.

"그런 건 알고 있다."

"……."

"화산의 제자가 그런 것도 모를 것 같으냐? 안다. 알고 있다. 하지만 별수 없잖아. 내가 무당이나 남궁의 제자가 아닌 이상은 손에 쥔 것을 가지고 노력하는 수밖에 없지 않으냐!"

"그 노력을 안 했다고요, 이 사람아."

청명이 심드렁한 얼굴로 부연한다.

"노력도 제대로 안 했고, 그 노력의 방향도 잘못됐어. 그냥 열심히만 한다고 다 고수가 될 것 같아? 그럼 차라리 저기 가서 허수아비나 패. 한 오백 년 패다 보면 검강 정도는 쓸 수 있을지도 모르잖아."

같은 말을 해도 사람 기분 나쁘게 하는 법을 아는 청명이다. 백천이 한껏 얼굴을 구기며 물었다.

"그럼 너는 올바른 방향을 안다는 거냐?"

"적어도 사숙보다는 잘 아는 것 같은데."

청명이 씨익 웃었다. 그런 그의 반응에 백천이 낮게 한숨을 쉬었다.

'도깨비 같은 놈.'

도무지 이해할 수가 없는 놈이다. 어떻게 저리 강한지, 어떻게 저리 당당한지. 그리고 대체 어떻게 저리 여유로운지. 백천의 상식으로는 이해할 수가 없다.

'이러니 건방질 수밖에.'

청명의 눈에 백자 배는 실력도 없으면서 배분이 높다고 거들먹거리는 것들로밖에 보이지 않았을 것이다. 입장 바꿔 백천이라고 해도 청명보다 더 심했으면 심했지, 덜하진 않았을 거다.

확실한 건 단 하나. 청명은 백천이 상상하는 이상으로 강하다. 어찌 된 영문인지는 모르겠지만 운자 배보다 청명이 더 강할 수도 있다. 백천이 운암이나 운검과 비무를 한다고 해도 조금 전처럼 일방적으로 아무것도 해 보지 못하고 얻어맞지는 않을 테니까.

백천은 잠깐의 고민 끝에 단호한 결의를 두 눈에 담고 청명을 바라본다.

"그럼 너는 나를 강하게 만들어 줄 수 있다는 말이냐?"

"호오?"

백천의 말에 청명이 눈을 가늘게 떴다.

'확실히 이놈 좀 이상한데.'

자존심이 지나치게 강하다. 하지만 현실을 제대로 인식하고 있다. 보통은 한 가지가 어그러지면 다른 쪽도 같이 어그러지기 마련인데 말이다.

그러니 나쁘게 말하자면, 이 사숙 놈은 자신의 상황을 뻔히 알면서도 자존심을 내세우는 사람이다. 인간으로서는 끔찍하지 않은가.

다만 무인으로서는 나쁘지 않다. 결국 무인은 자신이 가장 강하다, 혹은 자신이 가장 강해질 거라는 자부심 하나를 먹고 사는 족속이니까.

"물론 가능하지."

백천이 가만히 고개를 끄덕였다.

"그렇다면……."

그러더니 양손을 앞으로 내밀어 포권을 했다.

"어?"

그는 더없이 진지한 목소리로 입을 열었다.

"그렇다면 나를 강하게 만들어 다오. 네가 하라는 것은 뭐든 다 하겠다."

백천이 살짝 고개를 들었다.

"강해질 수만 있다면 사질에게 배우는 것도 마다하지 않겠다. 사숙과 사질의 관계가 부담이 된다면 나는 너를 사질로 대하지 않으마. 형님으로 모시라면 형님으로 모시고……."

"싫은데."

"스승으로……. 어?"

청명이 심드렁하게 대답했다.

"싫다고."

"……왜?"

백천의 눈이 흔들린다. 아니, 지금까지 그런 이야기를 한 건 결국 길을 알려 주기 위함이 아니었던가?

"내가 왜? 귀찮게."

"…….''

"그리고 착각하는 모양인데, 사숙."

"응?"

"아직 안 끝났어."

청명이 자리에서 일어났다. 그러더니 목검을 들어 올려 빙글빙글 돌렸다.

"사람이라는 게 참 이상한 면이 있다니까. 지가 한 짓은 생각도 안 하고 적당한 데서 혼자 타협을 해 버리지. 이 정도면 죗값은 충분히 치렀겠지 하고."

"…….''

"그래. 뭐 그렇지, 그렇지. 죗값이야 치렀지. 삼대제자들을 괴롭힌 꼰대 짓은 그 정도면 충분히 갚았지. 하지만!"

청명의 두 눈이 불타올랐다.

"내 분노는 그 정도로 끝나지 않아!"

아니, 미친놈아. 백천이 기겁하며 뒤로 주춤 물러났다. 하지만 청명은 마치 저승사자처럼 사악한 미소를 지으며 느긋하게 백천에게로 다가섰다.

"아직 납득이 안 될 거야. 그치?"

"아냐. 납득했다! 이미 충분히 납득했다!"

"아냐, 아냐. 사숙은 아직 이해가 덜 됐어. 지금도 대체 어떻게 이런 일이 벌어지고 있는지 아리송한 게 분명해."

왜 네가 내 상태를 정하지? 내가 납득했다는데!

"걱정하지 마. 밤은 기니까. 내가 오늘 확실하게 납득시켜 줄게. 왜 사숙이 약한지, 왜 사숙의 검이 잘못됐는지. 그리고……"

청명의 눈이 희번덕거렸다.

"왜 나를 건드리면 안 되는지."

"……"

"이히히힛! 간다아아아!"

"히이이익!"

연화봉에서 흘러나온 비명은 안타깝게도 화산의 본산까지는 닿지 못했다. 안타깝게도 말이다.

· ❖ ·

털썩.

청명은 곤죽이 되어 쓰러진 백천을 보며 개운하게 기지개를 켰다.

"아, 십 년 묵은 체증이 쑥 내려가는 기분이네."

백천은 의식을 완전히 잃었는지 미동도 하지 못했다. 그 모습을 보며 청명이 피식 웃었다.

"엄살은."

뒈지게 패기는 했지만, 몸이 다치지는 않게 팬 거니까 잠시 기절하고 나면 일어날 수 있을 거다. 아픔이야 종일 가겠지만.

"그래, 이렇게 패 버리면 편한 것을!"

괜히 이리저리 머리 굴렸네. 그놈의 화종지회 잘되든 말든 무슨 상관이라고.

"……아니지."

생각해 보면 또 종남 놈들이 화산에 와서 의기양양한 꼴은 못 보는데?

"흐음. 그러니까 어떻……. 으아아아악! 깜짝이야! 악!"

쪼그리고 앉아 고민하던 청명이 화들짝 놀라 옆으로 나뒹굴었다. 옆에 같이 쪼그려 앉아 청명을 빤히 바라보는 유이설 때문이었다.

"아니, 진짜! 뭔 귀신도 아니고!"

저걸 어떻게든 해야지. 이러다가 화산 되살리기도 전에 심장 마비로 먼저 죽을 판이다.

"기척 좀 내라고! 기척!"

"냈어!"

"언제!"

"아까 마저 패고 있을 때."

청명은 여전히 시체처럼 뻗어 있는 백천을 흘끗 보고 다시 유이설에게로 시선을 돌렸다. 그의 입가에 부드러운 미소가 피어난다.

"봤어?"

"응."

"다 봤어?"

"조금 전부터는."

"흐으음."

"살인멸구?"

"아니, 그건 너무 나갔고."

죽이기야 하겠니, 죽이기야.

청명이 유이설의 머리 부분을 유심히 보았다. 그러자 그녀가 고개를 갸웃거렸다.

"왜?"

"아니, 적당히 뒤통수를 후리고 패면 잊어버리지 않을까 해서. 기억 상실이라든가."

"······잊었어."

"진짜?"

"응. 다 잊었어."

이게 맹한데 생존 본능은 있네. 청명이 살짝 눈을 가늘게 떴다. 그때 유이설이 조용히 말했다.

"대신 그 검 가르쳐 줘."

이 여자 포기를 모르네. 불꽃처자인가······. 지금까지야 대충 넘겼지만, 이제는 이리 넘기기도 힘들다. 더구나 청명이 백천을 신나게 두들기는 모습을 다 봐 버리지 않았는가? 시치미는 먹히지 않을 것이다.

그럼 전략을 바꿔야지. 청명이 한숨을 푹 내쉬고는 입을 열었다.

"그건 왜 배우려고 하는데?"

예상외의 반격이었는지 유이설이 움찔했다. 그러더니 조금 당황한 기색으로 청명을 바라보았다. 감정이 얼굴에 그대로 드러나는 게 뭐랄까······.

'앤 남 앞에서 절대 거짓말은 못 하겠네.'

유이설은 잠깐 주저하더니 입을 열었다.

"이유는 말할 수 없지만······."

머뭇거리는 목소리에서 진심이 묻어났다.

"나는 반드시 그 검을 익혀야 해."

청명이 가만히 유이설을 바라보았다. 그냥 매화가 예뻐서 익히고 싶은 건 아닌 모양인지 눈빛에 간절함이 어려 있다. 청명이 짐작할 수 없는 무슨 사연이 있는 듯했다.

"배우고 싶어?"

유이설이 고개를 끄덕였다.

"부탁할 것 없어."

"응?"

"그건 원래 화산의 검이니까. 기다리면 자연히 익히게 될 거야."

"……화산에는 이제 없어."

"호오?"

화산에 없다는 걸 안다? 그럼 청명이 펼친 검이 매화검법이라는 걸 알아봤다는 뜻이다. 정확하게는 매화검법의 청명식 변형이지만.

청명이 고개를 끄덕였다.

"그래. 지금 화산에는 없지."

"……."

"하지만 곧 돌아갈 거야. 준비가 되면."

"준비?"

청명이 유이설을 가만히 바라보았다. 그녀의 질문에 대답해 주는 대신 청명이 손을 가만히 뻗어 하늘을 가리킨다. 이내 청명의 손이 유려하게 허공을 누볐다.

유이설은 처음에는 청명의 손짓을 이해하지 못해 고개를 갸웃했지만, 이내 그의 손이 검로를 그리고 있다는 것을 깨닫고는 진중한 눈으로 그 손끝을 바라보았다.

"월녀검이지?"

"그래."

유이설이 천천히 청명의 손짓에 빨려 들어간다.

그건 분명 월녀검이었다. 유이설이 가장 많은 시간을 익히고, 가장 오랫동안 갈고닦아 온. 하지만 청명의 월녀검은 유이설의 것과는 뭔가 달랐다. 단순히 움직임이 다르다기보다는, 근본적인 차이가 있는 듯했다.

길다면 길고, 짧다면 짧은 시간 동안 이어진 손짓이 끝나자 유이설이 가만히 탄식을 내뱉었다.

"이해했어?"

유이설이 고개를 저었다.

"아니. 하나도 모르겠어."

청명이 뭔가 말하려는 순간 유이설이 먼저 말을 이었다.

"그걸 알아내는 건 내 역할. 알 것 같아. 네가 무슨 말 하는지. 수준이 오르지 않으면 익힐 수 없단 말이지?"

"그렇지."

"있는 것을 갈고닦아 먼저 기초를 다져야 한다."

"잘 아네."

유이설이 천천히 고개를 끄덕였다.

"알겠어."

청명이 새삼스러운 눈으로 유이설을 바라보았다.

'마냥 맹한 줄 알았는데, 머리까지 좋네.'

하긴 성격과 머리는 별개의 문제니까. 그럴 수도 있겠다 싶다.

"그래. 대신에 오늘 있었던 일을 다른 데다 이야기하면 절대로 안 가르쳐 줄 거야."

"말 안 해."

"착하네."

청명이 고개를 끄덕이자 유이설이 눈을 가늘게 떴다.

"내가 네 사고. 너는 내 사질."

"알아, 알아. 그래. 착하다."

검을 잡은 유이설의 손에 살짝 힘이 들어가는 게 보였다. 청명은 얼른 몸을 돌렸다.

"그럼 다음에 보자고, 사고. 실력이 될 때까지는 찾아오지 마. 귀찮으니까."

"저기……."

유이설이 손을 뻗어 청명을 잡으려 했지만, 그는 기다려 주지 않고 터덜터덜 걸어 산을 내려갔다.

"아, 그리고 저 멍청이 좀 방에 던져 주고. 여기다 내버려 두면 입 돌아갈 테니까."

벌써 멀리서 들려오는 청명의 목소리에 유이설이 한숨을 푹 내쉬었다.

'매화.'

청명은 검 끝에서 매화를 피워 낸다. 화산에 와서도 단 한 번도 보지 못한 광경이다.

유이설이 눈을 감았다. 그녀의 머릿속에서 검이 움직이기 시작한다. 유려하게 움직이던 검 끝이 흔들리더니 이내 선명한 매화를 가득 피워 내기 시작했다.

매화. 검 끝. 그리고 검을 잡고 있는 한 남자.

'아버지.'

— 나는 반드시 이 검을 복원할 것이다. 그리고 언젠가는 화산으로 돌아가 내 잘못을 빌고 싶구나. 설아, 너도 나와 함께 가자. 화산은 더없이 좋은 곳이란다.

끝내 그의 검은 완전한 매화를 피워 내지 못했다. 하지만 지금 그녀의 앞에 그러한 매화를 피워 내는 사람이 등장했다.

"배워야 해."

어떻게든 말이다.

• ❖ •

청명이 백매관의 문을 쾅 박차고 들어섰다.
"히이이익!"
"왔다!"
그리고 뜬금없을 만큼 격앙된 반응을 마주했다.
"뭐야?"
아직 이른 새벽이건만 조걸과 윤종이 일 층에서 그를 기다리고 있었다.
"수련이 편했던 모양이지. 이 시간에 깨어 있는 걸 보니?"
"그게 아니라, 난리가 났었어!"
"응?"
"백천 사숙이 없어졌다고, 다른 사숙들이 백매관에 찾아왔었거든."
거, 희한한 놈들이네. 백천이 없어졌는데 왜 백매관에 온단 말인가? 설마 청명이 그를 납치라도 했을…….
아. 그 생각을 못 했네. 살포시 집어 와서 패면 되는 거였는데. 이대제자 중에서도 나름 똑똑한 놈이 있는 모양이다.
"거, 쓸데없이 사람 의심하네. 기분 나쁘게."
청명의 말에 윤종이 반색했다.
"너랑 얽힌 건 아니었던 모양이구나! 다행이…….."
"맞는데?"
윤종은 말문이 막혀 버렸다. 근데 왜 기분이 나빠, 인마! 기분 나쁠 일이 아니구만! 아니, 지금 이게 중요한 게 아니지!
"백천 사숙이랑 있었다고?"
"응."
"서, 설마……. 내가 생각하는 그런 건 아니지?"

"뭔 생각을 하는데?"

윤종이 어색하게 웃었다.

"그럴 리는 없겠지만, 너도 생각이 있는 사람일 테니 절대 그럴 리는 없겠지만, 혹여나 사숙을 때렸다거나 저번에 말한 대로 죽빵을 갈겼다거나……."

"……둘이 뭐가 다른가?"

"안면 타격은 가산점이 붙는 법이지."

조걸이 인정한다는 듯 고개를 끄덕였다. 청명은 손을 허공에 휘휘 저었다.

"에이, 내가 애도 아니고."

"아, 아니지. 그래, 청명아! 이 사형은 믿고 있었다. 네가 아무리 제정신이 아닌 놈이라지만 설마 사숙을 때리지는 않았겠지."

"때린 게 아니고."

"그래!"

"개처럼 두들겨 팼어."

"그래, 개처럼. 백천 사숙이 원래 개 같은 면이……. 뭐?"

윤종의 얼굴이 지진이라도 난 듯이 흔들렸다. 보고 있으니 묘기가 따로 없다.

"팼다고?"

"응."

"누굴? 사숙을?"

"노, 농담이지?"

"설마. 내가 농담이나 하는 사람……."

그 순간 윤종이 청명에게 벼락같이 달려들어 멱살을 움켜잡고는 짤짤짤 흔들었다.

"야, 이 미친놈아! 미친 짓도 정도껏 해야지! 사숙을 패면 어떻게 하냐! 기사멸조(欺師蔑祖)가 얼마나 큰 죄인지 몰라서 그러는…….”

"에라이!"

청명이 윤종을 그대로 냅다 걷어찼다. 그렇게 가볍게 대사형을 떼어 낸 그는 목을 어루만지며 인상을 찌푸렸다.

"누굴 등신으로 아나. 문제 안 생기게 잘 처리했으니까 걱정하지 마. 나 몰라?"

"……알아서 이런다. 알아서."

윤종이 깊게 한숨 쉬며 한탄했다.

"세상에. 정신이 나가도 유분수지. 어떻게 사숙을 패냐, 사숙을. 사람이 최소한 지켜야 할 법도라는 게 있는데."

"……재가 언제는 그런 거 지켰습니까?"

"끄으응."

조걸이 불쑥 내뱉은 진실에 윤종이 나라 잃은 얼굴로 탄식했다. 당장 아침부터 벌어질 일을 생각하니 눈물이 앞을 가릴 지경이었다.

"분위기가 왜 이래. 내가 그런 것도 제대로 처리 못 할 것 같아?"

"……그래서 사숙은 뭐라 하셨는데?"

"자길 좀 강하게 만들어 달라던데?"

"어?"

예상치 못한 대답에 윤종과 조걸이 동시에 두 눈을 부릅뜨고 청명을 바라본다. 정작 청명은 심드렁하게 귀나 파며 여상하게 말했다.

"뭘 새삼."

두 사람은 서로를 바라보며 시선을 교환했다.

'말이 되나?'

'아니, 생각해 보면 말이 안 될 것도 없습니다. 우리도 그랬잖습니까?'

'그래도 사숙인데?'

'우린 사형이잖습니까?'

홀아비 기분은 과부가 안다고, 비슷하게 당해 본 이들이라 백천이 어떤 심정으로 그런 말을 꺼냈는지 이해할 수 있었다.

"그, 그래서 뭐라고 했느냐? 한다고 했냐?"

"아니. 그냥 팼는데?"

"……패?"

"응."

"왜?"

청명이 어깨를 으쓱한다.

"이유가 있나. 그냥 기분이 덜 풀렸으니까. 기분 풀릴 때까지 팼지."

이 순간 윤종은, 청명이 오기 전에 수련을 열심히 하지 않은 것을 죽도록 후회했다. 과거로 돌아갈 수 있는 기회가 있다면 청명이 오는 그 순간까지 잠 한숨 자지 않고 수련을 할 자신이 있었다. 그래야 저 미친 놈의 죽빵을 후려갈겨 버릴 수 있을 테니까.

힘센 놈이 정신까지 나가면 막을 도리가 없다는 걸 새삼 뼈저리게 실감하는 윤종이었다.

"쓸데없는 걱정 하지 말고 잠이나 자. 일어나 보면 알 테니까."

"……."

"잔다."

청명이 터덜터덜 걸어 위층으로 올라가자 덩그러니 남은 조걸과 윤종이 깊은 한숨을 내쉬었다.

"……진짜 팼을까?"

"제가 청명에 대해 하나 깨달은 게 있습니다."

"그게 뭔데?"

"저놈이 개소리는 해도 거짓말은 안 합니다."

"……좋은 거 알았네."

아주 좋은 거. 이 새끼야.

"그런데 사형."

"응?"

"그럼 백천 사숙마저 청명에게 당했다는 소리 아닙니까?"

"……."

"진짤까요?"

"개소리는 해도 거짓말은 안 한다며."

"아니, 워낙에 믿을 수 없는 소리라. 그래도 그 백천 사숙인데."

"그 청명이다."

"……납득은 가네요."

윤종이 고개를 내저으며 청명이 올라간 위층을 바라보았다. 저 괴물 놈이 이제는 백자 배까지 잡아먹는구나. 화산은 어디로 가는가. 화산은……. 어쩐지 울고 싶은 윤종이었다.

* ◈ *

윤종은 두 눈을 가느스름하게 뜨고 주변을 둘러보았다.

없다. 보이지 않는다. 어제 같았으면 아침부터 슬금슬금 다가와서 그들을 괴롭혔을 이대제자들이 오늘따라 하나도 보이지 않는다.

'진짠가?'

청명의 말을 신뢰하지 않는 건 아니다. 조걸의 말대로 청명은 개소리는 해도 거짓말은 하지 않는 사람이니까.

문제는 청명이 말하는 '해결'이 평범한 사람이 생각하는 '해결'과는 이 역만리만큼 떨어져 있는 경우가 빈번하다는 점이다. 그래서 필시 이번에도 뭔가 사고를 쳤겠거니 싶었는데…….

'의외로 잘 해결한 것 같은데?'

'잘'에는 여전히 의구심이 있지만, '해결'한 것만은 확실해 보인다.

"사형. 아무래도 청명의 말이 사실인 것 같지 않습니까?"

넌지시 물어 오는 조걸을 보며 윤종은 자신도 모르게 고개를 끄덕였다. 하지만 정말 이대로 납득해도 되는 일인가?

'사숙과 문제가 생겼으니 사숙을 패서 해결한다는 게 중원에서 존재할 수 있는 사고방식인가?'

중원의 상식이 통하지 않는다는 저기 서역이라고 해도 눈을 까뒤집고 버르장머리를 고쳐 놓겠다고 유학자 빙의할 노릇이 아닌가? 그런데 문제는 그 말도 안 되는 해결 방법이 실제로 먹혔다는 것이다.

'화산의 미래는 어디로 가는가?'

딱히 스스로가 꼰대라는 생각은 해 본 적 없는 윤종이지만, 청명을 보고 있으면 꼰대가 그리 나쁜 게 아니라는 생각을 하게 된다. 저런 놈이 설치는 것보다는 꼰대가 설치는 게 더 아름다운 세상이지 않을까?

"무슨 생각을 그리 하십니까?"

"……화산의 미래와 꼰대에 대해 생각하고 있었다."

정적이 흘렀다. 조걸이 '이 양반도 슬슬 맛이 가나?'라는 눈으로 자신을 바라본다는 것을 알아챈 윤종은 나직하게 헛기침을 했다. 그때 옆에서 눈치를 살피던 삼대제자들이 슬금슬금 윤종에게 다가와 말을 건넸다.

"오늘 사숙들이 좀 이상합니다, 사형."

"……그렇겠지."

"갑자기 왜 저러는 걸까요? 다른 수작질을 하는 건 아닐까 걱정입니다."

"그러게나 말입니다."

윤종이 까마득하게 먼 하늘을 바라보았다.

'이것들도 이제 제정신이 아니군.'

사숙에게 수작질이라는 말을 쓰다니. 청명이 오기 전의 화산이라면 상상도 할 수 없는 일이었다. 하지만 윤종이 그렇고, 조걸도 그러하듯 삼대제자들도 날이 갈수록 청명에게 물들어 가고 있었다. 이러다 보면 나중에 화산에 청명 같은 놈들만 가득 찰 수도……. 윤종은 상상도 하기 싫다는 듯 치를 떨었다.

'생각만 해도 끔찍하군.'

문제는 상상이 아주 가능성이 없는 일만은 아니라는 것이다.

"조용하니 더 불안한데요. 슬쩍 가서 찔러볼깝쇼?"

"저 쪼잔한 양반들이 이제 와 정신을 차린 건 아닐 테고. 아무래도 뭔가 꾸미는 것 같지 않습니까? 사형?"

오호통재라. 사질 간의 믿음과 신뢰는 어디로 가 버렸는가?

"시끄럽다. 어서 수련 준비나 해라!"

"……예."

사제들이 '저건 또 왜 성질이야?'라는 불량한 눈으로 주섬주섬 검을 챙기는 걸 본 윤종이 깊은 한숨을 내쉬었다. 화산은 하루하루 그가 알던 화산에서 멀어지고 있었다. 물론 이게 무조건 나쁜 변화라고는 할 수 없지만…… 청명이 만들어 낼 미래의 화산 같은 건 눈 뜨고 보고 싶지 않은 게 솔직한 심정이다.

"사형. 그럼 청명이 정말 백천 사숙을 이긴 겁니까?"

조걸이 다른 이들에게 들리지 않게 작게 말하자 윤종이 눈을 찌푸렸다.

"뭐 뻔한 소리를 하고 있느냐. 그놈이 거짓말을 할 리도 없고, 그게 아니었으면 이런 변화도 생기지 않았겠지."

"……아뇨. 그게 어…….”

조걸이 뒷머리를 벅벅 긁었다.

"도무지 납득이 안 가서요. 아무리 청명이 입문할 때부터 강했다지만, 그래도 백천 사숙과는 무학을 배운 시간의 차이가 있지 않습니까. 막연하게 붙어 볼 만하다고 생각은 했는데, 일방적으로 패 버렸다니…….”

윤종 역시 이 부분은 도무지 이해가 가지 않았다.

'말이나 되는 소린가?'

말이 안 된다. 하지만 그 말이 안 되는 일을 언제나 되게 만드는 사람이 바로 청명 아니던가?

"그럼 사형. 청명이 백천 사숙보다 세다는 거죠?"

"아까부터 왜 자꾸 뻔한 소리를…….”

"그럼 종남과 비교하면 어떻습니까?"

윤종이 입을 다물었다. 이건 그도 딱히 생각해 본 적 없는 일이었다.

"청명이라면 종남과 비교해도 꿀리지 않는 것 아닙니까? 그 백천 사숙까지 이겼는데.”

"으음.”

윤종이 굳은 얼굴로 생각에 빠졌다.

"그럼 이번 화종지회도 청명이 나서 준다면…….”

"걸아.”

"예. 사형.”

"청명이 종남에 이긴다고 해서 달라질 게 뭐가 있더냐?"

"……달라지지 않겠습니까?"

윤종이 고개를 저었다.

"문파에서 고수가 나는 것은 축하할 일이다. 하지만 단 한 명의 고수로는 아무것도 하지 못하는 곳이 강호다. 명성이야 날릴 수 있겠지. 그러나 청명이 사라지는 순간 화산은 다시 예전처럼 몰락하고 말 것이다.”

"…….”

"진정으로 화산을 부흥시키고 싶다면, 청명에게 기대는 게 아니라 우리가 강해져야 한다. 화산의 제자를 세상 누구도 무시하지 못하는 때가 와야만 진정으로 부활을 선언할 수 있지 않겠느냐?"

"맞는 말씀입니다."

"다만 네 말대로 나도 화종지회가 궁금하긴 하다. 거기에서 갈리겠지."

"뭐가 말입니까?"

"청명이······."

윤종이 살짝 심호흡하고는 입을 열었다.

"진정으로 화산을 바꿀 영웅이 될지. 아니면 작은 화산에서 군림하며 살아가는 패주가 될지 말이다."

윤종과 조걸이 더없이 진지한 눈으로 서로를 마주 보았다. 청명이······.

"아! 진짜! 꺼지라고 좀!"

두 사람의 고개가 천천히 옆으로 돌아간다. 청명이 후다닥 달리며 뒤를 향해 욕지거리를 내뱉고 있었다.

"······저거 유 사고 아닙니까?"

전력으로 질주하는 청명을 유이설이 무표정한 얼굴로 뒤쫓고 있었다.

"가르쳐 줘."

"가르쳐 줄 거 없다잖아! 내가 이제 오지 말라 그랬지! 이 찰거머리야!"

"월녀검!"

"운검 사숙조한테 가서 가르쳐 달라고 하라고!"

"운검 사숙 남자. 월녀검은 여자 검법. 운검 사숙은 월녀검 조예가 약해."

"나는 여자냐? 어? 나는 여자야?"

"가르쳐 줘."

"아악! 빌어먹을, 어쩌다 이런 걸 만나서!"

재빠르게 두 사람의 사이를 스쳐 지나가는 청명과 유이설. 그 두 사람을 보는 윤종과 조걸의 눈이 황당함으로 물들었다.

'둘이 언제 친해졌지?'

'유 사고가 원래 저렇게 말이 많았나? 화산에 입문한 뒤로 여태껏 들은 말보다 방금 들은 말이 더 많은 것 같은데?'

'아니, 그보다 사고한테 저렇게 막말해도 괜찮나?'

여하튼 상식이 없는 놈이었다.

"……아까 하시던 말씀. 그 영웅인지, 패주인지."

"걸아."

"예, 사형."

"수련이나 하자."

"……네."

백상의 얼굴이 일그러졌다.

"사형, 정말 저대로 두실 겁니까?"

백상의 불만 어린 말을 들으며 백천이 빙그레 미소를 지었다.

"왜 그리 화가 났느냐?"

"저놈들이 지금 방자하지 않습니까! 특히나 청명 저놈은 조금도 반성하는 기색이 없습니다. 지금이라도 벌을 주는 게 맞지 않습니까?"

"네까짓 게?"

"예?"

"아니, 아무것도 아니다."

백천이 억지로 입꼬리를 말아 올렸다.

전신에 안 아픈 곳이 없다. 그의 시선이 유이설을 피해 달아나는 청명에게로 향했다.

'독한 새끼.'

어떻게 사람을 이렇게 잘근잘근 다져 놓으면서 겉으로는 상처 하나 남지 않게 만들 수가 있는가? 생각하면 생각할수록 어이없는 놈이었다.

덕분에 남들 앞에서 망신을 당하는 건 피할 수 있었지만, 이 억울함을 호소할 데도 없어졌다. 상처 하나 없이 사질에게 얻어맞았다고 하소연해 봤자 미친놈 취급만 받을 테니까. 아니면 세상 다시없는 찌질이 취급을 받든가.

물론 상처가 있다고 해도 사질과 싸우다 개처럼 얻어맞았다는 소리를 입 밖으로 낼 생각은 추호도 없다. 하지만 그래도 못내 뭔가 억울하고 아쉽다.

"갑자기 왜 삼대제자들은 건드리지 말라고 하시는 겁니까?"

"백상아."

"예, 사형. 저는 도무지 사형의 뜻을 모르겠습니다."

뜻은 얼어 죽을. 이제 맞기 싫어서 그러는 건데. 하지만 마음속에 있는 말을 그대로 할 수는 없었다. 백천에게도 사회적 체면이라는 게 있으니까.

"화종지회가 얼마 남지 않았잖느냐?"

"……그건 그렇습니다."

백천이 짐짓 근엄한 표정을 지으며 말했다.

"내가 생각이 짧았다. 삼대제자들을 다스리는 것은 언제든 할 수 있는 일이다. 하지만 화종지회는 그렇지 않다. 화종지회는 이 년에 한 번 있는 행사가 아니더냐."

백상이 말없이 고개를 끄덕였다. 그의 표정에 여전히 불만이 남아 있다는 것을 확인한 백천이 살짝 미간을 좁혔다.

"삼대제자들을 다스리는 것은 내부의 일이고, 화종지회는 화산의 명예와 관련된 외부의 일이다. 내부도 중요하지만 외부도 중요하다. 더구나 화종지회라는 상징성을 감안한다면 지금은 만사를 제쳐 두고 화종지회에 모든 것을 걸어야 한다. 그렇지 않으냐?"

"……맞습니다."

"지금 우리의 적은 삼대제자가 아니라 종남이다. 우리가 왜 폐관까지 해 가며 수련했는지를 잊은 건 아니겠지?"

백상이 깊은 한숨을 쉬며 고개를 숙였다.

"사형의 말이 맞습니다. 제가 잠시 정신이 나갔던 모양입니다."

'정신은 내가 나갔었지.'

그리고 지금도 나가 있다. 어쨌든 둘러댄 말이 먹히는 것 같으니 다행이었다. 백상이 '아니, 애초에 네가 시작한 건데 왜 이제 와 너만 착한 척이냐?'고 따져 물었으면 대답할 말이 궁했을 것이다.

"이해해 줘서 고맙구나. 삼대제자의 일은 잠시 미뤄 두도록 하자꾸나. 우선은 화종지회를 치르는 데 만전을 기해야 한다. 사제들에게 마지막으로 무학을 점검하고 폐관에서 얻은 것들을 다시 되새기라고 당부하거라."

"예, 사형!"

백상이 씩씩하게 대답하고는 뒤쪽으로 달려갔다. 그 모습을 보던 백천은 살짝 허망한 얼굴로 눈을 내리깔았다.

'화종지회가 끝나면 삼대제자의 버르장머리 같은 건 생각도 안 날 거다.'

말도 안 되는 광경을 보게 될 테니까. 백천이 슬쩍 고개를 돌려 저 멀리 멀어지는 청명을 바라보았다.

'그리고 놀라는 건 우리뿐만이 아니겠지.'

아마도 화산이 놀라는 것 이상으로 종남이 놀라게 될 것이다. 그 생각을 하자 청명에게 얻어맞은 곳의 통증이 조금은 가시는 기분……은 아니고. 더 아프다. 뼛속까지 아프다. 망할 놈, 잘도 패 댔네. 백천이 깊게 한숨을 쉬고 몸을 돌렸다.

'나는 내 할 일을 한다.'

난데없이 등장한 청명 때문에 뭔가 꼬이기는 했지만, 이 년 전부터 그의 목적은 화종지회에서 자신을 증명하는 것이었다. 이번에 화산에 올이가 누구인지를 생각하면 지금 이러고 있을 시간이 없다. 이번에는 반드시 그의 가치를 증명하고 말 것이다. 다만…….

백천이 얼굴을 확 일그러뜨리며 뒤를 돌아보았다.

"그런데 저놈이 왜 자꾸 유 사매랑 어울리지?"

기분 나쁘게 말이야. 두 사람을 힐끔힐끔 바라보던 백천이 살짝 불안한 느낌을 억지로 억누르며 수련장으로 향했다. 이제 화종지회가 시작될 시간이 다가오고 있었다.

• ❖ •

"장문인."

현종은 말없이 찻잔에 차를 따랐다. 향긋한 차향이 방 안으로 퍼져 나갔다. 마음에 화가 찾아들 때마다 현종은 이렇듯 차를 끓여 마셨다. 심신을 안정시키는 데는 이만한 것이 없다.

"오늘 종남의 문하들이 도착할 것입니다."

"준비는 다 끝났느냐?"

"예, 장문인. 종남인들을 맞이하는 데는 아무런 문제가 없습니다."

"다행이로구나."

현종이 낮게 한숨을 내쉬었다.

'이번에는 적어도 부끄러운 꼴은 보이지 않을 수 있겠군.'

무학에 뒤지는 것도 부끄러운 일이지만, 현종을 가장 창피하게 했던 것은 종남의 제자들을 제대로 대접할 수 없었던 것이다. 다 쓰러져 가는 전각과 부실한 식사, 그리고 황폐해진 연무장을 가장 보여 주고 싶지 않은 이들에게 적나라하게 보여 줄 수밖에 없다는 게 어떤 심정이었겠는가?

특히나 화산의 장문인인 현종에게 있어서 이건 민감한 문제였다. 살짝 조롱하듯 그를 바라보는 종남 문하들의 시선을 견디는 것도 쉽지 않은 일이었다. 이전까진 그저 입술을 깨물고 조롱의 시선을 감내할 수밖에 없었지만······.

"생각하면 생각할수록 청명 그 아이가 큰일을 해 주었구나."

운암이 고소를 머금었다. 현종이 청명을 과하게 아낀다는 말이 화산 내부에서도 왕왕 나오는 형편이지만, 운암은 현종의 마음을 십분 이해했다. 현종이나 운암의 입장에서 보자면 청명은 뱃속에 들어차 있는 무거운 돌을 부숴 꺼내 준 은인이나 다름없다.

단순히 먹고사는 문제가 아니다. 오랜 역사를 이어 온 전통의 문파인 화산이다. 적어도 다른 이들에게 그럴싸한 모습은 보여야 한다. 비록 겉모습은 허례에 불과하다고 가르치기는 하나, 사람은 보이는 것으로 상대를 평가하기 마련이니까. 거지꼴로 도를 논해 봐야 사람들은 그 말에 귀를 기울이지 않는다.

청명은 화산의 먹고사는 문제를 해결했을 뿐 아니라, 화산의 체면을 되찾아 준 아이다. 그러니 어찌 아끼지 않을 수 있겠는가?

웃음 짓는 운암의 시선이 살짝 무안했던지, 현종이 낮게 헛기침을 하고는 그에게 차를 권했다.

"마셔라."

"예, 장문인."

찻잔을 들어 가볍게 한 모금 음미한 운암이 가만히 고개를 끄덕였다.

"어떠냐?"

"향이 더 짙어진 것 같습니다. 말린 지 오래되어 이제는 향이 조금 옅어질 만도 하건만."

"그렇지."

현종이 기껍다는 듯이 고개를 끄덕였다.

"잘 말린 매화 잎은 오히려 향이 짙어지기도 하더구나. 매화를 말린

지 수십 년 만에야 깨달은 일이지."
현종이 가만히 찻잔을 바라보다 입을 열었다.
"화산 역시 마찬가지다. 나는 그저 버티기만 했을 뿐이다. 과거의 영화를 재현하겠다고 했지만, 사실은 그저 하루하루를 버티는 게 버거웠단다."
"……장문인."
살짝 우려가 섞인 운암의 목소리를 들은 현종이 걱정하지 말라는 듯 빙그레 웃는다.
"한데 그저 버티고 버텼더니 이런 날이 오는구나. 때로는 어떤 계책이나 노림수보다 그저 기다리는 것이 답일 때도 있는 법이지."
묘한 현기가 담긴 말이었다. 운암은 새삼스러운 눈으로 현종을 바라본다.
'나아가고 있는 것은 우리만이 아니구나.'
때때로 장문인은 이미 완성되어 있다는 착각을 하게 된다. 하지만 사람이란 죽는 그 날까지 나아가는 것. 도인의 길을 걷는 현종이라면 숨이 끊어지는 그 날까지 스스로를 갈고닦는 걸 멈추지 않을 것이다. 어찌 믿음직하지 않겠는가?
"화산은 장문인의 대에 과거의 영화를 되찾을 것입니다."
"그러면 좋겠지만, 그리된다 해도 내 공은 아니다. 그저 제자들이 노력해 준 덕분이겠지."
"어찌 장문인의 공이 아니라 하십니까?"
"운암아."
"예, 장문인."
"나는 내 부족함을 아는 사람이란다. 화산이 이리 무너지지 않았더라면 내 어찌 장문인이 될 수 있었겠느냐? 내 사형들이 화산을 떠나지 않았더라면 나는 그저 도경이나 외며 세월을 보냈을 거란다."

운암이 진중한 어조로 대답했다.

"그들은 화산을 떠난 것으로 스스로 장문인의 자격이 없음을 증명했습니다. 장문인께서는 온당한 화산의 장문이십니다."

현종은 대답 없이 빙그레 웃었다. 조금은 무안한 이야기다. 그러니 대화를 돌릴 필요가 있다.

"그래서, 이대제자들은 어떻더냐?"

"이제는 수련을 끝내고 심신을 안정시키고 있습니다."

이대제자라는 말이 나오자 운암의 얼굴이 살짝 어두워졌다.

"장문인."

"말하거라."

"솔직히 저는 조금 겁이 납니다."

"겁이라……. 어째서더냐?"

운암이 낮게 한숨을 쉬고는 말을 이었다.

"전에도 말씀드렸다시피 지금 화산은 기세가 이를 데 없이 좋습니다. 하지만 이번 화종지회의 결과에 따라서는 그 기세가 꺾일 수도 있지 않겠습니까?"

"이대제자들이 종남의 문하들을 감당하지 못할 거라 생각하느냐?"

"저 역시 아이들을 믿고 싶습니다. 하지만…… 아시다시피…….."

운암은 굳이 뒷말을 잇지 않았다.

화산과 종남의 차이가 비할 바 없이 벌어졌다는 것은 그도 알고 현종도 안다. 화산은 역사상 가장 깊은 암흑기를 이제 겨우 헤쳐 나가는 수준이지만, 종남은 유례없는 전성기를 맞이하는 중이다. 당연히 제자들의 수준에서도 큰 차이가 난다. 이대제자들이 아무리 노력했다고는 하나, 종남의 제자들을 이긴다는 건 요원한 일이다.

운암은 이제야 희망을 가지기 시작한 제자들이 다시 패배 의식에 사로잡힐까 봐 걱정이었다.

"삼대제자들은 어떠하더냐?"

"……예?"

"삼대제자들 역시 화종지회에 나서지 않느냐? 그 아이들은 잘 준비하고 있느냐?"

뜬금없이 현종이 말을 돌리자 살짝 의아한 운암이었지만, 장문인의 질문에 대답하지 않을 도리가 없다.

"준비는…… 과할 정도로 착실하게 하고 있는 모양입니다."

과하지. 엄청 과하지. 오다가다 몇 번 삼대제자들이 수련하는 모습을 본 적이 있는 운암이다 보니 이렇게 표현할 수밖에 없었다. 아이들의 수련은 전적으로 운검에게 맡긴 터라 이래라저래라 간섭할 수는 없었지만, 운암이 보기에는 영 정상적이지 않은 수련법으로 보였다.

"다만 입문한 지 얼마 되지 않은 아이들이라……."

현종이 가만히 고개를 끄덕인다. 운암의 우려는 그도 충분히 이해했다.

"운암아. 눈앞에 산이 있다면 어쩌겠느냐?"

"그야……."

운암은 쉽사리 말을 잇지 못했다.

"그래. 넘어가는 수밖에 없단다. 길이 있다면 돌아갈 것이고, 시간이 있다면 쉬어 가겠지만, 둘 다 없다면 넘는 수밖에는 없지 않겠느냐?"

"저는 넘지 못할까 우려됩니다."

"그렇다 해도 경험은 얻겠지. 다음에는 좀 더 수월하게 산을 넘을 수 있지 않겠느냐?"

운암이 깊은 한숨을 내쉬었다. 장문인의 말이 모두 납득이 된 것은 아니지만, 더 물어봐야 나올 것이 없다. 장문인이라 해서 딱히 방법이 있을 리는 없으니까. 운암의 표정이 펴지지 않자 현종이 빙그레 웃으며 말했다.

"화종지회는 기본적으로 교류의 장이다."

"……예."

"승패 같은 것은 중요하지 않다. 그저 교류를 발판 삼아 누가 더 발전할 수 있느냐가 중요한 것 아니겠느냐?"

"장문인의 말씀이 옳습니다."

"먼 곳에서 오시는 손님들이다. 소홀함이 없도록 만전을 기하거라."

"명심하겠습니다."

운암이 깊이 읍을 했다.

"은하상단의 황 대인도 도움을 주기로 했으니 문제는 없을 것입니다."

"황 대인께서……. 그래, 내 한번 황 대인을 찾아뵙는다는 것이."

"워낙 장문인께서 공사다망하지 않으십니까. 황 대인께서도 이해하실 겁니다."

"그래. 그래 주시면 감사하지."

그날 이후로 황 대인과 은하상단은 말 그대로 화산에 황금을 쏟아붓는 중이었다. 투자하는 규모를 보고 있으면 화음을 제이의 항주나 소주로 만들려는 생각이 아닌가 의심이 될 정도다.

"종남에서 이 일을 걸고넘어지지 않겠습니까?"

"모든 것은 순리대로 흐를 것이다."

평소와 같이 침착한 말이었다. 운암이 깊이 고개를 숙이고는 슬그머니 자리에서 일어났다.

"저는 그럼 마지막으로 점검을 해 보도록 하겠습니다."

"네가 고생이 많구나."

"별말씀을. 그럼."

운암이 뒷걸음으로 물러났다.

그가 조용히 문을 닫고 밖으로 나가자 현종이 시선을 내려 운암의 앞에 놓였던 찻잔을 바라보았다. 반도 비워지지 않고 모락모락 김을 피워 내는 찻잔이 지금 운암의 심정을 말해 주는 것 같다.

"승부는 중요하지 않다라……."

현종이 작게 뇌까렸다.

"도인이 되어서는 아무렇지도 않게 거짓을 입에 담는구나."

승부가 무엇보다 중요하다는 것은 현종도 잘 알고 있었다. 하지만 이번 화종지회는 이길 수 없는 승부다. 그리고 그 이길 수 없는 승부에 제자들을 밀어 넣어야 한다.

기적이 일어나지 않고서는 이길 수 없다. 기적이 일어나지 않고서야……

현종이 무거운 마음을 억누르며 가만히 눈을 감았다.

7장

영원히 잊지 못할 날을 만들어 주지

"여긴 여전히 작은 곳이군요."

화음을 둘러보던 종남의 제자들이 미묘한 비웃음을 입가에 담았다. 이 년 전에 이미 한번 와 본 곳이지만, 화음은 정말 작은 도시였다. 그들이 주로 가는 서안에 비한다면 시골이나 다름없다.

"사형. 정말 화산이 과거에는 구파일방이었습니까?"

"물론이다."

"하지만 구파일방에 든 문파가 자리한 곳치고는 무척이나 작고 초라하지 않습니까?"

진금룡(秦金龍)이 빙그레 웃으며 말했다.

"거꾸로다. 이곳에 화산이 있었기에 이만한 마을이라도 생긴 것이지. 단순히 화산에 오가는 이들이 거하는 곳을 마을로 발전시킬 만큼 과거의 화산은 그 위세가 강했었다."

"과연."

종서한(宗恕恨)이 그제야 이해가 간다는 듯 고개를 끄덕였다.

"하지만 지금은 더없이 몰락하지 않았습니까?"

"그도 맞는 말이지."

영원히 잊지 못할 날을 만들어 주지 279

진금룡이 가만히 고개를 끄덕였다. 종서한이 슬쩍 주변을 둘러보고는 입을 열었다.

"저는 솔직히 이 의미 없는 행사를 하는 이유를 잘 모르겠습니다. 수준이 뻔한 화산과 검을 나누는 데 무슨 의미가 있습니까? 그 시간에 차라리 검이나 한 번 더 휘두르는 게 낫지요."

"사문의 어른들이 생각이 있어서 하시는 일이다. 입을 조심하도록 해라."

"그렇긴 하지만……."

종서한이 고개를 슬쩍 뒤로 돌렸다. 뒤쪽에 따라오고 있는 한 사람을 확인한 종서한이 미묘한 미소를 입에 담는다.

"하기야. 이번 종화지회는 나름대로 의미가 있긴 합니다. 망신을 당한 이의 복수를 대신 해 주는 것도 보람찬 일이지요."

살짝 도발을 섞어 한 말이다. 하지만 도발의 당사자인 이송백은 아무런 대답도 없이 묵묵히 걷기만 했다.

'재미없게.'

종서한이 미간을 찌푸렸다. 황 대인 일을 청명이 해결해 버린 덕에 은하상단이 종남 대신 화산과 거래를 텄다는 건, 이제 종남에선 모르는 사람이 없는 일이 되어 버렸다. 은하상단의 소단주가 보는 앞에서 청명을 때려눕혀 그 빌미를 준 이송백을 보는 시선은 당연히 고울 리가 없다.

'반응이 없으니, 놀리는 맛도 없고.'

그 일 이후로 이송백은 사람이 변해 버렸다. 예전에도 꽤 진중한 면이 있었지만, 지금은 진중함을 넘어 과묵하기까지 하다.

"백 년 만에 화산에 망신을 당했으니 갚아 주어야지요, 대사형."

"그리될 것이다."

진금룡과 종서한이 이런저런 담소를 나누며 걷는 와중에도 이송백은 그 대화에 끼는 일 없이 걷기만 했다.

그의 시선이 화음을 넘어 우뚝 솟아 있는 화산으로 향했다.

'화산인가?'

과거 이곳에 방문했을 때는 그도 무척이나 가벼운 마음이었다. 하지만 지금 화산에는 한 사람의 그림자가 겹쳐 보일 수밖에 없다.

'어쩌면 우리는 지금 호굴(虎窟)로 들어가는 건지도 모른다.'

이송백의 눈에 웃고 있는 청명의 얼굴이 보이는 듯했다.

"산세하고는!"

종서한이 화를 잔뜩 담은 목소리로 짜증을 냈다. 무공을 익힌 그로서도 화산을 오르는 건 쉬운 일이 아니었다. 이 험한 산세는 나는 새조차 떨어뜨릴 것 같았다.

"대체 무슨 생각으로 이런 곳에다 도관을 세운 건지 모르겠습니다. 이러니 망하지요."

청명이 들었으면 박수를 칠 소리였다. 하지만 진금룡은 그리 생각하지 않는 듯했다.

"무릇 도관이란 속세를 떠나 자연을 닮아 가는 데 그 의미가 있지 않으냐? 도경을 공부하고, 자신을 갈고닦는 데 있어 외인들의 출입이 쉽지 않은 곳을 선택하는 건 당연한 이치다."

"화산이 무슨 도관입니까. 반은 속가인데. 무당이 이런 곳에 있으면 이해라도 하겠습니다."

"하긴. 네 말도 맞다."

그들 이전에 화산을 오른 이들도 힘겹기는 마찬가지였는지, 중간중간 쉬어 가는 곳이 마련되어 있었다. 지금 종남의 제자들은 그중 한 곳에 걸터앉아 잠시 쉬는 중이었다. 이대제자들 중 하나가 심드렁하게 입을 뗐다.

"이 고생을 해서 오르는 곳이면 나름 가는 맛이라도 있어야 하는데,

보나 마나 또 풀뿌리나 뜯어 먹고, 다 쓰러져 가는 전각에서 잠을 자야겠지."

"좋은 음식 같은 건 바라지도 않으니까 잠이라도 편히 자면 좋겠다. 나는 저번에 전각 무너질까 봐 밤새 한숨도 못 잤다니까."

"개방 거지들도 그런 데서는 안 자겠더라. 이건 뭐 도관이라는 곳이 거지 굴보다 못하니."

불만과 비하가 뒤섞여 나왔다.

"이제 이 쓸데없는 일도 그만해야 하는 것 아닙니까? 괜히 저희만 먼 화산까지 와서 고생하고, 화산 놈들만 좋은 일 시켜 주는 것 아닙니까."

진금룡이 난처하다는 듯 어깨를 으쓱했다.

"다들 불만이 많은 것은 알지만, 조금 진정하는 게 좋겠다. 윗분들이 화산에 대해 가지는 감정을 잘 알지 않느냐?"

"저희는 그것도 이해 못 하겠습니다. 다 망해 자빠진 문파에 왜 그렇게들 집착하시는지."

"그러게나 말입니다."

"혹시나 있을지 모르는 저력 때문이겠지."

"저력이요?"

누군가 코웃음을 쳤다.

"저력이 있었으면 벌써 제자리를 찾아갔겠죠. 백 년이 가깝도록 저 꼴이라는 건 저기가 제자리라는 뜻 아니겠습니까?"

"전성기가 없었던 문파가 어디 있습니까. 지금이 중요한 거죠."

다들 화산을 무시하는 말을 할 때, 한 사람이 가만히 입을 열었다.

"화산을 너무 얕보지 않는 게 좋을 겁니다."

모두의 시선이 한곳으로 돌아갔다. 이송백, 그가 무표정한 얼굴로 입을 열고 있었다.

"자칫하다가는 큰 망신을 당할지도 모르니까요."

종서한이 이죽거리며 말했다.

"사형처럼 말입니까?"

명백한 도발에도 이송백은 반응하지 않았다.

"걱정하지 마십시오, 사형. 저희는 사형처럼 화산의 기를 살려 주는 일은 하지 않을 테니까요. 사형이 살려 놓은 기까지 저희가 꺾어 드리겠습니다."

"나는 방심해서는 안 된다는 말을 하고 있는 것이다."

"화산 놈들에게 방심 좀 한다고 뭐가 달라지겠습니까."

"나는……."

이송백이 뭔가 말을 하려다가 그만두고는 나직이 한숨을 내쉬었다. 그가 무슨 말을 하건 먹히지 않을 것이다. 청명이 은하상단에서 벌인 일 때문에 입장이 가장 곤란해진 사람이 기목승 장로와 이송백이었다. 특히나 비난의 화살은 주로 이송백에게 올 수밖에 없었다. 그도 당연한 것이, 장로를 비난할 수 있는 사람이 몇이나 되겠는가?

"마음대로 해라. 하지만 방심한다면 그 대가를 치르는 건 너희 자신이 될 것이다."

종서한이 미간을 찌푸리며 뭔가 말하려는 순간 나직한 목소리가 들려왔다.

"틀린 말은 아니지."

모두의 고개가 다시 한쪽으로 돌아간다. 천천히 산을 올라오는 한 사람을 본 모두가 자리에서 일어났다.

"앉아라."

"예."

이들을 이끌고 온 종남의 장로, 사마승(司馬昇)이 모두를 한번 쭉 훑고는 입을 열었다.

"은하상단의 일을 잊었더냐?"

은하상단이라는 말이 나오자 이송백이 움찔한다. 하지만 다른 제자들은 지체 없이 대답했다.

"잊지 않았습니다."

사마승의 눈가가 꿈틀댔다.

"다 망해 자빠진 문파 때문에 망신을 당했다. 그 일로 장문인께서 얼마나 노하셨는지 아느냐?"

다들 고개를 살짝 숙였다. 죄를 지어서가 아니라 사마승의 목소리에 묻어 나오는 노기를 피하기 위해서였다.

"화산에게 망신을 당하는 것은 그 일로 족하다. 더는 이런 치욕을 겪어서는 안 된다. 천하로 웅비하려는 우리 종남이 언제까지 화산 같은 삼류 문파와 드잡이해야 한다는 말이더냐? 장문인께서는 이번 종화지회로 화산과의 관계에 종지부를 찍으려 하신다! 혹여나 일말의 방심이라도 하여 화산의 제자에게 망신을 당하는 이가 있다면 내 결코 용서하지 않을 것이다."

차가운 사마승의 목소리에 종남의 문하들이 숨을 죽였다.

"전장에 선 장수는 후환을 남기지 않는 법이고, 사자는 토끼를 잡을 때도 전력을 다하는 법. 이번 종화지회는 단순히 화산을 꺾는 게 아니라 화산의 정기를 짓밟아 버리는 데 그 의의가 있다. 모두 알겠느냐?"

"예! 장로님!"

가만히 고개를 끄덕인 사마승의 날카로운 눈이 이송백에게 가 닿았다.

"다만 방심하지 않는 것과 겁을 집어먹는 것은 다르겠지. 그렇지 않으냐?"

"……예."

사마승이 헛기침하더니 몸을 돌려 화산을 바라보았다.

"다 쉬었으면 이제 일어나거라. 기다리는 놈들의 목이 빠지기 전에 도착해야겠지."

"예."

종남의 제자들이 일제히 사마승을 따라 산을 오르기 시작했다.

그렇게 한참 다시 산을 오른 끝에 화산에 거의 도착한 종남의 제자들이 저마다 한마디씩 말을 쏟아 냈다.

"끄응. 진짜 산 꼬락서니······."

"다음에는 정말 안 와야지."

"저번에 온 대로라면 이쯤이면 이제 산문이 나올 텐데?"

이 가파른 절벽을 오르면 다 쓰러져 가는 산문이 나온다. 그럼 화산에 도착한 것이다. 일전에 화산을 방문했던 이들이 힘차게 절벽을 뛰어 올라갔다.

"어?"

"저거 뭐야?"

그리고 예상치 못한 광경에 당황하고 말았다. 분명 이 년 전만 해도 화산의 산문은 금방이라도 쓰러질 듯 낡아 있었다. 문이 문 역할을 하지 못하는 수준이었으니 더 말해 무엇 하겠는가? 그런데 지금은 그 낡아 빠진 문은 어디로 가고 새로 만든 듯한 커다란 산문이 그들을 반기고 있었다.

'잘못 왔나?'

'설마.'

'이 말도 안 되는 데다가 문파를 세우는 놈들이 화산파 말고 어디 있으려고?'

그들의 시선이 산문을 따라 위로 올라간다. 문은 바뀌었지만 산문에 걸려 있는 현판은 바꾸지 않은 모양이다. 하지만 이전에는 낡아 부스러질 것 같다고 느껴졌던 현판이, 새로 지은 거대한 산문과 합쳐지자 고풍스럽게 변해 버렸다. 용사비등(龍蛇飛騰)한 필체로 쓰인 화산파라는 글귀를 보자 알 수 없는 압박감이 느껴진다.

"아니, 이게 대체······."

은하상단이 화산에 투자한다는 건 웬만한 이들은 이미 알고 있는 사실이다. 하지만 은하상단 일은 벌어진 지 얼마 되지 않았다. 그 짧은 시간만에 화산의 정문을 이렇게 그럴싸하게 새로 지어 올리는 건 은하상단이 아니라 은하상단 할아비가 와도 불가능한 일이다.

"이럴 리가 없는데?"

진금룡이 멍하게 중얼거렸다. 천하제일 거지 문파인 화산이 아닌가? 그 개방조차 화산을 보면 한 수 배우겠다고 달려들 거라는 조롱을 받던 화산이다. 그런데 그 화산이 무슨 돈이 있어서 저런 멋들어진 산문을 만들어 올렸다는 말인가?

"조용."

사마승이 낮게 일갈했다.

"어디에서 돈이라도 좀 구걸한 모양이지. 하지만 산문을 바꿀 수는 있어도 그 근본이 어디에 가지는 않는다. 호들갑 떨 것 없다."

"예!"

"어울리지도 않는 짓을."

사마승이 살짝 기분 나쁜 표정으로 산문으로 성큼성큼 걸어간다. 그때였다.

끼이이익.

거대한 산문이 좌우로 열리기 시작했다. 그리고 안에서 한 사람이 천천히 걸어 나왔다. 무각주 현상. 그가 산문으로 다가오는 종남의 제자들을 보고 가볍게 포권 했다.

"먼 길 오시느라 고생이 많으셨습니다, 사마 장로님. 일전에 뵌 적이 있지요. 저는 화산의 장로인 현상이라 합니다."

"사마승이오."

가는 말에 비해 오는 말이 짧다. 하지만 현상은 전혀 기분 나쁜 티를 내지 않고 빙그레 웃었다.

"다시 뵙게 되어 반갑습니다. 사마 장로님."

"장문인께서는 나오지 않으셨소?"

현상의 눈썹이 꿈틀한다.

"장문인께서는 안에 계십니다."

"그래도 먼 곳에서 손님이 왔는데 얼굴 한번 비추지 않으신다는 말이외까?"

현상이 보이지 않게 입술을 살짝 깨물었다. 사마승은 종남의 장로다. 더없이 높은 신분이기는 하나 화산의 장문인을 오라 가라 할 주제는 아니었다. 사마승도 그걸 모를 사람은 아닌 터, 이리 장문인을 운운한다는 것은 대놓고 화산을 무시하는 처사다. 현상은 치밀어 오르는 울화를 애써 꾹꾹 누르며 입을 열었다.

"드시지요. 종남의 제자들을 환영하기 위한 연회가 준비되어 있습니다. 부족하지만 먼 여행의 노고를 잊으시고 즐겨 주시면 좋겠습니다."

"연회라. 화산은 종화지회를 먹고 노는 일 정도로 생각하는 모양이외다."

"⋯⋯그럴 리가 있겠습니까?"

"아무래도 좋소. 앞장서시오. 나는 우선 장문인을 만나야겠소."

현상이 낮게 한숨을 내쉬었다.

'무도하기가 이를 데 없구나.'

예전의 종남도 행패를 부려 댔지만, 이 정도는 아니었다. 아마도 작정하고 온 모양이다. 하지만 이미 현종이 그에게 경거망동하지 말라고 신신당부를 하지 않았던가? 울분을 꾹꾹 누른 현상이 억지로 미소를 지으며 안쪽을 가리켰다.

"드시지요."

"흠."

사마승이 조금 거친 걸음으로 들어섰다. 그 와중에도 새로 지은 산문이 눈에 거슬렸다.

'후원이라도 받은 모양이지.'

어느 눈먼 놈이 화산에 돈을 때려 박은 모양이다. 그러니 가장 시급한 것들부터 처리했겠지. 남 눈에 가장 먼저 보이는 산문이나 복색 같은 것들. 하지만 내부의 전각들은 어쩔 도리가 없…….

"뭐야?"

산문 안으로 들어선 이들이 자신도 모르게 헉 소리를 내고 말았다.

"저, 전각이?"

"언제?"

산문 안으로 들어서자 청석이 깔린 드넓은 연무장과 함께, 새것임이 분명한 전각들이 눈에 들어온다.

'이, 이걸 다 수리했다고?'

아니, 아예 새로 지은 건가? 화산에 재신이라도 강림했나?

"종남보다 좋은 것 같은데."

등 뒤에서 들린 누군가의 중얼거림이 모두의 심정을 대변해 주고 있었다. 이 모습에 비하면 종남은 초라할 정도다. 불과 이 년 전만 해도 다 쓰러져 가는 전각들과 이미 무너져 버린 전각으로 휑하기 그지없었던 화산이건만, 대체 언제 이렇게 바뀌었다는 말인가?

사마승의 얼굴이 확 일그러졌다. 그가 걸음을 멈추자 현상이 의아한 눈으로 묻는다.

"왜 그러십니까?"

"뭐가 많이 바뀐 것 같소이다?"

현상이 빙그레 웃으며 답했다.

"좋은 일이 있었습니다."

"화산에 아직 후원을 할 이가 남았소? 설마하니 명문을 자처하는 이들이 도적질을 한 건 아닐 테고."

순간 현상의 얼굴에 노기가 들어찼다. 아무리 장문인이 신신당부를 했다지만 이건 참을 수 없는 발언이다.

"말을 조심……."

그때였다.

"뒈질라고."

옆쪽에서 들려온 소리에 모두의 시선이 한쪽으로 돌아간다. 그리고 펼쳐진 광경을 본 사마승이 자신도 모르게 얼굴을 굳히고 말았다.

'저, 저건 또 뭐 하는 짓거리지?'

그의 눈에 일련의 무리가 헐레벌떡 달리는 광경이 들어온다. 무복이 흠뻑 젖어 있는 것과 금방이라도 쓰러질 것 같은 표정을 보니 달린 지 한참이 된 모양인데, 비틀거리는 다리로 용케도 쓰러지지 않은 채 달리고 있다. 분명 괴이한 광경이다.

하지만 사마승의 시선이 향한 곳은 그들이 아니었다. 말소리가 들려온 곳. 무리의 옆, 다른 이들과는 다르게 말끔한 옷차림에 표정이 평온한 아이 하나가 산보하듯 앞선 이들을 따라 달리고 있다. 그 작은 아이에게 시선을 고정한 사마승이 스산한 목소리로 일갈했다.

"지금 뭐라고 했느냐?"

금방이라도 숨이 넘어갈 듯 달리던 화산의 제자들이 그 자리에 황급히 멈춰 섰다. 하지만 운이 나쁘게도 하필 종남 문하들의 지척에 도달한 시점이었다. 힘겹게 숨을 몰아쉬는 삼대제자들 옆에서, 청명이 사마승을 보며 고개를 갸웃했다.

"네?"

아무것도 모르겠다는 얼굴이다. 그 얼굴을 본 사마승이 두 눈에 노화를 담았다.

"지금 뭐라 했느냐는 말이다."

"아, 그거요."

하지만 청명은 대답 대신 옆에서 비틀대고 있는 조걸의 정강이를 걷어 찼다.

"악!"

"뒈질라고! 똑바로 안 뛰어?"

"내가 사형이야, 인마!"

"아, 잠깐 잊었다."

청명이 머리를 벅벅 긁고는 사마승을 보며 히죽히죽 웃었다.

"들렸나 보네요. 민망하게."

사마승이 죽일 듯한 눈으로 청명을 노려보았다. 그 말이 누굴 향한 것인지 모를 사마승이 아니다. 이런 눈 가리고 아웅에 속아 줄 이유가 없다.

"이······."

그때 누군가 사마승의 소매를 살짝 잡아당겼다. 일갈을 하려다 멈춘 그가 슬쩍 뒤를 돌아보았다. 진금룡이 작게 속삭였다.

"장로님. 아이와 드잡이하여 좋을 게 없습니다."

"으음."

사마승이 침음하며 고개를 끄덕였다. 아무리 화가 났다지만 그는 종남의 장로. 저만한 아이와 말을 섞기에는 신분의 차이가 너무 크다. 화산의 삼대제자와 종남의 장로가 말다툼을 했다는 소문이라도 퍼지면 그런 망신이 따로 없으리라.

진금룡이 사마승의 가려운 곳을 긁어 주겠다는 듯이 앞으로 한 발 나선다.

"소도장은 누구인가?"

"저요? 들으면 아세요?"

진금룡이 멍한 눈으로 청명을 바라보았다. 그는 지금까지 단 한 번도 자신의 말에 이딴 식으로 반문하는 사람을 만나 보지 못했다. 기분이 나쁜 걸 넘어 뭔가 개안(開眼)하는 느낌까지 났다. 허, 하고 웃어 버린 진금룡이 빙그레 미소를 지으며 재차 너그러이 말했다.

"혹여 내가 알 수도 있지 않은가? 그러니 한번 말해 주지 않겠는가?"
"뭐 어려울 것 없죠. 저는 청명이라고 해요."
"청명?"

내내 부드럽던 진금룡의 얼굴이 확 굳어졌다. 익숙한 이름이다. 분명 은하상단에서 종남에게 망신을 준 화산의 제자 이름이 청명이라고 하지 않았던가? 진금룡이 눈을 가늘게 뜨고 청명을 바라보았다.

'생각보다 더 어리군.'

보고 있자니 어이가 없다. 은하상단에서 청명이 황 대인을 치료해 버린 덕분에 은하상단은 종남과의 거래를 거의 끊어 버리고 화산과 거래를 텄다. 섬서 십대 상단과의 거래를 다 망해 버린 화산에 빼앗겼다는 건 종남의 입장에서는 입에도 담기 싫은 수치였다. 덕분에 장문인은 분노했고 장로들은 뒤집히지 않았던가? 그런데 그 수치를 준 사람이 아직 머리에 피도 마르지 않았을 것 같은 이런 어린아이라니.

"그렇군. 청명 도장이로군. 그런데 내가 보기에는 청명 도장이 영 예의를 배우지 못한 것 같은데."

노골적으로 태도를 꾸짖는 말이었건만, 청명은 귀를 두어 번 후비적거리고는 입으로 훅 불었다.

"죄송하지만 잘 안 들려서 그러는데, 이리 가까이 와서 큰 소리로 말해 주실래요?"
"……지금 뭐라 했는가?"
"가는귀먹으셨나? 이리 와서 말하라구요. 안 들리세요?"

진금룡의 얼굴이 딱딱하게 굳는다.

'대체 이놈은 뭘 믿고 이러는 거지?'

이송백과의 비무에서 일격에 피를 뿌리고 날아갔다는 말이 사실이라면 결코 무위가 높지는 않을 텐데. 무얼 믿고 감히 자신의 앞에서 저리도 목을 빳빳이 세우고 헛소리를 늘어놓는단 말인가? 간이 배 밖으로 나오지 않고서야. 생각 같아서는 당장 검을 뽑아 눈앞의 이 방자한 놈을 베어 버리고 싶을 정도다.

하지만 이곳은 종남이 아닌 화산. 함부로 일을 키울 수는 없다. 그건 진금룡의 역할이 아니다. 진금룡이 살짝 이를 갈고는 나직하게 말했다.

"자네는 화산의 삼대제자 아닌가?"

"맞는데요?"

"화산과 종남은 과거부터 서로 배분을 공유하지. 그렇다면 나는 자네의 사숙뻘 되는 사람인데, 사숙뻘 되는 이를 오라 가라 하는 것보다 자네가 가까이 오는 게 맞지 않겠나? 자네가 예의를 조금이라도 아는 이라면 말일세."

"아, 그래요?"

청명이 씨익 웃었다.

"그럼 그 말을 종남의 장로님께 해 드리는 건 어떨까요? 제가 사숙을 오라 가라 하는 게, 종남의 장로님이 저희 장문인을 오라 가라 하는 것보다는 예의 바른 것 같은데? 아닌가요?"

아차 한 진금룡이 급히 입을 다물었다. 분명 청명을 꾸짖으려 했건만, 사마승의 잘못을 지적한 것과 같아져 버렸다.

'내가 이런 실수를.'

아니, 실수가 아니다. 저 어린놈이 대화가 이렇게 흐르도록 유도한 것이다. 제 입으로는 아무것도 말하지 않으면서 진금룡이 스스로 넘어지도록.

그때 상황을 지켜보던 사마승이 입을 열었다.

"어린놈 입이 보통이 아니구나."

"장로님."

"물러나라."

입술을 질끈 깨문 진금룡은 청명을 한번 노려본 뒤 두말없이 물러났다.

사마승이 입꼬리를 말아 올렸다.

"장문인을 생각한 네 마음이 갸륵하여 이번만은 책임을 묻지 않겠다."

"네, 감사하네요."

"하지만 하나 기억해 두는 게 좋을 거다. 너의 무례와 나의 무례는 같을 수 없다. 그 이유를 알고 있느냐?"

"……글쎄요?"

"바로 힘이다."

사마승이 낮은 목소리로 말한다.

"무례는 누군가가 지적을 할 때에야 비로소 무례가 되는 법이다. 누구도 지적하지 않는다면 그저 지나갈 뿐이지. 그리고 지적을 할 수 있는 권한은 힘에서 나온다. 힘이 없는 너의 무례는 무례이나, 힘이 있는 나의 무례는 무례가 아닌 법이다."

청명이 오만상을 찌푸렸다.

"예의 이전에 말을 좀 쉽게 하는 법을 배우셔야 할 것 같은데."

"……그냥 미친놈이로군."

사마승이 몸을 돌려 현상을 향해 살짝 고개를 숙였다.

"조금 전의 무례를 사과드리겠소."

"아, 아닙니다. 장로님, 왜 이러십니까?"

"저 아이가 저의 예의를 지적했으니, 그건 이제 무례가 되지 않았습니까. 그러니 사과를 드려야죠."

현상이 어쩔 줄 몰라 했다. 잘못을 저지른 이가 사과를 하는데, 사과를 받는 이가 더욱 불편해하는 상황. 그 모습을 보며 미소를 지은 사마승이 청명을 돌아보며 말했다.

"어린 객기는 용서받기 쉬운 법이지. 하지만 그 객기가 언젠가는 네 목을 칠 것이다. 내 말 기억해 두거라."

그 말을 끝으로 사마승이 몸을 돌렸다.

"가시지요."

"예, 장로님."

현상의 안내를 받으며 그는 제자들을 이끌고 다시 걷기 시작했다. 그 와중에 이송백이 청명을 향해 살짝 고개를 숙였다. 청명이 짧은 고갯짓으로 인사를 받아 주자 그는 엷은 미소를 짓고는 이내 멀어져 간다.

종남의 제자들이 멀어지자 조걸이 하얗게 질린 얼굴로 입을 열었다.

"미쳤어? 대체 뭘 어쩌려고 그래?"

"뭐가?"

"저 사람 종남의 장로라고! 종남이야! 종남!"

"에라!"

청명이 조걸의 정강이를 다시 걷어찼다. 아까 찼던 그곳이다. 조걸이 정강이를 부여잡고 바닥을 나뒹군다.

"아아악!"

"화산의 제자라는 놈들이 말이야, 엉? 웬 거적때기 같은 놈이 장문인을 모욕하는데 참으라고 해?"

"우리라고 좋아서 참겠느냐."

윤종이 굳은 얼굴로 나섰다.

"화는 나지만 저자의 말이 맞다. 힘이 없는 이는 상대의 무례를 지적할 자격도 없는 법이다."

"누가 힘이 없대?"

"……으응?"

청명이 고개를 획 돌려 멀어지는 종남의 제자들을 바라보았다.

'저 새끼들이 감히.'

도둑놈들이 제 발로 화산에 걸어 들어온 것도 짜증 나는데, 감히 장문인을 모욕해?

아무리 청명에게 있어 현 장문인이 진짜 장문인이 될 수 없다지만, 그렇다고 해도 현종은 화산의 대표이다. 그러니 청명이 지켜야 할 사람이라는 건 변하지 않는다. 장문인을 모욕한다는 건 곧 화산을 모욕한다는 뜻이다. 청명의 두 눈이 이글거리기 시작했다.

"좋게 좋게 해 보려고 했더니. 이 새끼들이 초장부터 뒤집어엎고 시작하네. 오냐, 그렇게 나왔다 이거지?"

"……아니, 진정 좀 하고…….."

"청명아. 제발 부탁이다. 제발 생각부터 먼저 하고 움직이자."

삼대제자들이 기겁을 하여 청명을 붙잡았다. 이놈이 한번 눈이 돌아가면 무슨 짓을 저지를지 모른다는 건 그들이 가장 잘 안다. 그때, 청명이 고개를 획 돌렸다.

"사형들, 잘 봤지?"

"……뭘?"

"저 새끼들 하는 짓거리 말이야. 화산을 무시해도 유분수가 있지. 사형들 저거 보고 참을 거야?"

"……아니, 우리도 참기 싫지. 그런데 뭘 어떻게…….."

"잘 들어, 사형들."

청명의 눈에 귀화가 불타올랐다.

"저 새끼들한테 지면 다 돼지는 거야."

윤종을 비롯한 삼대제자들의 얼굴이 일제히 썩어 갔다. 청명의 두 눈은 분노로 희번덕거렸다.

"다른 데선 다 져도 돼. 어디 가서 맞고 다녀도 그러려니 해 준다. 하지만 종남한테만은 지는 꼴 죽어도 못 봐! 내가 못 볼 꼴 보게 한 사람은 진짜 각오해야 할 거야. 남의 눈에 피눈물 흘리게 한 사람은 본인도 피눈물 흘릴 날이 오는 거지!"

"그거 그럴 때 쓰는 말 아냐, 인마! 그거 반대로 쓰는 거야! 네가 지금 우리 눈에 피눈물을 흘리게 하고 있잖아.

"왜 대답이 없어?"

청명이 광기가 일렁이는 눈으로 삼대제자들을 보며 입술을 핥았다. 보고 있자니 등골이 서늘해질 정도다.

"아, 아니. 우리도 그러고 싶지. 그런데 자신이……."

"뭐? 자신?"

청명이 희번덕거리는 눈알을 부라리며 삼대제자들에게 다가왔다.

"이길 자신이 없어?"

"그, 그렇다기보다……."

"뒈질 자신은 있나 보지?"

"……."

"어디 한번 져 봐. 어디 한번. 좋지, 그래. 다 같이 뒈지는 거야. 너도 죽고. 나도 죽고."

"……."

화종지회. 화산과 종남의 친교를 다지기 위한 행사. 하지만 그 화종지회가 지금 한 사람의 분노 앞에 핏빛으로 물들어 가고 있었다.

"저 어린놈이……."

종서한이 슬쩍 뒤를 돌아보았다. 그에 진금룡이 걸어가며 나지막이 물었다.

"신경 쓰이더냐?"

그러자 종서한이 앞서가는 현상의 귀에 들리지 않게 작게 속삭였다.

"신경이 쓰인다기보다는 어이가 없어서 그렇습니다. 어디 주제도 모르고."

"내버려 둬라."

진금룡이 딱딱한 목소리로 말했다.

"주제를 모르고 날뛰는 건 약한 자의 특권이지. 하늘 높은 줄 모르는 망아지만이 천방지축이 될 수 있는 법이다."

"그건 그렇지만……."

"아쉬워할 것 없다. 저리 방자하게 굴었으니 당연히 화종지회에 나오겠지. 저놈을 징벌할 기회는 앞으로도 있다."

"주둥아리를 찢어 놓아도 저리 지껄일 수 있는지 확인해 보고 싶군요."

진금룡이 빙그레 웃었다.

"정파인이 할 소리는 아니로군."

"먼저 시비를 건 건 저쪽입니다."

"그래. 그렇지."

정확하게 말하면 시비를 건 건 이쪽이지만 진금룡은 굳이 그 사실을 지적하지 않았다.

"신경 쓸 것 없다."

그때, 현상을 앞으로 먼저 보낸 사마승이 나직이 말했다.

"결국 무인은 검으로 말하는 법이다. 주둥아리로 아무리 나불거려 봤자 달라지는 건 없다."

"예, 장로님."

"힘이 강호의 전부는 아니다. 하지만 힘이 없이는 아무것도 할 수 없는 곳 또한 강호다. 너희는 이 사실을 잊지 말아야 한다."

"명심하겠습니다."

사마승이 눈을 가늘게 떴다.

"이번 종화지회는 아주 재미있겠군. 저리 방자하게 나오는 것을 보면 저놈들도 믿는 구석이 있을 것이다. 그 믿는 구석을 철저하게 짓밟아 줘라. 알겠느냐?"

"예! 장로님."

사마승이 피식 웃고는 고개를 끄덕였다. 아주 재미있는 놈이다. 그래도 나름 기특한 면은 있다. 화산의 장로조차 두려움에 함부로 입을 열지 못하는데 저 어린놈이 겁도 없이 나서선…….

순간, 사마승이 불현듯 그 자리에 멈춰서 획 뒤를 돌아보았다. 따르던 제자들이 놀라 일제히 멈춰 섰다.

"장로님?"

"왜 그러십니까?"

무시무시한 눈으로 뒤를 노려보던 사마승이 이내 표정을 풀고는 고개를 내저었다.

"아니, 아니다. 아무것도."

그리고 가볍게 손을 내저으며 다시 몸을 돌렸다. 하지만 그의 얼굴은 짐짓 심각하게 굳어졌다.

청명은 분명 사마승의 잘못을 지적했다. 그가 장문인에게 무례했다는 점을 말이다.

'그럼 그 거리에서 내가 하는 말을 들었다는 건가?'

사마승조차 청명의 존재를 파악하지 못한 거리에서?

'아니겠지.'

뭔가 착오가 있었을 것이다.

'내가 아무래도 긴장한 모양이군. 이런 황당한 생각을 다 하다니.'

낮게 웃어 버린 사마승은 걸음을 재촉했다. 하지만 그의 걸음은 이전과는 달리 조금 무거워져 있었다.

· ❖ ·

사마승은 건너편에 앉은 화산의 장문인 현종을 가만히 바라보았다.

몰락해 가는 화산을 어떻게든 부여잡아 망하는 것만은 막아 낸 이가 바로 현종이다. 종남의 장문인이 현종을 평가하기를, 이런 시절이 아니었다면 누구보다 훌륭한 장문인이 되었을 사람이라 하였다.

'과대평가시지.'

현종은 단 한 번도 뛰어남을 보여 준 적이 없는 사람이다. 가정을 앞에 붙인다면 훌륭한 평가를 받지 못할 사람은 없다. 한 사람의 훌륭함은 성격이 아니라 업적으로 평가받는 것이다.

사마승이 고개를 슬쩍 돌려 주변을 둘러보았다. 현종의 좌우로 무각주와 재경각주를 비롯한 현자 배, 그리고 운암과 운검을 비롯한 운자 배들이 정좌해 있다. 그를 맞이하기 위해 화산의 주요 인사들이 모두 모인 것이다. 이 광경을 처음 보는 것은 아니지만…….

'확실히.'

이전과는 느낌이 조금 다르다. 이전 종화지회 때 보았던 이들은 하나같이 삶에 찌들어 있었고, 어딘지 모르게 억눌려 있었다. 하지만 지금 이들에게서는 억눌림은 찾아볼 수 없고, 되레 은근한 여유마저 느껴진다.

'마음에 들지 않는군.'

사마승의 눈이 살짝 가늘어졌다. 이 자신감의 근원이 무엇인지는 그리 중요하지 않다. 그게 돈이든 무학이든 아니면 그저 근거 없는 허세든, 화산이 종남을 넘어서는 무언가를 가졌을 리 없다. 사마승은 그저 화산의 윗배들이 자신감을 가진다는 사실 자체가 못마땅했다.

"차는 마음에 드시는지 모르겠구려."

현종이 넌지시 말을 건네자 사마승이 가볍게 고개를 끄덕였다.

"향이 깊습니다."

"마음에 든다니 다행이오."

사마승이 빙그레 미소를 지었다.

"향이 짙은 건 사실이지만, 저는 애초에 매화 향을 그리 즐기지 않습니다."

현종의 눈이 살짝 꿈틀거렸다. 하지만 이내 평정을 되찾은 듯 부드러운 말투로 입을 열었다.

"이유라도 있소이까?"

"숲에서는 여러 가지 향이 나는 법이지요. 흙의 냄새, 나무에서 배어 나는 내음, 그리고 이슬의 향까지. 하지만 매화가 만발한 곳에서는 오로지 매화 향밖에 나지 않습니다. 너무 짙어 주변의 모든 향을 가려 버리지요."

마치 과거의 화산이 그랬듯이 말이다.

"세상은 조화를 이루며 사는 곳입니다. 그렇기에 저는 조화를 깨는 매화 향보다는 차라리 은은한 엽차 향을 더 즐기는 편입니다."

현자 배들은 그나마 담담한 신색을 유지했지만, 운자 배들은 달아오른 얼굴을 감추지 못했다. 일파의 장문인이 권한 차를 혹평한다는 것은 대놓고 시비를 거는 것과 다르지 않다.

하지만 현자 배들은 사마승의 말을 조금 다르게 받아들였다.

'패도를 추구했던 과거의 화산이 조화를 거부했다는 뜻인가?'

이 순간에 굳이 저런 말을 꺼내는 건, 종남이 아직도 과거의 원한을 잊지 않았다는 의미일 것이다. 감히 일개 장로가 한 문파의 장문인의 앞에서 할 수 있는 말은 아니다. 하지만 이곳에 있는 그 누구도 사마승의 말을 지적하지 못했다. 사마승의 말대로 예의라는 것은 힘 있는 자의 뜻에 달린 것. 무례를 벌하지 못하는 순간 예의라는 것은 그저 허울이 되어 버린다.

몇 마디 되지 않는 말로 분위기를 자신이 원하는 대로 끌어온 사마승이 빙긋 웃으며 입을 열었다.

"장문인."

"말씀하시오."

"저희 종남에서는 이번 종화지회를 끝으로 더는 이 행사를 이어 갈 생각이 없습니다."

현종이 미간을 슬며시 찌푸렸다.

"이유를 물어도 되겠소?"

"간단합니다."

사마승이 입꼬리를 말아 올렸다.

"화산과의 비무가 종남의 발전에 아무런 도움이 되지 않기 때문입니다. 이미 격차가 너무 벌어지지 않았습니까."

현종이 눈을 살짝 감았다. 눈으로 보고 귀로 듣기에는 너무도 치욕적이다. 그의 좌우에 정좌한 장로들도 노한 기색을 감추지 못하고 있었다.

'이자가……'

현영의 수염이 파들파들 떨렸다. 이건 말 그대로 개무시나 다름없다. 어찌 장문인의 앞에서 저런 말을 해 댄다는 말인가?

그때 가만히 눈을 감고 있던 현종이 천천히 눈을 떴다.

"화종지회는 단순히 비무를 나누는 행사가 아니지 않소. 애초에 화종지회란 화산과 종남의 친교를 위한……."

"허울이지 않습니까."

사마승이 현종의 말을 잘랐다.

"이……!"

참다못한 현영이 막 발작하려는 찰나 현상이 그의 무릎을 꾹 눌렀다. 경거망동하지 말라는 뜻이다. 현상과 장문인을 번갈아 바라본 현영이 아랫입술을 질끈 깨물었다.

'도를 넘지 않는가.'

현재 화산과 종남이 비교조차 할 수 없는 문파라는 걸 모르는 이들이 어디 있겠는가?

심지어 화산의 문하들조차도 그 사실을 뼈저리게 잘 알고 있다.
하지만 그렇다 해도 화산은 역사와 전통을 자랑하는 문파다. 비록 지금은 아니지만 백 년 전까지는 구파일방에 당당히 그 이름을 올렸고, 한때는 천하제일검문을 노렸던 곳이다. 심지어 화산이 아닌, 문도가 없는 삼류 문파의 장문이라고 해도 면전에서 이런 식으로 구는 건 예의가 아니다. 그걸 모를 리가 없는 사마승이 지금 대놓고 무례를 범하고 있는 것이다.
사마승이 슬쩍 현영을 보더니 비릿하게 웃는다. 그 미소에 담긴 의미를 알면서도 현영은 허벅지를 움켜잡고 참아 낼 수밖에 없었다.
강호는 무정하다. 힘이 없는 이들은 그저 참아 낼 수밖에.
방 안에 모인 이들을 한번 훑어본 사마승이 낮게 말을 이어 갔다.
"종남과 화산은 단 한 번도 사이가 좋았던 적이 없습니다. 아니, 그냥 솔직히 말하면 차라리 원수에 가깝다고 해야 맞지 않겠습니까? 여기 계신 분들도 지금 저를 씹어 먹고 싶으시겠지요."
"……그렇게까지야."
"하면, 제게 좋은 감정을 가지신 분이 계십니까? 아니, 종남에 좋은 감정을 가지신 분은 계십니까?"
누구도 대답하지 않았다. 그렇다고 답하는 것은 어렵지 않다. 하지만 그게 거짓임을 누가 모르겠는가? 그들도 알고 사마승도 안다.
"이미 끊어진 실을 다시 이으려고 노력하는 것만큼 부질없는 일도 없습니다."
사마승의 목소리는 단호했다. 이미 모든 것은 결정이 나 있고, 이건 그저 통보에 불과하다는 듯이 말이다. 한 문파의 장로가 이리 단언한다는 것은, 이미 장문인과는 이야기가 끝났다는 뜻이다. 그러니 이건 사마승의 뜻이 아니라 종남 전체의 뜻이리라.
나아가 종남은 지금 공식적으로 화산을 자신들의 발밑에 두겠다고 말하고 있다. 앞으로는 화산을 그들의 경쟁 상대로 여기지 않겠다는 선언이다. 이는 너무도 치욕적인 일이다.

아무도 차마 입을 열지 못하고 있을 때, 운암이 슬그머니 운을 뗐다.

"너무 갑작스러운 일이 아닙니까?"

"이미 진즉에 그리했어야 할 일이오."

"장로님."

운암이 물러서지 않자 사마승이 슬쩍 그를 깔보듯 바라본다.

"하면 그대는 화산이 종남의 상대로서 자격이 있다고 생각하시오?"

운암이 입을 다물었다. 이 질문에는 대답을 할 수 없다. 사마승이 나직하게 웃고는 다시 말을 이었다.

"지금까지 화산을 대접해 준 것만으로 종남은 이미 할 도리를 다했다고 생각합니다."

"대접이라니요. 말씀이 조금 심하십니다!"

운암이 목소리를 높이자 사마승이 비릿하게 웃는다.

"뭐가 심하다는 말이오?"

"……."

"종남은 과거의 원한을 잊고 꾸준히 화산을 도와 왔소. 사실 종화지회가 계속 화산에서 열린 것도 불공평한 처사가 아니오? 그럼에도 종남은 종화지회가 열릴 때마다 화산에 일정한 재물마저 지원해 오지 않았소. 그런데도 종남을 탓하겠다는 거요?"

그게 아니겠지. 운암이 이를 갈았다.

화종지회가 화산에서만 열렸던 이유는 뻔하다. 직접 와서 몰락해 가는 화산을 비웃고, 나아가 종남이 비무로 승리하는 모습을 화산의 모든 문도에게 보이기 위함이었지. 그리고 지원을 명목으로 건넸던 재물은 화산이 화종지회를 거절하지 못하게 만드는 먹이였을 뿐이고.

"장문인."

사마승이 다른 이들의 말을 눌러 버리며 단호하게 입을 열었다.

"이해하기 어려우시다면 이해하게끔 해 드리겠습니다. 이번 종화지회의 결과를 보시면 화산에서 먼저 다시는 종화지회를 열지 않겠다는 말을 하게 될 겁니다. 아이들을 망치고 싶지 않다면 생각을 잘 해 보시길 바랍니다."

사마승이 자리에서 일어났다. 그러더니 축객령이 떨어지지 않았음에도 방을 나서려는 듯 성큼성큼 걸어갔다. 모두가 당황하여 어찌할 바를 모를 때, 현종이 사마승의 등을 향해 넌지시 물었다.

"종남은 패도를 걷는 것이오?"

사마승이 걸음을 멈춘다. 그리고 슬쩍 고개를 돌려 현종을 바라보았다. 현종의 얼굴엔 그 어떤 표정도 떠올라 있지 않아, 그 의중을 파악할 수가 없었다.

"그건 제가 정할 일이 아니겠지요."

이윽고 사마승은 문을 열고 밖으로 나가 버렸다. 남겨진 이들의 얼굴에 비통함이 가득 차올랐다.

"어찌 저리 무도할 수 있다는 말인가!"

현영이 울분을 참지 못하고 다탁을 내리쳤다. 다탁이 쩌억 갈라지며 바닥으로 차가 쏟아졌다. 하지만 아무도 그런 그를 탓할 생각을 하지 못했다.

운검이 무겁게 입을 뗐다.

"화종지회가 열릴 때마다 저들은 늘 패악을 부려 왔지만, 이번만큼 심한 건 처음입니다."

"맞습니다. 저건 도를 넘었습니다!"

"일개 장로에 불과한 이가 어찌 장문인의 앞에서!"

"종남에 직접 항의해야 하는 것 아닙니까!"

모두가 노기를 참지 못하고 한마디씩 보태었다. 하지만 그 가운데서 현종만이 조금 처연한 얼굴로 고개를 저을 뿐이었다.

"……내버려 두어라."

"하나 장문인!"

"말이란 때로는 허망한 것이다. 우리가 무슨 말을 한들 의미가 있겠느냐?"

운암이 고개를 숙였다. 다른 이들 역시 분노로 일그러진 얼굴을 푹 숙였다. 현종이 말했다.

"치욕이야 얼마든지 감내할 수 있다. 설령 내 얼굴에 침을 뱉는다 해도 나는 아무렇지 않게 웃을 수 있다. 지금 내가 걱정하는 것은 그게 아니다."

"……하면?"

"아이들이 걱정이구나."

"아……."

운암의 눈가가 파르르 떨렸다.

"저리 직접 말하는 것을 보아, 이번 화종지회의 비무는 더없이 험난해질 것이다. 내가 다치고 모욕당하는 것이야 얼마든지 참아 낼 수 있지만, 아이들이 받을 고통을 어찌해야 좋겠느냐."

현종의 얼굴에 비통함이 어렸다. 나약한 문파의 장문인으로서 짊어져야 할 짐이 너무도 무겁다.

"그럼 지금이라도……."

운암이 말을 하다 말고 입을 다물었다. 원래 그가 하고자 했던 말은 '지금이라도 화종지회를 멈추는 게 어떻겠느냐'였다. 하지만 말이 채 끝나기도 전에 그게 얼마나 황망한 말인지를 깨달아 버렸다.

무인이 상대가 두려워 승부를 포기한다는 건 죽음보다 더한 치욕이다. 더구나 비무를 치르는 이들은 서로 같은 배분이 아닌가?

만약 같은 배분인 이와 싸워 보지도 않고 항복한다면, 그 오명은 제자들을 평생 쫓아다닐 것이다.

"내 죄가 너무 크구나."

현종이 깊은 탄식을 터뜨린다. 다른 이들 역시 현종을 위로할 말을 찾지 못하고 침묵만을 지킬 뿐이었다. 그때, 가만히 대화를 듣고 있던 운검이 입을 열었다.

"장문인. 그리만 생각하실 일은 아닙니다."

현종의 시선이 운검에게로 향했다.

"저들은 이번 비무로 화산과의 확실한 격차를 보여 주고 화산은 더 이상 명문의 자격이 없다는 말을 섬서 전역에 퍼뜨리려 할 것입니다. 이미 위상이 떨어질 대로 떨어진 본파에는 결정타가 되겠지요. 아마 그게 저들의 노림수가 아니겠습니까?"

"그렇겠지. 그런데 다른 기책이라도 있더냐?"

"기책이랄 것도 없습니다. 비무에서 당해 주지 않으면 그만 아니겠습니까?"

"……."

"장문인."

그 어이없는 대답에 할 말을 잃어버린 현종을 보며 운검이 살짝 입꼬리를 말아 올렸다.

"아이들을 믿어 보십시오. 어쩌면 좋은 소식이 있을지도 모릅니다."

모두의 의혹에 찬 눈빛을 받으면서도 그는 그저 빙그레 웃었다.

'이제 네가 증명을 해야 할 차례다, 청명아.'

◆ ❖ ◆

화산의 접객청인 청매관 안은 기묘한 분위기로 가득 차 있었다. 중앙쪽 의자에 앉은 진금룡이 눈을 가늘게 뜨고 중얼거렸다.

"마음에 안 드는군."

방금 식사를 마치고 온 참이다. 깨끗하게 정리된 식당과 군침이 절로 넘어가는 음식들은 산을 올라오느라 허기진 배를 채우는 데는 더할 나위 없이 좋았다. 하지만 바로 그 사실이 진금룡의 심기를 긁고 있었다.

"어디 금맥이라도 발견했나?"

화산은 모든 면에서 종남보다 못해야 한다. 물론 아직 화산의 부와 종남의 부는 비교도 할 수 없는 수준이라는 걸 안다. 그럼에도 그 격차가 좁혀졌다는 사실이 더없이 진금룡을 불쾌하게 했다.

종서한이 슬쩍 그의 눈치를 보고는 어색하게 웃었다. 평소 진금룡은 더없이 온화한 사람이다. 하지만 그 모습만을 보고 그가 온화한 성향이라고 판단한다면 반드시 낭패를 보게 된다.

종서한이 아는 진금룡은 바다와 같은 사람이다.

바다는 평소 잔잔하게 모두를 포용하지만, 화가 나면 거친 격랑이 되어 모든 것을 집어삼킨다. 진금룡이 꼭 그랬다. 평소에는 더없이 부드럽지만, 화가 났을 때는 종남의 그 누구보다 무서운 사람이 된다.

종서한이 어색하게 웃으며 입을 열었다.

"화산이 꽤 건방진 건 사실입니다, 대사형."

"음."

"하지만 결국 중요한 건 무학 아니겠습니까? 겉을 번지르르하게 치장한다고 해도, 비단옷을 걸치고, 좋은 것을 먹고 지낸다고 해도 무학이 받쳐 주지 못한다면 빛 좋은 개살구인 법이지요."

"맞는 말이다."

진금룡이 천천히 자리에서 일어났다. 그리고 모여 있는 사형제들을 돌아보며 우렁우렁한 목소리로 일갈했다.

"하나! 내가 원하는 건 완벽한 승리다!"

모두가 숨을 죽이고 귀를 기울였다.

"명성, 부, 무학, 그 어느 하나도 비견되지 않는 완벽한 압승. 그게 아니면 의미가 없다. 이미 몰락한 화산 따위와 조금이라도 비교가 되는 부분이 있다면 그건 종남의 수치다. 우리는 겨우 이런 곳에서 발목을 잡혀서는 안 된다. 잊었느냐? 우리의 대에서 기필코 종남을 천하제일문파로 만들어야 한다."

종남 이대제자들의 눈에 단호한 결의가 어렸다.

"스스로를 다잡아라. 여행이라도 온 것처럼 마음이 풀어져 있는 너희의 꼴이 나를 화나게 하는구나. 우리가 이곳에 온 목적을 잊지 마라. 종남의 제자다운 모습을 보이지 못하는 놈들은 장로님 이전에 내가 용서하지 않을 것이다!"

"명심하겠습니다. 사형!"

"결코 방심하지 않겠습니다."

짝짝짝짝.

그때 문이 활짝 열리고, 사마승이 박수를 치며 안으로 들어섰다.

"훌륭하다."

"장로님을 뵙습니다!"

모두가 자리에서 일어나 포권을 하자 사마승이 빙그레 웃으며 고개를 끄덕였다.

"내가 해야 할 말을 금룡이 대신 해 주었구나."

"부끄럽습니다. 장로님이 오고 계신 줄 알았더라면 결코 이런 말은 하지 않았을 겁니다."

"아니, 아니다. 더없이 훌륭한 말이었다. 종남의 제자는 당연히 그러한 마음을 가져야 한다."

손을 내린 사마승이 흐릿한 미소를 지었다.

"그에 더해, 이번 종화지회는 그저 승리하는 것으로 끝내서는 안 된다. 저들이 감히 종남의 이름을 입에 올리지도 못하게 만들어야 한다.

무슨 말인지 알겠느냐?"

진금룡이 눈을 가늘게 떴다.

"그 말씀은?"

"비무는 무를 견주는 것. 서로를 해하지 않는 것이 기본이다. 그렇지 않으냐?"

살짝 생각에 잠겼던 진금룡이 미소를 지었다.

"장로님. 화산 제자들의 기세가 굉장히 날카롭습니다. 예전의 그들이 아닌 것 같습니다."

"흐음?"

갑자기 약한 소리를 늘어놓는 진금룡의 태도에 사마승이 슬쩍 표정을 굳혔다. 하지만 이어지는 말에 그의 표정이 다시 부드럽게 풀렸다.

"비무란 서로를 해하지 않는 것이 기본입니다. 하지만 저들의 기세가 예상보다 날카롭다 보니 사정을 봐주는 것에도 한계가 있습니다. 이쪽이 다치지 않기 위해선 팔다리 하나쯤 부러뜨리는 상황이 벌어질 수도 있을 듯한데, 괜찮으시겠습니까?"

"허어. 그거 큰일이로구나."

사마승이 고민하는 척 턱에 손을 가져다 댔다.

"안 되지. 안 되지. 그래서는 안 될 일이야. 아무리 비무가 중요하다지만 우리 아이들이 다쳐서는 그 의미가 없는 법이지. 너희는 이번 비무를 최대한 다치지 않는 선에서 끝내도록 해라. 설사……."

사마승이 비릿하게 웃으며 말을 이었다.

"저들을 상하게 하더라도 말이다."

그 말이면 되었다는 듯 진금룡이 웃으며 고개를 끄덕였다.

"사제들을 잘 다스려 사고 없이 끝내도록 하겠습니다."

"흠, 좋군."

사마승이 미소를 지으며 진금룡을 바라보았다. 이런 아이가 하나 있으면 세상에 걱정이 없어진다. 훗날 진금룡이 장문인이 되어 이끌 때, 다시없는 종남의 전성기가 시작될 것이다. 물론 지금도 그 역할을 충분히 해 주고 있지만.

"금룡아."

"예, 장로님."

"내 다른 것은 너에게 맡기마. 하지만 네게 하나 당부하고 싶은 것이 있다."

"하명하십시오."

"그 건방진 놈을 절대 그대로 놔두지 마라."

진금룡의 머릿속에 한 사람의 얼굴이 떠올랐다. 아마 다른 사형제들도 마찬가지로 한 사람을 생각하고 있을 것이다. 화산과 건방짐을 조합해서 나올 사람은 한 사람밖에는 없으니까.

"그 청명인가 하는 아이 말씀이십니까?"

"그렇다."

진금룡이 빙그레 웃었다.

"걱정하지 마십시오. 그 아이는 제가 확실히 버릇을 고쳐 두도록 하겠습니다."

"네가 조금 얕게 생각하는구나."

"……예?"

자신도 모르게 반문하고 만 진금룡은 순간 무례를 저질렀다는 생각에 황급히 고개를 숙였다.

"그 아이는 이미 은하상단에서 화산에 큰 공을 세웠다. 모두 알고 있겠지."

"예."

모두가 힘차게 대답하는 와중에 이송백만이 대답하지 못하고 고개를 푹 숙였다. 은하상단의 이야기가 나올 때마다 작아지는 것을 어찌할 수 없었다. 사마승이 그런 그에게 짧게 눈길을 준 다음 말을 이어 갔다.
"내 보아하니 화산에서 그 아이에게 주는 신뢰가 적지 않은 듯하더구나. 그런데도 그런 성격이다. 이게 뭘 의미하는 줄 알겠느냐?"
"제자가 우매하여 짐작이 어렵습니다."
"세상은 능력을 갖춘 자가 치고 올라가는 곳이다. 하지만 때로는 능력이 없는 이가 기세를 타서 말도 안 되는 업적을 만들어 버리는 곳 역시 세상이다. 나는 그 아이가 이대로 자라난다면 종남에 큰 우환이 될 수도 있다고 생각한다."
진금룡이 미간을 찌푸렸다.
'그 정도씩이나?'
"외람된 말씀이지만, 아직 아이가 아닙니까?"
"그래서다."
사마승이 으르렁대듯 말했다.
"이제 겨우 약관도 되지 않은 아이가 내 앞에서 제 할 말을 다 지껄였다. 그런데 저 아이가 성장하면 어떻게 되겠느냐?"
"……으음."
"둘 중 하나겠지. 과하게 성장하거나 아니면 파멸하거나."
"파멸할 가능성이 훨씬 높지 않습니까?"
"나는 그 아이가 성장하여 화산을 키워 낼 가능성이 존재한다는 것을 인정할 수 없다. 그러니 싹을 잘라 버려야지."
"장로님이 하시는 말씀이 무엇인지 이해했습니다."
진금룡이 고개를 돌렸다.
"우량."
"예, 사숙!"
뒤쪽에서 선우량이 재빨리 달려 나왔다.
"장로님의 말씀을 들었겠지?"

"물론입니다, 사숙. 걱정하지 마십시오. 다시는 그 방자한 주둥아리를 놀리지 못하도록 철저하게 부숴 버리겠습니다."

"그 정도로는 부족하다. 다시는 재기할 수 없게 만들어라. 종남에 대항한 것을 평생토록 후회하도록 말이다."

"예! 사숙!"

진금룡이 고개를 끄덕였다.

선우량은 종남의 삼대제자 중 제일가는 기재라 불리는 이다. 삼대제자 중 나이가 많은 편은 아니지만, 실력 하나만은 제일이다. 특히나 그 실력이 두각을 나타내기 시작한 게 지난 종화지회 다음이었기에, 화산은 선우량이 어떤 이인지도 모를 것이다. 청명을 잡기에는 최고의 패라고 할 수 있다.

진금룡이 빙그레 웃으며 사마승을 돌아보았다.

"모든 것은 장로님이 원하시는 대로 될 것입니다. 제가 그리 만들겠습니다."

사마승이 흡족한 표정을 지으며 고개를 끄덕인다.

"내 너를 믿으마."

더없이 믿음직스럽다. 종남이 열과 성을 다해 키워 낸 아이들이다. 그동안의 모든 노력이 담긴 아이들을 통해 종남의 전성기를 열어 젖힐 거라 믿어 의심치 않는 사마승이었다. 그리고 이번 종화지회는 그 서막을 알리는 기회가 될 것이다.

'철저하게 짓밟아 주지.'

사마승의 눈에 냉막한 살기가 어렸다.

      ◆ ◈ ◆

"……진짜 하는 건가?"

"심장 떨려 죽겠다."

"저는 오늘 측간에 열두 번 다녀왔습니다."

"아, 더럽게."

삼대제자들이 늦은 밤까지 잠을 이루지 못했다. 내일이면 화종지회가 시작된다. 지금까지는 수련을 버티는 것만으로도 숨이 깔딱깔딱 넘어갈 판이라 화종지회고 나발이고 생각할 겨를이 없었다. 그런데 체력을 보존하기 위해 수련을 하루 쉬니 온갖 잡생각이 머리를 지배한다.

"정말 우리가 잘할 수 있을까요?"

"청명이 된다고 했잖느냐."

"아니, 걔도 종남 애들이랑 붙어 본 적은 없잖습니까."

"그렇긴 하다만……."

윤종이 깊은 한숨을 내쉬었다. 사제들이 불안해하는 것은 알지만 그도 딱히 그들을 진정시킬 말을 찾을 수 없었다.

'당장 내가 불안해 미치겠는데.'

심장이 계속 쿵쿵대고 있었다. 고개를 돌려 슬쩍 옆을 보니, 천하의 조걸마저 긴장한 기색이 역력했다. 그러니 새벽을 앞둔 늦은 시간에도 아무도 잠들지 못하고 이곳에 모여 있는 것이겠지만. 윤종이 머리를 두어 번 긁적이며 입을 열었다.

"청명은?"

"잡니다."

"……그놈은 간을 쇠로 만들었나."

긴장이라는 게 없나? 긴장이라는 게? 당장 내일이 화종지회인데? 아니, 이제 오늘이라고 해야 하나? 자정이 지났으니까. 생각만 해도 가슴이 쿵쾅대는데.

"아까부터 자던데요."

"대자로 뻗어 있는 걸 봤습니다. 코까지 골던데요."

"……부럽기도 하고, 미친 것 같기도 하고."

둘 다겠지. 윤종이 막 입을 열려는 순간, 심드렁한 목소리가 들려왔다.

"내가 간이 큰 게 아니라 니들이 간이 콩알만 한 거지."

모두의 고개가 일제히 계단 쪽으로 돌아갔다. 청명이 심드렁한 얼굴로 내려오고 있었다.

"뭐 한다고 이 시간까지 안 자고 옹기종기 모여 있어."

"기, 긴장이 돼서."

"긴자아아앙?"

청명의 고개가 삐딱해졌다.

'또 시작이다. 저 새끼!'

'또 무슨 구박을 하려고.'

'뭐긴. 또 지면 뒈진다고 하겠지. 악독한 놈!'

하지만 청명의 입에서 나온 말은 그들의 예상을 조금 비껴갔다.

"왜 긴장하지?"

"……응?"

"긴장이라는 건 준비를 덜 한 사람이 하는 것 아닌가?"

윤종이 대표로 대답했다.

"아니, 그런 게 아니라 내일 좋은 모습을 보이지 못할까 봐……."

"사형."

"응?"

"그럼 시간을 열흘 전으로 돌리면 사형이 더 할 수 있는 건 있어?"

없지. 아니 생각만 해도 속이 안 좋아질 지경이다. 이 미친 짓을 열흘 동안 다시 해야 한다니.

"할 걸 다 한 사람한테 긴장이라는 건 없는 거야. 지금 사형들은 긴장한 게 아냐. 그냥 스스로를 못 믿는 거지. 그런데 그것도 웃긴 소리지.

약하면 약한 그대로의 자신을 인정해. 중요한 건 정말 최선을 다했는가 야. 사형은 최선을 다했어?"

"……그래."

이건 정말 확실하게 말할 수 있다. 그들은 정말 최선을 다했다.

"그럼 그걸로 됐어."

청명이 손가락을 튀긴다.

"모두가 뭐라 하더라도 나는 사형들이 최선을 다했다는 걸 인정해 줄 거야. 그러니까 쓸데없는 걸로 시간 낭비하지 말고 가서 자. 전날 충분히 자서 몸 상태를 유지하는 것도 실력이고 노력이니까."

모두가 고개를 끄덕였다.

"그럼 다들 올라가."

"……넌 어디 가는데?"

"나는 수련해야지."

"오늘이 화종지회인데?"

"그거 뭐 대단한 거라고. 그딴 거보다 수련이 열 배쯤 중요해."

그 말을 끝으로 청명은 문을 열고 나가 버렸다. 그러자 다들 나직이 탄식을 터뜨린다.

"거, 진짜…… 수련하러 가네."

화종지회 당일까지 평소의 생활을 유지하는 청명을 보고 있자니 지금까지 끙끙거리며 했던 고민이 바보같이 느껴진다.

"자자."

윤종이 낮게 말했다.

"청명의 말이 맞다. 마지막까지 노력했다고 자신 있게 대답하려면, 잠을 청하는 노력까지 해야겠지."

"예, 사형."

모두가 같은 심정이었는지 순순히 자리에서 일어났다. 하나둘 자신의 방으로 향하는 사형제들을 지켜보던 윤종이 고개를 슬쩍 돌려 청명이 나간 문을 바라보았다.

'여하튼 이상한 놈이라니까.'

그 몇 마디 안 되는 말로 이 새벽까지 잠을 못 이루던 이들을 나른하게 풀어 버렸다.

화종지회의 결과가 어떻게 나오든 저 청명이 있는 이상 삼대제자들은 더욱더 강해질 것이다. 윤종은 그리 확신했다.

· ❀ ·

청명은 산을 오르며 연신 주변을 두리번거렸다.

'없지?'

혹시나 유이설이 또 따라붙을까 봐 바짝 긴장했던 청명이 한숨을 푹 내쉬었다.

"하……. 이게 뭐 하는 짓인지."

세상 무서울 것이 없던 청명이다. 과거 매화검존으로 불리던 시기에는 그를 무서워하는 이는 있었어도 그가 무서워하는 이는 없었다. 심지어 소림의 장문인도 그를 만나기를 꺼리지 않았던가? 그런 청명이 이제는 어린 여자아이가 껄끄러워 피해 다니는 처지가 되다니.

"뭔 말이 통해야 상대를 하지."

생각 같아서는 대가리를 깨서 동아줄로 칭칭 감은 뒤 절벽에 던져 버리고 싶지만, 그래도 사고인데 팰 수는 없잖은가?

응? 백천은 뭐냐고?

"그 새끼는 지가 먼저 덤볐고."

시비를 거는 사숙과 귀찮게 하는 사고가 어찌 같을쏘냐? 여하튼 덕분에 생전 처음으로…… 아니, 한 번 죽고 나서도 처음으로 사람을 피해

다니는 청명이었다.

"이 새벽에 사람을 피해 다니다니, 내가 어쩌다가."

한숨을 푹푹 내쉰 청명이 막 산으로 질주를 하려는 순간이었다.

뭔가 인기척이 느껴졌다.

"이것 봐! 이것 봐! 내가 이럴 줄 알았다니까! 귀신을 속여라, 나를 속이……. 어?"

청명이 고개를 갸웃했다. 느껴지는 기감이 유이설의 그것과는 다르다. 유이설은 천하의 청명이 기감을 세워도 흐릿하게 느껴지는, 환상적인 무존재감을 자랑한다. 그러니 청명도 몇 번이나 그녀의 기척을 놓친 것이다. 하지만 지금 느껴지는 감각은 유이설의 것이라기에는 너무도 강하고 선명하다. 그리고…….

"두 명?"

심지어 한 명도 아니다.

살짝 미간을 찌푸린 청명이 조심스레 기감이 느껴지는 쪽으로 이동하기 시작했다. 이 새벽에 두 사람이 이 깊은 산속에서 따로 만난다니. 이거, 이거 음모의 향기가 솔솔 풍긴다.

'무슨 수작질인지 확인해야지.'

청명의 두 눈이 반짝이기 시작했다.

쐐애애액.

그의 발이 바람을 가르며 힘차게 움직였다. 기감이 느껴지는 곳에 거의 도달한 청명이 기척을 죽이고 가만히 주변과 자신을 동화시켰다. 그리고 슬금슬금 앞으로 가 고개를 살짝 내밀었다.

'어?'

청명이 눈을 끔뻑였다. 하지만 아무리 다시 봐도 눈앞에 보이는 사람들이 달라지지는 않았다.

한 명은 청명도 잘 아는 사람이었다. 백천. 백천이 이곳에 있는 건 이상하지 않다. 어쨌든 여기는 화산의 영역이니까.

하지만 백천의 반대편에 선 사람이 여기에 있는 건 이상해도 너무나 이상했다.

'네가 거기서 왜 나와?'

진금룡. 종남의 이대제자 중 대사형인 진금룡이 기이한 표정으로 백천과 대립하듯 서 있다.

'얘들 둘이 왜 이 시간에 따로 만나지?'

뭔가 음모의 냄새가 폴폴 난다. 청명이 슬쩍 앞쪽으로 더 다가가 귀를 기울였다.

"잘 지내는 것 같아 보이는구나."

진금룡이 빙그레 미소를 지으며 백천에게 말을 건넨다. 하지만 그 말을 들은 백천의 얼굴은 불쾌함을 감추지 못하며 일그러졌다.

"여유로워 보이는군."

"그러지 않을 이유가 없지 않으냐? 동룡아."

"픕!"

진금룡과 백천의 시선이 동시에 한쪽으로 돌아간다.

'아, 씨.'

입을 틀어막은 청명이 필사적으로 숨을 죽였다. 동룡이라는 말의 어감이 그를 참지 못하게 했다.

두 사람은 고개를 갸웃하고는 다시 서로를 마주 보았다. 아마 짐승 소리 정도로 생각한 모양이었다.

백천이 얼굴을 일그러뜨렸다.

"나를 그 이름으로 부르지 마라. 나는 백천이다."

"부모가 주신 이름을 함부로 버리는 게 아니다. 누가 뭐라고 해도 너는 진동룡(秦銅龍)이다."

'끄ㅇㅇㅇㅇ.'

청명이 바닥을 움켜잡았다. 몸이 부들부들 떨렸다.

'아이고, 나 죽는다. 동룡이래. 백천이 원래 이름이 동룡이구나. 아, 배 찢어지겠네.'

한편 백천의 얼굴은 금방이라도 터질 듯 붉어졌다.

"백천이라니까!"

"알았다, 동룡아."

와, 저 새끼 진짜 제대로 먹이네. 저리 싫다고 얼굴까지 시뻘겋게 붉히는데, 면전에 대고 계속 동룡이질이네. 성격 진짜 나쁘구만.

그런 청명의 평가를 아는지 모르는지, 진금룡은 살짝 미소 띤 얼굴로 대화를 이어 갔다.

"화산에서 살아가는 게 나쁘지는 않은 모양이지? 얼굴이 꽤 괜찮구나."

"무슨 말이 하고 싶은 거냐?"

"그저 보고 싶었다."

진금룡의 입가에 어린 미소가 짙어졌다.

"이 형을 꺾겠다고 가출해 화산에 들어간 못난 동생 놈이 어떤 꼴로 살고 있는지 말이다."

"이 년 전에도 확인했을 텐데?"

"나는 패배한 개를 걷어차 주는 건 몇 번을 해도 지겹지 않은 사람이라 말이다."

백천의 얼굴이 일그러졌다. 진금룡은 원래 저런 사람이다. 자신보다 약하다고 생각하는 이에게는 더없이 가차 없는 사람. 평소에는 온화함으로 자신을 위장하지만, 그 안에는 썩어 문드러진 속이 감춰져 있다. 예전부터 저 진금룡에게 얼마나 괴롭힘을 당했던가?

"어떠냐? 네가 지금이라도 엎드려 빈다면 너를 종남에 받아 줄 수도 있다."

"개소리하지 마."

백천이 진금룡을 똑바로 보고 말한다.

"나는 화산의 이대제자이자, 대사형인 백천이다. 이제 내 꿈은 화산을 종남 이상의 문파로 만드는 거야. 그러니 다시는 내 앞에서 그런 말 따윈 꺼내지 마."

'오?'

청명이 반짝거리는 눈으로 두 사람을 바라보았다.

그러니까, 어디 보자. 정리하자면 저 두 사람이 형제라는 건가? 하나는 금룡이 하나는 동룡이.

'……애비가 누군지 꼭 보고 싶다.'

이 찢어지는 배 근육의 원수는 반드시 갚고야 말겠다. 대체 무슨 생각으로 애들 이름을 저따위로 지었나! 그러니 애가 가출을 하지!

백천이 으르렁대듯 말했다.

"그리고 어차피 내가 빈다고 해도 너는 웃으며 이 말은 없던 것으로 해 버리겠지. 너는 원래 그런 놈이니까."

"하하. 형제라는 건 기이하군. 그리 오래 떨어져 살았는데도 나를 그리 잘 안다니."

한참 웃던 진금룡이 갑자기 정색하더니 차갑기 그지없는 눈으로 백천을 바라보았다.

"너는 잘못된 선택을 했다."

"……."

"나를 꺾고 싶었다면 종남에 입문했어야지. 그래야 일말의 가능성이라도 있었을 거다. 그런데 종남이 아니라 화산? 이 다 쓰러져 가는 문파에 입문해 나를 꺾겠다고? 하하하. 개가 웃겠구나!"

백천이 입술을 질끈 깨물었다.

"화산을 무시하지 마."

"호오?"

"그래. 네 말이 맞아. 내가 처음에 화산에 적을 둔 이유는 치기 때문이었지. 나를 무시하고 괄시했던 형을, 그들이 가장 싫어하는 화산을 이끌고 꺾겠다는 생각이었어."

"치기라고 하기에도 너무 멍청한 생각이구나. 너답다고 해야 하나."

지속적으로 쏟아지는 이죽거림을 무시하며 백천이 단호하게 말했다.

"처음에는 분명 어린 치기였지. 하지만 지금의 나는 진짜 화산이 좋아. 화산의 이대제자이자 대사형인 백천으로 살아가는 게 더없이 보람차단 말이다."

'호오오?'

청명이 기특해 죽겠다는 눈으로 백천을 바라보았다.

'그런 사정이 있었군.'

반드시 강해져야 한다더니 나름대로 이유는 있었던 모양이다. 게다가 청명은 백천의 발언에 은근히 감동받고 있었다.

'아, 다 쓰러져…….'

"이 다 쓰러져 가는 문파의 이대제자로 살아가는 것에 보람을 느낀다고? 이 망한 문파에? 정신이 어떻게 되어 버린 거 아니냐?"

저 새끼가? 아니, 원래 하려던 말이지만, 저 새끼가 말하는 걸 들으니 또 빡치네? 확 주둥아리를 그냥!

"그래."

백천이 단호하게 대답했다.

"이상해 보일지 모르지. 하지만 나도 이곳에 와서 알게 됐어. 좋은 문파에서, 좋은 음식 먹고, 좋은 옷을 입고 떵떵거린다고 해서 행복한 게 아니야. 적어도 이곳은 나를 필요로 해 주고, 나도 이곳을 반드시 남부럽지 않게 만들겠다는 목표를 세울 수 있었으니까. 화산은 내게 목표를 준 곳이고, 나아가 이런 나를 애정으로 감싸 준 곳이야!"

"애정?"

진금룡이 학을 떼듯 말했다.

"그런 말랑한 소리를 지껄이다니, 아직 현실을 덜 본 모양이구나. 내가 말해 주지. 너는 이미 끝났다. 이 한심한 선택을 한 대가로 너는 평생을 삼류 무사로서 굴욕만 당하며 살게 될 것이다. 그리고 이곳에서 내가 종남의 장문인이 되는 모습을 지켜보게 되겠지."

"그게 뭐 어쨌다는 건데. 나는 내 인생을 살 뿐이야."

"쓰레기 같은 인생을 살게 되겠지. 뭐, 그것도 나름 지켜보는 재미가 있겠지만."

진금룡이 비릿하게 웃으며 말한다.

"하지만 오래도록 지켜보는 것도 성미에는 맞지 않군. 기다릴 것 없이 당장 내일 네게 알려 주겠다. 종남이 아닌 화산을 선택한 게 얼마나 멍청한 짓이었는지 말이다."

그리고 뭔가 살짝 고민하는 듯 고개를 갸웃거린 진금룡이 비웃음을 입에 걸었다.

"아니, 아니지. 어쩌면 좋은 선택이었을지도 모르지. 몰락한 문파와 멍청한 놈이라니 이보다 잘 어울리는 조합이 있을까?"

"나를 모욕하는 건 상관없다. 하지만 그 입으로 화산을 들먹이지 마. 입을 찢어 버릴 테니까."

"……네까짓 놈이?"

진금룡이 백천을 노려보았다. 치솟는 살기에 백천이 움찔했다. 그렇게 한동안 백천을 쏘아보던 진금룡이 돌연 살기를 거두고 피식 웃었다.

"급할 것 없겠지. 날이 밝으면 알게 될 테니까. 너도 화산도 내일이 지나면 더 이상 강호에 얼굴을 들이밀지 못하게 될 것이다. 바로 내가 그렇게 만들어 주지."

진금룡이 백천을 일별하고는 몸을 돌렸다. 그러더니 뒤도 돌아보지 않고 산을 내려갔다. 그런 진금룡의 뒷모습을 바라보던 백천이 깊은 한숨을 내쉬었다.

'해낼 수 있을까?'

진금룡은 한다면 하는 사람이다. 인성과는 별개로, 실력은 백천이 감히 따를 수 없을 정도로 뛰어나니까. 백천이 입술을 질끈 깨물었다.

'흔들리지 마.'

나는 화산의 백천이다. 그리고 언젠가는 화산의 장문인이 되어서 화산의 영화를 다시 꽃피울 사람이다.

자기 자신에게 다짐하듯 중얼거리던 백천이 단호하게 몸을 돌리려는 순간.

"크으, 기특한 거 보소."

"와! 씨바! 깜짝이야!"

기겁을 한 백천이 저도 모르게 쌍욕을 퍼부으며 바닥에 주저앉았다. 얼마나 놀랐는지 심장이 목구멍으로 튀어나올 지경이다. 겨우겨우 정신을 차려 고개를 들어 보니 청명이 흐뭇한 얼굴로 고개를 끄덕이고 있었다.

"너, 너……. 네가 왜 여기에?"

"동료……. 끄윽. 도, 도, 동룡아."

청명이 새어 나오는 웃음을 억지로 참아 가며 말하자 백천의 얼굴이 한껏 일그러졌다.

"……다 들었느냐?"

"크으, 동룡아. 이 사질은 감탄했다. 화산을 생각하는 그 갸륵한 마음이라니."

청명이 연신 고개를 끄덕이자 백천이 한숨을 내쉰다.

"귀신 같은 놈. 기척도 느끼지 못했는데."

"뭐, 당연한 거지."

"······잘못한 것은 없지만, 다른 사람에게는 말하지 말아 다오. 좋게 생각하지 않는 이들도 있을 테니까."

"걱정 마십시오, 사숙. 이 청명! 입이 무겁기로는 천하에서 마지막이라면 서러운 사람입니다."

······그거 입이 미친 듯이 싸다는 소리 아닌가?

걸려도 하필 이놈에게 걸렸다는 생각에 백천이 머리를 감싸 쥐었다. 이 일은 장문인을 비롯한 몇몇 장로 말고는 아는 이가 없었다. 그런데 하필이면······.

"흐음. 그래서 사숙이 진금룡의 동생이라는 거지?"

"동생이라고는 해도 그리 친근한 관계는 아니다. 애초에 어머니도 다르고······."

백천이 한숨을 내쉬고 뭔가 말을 이어 가려 했다.

"나는 어릴 적부터······."

"아아, 됐어."

"응?"

"그런 시시콜콜한 이야기는 안 들어도 돼. 뭐 뻔하겠지. 서자거나 막내로 태어나서 재능 있는 형한테 치여 대접도 잘 못 받고 어쩌고 해서 가출하고 화산으로 왔다. 아냐?"

"······남의 인생을 그렇게 간단하게 줄이지 마라."

하지만 맞는 말이다.

"잘했어."

"그래. 그러니······. 응?"

백천이 고개를 번쩍 들었다.

"잘했다고. 화산으로 오길."

청명이 지금까지와는 조금 다른 표정을 지었다. 항상 사람의 성질을 긁어 놓던 그 미소가 아니다. 정말 부드러워 보이는 미소였다. 그리고 그의 입에서 무거운 음성이 흘러나왔다.

"출신이 어떻든, 사연이 어떻든 제 발로 화산을 찾은 이상 사숙은 화산의 제자야. 그리고 종남을 버리고 화산을 선택한 게 결코 잘못되지 않았다는 걸 증명해 주지."

백천은 아무런 말도 하지 못했다. 이 어린놈이 할 말은 아니다. 하지만 이상하게도 그 말을 듣는 순간 마음이 편안하게 가라앉았다.

"증명이라니. 언제쯤?"

"언제는 언제야?"

청명이 씨익 웃는다.

"오늘이지."

청명이 고개를 돌렸다. 이제 조금 있으면 화종지회를 알리는 해가 뜰 것이다.

"어디 한번 날뛰어 보자고, 사숙."

청명의 눈에 귀기가 어렸다. 이제 저 종남 놈들의 코를 뭉개 버릴 시간이다.

* ❖ *

화종지회의 날이 밝았다.

현종은 가만히 그의 앞에 도열해 있는 이대제자와 삼대제자들을 바라보았다. 비장하기 그지없다. 이 아이들의 얼굴이 굳어 있다는 사실이 현종의 가슴을 아프게 했다. 지금 그의 앞에 도열한 아이들도 자신들이 얼마나 큰 짐을 지고 화종지회에 나서는지를 이해하고 있는 것이다.

가슴이 아프다. 언제부터 이리 변질되어 버렸는지는 모르겠지만, 이 짐은 본디 장문인을 비롯한 사문의 어른들이 져야 할 짐이었다. 하지만 화종지회가 고착된 어느 순간부터 문파의 힘을 증명하여 그 명예를 떨치는 일이 아이들에게로 넘어가 버린 것이다.

이대제자라고 한들 그 짐을 지기에는 너무 어리다. 삼대제자들은 말할 것도 없다. 그럼에도 그 무거운 짐에 불평 한마디 없이 이리 나서 주는 아이들이 한없이 고맙고, 그래서 더 미안하다.

"장문인."

현영이 슬쩍 눈치를 주자 현종이 살짝 고개를 들었다. 감상에 빠져 아이들을 너무 오래 세워 두었다. 현종은 낮은 헛기침으로 분위기를 환기하고는 부드럽게 입을 열었다.

"다들 긴장한 얼굴이구나."

천천히 아이들을 돌아본 현종이 고개를 가로저었다.

"그리 딱딱하게 굳어 있을 것 없다. 이기고 지고는 중요하지 않다. 그저 이 화종지회를 너희의 밑거름으로 삼으면 될 일이다."

현종이 모두와 눈을 맞추고는 다짐하듯 말했다.

"어떤 결과를 가져오더라도 너희는 여전히 화산의 자랑스러운 제자다. 그 사실만 기억하면 된다."

투박한 말이었다. 비무를 치르러 나가는 이들의 사기를 북돋지도 못했고, 화산의 명예를 등에 지겠다는 각오를 만들어 주지도 못했다. 하지만 그 말은 큰 짐을 져 긴장한 제자들의 마음을 부드럽게 풀어 주었다. 모두의 표정이 조금 온화해지자 현종이 고개를 끄덕였다.

"내가 지켜보고 있으마. 다녀오거라."

그 말을 끝으로 현종이 몸을 돌려 먼저 걸어갔다. 현영이 빠르게 옆으로 따라붙었다.

"함께 가지 않으십니까?"

"아무리 비무라고는 하나, 승부에 나서는 이들과 지켜보는 이들이 함께 갈 수는 없는 법이지. 저들끼리 할 말이 있을 것이다. 아이들끼리만 있도록 해 주거라."

"예, 장문인."

현영이 눈짓하자 현상과 운자 배들도 재빠르게 현종의 뒤를 따랐다.

남겨진 이대제자와 삼대제자들이 낮은 호흡으로 긴장을 풀고 있을 때, 한 사람이 앞으로 나섰다. 백천이었다. 그는 단호한 얼굴로 입을 뗐다.

"오늘 우리는 종남과 싸운다."

그의 시선이 슬쩍 청명에게로 향했다가 다시 제자리로 돌아갔다.

"장문인께서 말씀하셨듯, 패한다 해서 부끄러운 것은 아니다. 부끄러운 것은 최선을 다하지 못하는 것이다. 승부에 임할 때 너희가 화산의 제자라는 자긍심을 품어라."

"예, 사형!"

"가자!"

백천이 굳은 얼굴로 이대제자들을 이끌고 비무장으로 향했다. 그 뒤를 따르는 이대제자들의 얼굴에 단호한 결의가 엿보인다. 가장 마지막에서 걸어가는 유이설의 얼굴에조차 평소와는 다른 비장함이 보일 정도였다.

"크흠."

이대제자들이 멀어지자 윤종이 슬그머니 앞으로 나왔다. 그러자 삼대제자들이 열렬히 윤종을 환영해 주었다.

"뭐. 대사형도 무슨 말씀 하시게?"

"거, 일 절만 합시다, 일 절만. 이러다 날 새우겠네."

"하. 진짜 감투라는 게 사람 미치게 만든다더니."

이 새끼들이…….

"니들이 나를 백천 사숙 반만 대접해 줘 봐라!"

"알았으니 빨리합시다. 다리 아픕니다."

"거, 이럴 거면 다 한마디씩 합시다. 조걸 사형, 미리 뒤에 가서 서 계슈. 시간 아끼게."

윤종이 끙 앓으며 한숨을 푹 쉬었다.
'예전에는 다들 착했던 놈들인데.'
어쩌다가 이렇게 되어 버렸는가?
윤종이 고개를 돌려 이 모든 일의 원흉을 바라보았다. 화종지회라는 커다란 행사가 눈앞에 있음에도 귀찮아 죽겠다는 얼굴로 축 늘어져 있는 청명의 모습이 그의 눈에 들어온다.
"청명아."
"응?"
"할 말 없느냐?"
"뭐 대단한 일 한다고."
청명이 피식 웃었다. 그러더니 슬쩍 고개를 돌려 비무장이 있는 곳을 바라보았다.
"빨리 끝내고 밥 먹어야 하니까, 가자고."
윤종이 자신도 모르게 입꼬리를 말아 올렸다.
"오냐, 이놈아."
다른 건 몰라도 하나는 확신할 수 있다. 평소에는 지랄 맞기 짝이 없는 놈이지만, 이럴 때만은 든든하기 한이 없다.
"가자!"
윤종이 선두에 서서 모두를 이끌고 비무장으로 향했다. 그 뒤를 따라 나서는 청명이 가만히 눈을 빛냈다.

◆ ◈ ◆

화종지회는 기본적으로 화산과 종남의 교류를 위해 만들어진 행사다. 물론 속으로야 화산은 화산대로, 종남은 종남대로 다른 속셈이 있지만, 적어도 겉으로는 비무를 중심으로 한 교류에 그 목적을 두고 있다. 그렇기에 화종지회는 따로 방문자를 받지 않는다. 지금까지는 오로지 화산과 종남의 문도들만이 모여서 서로를 이기기 위해 비무를 하는 정도에 지나지 않았다.

물론 이번 화종지회 역시 특별히 다를 것은 없다. 비무장에 도착하기 전까지만 해도 모두가 그렇게 생각했다.

현종이 눈을 크게 뜨고 연무장을 바라보았다.

화산의 산문을 지나면 바로 대연무장이 나온다. 비무라는 특성상 넓은 자리가 필요하다. 그렇기에 화종지회는 예외 없이 이곳에서 치러졌다. 지금까진 이 너른 연무장을 중심으로 좌우에 화산과 종남의 제자들이 도열하는 게 전부였는데, 오늘은 다소 이상한 광경이 펼쳐져 있었다.

"이, 이분들은 대체……?"

화종지회가 벌어질 연무장 주변에 정체불명의 인파가 모여 있었다. 심지어 그게 다가 아니다. 이 순간에도 산문으로 사람들이 우르르 몰려들고 있다. 더 기이한 것은, 지금 들어오고 있는 이들의 손에 하나같이 집기들이 들려 있단 점이다. 그들은 저마다 의자나 탁자 같은 것들을 연무장 주변으로 나르는 중이었다.

현종은 난데없는 사태에 당황하여 잠시간 말을 잃고 말았다. 그때 운암이 다급한 얼굴로 다가왔다.

"장문인."

"이게 다 무슨 일이더냐?"

"산문에 몰려온 이들이 화종지회를 자신들의 눈으로 보겠다고, 다짜고짜 출입을 요구했습니다. 워낙 많은 이들이 몰려온 통에 무턱대고 막을 수가 없었습니다."

"으으음."

현종이 침음성을 흘렸다.

"종남에서 부른 것인가?"

그렇다면 목적이야 뻔하다. 화산이 그들에게 패하는 모습을 저들에게 적나라하게 보여 주겠다는 것이겠지.

처음에 볼 때는 몰랐지만, 다시 보니 중인들의 복색이 꽤 화려하다. 개중 현종도 아는 얼굴이 몇몇 보이는 것으로 보아 아마도 섬서의 유지들을 초청한 모양이었다. 알아본 이들만 해도 섬서 십대 상단주에, 지역의 명사들이다. 그리고 그 주변으로는 심지어 관복을 입은 이들까지 보인다. 저들이 섬서에 끼치는 영향력을 감안한다면, 오늘 화종지회에서 보고 들은 일들은 순식간에 섬서 전역으로 퍼져 나갈 것이다.

'치졸한!'

그 사특한 생각에 살짝 열이 오른 현종이 평소보다 조금 어두운 목소리로 일갈했다.

"외인을 허락 없이 들여서는 안 된다는 것을 모르느냐?"

"하나, 장문인."

"저들의 뜻이 뻔한 것을 어찌 당해 주었단 말이더냐?"

"그, 그게 아니옵고……."

"응?"

그때, 현종의 귀에 나직한 음성이 들려왔다.

"장문인. 이건 사전에 조율되지 않은 일 같습니다만?"

현종이 고개를 돌렸다. 종남의 장로인 사마승이 살짝 당황한 얼굴로 그에게 다가오고 있었다. 현종은 사마승의 '당황'에 주목했다.

'종남이 벌인 일이 아니라는 말인가?'

사마승이 저들을 불렀다면 저리 당황한 얼굴로 저런 질문을 할 이유가 없다. 되레 느긋하게 걸어와 이죽거렸겠지. 현종이 슬쩍 운암을 돌아보았다.

"어찌 된 일이냐?"

"일단 막아 보려 했습니다만, 저분들을 모셔 오신 분이……."

"접니다, 장문인."

현종과 사마승의 시선이 소리가 들려온 곳으로 돌아갔다. 퍽 낯익은 사람이 미소를 지으며 걸어오고 있었다.

"황 대인이 아니시오."

"황 대인?"

은하상단의 황문약이 그들에게 다가오고 있었다.

"격조했습니다."

황 대인이 가만히 포권한다. 두 사람은 일단 황 대인의 인사를 받았다. 하지만 여전히 얼굴에 의문이 가득했다. 손을 푼 황 대인이 빙그레 미소를 지었다.

"화종지회가 열리는데 관객이 없으면 흥이 살지 않을 것 같아, 제가 사람들을 조금 모셔 봤습니다."

"으음."

현종이 미간을 찌푸리며 막 한마디 하려는 순간, 사마승이 선수를 쳤다.

"나쁘지 않은 생각이군요. 하기야 마지막으로 열리는 종화지회이니 섬서의 축제가 되어도 괜찮겠지요."

그러면서도 은근히 종화지회라는 말에 힘을 주는 사마승이었다. 현종이 낮게 한숨을 내쉬었다. 황 대인이 사람을 초청하고 종남에서 동의를 해 버린 이상 그가 나서서 반대하기는 어렵다. 이 험난한 화산을 올라온 이들에게 그냥 돌아가라고 말을 한다?

'안 될 일이지.'

화산의 각박함을 성토하는 말이 섬서 전역에 돌 것이다. 저들의 영향력을 생각한다면 더더욱 말이다. 이들을 문전박대하는 것은 너무도 어려운 일이었다.

결국 현종은 내심으로 탄식하면서도 미소를 지을 수밖에 없었다.
"그리하시지요. 이왕 오신 것, 편히 즐기다 가십시오."
"이해해 주셔서 감사합니다, 장문인. 그럼."
황 대인이 빙그레 미소를 짓고는 몸을 돌렸다. 개방에서 온 무영개도 실실 웃으며 황 대인과 함께 만들어지고 있는 관객석으로 향했다.
앞장서 걸어가던 황 대인이 슬쩍 고개를 들어 청명을 보았다.
'됐소이까?'
청명이 가만히 고개를 끄덕인다. 눈빛을 교환하며, 황 대인은 알 수 없는 표정을 지었다.
'소도장은 항상 나를 놀라게 하는군. 이번에는 또 무슨 짓을 벌이려는 건가.'
황 대인에게 섬서의 유지들을 모아 오라 시킨 이는 다름 아닌 청명이다. 화음에 있는 소단주를 은밀히 찾아가 황 대인에게 말을 전한 것이다.
— 좀 유명하다 싶은 사람들은 다 끌고 오세요.
'일단 시키는 대로는 했소. 뒷일은 나도 모르오, 소도장.'
황문약의 눈빛을 받으며 청명이 씨익 입꼬리를 말아 올렸다.
'판은 키워야 제맛이지!'
아무도 없는 곳에서 화산이랑 종남끼리 서로 치고받는 게 무슨 의미가 있는가? 결과를 낸다고 해도 종남이 입을 닫아 버리고 화산이 떠들어 대서는 아무도 믿지 않을 것이다. 그러니 모두가 이 화종지회의 결과를 그 두 눈으로 보게 만들어야 한다.
"그럼 준비는 이걸로 끝이고."
"응?"
"아냐, 아무것도."
내가 말해 준들 니들이 알겠냐? 뱁새가 황새의 뜻을 어찌 알리······.

어? 이거 뱁새랑 황새 아닌가?

여하튼! 장문사형! 제가 이렇게 머리를 굴립니다, 제가! 예전에 저보고 멍청하다고 했던 것 취소하십시오!

– 잔머리는 원래 잘 돌아갔지.

"거, 진짜! 칭찬 한마디 해 주면 어디 덧나나?"

조걸이 눈을 찌푸리며 청명을 돌아보았다.

"아까부터 왜 자꾸 혼잣말이야. 긴장했냐?"

청명이 대답 없이 한숨을 내쉬었다. 그러는 사이 대충 준비가 끝났다. 의자와 탁자의 배치가 완료되었고, 연무장으로부터 거리를 조금 두고 관객들이 착석했다. 집기를 가져온 하인들이 그 뒤로 우르르 도열했다.

"시작하는 모양이다."

누군가의 긴장된 목소리가 들렸다.

잠시 뒤, 운암이 연무장 한가운데로 가만히 걸어 나왔다. 연무장의 중앙에 선 그는 주변을 한번 둘러보고는 양손을 모아 관객들에게 포권 했다. 그러더니 이윽고 가슴을 쭉 펴고 심호흡했다. 근엄하고도 우렁우렁한 목소리가 터져 나왔다.

"그럼 지금부터 금년의 화종지회를 시작하도록 하겠습니다!"

분위기가 순식간에 달아올랐다.

"무척 기대가 되는군요."

"하하하. 황 대인 덕분에 이런 것을 다 보는군요. 감사드립니다."

좌우에서 쏟아지는 찬사에 황문약은 그저 빙그레 미소를 지었다.

"제가 되레 초대에 응해 주신 것에 감사를 드려야지요. 먼 길을 마다 않고 달려와 주셨잖습니까?"

"하하하. 이런 진귀한 볼거리를 놓칠 수는 없지요."

이리저리 덕담이 오고 간다. 하지만 황문약은 그 와중에도 중인들이 비무에 나설 이들을 세세히 뜯어보고 있다는 걸 놓치지 않았다.

이곳에 모인 이들이 단순히 볼거리를 찾아 이 먼 길을 왔을 리가 없다. 이들의 관심사는 두 문파의 자라날 후세대. 그중에서도 종남의 후기지수들이다.

상계와 강호는 먼 듯하지만 가깝다. 상행을 나서는 내내 무뢰배들에 맞서야 하는 상계는 강호의 정세에 언제나 민감하기 마련이다. 그리고 강한 문파는 그 자체만으로 투자의 대상이 된다. 결국 힘이란 돈을 끌어모으는 법이니까.

이들은 오늘 이 화종지회를 통해 종남의 후기지수들을 평가해 미래의 종남을 가늠하려 하는 것이다.

"종남과 화산의 비무라. 상대가 조금 아쉽긴 하군요."

"그러게나 말입니다. 가까운 곳이라면 공동이나 무당도 있을 텐데. 상대가 화산이어서야 제 실력을 발휘할 수 있겠습니까?"

세인들이 목소리를 낮춰 말했다.

'이게 객관적인 평가겠지.'

황문약 역시 이들의 평가가 틀렸다고는 생각하지 않았다. 백 년 전이라면 모를까, 지금의 화산은 종남의 상대가 되지 못한다. 드높은 구파일방 중 한 자리를 굳건하게 지키고 있는 종남과 구파에서 퇴출되다 못해 거의 망하기 직전까지 몰려 버린 화산을 비교할 수 있을 리가 없다. 하지만…….

황문약의 시선이 건너편에 모여 있는 화산의 제자들에게로 향했다. 청명의 모습이 잘 보이지 않자 황문약이 눈을 살짝 찌푸린다.

'질 내기를 할 사람은 아닌 것 같고.'

그렇다면 뭔가 묘책이 있단 말이렷다? 황문약이 미소를 지었다.

'선점한 곳에 다른 이들이 달려드는 건 그리 달갑지 않지만, 회수를 위해서는 화산의 명성이 퍼질 필요가 있겠지. 그러니 이번에는 두말없이 협조해 준 것이오, 소도장.'

황문약의 마음이 기대로 부풀기 시작했다. 과연 오늘 이곳에서 무슨 일이 벌어질지에 대한 기대로 말이다.

연무장 한가운데에 선 운암이 양쪽에 서로 대치하고 선 화산과 종남의 제자들에게 신호를 보내고는 입을 열었다. 갑작스레 관중이 생겨 버려 조금 당황스럽기는 하지만, 그동안 꾸준히 이어 오던 화종지회다 보니 이끌어 나가는 것에 큰 어려움은 없었다.

"먼저, 각 파 이대제자들의 대표들이 일대일로 비무를 하겠습니다. 이대제자 중 열 명의 대표가 모두 열 번의 비무를 치르게 됩니다."

운암이 단호하게 소리쳤다.

"선봉!"

그 말이 끝나기가 무섭게 양측에서 한 사람씩 자리에서 일어난다. 진금룡과 백천. 각각 사문의 이대제자 중 수좌인 이들이었다.

"사형!"

"사형. 건승하십시오!"

"이기셔야 합니다!"

사제들의 응원을 들으며 백천이 깊게 심호흡을 했다. 딱딱하게 굳은 얼굴이 그가 지금 얼마나 긴장하고 있는지를 말해 준다. 그는 고개를 돌려 사제들을 한번 바라보고는 연무장을 향해 나아갔다. 그의 건너편에서는 진금룡이 무척 여유로운 모습으로 걸어오고 있었다.

두 사람이 연무장의 한가운데에서 서로 마주 섰다.

"과연."

은하상단과 함께 섬서 십대 상단으로 불리는 대붕(大鵬)상단의 상단주 위자개(魏自開)가 진금룡을 보며 탄성을 터뜨렸다.

"진금룡이 종남의 전성기를 열 인재라 하더니, 과연 그 풍모가 대단합니다."

"그야말로 청년 영웅의 모습입니다."

새하얀 백의 무복을 입고 목검을 한 손에 쥔 진금룡의 모습은 확실히 사람의 시선을 잡아끄는 면이 있었다.

"하지만 풍모만 본다면 건너편의 저자도 훌륭하지 않습니까?"

"이리 보니 둘이 닮은 것도 같습니다그려. 흑과 백이라. 그림이 되는군요."

검은 무복을 입은 백천 역시 진금룡의 모습에 당당히 맞서고 있었다.

"확실히 기대감이 올라가는 모습입니다만, 화산의 제자가 과연 진금룡을 상대할 수 있겠습니까?"

"모르지요. 화산이 워낙 크게 휘청였던 건 사실이지만, 최근의 화산은 또 다를 수 있으니까요. 썩어도 준치라고, 과거의 화산을 생각한다면 혹여 이변이 있을지도 모릅니다."

말이야 그렇게 했지만, 그 누구도 백천이 진금룡을 이길 거라 생각하지 않았다. 지금의 화산은 과거의 화산이 아니다. 그건 이곳에 있는 이들이 오래전에 화산파와의 거래를 끊었다는 사실이 증명하지 않는가? 혹여나 화산이 다시 부활할 가능성이 있다고 생각했다면, 그 끈을 완전히 끊어 버리지는 않았을 것이다. 지금 이곳에 있는 이들이 기대하는 것은 종남이 얼마나 강한 모습을 보여 주느냐뿐이었다.

옆쪽에서 들리는 대화를 엿듣던 사마승이 살짝 얼굴을 굳혔다. 예의상 하는 소린 줄은 알지만, 그래도 저런 말은 영 기분을 더럽게 했다.

'보여 주어라, 금룡아.'

이제 화산이 종남과는 감히 이름조차 나란히 거론될 처지가 아니라는 현실을.

그리고 그 순간, 현종 역시 입술을 꾹 닫고 백천을 바라보았다.

'네 모든 것을 펼쳐 보이거라. 후회가 없도록.'

모두의 기대와 우려가 집중된 가운데, 마주 선 진금룡과 백천이 서로를 가만히 바라보았다. 먼저 입을 연 것은 진금룡 쪽이었다.

"잘도 도망가지 않고 나왔구나."

백천이 단호한 얼굴로 대답했다.

"나는 화산의 대제자다. 내가 종남 따위에 도망칠 리가 없지."

"입은 살았구나."

진금룡이 가만히 검을 들어 백천을 겨누었다.

"개는 원래 잘 짖는 법이지."

"그 개에게 물려 볼 테냐?"

"내가 실수를 했군. 너는 심지어 개조차 되지 못한다."

"이……."

"어디 한번 덤벼 보아라. 어제 말한 대로 내가 친히 알려 주지. 네가 얼마나 하찮은 놈인지."

백천은 굳이 대답을 하지 않았다. 대신 현종이 앉아 있을 쪽으로 슬쩍 시선을 돌렸다.

'장문인이 보고 계신다.'

개인적인 원한이나 사심 같은 것은 지금은 접어 둘 때다.

'나는 화산의 이대제자 백천이다.'

백천이 단호한 눈으로 진금룡을 노려보았다. 그리고 그 역시 목검을 들어 그를 겨눴다.

모두가 긴장한 눈으로 두 사람을 바라보았다. 한쪽은 화산을 대표하는 이. 그리고 상대 역시 종남을 대표하는 이다. 원래라면 가장 마지막에 맞붙어야 할 두 사람이 화종지회의 전통에 따라 가장 먼저 맞붙는다. 어찌 보면 이 승부로 화종지회의 결과가 거의 나와 버리는 것과 같다. 그러니 어찌 관심이 가지 않겠는가?

막 누군가 입을 열려는 순간, 백천이 움직였다.

파아앗!

바닥을 박차는 소리가 선명하게 울린다. 가공할 속도로 앞으로 치고 나간 백천이 아무런 변화도 담지 않은 검으로 진금룡의 목을 일직선으로 찔러 들어간다.

스슷.

진금룡이 날아드는 검에 맞서지 않고 옆으로 비켜나듯 검을 피해 낸다.

쇄애애액!

백천의 검이 재빠르게 진금룡을 쫓았다. 손목이 살짝 흔들린다 싶더니 이내 검 끝이 수십 개로 불어났다. 화산 특유의 화려한 변초(變招)가 가미된 검이 연무장을 뒤덮는다.

"오오."

"굉장하군!"

"화산의 아이도 실력이 굉장한 듯합니다."

지켜보는 이들도 절로 감탄을 할 수밖에 없는 화려한 초식이었다. 비록 진검이 아닌 목검으로 펼쳐지는 검초지만, 그 예리함은 진검 못지않았다. 천하의 진금룡도 이 화려한 초식 앞에서는 마땅히 대처할 방법이 없는지 연신 뒤로 물러나기만 했다.

화산의 이대제자와 삼대제자들이 그 모습을 보며 불끈 주먹을 쥐었다. 조걸이 흥분한 듯 소리쳤다.

"역시 백천 사숙이야! 사숙의 복호청양검(伏虎靑陽劍)은 그야말로 일절이라 부를 만하지!"

화산의 제자들이 저마다 흥분을 감추지 못했다. 이들은 안다. 백천이 그동안 얼마나 뼈를 깎는 수련을 해 왔는지 말이다.

지난 화종지회에서 굴욕을 당한 이후로 백천은 침식을 잊고 수련에 전념해 왔다.

폐관을 자청한 것도 백천이었다. 화산에서 가장 즐겁고 화려하게 살 수 있는 사람이 스스로 사람과의 교류를 끊고 오로지 검만을 돌아보겠다고 자신을 가둔 것이다. 그런 이를 어찌 응원하지 않을 수 있겠는가?

백천의 검영(劍影)이 화려하고 날카롭게 진금룡을 몰아세웠다. 저 하나하나의 검영이 모두 날카로운 예기를 담고 있다. 실초와 허초가 뒤섞여 무엇이 진짜고 무엇이 가짠지 구분해 낼 수가 없을 지경이다. 그 모습을 본 현종이 주먹을 꽉 움켜쥐었다.

'저 아이가 언제 저 경지까지!'

저 정도라면 운자 배와 견주어도 그리 크게 뒤지지 않는 수준이다. 재능이 있다는 건 알았지만 설마 저 정도일 줄이야!

백천의 선전을 지켜보는 모든 화산문도의 눈이 희망으로 물들었다. 어쩌면……. 어쩌면 이번은 다를지도 모른다. 윤종 역시 흥분을 감추지 못했다.

"청명아! 사숙이 몰아붙이고 있어!"

"그래."

"어쩌면 이길지도 모르겠다!"

"설마."

"응?"

윤종이 청명을 돌아보았다. 의자에 등을 기댄 청명이 심드렁한 얼굴로 말했다.

"뭘 때려야 이기든 말든 하지. 한 대 스치지도 못하는데."

"그래도 승기를…….."

"사형은 저게 승기를 잡은 사람의 얼굴로 보여?"

"응?"

윤종이 고개를 돌려 다시 백천을 바라보았다. 그리고 이내 표정을 굳힐 수밖에 없었다. 백천의 얼굴은 힘겨움에 한껏 일그러져 있었다.

'왜!'

백천은 있는 힘을 다해 검을 휘둘렀다. 강하게 진각을 밟았다. 단단히 고정한 하체를 중심으로 끌어 올린 기운이 손끝으로 밀려들어 간다. 이윽고 검에 기운을 담아, 있는 힘을 다해 휘두른다. 가볍게, 또 가볍게. 마치 나비가 날아들듯 가볍지만 날카롭게!

하지만 그 가볍고도 날카로운 검은 진금룡의 몸에 결코 닿지 못했다.

'왜 스치지도 못하는 거냐? 왜!'

아득하다. 눈앞에 선 상대가 너무 아득하다. 마치 하늘 높이 치솟은, 깎아지른 절벽을 보는 것 같다. 감히 오를 엄두도, 넘을 엄두도 나지 않는 절벽.

이미 흠뻑 젖어 버린 백천은 눈으로 스며드는 땀을 닦아 낼 생각도 하지 못하고 고함을 내질렀다.

"아아아아아아아!"

필사의 일격! 동시에 십이방(十二方)을 점한 백천의 검이 진금룡을 향해 날아들었다.

그 순간이었다.

카앙!

처음으로 휘둘러진 진금룡의 검이 날아드는 백천의 검을 튕겨 냈다.

검이 멈추자 연무장을 뒤덮던 검영도 사라졌다. 그제야 백천은 진금룡의 얼굴을 똑똑히 볼 수 있었다. 이미 흠뻑 젖어 버린 그와는 달리 땀 한 방울 흘리지 않고, 호흡조차 흐트러지지 않은 진금룡이 비릿한 미소를 머금고 그를 바라본다.

"충분히 즐겼겠지?"

"⋯⋯너."

"멍청한 놈. 화산의 무학 따윌 아무리 익힌다고 한들 내 털끝 하나 건드릴 수 있을 것 같으냐?"

진금룡의 검이 빛살처럼 백천을 향해 날아들었다.

푸욱!

어깻죽지를 찔린 백천이 비명조차 지르지 못하고 바닥을 나뒹굴었다.

"끄으……."

그는 신음을 토하며 억지로 몸을 일으켰다. 고개를 들자 여유롭게 웃으며 그에게 다가오는 진금룡의 모습이 눈에 들어왔다.

"그 몸으로 충분히 깨달아라. 네가 얼마나 멍청한지 말이다."

진금룡의 검이 사정없이 백천을 후려쳤다.

차이는 애초부터 인정하고 있었다. 진금룡은 어릴 적부터 기재 중의 기재로 불리던 이였다. 백천이 아는 사람 중 천재라는 말에 가장 어울리는 사람이 바로 진금룡이었다.

이미 패배도 경험했다. 지난번 화종지회에서도, 그리고 그 이전에도 백천은 진금룡을 상대로 승리하지 못했다. 철저한 패배의 쓴맛만을 보았을 뿐.

'하지만……. 좁혀졌을 거라 생각했는데.'

그토록 노력했으니까. 청명은 그의 노력을 두고 제대로 된 게 아니라고 평했지만, 백천의 나름으로는 정말 뼈를 깎는 고련을 감내했다. 적어도 저 진금룡보다는 두 배 이상 수련을 했다고 자신할 수 있다. 그렇기에, 이기진 못해도 조금이나마 차이를 좁히기는 했을 거라 믿었다. 하지만 현실은 언제나 상상보다 참담하다.

퍼어어억!

"끅!"

진금룡의 검이 백천의 발목을 후려쳤다. 휘청이며 넘어질 뻔한 백천이 필사적으로 균형을 잡으며 이를 악물었다. 진검이었다면 방금 발목이 잘려 나갔다. 진검이 아니라 목검이기에 이 정도로 끝난 것이다. 하지만 거꾸로 말하자면 진검이 아니기에 그에게는 패배할 자유조차 허락되지 않는다.

'왜 닿을 수조차 없는가.'

왜! 그렇게나 노력했는데!

퍼어어억!

다시 날아든 진금룡의 검이 백천의 반대쪽 허벅지를 후려쳤다. 거의 뼈가 부러질 정도의 충격에 순간적으로 정신이 아득해졌지만, 비명은커녕 신음조차 흘리지 않았다. 백천은 되레 목검으로 바닥을 후려치며 그 반동으로 몸을 앞으로 내던졌다.

"으아아아아앗!"

그의 검이 진금룡의 머리를 노리고 날아들었다. 변화를 배제한 단순한 일격. 하지만 그만큼 빨랐고, 그만큼 날카로웠다.

"느려."

하지만 진금룡은 옆으로 한 걸음을 내디디고 몸을 비트는 것만으로 백천의 회심의 일격을 완벽하게 무위로 돌려 버렸다.

퍼어어억!

진금룡의 검이 백천의 좌측 어깨를 후려쳤다. 살이 터져 나가며 핏물이 쭉 솟았다.

"끄윽."

한 번의 공격만 더 하면 비무를 완벽하게 끝낼 수 있는 상황. 하지만 진금룡은 마무리를 짓지 않고 뒤로 한 발짝 물러섰다. 그러더니 오만하기 짝이 없는 표정으로 백천을 내려다보았다.

"끄으으윽."

백천은 한 손으로 바닥을 짚고 어찌어찌 다시 몸을 일으켰다. 진금룡을 노려보는 핏발 선 두 눈은 고통에 겨웠지만 그래도 투지만은 잃지 않았다.

"호오?"

진금룡이 놀랍다는 듯 백천을 바라보았다.

"서 있기도 힘든 놈이 아직 독기는 살아 있군."

그는 검 끝으로 백천을 겨누며 차게 말했다.

"하지만 그뿐이다. 너는 평생이 가도 내 옷자락 하나 벨 수 없다."

"……어째서?"

"정말 이해력이 달리는 놈이군. 그토록 이야기해 줬건만."

진금룡이 주변을 쭉 둘러보더니 입을 열었다.

"그만큼이나 너희 화산과 우리 종남의 차이가 크다는 뜻이지. 화산의 무학 따위로는 종남의 무학을 상대할 수 없다. 백 년! 천 년이 흘러도 마찬가지다!"

너무나도 오만한 선언이었다. 하지만 그 누구도 진금룡의 말에 반박할 수 없었다. 심지어 이 오만한 소리를 두 귀로 들은 화산의 문도들조차 입술을 질끈 깨물 뿐, 차마 소리쳐 노기를 토해 낼 수 없었다. 현종은 그 광경을 보며 질끈 눈을 감았다.

'대체 어디까지 감내해야 한다는 말인가?'

한 문파의 장문인 앞에서 이제 겨우 이대제자에 불과한 이가 저리 오만한 말을 내뱉는데도, 아무런 단죄조차 할 수 없는 그의 처지를 누가 이해할 텐가?

'선인들이시여.'

제 죄를 용서하소서.

하나, 진금룡의 오만은 거기서 그치지 않았다. 그는 백천을 향해 미소를 지었다.

"지금이라도 나를 따라잡고 싶다면 당장 화산을 떠나는 게 좋을 것이다. 이곳에는 아무런 미래가 없다. 망한 문파에 남는 것은 조롱뿐이지."

백천이 이를 악물었다.

"나는…… 화산의 제자다."

"훌륭하군. 남자라면 그래야지. 다만……."

진금룡이 검을 들고 백천에게 쇄도했다. 백천은 날아드는 검을 어떻게든 막아 보려 했지만, 팔이 더 이상 움직이지 않았다.

퍼벅! 퍼퍼퍼벅!

커다란 가죽 북을 두드리는 듯한 소리와 함께 단번에 십여 대를 얻어맞은 백천이 끝내 쓰러졌다.

쿠웅.

의식을 잃은 백천을 슬쩍 돌아본 진금룡은 입가를 비틀며 웃었다.

"그렇다고 봐줄 생각은 없어. 아, 이런. 말하는 게 조금 늦었나?"

비릿한 미소와 함께 그가 가볍게 목검을 회수하였다. 그리고 쓰러진 백천을 타 넘어 자신의 진영으로 향했다.

패배. 더할 나위 없이 완벽한, 백천의 패배였다.

"사형!"

"사수우우욱!"

그제야 정신을 차린 화산의 제자들이 연무장으로 뛰쳐나왔다.

"사, 사숙!"

"함부로 건드리지 마!"

의식을 잃은 백천을 조심스레 안아 든 백상이 잠깐 침묵하며 고개를 숙였다. 그러더니 이내 처참하게 일그러진 얼굴로 일갈했다.

"이건 너무 심하지 않소!"

그러자 제자리로 돌아가던 진금룡이 백상을 돌아보았다.

"뭐가 심하다는 거지?"

"이건 비무요! 비무를 하는데 상대를 이토록 상하게 하는 법이 어디 있단 말이오!"

"비무라……. 그러니 그 정도로 끝난 것 아닌가?"

"……뭐요?"

진금룡이 입가에 비웃음을 담았다.

"내가 진검을 들었다면 지금쯤 그가 어찌 되었을 것 같은가?"

"……."

"비무이기에 목숨이나마 건질 수 있었던 거지. 그렇지 않나?"

"어찌 이리 무도한……."

"그리 화내지 말게."

진금룡이 피식 웃으며 말했다.

"나도 적잖이 당황했으니 말일세. 설마 그렇게까지 약할 줄 알았나. 조금은 막을 줄 알았지. 그건 내가 사과함세."

백상은 피가 나도록 입술을 짓씹었다. 완벽한 패배. 그리고 정도를 넘어도 한참 넘은 조롱. 억장이 무너지고 피가 거꾸로 솟는다. 할 수만 있다면 저놈을 끌어다 천참만륙을 내고 싶은 심정이다. 하지만 지금 그가 할 수 있는 건 아무것도 없었다.

"사형을 의약당으로 모셔라! 지금 당장!"

"예!"

사제들이 백천을 안아 들고 뛰어가자 백상이 목검을 뽑아 들었다.

"어디 그 잘난 종남의 검이라는 걸 나도 한번 견식해 봅시다!"

"못 할 것도 없겠지. 서한."

"예, 사형!"

"상대해 줘라."

"알겠습니다!"

종서한이 씨익 웃으며 연무장으로 들어섰다. 여유롭게 걸어 나오는 그를 보며 백상은 목검을 부러져라 움켜잡았다.

점점 험악해지는 비무장의 분위기와는 달리, 관중들의 분위기는 무척이나 화기애애했다.

"과연 훌륭합니다."

"백천이라는 자도 생각보다 강했습니다. 하지만 진금룡의 성취는 예상을 뛰어넘는군요."

"과연 섬서제일 기재라는 말에 어울리는 자입니다. 그리고 저런 이를 제자로 둔 종남 역시 섬서제일 문파에 걸맞은 곳이 아니겠습니까?"

"이를 말입니까. 하하하하."

황문약이 표정을 굳혔다.

'이래서 상인 놈들이란.'

한 사람이 처참하기 짝이 없는 모습으로 업혀 나가는데, 아무도 그런 사실에 관심을 두지 않는다. 비무라기에는 너무도 과한 손속을 보고도 탓하는 이 하나가 없다. 이들은 오로지 진금룡과 종남의 힘을 파악하여 어떻게 돈을 굴려 볼 것인가에만 관심을 가질 뿐이다.

황문약 역시 저들과 그리 다르지 않은 사람이지만, 지금 이 순간만큼은 저들에 대한 혐오감을 감출 수 없었다.

'이건 너무 처참한 패배다.'

백천과 진금룡. 화산과 종남을 대표하는 이들이 맞붙었음에도 일방적이다 못해, 당황스러울 정도의 결과가 나왔다. 마지막까지 백천은 진금룡의 옷자락조차 스치지 못했다.

만약 화종지회가 끝까지 이런 식으로 흘러간다면 화산은 무슨 수를 써도 예전의 명성을 되찾지 못하게 될 것이다. 아니, 몰락이 더욱 가속화될 확률이 높다. 누구도 화산을 인정하지 않을 테니까. 황문약이 아무리 돈을 때려 박는다고 해도 돌이킬 수 없는 일이다. 이건 사형 선고나 다름없었다.

'소도장. 대체 무슨 생각을 하는 건가?'

자신 있게 사람들을 끌어모아 판을 벌이기에, 응당 비책이 있을 거라 생각했다. 하지만 이제는 그것마저 의심이 되기 시작한다.

'내가 소도장을 너무 과대평가한 건가?'

황문약의 시선이 청명에게 고정됐다.

"……사숙은 괜찮을까?"
"안 괜찮겠지."
"많이 다쳤을까?"
"많이 다쳤지."

청명의 심드렁한 반응에 결국 윤종이 살짝 노기가 올라온 얼굴로 일갈했다.

"아무리 사이가 좋지 않다고는 하지만, 저분은 네 사숙이다. 사숙이 저리 처참하게 당했는데 너는 정말 아무렇지도 않단 말이더냐?"
"진정해, 사형."
"이 녀석아!"
"진정하라니까."

가라앉은 청명의 목소리에 윤종이 살짝 눈을 반개했다. 평소 청명의 반응과는 다르다.

"그럼 이기기라도 할 줄 알았어?"

윤종이 입술을 질끈 깨물었다. 이기길 바란 건 아니다. 하지만…… 최소한의 체면은 세울 거라 생각했다. 백천은 화산의 모든 기대를 한 몸에 받는 기재이니까. 어쩌면 지금 윤종이 이리 흥분하는 것도 백천이 다쳤다는 사실보다 너무 처참하게 패배했다는 사실 때문인지도 모른다.

'종남과의 격차가 이토록 컸다는 말인가?'

구파일방, 구파일방 하지만, 화산의 제자들은 구파일방을 그리 대단하게 느끼지 못했다. 그들 역시 과거에는 구파일방 소속이었으니까. 지금은 몰락했지만, 시운과 노력이 합쳐진다면 언젠가는 그 구파일방과도 자웅을 겨룰 가능성이 있다고 믿었다.

하지만 구파일방의 벽은 그들의 생각 이상으로 높고 거대했다.

청명이 피식 웃었다.

"노력한다고 다 될 것 같으면 세상에 고수 아닌 사람 없지. 중요한 건 노력하는가가 아니라 어떻게 노력하는가야."

"……."

"봐. 지금부터 잘 봐 둬. 이대제자는 모두 질 테니까."

"전부 다?"

"이길 만한 사람은 하나도 없어. 아니, 한 명은 있는데…… 보아하니 걔는 안 나갈 것 같고."

윤종이 얼굴을 굳혔다. 지난 화종지회에서 이대제자들이 거둔 성적은 이 무 팔 패. 처참한 성적이다. 그런데 이번에는 무승부조차 이루지 못한다는 말 아닌가?

"……이렇게 지는구나."

이렇게 처참하게. 하지만 그때 청명이 눈을 동그랗게 뜨고 윤종을 바라본다.

"져? 지긴 누가 져?"

"응? 네가 방금……."

"그건 이대제자고!"

청명이 두 눈을 희번덕거렸다.

"감히 종남 놈들이 화산에서 이기고 돌아간다고? 누구 맘대로? 내가 두 눈 뜨고 있는 한 그런 꼴은 못 보지! 눈에 흙이 들어가도 못 봐!"

"……."

"그러니까 몸 풀어. 우리가 좀 더 화려하게 해야 할 것 같으니까."

"아니, 그……."

그때였다.

"아아아아악!"

황급히 윤종의 고개가 돌아갔다. 이윽고 그의 눈에 바닥에 무참히 쓰러져 있는 백상의 모습이 들어왔다. 종서한이 쓰러진 백상을 발로 툭툭 걷어차고 있었다.

"아직 싸울 수 있을 것 같은데?"

"으으…….'"

"입만 살아 가지고는."

종서한은 백상을 일별하고는 고개를 들어 화산의 제자들을 바라본다. 그러더니 여봐라는 듯 비소를 지어 보였다.

그 모습을 가만 지켜보던 청명의 입이 열렸다.

"아니, 근데 저 새끼가?"

"잡아!"

삼대제자들이 우르르 달려들어 청명을 잡고 늘어졌다. 그 꼴을 보며 종서한이 어이없다는 듯이 웃었다.

"별꼴을 다 보는구나. 여하튼 알 수 없는 문파라니까."

"오호라?"

청명의 눈이 살짝 뒤집혔다.

"그 주둥아리에 웃음이 언제까지 가는지 한번 보자."

너는 내가 딱 찍어 놨다. 이젠 후회해도 늦었어!

"……장문인. 멈춰야 하지 않겠습니까."

무각주 현상이 떨리는 목소리로 말했지만, 현종은 아무 말 없이 눈을 감고 있었다. 어떤 대답도 할 수 없었다.

이걸 무슨 수로 멈추라는 말인가? 이 많은 섬서의 유지들이 모인 자리에서 '우리는 종남의 상대가 되지 못하고, 더 해봐야 애들만 다칠 테니 이쯤에서 그만하는 게 나을 것 같습니다.'라는 말을 하란 말인가?

그건 화산의 이름에 똥칠을 하는 일이다. 아무리 화산이 몰락했다지만……. 아니, 오히려 몰락했기에 지켜야 하는 것이 있다. 그게 바로 이름과 자존심이다. 화산이라는 이름과, 화산의 문도라는 자존심을 지키지 못한다면 화산은 몰락한 명문이 아니라 그저 그런 삼류 문파로 전락해 버린다. 그리고 그 순간이 화산이 현판을 내리는 순간이다.

현종은 그럴 수 없었다. 자신의 명예를 위해서가 아니다. 화산이 언젠가는 부활할 수 있으리라는 가능성을 지키기 위해서라도, 장문인으로서 그 말만은 뱉을 수 없다. 하지만 이러한 처지를 충분히 알고 있을 현상이 저리 말을 할 만큼 상황은 극도로 좋지 못했다.

구 연패. 아홉 명이 연달아 졌다. 이미 역대 화종지회 중 최악의 성적은 달성했다. 하지만 더 큰 문제는 승패가 아니라 그 내용이었다. 무려 아홉 명이 승부를 겨루는 동안 상대를 제대로 건드려 본 이가 하나도 없다. 다 큰 어른과 어린아이가 싸우는 게 차라리 이보다 덜 처참할 거란 생각이 들 정도였다. 그리고 이 광경을 섬서의 유지들이 모두 지켜보고 있다.

'이 치욕을 어찌하란 말인가?'

현종의 눈가가 부들부들 떨렸다. 오장육부가 모조리 찢어지고, 심장을 손으로 잡아 뜯는 느낌이다. 그를 진정으로 고통스럽게 하는 건 지금 자신이 겪고 있는 이 치욕이 아니었다. 제자들이 지금 얼마나 큰 절망 속에 빠져 있을지 짐작이 가서였다.

상대의 힘을 제대로 가늠하지 못하여 아이들을 사지로 밀어 넣었다. 이런 무능한 장문인 때문에 저 아이들이 겪을 심적 고통을 생각하니 날카로운 칼로 자신을 난도질해 버리고 싶은 마음이다.

"장문인……."

현종이 가만히 눈을 떴다. 그리고 이내 깊은 침음성을 흘렸다.

"……기호지세니라."

"하나……."

"나라고 속이 타지 않겠느냐?"

그 순간이었다.

"커헉!"

연무장 위에서 승부를 겨루던 마지막 이대제자가 검을 놓치고 바닥에 주저앉았다. 검수가 검을 놓쳤다는 건 어찌 보면 죽음보다 더한 치욕이다. 끝까지 교묘하게 손목만을 노려 끝끝내 이 결과를 만들어 낸 종남의 제자가 휘파람을 불었다.

"검수가 검을 놓치다니, 말이 안 나오는군. 화산은 그런 것도 가르치지 않는 건가?"

저 조롱이 이미 합의된 결과라는 것을 알고 있음에도 거꾸로 솟는 피를 어찌할 수가 없다.

십 연패. 이 이상 처참할 수 없는 결과다. 화산 장로들의 얼굴이 참혹하게 일그러졌다.

'정말 이렇게까지 벌어졌다는 건가?'

이제야 다시 화산을 일으킬 기회를 잡았다고 생각했다. 최근 들어 워낙 좋은 일들만 벌어졌으니까.

하지만 꿈속에 빠져 있던 이들 모두가 이 순간 차가운 현실을 대면하고 있다.

결국 화산은 무파. 무학이 받쳐 주지 않는다면 그 어떤 호사도 의미가 없다. 이곳의 모두가 지금 그 사실을 뼈저리게 깨닫고 있는 것이다.

"수고했다."

"예, 장로님!"

사마승이 자리로 돌아온 악호(岳浩)의 어깨를 두드려 주었다.

더없이 흡족한 결과다. 모두가 승리한 것은 물론이고, 비무의 내용 역시 몹시도 일방적이었다. 무엇보다 가장 고무적인 것은 이 승부의 내용을 섬서의 유지들이 지켜보고 있다는 것이다.

'이제 화산의 명성은 땅에 떨어져 두 번 다시 울려 퍼지지 않을 것이다.'

선대에서부터 유구하게 바랐던 상황이 아닌가? 그 숙원을 다름 아닌 자신의 손으로 풀게 되었다는 것이 기껍기 짝이 없다. 사마승이 슬쩍 귀를 기울였다. 아마 지금쯤이면 지켜보던 이들도 상황을 파악했을 것이다. 아니나 다를까 웅성거리는 소리가 들려왔다.

"이건 너무 일방적이군요."

"그래도 화산이라 기대를 좀 했건만……. 과거는 과거, 현재는 현재인 모양입니다. 화산은 이제 예전의 화산이라 할 수 없어요."

"알고 있던 사실 아니었습니까?"

"그래도 이렇게까지 처참하리라고는……. 사실 이제 저는 종남이 강한 건지 화산이 약한 건지 구분이 잘 가지 않습니다."

"둘 다가 아니겠습니까?"

"안타까운 일입니다. 안타까운 일이에요. 이제 화산은 정말 끝이 났나 봅니다. 이리 허망해서야……."

사마승이 입꼬리를 비틀어 웃음 지었다. 여론은 완전히 종남 쪽으로 돌아섰다. 하지만 오늘 그의 목적은 종남의 위상을 드높이는 게 아니다. 바로 화산을 나락으로 떨어뜨려 버리는 것이었다. 그러기 위해서는 새싹마저 자라지 않게 불태워 버릴 필요가 있다.

"자, 이제는 마무리를 지을 시간이로군. 사숙들이 하는 것을 잘 보았느냐?"

"예, 장로님!"

종남의 삼대제자들이 결연한 얼굴로 그를 바라본다.

"주저하지 마라."

사마승이 눈을 빛냈다.

"사자는 토끼를 잡을 때도 최선을 다하는 법. 인정사정 봐주지 마라.

저놈들이 다시는 무학을 익힐 생각도 들지 않게 박살을 내 버려야 한다."
"예! 명심하겠습니다!"
사마승이 비릿한 미소를 지으며 하늘을 올려다보았다.
'너무나도 맑은 날이로군.'
그리고 너무나도 기분이 좋은 날이다.

윤종은 할 말을 잃었다. 옆쪽에 모여 있는 이대제자들을 차마 돌아볼 수가 없다. 보지 않아도 알 수 있다. 그들이 지금 어떤 표정인지. 그리고 저들이 얼마나 큰 절망에 빠져 있을지.
그리고 그건 삼대제자들 역시 마찬가지였다.
'종남과의 차이가 이토록 컸다는 말인가?'
지금까지의 화종지회는 나름 어우러지는 맛이 있었다. 패배라는 결과야 동일했지만, 지금처럼 사람이 개미를 눌러 죽이듯 그 과정이 일방적이지는 않았다. 그제야 윤종은 종남이 단 한 번도 화산을 진심으로 상대한 적이 없었다는 걸 깨달았다.
"……우리 차롄가?"
삼대제자들의 얼굴이 어두워진다. 그들이 청명으로부터 수련을 받은 것은 사실이지만, 눈앞에 보이는 너무나도 큰 격차는 수련으로 얻은 자신감마저 앗아 가 버렸다.
아니, 근데 다 떠나서 지금 어…… 지금 그런 게 문제가 아니고…….
윤종이 슬그머니 시선을 돌려 옆에 앉은 청명을 바라보았다. 그리고 헉, 하며 숨을 죽였다.
으드드득!
이를 갈아붙이는 소리가 윤종의 심장을 덜컥 내려앉게 했다. 청명의 얼굴은 시뻘겋게 달아오르다 못해 금방이라도 터질 것 같았다. 사숙들이 한 명 한 명 패배할 때마다 얼굴이 조금씩 붉어진다 싶더니 이제는 숫제 만개한 매화처럼 붉게 물들어 버렸다. 그 얼굴을 본 윤종이 조심스레 손을 뻗어 청명의 옷자락을 잡았다.

'이 새끼 곧 터진다.'

서당 개 삼 년이면 풍월을 읊고, 청명 옆에서 삼 개월이면 눈치 보는 데는 도사가 되는 법이다! 윤종이 떨리는 목소리로 입을 열었다.

"처, 청명아. 일단 진정해라."

"……진정?"

그 삐딱한 목소리를 듣는 순간, 윤종은 마음속에서 무언가를 내려놓……. 아니, 내려놓으면 안 되지! 지금 화종지회잖아! 장문인뿐만 아니라 종남과 섬서의 사람들이 다 보고 있단 말이다!

이놈이 여기서 발작해 버리면 어쩌면 이대제자가 모두 패한 것보다 더 한 일이 벌어질지도 모른다. 윤종이 미친개를 달래는 심정으로 청명을 어르기 시작했다.

"처, 청명아. 잘 생각해 봐라. 네가 어제 그랬잖아. 사람이 거사를 치르기 위해서는 무엇보다 인내심이 중요하다고!"

"……인내심."

"그래! 인내심!"

"……사형."

"그래, 청명아. 네 말을 잘 기억하……."

"내가 생각을 해 봤는데."

청명의 고개가 천천히, 아주 천천히 윤종 쪽으로 향했다.

그리고 윤종은 보았다. 청명의 눈이 반쯤 돌아 버린 것을.

"……나는."

청명이 짐승처럼 으르렁대며 몸을 일으켰다.

"원래 인내심이란 게 없어!"

자랑이다, 이 새끼야.

운암이 깊게 심호흡했다. 그의 얼굴은 더 이상 창백할 수 없을 만큼 질려 있었다. 생각 같아서는 지금이라도 이곳에서 내려가 버리고 싶다. 그러나 장문인의 지시가 떨어지지 않은 이상, 그는 이 화종지회를 계속 진행해야 한다.

"다음은⋯⋯ 삼대제자의 비무를 거행하겠습니다. 각 삼대제자 중⋯⋯."

그때였다.

"잡아! 그 새끼 절대 놓지 마!"

"청명아, 너 마지막에 나가기로 했었잖아! 이러면 곤란하다!"

"사람들이 본다고, 사람들이! 제발 우리끼리 있을 때만 하자!"

운암이 어안이 벙벙한 눈으로 삼대제자들을 돌아보았다. 다닥다닥 뭉쳐 뭔가를 막으려는 삼대제자들 사이로 누군가 두 눈을 희번덕거리며 걸어 나오려 한다.

'청명? 저 아이가 왜?'

의문은 넘쳐 났지만, 일단 하던 말은 마저 해야 한다. 여기에는 그들만 있는 게 아니니까.

"선봉은⋯⋯."

"크아아아앗!"

하지만 운암의 말은 계속 이어질 수 없었다. 선봉이라는 말이 나오기가 무섭게 청명이 자신을 어떻게든 붙잡고 있던 사형제들을 뒤로 날려 버리고는 연무장 위로 쏜살같이 뛰어오른 것이다.

"후우우욱!"

연무장에 오른 청명이 깊이 숨을 고른다. 그러더니 번들거리는 눈으로 종남을 노려보며 말한다.

"한 놈 빨리!"

"……."

"누구든 좋으니까. 한 놈 빨리 올라와. 다 뒈지기 전에."

사마승이 입을 딱 벌렸다.

"……저, 저 미친놈이!"

제정신이 아닌 줄은 알았지만, 저렇게까지 미친놈일 줄이야. 종남뿐 아니라 섬서의 유지들이 지켜보고 있는 곳에서 저토록 방자한 언행이라니!

"진정하십시오, 장로님."

진금룡이 재빨리 사마승의 발작을 막았다.

"망둥이가 뛴다고 같이 뛰어놀 수는 없잖습니까. 곧 저놈도 제 주제를 알게 될 겁니다."

"으으음!"

그러나 사마승은 여전히 언짢은 기색을 못 숨기고 크게 헛기침했다. 그의 눈치를 잠깐 살핀 진금룡이 낮게 일갈했다.

"우량."

"예, 사숙!"

청명을 상대하기로 되어 있던 선우량이 단호하게 고개를 끄덕였다.

"생각과 다르게 선봉으로 나왔지만, 달라질 건 없다. 저놈에게 제 주제를 알려 주어라!"

"예, 사숙! 걱정 마십시오!"

선우량이 목검을 움켜쥐고 몸을 날려 비무장에 올라섰다. 그리고 손에 쥔 검으로 청명을 겨누었다.

"그 방자한 주둥아리를 뭉개 주마. 나는 종남의……."

그 순간 청명이 그 자리에서 퍽 꺼지듯 사라지더니 선우량의 코앞에 나타났다.

"선……."

선우량은 보았다. 그의 앞에 분노한 아수라 같은 얼굴이 불쑥 나타나는 것을. 그리고 그 모습이 갑자기 깜깜한 어둠으로 뒤덮이는 것도 말이다.

어둠? 대낮에 왜 어둠……. 아! 이게 어두운 게 아니라 가려진 거구나. 이게 눈앞에, 그러니까 이거……. 주먹?

그리고 그 순간, 화산의 문도들은 화산에 입문한 이래 단 한 번도 들어 본 적 없던 거대한 소리가 화산을 쩌렁쩌렁 울리는 것을 듣고야 말았다.

빠아아아아아아아아아아아악!

선우량의 몸이 허공에서 십여 차례 이상 뱅글뱅글 회전하더니 바닥에 철퍼덕 하고 엎어졌다. 땅에 처박힌 그는 학질이라도 걸린 듯 파들파들 애처롭게 경련했다.

쓰러진 선우량을 본 청명이 이죽거리듯 말했다.

"별것도 아닌 게 깝치고 있어."

뒈질라고.

그건 살면서 단 한 번도 들어 본 적이 없는 타격음이었다. 화산에 모인 이들은 인간의 주먹과 사람의 얼굴이 만나 이런 소리를 낼 수 있다는 사실을 새로이 알았다.

청명의 주먹을 얻어맞은 선우량이 허공에서 빙글빙글 회전했다.

촤아아아아아악!

선우량의 코에서 뿜어져 나온 피가 마치 안개처럼 사방에 흩뿌려졌다.

'저거 잘하면 무지개도 생기겠는데?'

피로 만든 무지개라니. 세상에 그런 끔찍한 일이 또 있을까. 상식과 비상식의 경계가 무너지는 느낌이다. 피를 뿜으며 회전하던 선우량은 바닥으로 떨어져 경련했다.

그런 그를 보며 청명이 내뱉는 목소리가 모두의 귀에 똑똑히 들렸다.

"별것도 아닌 게 깝치고 있어."

청명이 바닥에 침을 탁 뱉었다. 그리고 허리춤에 찬 목검을 뽑아 들었다.

"일어나, 이 새끼야. 아직 안 끝났어. 내 분노는 이 정도로 끝나지 않아!"

사자처럼 포효하는 청명이지만, 그건 웅장하다기보다는…….

'더럽게 쪼잔한 것 같은데.'

솔직한 윤종의 심정이었다.

"뭐……?"

한편, 사마승의 수염은 파르르 떨렸다.

'이, 이게 무슨…….'

눈앞에서 벌어진 일이건만, 아직 무슨 일이 벌어졌는지 이해할 수가 없다.

청명이 순간 사라진 듯 보이더니 선우량의 앞에 나타나 일격을 날렸다. 그리고 그 일격을 얻어맞은 선우량이 말 그대로 공중에서 팽이처럼 돌다가 바닥에 쓰러졌다. 이게 사마승이 본 일의 전말이다. 문제는 바로 '사라진 듯 보이더니'다.

'내가 저 아이의 움직임을 놓쳤다고?'

아무리 삼대제자끼리의 비무라 딱히 긴장하지 않았다고는 하나, 종남의 장로인 그가 화산 삼대제자의 움직임을 놓친다는 게 말이나 되는 소린가?

'아니, 아니다. 그럴 리가 없다!'

사마승은 자신이 본 것을 부정해 버렸다. 하지만 이건 그만의 탓이 아니다. 이곳에 사마승이 아닌 다른 이가 서 있었다고 해도 똑같은 반응을 보였을 것이다. 사람은 누구나 자신이 생각하는 상식을 초월하는 일이 벌어지면 부정하고 의심하기 마련이니까.

"저 비겁한 놈이!"

그때, 옆에서 들려온 노한 목소리가 사마승을 일깨웠다.

"대화를 나누는 중에 기습을 하다니! 화산은 예의도 모른단 말인가!"

"저 간악한 놈!"

이 아이들에게는 그리 보였던 모양이다. 하기야, 무위가 높으면 높을수록 놀랄 수밖에 없는 일이다. 이대제자들에게 있어서 청명의 움직임을 잠시 놓쳤다는 건 그리 놀랄 일이 아니니까.

하지만 사마승은 다르다. 그는 종남의 장로가 아닌가? 사마승이 놀란 심장을 달래며 다시금 비무대 쪽에 집중했다.

"선우량! 일어나라!"

"일어나라! 우량!"

여기저기서 선우량을 응원하는 소리가 울린다. 사마승은 아직 경악이 가시지 않은 눈으로 쓰러진 선우량을 뚫어져라 보았다.

'내가 착각을 한 거겠지.'

그럴 것이다. 아니, 그래야 한다.

"일어나, 인마. 내공도 안 실었는데 뭔 엄살이야."

청명이 이글거리는 눈으로 선우량을 쏘아보았다. 종남 쪽에서 발작적으로 성토를 해 댔지만, 그딴 개소리는 청명의 귀에는 들리지도 않았다. 비무대에 올라왔으면 그 순간부터 비무지. 예의는 뭔 얼어 죽을 예의란 말인가. 전쟁을 치러도 만나서 악수하고 술 한잔한 다음에 싸우기 시작할 놈들 같으니.

"끄으....... 으으윽......."

그 순간 선우량이 비틀거리며 몸을 일으킨다. 차지게 두들겨 패긴 했지만 내공을 싣지 않은 주먹이다 보니, 의식이 날아갈 정도는 아니었을 것이다.

내공 실었으면? 죽었지! 뭘 물어봐.

청명은 일어나는 선우량을 보며 목검으로 자신의 어깨를 툭툭 두드렸다.

"빨리빨리 일어나라. 내가 시간……. 너 괜찮냐?"

짜증 섞인 청명의 목소리가 급속도로 누그러졌다.

"우우……."

몸을 일으킨 선우량의 코에서 선지피가 폭포처럼 콸콸콸 쏟아진 탓이다. 피가 얼마나 흘러나오는지, 순식간에 앞섶을 다 적시고는 바닥까지 고였다. 천하의 청명도 움찔할 정도였다.

선우량이 휘청이며 몸을 일으키곤 몇 번 헐떡이다가 힘겹게 입을 열었다.

"나, 나는 아직 싸울 수 있……."

"죽겠는데?"

아니, 쟤 진짜 죽겠는데? 보통 코가 부러지면 피가 저렇게까지 나나? 내가 내공 없는 주먹으로 사람 얼굴을 쳐 봤어야 알지.

선우량은 달달 떨리는 다리로 몸을 지탱하여 양손으로 코를 틀어막았다.

"피, 피가 안 멈추……."

"죽는다고, 인마!"

그러다 너 진짜 죽어! 아니, 내가 사람 죽이는 데 거리낌이 있는 사람은 아닌데, 이런 식은 아니지!

다시 사는 인생에서 첫 번째 살인이 비무 중에 죽빵 갈겨서 과다 출혈로 사망이라니. 이게 뭔 개소리야!

식겁한 청명이 살짝 질린 얼굴로 운암을 돌아보며 말했다.

"쟤 치료라도 받게 해야 하는 거 아니에요?"

화산에서 살인 날 판이잖아요.

"그, 그게 규정이, 어……."

운암도 예상외의 상황에 당황했는지 제대로 딱 잘라 말을 못 한다. 이럴 때 치료를 하고 복귀해도 되는가에 대한 규정이 없다. 양쪽의 양해를 구해야 할 것 같은데, 이게 지금 느긋하게 양해를 구할 상황도 아니잖은가?

부우욱! 부우우욱!

그 순간, 선우량이 제 옷자락을 찢어 내더니 코에 쑤셔 넣기 시작했다.

오올? 똑똑한데?

옷자락이 순식간에 피로 물들었지만 계속 쑤셔 넣다 보니 어찌어찌 피가 흘러나오는 건 막아 낸 모양이다. 그렇게 출혈을 다스린 선우량이 목검을 들고는 청명을 겨누었다.

오, 계속하겠다는 건가? 확실히 종남 애들이 통뼈라 그런지 쉽게 포기를 하지 않는구나. 크으. 문파는 다르지만 기특…….

"이 비겁한 새끼!"

"……응?"

"부끄러……. 쿨럭! 부끄러운 줄도! 쿨럭! 쿨럭! 모르고 잘도 이런 짓을!"

청명의 고개가 살짝 삐딱해졌다. 하나만 해, 인마. 화내려면 화내고, 아파할 거면 아파하고.

"네놈은 갈기갈기 찢어 개밥으로 주겠다!"

쏟아지는 말에 청명이 미간을 찌푸렸다. 일단 기특하다는 말은 취소하자.

"아니, 종남 애들은 일단 욕하는 것부터 배우나? 하나같이 인의예지를 모르네."

- 그게 네가 할 말이냐?

아, 좀! 나올 만할 때 나오쇼! 내가 지금 화산의 명예를 어? 드높이고 어?

청명이 목검을 꼬나 쥐고는 고개를 까딱까딱 꺾었다.

"내가 살짝 미안했는데, 지금 그것도 다 사라지려고 하거든? 그냥 입 털지 말고……."

"지금 와서 머리를 처박고 빈다고 해도 이미 늦었다, 이 개자식아! 네 부모도 알아보지 못하게 박살을 내 주겠다."

"아, 계속 털어. 이제 괜찮아."

미안함이 말끔히 사라졌거든. 청명 역시 목검을 들어 선우량을 겨누었다.

"덤벼."

"……이 개자식이!"

"와 봐. 털끝 하나 스치지 못한다는 게 뭔지 보여 줄 테니까."

"오냐, 지금 당장!"

그때였다.

"선우량!"

선우량의 등 뒤에서 날카로운 목소리가 터져 나온다. 반사적으로 고개를 돌린 선우량이 딱딱하게 굳은 진금룡의 얼굴을 보고는 움찔했다.

"흥분하지 마라. 상대를 경시하지도 말고."

선우량이 아차 하는 얼굴로 청명을 돌아보았다. 이대제자들은 모두 한 대도 얻어맞지 않고 상대를 제압했는데, 자신만 올라와 망신을 당했다는 생각에 필요 이상으로 흥분했다. 흥분한 자는 제 실력을 발휘할 수 없다는 말을 귀에 못이 박이도록 듣고 자랐건만, 막상 실전에선 그 사실을 잊은 것이다.

선우량은 깊게 심호흡을 해 마음을 다스렸다. 코로 숨을 쉴 수 없어 뭔가 불편한 느낌이 들었지만, 이내 냉정을 되찾을 수 있었다. 호흡을 가다듬은 그는 조금 전과는 다른 차가운 눈으로 청명을 노려보며 일갈했다.

"격장지계가 제법이구나!"

"……예. 제가 그랬습죠."

그렇다고 치자. 나도 내가 뭘 한 건지는 모르겠지만, 네가 그렇다면 그런 거겠지.

"제대로 붙는다면 화산의 제자 따위는 절대 종남의 상대가 될 수 없다는 것을 알려 주마. 특히 너는 각오하는 게 좋을 것이다. 내 손속에 사정을 바라지 마라."

"네네. 여부가 있겠습니까? 다 하셨으면 덤비시죠. 내가 진짜 스치지도 못하는 게 뭔지 보여 준다니까."

"너야말로 내게 스치지도 못할 것이다!"

"너 벌써 한 대 맞았거든?"

코 안 아프니?

"죽여 버리겠다, 이 망둥이 같은 놈. 타아아아앗!"

선우량이 목검을 휘두르며 청명에게 달려들었다. 그새 침착함을 되찾았는지 검 끝이 날카로운 예기를 발한다. 종남의 삼대제자 중 실력으로는 제일이라는 평이 아깝지 않았다. 화산의 누가 나오더라도 선우량을 상대하는 건 쉽지 않았을 것이다. 설사 삼대제자가 아닌 이대제자가 나왔더라도 말이다.

하나 선우량에게는 너무도 안타까운 일이지만, 상대가 너무 나빴다. 그의 상대는 다름 아닌 화산의 재앙 청명이니까.

"아니!"

청명이 목검을 뒤로 쭉 뺀다. 그러고는 달려오는 선우량을 향해 오히려 전속으로 달려들었다.

"어?"

뒤로 쭉 뻗어졌던 청명의 검이 벼락같은 속도로 휘둘러져 선우량의 머리를 후려친다.

빠아아아아아아악!

피하고 자시고도 없었다. 눈에 보이지도 않는 검을 무슨 수로 피하라는 말인가. 선우량이 입을 따악 벌리고 눈을 까뒤집었다.

'죽었네.'

'에이. 저 정도면 죽었지.'

'저건 죽어야 예의지.'

선우량의 몸이 스르륵 무너진다. 하지만 청명은 그 정도에서 멈출 생각이 없었다.

"요즘!"

빠아아아악!

쓰러지기 전에 한 방 더.

"애새끼들은!"

빠아아아악!

다시 한 방 더!

"예의가 없어! 예의가!"

바닥에 쓰러지는 선우량의 몸을, 청명의 목검이 말 그대로 후려 팬다.

"나 때는 안 그랬는데에에에!"

하늘 위에서 청문이 들었으면 들고 있던 선장(仙杖)을 집어 던지고 거품을 물 발언이었다. 하지만 안타깝게도 선계는 현세에 관여할 수 없는 법.

"에라이!"

뻐어어어어엉!

마지막으로 선우량의 가랑이를 걷어차 올려 버린 청명이 몸을 빙글 돌렸다. 허공으로 삼 장이나 치솟았던 선우량이 바닥으로 추락했다.

쿠우우웅!

청명이 혀를 찼다.

"욕만 안 했어도 살살 해 주려고 했는데. 여하튼 요즘 것들은. 에잉!"

양심이라고는 개미 눈곱만큼도 찾아볼 수 없는 말을 들으며 삼대제자 전원은 무슨 일이 있어도 저놈에게 욕은 하지 말아야겠다고 다짐했다.

"아, 맞다."

청명이 몸을 다시 돌리더니 바닥에 대자로 뻗어 경련하는 선우량에게로 다가갔다. 그러더니 손을 뻗어 그의 코를 막고 있는 천 뭉치를 잡아 뽑았다. 막혀 있던 피가 다시 줄줄 흘러나오기 시작했다.

"어때. 스치지도 못했지?"

방식은 조금 다르지만 말이야.

청명이 고개를 돌려 종남 쪽을 바라보았다. 사마승도 진금룡도, 그리고 다른 종남의 제자들도 아무도 쩍 벌어진 입을 다물지 못했다. 그저 경악과 당혹이 뒤섞인 시선으로 멍하니 청명을 바라볼 뿐이다.

"놀라기는."

아직 시작도 안 했는데 벌써 놀라면 쓰나. 청명이 그들을 일별하고는 자신의 진영으로 돌아갔다. 그 뒷모습을 보며 사마승은 저도 모르게 중얼거렸다.

"이게 대체 무슨 일……."

하지만 이건 그저 시작에 불과하다는 걸 이곳에 있는 누구도 알지 못했다. 오직 하나, 청명을 제외하고는 말이다.

현영이 멍한 눈으로 비무장을 바라보다가 고개를 갸웃했다.

'이게 지금 뭐가 어떻게 돌아가는 거지?'

그는 재경각주다. 워낙 셈이 빠르고, 이해득실에 민감하다 보니 입문했을 때부터 재경각을 이끌 인재로 평가받은 사람이다. 하지만 오히려 그렇기에 무학에는 전념할 수 없게 되었다. 덕분에 지금에 와서는 현자 배 중에서 가장 무위가 떨어지는 편이다. 그러다 보니 현영은 지금 그의 눈앞에서 벌어지는 광경이 뭘 의미하는지 이해하기가 힘들었다.

청명이 종남의 삼대제자를 이겼다. 그것도 압도적으로. 이게 대체 어느 정도의 사건인가?

"아니, 장문인. 저게……."

때문에 장문인의 말을 듣고자 했던 현영은 현종을 향해 고개를 돌렸다가 움찔하고 말았다. 현종이 수십 년 동안 단 한 번도 본 적이 없는 얼굴로 앉아 있었기 때문이다. 금방이라도 튀어나올 듯 부릅떠진 눈, 그리고 지나가던 새가 잠시 쉬어 갈 수 있을 만큼 크게 벌린 입. 심지어는 현종뿐만 아니라 그 옆에 있는 현상도 똑같은 얼굴이었다.

'나도 저만큼 놀라야 하나?'

끼지 못하니 뭔가 서운한 기분이 조금…….

"어……."

"어?"

"어어……."

"어어?"

현종의 눈이 지진이라도 난 것처럼 떨렸다. 이내 혼이 빠진 듯한 목소리가 새어 나왔다.

"이, 이게…… 아니, 이게……. 이게 이럴 리가, 이…….''

넋이 나간 듯한 중얼거림이 연신 이어졌다. 보다 못한 현영이 살짝 그의 소매를 잡아당겼다.

"장문인. 외인들이 보고 있습니다. 정신 차리십시오."

그제야 현종이 입을 닫았다. 억지로 닫는 입에서 우두둑 소리가 나는 것으로 보아 정말 제대로 놀란 모양이었다.

"아니, 저 아이가……."

현종은 가까스로 체면을 되찾았지만, 현상은 그러지 못했다. 그는 덜덜 떨리는 손을 들어 청명을 가리키며 중얼거렸다.

"저, 저렇게 세면 안 되는데……. 이게 말이……. 이게 말이 안 되는데. 져야 하는데?"

결국 현영이 짜증을 내고 말았다.

"사문의 아이가 선전을 했는데 그게 무슨 악담입니까! 지라고 고사를 지내지!"

"……말이 안 되니 그러지 않나. 말이 안 되니까."

현상이 손을 들어 자신의 얼굴을 마구 문지르더니, 여전히 얼이 빠진 얼굴로 물었다.

"저 아이가 입문한 지가 얼마나 됐는가?"

"육 개월도 안 됐습니다."

"그 육 개월 만에 종남의 제자를 때려잡았다는 말인가? 그것도 저리 일방적으로?"

"아……. 그렇게 생각하니 말이 안 되기는 하네.

"운검! 운검은 어디 있느냐?"

"여기 있습니다, 장문인."

다른 이들과는 달리 비교적 태연한 기색을 유지하고 있던 운검이 예를 표했다.

"저 아이가 화산에 입문했을 때, 다른 무학을 익힌 게 있었느냐?"

"아닙니다. 청명에게는 무학을 익힌 흔적이 없었습니다."

"그럼 정말 고작 반년 만에 저 수준을 이뤘다는 말이냐?"

"예."

현종이 믿을 수 없다는 눈으로 운검을 돌아보았다.

"천재로구나……."

운검이 대수롭지 않다는 듯 말했다.

"어쩌면 그런 표현도 어울리지 않는 아이일지 모릅니다. 워낙 자신을 잘 드러내지 않는 아이라, 저도 정확한 무위는 아직까지 파악하지 못했습니다."

"허어."

현종이 감탄을 터뜨리자 현상이 혼자 중얼거렸다.

"천재니 신룡이니 하는 놈들은 남의 문파에만 있는 줄 알았는데, 이게 뭔 말도 안 되는……. 창고 뒤져 보다 갑자기 쌀자루 안에서 금송아지가 나온 격인데."

현종 역시 충격이 큰 모양이었다.

"그냥 복덩이인 줄 알았더니만……."

그의 중얼거림이 지켜보는 모든 이들의 심정을 대변해 주고 있었다. 지금까지 청명이 화산에서 한 일이 워낙 많으니, 굳이 무학에 대한 재능이 있을 필요도 없다고 여겼다. 청명도 사람일진대, 더 바라는 것은 양심이 있는 이로서 할 짓이 아니니까. 그런데 무에 대한 재능까지 출중하단 말인가? 그것도 종남의 삼대제자를 가지고 놀 만큼?

모두가 경악을 거두지 못할 때, 현영만이 빠르게 셈을 마쳤다.

"어쨌거나 일 승은 챙겼습니다. 체면치레는 한 것 아니겠습니까?"

현종과 현상이 멍하게 고개를 돌렸다. 그러더니 이윽고 노기와 황당함이 뒤섞인 얼굴로 현영을 노려보았다. 괜히 뻘쭘해진 현영이 어색하게 헛기침을 했다.

"일단 그렇다는 겁니다. 일단."

"거참……."

"이래서 재경각이고 뭐고 무학을 제대로 익혀야 한다는 말입니다. 혼자서 딴소리하고 있잖습니까."

현상의 면박에 현영이 한없이 억울한 표정을 지어 보였다. 현종은 그저 가볍게 웃고는 저 멀리 청명에게로 시선을 던졌다.

'체면치레라.'

이걸 단순히 그렇게 말할 수 있을까?

'어쩌면……'

오늘 화종지회의 결과 같은 건 아무래도 상관없을지도 모른다. 지금 화산은 앞으로 백 년을 책임질 인재를 손에 넣은 걸 수도 있으니까.

"……화산의 아이가 이긴 것 같습니다만."

"으음, 그렇습니다. 그렇긴 한데."

"……많이 일방적이었지 않습니까?"

"허어, 예상하지 못했던 일인데."

황문약은 느긋하게 주변에서 들리는 반응을 즐기고 있었다.

'당연히 저 정도는 해 줘야지!'

황문약은 청명의 무위가 어느 정도인지 알지 못한다. 그는 은하상단의 일이 마무리될 때까지 의식을 찾지 못했으니까. 듣자 하니 이송백에게 일격을 얻어맞고 피까지 토했다지만, 그는 그 말을 믿지 않았다. 그 청명이 그럴 리가 없다. 당연히 흉수를 잡아내기 위한 연기가 아니었겠는가?

황문약에게 있어서 청명의 무위는 미지의 영역이었다. 하지만 느긋하게 비무를 지켜볼 수 있었던 이유는 하나다.

'저 소도장이 지는 싸움을 할 리가 없지.'

청명을 아주 잘 안다고 할 수는 없지만, 황문약은 사람 보는 눈 하나로 은하상단을 섬서 십대 상단으로 만든 사람이다. 그가 보기에 청명이 저리 자신 있게 나섰다는 건 필승의 확신이 섰다는 뜻이다. 물론 황문약의 예상보다 더 과격하고, 더 압도적이었지만.

'그렇지. 지는 싸움은 하지 않는다, 이 말이렷다.'

그렇다면 이 화종지회 역시 청명에게는 자신 있는 싸움인 걸까? 만약 청명이 그리 생각하고 있다면, 결과도 모두의 예상과는 다를지도 모른다.

"화산에도 인재가 있군요."

"나이를 생각해 보면 훌륭합니다. 아니, 아니지요. 훌륭하다는 말로는 모자랍니다."

"우연으로 종남의 제자를 이길 수는 없습니다. 거기에 한눈에 보아도 차이가 크게 나지 않았습니까? 이런 비무에서 선봉으로 나설 정도라면 저 아이도 분명 종남 삼대제자 중에서는 뛰어난 인재일 텐데, 이리 일방적일 수가."

유지들의 대화가 황문약의 귀에는 아름다운 노랫소리처럼 들렸다. 하지만 황문약은 태연한 듯 말하는 유지들의 목소리에 기이한 열기가 담겨 있다는 걸 놓치지 않았다. 종남의 눈치가 보여 크게 칭찬하긴 어렵지만, 청명이 대어라는 걸 눈치채지 못한 사람은 없을 테니까.

'꿈도 꾸지 마라. 내가 낚은 고기다.'

이 한 번의 비무만으로 청명은 진금룡보다 더 큰 주목을 받는 데 성공했다. 화종지회가 어떻게 끝나든 청명의 이름은 한동안 섬서 전역에 회자될 것이다.

미소를 지은 황문약이 자리로 돌아가는 청명의 뒷모습을 힐끔 바라보았다.

"하지만 이제 겨우 한 번 이긴 것에 불과합니다. 다른 삼대제자들이 모조리 패한다면 그저 저 아이가 뛰어났다로 끝날 일이지요."

"그건 확실히 그렇다고 봐야지요."

황문약도 이건 흥미가 간다는 듯 청명을 환영하는 삼대제자들을 보며 눈을 좁힌다.

'자, 보여 주시게. 청명 도장!'

과연, 한 번의 이변으로 끝날 것인가?

아니면 화산의 반격이 시작될 것인가?

청명은 배부르게 먹고 따뜻한 햇볕 아래 드러누운 고양이 같은 표정으로 자리에 돌아와 앉았다. 짜증으로 터질 듯 보였던 얼굴은 온데간데없고, 모든 불만이 풀렸다는 듯 개운한 표정이었다.

'사람을 패고 저토록 개운해하다니!'

'악귀도 저러지는 않겠다.'

하지만 흐뭇한 것은 그들 역시 마찬가지였다. 결국 속에 담긴 말이 터져 나왔다.

"청명아! 잘했다!"

"더 밟아 버리지 그랬냐!"

"십 년 묵은 체증이 다 내려가네!"

윤종은 환호하는 사제들을 보며 흐뭇하게 웃었다.

'이것들도 도사라고.'

청명이 오기 전 비슷한 상황을 겪었다면 손속이 과한 것이 아니냐, 도를 닦는 이가 사람을 그렇게까지 패도 되냐는 등 온갖 말이 나왔으리라. 하지만 이제는 이놈들도 청명에게 물들어 버렸는지 아주 축제를 벌일 기세다. 심지어 윤종조차도 자꾸만 말려 올라가는 입꼬리를 어쩔 수 없었다.

"청명아, 수고 많았다."

"뭐, 그냥 잠깐 놀다 온 거지."

재수 없는 말이지만, 이 순간만큼은 그마저도 당당하고 정당해 보인다.

'이놈이 강한 줄은 알았지만…….'

설마 종남의 제자를 손도 발도 못 쓰게 털어 버릴 정도일 줄이야. 종남의 제자가 불쌍하다고 느낀 건 이번이 처음이다. 화산은 언제나 동정을 받는 입장이었지, 저들을 동정하는 입장이 아니었다. 청명과 얽힌 이는 남녀노소를 가릴 것 없이 동정의 대상이 된다는 것을 새삼 뼈저리게 실감한 윤종이었다.

"청명아, 수고했다!"

"정말 대단했다! 훌륭하다!"

심지어는 청명과 사이가 끔찍하다고 해도 과언이 아닌 이대제자들조차 주변에 몰려들어 환호를 보내고 있다.

하기야, 지금 가장 기쁜 이들은 삼대제자도 장문인도 아니고 이대제자들일 것이다. 그들이 당한 망신을 청명이 톡톡히 갚아 주었으니까. 패배도 패배지만, 비무 내내 이어진 종남의 조롱에 울화병이 생길 지경이었다. 그런 와중에 청명이 종남의 제자를 한여름 날 쏟아지는 얼음물처럼 시원하게 패 주었으니 어찌 이 어린 사질이 귀엽지 않겠는가?

개인적인 감정도 감정이지만, 일단 앞선 비무에서 추락해 버렸던 화산의 명예를 청명이 조금이나마 되찾아 왔다는 것이 더욱 기쁜 그들이었다.

'건방질 만해.'

'실력이 있으면 건방져도 되지.'

'알고 보면 착한 놈일지도 몰라.'

그렇게 모두의 환호를 받으며 어깨가 으쓱해진 청명이 윤종을 돌아보았다.

"사형!"

단호한 목소리였다. 그 목소리에 담긴 뜻을 짐작한 윤종이 굳은 표정으로 고개를 끄덕였다.

'내 차례로군.'

청명은 제 역할을 충분히…… 아니, 과할 정도로 해냈다. 그럼 이제 윤종과 다른 사형제들이 그 역할을 이어받아야 한다. 굳은 각오가 되어…….

"뭘 어리바리하게 보고 있어. 빨리 나가."

……아니, 이 새끼는 잘 나가다가 꼭!

"……그래."

말해 뭣 하니. 속만 썩지. 그래도 할 말이 남아 있기는 하다.

"혹시 조언이라든가 그런 건 없냐? 종남 무학의 특징이라든가?"

"말해 주면 써먹을 수는 있고?"

"……."

"그냥 나가. 대충 대가리 보이면 후려 패면 돼."

"……일단은 알았다."

윤종이 얼떨떨한 표정으로 비무장을 향해 걸었다. 모이는 주변의 시선에, 그는 미묘한 표정을 지었다.

'확실히 분위기가 바뀌었어.'

초상집이 따로 없었던 화산이다. 하지만 청명이 완벽한 압승을 보여 준 덕에 분위기가 확연하게 바뀌어 버렸다. 혹시 삼대제자는 다를지도 모른다는 기대. 그 기대를 현실로 만드는 것이 윤종이 해야 할 일이다.

"후우."

긴장하지 않으려는데 뜻대로 되질 않는다. 차라리 기대를 안 받으면 모를까, 청명의 활약으로 인해 그에게도 혹시나 하는 기대가 쏠리고 있지 않은가? 그런데 윤종이 패하기라도 하는 날에는…….

그때였다.

"사형!"

등 뒤에서 청명이 윤종을 불렀다. 윤종이 굳은 얼굴로 돌아보았다. 그래, 너도 양심이 있을 텐데 격려의 말 한마디 정도는…….

"지면 뒈지는 거여."

……아. 내가 저놈이 청명이라는 사실을 잠시 잊었구나. 내 탓이지. 내 탓이야.

깊게 한숨을 쉰 윤종이 다시금 얼굴을 냉정하게 굳혔다. 그리고 이내 검을 뽑아 들고 자세를 잡는다. 시선은 종남의 제자들이 모인 곳을 정확하게 응시한다. 그리고 검을 들어 종남을 겨눴다.

"대화산의 삼대제자 윤종이 종남에 비무를 요청합니다!"

바람이 화산을 향해 불어오기 시작했다.

"저놈이……!"

"감히 어디다 대고!"

격한 분노의 반응이 여기저기서 터져 나왔다. 진금룡은 이를 악물었다. 안 그래도 패배의 충격에 정신이 혼미한 마당에, 윤종이 먼저 건방지게 비무를 청해 오니 피가 거꾸로 솟는 느낌이다.

종남 쪽에서 격렬하게 쏟아지는 이런 반응에, 윤종은 움찔하고 말았다.

'좀 너무 나갔나?'

안 그래도 초상집이 된 곳인데, 이리 도발을 해 버렸으니 반응이 좋지 않은 것도 당연했다. 하지만 이건 윤종으로서는 당연히 해야 할 일이다. 기껏 청명이 만들어 놓은 흐름을 이어 나가지 않을 수 없으니까.

진금룡이 노한 음성으로 소리쳤다.

"공진(孔眞)! 공진!"

"예, 사숙!"

"나가라! 저 건방진 놈을 박살 내고 돌아와라!"

"알겠습니다!"

진금룡이 얼굴을 일그러뜨렸다. 그는 완벽을 추구하는 사람이다. 이번 종화지회에서 그가 원한 것은 오로지 완전무결한 승리였다. 하지만 방금 화산이 날린 일격으로 그의 완벽한 승리에 금이 갔다. 그것도 다시 붙이는 게 불가능할 정도로 커다란 금이 말이다.

'청명!'

그의 눈이 건너편에 있는 청명에게로 향한다.

'이 멍청한!'

믿고 내보낸 선우량이 저리 처참하게 당할 줄이야. 선우량이 생각보다 약했던 것인가? 아니면 청명이 생각보다 강한 것인가?

'후자겠지.'

그가 사문의 사질인 선우량의 역량을 잘못 파악한다는 것은 있을 수 없는 일이다. 선우량은 확실히 종남의 삼대제자 중 기량으로는 제일이다. 그런 그가 청명에게 당했다는 말은, 청명이 종남의 삼대제자들보다 훨씬 강하다는 뜻이다.

'그럴 수도 있겠지. 하지만 다른 이들은 아니다.'

불의의 일격을 얻어맞았지만, 아직 완전히 망신을 당한 건 아니다. 남은 삼대제자들을 모조리 끝장낼 수 있다면, 청명의 선전은 그저 청명의 선전으로 끝날 뿐, 화산의 것으로 이어지지는 않을 것이다.

그때, 삼대제자 중 대제자인 공진이 잔뜩 독이 오른 얼굴로 목검을 들고 비무대로 올랐다. 그 모습을 보며 윤종이 깊게 심호흡을 했다.

'이 년 만인가?'

햇수로는 그만큼, 실제로는 그보다 빨리 마주했다. 지난 화종지회에서 윤종은 바로 저 공진과 맞붙었다. 그리고 제대로 된 반격조차 해 보지 못한 채 일방적으로 밀리다 끝내 패배했다. 그로부터 이 년이 흐른 것이다.

'솔직히 승산이 없었겠지.'

청명이 오지 않았더라면 말이다. 청명이 없었던 기간 동안 윤종은 제대로 수련을 하지 않았다. 아니, 정확하게 말하면 의무적으로 수련은 했지만 강해지기 위해 열과 성을 다하지 않았다. 의미가 없다고 느꼈으니까.

종남과의 비무에서 얻은 충격은 화산 전체를 무기력에 빠뜨렸다. 아무리 노력한다고 해도 이길 수 없을 것 같은 절망감. 그 절망의 벽에 도전한 이는 백천뿐이었다.

그런데 어느 날 갑자기 하늘에서 뚝 떨어진 것처럼 청명이 나타났다. 그놈 덕분에 윤종은 지난 몇 달간을 정말 최선을 다하며 보낼 수 있었다. 그 몇 달의 수련으로 과연 저들과의 간격이 좁혀졌을까? 그건 확신할 수 없다. 다만……

'절대 쉽게는 안 진다.'

그는 삼대제자들의 대사형이다. 설사 실질적인 삼대제자의 수장이 청명이 된 상황이라고는 해도, 윤종에게는 화산의 적통을 잇는다는 자부심이 있었다. 절대 꼴사나운 모습은 보이지 않을 것이다.

공진이 사납게 눈을 뜨며 윤종을 노려보았다.

"말은 필요 없겠지. 지난 비무 때, 내가 얼마나 네 체면을 봐줬는지 오늘 뼈저리게 느끼게 해 주마."

"딱히 고맙다는 말을 할 생각은 없는데."

"문답무용!"

공진이 과격한 기합을 토하며 윤종에게 달려들었다. 윤종은 입술을 질끈 깨물며 검을 움켜잡았다.

'저놈의 검은 빠르고 정직했다.'

뻔히 보이는 투로, 그리고 다음을 예측할 수 있는 검로. 그럼에도 과거의 윤종은 공진을 막지 못했다. 그건 윤종과 공진이 그만큼 차이가 난다는 뜻이다. 어설픈 기책이나 변수로는 어찌할 수 없는 수준의 차이가.

그러니 이번에는!

카앙!

공진이 뻗은 검이 윤종의 검에 막혔다.

"허?"

공진이 뜻밖이라는 듯 검을 회수하고는 다시 찔러 들어왔다.

"그동안 마냥 놀지는 않은 모양이구나! 하지만 그 정도로는 어림없다."

"큭!"

윤종이 날아드는 공진의 검을 연달아 쳐 낸다.

빠르다. 그리고 묵직하다. 공진의 검은 과거보다 훨씬 더 빠르고 강해졌다. 그가 얼마나 고련(苦鍊)을 해 왔는지 충분히 실감할 수 있었다. 과거의 그보다 적어도 두 배는 강해진 것 같다. 그런데…….

'왜?'

카앙! 카아앙! 카앙!

윤종의 검이 간결하게 움직여 공진의 검을 쳐 낸다. 이 년 전에는 제대로 볼 수도 없었던 검이다. 그 검이 더 빨라졌으니 얼마나 매섭겠는가? 그러니 도무지 알 수 없는 일이었다.

'왜 이게 다 보이지?'

느린 건 아니다. 분명 빠르다. 헉 소리가 날 만큼 빠른 일격들이 연달아 이어진다. 하지만 이상하게도 윤종의 눈에는 공진의 검이 뻔히 다 보였다. 그리고 과거처럼 보고도 대처할 수 없는 게 아니라…….

카앙!

간결하게 움직인 윤종의 검이 공진의 검을 후려치듯 멀리 밀어 낸다. 그 반동을 이기지 못해 뒤로 확 밀려난 공진이 자세를 고쳐 잡았다.

"……이놈이."

윤종이 황당하다는 얼굴로 공진을 바라보았다.

"……설마 그게 다냐?"

"이…….''

"아, 아니. 화내지 말고. 내가 지금 도발하거나 그러려는 게 아니라, 정말 순수하게 물어보는 거거든? 혹시 지금 나를 망신 주려고 살살 하고 있다거나 그런 건 아니지? 이러다가 갑자기 확 세진다거나?"

"이놈! 죽여 버리겠다!"

윤종의 말을 놀리는 것으로 받아들였는지 머리끝까지 화가 오른 공진이 성난 멧돼지처럼 윤종을 향해 달려들었다. 그 광경을 보며 윤종은 두려움보다는 황당함을 느끼고 있었다.

'청명, 저 자식이 대체 우리에게 무슨 짓을 한 거지?'

달려드는 공진의 움직임 하나하나가 똑똑히 보인다. 그의 어깨가 움직이는 것으로 어느 방향으로 검을 휘두를지까지 미리 알 수 있었다. 이건 검로를 통한 예측이 아니다. 눈으로 보고 안 것이다.

쐐애애애액!

목검이 진기를 담고 과격하게 휘둘러졌지만, 윤종은 그저 한 발 뒤로 물러나는 것만으로 그 검을 완벽하게 피해 냈다. 검이 윤종의 배 바로 앞을 스쳐 지나간다.

너무 많은 힘이 담겨서인지 공진의 자세가 살짝 기울어졌다. 과거였다면 절대 보지 못했을 작은 틈. 하지만 지금의 윤종은 그 틈을 너무도 선명히 볼 수 있었다.

퍼억!

윤종의 발이 머리보다 먼저 움직여 공진의 옆구리를 걷어찬다. 공진의 몸이 뒤로 날아가는 것을 확인한 윤종이 저도 모르게 뒤를 돌아보았다. 청명이 심드렁한 눈으로 그를 바라보고 있었다. 마치 지루하니 빨리 끝내라는 듯 말이다.

'저 미친놈.'

어쩐지 태도가 이상하더라. 저놈은 이 모든 결과를 미리부터 예측하고 있었던 게 분명하다.

"으아아아아아아아!"

그때, 분노와 흥분으로 아예 이성을 놓아 버린 공진이 윤종을 향해 재차 달려들었다. 그런 공진을 본 윤종은 양다리를 살짝 벌리고 검을 살짝 들어 올렸다.

 상단세. 모든 검의 기본이 되는 자세이자, 육합검의 기본이 되는 자세. 그리고 윤종이 열흘 동안 미친 듯이 휘둘러 온, 단 일격을 시작하는 자세였다.

 공진의 검이 뻗어 온다. 그러더니 지금까지 그가 펼쳤던 종남의 검과는 사뭇 다른 변화를 일으키기 시작했다. 과거의 윤종이라면 당황하고도 남을 일이었다.

 하지만 지금 윤종의 눈빛에는 한 점의 흐트러짐도 없었다. 모든 변화와 검초도 결국에는 손끝에서 나오는 것. 태산같이 하체를 고정하고, 눈으로는 단 하나의 변화도 놓치지 않는다. 그리고…….

 스슷.

 보인다! 검과 검이 이어지는 찰나. 그 미묘한 틈을 윤종은 놓치지 않았다. 눈이 틈을 확인한 순간 그의 몸은 절로 움직이기 시작했다.

 콰아아아아!

 검이 대기를 가른다.

 단 한 점의 망설임도 없이 내리쳐지는 검. 흔들리지 않는 마음. 단련된 육체. 그리고 정확한 목적.

 정기신(精氣神)의 합일(合一)을 이룬 검이 공진의 검로를 꿰뚫고 정확하게 그의 어깨를 내리친다. 공진이 기겁하여 급격하게 검로를 틀어 윤종의 검을 막았다.

 콰아아아아아앙!

 하늘로 검이 솟구쳤다. 반 토막이 난 공진의 검이 팽그르르 회전하며 하늘 높이 솟아올랐다가 바닥으로 떨어졌다.

 툭. 투둑.

 목검이 바닥에 떨어지는 소리만이 정적 가득한 화산을 고요히 울렸다. 조용한 침묵이 한참 이어졌다. 몇몇은 벌떡 일어나 비무대 위를 믿을 수 없다는 눈으로 바라보았다.

공진. 종남 삼대제자 중 대제자인 그가 의식을 잃은 채 바닥에 쓰러져 있다. 그 바로 앞에 검을 아래로 내린 윤종이 태산처럼 우뚝 섰다.

굳이 승패를 말할 필요도 없는 완벽한 승리였다.

가만히 공진을 내려다보던 윤종이 검을 회수해 허리에 차고는 정중하게 포권했다.

"잘 배웠습니다."

그리고 빙글 몸을 돌려서 제자리로 돌아갔다.

이윽고 우레와 같은 함성이 터져 나왔다.

"우와아아아아아아아아!"

"이겼다! 이겼어! 윤종 사형이 이겼어!"

"흐하하하하! 미친, 이건 말도 안 돼!"

비단 아이들만 그런 것이 아니다. 화산의 어른들이 자리한 곳도 난리가 났다.

"으하하하하하! 윤종아! 윤종아아아아아!"

"고, 고정하십시오, 사형!"

현상이 당장이라도 윤종에게 달려갈 듯 움찔거리자, 현영이 황급히 그를 움켜잡았다.

"고정은 빌어먹을! 내가 지금 고정하게 생겼는가! 으하하하핫! 이겼어! 이겼다고!"

"사형! 체통! 체통 좀 지키십시오!"

"체통이고 나발이고 이겼다니까!"

하지만 현영 역시 현상을 잡아끌면서 만면에 웃음을 감추지 못했다.

'얼마나 좋으면.'

항상 근엄하던 사형이다. 하지만 현영이 화산의 재정에 한이 맺혔듯이, 현상 사형은 화산의 무학에 한이 맺힌 사람이다. 무각주로서 화산의 무학을 이끌어 나가야 할 사람이다 보니, 언제나 실전된 무학과 낮은 수준에 절망만 거듭해 왔다. 겉으로 그런 티를 내지는 않았지만 얼마나 답답해했을지 안 봐도 뻔했다.

그런데 기대도 하지 않았던 삼대제자들이 저 건방진 종남 놈들의 코를 아주 주저앉히고 있다.

'장문인은?'

현영이 현종을 돌아보았다. 그는 흐뭇한 미소를 짓고 있었다. 더없이 자애롭고 푸근하다 못해 보고만 있어도 그저 마음이 따뜻해지…….

"으아아아아! 지금 등선하시면 안 됩니다!"

현영이 현상을 내팽개치고 현종에게 달려가 어깨를 잡고 흔들었다.

"정신 차리십시오! 장문인! 지금은 아닙니다! 아니, 뭐 했다고 혼이 빠져나가!"

"다, 다 이루었…….”

"아니라고! 아직 한참 남았다고! 의원! 의원을 불러라! 의원!"

이렇게 난장판이 된 와중에 윤종은 제자리로 돌아왔다. 쏟아지는 사형제들의 환호에 그는 머쓱하게 웃었다. 하지만 그 역시 내심으로는…… 날아갈 것 같은 기분이었다.

하지만 이렇게 모두가 기쁨에 춤을 추는 와중, 단 한 사람 조걸만은 웃지 못했다. 이제는 그의 차례이기 때문이다.

"사형! 대사형! 어떻게 한 겁니까? 제가 뭘 해야…….”

"걸아."

"예! 사형!"

"그냥 나가라."

"……예?"

윤종은 저도 모르게 웃고 말았다. 왜 청명이 그에게 별다른 설명을 해 주지 않았는지 알 것 같다.

"지고 싶어도 못 진다. 그냥 나가라. 나가 보면 안다."

조걸이 고개를 갸웃거렸다. 하지만 윤종이 그렇다면 그런 것. 조걸은 이윽고 표정을 굳히며 비무대로 향했다.

윤종은 그런 조걸에게 시선도 주지 않은 채 청명에게 일직선으로 걸어가 그 옆에 앉았다. 그리고 묵직하게 입을 열었다.

"뭘 어떻게 한 거야."

그러자 청명이 씨익 웃으며 윤종을 바라보았다.

"뭘?"

"우리!"

"아, 그거?"

청명이 피식 웃고는 심드렁하게 말했다.

"별거 아냐. 그냥 이기게 만들어 준 거지."

그러니까 그걸 어떻게 했냐고, 인마! 이 도깨비 같은 놈아!

"저기 봐."

"응?"

청명이 비무장을 가리키며 윤종에게 말했다. 조걸이 걸어 나가는 동안 종남의 제자들이 우르르 나와 쓰러진 공진을 들쳐 업고 제자리로 돌아가고 있었다.

"종남 애들은 어떤 것 같아?"

"어떻다니?"

"셀까? 약할까?"

"당연히 강하지."

윤종의 대답에 청명이 살짝 눈을 반개하고는 그를 바라본다.

"그런데 사형이 그 센 놈을 이기셨다?"

"모, 몰아가지 마라. 사실이 그런데 어쩌겠느냐?"

낄낄 웃은 청명이 고개를 끄덕인다.

"세지. 맞아, 세. 나이에 비하면 엄청 세지. 그런데 반대로 말하자면 약하기도 해."

"……그게 무슨 소리냐?"

"그 나이에 배워야 할 것에 비해 너무 많이 배웠으니까."

"많이 배우고 익히면 좋은 거 아니냐?"

"사형."

청명이 손을 뻗어 집의 형상을 그렸다.

"무학이란 탑을 쌓는 것과 마찬가지야. 바닥이 얼마나 튼튼하고 아래층이 얼마나 튼튼한가에 따라 얼마나 높은 탑을 쌓을 수 있느냐가 결정되지."

"……그렇지."

"그런데 쟤들은 일 층을 채 다 짓기도 전에 이 층을 올리고, 이 층을 채 다 짓기도 전에 삼 층을 올렸어. 층을 계속 올리면서 아래층을 보강하는 중이라 이 말이지."

"……."

"그런 애들이 일 층을 완벽하게 지은 탑이랑 부딪치면 어떻게 될 것 같아?"

"무너지겠지."

"바로 그거야."

청명이 대수롭지 않게 말했다.

"내가 한 건 사형들의 일 층에 있던 목재를 다 걷어 내고 돌을 쌓아 올린 것뿐이야. 짓기는 힘들어도 한번 지어지면 잘 무너지지 않지."

"……나는 이해가 안 가는데. 그 수련에 그런 의미가 있었다고?"

"무학의 기본이 뭐야?"

"응?"

청명의 얼굴이 살짝 진지해졌다.

"무학의 기본은 하나야. 내 몸을 완벽하게 써서 상대를 정확하게 가격하는 것. 그 하나에서 뿌리가 뻗어 나가 줄기가 서고, 가지가 펴지는 거지. 나는 사형들이 그 뿌리에 집중할 수 있게 만들어 준 것뿐이야."

"으음."

"봐."

청명이 비무장을 가리켰다. 조걸이 어느새 나온 종남의 제자와 뒤엉키고 있었다.

"흔들리지 않는 하체, 깔끔한 검로, 모든 것을 침착하게 바라볼 수 있는 안력. 그리고 그 무엇보다……."

조걸의 검이 상대의 검을 밀어 내며 일격을 가한다.

"단 한 번의 일격에 전신의 모든 힘을 쥐어짜 낼 수 있는 집중력."

퍼어어억!

종남의 제자가 바닥에 쓰러지고, 조걸이 얼떨떨한 표정으로 눈앞의 상대를 바라본다. 연신 이쪽으로 고개를 돌리는 것이, 자신이 한 일을 자신도 믿지 못하겠다는 기색이다. 이를 보던 청명이 피식 웃었다.

"지금은 그거면 돼. 그거 하나면 비슷한 나이대의 애들은 다 때려잡는다."

물론 그게 전부는 아니지만.

보통은 반쯤 흘려 버리기 마련인 매화단의 효능을 청명이 완벽하게 흡수시켜 줬다는 것. 그리고 청명이 처음 화산에 왔을 때부터 이어진 수련을 통해 누구에게도 뒤지지 않는 육체를 만들어 냈다는 것.

육체와 내력에서 뒤지지 않는다면 검술의 숙련에서 승부가 갈리기 마련이다. 그리고 어설프게 이것저것을 다 익힌 이들은 한 가지를 죽어라 판 이를 절대 이길 수 없다.

조걸이 제자리로 돌아와 멍한 눈으로 청명을 보았다. 그리고 그런 그의 뒤를 이어 다음 삼대제자가 비무장으로 뛰어 올라갔다. 완전히 기세를 탄 모습. 빨리 싸워서 자신의 성취를 확인하고 싶은 마음이 가득한 모습이다.

"나는 그래도 이해가 안 간다. 이게 그리 쉬운 일이라면…… 왜 다른 문파는 그런 수련을 하지 않는 거냐?"

"쉬워?"

청명이 삐딱하게 고개를 꺾었다.

"지금까지 수련한 게 쉬웠던 모양이지?"

"아, 아니. 그런 말이 아니라 개념적으로는 쉬우니까…….'

"사형."

"응?"

"사형은 하루에 삼분의 이를 공부하고, 남은 시간에 몸가짐을 바르게 하며, 부모를 진심으로 봉양하고, 약자를 기만하지 않으며, 재물을 탐하지 않고, 위로는 예의를 다하되, 아래로는 존중을 잃지 않고, 친우를 진심으로 대하며, 나라에는 충성을 다하면서 살 수 있어?"

"……못 하지."

"왜 못 해? 그것만 지키면 군자가 되는데."

"그야……."

윤종이 입을 다물었다. 청명이 무슨 말을 하는지 알 것 같다.

진정한 군자가 되는 법 같은 건 모르는 사람이 없다. 하지만 그 조건을 평생 지키며 진짜 군자로 불리는 이들은 시대를 통틀어 두셋. 이 넓은 중원 땅에서 겨우 그 정도다. 다시 말하자면 평범한 사람들은 자신이 뻔히 알고 있는 것도 행하지 못한다는 뜻이다.

"끊임없이 떨어지는 낙숫물은 바위도 뚫는다. 언제나 정진하고 또 정진하라. 노력보다 중요한 것은 없다. 선인들은 끝도 없이 노력과 정진을 강조하지. 이유가 뭔지 알아?"

"글쎄……."

"사람은 그걸 못 하거든."

청명이 피식 웃었다. 사실 과거의 청명 역시 마찬가지였다. 과거의 그는 기본이 더없이 중요하다는 말을 수도 없이 듣고 또 들었음에도, 언제나 더 강한 검술, 더 높은 경지를 갈구했다. 심지어 생이 끝나는 그 순간까지도 위로만 시선을 줬을 뿐, 아래는 내려다보지 않았다. 죽고 나서야 새삼 알게 된 것이다.

"죽을 만큼 수련하고, 매번 한계까지 자신을 몰아붙이고, 정진하고 또 정진한다. 그 말도 안 되는 소리를 실제로 해내면……."

청명이 턱짓으로 비무장을 가리켰다.

퍽!

또 하나의 종남의 제자가 휘청이며 뒤로 물러난다. 낭패감으로 어쩔 줄 몰라 하는 얼굴이 퍽 인상적이다. 그리고 화산의 제자는 틈을 주지 않고 그런 종남의 제자를 몰아붙였다.

"저렇게 되지."

"……."

"보통은 알아도 못 해. 사람은 스스로를 그렇게까지 몰아붙이지 못하니까. 그걸 누가 강제로 시킨다? 삼 일이면 다 드러누워서 못 하겠다고 난장을 부리겠지. 아니면 도망치거나."

윤종이 고개를 끄덕였다. 그들도 그러지 않았던가. 그걸 멱살 잡고 강제로 끌고 온 사람이 바로 청명이다.

"네가……."

"사형들이 한 거야."

청명이 단호하게 말했다.

"이건."

"……."

"그걸 버렸을 때 이미 승부는 났어. 더 볼 것도 없지. 제 발밑을 보지 못하고 위만 보는 놈들은 발 디딜 곳이 없으니까. 날개가 자라나지 않은 새가 하늘을 날겠답시고 뛰어오르면 그제야 알게 되는 거지."

청명이 실려 나가는 종남의 제자를 보며 혀를 찼다.

"발에 닿는 게 없다는 걸. 그럼 추락하는 거야, 지금처럼."

윤종의 눈이 떨렸다. 수련을 과하게 시킨다는 생각은 했다. 강압적인 수련법에 정말 미친 듯이 욕을 퍼붓고 싶었던 적도 한두 번이 아니다. 하지만 참았다. 그래도 구르고 구르다 보면 어떻게든 더 강해진다는 생각으로 버텨 냈다. 그런데 그 모든 수련이 이리 멀리까지 내다본 것이었단 말인가?

'이놈은 대체 이런 걸 어디서 배운 거지?'

도무지 청명을 이해할 수 없는 윤종이었다. 하지만 확실한 건 하나.

퍼어어어억!

또 하나의 종남 제자가 바닥에 쓰러진다. 그의 사제들은 그리 무위 차이가 나지 않는다. 적어도 대표로 나가는 열 명은 윤종과 조걸을 제외하면 다들 대동소이한 실력이었다. 앞선 비무에서 이토록 크게 차이가 났다는 말인즉, 뒤에 이어질 비무의 결과도 달라질 게 없다는 의미다. 다시 말해…….

'이긴다고?'

화산의 삼대제자들이 종남에게? 화산이 종남에게? 이제야 실감이 났다. 그들은 지금 종남을 상대로 승기를 잡았다. 바로 그 종남을 상대로 말이다.

"우, 우리가 이기는 건가?"

윤종의 말에 아무도 대답을 하지 못했다. 눈앞에서 벌어지고 있는 일을 부정할 도리는 없지만, 그 사실을 믿기도 쉽지 않다. 지금까지 단 한 번도 화산의 제자로서 종남을 이길 수 있다는 생각을 해 보지 않았으니까.

하지만 굳이 믿을 필요도 없었다. 윤종이 무슨 생각을 하든 비무는 진행되고 있고, 그 결과는 그들의 앞에 현실로 나타났으니까.
한 명. 또 한 명.
"아아아아악!"
날카로운 비명과 함께 비무가 끝난다. 순식간에 열 번의 비무가 마무리되었다.
"으아아아아아아아아! 이겼다아아아아!"
"전부 이겼어! 빌어먹을!"
"청명아! 우리가 해냈다! 우리가!"
삼대제자들이 주먹을 불끈 쥐고 환호한다. 개중에는 눈물을 흘리는 이들마저 있었다. 심지어 이대제자들도 그들에게 달려와 사질들을 얼싸안고 들어 올리는 중이었다. 축제라도 열린 것 같은 분위기.
십 연승. 삼대제자 모두가 종남의 제자들에게 승리를 거두었다. 십 연패 뒤에 이어진 십 연승이다. 어느 쪽의 기세가 더 좋을지, 어느 쪽이 더 큰 승리감을 얻었는지는 너무도 자명하다. 화산의 삼대제자들이 마침내 종남의 삼대제자들에게 완승을 거두고 만 것이다.
"청명아!"
윤종이 감격에 겨운 얼굴로 청명의 손을 붙잡았다.
"이겼다! 우리가 이겼어! 고맙다! 네 덕에……."
윤종이 정말 말하기 싫은, 숨겨 둔 진심을 막 꺼내려는 순간이었다.
"이겨?"
둥한 목소리와 함께 찬물이라도 끼얹은 듯 분위기가 급격하게 식어 갔다. 모두의 시선이 청명에게 모인다. 그리고 그들은 보았다. 청명의 고개가 옆으로 삐딱하게 꺾이는 모습을.
'저 새끼 또 왜 저래?'
'또 시작이네, 또! 내가 진짜 심장이 떨려서!'
모두의 불안한 시선을 받으며 그가 가만히 입을 열었다.

"이걸로?"

"……또, 또 무슨 말을 하려고?"

"벌써 열 번 졌는데, 이렇게 열 번 이겨 봐야 어차피 무승부 아냐?"

그야 그렇지.

"그래도 그게 어디……."

"사형이 모르는 모양인데."

"응?"

"무승부 그런 건 내 사전에 있을 수가 없어!"

청명이 다시 눈을 희번덕거리기 시작했다.

'아, 제발.'

'분위기 좋을 때는 좀 자중하자. 청명아, 좀!'

"무승부우우우? 종남이랑 무승부우우우? 내가 그런 꼴 당하면 쪽팔려서 평생 얼굴을 못 들고 다닌다!"

그리고 저승에 가서도 죽도록 욕을 퍼먹겠지. 장문사형이 부드럽게 웃으면서 가슴에 비수처럼 박히는 말을 빙글빙글 돌려 가며 찔러 댈 테다. 다른 사형제들은 또 어떤가? 그를 묶어서 끌고 다니며 조리돌릴 게 분명하다.

'내가 그 꼴은 못 보지.'

청명의 눈에 불꽃이 튀었다. 겨우 무승부로 끝낼 거라면 시작도 하지 않았다. 생때같은 매화검법을 빼앗긴 것도 아직 덜 갚았는데, 장문인 앞에서 망발을 하고 화산을 무시한 저놈들을 곱게 돌려보내 준다고? 그럼 청명이 아니지. 그가 히죽히죽 웃기 시작했다.

"이제 시작이야. 아암, 이제 시작이지. 이제! 저것들은 걸어서 못 돌아가. 흐흐흐흐."

광기가 번들거리는 청명의 눈을 보며 삼대제자들이 슬금슬금 물러나기 시작했다.

'완전 맛이 갔는데?'

'얘는 전생에 종남파 놈 칼에 찔려 죽었나? 왜 종남만 얽히면 저렇게 눈이 돌아가지?'

'이만큼 하고도 부족하면 대체 무슨 짓을 더 하려고?'

그 순간이었다. 청명이 자리에서 벌떡 일어났다. 동시에 윤종도 덩달아 벌떡 일어섰다.

"야, 야! 얘 막아야……."

"사형!"

윤종이 평소처럼 크게 소리치려던 찰나, 청명이 답지 않게 차가운 목소리로 말했다.

"으응?"

그 기세에 눌린 윤종이 얼떨떨한 눈으로 청명을 보았다.

"지금부터 내가 하는 걸 한 동작도 놓치지 말고 봐. 모두 마찬가지야. 알았어?"

사형제들이 고개를 끄덕이자 청명이 비무대로 향했다. 모두가 그 등을 홀린 듯이 바라보았다. 이제는 수도 없이 보게 될, 화산을 이끄는 자의 등이었다.

8장

화산은 사라지지 않는다

"꺽……. 꺼어억……."

"장문인! 장문인, 정신 차리십시오! 의원! 의원은 아직 멀었는가!"

"의원은 무슨! 비켜 보게!"

현상이 현영을 밀어 내고 현종의 등에 손을 가져다 댔다. 그리고 신속히 기운을 밀어 넣기 시작했다.

'아니, 너무 좋아서 기혈이 흔들리는 일도 있나?'

놀라서 주화입마에 든다는 말은 들어 봤어도, 좋아서 그리된다는 말은 들어 본 적도 없다. 하지만 그 기이한 일이 지금 현상의 눈앞에서 벌어지고 있었다. 기운을 밀어 넣어 내부를 다스리자 현종이 깊게 숨을 내쉰다.

"지, 진정이 됐네."

"……괜찮으십니까, 장문인?"

"괜찮냐고?"

현종이 현상을 획 돌아본다. 맹세컨대 현상은 단 한 번도 장문인이 저토록 눈을 희번덕거리는 건 본 적이 없다.

"지금 괜찮냐고 물은 건가?"

"……제가 실언을 했습니다, 사형."

"이, 이게 대체 어찌……. 허어, 세상에. 허어……."

현종이 연이어 숨을 몰아쉰다. 아무래도 진정이 되지 않는 모양이다. 왜 아니겠는가? 현상은 현종을 이해했다. 충분히 이해하고도 남는다. 그도 지금 손이 벌벌 떨릴 지경인데, 장문인인 현종은 오죽하겠는가?

"운검아!"

"예, 장문인."

"네, 네가 아이들을 저리 가르쳤느냐?"

운검이 살짝 웃고 말았다.

"그렇다고 대답할 수 있다면 저도 어깨에 힘이 좀 들어가겠지만, 안타깝게도 아닙니다. 저건 삼대제자들이 자체적으로 진행한 수련의 결과입니다."

"자체적으로?"

현종이 도무지 믿을 수 없다는 눈으로 운검을 돌아본다.

"사제, 조금 더 자세히 설명해 드리게나."

운암이 들뜬 목소리로 운검을 재촉한다. 평소 항상 침착하던 그도 이 순간만큼은 흥분을 감추지 못했다.

"아마도 청명이……."

"청명?"

이제는 놀랍지도 않다. 무슨 일이 있을 때마다 그 이름이 나온다. 지금도 사실 내심으로는 그 이름이 나오리라 생각했다.

"저 아이는 대체 뭐 하는 아이라는 말인가?"

"장문인께서 입산을 허가하신 아이 아닙니까? 정말 전혀 모르시는 겁니까?"

"내가 뭘 알겠는가? 그저 찾아왔기에 인연이다 싶어 받아들인 게 전부인 것을."

그 인연이 말도 안 되는 일을 만들어 내고 있다.

화산이 마교로부터 화를 당한 이후로……. 아니, 그 이전 십만대산에서 선대가 전멸한 이후로 화산은 단 한 번도 종남을 이겨 보지 못했다. 사실 이겨 보지 못했다는 표현도 화산에서나 쓰는 거지, 객관적으로 봤을 때는 상대조차 되지 못했다는 말이 맞다. 그렇기에 저 사마승이 그리 도발을 해 댈 때도 아무런 말을 하지 못한 게 아닌가?

그런데 화산의 삼대제자들이 저 종남의 삼대제자를 이겨 버렸다. 심지어 그냥 승리도 아니라 완전무결한 압승이다.

'선조시여.'

현종의 눈시울이 붉어진다.

이런 날이 오다니. 언젠가는 이날이 올 거라 굳게 믿었지만, 자신의 대에는 불가능하리라 여겼다. 그런데 꿈에서만 막연히 그려 보았던 그 광경을 막상 눈앞에서 보게 되니 더 바랄 것이 없다는 생각마저 들었다.

"장문인! 됐습니다! 저 아이들이 해냈습니다."

"그래. 그렇구나. 그래. 장하기 짝이 없어. 그래."

말이 잘 나오지 않는다. 그저 '그래'라는 말만 몇 번이고 반복할 뿐이었다.

'이걸로 이제 죽어서도 선대들을 뵐 면목이 생겼…….'

어? 근데 쟤는 왜 또 나오지?

현종이 눈을 두어 번 감았다가 떴다. 하지만 눈앞에 보이는 광경은 변하지 않았다. 허리춤에 목검을 찬 청명이 터덜터덜 비무장으로 걸어 나온다. 그러더니 현종이 있는 쪽으로 고개를 돌렸다.

"이쪽을 보는 것 같습니다만?"

"저, 저 아이가 또 뭘 하려고?"

이제는 우려보다는 기대가 더 크다. 현종이 주먹을 꽉 쥐고는 청명을 바라보았다. 그 순간 청명이 입꼬리를 사악하게 말아 올렸다.

"……저거 도인이 지을 표정이 아닌데? 저, 저놈이 대체 또 뭔 짓을 저지르려고?"

이 순간만큼은 태상노군의 노기도 살짝 외면하고 싶은 현종이었다.

"이……. 이이! 이 한심한 놈들 같으니!"

사마승은 노기로 정신을 잃을 지경이었다. 질끈 깨문 아랫입술이 찢어져 주르륵 핏물이 흘러내렸다.

십 연패. 이 이상 참담한 패배가 없다. 먼저 십 연승을 했지만, 그건 이미 머릿속에서 사라졌다. 저 화산에 패했다는 것, 그것도 압도적으로 패했다는 것이 그의 머리를 마비시키고 있었다. 심지어 화산이 상대가 아니더라도 십 연승 뒤에 십 연패를 하면 누구도 웃을 수 없을 것이다. 진 건 아니지만 기분상으로는 패한 것이나 마찬가지 아닌가?

"이 꼴을 보이고도 눈을 뜨고 종남으로 돌아가겠단 말이더냐! 이 한심한 놈들! 화산 따위에게 져? 그것도 이리 처참하게!"

입에서 불을 뿜을 기세로 사마승이 노기를 토했다.

"이 머저리 같은 놈들이 종남의 명예를 땅에 떨어뜨리는구나! 이 많은 사람들 앞에서 화산에게 져? 화산에게? 이이익! 이 병신 같은 것들!"

삼대제자들은 차마 사마승과 눈도 마주치지 못했고, 모두 승리한 이대제자들도 찝찝한 얼굴로 고개를 숙였다. 사마승이 제 화를 이기지 못하고 거의 넘어갈 지경에 이르는 동안, 진금룡은 금방이라도 누구 하나 패죽일 듯한 눈빛으로 삼대제자들을 돌아보았다.

끝났다. 그가 원했던 완벽한 승리는 이미 거름통에 처박혔다. 심지어 '승리'마저도 무너졌다. 화산과 무승부라니. 꿈에도 생각하지 않았던 일이다. 하지만 그 일이 지금 그의 앞에 닥쳐오지 않았는가?

"빌어먹을……."

사마승이 앞에 있다는 것을 알고 있음에도 욕설이 절로 흘러나온다.

핏발이 선 눈으로 화산의 제자들에게로 시선을 돌리던 진금룡이 무언가를 발견하고는 눈을 가늘게 떴다.
"저놈이!"
진금룡의 말에 사마승도 고개를 돌렸다. 그의 눈에 터덜터덜 비무장으로 걸어 나오는 청명의 모습이 보였다.
'저놈!'
저 찢어 죽여도 시원치 않을 놈! 생각해 보면 모든 일의 시작은 바로 저놈이었다.
"저놈이 또 왜 나온다는 말이냐!"
사마승의 일갈에 모두가 청명을 돌아보았다.

"세상에. 이런 결과가 나오다니······."
"화산이 칼을 갈았나 봅니다. 정말 이건 상상도 못 한 일이군요."
"십 연승이라니, 그 종남의 삼대제자들이 저 화산의 삼대제자를 상대로 단 한 번도 이기지 못했다는 것 아닙니까?"
그리고 아무도 입에 올리지 않지만, 모두가 알고 있는 게 하나 있었다.
화산의 삼대제자는 종남의 이대제자들이 보여 준 것 이상의 격차를 보여 주었다.
게다가 이리되고 보니 화산의 제자들을 상대하며 종남의 제자들이 보여 준 언행이 더 마음에 걸린다. 그때는 승자의 여유쯤으로 생각했지만, 화산의 삼대제자들이 별다른 도발이나 조롱 없이 깔끔하게 이겨 버리고 나자 새삼 그 모습이 추하게 느껴지는 것이다.
"실력으로도 이겼고, 태도 면에서도 이기지 않았습니까?"
"과연 명문 화산이라는 말이 절로 나옵니다. 이 양 모는 감탄했습니다."

오른다. 오르고 있다. 화산의 입지가 미친 듯이 상승하고 있다. 이러다가는 그 기세가 하늘을 찌를지도 모른다. 황 대인은 마음에서부터 우러나오는 즐거운 비명을 애써 억지로 눌렀다.

이 비무를 기점으로 화산에 대한 평가는 완전히 달라질 것이다. 개중에는 벌써부터 화산에 얼마를 투자해야 할지 주판을 두드리는 이들도 있을 게 분명했다. 하지만 쉽게 계산이 서지 않을 것이다. 저들에게 있어 이 일련의 사태는 완전히 예상 밖의 일일 테니까. 생각하면 할수록 이 일이 있기 전에 미리 청명을 만나 화산에 투자한 것이 얼마나 훌륭한 일이었는지 실감되었다.

"그럼 이게……."

그 순간이었다. 누군가 비무대 위에서 황 대인 쪽을 향해 소리쳤다.

"저기, 잠시만요!"

"응?"

황문약이 고개를 돌려 비무대를 바라보았다. 청명이 이쪽을 보며 빙그레 웃고 있었다.

"아까 그 아이가 아닙니까?"

"분명 청명이라 했지요. 선봉으로 이긴."

황문약은 주변의 수군대는 소리를 들으며 청명과 시선을 마주쳤다. 척하면 착이라고, 황 대인이 목소리를 돋워 대답했다.

"무슨 일인가, 소도장."

청명이 씨익 웃으며 말을 이었다.

"중간에서 보셨으니 적당한 판단을 내리실 수 있을 것 같아 묻는 건데요."

"무언가?"

"누가 이긴 거죠?"

"으응?"

누가 이겼냐고? 그야…….

황문약이 안색을 굳혔다.

'소도장은 이 일을 무승부로 끝낼 생각이 없구나.'

무슨 논리를 들고나올 건지는 모르겠지만, 이리되면 호응을 해 줘야 한다. 황문약이 슬쩍 뒤로 고개를 돌려 모두를 보며 물었다.

"어찌 생각하십니까? 생각해 보니 승패를 가르긴 해야 할 것 같습니다."

자리에 모인 섬서의 유지들이 당황한 기색으로 생각에 잠기더니 하나둘 입을 열기 시작했다.

"무승부가 가장 타당하지만, 굳이 승부를 나눠야 한다면 좀 더 나이가 많은 이대제자들이 이긴 종남이 아니겠습니까?"

"에이, 그건 말도 안 되는 소리지요. 화종지회의 의의가 뭡니까? 문파의 미래를 보는 것 아니겠습니까? 그냥 전력을 비교할 것 같으면 이대제자와 삼대제자가 모두 비무를 할 이유가 없지요. 장래성과 성장을 두고 본다면 좀 더 어린 삼대제자가 우세했던 화산의 승리입니다."

"허어, 그게 무슨 소리요. 가능성은 그저 가능성이 아닙니까. 저 삼대제자들이 영영 종남의 이대제자들을 넘지 못하게 될 수도 있는 것 아니겠습니까?"

"맞습니다. 그리고 종남의 삼대제자 사정도 봐줘야지요. 누가 봐도 저 아이들이 화산의 삼대제자들보다 어리지 않습니까? 저 나이대는 한두 살 차이만으로도 굉장히 차이가 납니다."

"그리 따지면 화산의 이대제자도 종남의 이대제자보다 어리오!"

"아니, 이 사람이!"

결론이 나지 않는다. 서로 저마다 이유가 있다. 이리 보면 화산이 이겼다 할 수 있고, 저리 보면 종남이 이겼다 할 수 있다.

가만히 듣고 있던 황문약이 웅성대는 중인들을 대표해 소리쳤다.

"소도장. 그 결론을 내리는 것은 너무도 어려운 일일세."

"그렇죠?"

청명이 손가락을 튀겼다.

"그런데 이리 끝나 버리면 지켜보시는 분들도 찝찝하시겠죠. 게다가 돌아가시는 종남 분들도 께름칙하고, 보내는 우리도 영 개운하질 않을 거예요. 그래서 제 생각인데, 차라리 승부를 확실하게 가리는 게 나을 것 같거든요."

"……어찌 말인가?"

"간단하죠."

청명이 종남을 가리켰다.

"거기 이긴 사람이 딱 열 명."

종남의 제자들이 청명의 말에 귀를 기울였다.

"그리고 화산에서 이긴 사람이 열 명."

"우, 우리는 왜?"

윤종이 당황해 말을 더듬었다. 청명은 양쪽을 번갈아 보고는 태연하게 말했다.

"진 사람들은 빼고 이긴 사람들끼리 다시 한번 붙으면 되는 거죠. 그럼 누가 봐도 깔끔하지 않겠어요?"

'저게 미쳤나?'

'뭔 꿍꿍이야! 저기는 다 이대제자고 우리는 다 삼대제자인데!'

'아냐. 저놈이 지고 들어가는 싸움을 할 리가 없어. 분명 다른 조건이 있겠지!'

그 기대를 저버리지 않고 청명이 조건을 달았다.

"대신!"

그럼 그렇지. 삼대제자들이 막 안도하려는 찰나, 그들의 귓가에 청천벽력 같은 소리가 떨어졌다.

"한 명씩 승부를 가리는 시시한 비무 같은 건 집어치우고! 붙으려면 제대로 붙죠. 마지막 한 명이 남을 때까지 연승전으로 갑시다. 이긴 사람은 계속 다음 사람과 다시 비무를 하는 거로. 마지막에 서 있는 쪽이 이기는 거죠. 어때요?"

청명이 사특하기 짝이 없는 미소를 지으며 종남을 바라본다.

"쫄리면 뒈지시든가."

절대 피할 수 없는 도발이었다.

진금룡이 멍한 눈으로 청명을 바라보았다.

'지금 저 애송이가 대체 무슨 말을 지껄인 거지?'

비무를 하자고? 화산의 삼대제자와 이대제자가? 그것도 연승전으로? 그걸로 승부를 가리자는 건가?

"이……."

진금룡이 이를 갈았다. 종남을 우습게 봐도 정도가 있다. 종남의 이대제자를 거지발싸개로 보지 않고는 감히 할 수 없는 제안이다!

화산의 삼대제자들이 깔끔하게 이겼다고는 하지만, 배분이 왜 배분인가? 웬만한 재능이나 노력으로는 쉽게 넘을 수 없기 때문에 배분이다. 배분 간의 위계가 제대로 서지 않으면, 문파의 질서가 무너진다. 그렇기에 수많은 명문이 배분을 지키며 제자를 받는 시기를 나누지 않는가? 아무리 화산의 삼대제자들이 강해졌다고 한들, 그건 그 배분끼리의 이야기다. 이대제자와 삼대제자의 비무 같은 건 살면서 들어 본 역사가 없다. 이런 제안을 받았다는 것만으로도 수치스럽기 짝이 없는 일이다.

"이 망둥이 같은 놈이……!"

진금룡이 이를 갈며 일갈하려는 순간, 사마승이 그의 어깨를 잡았다.

"자, 장로님."

"진정하거라."

"하나……."

사마승이 얼굴을 살짝 일그러뜨렸다.

"이미 체면은 땅에 떨어졌다. 이제 와 체면을 지키자고 저 제안을 거절해 봐야 겁이 나서 달아났다는 소리만 들을 것이다."

진금룡이 입술을 깨문다. 부인할 수가 없었다. 저 빌어먹을 놈이라면 그런 말을 퍼뜨리고도 남을 것 같다. 차라리 공손하거나 부드러운 제안이었다면 거절할 명분이라도 있었겠지만, 저리 도발을 해 대는데 무슨 수로 거절하란 말인가? 이건 쉬이 받을 수도 없고, 받지 않을 수도 없는 제안이다.

사마승이 고개를 들어 청명을 바라본다.

"청명이라고 했느냐?"

"네. 전에는 잘 기억 못 하시더니 이제는 하시네요."

"네 제안은 잘 들었다. 하지만 네가 감히 화산을 대표하여 종남에게 제안을 할 위치는 아닌 것 같은데?"

"그럼 장문인께 직접 물으시면 되죠. 뭐 어려운 일이라고."

사마승이 이를 악물었다. 저놈은 같은 대답을 해도 사람의 속을 뒤집어 놓을 줄 아는 놈이다.

"나는 네 태도를 지적하는 것이다. 무릇 모든 일에는 순서라는 게 있는 법. 화산에서는 너를 그리 가르치더냐?"

매우 치사하지만 효과적인 공격이었다. 일단 기분이 나쁘면 나이와 예의를 들어 공격하라. 오래전부터 내려온 확실한 공격법이 아니던가?

"화산은 그렇게 안 가르치는 것 같은데, 제가 입문한 지가 얼마 안 돼서 아직 제대로 못 배워서요. 부모도 없이 고아로 자란 몸이라 좀 부족한 면이 있으니 이해해 주시면 되겠네요."

"어……."

거기서 왜 부모가 나오나. 그럼 내가 뭐가 되나?

사마승이 꿀 먹은 벙어리처럼 입을 다물고 급히 할 말을 찾는 동안,

청명은 황문약 쪽을 응시하며 물었다.

"어때요?"

"아, 아니, 다 좋은데 그걸 왜 우리한테……?"

"여기 화산과 종남 말고는 거기 계신 분들밖에 없잖아요. 객관적인 판단이 필요한 거죠."

그리고 판을 만들어 줄 사람도 필요하고.

이렇게 섬서의 유지들을 끼워 넣어 버리면 종남은 체면 때문에라도 이 승부를 받지 않을 수 없다. 상대와의 승부가 무서워서 물러났다는 것은 무파(武派)에 있어서 더할 수 없는 치욕이니까.

황문약이 헛기침을 한다. 그리고 슬쩍 뒤쪽의 유지들을 바라보며 물었다.

"어찌 생각하시오?"

"으음. 공정하고 아니고를 떠나서 이 즐거운 비무를 좀 더 볼 수 있다면 저희는 좋지요!"

"사실 보고 싶기는 합니다. 저 삼대제자들이 종남의 이대제자들을 상대로 얼마나 선전할 수 있을지 말입니다. 무척 기대가 되는군요."

황문약이 고개를 끄덕였다. 이들은 당연히 찬성할 것이다. 잣대는 많으면 많을수록 좋으니까. 화산의 삼대제자들을 종남의 이대제자와 붙여 본다면 저들의 실력이 어느 정도인지 명확하게 파악할 수 있다.

"이쪽은 그 승부를 무척이나 바라네, 소도장."

청명이 고개를 끄덕였다.

"그럼 양쪽 분들만 허락해 주시면 될 것 같은데. 장문인! 장문인께선 어떠십니까!"

현종이 황당하기 짝이 없단 얼굴로 청명을 바라보았다.

"저 녀석이 대체 뭘 어쩌려고?"

현종이 당황해하자 옆에서 운검이 넌지시 말했다.

"허락하시지요, 장문인."

"허락? 이 말도 안 되는 일을 허락하라는 말이더냐?"

"머리가 좋은 아이입니다."

운검이 단호하게 말했다.

"조금 과한 면이 없지는 않으나, 저는 저 아이와 대화를 하면서 단 한 번도 어리숙하다는 인상을 받은 적이 없습니다. 외려 때때로 제 머리 위에서 저를 가지고 놀려 든다는 느낌마저 받았습니다. 장문인께서도 저 아이에게 현기가 흐른다는 말씀을 하지 않으셨습니까?"

"그건 그랬다만……."

확실히 청명에게는 그런 면이 있었다. 아이의 탈을 쓴 노인 같은 부분.

"그런 아이가 지금 우리가 우려하는 부분을 모를 리가 없습니다. 반드시 대책이 있을 터이니 허락해 주십시오. 무엇보다……."

운검이 깊게 숨을 내쉬고 빙그레 웃었다.

"이제 와 진다고 해서 뭐가 문제겠습니까? 저희는 잃을 것이 없습니다."

현종이 가만히 운검을 바라보았다. 그 두 눈에 담긴 확신이 뚜렷하게 보였다. 다른 장로들의 눈빛까지도 확인한 현종은 이내 무겁게 고개를 끄덕였다.

'운검의 말대로 이 모든 것이 저 아이의 계획하에 이뤄진 일이라면.'

남은 일도 믿고 맡겨 볼 만할 것이다.

아이에게 너무 과도한 것을 바라는 게 아닌가 하는 생각이 들었지만, 어차피 화산은 잃을 것이 없다. 설사 이어지는 비무에서 처참하게 패한다고 해도 벌어 놓은 것을 반도 까먹지 못할 것이다.

결심을 굳힌 현종이 우렁우렁한 목소리로 말했다.

"화산은 찬성하겠소."

그 즉시 관중석에서 탄성이 터져 나왔다.

"오! 이리되면 종남에서 물러설 수가 없을 텐데!"

"오늘 정말 재미난 구경거리를 보는군요. 오늘 본 것을 내 널리 알려야겠습니다. 그냥 종남 아이들을 보러 온 곳에서 설마 이런 일이 벌어질 줄이야."

"화산은 화산입니다. 왜 화산이 그 오랜 세월 동안 명문으로 불려 왔겠습니까? 부침은 있을지언정 몰락은 없는 법이지요."

어느새 태도를 바꾼 유지들의 말을 들으며 황문약이 쓴웃음을 지었다.

'박쥐 같은 것들.'

하지만 저게 장사꾼의 속성이고 사람들의 일반적인 반응이다. 힘이 있고 장래성이 있는 이들과는 어떻게든 친교를 트고 싶어 하는 게 사람 아니던가? 다시 말해 지금 이들의 눈에 화산이 거래 가치가 있는 곳으로 보이기 시작했다는 뜻이다.

'하면…… 종남은 어떻게 나올까?'

황문약이라면 이 제안은 절대 받지 않는다. 이건 남는 게 없는 장사니까. 하지만 황문약이 사마승의 입장이라면?

'받아야지.'

무인에게는 장사꾼과 달리 모든 걸 다 내주더라도 포기할 수 없는 하나가 있다. 바로 자존심이다. 유리한 제안을 받고도 꼬리를 말고 물러났다는 소리는 죽어도 들을 수 없는 게 무인이다. 그러니 당연히…….

"그렇다면 종남도 찬성하겠소!"

그렇지! 이렇게 나오지! 황문약은 눈을 빛내며 흥미진진해진 두 진영을 바라보았다.

윤종이 기겁한 얼굴로 비무대 위로 박차고 올라왔다. 그리고 황급히 청명을 붙잡아 질질 끌고 갔다.

"왜 이래?"

청명이 눈을 가늘게 뜨며 항의하자 윤종이 구석에 그를 몰아넣고 작게 속삭였다.

"인마! 어쩌려고 이러냐?"

"뭘?"

"우리가 이대제자들을 어떻게 이겨! 종남의 이대제자다! 진금룡이란 말이다! 저 양반은 섬서제일 기재라고."

"호오? 그래?"

"서, 설마 우리가 저 양반도 이길 수 있는 거냐? 우리가 그만큼 강해졌다는 말이냐?"

"사형."

"응?"

"사람이 양심이 있어야 한다고 생각하지 않아?"

"……."

"물에 빠진 놈 건져 놨더니 보따리로 사람 후려치고 자빠졌네! 뭐? 누굴 이겨?"

"아, 아니……. 그냥 물어본 거지. 혹시나 해서."

살짝 기대하기는 했다. 사알짝.

"꿈도 꾸지 마. 절대 못 이긴다."

특히나 저 진금룡은.

다른 이대제자라면, 어찌어찌 조걸 정도는 한번 해볼 만하다 정도? 음……. 하지만 그것도 쉽지 않다. 그리고 진금룡이 나서는 순간, 화산의 삼대제자들은 아무것도 해 보지 못하고 박살이 날 것이다.

청명이 이들에게 가르친 것은 같은 나이대의 상대에게는 확실하게 먹히지만, 기초고 나발이고 차이가 너무 나 버리면 답이 없다.

"그, 그럼 어쩌려고?"

청명이 씨익 웃었다.
"계획은 간단해. 그러니까……."

"차륜전이다!"
사마승이 단호하게 말했다.
"저놈들이 노리는 것이야 뻔하다. 차륜전을 통해 한 사람이라도 이기겠다는 거지. 삼대제자 아홉이 연속으로 붙어서 힘을 빼 놓은 다음 마지막 하나가 확실하게 이기겠다는 뜻이다."
사마승은 청명의 말에 함정이 숨어 있다는 것을 순식간에 간파했다.
이긴 자는 계속해서 싸운다. 다시 말하자면, 지지 않은 자는 싸움을 멈출 수 없다. 연속으로 이기게 된다면 체력을 낭비하면서도 계속 비무를 해야 한다는 뜻이다.
"아마 저놈은 선봉으로 금룡이가 나갈 것이라 생각했겠지."
진금룡이 선봉으로 나선다. 화산의 삼대제자 아홉이 진금룡의 힘을 빼 놓는다. 그리고는 마지막으로 청명이 나서서 힘이 빠진 진금룡을 이긴다.
아홉 번의 패배와 단 한 번의 승리. 하지만 이 한 번의 승리는 아홉 번의 패배 이상의 가치가 있다. 종남을 대표하는 후기지수 진금룡이 화산의 삼대제자에게 패했다는 것은 섬서의 모든 무가를 들썩이게 하는 사건이 될 테니까.
사마승이 이를 갈았다.
"간교한 놈."
사마승이 고개를 돌려 진금룡을 바라본다.
"네가 뭘 해야 하는지 알고 있겠지."
진금룡이 고개를 끄덕였다.
"패하지 않으면 됩니다. 열이면 열. 스물이면 스물. 얼마든지 상대해 주겠습니다."

"아니다."

"……예?"

사마승이 고개를 저었다.

"굳이 적의 노림수에 뛰어들 필요는 없다."

그러자 진금룡이 영 마뜩잖다는 표정을 지었다.

"하나…….'

"네가 나서서 열을 꺾는다고 그게 무슨 자랑이 된다는 말이더냐? 화산의 삼대제자를 상대하기 위해 네가 직접 나설 수밖에 없었다는 소리만 나올 뿐이다."

진금룡이 입술을 질끈 깨물었다. 확실히 일리가 있는 말이다. 애초에 기울어진 이 싸움은 어떤 식으로도 해석이 가능하다.

"너는 대장을 맡는다."

"……예, 알겠습니다."

"선봉은……."

사마승이 고개를 돌려 한 사람을 가리켰다.

"네가 나가거라, 유백(劉柏)."

"예, 장로님! 실망시켜 드리지 않겠습니다."

"모두 이기지 못해도 좋다. 체력이 달린다면 그냥 내려오거라. 저놈들의 검에 쓰러지는 모습만은 절대로 보이면 안 된다. 알겠느냐?"

"예!"

사마승이 이를 갈았다. 유백이 모두를 쓰러뜨리면 최고고, 설사 그러지 못한다 하더라도 둘 정도에서 끝내는 게 최선이다.

'그럼 차봉으로 종서한? 금룡이가 나갈 수 없으니 종서한이 최선이다. 이송백 저 녀석은 최근에 너무 기세가…….'

"어엇?"

그 순간, 그의 좌우에서 헛바람 삼키는 소리가 들려왔다. 사마승은 반사적으로 고개를 들었다.

"……뭐, 뭐야?"

그리고 사마승은 보았다. 비무대 구석으로 끌려갔던 청명이 어깨에 목검을 걸친 채 건들건들 걸어 나오는 것을.

"계획은 뭔 계획이야, 얼어 죽을. 내가 계획이다."

청명이 피식 웃으며 검을 내렸다.

"영원히 잊지 못할 날을 만들어 주지. 종남."

담담하고도 끓어 넘치는 선언이었다.

모두의 시선이 청명에게 집중되었다. 청명이 선봉으로 나온 것은 이곳의 누구도 예측하지 못한 일이었다. 무학에 조금이나마 조예가 있는 사람이라면……. 아니, 무학을 전혀 모르는 사람이라고 해도 청명이 삼대제자 중 가장 뛰어난 실력을 가지고 있다는 것은 알 수 있으니까.

유리한 싸움이라면 모를까, 불리한 싸움일 때는 최고의 패를 마지막까지 남겨 두는 게 기본이다. 특히나 연승전과 같은 승부의 형태일 때는 말이다.

'대체 무슨 생각이지?'

'저 종남의 이대제자와 정면으로 맞붙겠다는 건가?'

청명이 어떤 기책을 보여 줄지 기대했던 이들도 이 순간만큼은 청명의 행동을 이해하지 못하고 당황하고 말았다. 현종과 운검이 그러했으며, 황문약이 그랬고, 윤종 역시 그러했다.

"사, 사형. 지금이라도 말려야 하는 것 아닙니까? 제가 선봉으로 나가겠습니다. 그럼……."

"나라고 그게 최선이라는 걸 모르는 게 아니잖으냐."

삼대제자 중 하나가 다가와 하는 말에 윤종이 얼굴을 일그러뜨렸다.

"저놈이 직접 나가겠다는데 누가 말리겠느냐."

모두의 우려가 청명의 등 뒤로 향했다. 하지만 청명은 말없이 종남을 가만히 바라볼 뿐이었다.

'검제(劍帝)가 열다섯에 팽가 오호도를 꺾어서 천하제일 후기지수 소리를 들었던가?'

아마 그랬던 것 같다. 청명과 같은 시기의 사람이 아닌, 이전 시대의 사람임에도 청명은 그 이야기를 몇 번이고 들었다.

'목불(木佛)은 열여덟에 나한진을 오관(五館)까지 뚫었다고 했었지.'

그 역시 천하에 울려 퍼진 이야기다. 그 외에도 이런 예는 수도 없다. 어릴 적부터 천하에 이름을 날린 당대의 고수들은 반드시라고 해도 좋을 만큼 회자되는 일화 하나씩은 가지고 있기 마련이다.

왜냐고? 일화가 없으면 회자가 안 되니까. 강호는 강한 자를 알아서 찾아내어 칭송해 주는 곳이 아니다. 강함을 증명하기 위해서는 걸맞은 상대를 통해 그 능력을 보여 주어야 한다.

문파 역시 마찬가지다. 화산이 아무리 강해진다고 한들 그 사실을 증명하지 못한다면 아무도 그 변화를 알아주지 않는다. 이 험준한 산속에서 두 배 더 강해지든 열 배 더 강해지든, 그건 그저 화산만의 변화일 뿐이다. 그 변화를 눈으로 보고 몸으로 느끼게 만들어야 한다. 그리고 모든 강호가 화산이 변화하고 있다는 것을 알게 해야 한다. 그게 땅에 떨어져 버린 화산의 명성을 되찾아 오는 가장 빠른 방법이다.

그리고 오늘, 청명은 화산의 이름을 널리 퍼뜨릴 전설을 하나 만들어 버릴 작정이었다.

'문파의 이름을 날리는 가장 좋은 방법이 두 가지 있지.'

하나는 무시 못 할 업적을 쌓는 일. 그리고 다른 하나는 문도의 강함을 증명하는 일이다.

천하제일인? 물론 좋다. 천하제일검? 그것도 좋다. 하지만 가장 좋은 방법은 의외로 천하제일 후기지수를 품는 것이다. 사람들이란 기대감을 품었을 때 가장 호의적으로 상대를 바라본다. 당장 적이 될지도 모르는 천하제일인보다, 내 경쟁자가 될지도 모르는 천하제일검보다, 적당히 만만하고 적당히 기대할 수 있는 천하제일 후기지수가 제일 입에 담기 편하니까 말이다.

사람들이 괜히 오룡삼봉이니, 사룡오화니 해 대면서 후기지수들을 묶어 평가하는 게 아니다. 그건 강호 대대로 내려오는 유구한 놀이다.

화산의 삼대제자가 종남의 삼대제자를 이겼다? 그건 재미있는 사건이겠지.

화산의 삼대제자가 종남의 이대제자를 이긴다? 그건 놀랄 만한 사건이지.

하지만! 화산의 삼대제자가 홀로 종남의 이대제자를 연이어 격파한다? 그건 강호를 뒤집어 놓을 일이다. 그리고 아마 종남에게는 영원히 씻을 수 없는 거대한 수치가 되겠지.

청명이 입꼬리를 말아 올렸다.

'그러게 왜 화산을 건드리셨나.'

적어도 내가 없을 때 건드리지. 아, 하기야 내가 없긴 했네.

"자, 그럼 이자 쳐서 받아 볼까?"

청명이 막 목검을 들어 올리려는 찰나, 건너편에 선 종남의 유백이 나직하게 일갈했다.

"그 자신감만은 천하제일이라 불러도 무방하겠지만, 실력 없이 내세우는 자신감은 패가망신의 지름길이라는 걸 내가 알려 주지."

"후."

청명이 딱히 대답하지 않고 검을 앞으로 겨누었다. 평소의 그라면 아마 몇 마디 더 이죽거렸을지도 모르지만, 지금은 그럴 기분이 아니었다. 대신 고개를 돌려 삼대제자들을 바라봤다.

"사형."

"……비, 비무 중에 인마!"
"내 말 기억해. 하나도 놓치지 마."
"으응?"
아마도 이런 실전과 같은 비무를 보여 줄 기회는 흔하지 않을 테니까. 청명은 가만히 유백을 바라보다 입을 열었다.
"화산의 삼대제자 청명이 종남에 비무를 청합니다."
막 한 소리 더 늘어놓으려던 유백이 움찔하며 그 말을 받았다.
"종남의 이대제자, 유백이 화산의 비무를 받아들입니다."
그리고 그걸 지켜보던 삼대제자들은 전신이 팽팽해질 만큼의 긴장감을 느꼈다.
'저놈, 지금 뭔가 다르다.'
평소의 청명이 아니다. 평소의 그였다면 비무가 시작된 순간까지도 눈앞의 상대를 도발했을 것이다. 하지만 지금의 청명에게선 평소의 장난기는 찾아볼 수도 없었다. 상단세를 취한 등에서는 심지어 지금껏 보지 못한 차가움이 묻어났다. 마치…… 전장에 나가는 검수 같다.
윤종은 홀리기라도 한 듯 청명에게서 눈을 떼지 못했다. 곧 어마어마한 일이 벌어질 거라는 걸 본능적으로 직감할 수 있었다.
그리고 그 순간, 청명의 검이 천천히 움직였다. 위에서 움직이기 시작한 검이 천천히 아래로 내리그어지고, 이내 다시 천천히 제자리로 돌아온다. 윤종은 숨도 쉬지 못하고 그 광경을 바라보았다.
기수식. 지금 청명이 펼쳐 보인 것은 분명 육합검의 기수식이었다. 기수식이란, 상대에게 내가 준비되었음을 알리는 인사이자 예의이다. 하지만 지금 윤종은 그 간단한 기수식에 자신이 빨려 들어가는 것을 느꼈다. 더없이 완벽한 검로, 더없이 완벽한 속도. 그리고 더없이 완벽한 자세. 어떻게 단 한 번의 기수식만으로 이리 많은 것을 보여 줄 수 있는가?
윤종은 알아챘다. 저 기수식은 상대에게 보여 주는 것이 아니다. 바로 화산의 삼대제자들에게 전하는 것이다. 지금부터 육합검을 사용할 테니 지켜보라고.

"놓치지 마라."

윤종이 자신도 모르게 소리쳤다.

"처, 청명의 동작을 단 하나도 놓치지 마라! 절대! 눈도 깜빡이지 말고 지켜봐라!"

돌아오는 대답은 없었다. 그들은 그저 얕게 고개를 끄덕였을 뿐이다. 대답할 기운마저 끌어모아 청명을 지켜보려는 듯.

"버르장머리를 고쳐 주겠다!"

그 대단함을 알지 못해서인지, 아니면 너무도 잘 알아서 압박감에 휩싸인 것인지. 종남의 유백은 거센 기합을 내지르며 청명을 향해 먼저 달려들었다. 청명의 눈이 일순 차갑게 가라앉았다.

육합(六合). 화산의 모든 검의 기본이 되는 검식. 육합은 곧 천지사방(天地四方)을 의미한다. 이는 곧 세상 모든 것을 일컬음이고 또한 합일(合一)에 뜻을 둔다. 그 본질은 그저 단순한 기본 검식. 찌르고, 베고, 후려치고, 막는다. 아무것도 아닌 기본 검식에 불과하다.

하지만 결국 세상의 모든 검은 거기서 출발하는 법이다. 그 어떤 검술도 찌르고, 베고, 후려치고, 막는 것에서 벗어날 수 없다.

상대의 검이 화려하게 하늘을 수놓는다.

"저!"

뭔가 이상함을 알아챈 현종이 눈을 부릅떴다. 마치 흐드러지게 피어난 꽃을 연상케 하는 저 검술. 저건 어디선가 들어 본 듯하지 않은가? 종남에 저런 검이 있었나?

그 불편한 감상과는 별개로 검술이 가진 날카로움만은 확실했다. 수십 개의 검영이 일순 바람에 휘날리는 꽃잎처럼 기괴한 움직임을 보이며 청명을 휩쓸기 시작했다.

하지만 그 검을 바라보는 청명의 눈은 그저 어둡게, 또 어둡게 가라앉았다.

청명은 상단세를 겨눈 채, 단 한 걸음 전진했다. 그와 동시에 검을 앞으로 찔러 넣었다.

"큭!"

허공을 뒤덮던 변화가 감쪽같이 사라진다.

'어, 어떻게?'

변화와 변화 사이를 정확하게 노리고 들어온 청명의 검이 유백의 손목을 깔끔하게 가격했다. 손에서 느껴지는 묵직한 통증에 유백이 자신도 모르게 뒤로 물러났다. 하지만 그건 명백한 실수였다. 청명이 한 걸음을 더 전진하며 검을 내리쳤다.

카각!

진기가 실린 목검과 목검이 마주치며 둔탁한 소리를 낸다. 어찌어찌 검을 들어 일격을 막아 낸 유백이지만, 그 검에 실린 역도는 그의 몸을 깔끔하게 짓눌러 버렸다.

"크윽!"

그는 결국 청명의 검을 밀쳐 내며 뒤로 더 물러났다.

하지만 청명은 여전히 표정 없는 얼굴로 한 걸음 더 다가와 유백을 향해 검을 휘두를 뿐이었다. 화려한 변초 같은 건 없다. 날카로운 쾌검도 아니고, 어마어마한 역도가 실린 패검도 아니다. 그저 간결하게 휘두르는 게 전부인 검.

내리치고, 후려치고, 찌르고, 밀어 낸다. 그 어린아이 장난 같은 검초에 저항할 수가 없다. 막았다 싶으면 다시 검이 날아들고, 밀어 냈다 싶으면 어느새 검이 턱 끝을 찔러 대고 있다.

'이, 이게 대체 뭐란 말이냐? 대체!'

막는다. 또 막아 낸다. 하지만 청명의 검을 막을 때마다 유백은 몇 걸음씩 뒤로 밀려나고 있었다.

'하, 한 번만!'

단 한 번의 틈만 있으면 된다. 그러면 그 틈에 검을 찔러 넣고 거리를 벌려 원하는 대로 설화십이식(雪花十二式)을 전개할 수 있을 것이다. 종남이 새로 창안해 낸 이 검술을 마음대로 펼쳐 낼 수만 있다면 이 건방진 놈을 쓰러뜨리는 것은 아무것도 아니다. 하지만…….

"아악!"

미처 검을 다 뽑기 전에 청명의 검이 그의 검을 후려쳤다. 손목이 부러져 나가는 듯한 고통에 절로 비명이 나왔다. 그 와중에 검을 놓치지 않은 것이 그의 의지이고, 자존심이었다.

'하, 한 번만!'

딱 한 번이면 된다. 딱 한 번의 틈! 딱 한 번…….

하지만 청명의 검은 그저 무심했다. 상대의 검을 제대로 받지 못한 대가는 컸다. 그저 정직하게 뻗어지는 검. 결코 서두르지 않는 연격. 그 일련의 흐름이 천천히 유백을 무너뜨린다.

'이, 이게 대체 뭐냔 말이냐!'

어느새 자신이 비무장의 끝까지 몰렸다는 것을 깨달은 유백이 혼이 빠진 얼굴로 청명의 검을 바라보았다.

그저 찌른다. 그저 휘두른다. 하지만 그 한 번의 찌름, 한 번의 휘두름에는 단 한 치의 틈조차 없다. 그야말로 완벽한 검.

카앙!

결국 그 변화를 따라가지 못한 유백의 검이 허공으로 솟구쳤다. 자신의 검을 튕겨 낸 후 머리로 떨어지는 청명의 검을 보며 유백은 멍한 눈으로 중얼거렸다.

"이건 꿈…….."

파앙!

청명의 검이 유백의 머리 바로 앞에서 멈추었다. 직접 가격하지 않았지만, 그것만으로 충분했다. 검에 실린 역도와 진기를 감당하지 못한 유백이 뒤로 털썩 나가떨어진다.

"사, 사제!"

"사형!"

비무대의 끝, 그 뒤는 당연히 종남의 제자들이 모여 있는 곳이다. 유백을 쓰러뜨린 청명이 가만히 종남의 제자들을 바라보았다. 그 눈빛을 정면으로 받은 종남의 제자들은 순간 오싹함을 느끼며 저도 모르게 한 발 뒤로 물러섰다. 청명의 입이 열리고, 나직한 목소리가 흘러나왔다.

"다음."

종남의 제자들은 절실하게 깨달았다. 무언가 잘못되었다는 것을.

세상이 고요해졌다. 더없이 싸늘한 침묵이 화산에 내려앉았다. 그 누구도 입을 열지 못했고, 그 누구도 움직일 생각을 하지 못했다. 무학을 아는 이들은 눈앞에서 벌어진 광경이 얼마나 어마어마한 건지 알기에 입을 열지 못했고, 무학을 모르는 이들조차도 지금 눈앞에서 뭔가 굉장한 일이 벌어졌다는 것쯤은 이해할 수 있었다.

사마승이 떨리는 눈으로 청명을 바라보았다.

'기본 검술만으로…….'

유백을 제압했다? 그것도 단 한 번의 틈도 내어 주지 않고? 연격은 물이 흐르는 듯이 자연스러웠다. 그 검에 휘말린 유백은 반격조차 해 보지 못했다.

과연 나라면 가능할까?

사마승은 머릿속에 떠오른 의문에 바로 답을 내어놓지 못했다. 유백을 순식간에 제압하는 것이라면 사마승도 얼마든지 할 수 있는 일이다. 하지만 기본 검술만으로 반격할 틈도 주지 않고 상대를 제압한다는 건 전혀 다른 문제다. 설사 사마승보다 배는 강한 이가 오더라도, 지금 청명이 보인 신위를 똑같이 해 보일 수 있을 거라 장담할 수 없다.

이건 얼마나 기본을 완벽하게 익혔느냐, 그리고 얼마나 시의적절하게 검을 펼칠 수 있느냐의 문제였다. 조악하게나마 비유하자면 거대한 뿌리. 화려한 가지와 굵다란 줄기가 아니다. 눈에 보이지 않는 땅속에서 그 모든 것을 단단히 받치는 뿌리. 그 뿌리가 너무도 거대하게 뻗어 있는 것이다.

'저, 저놈은 대체 뭐 하는 놈이냐?'

뿌리가 거대하다는 데에는 또 하나의 의미가 있다. 저 아이가 거대한 나무로 자라리라는 것. 이 화산을 모두 덮고도 남을 거대한 나무가 되리라는 것!

그때, 더없이 차갑고도 날카로운 음성이 사마승의 귀를 파고들었다.

"다음."

사마승의 눈이 떨렸다. 청명은 검을 겨눈 채 한없이 가라앉은 눈으로 그들을 바라보고 있었다.

'막아야 한다.'

이제 이 승부 같은 건 아무래도 좋다. 만일 청명이 지금 사마승이 생각하는 대로 자라난다면 언젠가 종남은 저 아이의 그늘에 가려지게 될지도 모른다.

그래. 그 과거의 '매화검존'이 있던 때처럼 말이다.

"자, 장로님."

"아……."

그제야 정신을 차린 사마승은 자신의 주위를 채우고 있는 제자들을 한 번 훑어보고는 이를 악물었다. 누구를 보내야 하는가?

그 순간이었다. 종서한이 으르렁대며 청명을 노려보았다.

"장로님, 제가 나가겠습니다! 제가 나가 저놈을 쓰러뜨리고 화산 놈들에게 주제를 알려 주겠습니다."

아는 만큼 보이는 법이다. 지금의 종서한에게는 청명의 강함이 보이지 않는 모양이었다. 어찌해야 하는가? 살짝 고민하던 사마승이 입술을 질끈 깨물었다.
"서한."
"예! 장로님."
"절대 쉽게 이기지 마라. 저놈의 진을 빼라."
"……예?"
"시키는 대로 해라!"
의아한 눈으로 사마승을 돌아본 종서한이 고개를 끄덕였다.
"명대로 하겠습니다."
"……가라."
"예!"
종서한이 목검을 움켜잡고는 비무장을 향해 달려 나갔다. 그러자 지금껏 침묵을 지키고 있던 진금룡이 입을 연다.
"장로님."
"……."
"말씀드리기 조금 어렵지만……."
사마승의 시선이 진금룡에게로 향했다. 그의 얼굴을 본 진금룡은 움찔하여 저도 모르게 한 걸음 뒤로 물러났다. 사마승의 표정은 너무도 차가워 한기마저 서려 있었다.

종서한이 깊게 숨을 내쉬었다.
'나는 방심하지 않는다. 나는 상대를 얕보지 않는다. 나는 과신하지 않는다.'
실력만 다 낼 수 있다면, 저런 아이에게 질 리가 없다. 유백처럼 방심하고 기선을 잡히면, 저런 말도 안 되는 일도 벌어지는 것이다.

"유백을 쓰러뜨린 것은 칭찬해 주마. 하지만 나는 다…….."

뒷말은 입술을 뚫고 나오지 못했다. 절로 닫혀 버린 입이 소리를 막고, 사고가 정지되었다.

고요하다. 그의 앞에 서서 상단세를 취하고 있는 청명의 주변이 천천히 가라앉고 있는 것 같다.

'……이건?'

밑에서 지켜볼 때는 몰랐다. 하지만 마주 선 청명에게서 느껴지는 기운은 지금껏 종서한이 단 한 번도 경험해 보지 못한 것이었다. 진금룡에게도, 심지어 스승에게서조차 이런 느낌을 받아 보지 못했다. 마른침이 절로 넘어가고 전신의 근육이 팽팽하게 당겨졌다. 그저 마주 선 청명을 눈으로 본 것만으로도, 몸이 절로 위험을 경고하고 있다.

반개한 청명의 눈이 종서한을 응시했다. 종서한은 순간 저도 모르게 목검을 들어 자세를 취했다. 머릿속에 가득 찼던 잡념들이 모두 사라진다. 오로지 이 세상에 그와 청명, 둘만 존재하는 것 같다.

그 순간.

스슷.

청명이 느릿한 걸음을 내디뎠다. 분명 눈으로 볼 때는 느릿한 걸음이었건만, 청명의 몸은 순식간에 종서한의 바로 앞에 도달해 있었다.

발끝으로 땅을 짓누른다. 밀쳐 오는 반동의 힘을 허리로 이끌고, 이내 뒤틀어 상체로 밀어 낸다. 그리고 그 힘을 그대로 이어받아 단호하게 검을 내리친다.

쾅!

그저 아무것도 아닌 내려치기. 힘, 속도, 그리고 정확성. 그저 기본 중의 기본. 그 기본을 더없이 충실히 지킨 일 검이 내는 위력은 단순한 기본을 넘어선다.

종서한의 다리가 휘청했다. 청명이 검을 붙인 그대로 한 발 더 전진했다. 자세가 흐트러져 균형을 잡지 못한 종서한이 억 소리를 내며 일순 몸을 뒤틀었다.

'아, 아니!'

그리고 그걸로 끝이었다. 종서한의 눈에, 자신의 머리를 향해 떨어지는 목검이 보였다. 종서한의 눈에 경악과 공포가 어렸다.

'아…… 말도 안…….'

콰앙!

종서한이 피를 뿌리며 바닥으로 나가떨어졌다.

이 검. 단 이 검이었다. 이대제자 중 두 번째 실력자라고 할 수 있는 종서한이 고작 이 검 만에 피를 뿌리며 쓰러졌다. 이 믿을 수 없는 광경에 모두가 눈을 부릅떴다. 그리고 그 경악에 찬 시선을 받으며 청명이 다시 차갑게 일갈했다.

"다음."

청명이 가만히 종남을 바라본다. 이제는 종남도 상황이 어찌 돌아가는지 이해한 모양이었다. 귀신이라도 본 듯이 굳어 버린 얼굴이 그 사실을 증명한다.

하지만 아직 놀라기는 이르다. 그가 보여 줄 것은 아직 남았으니까. 패배를 주는 것으로 만족할 생각은 없다. 종남이 화산에 한 짓을 생각한다면, 패배 따위는 너무도 약한 벌에 불과하다.

오늘 이곳에서 청명은 종남에 지워지지 않는 낙인을 새길 것이다. 화산이 세상에 이어지는 한, 종남이 세상에 존재하는 한 사라지지 않을. 시간을 넘어 역사의 흐름 속에서도 영원히 지워지지 않을 낙인.

'너희는 저지르지 말아야 할 짓을 저질렀다.'

화산은 천하를 구하기 위해 모든 것을 바쳤다. 청명의 만류에도 그의 사형제들은 십만대산의 정상에서 초개처럼 그 목숨을 버려 천마를 막아 내었다. 그런데 그 대가가 고작?

꾹꾹 눌러 왔던 분노가 청명의 가슴속에서 차가운 불꽃이 되어 타오르기 시작했다.

'우리가 지킨 천하에는 종남 너희도 있었지.'

그런데 종남은 그 은혜를 갚기는커녕, 매화검법을 훔쳐 가고 화산을 괄시했다. 그리고 이제는 화산을 영원히 짓밟기 위한 수작까지 부리는 중이다.

'잘도 지금까지 참았다.'

청명은 오랜만에 스스로를 칭찬했다. 하루에도 몇 번씩 울컥하는 마음을 누르며 여기까지 왔다. 그렇게 눌러 놓았던 분노를 이제 더는 참을 필요가 없다.

"다음!"

청명이 다시금 날카롭게 소리치자 종남의 문하들이 움찔하여 청명을 바라본다. 그러더니 쭈뼛쭈뼛 비무장으로 들어와 종서한을 둘러업고 나갔다. 그중 하나가 남아 딱딱하게 굳은 얼굴로 청명과 마주 서선 검을 들고 자세를 취했다.

육합은 충분히 보여 주었다. 그렇다면 이제 다음으로 가야지. 청명이 가만히 기수식을 취했다. 그러자 그의 등 뒤에서 숨을 들이켜는 듯한 신음이 들려왔다.

"나, 낙화검!"

낙화검의 기수식을 취한 청명이 가만히 검을 들어 종남의 제자를 겨누었다. 그리고 이내 더없이 쾌속하게 앞으로 치고 나갔다. 조걸이 주먹을 꽉 움켜쥐었다.

'달라!'

청명의 움직임이 완전히 달라졌다. 조금 전 육합을 펼쳐 보일 때의 진중하고도 간결한 동작이 아니다.

마치 협곡에 불어오는 바람처럼 세차고도 날카로운 동작. 검법을 바꾼 것만으로도 사람이 달라진다. 어찌 한 사람이 저리 다른 검을 이토록 완벽하게 펼쳐 낼 수 있는가?

절벽에 자라난 고목에 핀 꽃이 세찬 바람을 맞아 휩쓸리는 것 같다.

쇄액!

육합을 펼칠 때와는 비교도 되지 않는 속도였다. 가공할 쾌검이 종남의 제자를 향해 날아들었다.

"큭!"

카캉!

어찌어찌 막아 내었다고 생각한 순간, 검이 찔러 들어온 속도보다 더 빠르게 회수되었다가 두 배는 더 빠른 속도로 다시 찌르고 들어왔다.

'뭣!'

카캉!

목 바로 앞에서 막힌 검이 다시 회수된다. 쾌검을 상대하는 법은 찔러진 검이 회수될 때를 노리는 것. 그게 정석이다. 하지만 그 사실을 뻔히 알면서도 종남의 제자는 감히 반격을 시도하지 못했다. 검이 회수되는 틈을 노려 공격하려는 순간, 회수되었던 검이 재차 찔러 들어온 것이다.

"이익!"

더 빠르게.

캉!

더더욱 빠르게!

파앗!

제대로 쳐 내지 못한 검이 어깨를 스쳤다. 그저 스친 것뿐인데도 살이 터지고 뼈가 으스러지는 것 같은 고통이 생생히 느껴진다.

"으아아아아아악!"

대처법을 찾지 못해 끝내 이성을 잃은 종남의 제자가 발악하며 검을 마구잡이로 휘두르기 시작했다. 아니, 휘두르려 했다.

퍼억!

하지만 검을 잡은 손에 채 힘을 주기도 전에, 청명의 검이 그의 목젖을 강타했다.

"끄르륵!"

종남의 제자가 그 자리에 무너져 내렸다.

털썩.

바닥에 쓰러진 종남의 제자를 일별한 청명이 차갑게 일갈했다.

"다음."

윤종의 입에서 바람 빠지는 소리가 났다.

'저, 저게 낙화검.'

다르다. 윤종이나 조걸이 펼치는 낙화검과는 너무도 다르다.

육합이 검술의 기본에 충실한 검법이라면, 낙화검은 화산 검학의 중심이 되는 쾌(快)를 중심으로 한 검법이었다. 청명은 지금 검으로 그들에게 전하고 있었다. 이것이 낙화검이라고. 이것이 화산의 검이라고.

"……낙화검만으로."

그들이 익히던 검이다. 하지만 솔직히, 윤종은 지금까지 단 한 번도 낙화검이 종남의 검처럼 뛰어난 무학이라고 생각한 적이 없었다. 아무리 검법이 전부가 아니라지만, 냉정하게 평가한다면 화산의 무학은 종남의 무학에 미치지 못한다. 그게 지금까지 윤종의…… 아니, 삼대제자 전부의 생각이었다.

하지만 청명은 백 마디 말 대신 단 한 번의 실전으로 그들에게 전하고 있었다. 화산의 무학은 절대 종남의 무학에 뒤떨어지지 않는다고 말이다. 그게 굳이 청명이 육합과 낙화검만으로 저들을 상대하는 이유일 것이다.

"……나는 지금까지 뭘 보고 있었던 거지?"

스스로 가진 것도 제대로 익히지 못한 이가 타인이 가진 것을 부러워했다. 부끄럽고 또 부끄러운 일이다.

"사형. 낙화검이……."

"그래."

조걸이 무슨 말을 하려는지 알 것 같았다. 윤종이 묵직하게 고개를 끄덕이며 단호하게 말했다.

"눈을 떼지 마라. 저게 화산의 검이다. 우리가 익히고 우리가 전해야 할 화산의 검이다."

윤종은 한 가지를 깨달았다. 아마 오늘 이 순간 이후로 화산의 제자들은 더 이상 과거와 같을 수 없을 것이다. 저 말도 안 되는 광경을 봐 버린 이상 절대 이전으로는 돌아갈 수 없다.

그의 눈에 검을 들고 있는 청명의 등이 보인다. 언제나 입으로만 떠들어 대던 저 떠버리가 이 순간에는 아무 말 없이 등으로 그들을 이끌고 있다.

'더 보여 다오.'

화산의 검이 무엇인지. 화산의 검이 얼마나 강한지.

세상이 점점 고요해진다. 윤종의 시선에 청명의 모습이 더 크게 차올랐다. 온 세상에 오로지 청명만이 서 있는 듯 말이다.

털썩.

또 하나가 쓰러진다. 종남의 제자들의 얼굴은 이제 거의 사색이 되어 있었다.

'여섯.'

여섯이 쓰러졌다. 도합 여섯! 저 삼대제자 하나에게 종남의 이대제자가 여섯이나 쓰러져 버린 것이다. 심지어 단 한 번의 검도 적중시키지 못한 일방적인 패배였다.

하지만 지금 종남의 제자들을 두렵게 만드는 것은 패배가 아니었다. 이 승부가 끝나는 순간까지 단 한 번의 승리도 거두지 못할 수도 있겠단 생각이 그들을 정말 두렵게 만들었다.

'전멸한다고? 단 한 명의 삼대제자에게?'

손끝이 저려 왔다. 등골을 타고 식은땀이 흘러내린다. 눈앞이 깜깜해지고 다리에 힘이 빠진다. 이게 얼마나 커다란 불명예인지 모르는 사람이 어디 있겠는가? 천에 하나 만에 하나, 그런 일이 실제로 벌어진다면 그 소식은 말보다 빨리 천하로 퍼져 나갈 것이다. 화산에게는 더없이 영광스러운 실적으로. 그리고 종남에게는 수 대가 흘러도 결코 사라지지 않을, 더없는 치욕으로!

그 말도 안 되는 치욕의 역사가 지금 이곳에서, 다른 이들도 아닌 자신들의 손에 의해 만들어지고 있다. 이를 깨달은 종남의 제자들은 중압감을 넘어 공포까지 느꼈다.

"다음!"

그리고 그들의 귀에 가장 공포스러운, 무정한 목소리가 들려온다.

이젠 아무도 나서지 않았다. 그들도 바보가 아니다. 한두 번은 요행으로 이길 수 있다. 하지만 여섯 번 연달아 이기는 것은 우연일 수 없다. 도저히 믿을 수 없는 일이지만, 저 화산의 삼대제자 청명은 그들보다 강하다. 그것도 압도적으로.

나서서 패배하는 건 더 이상 두렵지 않다. 하지만 자신이 나서서 패배함으로써 종남의 전멸이 한층 더 완성된다는 것은 그 무엇으로도 비견할 수 없는 부담이자 공포였다.

"……누가 나가 봐."

"나, 나는 못 해. 나는 못 이겨……."

"사, 사형. 사형이 나서야 하지 않습니까?"

"내가 뭘 어쩌라는 말이냐. 나는……."

그 순간이었다.

"한심하기 짝이 없구나."

진금룡이 더없이 싸늘한 목소리로 일갈했다.

"대종남의 제자라는 놈들이 저보다 열 살은 어린 아이에게 겁을 집어먹는다고? 모두 수치를 아예 잊은 모양이군."

모두가 차마 입을 열지 못하고 고개를 숙인다. 진금룡이 앞으로 한 발 나섰다.

"내가 나간다."

"사, 사형!"

"저 오만방자한 놈을 더는 지켜볼 수 없다. 그러니 너희는 내가 종남의 명예를 되찾아 오는 것을 여기서 지켜봐라. 더 찾아올 명예가 남았는지는 모르겠지만!"

진금룡이 악귀처럼 일그러진 얼굴로 비무장으로 향하려는 순간이었다.

"멈춰라."

진금룡이 돌아보니 사마승이 철갑이라도 씌운 것처럼 딱딱한 얼굴로 그를 바라보고 있었다. 사마승은 시선을 둔 채 다른 이를 호명했다.

"만적."

"……예, 장로님."

"네가 나가라."

"……저, 저는……."

사마승은 변명 따위 듣지 않겠다는 듯 싸늘하게 말을 잘랐다.

"나가서 발목이라도 잡고 늘어져라. 무슨 말인지 알겠느냐?"

"……예."

진금룡이 뭔가 입을 떼려 했지만 사마승은 눈빛으로 그를 짓눌렀다.

"너는 이리 따라오거라."

"하나, 비무가 아직……."
"됐으니 이리로!"
사마승이 진금룡을 끌고 뒤쪽으로 향한다. 서로 목소리를 낮추면 누구도 듣지 못할 곳까지 이동한 뒤에야 사마승은 고개를 돌려 비무대를 바라보았다.
"다른 아이들이 이길 수 있을 거라 보느냐?"
진금룡은 대답하지 못했다. 뻔히 답이 나온 문제다. 하지만 그 말을 쉽사리 입에 올리지 못하는 것은 사제들에게 미안하기 때문이 아니었다. 이런 대답을 할 수밖에 없는 현실을 납득하지 못했기 때문이다. 종남의 이대제자들의 실력은 세상 어디 내놔도 아쉬울 게 없다. 그런 사제들이건만, 청명을 상대로는 도무지 승산이 보이지 않는다.
혼란스러워하는 진금룡에게 사마승이 씹어뱉듯 말했다.
"네 생각은 틀리지 않았다."
"……예?"
"저건 숫제 괴물이다. 아니, 아직은 괴물의 새끼라고 해야겠지. 하지만 저놈을 내버려 두면 언젠가는 진짜 괴물이 되어 버릴 것이다."
"……장로님?"
"그리고 그 괴물은 다시 우리 종남의 앞길을 가로막겠지. 이게 무슨 말인지 알겠느냐?"
진금룡의 눈이 흔들렸다.
'그렇게나?'
청명이 그 나이에 비해서 말도 안 될 정도로 강하다는 건 인정한다. 하지만 저 청명이 종남의 방해물이 된다고? 진금룡이 이를 악물었다. 청명이 종남의 방해물이 된다는 말은 같은 시대를 살아가야 할 진금룡이 그를 감당하지 못할 거라는 말과 다르지 않다. 그게 사실이든 아니든 적어도 사마승은 그렇게 생각하는 게 분명하다. 피가 거꾸로 솟는 것 같다.

'이 진금룡이 겨우 저런 아이 하나 감당하지 못할 것으로 보인다는 말인가?'

단 한 번도 들어 본 적 없는 모욕적인 말이었다. 진금룡의 표정에 감추지 못한 분노가 고스란히 드러났다. 사마승이 그런 그를 가만히 보며 말한다.

"금룡아, 너는 천재다."

"……."

"하지만 이 강호에 천재라 불리는 이들이 몇이나 될 것 같으냐? 내 입으로 하고 싶지는 않은 말이지만, 이 천하에 너 정도의 재능을 가진 이는 네 세대에만 해도 열은 넘을 것이다. 어쩌면 그 이상일지도 모르지."

진금룡이 입술을 꽉 깨물었다. 그 반응을 본 사마승이 싸늘하게 물었다.

"너는 네가 훗날 천하제일인이 될 수 있다고 생각하느냐?"

자신감 하나만은 천하제일이라 할 수 있는 진금룡이지만, 감히 이 질문에는 쉬이 대답할 수가 없다. 천하제일인이라는 말은 그만큼 무거운 말이다. 진금룡이 대답을 망설이자 사마승이 눈을 가늘게 떴다.

"수재. 천재. 그래, 그걸로 됐다. 이 종남의 정신을 잇고, 종남의 전성기를 만드는 것은 그것만으로 충분하다. 하나!"

지금부터가 사마승이 진짜 말하고 싶었던 본론이다.

"천하제일인이 되는 건 그런 것만으로는 불가능하다."

"……."

"천하제일을 두고 다투는 이들은 천재가 아닌 괴물들이다. 그런 세계니라. 상식을 아무렇지도 않게 무시하고, 법칙을 힘으로 짓누르고, 순리마저 재능으로 거스르는 이들만이 그곳에서 싸울 수 있다. 그래……."

사마승의 고개가 천천히 비무장으로 향한다.

"저런 괴물 말이다."

진금룡의 어깨가 떨렸다.

"장로님, 저는……!"

울컥하여 반발하려는 진금룡을 사마승의 냉정한 목소리가 제압한다. 사마승의 눈에 살기가 어렸다.

"하나! 아무리 괴물이라 해도 지금은 그저 새끼일 뿐이다. 범이라 한들 새끼일 때는 개에 물려 죽는 법이지."

그 말의 의미를 깨달은 진금룡이 놀란 눈으로 사마승을 바라보았다. 그 놀람이 잘못되지 않았단 걸 증명이라도 하는 듯, 아주 작고 섬뜩한 목소리가 진금룡의 귀를 파고들었다.

"죽여라."

"자, 장로님."

사마승은 숫제 귀신 같은 얼굴로 속삭였다.

"아직은 가능하다. 저놈은 괴물이지만, 아직은 네가 상대할 수 있다. 그러니 지금 죽여야 한다. 지금 죽이지 못한다면 너는 평생이 가도 저놈을 죽일 기회를 얻지 못할 것이다."

"……."

"잊지 마라. 재능을 가진 이가 천하제일이 되는 게 아니다. 천재니 신동이니 불리던 것들 중, 진짜 천하제일이 되는 이는 오직 하나뿐이다. 재능 따위야 만개하기 전에 꺾어 버리면 그만. 죽여라, 금룡아. 지금 죽여야 한다! 죽이지 못한다면 팔이라도 잘라 버려라!"

진금룡이 자신도 모르게 뒤로 주춤 물러났다.

'제정신이 아니다.'

비단 그가 내뱉은 말 때문만이 아니었다. 사마승의 눈에는 소름 끼칠 만큼 광기가 번들거리고 있었다. 누가 봐도 지금의 그는 정상이 아니었다.

"장로님, 이성적으로……."

"이성?"

사마승이 허, 하며 웃음을 흘린다. 그리고 자신은 온전히 제정신이라는 듯 이를 갈았다.

"너는 평생을 저놈의 그늘에 가려 살아갈 셈이냐?"

진금룡이 입을 다물었다.

그늘에 가린다? 저 아이의? 그는 주먹을 움켜쥐었다. 얼마나 꽉 쥐었는지 손톱이 손바닥을 파고들어 갔다. 정말이지 상상하는 것만으로도 참아 내기 힘들 만큼 굴욕적이었다.

"선택은 네가 하는 것이다."

사마승이 으르렁대듯 말했다.

"모든 책임은 내가 지마. 너는 그저 실수한 것이다. 비무 중에 실수야 흔하게 나오는 일이지. 그렇지 않더냐?"

이글거리는 눈으로 사마승을 바라보던 진금룡이 조금 시간이 흐른 뒤에야 입을 열었다.

"먼저 확실하게 말씀드리겠습니다. 저는 저런 녀석에게 가려질 만큼 하찮은 이가 아닙니다."

부정적인 말이 나왔음에도 사마승은 다음 말을 기다렸다. 그가 아는 진금룡이라면 여기에서 말을 멈추지 않을 것이다.

"하나."

역시나 진금룡은 싸늘한 얼굴로 입을 열었다.

"저 아이의 존재가 종남의 영화에 방해가 된다면, 굳이 수단과 방법을 가릴 필요는 없겠지요."

사마승의 입가에 섬뜩한 미소가 피어났다.

"옳은 말이다."

털썩 소리와 함께 또 하나가 쓰러졌다. 이것으로 여덟이다.

청명이 검을 휙 내리고는 오만한 자세로 종남을 바라보았다. 남은 것은 이제 둘. 그의 눈에 절망 가득한 종남 제자들의 얼굴이 들어왔다.

'아직 아니야.'

절망하기는 이르다. 청명이 진짜로 준비한 것은 따로 있으니까.

"십 승 채우기가 쉽지 않겠는데?"

마지막으로야 당연히 진금룡이 나오겠지만, 그 앞의 하나를 채우기가 어렵다. 저리 다들 겁을 집어먹어서야 누가 나서겠는가?

'아쉽지만 구 연승으로 대충 만족을 해야 하나?'

그때였다. 한 사람이 말없이 천천히 비무대로 걸어 나왔다. 나오는 이의 얼굴을 확인한 청명이 두 눈에 이채를 띠었다.

"굳이?"

그 짧은 말에 다가오던 이가 겸연쩍게 미소를 지어 보였다.

"아직 제가 소도장과 승부를 겨루기에는 이르다는 건 알고 있습니다. 다만…… 사문이 수치를 겪는데 뒤에서 지켜보기만 하는 것도 도리는 아닌지라."

"흐음."

청명이 가만히 고개를 끄덕였다. 이 남자라면 그럴 만하지.

이송백. 이미 은하상단에서 한번 엮인 적 있는 이송백이 청명과 마주 섰다.

"종남의 이대제자 이송백이 화산의 제자 청명 도장께 비무를 청하오."

"화산의 삼대제자 청명이 비무를 받아들입니다."

두 사람이 서로 검을 마주하고 섰다.

'어찌할까?'

청명이 가만히 이송백을 바라보았다. 종남 출신인데도 이상하게 미워지지 않는 이였다. 그렇다면……. 청명은 고민 끝에 살짝 검을 내렸다. 그리고 슬쩍 눈을 반개했다.

'보여 주는 것도 나쁘지는 않겠지.'

받아 내고 극복한다면 약이 될 것이고, 극복하지 못한다면 독이 되겠지. 모든 것은 그저 이송백에게 달린 것이다.

"타아아아아앗!"

이송백이 기합을 지르며 청명에게 달려들었다. 그에 따라 청명의 검 역시 천천히 움직이기 시작했다.

언젠가는 이송백이 올라야 하는 경지. 그리고 과거의 종남이 추구하던 경지. 지금의 청명은 겨우 초입밖에 보여 줄 수 없지만…… 지금의 이송백에게는 그로도 충분하다. 청명의 검 끝이 정확하게 이송백을 겨누었다.

그리고 그 순간, 청명을 향해 달려들던 이송백이 저도 모르게 두 눈을 부릅떴다.

'거, 검이!'

청명의 전신이 검 끝에 가려졌다. 아니, 그를 겨누고 있는 검이 더없이 커져 청명의 전신을 가려 버렸다.

'아, 아니, 그것도 아니다!'

보이지 않는다. 느껴지지도 않는다. 눈으로 보고 기감으로 느낄 수 있는 것은 그저 자신을 겨누고 있는 검 한 자루뿐이었다.

'서, 설마 신검합일(身劍合一)?'

그의 머리가 채 해석을 내어놓기도 전에 거대한 충격이 이송백의 전신을 휩쓸었다.

콰앙!

피를 뿌리며 뒤로 나가떨어지면서도, 그는 희미한 미소를 지었다.

'나는 보았……'

털썩!

이송백마저 바닥에 쓰러졌다. 구 연패. 이제 남은 것은 단 하나뿐이었다. 청명이 고개를 돌려 종남의 제자들을 바라본다.

아니, 그의 시선이 향한 곳은 정확히 그중의 한 명이다. 진금룡.
"나와."
이제 죗값을 치를 시간이다, 종남.

현종의 입에서 바람 빠지는 소리가 새어 나왔다. 그러면서도 그의 눈은 비무장에서 단 한 순간도 떨어지지 않았다. 쓰러진 이송백을 응시하던 현종의 시선이 느릿하게 청명에게로 옮겨 갔다. 아홉 번의 승리를 거둔 청명은 이제 마지막 상대를 기다리고 있었다.
 장로들과 일대제자들이 모인 곳은 온통 숨 막히는 정적으로 가득했다. 그 누구도 먼저 입을 열어 이 분위기를 깨려 들지 않는다. 청명에 대한 의문? 이 상황에 대한 의혹? 그런 것은 아무래도 좋다. 나중에라도 얼마든지 알아볼 수 있다. 다만 지금 중요한 것은 저 청명이 종남을 상대로 완전무결한 승리를 이루기 직전이라는 사실 그 자체.
 '화산의 역사상 이런 일이 있었던가?'
 화산과 종남은 언제나 서로를 경계해 왔다. 장문인으로서의 자부심을 배제하고서라도, 이 두 문파의 역사를 객관적으로 보았을 때 화산은 주로 종남에게 한발 앞서 있는 경우가 많았다. 물론 지금은 전세가 뒤집혔지만, 역사를 볼 때 이건 부정할 수 없는 사실이다.
 그러나 오늘처럼 화산이 공식적으로 종남을 완전히 뭉개 버린 사건은 그가 아는 한 존재하지 않았다. 물론 매화검존 시절, 청명 때문에 종남이 숨도 제대로 쉬지 못했다고는 하지만 이는 그저 위상의 문제였다. 지금처럼 세간에 회자될 만큼 큰 공식적인 '사건'이 벌어진 적은 그때도 없었다.
 심지어 다른 시기도 아니고 화산의 암흑기로 칭해야 할 이 고난의 시절에, 지금까지 단 한 번도 없었던 사건이 벌어지는 중이다. 눈을 뗄 수 있을 리 없다.

현종은 종남의 진영을 응시하는 청명을 물끄러미 바라보았다. 당당하다. 현종은 지금 벌어지고 있는 일련의 상황보다 청명의 저 당당한 태도에 더욱 큰 감명을 받는 중이었다. 대체 언제였던가. 화산의 문하가 종남 앞에서 저리 당당할 수 있었던 게. 동등한 검문으로서 어깨를 펼 수 있었던 게.

'선조시여.'

자꾸 눈가가 시큰했다. 화산의 장문으로서 절대 보여서는 안 될 모습이라는 걸 알고 있지만, 연신 가슴속에서 치밀어 오르는 이 격정을 어찌할 도리가 없었다.

"장문인……."

"아무 말 말게."

현상의 말에 현종은 고개를 내저었다.

"지금은 그저 지켜보자꾸나. 저 아이가 또 무엇을 보여 줄지 말이다."

모두가 숨을 죽이고 청명의 일거수일투족에 시선을 집중했다. 현종의 눈에 지금까지 없었던 빛이 떠올랐다.

'어쩌면 오늘…… 화산의 운명이 바뀔지도 모르겠구나.'

낯설다. 그에게 와 닿는 시선. 발끝이 바닥을 누르는 느낌. 손에 닿는 목검의 감촉까지. 그 모든 것이 평소와는 달랐다. 진금룡은 이제껏 단 한 번도 느끼지 못했던 부담을 짊어진 채 비무대로 향했다.

'이상하군.'

진금룡은 새삼 의문을 느꼈다. 평소 그에게로 쏟아지던 시선은 이런 게 아니었다. 그는 언제나 주변의 기대에 찬 시선을 한 몸에 받던 사람이다.

그래. 그는 '해결'하는 사람이지, '우려'를 받는 사람이 아니었다. 그를 보는 사람들의 시선에 담겼던 감정은 언제나 기대와 자랑스러움이었다.

이런 불안이 담긴 시선을 받는 것은 결단코 처음이다. 어째서일까? 왜 저들은 지금 자신에게 저런 시선을 보내는 걸까?

진금룡이 고개를 들었다. 조금 심드렁한 얼굴로 이쪽을 바라보는 청명의 모습이 보인다.

'그래. 저놈 때문이지.'

이해할 수 없는 일이다. 그리고 마땅히 분노해야 할 일이다. 진금룡은 지금의 자리에 오르기 위해 평생을 노력해 왔다. 평생을 노력해 그 가능성을 인정받았고, 평생을 노력해 그 실력을 증명해 보였다. 그리하여 모두가 입을 모아 그를 칭송하였다. 언젠가는 종남의 장문인이 될 사람으로, 그리고 이제껏 없었던 종남의 전성기를 열어 젖힐 이로. 평생에 걸쳐서 얻어 낸 인정과 기대였다.

하지만 고작 반나절도 되지 않는 시간 만에 그 모든 것들이 우려와 걱정으로 바뀌었다.

'내가 그토록 못 미덥다는 말인가?'

몰락한 문파의, 그것도 한 배분이나 차이 나는 아이 하나를 감당하지 못할까 봐 우려의 시선을 받을 정도로? 차갑고 묵직한 분노가 진금룡의 전신을 휩쓸었다. 그는 살기등등한 눈으로 청명을 뚫어져라 응시했다.

'처음부터 마음에 들지 않았다.'

저 오만한 얼굴도, 태연자약한 여유도, 그리고 언뜻언뜻 비치는 날카로움도. 그 무엇보다 진금룡을 앞에 두고도 그저 다른 종남의 제자를 보는 듯 심드렁한 태도가 특히 거슬린다.

진금룡이 깊게 심호흡을 했다. 그리고 감정이 실리지 않은 목소리로 입을 열었다.

"칭찬이라도 해야 할까?"

"딱히 그럴 필요까지야."

청명이 어깨를 으쓱한다.

"뭐 대단한 일 한 것도 아니고 말이죠."

진금룡은 차가운 눈으로 눈앞의 건방진 어린아이를 바라보았다.

"감히 종남을 무시하는 건가."

"무시라."

청명이 피식 웃었다.

"무시하고 말고의 문제가 아니죠. 나보다 약한 애들을 쓰러뜨리는 걸 자랑스러워할 이유는 없으니까."

거슬린다. 저 태도 하나하나가.

"너는 겸……."

뭔가 말을 하려던 진금룡은 잠깐 말끝을 흐렸다. 그리고 이내 살짝 한숨을 내쉬며 고개를 내저었다.

"아니. 네게 겸손이란 필요하지 않은 일이겠지. 과례는 비례라고, 네가 떠는 겸손은 오히려 듣는 이를 화나게 할 테니까."

"흠?"

"인정하마. 너는 오만할 자격이 있다. 대종남의 이대제자 아홉을 꺾었다는 사실만으로도 너는 다시없을 천재로 인정받을 수 있을 것이다."

청명의 눈이 살짝 가늘어졌다.

스르륵.

진금룡이 허리춤에서 목검을 뽑아 들고는 천천히 청명을 겨누었다.

"너의 불행이 무엇인지 아느냐?"

"글쎄요?"

"나와 같은 시대에 태어난 것이다."

청명이 미묘한 미소를 머금었다. 진금룡이 가만히 청명을 노려보며 말을 이어 갔다.

"그 불행의 대가로 너는 평생 나와의 차이를 극복하지 못한 채, 나의 등만을 바라보게 될 것이다."

청명이 피식 웃었다.

"자신감은 좋네요."

"내 말은 아직 끝나지 않았다."

진금룡이 싸늘하게 일갈했다.

"혹여 네가 화산을 선택하지 않았더라면 그 불행을 극복할 수 있었을지도 모르지. 네가 화산이 아닌 종남을 선택했다면 언젠가는 나를 뛰어넘을 가능성이라도 있었을 테니."

"그래요? 왜 그렇게 생각하는데요?"

"뻔한 일."

진금룡이 호흡을 가다듬고는 말을 이었다.

"화산은 여전히 과거에 묶여 있다. 그 문하들은 오직 과거의 무학을 되찾고 과거의 영광을 재현하려 할 뿐이지. 하지만 종남은 아니다. 우리는 나아간다. 과거 따위에 미련을 두지 않고 말이다. 더 나은 무학을 창안하고, 더 나은 체계를 만들어, 더 나은 미래를 쟁취할 것이다."

진금룡이 선언하듯 말했다.

"이게 너희 화산이 다시는 종남을 따라잡을 수 없는 이유다."

"크으."

청명이 감탄을 터뜨렸다. 심정 같아서는 박수라도 쳐 주고 싶다. 만약 저 말을 종남이 아닌 다른 문파가 했다면 사형제들의 뒤통수를 후려갈기고 '저거 좀 보고 배워라, 이 한심한 것들아!' 하고 외쳤을지도 모른다.

저 진금룡이 말하는 미래라는 게, 화산의 무학을 도둑질해 만든 게 아니었다면 말이다.

'말해 뭐 하겠어?'

진실을 만드는 데는 두 가지가 필요하다. 하나는 사실. 그리고 다른 하나는 그 사실을 관철하는 힘이다.

종남이 매화검법을 도둑질했다는 사실을 알았을 때, 청명은 순간적으로 이성을 잃을 만큼 분노했다. 하지만 분노한다고 뭐가 달라지겠는가? 현실적으로 화산이 종남을 징벌할 방법 같은 건 없다. 공개적으로 그 문제를 거론해 봤자, 그럼 매화검법을 펼쳐 그 사실을 증명해 보라는 소리만 들을 뿐이다. 설사 실전된 매화검법을 복원해 펼쳐 보인다고 하더라도 되레 종남에서는 화산이 설화십이식을 베꼈다고 주장하며 오히려 공격해 올 것이다.

그리고 화산은 그 공격에 그저 당할 수밖에 없다. 왜? 힘이 없으니까.

무학이란 민감한 요소다. 독문 무공을 유출한 이들은 오로지 목숨으로만 그 대가를 치르고, 상대의 독문 무공을 훔친 이들은 모든 것을 건 전쟁을 각오해야 한다.

하지만 화산은 종남을 벌할 수 없다. 설화십이식의 문제를 제기하는 순간 종남은 옳다구나 화산에 전쟁을 걸어올 것이고, 천하의 누구도 화산을 돕지 않을 것이다.

망해 가는 문파를 옹호하기 위해 구파일방과 척을 질 이들은 강호 어디에도 없다. 강호가 얼마나 차갑고 냉정한 곳인지 청명만큼 뼈저리게 실감한 이가 누가 있던가?

그렇기에 지금까지 참았다. 이 순간까지! 끓어오르는 분노를 꾹꾹 억누르며, 당장이라도 종남으로 달려가 모조리 쳐 죽이고 싶은 마음을 이 악물고 버텨 냈다. 바로 이 순간 하나를 위해서 말이다.

청명이 섬뜩한 미소를 입가에 피워 냈다.

"종남의 미래라. 좋은 말이네요."

그래. 종남의 미래. 나도 많이 생각했지. 대체 그 미래를 어찌해야 할지 말이다.

조금 전 청명은 종남에 단 하나의 씨앗을 남겼다. 그 씨앗이 과연 발아할지 아닐지는 알 수 없지만, 그것으로 인간적인 도리는 다했다. 그러니 이 순간부터, 화산의 삼대제자 청명은 없다. 지금부터 그가 하는 일은 화산의 삼대제자 청명이 아닌, 매화검존 청명으로서의 과업이 될 것이다. 은혜를 원수로 갚은 저 더러운 이들에 대한.

청명이 검을 들어 진금룡을 겨누었다.

"그 미래에⋯⋯ 선물을 하나 드리죠."

"⋯⋯선물?"

"네. 평생 잊지 못할 선물이 될 테니, 잘 봐 두는 게 좋을 거예요."

진금룡이 영문을 모르겠다는 듯 바라보았다. 하지만 청명은 그저 미소를 지을 뿐이었다.

'제대로 된 선물이 되겠지.'

다른 이름으로는 저주가 되겠지만.

화산을 키워 지금의 종남을 부수는 것 정도로는 분이 풀리지 않는다. 지금 청명이 하려는 것은 종남의 미래를 영원히 끊어 버리는 일이다.

'화산의 검이 탐났다고?'

청명이 이를 드러내고 웃었다. 사냥감을 앞에 둔 늑대처럼 말이다.

"그럼 제대로 가져가 보시지."

절대 잊을 수 없도록 제대로 보여 줄 테니 말이야. 청명이 검을 잡은 손을 꽉 움켜잡았다.

"비켜 봐라!"

"사숙?"

"백천 사형!"

숨도 쉬지 못하고 청명과 진금룡을 바라보던 화산의 제자들이 등 뒤에서 들려온 목소리에 화들짝 놀라 좌우로 물러났다. 열린 길을 따라 백천이 비틀거리며 걸어왔다.

"사, 사형! 몸은 괜찮으십니까?"

쏟아지는 질문에 백천은 그저 손만 대충 내젓고는 앞으로 나갔다. 그

휘청이는 걸음을 본 백상이 다급하게 소리쳤다.

"의자! 빨리 의자를 가져와라!"

"예, 사숙!"

삼대제자 중 하나가 서둘러 의자를 가져와 백천의 자리를 만들었다. 하지만 백천은 의자는 거들떠보지도 않고 비무장의 청명과 진금룡을 바라보았다.

'나는 이걸 봐야 한다.'

눈을 뜨자마자 청명이 구 연승을 했다는 소식을 들었다. 그 말을 듣고도 얌전히 침상에 누워 있는 건 백자 배의 대제자가 할 짓이 아니다. 몸이 부서지는 한이 있더라도 이곳에서 청명을 응원해야 한다.

진금룡, 그리고 청명. 그에게는 남다른 의미를 가진 두 사람이 지금 서로를 마주 보고 있다.

'이겨라, 청명아.'

백천의 눈에 간절함이 어리는 순간.

스슷. 스으읏.

낮은 파공음과 함께 청명과 진금룡의 검이 동시에 움직이기 시작했다. 결론이 어떻게 나든 이 승부는 섬서를 울릴 것이고, 천하를 울릴 것이다. 그 역사적인 광경을 단 한 순간도 놓치지 않겠다는 듯 화산의 제자들이 두 눈을 부릅떴다.

"장로님, 사형은 이기겠지요?"

조심스럽게 나온 질문에, 사마승은 입술을 꽉 깨물었다. 질끈 깨문 입술이 찢어지며 피가 한 줄기 주륵 흘러나왔다.

"이기겠냐고?"

안일하기 짝이 없는 질문이다.

"무슨 수를 써서라도 이겨야 한다."

오늘 이곳에서 저 괴물의 날개를 꺾어 버리지 못한다면 저 괴물은 언젠가 기어코 하늘로 비상할 것이다. 한번 하늘로 올라 버린 괴물은 무슨 수를 써도 잡을 수 없다. 그 순간부터 괴물은 괴물에 머무르지 않고 용이 되어 버릴 테니까.

어쩌면 이게 마지막 기회일지 모른다. 최악의 상황이라고 할 수 있지만, 사마승은 아직 희망을 버리지 않았다.

'진금룡이라면 가능할 것이다.'

같은 이대제자이긴 하지만, 진금룡은 다른 이들과는 한 차원 다른 존재다. 진금룡의 실력은 종남의 일대제자와 비교해도 손색이 없다. 따끔하고 냉정하게 말하기는 했지만, 사실 조금의 운만 따라 준다면 언젠가는 천하제일인이 되어도 이상할 게 없는 자가 바로 진금룡이다.

진금룡이 막을 수 없다면, 저 나이대에서는 천하의 누가 오더라도 청명을 막아 낼 수 없는 것과도 같다. 다시 말해, 지금 이곳에서 청명이 진금룡을 이긴다면 후대의 천하제일인 자리는 당연히 청명이 꿰찰 거란 뜻이다. 그것만은 용납할 수 없다.

'더 빨리 숨통을 끊었어야 했다.'

체면을 가릴 게 아니었다. 강호의 비난을 받는 한이 있더라도 화산을 완전히 멸문시켰어야 했다. 그 질긴 숨통을 끊지 못한 결과가 이것이다.

'빌어먹을 화산 놈들!'

사마승의 눈에 핏발이 섰다. 절대 오늘 이 자리에서 오욕의 역사가 만들어지지는 않을 것이다. 절대로!

그 순간, 진금룡의 검이 환상처럼 세상 가득 꽃을 피워 내기 시작했다. 완벽에 가깝게 펼쳐지는 설화십이식을 보며 사마승이 주먹을 움켜쥐었다.

'너희의 검이 너희의 숨통을 끊을 것이다!'

청명은 가만히 자신을 향해 날아드는 검을 바라보았다.

'비슷하군.'

겉모습 하나는 정말 끝내주게 베꼈다. 저 화려함. 꽃이 한 송이, 한 송이 살아 숨 쉬는 것 같은 아름다움. 그리고 그 아름다움 속에 숨은 더없이 날카롭고 치명적인 일격. 그야말로 이십사수매화검법이다. 일전에 이송백이 펼쳤던 설화십이식과는 그 차원을 달리한다. 이송백의 검이 그저 매화를 흉내 낸 것에 불과했다면, 진금룡의 설화십이식은 청명도 감탄할 정도의 정교함을 보여 주고 있었다. 어지간한 이라면 이토록 환상적인 검 앞에 넋을 놓고 당할 수밖에 없을 것이다.

하지만 지금 진금룡의 앞에 있는 이는 청명이었다.

청명은 날아드는 검을 피해 냈다. 진금룡의 검이 그의 옷자락을 스치며 잘라 냈다.

스슷.

머리카락 끝이 잘려 나가며 허공으로 휘날렸다.

스슷.

진금룡의 검이 청명의 얼굴을 가볍게 스쳐 지나갔다. 붉은 선이 생겨나며 한 방울 피가 얼굴을 타고 흘러내렸다. 뒤로 훌쩍 물러난 청명이 손끝으로 흘러내리는 피를 닦아 핥았다. 비릿하다.

"그리 달아나기만 해서는 나를 이길 수 없을 텐데."

진금룡의 도발에 청명은 그저 말없이 그를 바라보기만 했다. 진금룡의 눈에 어느 정도 여유가 돌아왔다.

"한때, 너희 화산은 꽃을 닮은 검으로 세상에 이름을 떨쳤다지?"

"……."

"하지만 그건 과거일 뿐이다. 이제 너희의 상징조차 종남의 새로운 검에 묻히겠지. 세상은 종남의 설화십이식을 기억하고 화산의 검을 잊을 것이다."

청명은 대답 없이 묵묵히 그 말을 들었다.

"종남의 선대가 이 검을 창안한 이유는, 그 어떤 형태를 취하더라도 종남의 검이 화산의 검보다 뛰어나다는 것을 알리기 위함이었다 하더군. 나는 솔직히 그게 그리 의미 있는 일이라 생각하지 않는다. 다 망해 버린 문파보다 우월함을 증명하는 게 무슨 의미가 있겠느냐. 단!"

진금룡이 싸늘한 목소리로 말했다.

"화산의 마지막 숨통을 끊는 것이 이 검이 된다는 것은 분명 의미가 있는 일이겠지. 오냐라. 내가 너희의 마지막 미련까지 끊어 주겠다."

오만하기 짝이 없는, 하지만 무엇보다 통렬한 일갈이었다. 그런데 이 말을 모두 들은 청명의 반응은 진금룡의 예상과 전혀 달랐다.

"끅."

"……?"

청명이 입가를 틀어막았다. 그러더니 이내 경련하듯 웃기 시작했다.

"……뭐 하는 짓이더냐."

끅끅대며 웃음을 참던 청명이 잠시 후에야 고개를 숙인 채 손을 내저었다.

"아니, 아니. 아무리 참으려고 해도 더는 참을 수가 없어서요."

청명이 하얀 이를 드러내며 웃는다. 그리고 검을 들어 진금룡을 정확하게 겨누었다.

"잘 봤어요. 감상은 음…… 뭐랄까. 광대 같네요."

"광대?"

"네. 어설픈 흉내 잘 봤어요. 그 정도면 어디 가서 공연해도 되겠네요."

진금룡의 얼굴이 왈칵 일그러졌다. 미간이며 이마에 온통 주름이 팬 채, 그는 이를 갈아붙였다.

"감히…… 내 검을 광대놀음에 비교해?"

"아, 오해는 안 했으면 좋겠네요. 딱히 그쪽을 무시한 건 아니에요. 제가 무시한 건 오히려 음…… 그 검술? 아니면 그 검술을 만들어 낸 종남?"

진금룡은 무시무시한 얼굴로 청명을 노려보았다. 그럼에도 청명은 조금도 흔들림 없이 태연하게 말했다.

"그런 얼굴로 노려볼 것 없어요. 나는 선물을 줄 거니까요. 그 검에 비어 있는 것을 내가 채워 드리죠."

"……그 몸 멀쩡히 돌아갈 생각은 하지 않는 게 좋을 거다."

"아까부터 살초만 쓰던 사람이 할 말은 아닌 것 같은데."

진금룡이 흠칫했다. 설화십이식은 더없이 화려하다. 그렇기에 상대하는 이조차도 그 검 안에 숨어 있는 실과 허를 제대로 구분할 수 없다. 그러니 살초와 허초도 구분할 수 없었을 텐데?

진금룡이 검을 잡은 손에 힘을 줬다. 아무래도 좋다. 어차피 청명은 이 비무장에서 살아 돌아가지 못한다. 그리고 화산은 감히 그 대가를 진금룡에게 묻지 못할 것이다. 그러기 위해서는 종남 전체를 상대해야 할 테니까. 결국 강호를 지배하는 것은 힘. 약자는 억울함을 호소할 수는 있을지언정, 강자를 벌할 수 없다. 그건 강호가 생겨난 이래 지금까지 바뀌지 않는 절대적인 법칙이다.

"너는……."

하지만 청명은 야멸차게 진금룡의 말을 잘라 버린다.

"하나 묻겠는데."

청명답지 않게 잔뜩 가라앉은 어조였다.

"그 검 안에는 대체 뭐가 담겨 있죠?"

"……그게 무슨 말이냐."

"아뇨. 그걸로 됐어요."

청명이 고개를 저었다. 아무런 의미가 없다는 말이다. 살짝 올라오려는 본심을 꾹 내리누른 청명은 씨익 웃으며 입을 열었다. 모두가 들으라는 듯 크디큰 목소리로 말이다.

"제법 잘 따라 했지만, 그것만으론 부족하죠. 화산의 검은 더 빠르고, 더 날카롭고, 더 화려하니까요."

지금 이 말을 모두가 들었겠지. 그걸로 됐다. 이걸로…… 종남은 저주에서 벗어나지 못한다.

"입은 살았구나."

"입만 죽이는 법이 있으면 좀 알려 주시죠. 그리고 아까부터 말은 그쪽이 더 많이 한 것 같은데?"

"이……."

진금룡이 더는 말을 섞어 봐야 소용없다는 듯 검을 움직였다. 말이 아니라 검으로 보여 주겠다는 뜻.

한 송이. 또 한 송이. 그의 검이 더없이 화려하고 빠르게 세상을 누빈다. 검에서 뿜어져 나온 진기가 더없이 선명한 꽃의 문양을 만들어 내기 시작한다.

한 송이. 그리고 또 다른 한 송이. 이윽고 진금룡이 만들어 낸 꽃이 비무장을 가득 뒤덮기 시작했다. 더없이 아름답지만, 더없이 위험하다.

'너는 이 검에 죽는다!'

설화십이식. 펼쳐 낸 진금룡마저 만족스러울 정도로 완벽한 설화만천(雪花滿天)의 초식이었다. 세상을 새하얗게 물들인 꽃송이가 금방이라도 육체를 갈기갈기 찢어 버릴 것처럼 청명의 주변을 감싸기 시작한다.

"처, 청명아!"

여기저기서 비명이 터져 나왔다. 지금까지 홀린 듯이 비무장을 바라보고 있던 화산의 제자들이 일제히 자리에서 벌떡 일어났다. 그들도 아는 것이다. 저 검이 얼마나 위험한지. 그리고 얼마나 굉장한지. 딱히 경지를 느낄 필요도 없다. 그저 눈으로 보는 것만으로도 전신에 소름이 돋고 심장이 쿵쾅거린다.

지금까지 단 한 번도 그들에게 불안감을 주지 않은 청명이지만, 저 말도 안 되는 검의 변화 속에서는 도저히 살아남을 수 없을 것 같다. 운종은 저도 모르게 가슴 앞에 양손을 모았다.

'천존이시여!'

저 괴물 같은 청명 놈을 걱정해야 할 정도로 진금룡의 검은 날카롭고 매서웠다. 세상 그 누구도 감히 저 설화(雪花)의 폭풍 속에서는 살아남을 수 없을 것만 같았다. 이대제자와 백천마저도 비명을 지르며 청명을 바라보았다.

그러나 오직 하나, 유이설만은 입술을 질끈 깨물었을 뿐 큰 동요 없이 그 광경을 바라본다. 다만 한 줄기 의문이 그녀의 눈동자를 스쳤다.

'저건……?'

어디선가 본 듯한 광경. 어쩌면 익숙하다고 말할 수 있는 광경이다. 과거에 보았고 얼마 전에도 보았다. 하지만…….

'달라.'

뭔가 다르다. 저 검은 그녀가 알고 있는 것과 그리 다르지 않다. 하지만 청명의 검을 보았을 때와 같이 영혼이 빨려 들어가는 듯한 감흥을 주지는 못한다. 무엇이 다른 걸까? 그녀의 시선이 청명에게로 향했다.

무엇이 다른지는 바로 저 아이가 알려 줄 것이다. 바로 저 검으로.

한편 청명은 자신을 향해 날아드는 꽃송이들의 물결을 보며 미묘한 표정을 지었다.

'이건 또 색다른 경험이군.'

사형제들과 비무를 하던 때와는 조금 다른 느낌이다. 사형제를 상대로 진짜 살기를 느껴 볼 일은 잘 없으니까.

'이십사수매화검법을 상대하던 마교 놈들이 이런 기분이었겠구나.'

조금 다르긴 하지만 말이다. 하지만 청명은 지금 그에게 날아드는 검에서 아무런 위협도, 어떠한 압박도 느끼지 못했다. 왜냐?

'이건 그냥 껍데기니까.'

정확하게는 실패한 검법이다.

검은 술(術)에서 시작하여 법(法)에 이르고, 예(例)에 올라 학(學)에 도달한다. 그리고 거기에서 더 나아간 검은 마침내 도(道)를 완성하는 법이다. 하지만 이 검에는 그 어떤 것도 담겨 있지 않다. 이 껍데기뿐인 검에는 술과 법은 존재하지만 예와 학은 없다. 이래서는 절대로 도에 이를 수 없다. 눈앞의 이 검은, 그저 화산의 검술의 껍데기를 베낀 것에 지나지 않는다. 알맹이라고는 조금도 없는 껍데기 말이다. 그리고 이것은 길고 긴 오해에서 시작된 것이다.

'매화검법이 꽃을 피워 내는 검이라고?'

그건 두 가지 면에서 틀렸다.

첫째로.

청명의 검이 천천히 움직이기 시작한다. 화산의 제자들은 청명이 펼친 검이 칠매검의 기수식이라는 것을 알아보았다.

'칠매검?'

칠매검이 화산이 되찾은 위대한 검이라는 것은 그들 모두 안다. 하지만 저 종남의 정체불명의 검을 상대하기에 칠매검은 너무도 나약해 보였다.

그때 청명이 혼잣말하듯 나직하게 중얼거렸다.

"매화검법만 꽃을 피워 낼 수 있는 건 아니지."

꽃이란 울창한 숲에서만 피어나는 게 아니다. 깎아지른 절벽에 외로이 홀로 선 한 그루의 매화에서도 꽃은 피어나는 법. 매화검법이든, 칠매검이든, 검을 잡은 이가 화산의 제자라면 검법 같은 것은 상관없다. 그저…….

이윽고 청명의 검 끝에서 소담스러운 꽃 한 송이가 피어났다. 세상을 하얗게 물들여 버릴 것 같은 설화십이식의 새하얀 검기들 속에서 붉은 꽃 한 송이가 피어난다. 그건 마치 긴긴 겨울 눈 덮인 산속에서 피어나는 한 송이의 설매(雪梅)처럼 보였다.

설매화는 모든 꽃이 진 겨울에 홀로 피어나지만, 그 어떤 꽃보다 짙은 향을 풍기는 법. 청명이 피워 낸 한 송이의 매화는 점차 불어나더니 이내 눈 덮인 화산의 봉우리에 피어나는 설매화처럼 비무장 전체를 붉은 매화의 형상으로 뒤덮어 버렸다.

지켜보는 이들 모두가 넋을 잃었다. 검이라고 하기에는 너무도 아름다웠고, 인간이 만들어 낸 광경이라기에는 너무도 장엄했다.

'이건 환상이다.'

시간이 정지한다. 그리고 멈춰 버린 시간 속에서 오롯이 피어난 매화만이 절로 눈이 감길 만큼 짙은 향을 흘리고 있었다.

'이건…….'

진금룡은 자신이 만들어 낸 설화 속에서 피어나는 붉음을 보았다. 그저 미약한 한 송이. 새하얀 설원에 떨어진 한 방울의 피처럼, 더없이 붉지만 더없이 미약한 붉은 점일 뿐이었다.

하지만 그 붉은 점이 이내 선명한 매화의 형상을 만들어 낸다. 한 송이. 또 한 송이. 순식간에 피어난 매화가 그의 설화와 어우러지기 시작했다.

내리쬐는 봄볕에 눈이 녹는 것처럼, 붉은 매화가 피어난 곳의 설화들이 사르르 녹아내렸다.

'매화?'

화산은 더 이상 매화를 피워 낼 수 없다고 들었다. 그렇기에 모두가 화산이 다시는 부활할 수 없을 거라 여겼다. 화산의 상징은 누가 뭐라 해도 매화. 그 매화를 다시 피워 낼 수 없는 화산은 결국 예전과 같은 화산이라 할 수 없으니까.

하지만 이 순간, 사라졌다고 생각한 화산의 매화가 진금룡의 눈앞에서 다시 한번 피어난다. 그것도 더없이 생생하고 화려하게.

"이익!"

믿을 수 없다. 청명의 검이 다시 매화를 그려 내는 것쯤은 얼마든지 이해할 수 있다. 지금 진금룡이 이해할 수 없는 것은 그게 아니다. 그가 필사적으로 피워 낸 설화(雪花)가 화산의 매화에 녹아내리고 있다는 사실이었다.

'어째서?'

설화십이식이다. 이 검에는 최근 백 년간의 종남의 노력이 스며들어 있다. 종남의 모든 검에 대한 정수가 담긴 새로운 검술이자, 종남의 검이 발전하고 있다는 증거가 바로 설화십이식이 아니던가? 전설처럼 들려오는 화산의 매화검법이 이곳에서 다시 재현된다 한들, 설화십이식은 거기에서 몇 단계는 더 나아간 검술일 터. 구세대의 유물에게 패하는 일 따위는 있을 수 없다!

한데, 왜 이런 일이 벌어지는가?

녹아내린다. 허물어진다. 그가 만들어 낸 새하얀 설화가 청명의 붉은 매화에 닿는 순간 처음부터 존재하지 않았던 것처럼 스러진다.

"어째서?"

진금룡의 눈이 흔들리기 시작한다. 이 이상 완벽한 검을 펼쳐 낼 수 없었다. 완벽이라는 말이 무색할 정도로 완전한 형태로 펼친 검이다. 그런데 왜 저 초라한 매화조차 당해 내지 못한단 말인가?

으스러진다. 설화십이식이.

이지러진다. 종남의 검이.

무너져 내린다. 그의 자부심이.

그가 쌓아 올려 온 모든 것들이 지금 저 붉은 매화에 산산이 흩어지고 있었다.

"어째서어어어어어어어어!"

진금룡의 절규가 화산 전체를 뒤흔들었다.

청명은 눈을 반개한 채 검을 휘둘렀다. 그의 검 끝에서 붉은 매화 송이가 줄기줄기 피어났다. 그 매화에 닿은 진금룡의 설화가 아무런 힘도 쓰지 못하고 이지러진다.

'껍데기.'

저건 그저 껍데기일 뿐이다. 아니, 정확하게 말하면 껍데기를 모방한 껍데기의 모조품이다.

세상 사람들은 화산의 검을 오해한다. 심지어는 화산의 제자들조차도 자신들의 검을 오해했다. 매화검법은, 아니 화산의 검은 매화의 형상을 만들어 내는 검이라고 말이다. 화려하고 아름답게 매화가 휘날리는 모습을 충실하게 재현한 검이라고. 얼마나 더 아름답고 정교하게 매화의 형상을 만들어 내느냐로 화산의 검이 완성된다고 오해하는 이들이 수두룩했다.

하나, 과연 그런가? 화산은 도문(道門)이다. 화산의 모든 검은 도에 이르기 위한 일환일 뿐이다.

무당은 태극(太極)을 그 근원으로 삼는다. 점창은 태양(太陽)을 그 근원으로 삼는다. 공동은 오행(五行)을 그 근원으로 삼는다. 세상에 존재하는 도문들은 자연의 한 모습을 닮아, 스스로의 육체로 도를 구현하는 것을 그 궁극의 목표로 삼는다. 그러나 화산만은 다르다. 화산만은 그 검으로 그저 매화를 좇을 뿐이다.

무당의 검이 극에 달하면 태극이 되고, 점창의 검이 극에 달하면 태양이 된다. 그리고 공동의 검은 오행의 이치를 세상에 재현한다. 그러나 화산만은 매화, 그저 매화일 뿐이다. 이것이 화산을 다른 도문과 다르게 만들었다. 화려하고 아름다운 것에 마음을 빼앗기는, 속가의 성향이 강한 문파라고 말이다.

하지만 정말 그러한가? 정말 화산의 검이 그저 매화의 형상만을 좇을 뿐인가?

'그럴 리가 있나.'

모두가 오해하고 있다.

검을 휘두르고 또 휘두르고 매화를 피워 내고 또 피워 낸 끝에, 일평생을 화산의 검과 함께하며 마침내 그 누구도 오르지 못한 곳에 올라선 후에야 알게 된 것.

화산의 검이 재현하려는 것은 결코 매화가 아니다. 화산의 검은 매화를 흉내 내지 않는다. 화산의 검은 매화를 피워 낸다.

'매화가 아니다.'

바로 '피어남'이다.

"개화(開花)."

그건 생명의 잉태. 긴긴 겨울을 버텨 내는 인내의 끝에 마침내 피어나는 기다림의 결실.

매화가 만발한 화산이기에 그저 매화를 그렸을 뿐. 검 끝에서 새로운 생명을 피워 낼 수 있다면 그 꽃이 무엇이든 무어가 중요하겠는가?

화산 검학의 본질은 바로 '개화'다.

매화의 화려함에 눈을 빼앗기고, 검의 날카로움에 영혼이 홀린 이들은 결코 화산 검학의 진수에 도달할 수 없다. 화산의 검이 추구하는 것이 매화가 아니라 '개화'에 있다는 것을 아는 이라면······. 그래, 청명이 도달한 경지에 올랐던 이라면 굳이 검법을 구분할 필요도 없다.

굳이 매화검결이 아니더라도. 이십사수매화검법이 아니더라도. 칠매검의 끝에서, 낙화검의 끝에서, 심지어는 육합검의 끝에서도 매화는 피어난다.

그것이 화산 검법의 본의(本意). 화산의 이름을 짊어지고 살아가는 이들이 마음에 품어야 할 것.

그 사실을 알지 못하고 그저 보이는 화려함과 아름다움에만 눈을 빼앗긴 이들은 영원히 화려함의 늪을 헤맬 뿐이다. 지금의 진금룡처럼, 저들이 만들어 낸 설화십이식처럼 말이다.

청명의 시야에 넋이 나간 눈으로 비무장을 바라보고 있는 종남 문하들의 모습이 들어왔다.

'지켜봐라.'

너희의 검이 어떻게 무너지는지.

인간의 기억이란 오묘한 법. 종남의 운명을 결정하는 비무에서 종남의 검이 더 화려하고 붉은 청명의 검에 꺾이는 모습은 영원히 지워지지 않는 화인이 되어 저들의 기억에 새겨질 것이다. 검을 휘두를 때마다 이 광경이 떠오를 테고, 수련을 할 때마다 무의식적으로 이 모습을 따라 하려 들겠지. 그리하여 결국은 저들이 생각하는 강함마저 이 검을 벗어나지 못하게 될 것이다.

더 화려하게. 더욱더 화려하게. 하지만 그 끝에는 아무것도 없다. 존재하는 것은 그저 허무뿐. 화려함을 좇으면 좇을수록 종남은 자신들의 검을 잃어버리고 더 깊은 수렁으로 빠지게 될 것이다.

믿었던 이들이 배신해도. 문파의 중심이 되는 검법을 잃어도. 불구대천의 숙적이 본산까지 밀고 들어와도.

화산은 사라지지 않는다.

화산의 정신이, 화산이 추구하는 것이 남아 있다면. 꽃이 진 매화가 겨울을 견뎌 내고 다시 피어나는 것처럼, 화산은 다시금 세상에 그 이름을 떨칠 것이다.

하지만 자신들의 검을 잃는다면? 자신들이 추구해야 할 것을 잃어버린다면? 자신들의 본의마저 저버린다면? 닥쳐 오는 적이 없어도 문파는 스스로 붕괴한다. 지금 이 검은 종남의 정신에 독처럼 스며들어 영원히 그들의 미래를 옭아맬 저주가 될 것이다.

'봐라!'

똑똑히! 너희가 훔치려 했던 것을. 너희가 그토록 원했던 것을.

내가 보여 주지. 이것은 너희에게 영원한 족쇄가 될 것이고, 무도했던 너희에게 주는 더없는 복수가 될 것이다.

청명의 검이 더없이 유려하게 하늘을 누볐다. 그의 검 끝에서 작은 매화의 봉오리가 피어난다. 한 송이. 또 한 송이. 매화는 끊임없이 피어난다. 꽃은 피어나고, 그 생명을 세상으로 뿜어낸다.

무극은 음과 양으로 나뉘어 태극을 이루고, 태극은 이윽고 오행으로 나뉜다. 오행은 세상을 구성하고, 그 세상에서 생명은 태어난다. 흐르리라. 결국 세상이란 영원한 태어남의 반복.

이 개화 속에 먼 화산의 선조가 닿으려 했던 도가 있다.

청명의 시야에 화산의 제자들이 들어온다. 넋을 잃고 화산의 검을 바라보는 그들의 모습이 어쩐지 묘한 애수를 불러일으켰다.

'이건 또한 나의 속죄.'

이어 줘야 했으나 이어 주지 못했던 것이다.

그러니 지금이라도 보아라.

이것이 너희가 잃었던 것, 언젠가 너희가 도달해야 했던 곳이다.

"아아……."

현종이 탄성을 흘렸다. 왜 이런 기분이 드는지는 그도 알지 못했다. 지금 그의 눈앞에 보이는 광경은 이치를 넘어 마음으로 와닿는다.

세상에 매화가 만발한다. 아직은 삭막하기만 한 화산에, 아직은 피지 않아야 할 매화가 흐드러지게 피어나고 있다.

그리고 그곳에, 영원히 오지 않을 것 같았던 봄이 있다. 계절이 숱하게 바뀌어도 오지 않던 봄. 홍안의 소년이 건장한 청년이 되고, 건장한 청년이 책임감에 어깨가 짓눌린 장년이 되고, 결국 그 장년이 머리가 새하얗게 세어 주름 가득한 노인이 될 때까지도 끝끝내 오지 않았던 봄. 그토록 기다리고 갈구했음에도 끝끝내 맞이할 수 없었던 봄이 바로 저기에 있다.

현종의 눈가에 눈물이 맺혔다. 여기에 있다. 그가 그토록 보고 싶었던 화산이, 평생을 기다리고 또 기다려 온 화산의 검이 바로 이곳에 있었다.

입가에 미소가 맺혔다. 눈에선 여전히 눈물이 그치지 않았지만, 그 흠뻑 젖은 얼굴로 현종은 더없이 환하게 미소 지었다.

"화산이여."

우리는 이곳에 있다. 그 모진 세월을 버티고, 또 버텨 낸 끝에 마침내 이곳에서 꽃은 피어난다.

"화산은 사라지지 않는다."

그의 삶을, 그의 인내를, 그리고 그의 기다림을 양분 삼아 바로 이곳에서 백 년 만에 첫 매화가 피어나고 있었다.

사라진다. 진금룡이 만들어 낸 설화가 마치 환상처럼 사라져 간다. 차갑고 매서운 눈의 꽃은 불어오는 훈풍에 밀려나 가고, 그 자리를 따뜻한 봄의 매화가 채워 나간다.

피고. 또 피고. 만산에 흐드러지게 피어난 붉은 매화가 이윽고 진금룡의 시야를 더할 곳 없이 가득 채워 버렸다.

그건 차라리 매화의 바다. 끝이 보이지 않게 피어난 매화의 숲이었다.

'이게……. 이게 화산.'

이게 화산의 검. 종남의 장로들이 그토록 두려워했고, 그만큼 닮으려 했던 화산의 검인가. 진금룡은 이제야 왜 종남의 윗대들이 그렇게나 화산이라는 이름에 두려움을 보이는지 이해할 수 있었다. 이 검에는 종남에는 존재하지 않는 그 무언가가 있다. 종남의 검으로는 닿을 수 없는, 화산만의 검이다.

바람이 분다. 그리고 부드러운 바람에 피어난 매화들이 일제히 날리기 시작했다. 온 세상이 매화 꽃잎으로 가득 찬다. 수없이 많은 꽃잎이 일제히 하늘 가득 솟구쳐 오르는 광경은 장관이라는 말로도 표현할 수 없었다.

'아름답다.'

진금룡은 넋을 잃고 그 광경을 바라보았다. 제 상황을 모를 리 없음에도, 그는 눈앞에 흩날리는 매화에 넋을 놓고 말았다. 인세의 것이 아닌 것 같은 광경, 영혼이 빨려 들어가는 광경이다.

'무엇이 다른가?'

어째서 그는 이 화려함을 만들어 내지 못하는가? 어째서 그의 검은 이토록 아름답지 않은가? 어째서? 매화는 대답해 주지 않았다. 그저 부드럽게, 그리고 화려하게, 또한 장엄하게 세상을 뒤덮었을 뿐이다.

그렇게 영원히 잊지 못할 광경을 화인처럼 눈에 담는 진금룡의 이마에 더없이 부드럽게 휘날려 온 매화 잎 한 송이가.

조용히.

아주 조용히 내려앉았다.

세상을 가득 뒤덮던 설화와 매화가 씻은 듯 사라져 버렸다. 마치 환상처럼 말이다.

지켜보던 이들은 그 장엄한 광경이 준 여운에서 벗어나지 못한 채, 그저 멍한 눈으로 비무장을 응시했다. 꿈결 같던 모습이 사라지고 나니, 그곳엔 오로지 두 사람만이 서 있을 뿐이었다.

두 사람. 청명과 진금룡.

모두가 숨을 죽인 채 두 사람을 바라보았다.

'어떻게 된 거지?'

'누가 이긴 거야?'

대부분의 사람들은 비무가 어떻게 되었는지 알아채지 못했다. 그저 새하얀 설화와 붉은 매화의 난무를 보았을 뿐이다. 하지만 이내 곧 그들의 눈으로 결과를 똑똑히 확인할 수 있게 되었다.

꼿꼿이 서 있던 진금룡의 무릎이 휘청했다. 시간이 멈춰 버린 세상에서 오로지 그만이 움직이는 것 같다. 꺾인 무릎이 바닥을 찧고, 이내 그의 몸이 허물어졌다.

털썩.

긴 정적을 끝내는 소리였다. 그 어색하고도 생경한 소리가 멈췄던 화산의 시간을 다시 움직이게 했다.

백천은 두 눈을 부릅뜨고 쓰러진 진금룡의 모습을 바라보았다.

'진금룡이…….'

그에게는 결코 넘을 수 없는 벽이었던 진금룡이 지금 패해 쓰러졌다. 진금룡이 약했던가? 절대 그렇지 않다. 이번 비무에서 진금룡이 보여 준 신위는 백천의 예상을 훨씬 뛰어넘었다. 왜 그가 그토록 자신만만했던가를 증명해 주는 무위였다. 백천은 천 번을 싸운다고 해도 진금룡을 이길 수 없었을 것이다. 그러나 그 진금룡이 지금 바닥에 쓰러져 있다.

백천의 시선이 옆으로 이동했다. 검을 내린 채 가만히 진금룡을 내려다보는 청명이 보였다. 백천뿐만이 아니다. 모두의 시선이 청명에게서 떨어지지 않았다.

약간의 위화감. 그리고 가슴속에서부터 치밀어 오르는 흥분.

이곳에 있는 모든 이들은 자연히 깨닫게 되었다. 지금 그들이 보고 있는 광경은 아마 영원토록 회자될 것이다. 화산이 그 역사를 이어 가고, 종남이 그 현판을 내리지 않는 이상, 이 비무는 화산과 종남의 이름과 함께 세인들의 입에서 내내 오르내릴 게 분명했다.

다시 말해, 지금 이 자리에서 전설이 탄생한 것이다.

"……이겼어."

윤종이 자신도 모르게 중얼거렸다. 눈으로 보고도 믿을 수 없다. 십 연승.

화산의 삼대제자 청명이 종남의 이대제자를 상대로 열 번을 내리 이겼다. 그것도 종남 이대제자 중 최고수인 진금룡을 상대하면서까지 말이다.

"어……."

머릿속에 수많은 생각이 혼재했지만, 무엇 하나 말이 되어 나오질 않는다. 그저 신음을 흘리며 청명을 바라보는 것만이 할 수 있는 전부였다.

청명이 마침내 들고 있던 목검을 허리에 차고는 주위를 둘러본다. 그와 시선이 마주친 이들은 움찔하며 살짝 뒤로 물러섰다. 이내 청명의 입꼬리가 씨익 말려 올라간다. 웃는 낯으로 주위를 둘러본 그가 천천히 입을 열었다.

"이번 화종지회는……."

살짝 뜸을 들인 청명이 높지도 낮지도 않은 목소리로 선언했다.

"화산의 승리다!"

그와 동시에 폭발적인 반응이 터져 나왔다.

"으아아아아아아아아아!"

윤종은 자신의 앞에서 미칠 듯이 고함을 지르는 백천을 보고 화들짝 놀라 버렸다. 화산에 입문한 이후 백천과 꽤 오랜 시간을 함께 보냈지만, 윤종은 단 한 번도 백천이 저렇게 흥분하여 소리를 지르는 모습을 본 적이 없었다.

하지만 생각해 보면 당연한 일. 삼대제자에 불과한 윤종이 종남에 가졌던 감정이 이대제자인 백천의 울분에 비견될 수 있을 리 없다. 백천은 윤종보다 적어도 십 년 이상을 더 종남에 짓눌렸던 이고, 더불어 화종지회를 몇 번이나 더 치러 낸 사람이다. 그런 만큼 이 순간에 느끼는 감정도 윤종과는 비교가 되지 않을 것이다. 윤종도 벅차게 차오르는 흥분에 정신이 아득해질 정도인데 백천은 오죽하겠는가?

다른 이대제자들 역시 마찬가지였다.

"으아아아아! 이겼다! 우리가 종남을 이겼어!"

"화종지회 첫 승리다! 첫 승리라고! 빌어먹을 종남 놈들!"

"십 연승이다! 십 연승이야! 저 미친놈이 십 연승을 했어!"

"으하하하핫! 청명아! 청명이 이놈아아아아!"

자신들은 단 한 번도 이기지 못했으니 침울해할 법도 하건만. 삼대제자 이상으로 기뻐하는 이대제자들을 보며 윤종은 자신도 모르게 미소를 머금었다.

'이게 문파라는 거지.'

서로 다툴 수는 있다. 서로 사이가 좋지 않을 수도 있다. 하지만 화산이라는 이름을 내세우는 순간 그런 감정 같은 건 아무런 의미도 가지지 못한다.

아, 물론.

"으아아아아아! 사형! 저 미친놈이 이겼습니다! 진금룡을 이겼다구요! 으아아아아아아!"

삼대제자라고 이대제자보다 덜 기뻐 날뛴다는 소리는 아니다. 곁에 있던 조걸이 윤종의 머리를 움켜잡고 목을 부러뜨릴 기세로 뒤흔들기 시작했다. 거의 이성을 놓아 자신이 무슨 짓을 하는지도 모르는 모양이다.

"이, 이것 좀 놓고……."

"으아아아아아아! 미쳤다! 미쳤어! 십 승! 십 승이다! 내 저놈이 사람 아닌 줄은 알았지만, 세상에, 십 승이라니! 미친놈! 으하하하핫! 저 미친놈 진짜!"

"놓으라고, 인마!"

소리를 지르면서도 윤종은 입가에 떠오른 미소를 지우지 못했다. 머리를 통째로 흔들던 조걸이 급기야 그의 머리채를 쥐어뜯고 있지만, 도저히 기분이 나빠질 수가 없다. 가슴속에서 기쁨과 이상한 충족감이 동시에 치밀어 올라 스스로를 어찌할 수 없는 기분이다. 살면서 이런 감정을 느껴 본 적이 또 있던가?

'청명아. 수고했다, 이놈아!'

그의 시선이 비무장에 서 있는 청명에게로 향했다.

청명은 손을 들어 가슴께를 꾹 눌렀다. 그리고 입 안 가득 밀려 올라온 핏물을 꿀꺽 삼켰다.

'좀 무리했어.'

알고 있는 것과 몸으로 행할 수 있는 것의 차이가 아직은 극심하다. 칠매검을 극한으로 펼쳐 진금룡을 제압한 것까지는 좋았지만, 기를 무리하게 운용한 탓에 내상을 꽤 입었다. 하지만…….

"뭐 아무려면 어때?"

이 정도 내상이야 얼마든지 감당할 수 있다. 그가 해낸 것을 생각해 본다면 말이다. 과거 그는 매화검존으로 불리며 누군가에게는 두려움, 누군가에게는 존경의 대상으로 살았다. 하지만 그 삶을 통틀어도 이만한 일을 해낸 적이 있었던가?

'천마 목을 자른 건 나 혼자 한 게 아니니까.'

매화검존이라는 이름과 그 무위야 천하에 모르는 사람이 없었다지만, 확실하게 사람들의 입에 오르내릴 만한 업적은 그리 많지 않았다. 특히나 이 나이대에는 말이다. 하지만 오늘 이 비무는 청명의 삶 내내, 그가 화산에서 새로이 살아가는 내내 회자되고 기억될 것이다.

뿌듯하냐고? 아니. 깨소금이지.

청명이 슬쩍 고개를 들어 종남의 진영을 바라보았다. 하나같이 넋이 나간 그들을 보고 있으니 속에서부터 뭔가 고소한 것이 자꾸 올라온다. 이 기분이면 맨밥만 먹어도 꿀맛이지, 그냥!

입꼬리를 올리며 웃던 청명의 눈에 얼핏 차가운 빛이 어렸다.

눈에 보이는 승리도 중요하지만, 진짜 중요한 것은 저들이 청명의 의도에 걸려들었다는 것이다. 넋이 나간 와중에도 몽롱하게 풀려 버린 눈을 보면 확실하다. 저들은 절대 이 비무를 잊지 못할 것이고, 그 무의식 속에 청명의 검을 확실하게 박아 넣었을 것이다. 이 일이 훗날 어찌 작용할지를 생각해 보니 십 년 묵은 체증이 확 내려간다.

"그러게, 건드리지 말았어야지."

현재를 잃는 것은 커다란 위기가 되지만, 미래를 잃으면 모든 것이 통째로 무너지고 만다.

오늘 청명은 종남에게서 그 미래를 빼앗아 왔다.

'어떻습니까! 장문사형! 이 정도면 확실하게 복수했죠?'

- 거, 도사라는 놈이!

'여하튼 진짜!'

청명이 얼굴을 확 일그러뜨린다. 도사는 원수도 없나! 이 순간만큼은 장문사형이 같이 살아나지 않아서 다행이라는 생각이 든다. 그 양반이 같이 돌아왔으면, 종남의 죄는 더없이 중하나 지금의 제자들에게는 죄가 없다는 말이나 늘어놨겠지. 그럼 청명은 속 타 죽는 거다!

'이걸로 다 갚은 건 아니다.'

청명이 종남을 차갑게 노려보았다. 문파가 지척에 붙어 있는 이상 앞으로도 종남과 얽힐 일은 많을 것이다. 그럴 때마다 잊지 않고 착실하게 복수를 해 줄 생각이었다.

하지만 지금은 이걸로 됐다.

한쪽에서는 터져 나갈 듯한 환호를 받고, 다른 쪽으로는 절망 어린 시선을 받으며 청명이 고개를 돌렸다.

"사숙조."

"어? 어어!"

정신을 차리지 못하던 운암이 청명의 말에 화들짝 놀랐다. 주위를 두리번거리던 그는 마른침을 꿀꺽 삼켰다.

'이, 이거 내가 해야 하는 건가?'

하기야 그가 아니면 누가 하겠는가? 운암이 주먹을 꾹 쥐고는 주변을 둘러보았다. 그리고 그답지 않은, 더없이 환한 얼굴로 진중하게 소리친다.

"이번 화종지회는 화산의 승리로 돌아갔음을 알립니다!"

함성이 더 커졌다. 삼대제자와 이대제자가 모여 있는 곳에서는 숫제 난리가 났다. 저들끼리 껴안고 방방 뛰고, 목이 터져라 소리를 질러 대고 있었다.

"쯧쯧. 체통도 없이."

청명이 그 모습을 보며 피식 웃었다. 그리고 고개를 돌려 쓰러진 진금룡을 바라보았다. 자신들의 제자가 비무장에 쓰러져 있음에도 종남의 제자들은 아무도 그를 수습하려 들지 않았다.

아니, 그럴 정신이 없겠지. 살아생전 단 한 번도 받아 본 적 없는 커다란 충격에 신음하는 중이니까.

"애 좀 데리고 가요."

"……"

"거. 정신 좀 차리고."

청명의 말에 화들짝 놀란 종남의 제자들이 그제야 비무대로 뛰어 들어온다.

"사형! 정신 차리십시오! 사형!"

"의약당으로! 빨리!"

소란스러워진 비무장을 지켜보던 청명이 빙글 몸을 돌리고는 제자리로 향했다. 그러자 지켜보고 있던 이대제자와 삼대제자들이 일제히 뛰어나와 달려들었다.

"허허. 거참. 뭐 대단한 사람 오셨다……."

청명의 말은 채 끝까지 이어지지 못했다.

"으아아아아아아! 청명아아아아아!"

"이 미친놈! 이 또라이 같은 놈!"

"아니! 뭐 이런 놈이 다 있지! 진짜?"

제자들이 단체로 달려들어 청명을 뒤덮었다. 위로 겹겹이 올라오는 육중한 남자들의 체중을 느끼며 청명이 비명을 질렀다.

"아아악! 내상! 야, 이것들아! 내가 내상을……!"

"으하하하하!"

"미쳤다! 미쳤어!"

"내상 입었다고, 이것들아!"

하지만 흥분한 제자들의 귀에는 아무것도 들리지 않는 모양이었다. 일제히 덮쳐든 제자들이 청명을 내리누르고 끌어당기고 후려치…… 방금 어떤 새끼야?

한참을 시달린 끝에야 청명은 달려든 제자들에게서 가까스로 벗어날 수 있었다. 그는 비틀거리며 혀를 내둘렀다. 비무를 하면서 입은 상처보다 지금 여기서 입은 상처가 더 많은 느낌이다. 하지만.

'기분이 그리 나쁘지는 않군.'

청명은 이내 피식 웃고 말았다. 과거에도 그는 언제나 화산의 체면을 세워 주는 역할을 맡았지만, 지금처럼 격한 반응을 받아 본 적은 거의 없었다. 모두가 청명의 승리를 당연하게 여겼으니까. 다시 살아나 골치 아픈 일들만 떠안게 되었지만, 덕분에 예전에는 할 수 없었던 여러 가지 경험을 해 볼 수 있게 되었다.

확실한 것은 하나.

'오늘 이 일로 화산은 바뀌겠지.'

물줄기를 틀었다. 패배 의식에 사로잡혀 있던 제자들은 이제 긍지를 가질 것이다. 그리고 언젠가는 그 긍지가 이들을 더 높은 곳으로 이끌 것이다.

'장문사형. 됐습니까?'

— 고생했다. 청명아.

거, 칭찬 한번 받기 더럽게 어렵네.

청명의 입가에 더없이 뿌듯한 미소가 자리 잡았다.

◆ ◆ ◆

"허, 허어. 허? 허허허허……."

현상의 입에서 바람 빠지는 소리가 연이어 새어 나왔다.

"이, 이런 일이. 허허허허!"

할 말이 없다. 할 수 있는 일이라고는 그저 새어 나오는 헛웃음을 자제하는 것뿐이었다. 승리는 응당 기쁜 일이지만, 상대가 워낙 처참하게 당한 덕분에 대놓고 표출하기도 쉽지 않았다.

'내가 일대제자만 됐어도! 지금 저기에 달려갔을 텐데!'

화산의 장로라는 위치가 이토록 거추장스럽게 느껴진 건 이번이 처음이다.

'정말로 우리가 종남을 이겼구나!'

정확하게는 화산이 아니라 청명이 이긴 거지만, 그게 그거 아닌가? 체통을 지키느라 마음 놓고 기뻐할 수 없다는 게 유일한 안타까…….

"으하하하하핫! 이겼다! 이겼어! 보셨습니까? 사형! 청명이 놈이 또 돈을 세웠습니다!"

"……공을 세운 거겠지."

"그게 그거 아닙니까! 으하하하핫! 대체 어디서 저런 황금 덩어리가 굴러들어 왔단 말입니까! 으헤헤헤헤헤헤!"

"사, 사제. 체통을 좀……."

"체통은 빌어먹을! 이 상황에서 무슨 체통을 지키란 말입니까! 내가 이 망할 놈의 화산에 입문한 이후로 이런 날이 처음인데!"

화산은 사라지지 않는다 463

"이, 일단 진정을 좀 하고…….'"

"으하하핫! 저 종남 놈들 표정 좀 보십시오! 내가 화종지회 끝날 때마다 저 새끼들이 의기양양해서 돌아가는 꼴을 보며 속이 터지다 못해 위장병까지 생겼었는데! 으하! 저 피죽도 못 먹은 얼굴이라니! 돌아가는 길 내내 아주 지옥이겠구만!"

현상은 현영을 말리려다 포기한 채 그냥 웃고 말았다.

'말은 맞는 말이지. 체통이 무슨 소용인가.'

그동안 체통을 지켜서 화산에 좋은 일이 뭐가 있었단 말인가? 그저 남 좋은 일에 박수나 쳐 주었을 뿐이다.

"크흐흐! 장문사형! 장문인! 보셨습니까! 저 청명이 놈이 기어코 사고를 쳤……. 장문사형?"

신이 나서 달려갔던 현영이 더없이 온화한 현종의 표정을 보며 순간 움찔했다.

"다…… 이루었…….'"

"아니! 이 양반은 뭔 등선을 시도 때도 없이 해! 정신 차려 보십시오! 사형!"

현종이 황급히 고개를 흔들었다. 잠시 영혼이 빠져나간 느낌이 들었지만, 지금 중요한 건 그런 게 아니다.

"이게 꿈은 아니겠지?"

"꿈도 이런 말도 안 되는 꿈은 없습니다!"

"그렇지. 그렇겠지."

현종이 더없이 뿌듯한 미소를 지으며 청명을 바라보았다. 다른 제자들 사이에 둘러싸인 청명이 뭔가 마음에 안 드는 듯 바락바락 소리를 지르며 구박하는 중이었지만, 사형제들과 사숙들은 그래도 좋다고 그를 얼싸안고 있었다.

'이것이구나.'

화산의 제자들이 저리 서로 모여 즐거워하는 모습을 보는 게 얼마 만인가? 종남에게 이겼다는 사실보다 제자들이 저리 기뻐한다는 게 더욱 뭉클하게 다가왔다.

"장문인."

그때 다가온 운검이 빙그레 웃으며 현종에게 말했다.

"즐거움은 이루 말할 수 없으나, 이제 그만 정리해야 하지 않겠습니까? 종남을 저리 두는 것 역시 그리 좋은 일은 아닐 겁니다."

"그렇구나."

현종이 흐뭇하게 웃으며 운검을 돌아보았다.

"너는 이리될 줄 알고 있었더냐?"

"여기까지는 예상하지 못했습니다. 다만……."

잠시 말을 멈춘 운검이 한쪽을 바라보았다. 물론 그의 시선이 닿은 곳에는 청명이 있었다.

"저 녀석이 화산의 체면 정도는 세워 줄 거라고 생각했습니다."

"과하게 세웠구나."

"그렇습니다. 워낙 여러 의미로 기대를 뛰어넘는 녀석이라."

"그래, 그렇구나."

여러 가지 의문이 남아 있는 건 사실이지만, 지금 그런 것이 무어가 중하겠는가.

"가자꾸나. 저들을 보내 주고, 이곳에 온 유지들에게도 인사를 해야겠지."

그러자 현영이 재빨리 말을 거들었다.

"선물이라도 챙겨 줘야 하는 것 아닙니까? 그래야 어디 가서 이 이야기를 더 퍼뜨릴 것 아닙니까. 사형! 돈을 찔러줍시다! 지금 돈이 남는데 이걸 쓱싹 밀어 넣어 줘야 저 인간들이 어디 가서 화산 칭찬을……. 읍! 으읍!"

현상이 현영을 잡아끌고 나가자 현종이 한숨을 쉬며 고개를 내저었다.

사마승은 그저 입을 다물고 있었다. 사람이 정말 극한에 몰리면 화도 나지 않는다더니 그 말이 맞는 모양이다. 조금 전까지 그를 지배하던 분노는 씻은 듯 사라졌다. 남은 건 그저 생전 단 한 번도 경험해 보지 못한 짙은 허탈뿐이었다.
'왜 이렇게 되어 버렸지?'
종남은 지금까지 단 한 번도 종화지회에서 패배한 적이 없다. 그런데 하필이면 지금, 마지막 종화지회에서 지금껏 없었고, 앞으로도 없을 참혹한 패배를 당해 버렸다. 당당한 구파일방의 일원이자 섬서의 패자인 종남이, 몰락하여 현판을 내릴 날만 기다린다는 평가를 받던 화산에 대패했다. 그야말로 말도 안 되는 일이 벌어지고 만 것이다.
'왜?'
단순한 패배로 볼 일이 아니다. 이 패배는 섬서의 판도를 바꿀 것이다. 생각이 있는 사람이라면 아직은 누구라도 섬서의 패자로 종남을 언급하겠지만, 그 말 뒤에는 훗날에는 모른다라는 말이 반드시 따라붙게 될 것이다. 그리고…….
사마승은 앞에 서 있는 제자들을 바라보았다. 몇몇은 아직 정신을 차리지 못한 채 쓰러져 있고, 몇몇은 그 쓰러진 제자들을 돌보고 있다. 하지만 제자들 대부분은 넋이 나간 얼굴로 허공만 바라보았다. 눈에 생기가 사라져 버린 그들을 보고 있으니, 가슴속에서 뭔가 울컥 치밀어 올랐다.
'이들 역시 화산에 공포를 가지게 되겠지.'
과거의 종남이 그랬던 것처럼 말이다. 마교의 습격이 있었던 이후, 화산의 제자들이 종남을 보며 느꼈던 그 절망감을 이제는 종남의 제자들이 느껴야 한다. 도무지 넘을 방법이 보이지 않는 벽 앞에서 좌절하고 무너지는 경험을 해야 한다.

'왜?'

모든 것은 다 저놈 때문이다. 사마승의 눈에 살기가 어렸다.

'우린 화산에게 패하지 않았다.'

청명 단 한 사람에게 패한 것이다. 청명만 아니었다면 이런 끔찍한 일은 벌어지지 않았을 것이다.

삼대제자들이 당한 것 정도는 사고로 치부해 버릴 수 있다. 애초에 종남의 삼대제자들은 화산의 삼대제자들에 비해 무척 어리지 않은가? 하지만 청명이 이대제자들을 저리 참혹하게 꺾어 버리며 변명의 여지가 사라졌다. 이제 종남의 이름이 나올 때마다 저 청명의 이름이 덧붙여지겠지.

'이 무슨 굴욕이라는 말인가?'

이건 종남의 긴 역사에 다시없을 치욕이다.

"이······."

이를 으드득 갈아 대는 사마승을 보며 종남의 제자들이 고개를 숙였다.

"이이······. 빌어먹을!"

이제야 상황을 실감한 사마승이 밀려오는 분노와 굴욕감에 눈을 까뒤집었다. 심장이 금방이라도 터져 버릴 것처럼 뛰고, 눈앞이 순간순간 아득해진다.

"장문인의 얼굴을 어찌 보라는 말이냐."

신음처럼 흘러나온 그 목소리에 종남 제자들의 얼굴이 더 나빠졌다.

뭔가 할 말을 찾는 사마승의 눈에, 이쪽으로 다가오는 화산의 장문인이 보였다. 으득. 질끈 깨문 입술이 다시 터진다. 입 안으로 비릿한 핏물이 스몄다. 하지만 저 화산 놈들에게 고통스러워하는 모습을 보여 줄 수는 없다. 그건 오히려 저들에게 즐거움이 될 테니까. 가까스로 표정을 관리한 사마승은 다가오는 현종에게 먼저 말을 건넸다.

화산은 사라지지 않는다 467

"축하드립니다, 장문인."

"고생 많으셨소이다."

현종이 빙그레 웃으며 말했다.

"이번에는 저희가 운이 좋았습니다."

"……그럼 저희가 운이 나빴군요."

사마승의 눈에 불꽃이 튀었다. 자제해야 한다는 것을 알면서도 현종의 목소리를 듣는 순간 속에서 천불이 끓어올랐다. 저도 모르게 입술을 깨문 사마승이 싸늘하게 일갈했다.

"마음껏 기뻐하셔도 됩니다, 장문인. 화산에는 다시없을 일이지 않습니까? 이게 마지막 기쁨이 될지도 모르는데 기뻐하셔야지요! 아암! 기뻐하셔야지요!"

"저, 저런……."

발끈한 현영이 막 발작하려는 찰나, 현상이 얼른 그의 소매를 잡아당겼다. 사마승은 발악처럼 점점 언성을 높였다.

"종화지회에서 패한 것은 인정합니다. 하지만 그렇다고 화산이 종남을 이긴 건 아니라는 사실을 잊지 마십시오! 겨우 삼대제자와 이대제자의 비무 따위로는! 아무것도 바꾸지 못한다는 사실 역시 말입니다."

현종은 날카로운 사마승의 말을 들으면서도 그저 빙그레 웃었다.

"당연히 그리 생각하고 있소."

"……."

"장로의 지적 감사히 받겠소. 종남의 장문께도 안부 전해 주시구려."

사마승이 도끼눈을 뜨고 현종을 노려보았다.

'이 작자가 감히 내 앞에서!'

이전 종화지회까지는 감히 눈도 마주치지 못하던 이가 현종이다. 그런데 한 번 이겼다고 뭐라도 된 듯 굴다니…….

"이……."

그 순간이었다.

"하. 거 싸가지는 진짜 어디 안 가네."

사마승의 고개가 획 돌아갔다. 이제는 너무도 익숙한 목소리다. 그리고 앞으로는 꿈에서도 잊지 못할 목소리였다. 청명이 사형제들을 대동하고 그들을 향해 다가오고 있었다. 사마승의 눈에 핏발이 섰다.

'모두가 저놈 때문이다.'

불이라도 뿜어져 나올 듯한 사마승의 시선을 받으며, 청명은 그가 입을 열기도 전에 곁에 선 조걸의 옆구리를 푹 찔렀다.

"사형! 싸가지! 응? 싸가지!"

"내가 사형이야, 인마!"

"그러니까. 윗사람이면 최소한 체통은 지켜야지. 그렇게 싸가지 없이 굴면 되나?"

"……너 지금 누구한테 이야기하는 거냐?"

"누구긴 누구야? 사형이지!"

청명이 조걸을 한번 걷어차고는 몸을 돌려 현종에게 포권했다.

"장문인. 비무가 끝났으니 상대에게 인사를 하는 것이 예의인 것 같아서 이리 왔습니다."

"허허. 그래, 그렇구나."

예의도 바르지. 내 새끼.

장문인의 흔쾌한 허락이 떨어지자 청명이 슬쩍 사마승을 바라보았다. 빙글빙글 웃는 청명의 낯에 사마승은 이제 아예 몸을 부들부들 떨어 대었다.

'전부 이놈 탓이다.'

그리고…… 아마 앞으로도 이놈은 종남의 가장 큰 적이자 장애물이 될 것이다. 그렇다면 차라리……. 소매 안에서 사마승의 손이 꿈틀거렸다. 오명만 각오한다면 사문에 다시없는 공을 세울 수 있을지도 모른다. 그는 다시는 재기할 수 없겠지만 적어도 종남은…….

그때, 청명이 빙그레 웃으며 말했다.

"일격에 되시겠습니까?"

사마승의 눈이 크게 흔들렸다.

'이놈…….'

청명이 자신의 의도를 파악했음을 알아챈 사마승은 얼굴이 희게 질렸다.

'무슨 어린놈의 심계가…….'

무방비한 청명이라면 기습으로 죽일 수 있을지도 모른다. 하지만 미리 대비하고 있는 청명이라면 그가 보여 준 무위를 감안할 때, 일격에 죽이는 것은 무리다. 그리고 청명을 죽이는 데에 실패한다면 사마승은 오명을 뒤집어쓸 것이고, 사문 역시 아무것도 얻지 못할 것이다. 아니, 사문 역시 사마승과 함께 오명을 뒤집어쓰겠지.

이러지도 저러지도 못하는 사마승을 보며 청명이 빙그레 웃었다.

"앞으로도 자주 뵐 것 같은데. 다음에는 먼저 인사드리겠습니다."

아무 말 없이 핏발 선 눈으로 그를 노려보던 사마승이 몸을 휙 돌렸다.

"돌아간다!"

그러곤 제자들을 기다리지도 않고 빠른 걸음으로 홀로 화산을 벗어났다.

"저, 저…….''

"으음."

여기저기서 흘러나오는 탄식을 들으며 청명은 피식 웃고 말았다.

'그러게, 왜 깝치냐고.'

본전도 못 찾을 거면서.

"청명아."

청명이 자신을 부르는 목소리에 고개를 돌렸다. 현종이 무척이나 복잡한 표정으로 이쪽을 보고 있었다. 그 표정에서 애정과 안타까움, 뿌듯함과 미안함을 동시에 본 청명은 저도 모르게 눈을 살짝 감아 버렸다.

이럴 때는 현종의 얼굴에서 청문 사형이 보인다. 그도 때때로 저런 눈으로 청명을 바라보곤 했다. 그때는 그 얼굴이 무엇을 의미하는지 몰랐지만, 이제는 청명도 안다. 화산을 이끌어 보니 자연히 알게 되었다.

한참의 망설임 끝에 나온 현종의 목소리가 청명의 귀를 파고든다.

"……애썼다."

청명이 빙그레 웃었다.

"별말씀을요. 장문인."

• ❖ •

시작은 거창했지만, 마무리는 꽤 맥이 빠졌다.

이유는 몇 가지가 있다. 첫째로, 화산 역시 자신들의 승리를 전혀 예상하지 못했기에, 딱히 승리를 축하할 만한 행사를 준비하지 않았다. 그러니 자축을 하려고 해도 뭔가 애매해져 버렸다. 둘째로, 사마승이 그리 돌아가 버렸으니 종남의 제자들도 어정쩡하게 화산을 빠져나갈 수밖에 없었다. 그리고 마지막으로…….

"장문인! 잠시 이야기를 나눌 수 없겠습니까?"

"거, 밀지 마시오! 내가 먼저 서지 않았소이까!"

"장문인! 잠시면 됩니다! 장문인!"

사마승이 돌아가자마자 비무를 지켜보았던 섬서의 유지들이 현종에게 달려든 것이다. 그들도 눈이 있으니 본 것이 있고, 그런 만큼 그냥 돌아갈 수는 없었다.

'반드시 거래를 터야 한다!'

'이건 무조건 남는 장사다!'

'은하상단만 재미 보게 놔둘 수는 없지!'

이 승부로 화산이 종남을 압도하게 되었다고는 할 수 없지만, 화산이 가공할 속도로 강해지고 있다는 건 부정할 수 없는 사실이다. 세상의 이치가 그러하듯 힘이 있는 곳에는 돈이 꼬이기 마련. 비무를 지켜본 섬서의 유지들은 화산에 모이는 돈이 자신의 돈이기를 바랐다.

"거, 알 만한 분들이 왜 이러시오!"

현영이 크게 호통을 치자 섬서의 유지들이 움찔하여 눈치를 보았다.

'좀 과했나?'

'그렇지. 아무래도 한 문파의 장문인인데, 조금 더 예의를 갖춰서…….'

'이리 한 번에 다들 몰려왔으니 당황스러울 만도 하지.'

하지만 이내 이어진 말은 그들의 예상과는 조금 달랐다.

현영이 돌연 더없이 기꺼운 얼굴로 말했다.

"그런 문제는 재경각주인 저와 이야기하셔야지요. 다과를 준비했으니 이쪽으로 오십시오. 오늘 시간을 충분히 준비할 테니 그리 서두르지 않으셔도 됩니다."

"……."

"아, 혹시 몰라 숙소도 마련해 두었습니다. 묵고 가실 분이 있으면 언제든 말씀을 해 주시면 됩니다. 그럼, 모두 이쪽으로."

콧노래를 흥얼거리며 재경각으로 향하는 현영을 보며, 유지들은 생각했다. 아무래도 오늘 거래는 만만치 않겠다고.

그리고 종남의 제자들이 모두 돌아가기 전. 청명은 한 사람을 다시 마주했다.

"가르침에 감사드립니다."

"……뭘?"

"감사합니다, 소도장."

청명이 뚱한 표정으로 이송백을 바라보았다.
"저기 다른 사형제들은 다들 이쪽으로 이를 박박 갈고 있을 텐데, 여기 와서 그러면 안 되는 것 아니에요?"
이송백이 어색한 얼굴로 머리를 긁적였다.
"이미 뭐 반쯤은 사이가 벌어져 버려서."
반쯤이 아닌 것 같은데? 이걸 낙천적이라고 해야 하나? 아니면 둔하다고 해야 하나? 종남의 제자들은 이미 눈빛으로 이송백을 갈아 마시고 있었다.
당연하다면 당연한 일이다. 원래 적보다 배신자가 더 싫은 법이니까. 종남의 입장에서 보면 적 중에서도 가장 끔찍한 적이 청명이다. 그런 사람에게 굳이 따로 말을 거는 이송백을 좋게 볼 수 없을 것이다. 그런 것을 전혀 신경 쓰지 않는 게 이송백답긴 하지만.
"전에는 소도장이 하는 말을 이해하지 못했습니다."
이송백이 눈을 굳건하게 빛내며 말했다.
"하지만 이제는 소도장이 한 말의 의미를 알 것 같습니다. 제가 가야 할 길도 말이지요."
"……저기, 저는 화산의 제자인데요?"
청명이 떨떠름하게 답하니 이송백이 빙그레 웃었다.
"스승을 구함에 있어서 문파가 뭐 그리 중요하겠습니까? 배울 것이 있다면 그 누구라도 스승이 될 수 있는 법이죠."
"저기요. 혹시……."
"예?"
"도관에 입문해 보실 생각은 없으세요?"
네가 가라, 화산. 나보다 네가 더 도인 같다.
"이미 종남에 적을 둔지라."
이송백이 겸연쩍게 웃고는 뒤를 슬쩍 돌아보았다. 여전히 의식을 잃고 업혀 있는 진금룡이 보였다.

"사형은 오늘의 승부로 많은 것을 느꼈을 겁니다. 조심하십시오. 사형은 굉장한 사람입니다. 그런 사람이 이제는 소도장을 목표로 삼고 수련하겠지요. 더 강해지고 더 무서워질 겁니다."

"네, 뭐. 그러시든가."

청명의 심드렁한 반응에, 이송백은 쓴웃음을 머금었다.

"소도장께는 의미가 없는 말이겠군요."

청명은 진금룡보다 더 빠르게 강해질 것이다. 시간이 지나면 지날수록 그 격차는 벌어지기만 할 뿐, 결코 좁혀지지 않을 터. 이송백 역시 그 사실을 잘 알고 있었다.

"그저 감사를 전하고 싶었습니다. 그럼 다시 뵐 때까지 이만……."

"잠시만."

이번에는 청명이 이송백을 잡았다.

"예?"

정작 불러 세운 청명은 말없이 이송백을 바라보았다. 한참이나 그렇게 이송백을 빤히 바라보던 청명이 이제까지와 다른, 낮은 목소리로 입을 뗐다.

"어려운 길이 될 텐데?"

잠깐 말이 없던 이송백이 청명을 보며 한숨을 내쉬었다.

"소도장은 정말 사람의 마음을 읽는 것 같습니다. 뭐 하나 숨길 수가 없군요."

"그래도 가겠다고?"

이송백이 묵묵히 고개를 끄덕였다.

"가고 싶어 가는 길이 아니지요. 가야 하니까 가는 길 아니겠습니까."

청명 역시 가만히 고개를 끄덕였다.

"그럼."

사형제들에게로 돌아가는 이송백의 등을 보며 청명은 묘한 감흥에 사로잡혔다.

이송백은 아마 이제부터 외로운 싸움을 해야 할 것이다. 이곳에 온 종남의 문하들은 청명의 검을 잊지 못할 것이고, 그 검을 목표로 삼고 살아가게 될 것이다. 그런 흐름 속에서 종남의 검을 지키는 게 쉬운 일일 리 없다. 사람은 자신과 다른 존재를 배척하고 경원시하는 법이니까. 그러니 더없이 외롭고 어려운 싸움이 될 테지만…….

"해낸다면 언젠가는 종남의 희망이 될지도 모르지."

청명이 고개를 돌려 삼대제자들을 바라보았다. 헤실헤실 웃고 있는 조걸과 다른 사형제들을 보니 한숨이 절로 새어 나왔다.

'남의 문파 놈은 저리 잘났는데.'

왜 이놈의 문파 놈들은 하나같이! 이송백 같은 놈이 하나만 있었어도 청명의 일이 두 배는 쉬워졌을 텐데!

"끄응."

열불을 내던 청명이 이내 고개를 내저었다. 어쩌겠는가?

'죽어라 굴리면 사람 되겠지.'

인간은 주어진 환경에서 최선을 다해야 한다. 가지지 못한 것을 탓해 봐야 의미가 없다.

산문을 나서는 종남의 제자들을 보며 청명이 몸을 돌렸다. 종남과는 이걸로 일단락을 맺는다. 이제는 청명이 먼저 나서서 종남을 치는 일은 없을 것이다. 저들은 모르겠지만, 이미 청명은 충분할 정도로 복수를 했으니까. 그럼 종남과의 인연이 여기서 정리되었는가?

"그럴 리가 있나."

이제 종남에게 있어 청명은 눈엣가시를 넘어서 반드시 처리해야 할 제일의 숙적이 되어 버렸다. 충분히 이해는 간다. 입장을 바꿔서, 청명이 종남의 장문인이라 해도 무슨 수를 써서라도 그를 꺾으려 들 것이다. 그게 종남이 살 수 있는 유일한 방법이니까.

"그러다 뒈지는 거지."

청명이 회심의 미소를 지었다.

그때, 누군가가 그를 찾으며 다급하게 뛰어왔다.

"청명아!"

윤종이었다.

"왜, 사형?"

"빨리 와 보거라. 장문인께서 찾으신다!"

청명의 얼굴에 묘하게 싫은 기색이 떠올랐다.

'시작이네.'

그가 고개를 들어 먼 하늘을 바라보며 한숨을 쉬었다.

'적당히 할걸.'

사실 이 일련의 사태는 해낸 거라기보다는 저질렀다에 가깝다. 사문의 어른(?)들 앞에서 종남의 이대제자들을 모조리 때려잡고, 검으로 매화를 피워 내지 않았는가? 당연히 장문인과 장로들은 의문을 가질 수밖에 없다. 지금까지야 비무가 진행되고 있었으니 어찌할 수 없던 일이지만, 이제는 당연히 이야기가 나올 것이다.

'뭐라고 변명하지?'

사실 내가 네 조사니라? 아, 이건 아니고.

그게, 제가 지나가다가 주운 비급으로 익혀 보았습니다? 아, 이것도 아니고.

"끄으응."

도무지 빠져나갈 방법을 찾지 못한 청명이 머리를 벅벅 긁어 대자 윤종이 고개를 갸웃했다.

"뭐 하느냐. 얼른 가자."

"으응."

생각할수록 한숨밖에 안 나왔다. 아이고, 내 팔자야. 이제는 이겨 놓고도 변명거리부터 찾아야 하는구나.

장문사형. 장문사형 보고 계시오? 내가 이렇게 살아야겠소?

- 그럼 뒈지든가.

아니, 이 양반이! 자기 죽었다고 말이 심하시네!

청명은 결국 도살장에 끌려가는 소 꼴로 장문인의 방에 도달했다. 방 앞에 신발이 꽤 여러 개 놓여 있는 것으로 보아 장로들과 일대제자들도 모여 있는 모양이었다.

"장문인. 윤종입니다. 청명을 데리고 왔습니다."

"들여보내거라."

"예."

윤종이 청명에게 안으로 들어가라고 손짓했다.

"……."

윤종이 재차 손짓했다.

"……."

"뭐 해, 인마? 들어가!"

"……끙."

청명이 한숨을 내쉬고는 문을 열더니 미적미적 안으로 들어갔다. 이제 들어가면 또 지옥 같은 질문이 쏟아질…….

"오오오오오! 청명이 왔느냐!"

"크으! 잘생겼다! 잘생겼어! 우리 청명이 이리 잘생겼어!"

……뭐여?

안으로 들어서자마자 기다리고 있던 장로들과 일대제자들이 일제히 박수를 치기 시작했다. 시커먼 아저씨들이 단체로 박수를 치고 좋아하는 모습을 보고 있으니 매우, 매우 기분이 이상했다. 다들 만면에 웃음꽃이 피어 있다. 검으로 매화를 못 피운다고 아주 얼굴로 피워 댈 기세다. 가운데 앉은 현종의 입이 귀에 걸리기 직전까지 가 있는 것을 본 청명은 새삼 한 가지를 깨달았다.

'아, 애들은 이리 좋아 본 적이 없구나.'

매화고 나발이고 그런 게 뭐가 중요하냐는 듯 일단 웃어 젖히는 사문의 어른들을 보노라니 뭔가 찜찜하면서, 동시에 울컥했다. 뭐랄까. 고기반찬 하나 제대로 못 사 주던 아버지의 심정이랄까…….

뭐가 짠함을 느끼는 와중에 현종이 입을 열었다.

"그래. 청……. 푸흡! 그래 청명……. 큭!"

그는 말을 하다 말고 고개를 숙인 채 손으로 입을 가렸다. 청명이라는 말만 해도 좋은 모양이었다.

"크흐흐흐흡!"

장문인이 헛기침했다. 얼굴이 시뻘겋게 달아오른 것이, 여전히 웃음을 참느라 고생하는 듯했다.

"그래. 다친 곳은 없느냐?"

"그냥 살짝 베인 정도입니다."

"혹여 상처가 곪을 수 있으니, 이곳에서 나가면 의약당에 가 보도록 하거라."

그러자 현상이 눈을 부라렸다.

"의약당주를 부르면 되지! 왜 바쁜 사람을 오라 가라 하십니까?"

"……말이 좀 이상한 것 같은데. 누가 바쁜데?"

"그야 저 아이가 바쁘지요! 의약당주가 하는 게 뭐가 있다고!"

현종이 순간 멍한 눈으로 현상을 바라보았지만, 그는 떳떳하다는 듯 가슴을 활짝 폈다. 심지어는 모여 있는 이들도 그게 당연하다는 듯이 고개를 끄덕였다.

"……그럼 그리하든가 하고."

"예, 장문인."

"네가 화산의…….."
 그때였다. 벌컥 문이 열리더니 현영이 안으로 박차고 들어왔다.
"장문인! 유지들이 돈을 퍼붓고 있습니다! 으하하하하! 아주 돈이 넝쿨째 굴러 들어옵니다! 내 살다 살다 비무 하고 돈을 번다는 이야기는 들어 보지도 못했는데! 저놈은 재신입니다! 재신! 이제는 하다 하다 비무를 해서 공을 벌어 오……. 청명이 이놈! 여기에 있었구나!"
 현영이 청명에게 와락 달려들어 그의 볼을 쭉 잡아 늘렸다.
"이 귀여운 놈! 으하하하핫! 내가 너 같은 손자 하나만 있었어도 세상에 바랄 게 없을 텐데."
 볼이 쭉 늘어난 청명이 허망한 눈으로 천장을 바라보았다.
 장문사형. 제가 이리 삽니다, 제가. 이제는 손자뻘도 안 되는 애가 제 볼을 잡고 이러고 있습니다. 예? 제가 이렇게 살아야 합니까? 예?
"애답해 보입이어. 즁믄스흉."
"으하하핫? 뭐라고? 그래그래. 나도 즐겁구나! 으하하하하핫!"
 다들 반쯤 정신 줄을 놓아 버린 화산의 어른들이었다.

· ❖ ·

 청명은 산을 오르는 현종의 등을 바라보았다.
 대충 청명에 대한 치하를 끝낸 현종은 청명을 따로 불러 자리를 빠져 나왔다. 그러더니 가타부타 말없이 낙안봉을 오르는 중이었다. 그리고 청명은 그 뒤를 조용히 따랐다.
 이렇게 현종의 등을 빤히 바라보는 것은 두 번째다. 일전에 화산 장문만이 들어갈 수 있는 비고의 앞에서 조용히 오열하던 뒷모습을 본 이후로 말이다. 몰락해 가는 화산을 홀로 이끌어 온 현종의 등. 남 앞에서는 보일 수 없는 그 서글픈 등은 청명의 기억 속에 똑똑히 남아 있다. 하지만 오늘 현종의 등은 과거에 봤던 것보단 조금 더 편안해 보였다.

이윽고 정상에 도달한 현종이 가만히 화산을 내려다보았다. 청명도 현종을 따라 정상에 올라 주변을 돌아보았다. 화산의 험한 산세가 한눈에 들어왔다.

"청명아."

"예, 장문인."

"이곳이 화산에서 가장 높은 봉우리다."

"예."

"올라 보니 느껴지는 것이 있느냐?"

조금 뜬금없는 질문이었다. 청명은 생각나는 것을 솔직히 말했다.

"높네요."

순간 말문이 막힌 현종이 슬쩍 고개를 돌려 청명을 바라보았다. 하지만 청명은 당당하게 배를 쭉 내밀었다. 물어서 대답했는데 무슨 문제라도?

그런 그의 얼굴을 본 현종은 웃고 말았다.

"그래, 그렇지. 네 말이 옳다."

현종의 얼굴이 조금 편안하게 풀렸다.

"내 너를 이리 부른 것은 네게 묻고 싶은 것이 있어서다."

'시작인가?'

청명의 얼굴에 비장한 빛이 어렸다. 뭣부터 물어 올지는 알 수 없지만, 일단 최대한 꼬이지 않게…….

"청명아."

"예, 장문인."

"네 검에 매화가 피었더구나."

청명이 재빨리 입술을 훑었다. 일단…….

"고맙다."

현종이 청명을 향해 살짝 고개를 숙였다. 전혀 예상하지 못한 현종의 행동에 청명이 움찔하여 뒤로 한 발짝 물러났다.
"왜, 왜 이러십니까, 장문인!"
"이건 화산의 장문으로서가 아니라, 인간 현종으로서 하는 감사란다. 나는 평생 그 광경을 꼭 한 번이라도 보고 싶었다."
"……."
"하지만 인간으로서의 나보다 화산 장문으로서의 위치가 더 중요하니, 묻지 않을 수가 없구나. 어떻게 칠매검으로 매화를 피워 낸 것이더냐?"
청명이 가만히 현종을 보며 입을 열었다.
"그저 자연스레 그리되었습니다."
"……자연스레?"
"예. 칠매검을 익히며 어느 순간 자연히 매화가 피어났습니다. 어찌하여 그리된 것인지는 저도 잘 알지 못합니다."
"그렇구나."
"그저……."
청명이 가만히 현종을 보며 말했다.
"화산의 모든 검은 결국 그러한 것이 아니겠습니까?"
현종은 아무 말 없이 발아래로 보이는 광경을 내려다보았다. 높디높은 화산의 모습이 그의 눈에 들어왔다.
"우문이었구나."
청명이 칠매검으로 매화를 피워 낸 것에 뭔가 비결이 있다고 생각했다. 하지만 청명의 대답은 그런 현종의 생각을 부정했다.
'그렇지. 그게 화산의 검이지.'
청명은 그저 자신이 다른 이들보다 더 앞서갔을 뿐이라고 말하고 있다. 그 말인즉, 다른 이들도 꾸준히 칠매검을 수련한다면 언젠가는 그 검 끝에 매화를 피워 낼 수 있다는 뜻이다.

'매화라.'

화산의 제자들이 모두 매화를 피워 낼 수 있는 날이 온다면, 화산의 시대가 다시 열릴 것이다.

"매화검수인가……."

이제는 감히 누구도 입에 올리지 못하는 그 말.

화산의 상징이 매화라면 화산의 무력을 상징하는 이름은 매화검수(梅花劍手)다. 지금은 화산의 누구도 감히 매화검수라 불릴 자격이 없지만, 정말로 화산의 모두가 매화를 피워 낼 수 있게 된다면 언젠가는 그 이름을 이을 이들도 나올 것이다.

"아직은 하아아안참 멀었지만요."

"……거 분위기 좋았구만, 꼭!"

떨떠름한 눈으로 돌아보자 청명이 배시시 웃고 있었다. 그 웃음을 보니 어쩐지 마음이 편해졌다. 덩달아 슬쩍 웃으며 현종이 말했다.

"청명아."

"예, 장문인."

"너에게 화산은 무엇이더냐?"

청명이 대답하지 않고 고개를 들었다. 푸르디푸른 하늘에 그의 사형제들의 모습이 보이는 것 같다.

화산. 화산이라.

"제게 있어 화산은……."

장문사형이 말했었지.

"그저 화산입니다."

이제는 그 말뜻을 조금 알 것 같다. 청명의 답에 현종이 가볍게 고개를 끄덕였다.

"네가 화산의 제자라면 그걸로 됐다."

그의 입가에 따뜻한 미소가 맺혔다.

"사람은 그저 그 자리에 있으려 하나, 세상은 사람을 내버려 두지 않는 법이다. 세상의 이치가 그러하다. 너는 그 모든 것을 감당할 수 있겠느냐?"

청명이 씨익 웃었다.

"감당할 수 없었으면 시작도 하지 않았을 겁니다."

"그렇구나."

현종이 미소 띤 얼굴로 부드럽게 말했다.

"네 생각이 그러하다면 화산이 너를 지킬 것이다. 네가 감당해야 할 모든 것들을 내가, 그리고 이 화산이 막아 주마."

청명 역시 마주 보며 미소를 지었다.

현종은 아무것도 묻지 않았다. 묻고 싶은 것이 수없이 많을 텐데도 그저 청명을 지키겠노라 말하고 있다.

'화산의 장문이라.'

현종은 청명보다 늦게 태어났고, 청명에 비한다면 강호에 명성을 떨치지 못했다. 배분으로 보나 강함으로 보나 감히 청명에게 비견될 수 없는 사람이다.

그런데도 인정하게 된다. 장문인으로 살아 본 적 없던 청명에게는 없는 무언가가 저 사람에게는 있으니까. 자신을 두고 도기(道器)라 말할 수 없는 청명은 우직하게 자신의 길을 걷는 이들을 존중할 수밖에 없다.

"장문인. 지켜 주는 것이 아닙니다."

청명의 말에 현종이 의문 어린 눈길을 보냈다. 청명은 담담히 말했다.

"그저 함께 가는 것이죠. 화산이라는 이름 아래 말입니다."

살짝 굳어졌던 현종의 얼굴에 웃음이 다시 드리웠다.

"네 말이 옳구나."

잠시 침묵하던 현종이 부드러운 목소리로 입을 뗐다.

"청명아."

"예, 장문인."

"내게 하나만 약속하거라."

청명이 고개를 들어 현종을 바라본다. 현종의 눈빛과 얼굴은 더없이 온화했다.

"언젠가는 네게 더 많은 이야기를 들을 수 있었으면 좋겠구나."

청명은 입을 살짝 열었다가 꾹 닫았다. 이상하게 가슴속에서 뭔가 치밀어 오르는 느낌이다. 스스로도 알 수 없는 감정을 꾹꾹 내리누르며 먼 하늘만 바라보았다.

"그리될 겁니다."

언젠가는. 그래, 언젠가는.

* ❀ *

흥분이란 그리 쉽게 가시는 것이 아니다. 특히나 이제껏 겪어 보지 못한 어마어마한 일을 겪었다면 그 흥분은 며칠은 물론이고 몇 달 동안 사람을 지배하기도 한다. 화산의 삼대제자들이 지금 딱 그런 상태였다. 화종지회가 끝났지만, 삼대제자들은 아직 화종지회의 여파에서 벗어나지 못했다.

"우리 진짜 이긴 거지?"

"……눈으로 보고도 못 믿냐?"

"꿈만 같아서 그런다. 우리가 진짜 종남을 이기다니."

애초에 자신의 실력에 대해 확신을 가지고, 종남을 해볼 만한 상대로 여겼다면 받아들이기가 쉬웠을 것이다. 하지만 삼대제자들 대부분은 비무장에 나서는 그 순간까지 자신의 실력을 온전히 믿지 못했다.

그도 그럴 것이 그들의 실력은 스스로 키워 낸 것이 아니라, 청명이 강제로 주입한 것에 가까우니까.

게다가 청명은 불친절하기로는 세상에서 둘째가라면 서러워할 인간이라 이 수련이 어떤 효과가 있는지, 수련을 끝내면 어떤 수준이 되는지 전혀 설명해 주지 않았다. 그러니 이번 결과를 두고 어안이 벙벙할 수밖에.

"그놈은 진짜 뭐 하는 놈인지 모르겠어."

"누구?"

"누구긴 누구야. 청명이밖에 더 있냐?"

모인 이들 모두가 고개를 끄덕였다.

사건의 여파가 그들을 휩쓸고 진정이 되기 시작하자, 청명이 얼마나 어마어마한 짓을 했는지 실감이 간다. 청명이 대단한 놈이라는 걸 모르는 삼대제자가 있겠냐마는, 이번에 저지른 일은 이제까지 그들이 내렸던 그에 대한 평가를 다 뒤집어엎어 버릴 만큼 어마어마했다.

그때 이상하리만치 넋을 놓고 있던 조걸이 윤종에게 말을 붙였다.

"사형."

"응?"

"잠을 잘 못 자겠습니다."

"……이제는 내게 불면증 상담까지 하려는 거냐?"

"그게 아니라……."

조걸은 머리를 긁적이며 말했다.

"눈만 감으면 자꾸 청명이 보여 준 검이 아른거립니다. 자꾸 홀리는 느낌이라고 해야 할까……. 뭐라고 설명은 못 하겠는데, 아무튼 그렇습니다."

윤종이 슬쩍 앓는 소리를 흘렸다.

'이 녀석도 그런 건가?'

윤종 역시 마찬가지였다. 눈만 감으면 자꾸 청명이 만들어 낸 매화가 어른거린다. 아니, 심지어 눈을 뜨고 있어도 자꾸만 그 광경을 생각하게 된다.

처음에는 그저 좋기만 했다. 대부분은 청명이 해낸 일이지만, 어쨌든 나머지 삼대제자들도 종남을 꺾는 데 일조했으니까 벅찬 가슴을 진정시키기가 어려웠다. 하지만 시간이 지나면 지날수록 흥분은 가라앉았고 그들이 무엇을 보았는지를 생각하게 되었다.

'그 검은…….'

환상. 그 말이 아니고서야 설명할 수 있을까? 이쯤 되니 종남과의 승부 같은 건 아무래도 좋다는 생각이 들었다. 그 환상적인 검을 이 손으로 펼쳐 낼 수만 있다면…….

"사형. 우리도 언젠가는 그런 검을 펼칠 수 있을까요?"

조걸의 물음에, 윤종은 생각에 잠겼다. 언젠가는…….

"걸아."

"예, 사형."

"어쩌면 이건 화산 삼대제자의 대제자로서 해서는 안 될 말인지도 모르겠지만……."

그 순간, 모두의 시선이 윤종에게 집중되었다.

"솔직하게 말해, 나는 그저 강해지고 싶었을 뿐이다."

윤종은 담백하게 말을 이어 갔다.

"어떤 경지에 오른다든가, 어떤 검을 펼쳐 보이고 싶다는 생각 같은 건 해 본 적 없다. 그저 막연히 강해지고 싶었지."

"그건 저 역시 마찬가지입니다."

조걸이 고백하듯 털어놓았다. 하긴 대부분이 그랬으리라. 윤종은 조금 더 마음이 편안해졌다.

"하지만 이번에 그놈이 펼치는 검을 보고……."

뭐라 말해야 할까. 윤종이 말을 고르기 위해 잠깐 입을 다물었다. 평소 말주변이 부족하다고 생각한 적은 없었는데, 지금 느끼고 있는 기분을 말로 표현하는 게 너무도 어렵게 느껴졌다. 잠시간의 고민 끝에 운종은 솔직하게 말했다.

"……그런 생각이 들었다. 나도 그렇게 되고 싶다고. 그 검을 내 손으로 펼치고 싶다고."

다들 고개를 끄덕였다. 이 말이 지금 삼대제자들의 마음을 대변하는 말일 것이다.

아마도 그것이 화산의 검. 그들이 영혼에 새기고 평생을 이루려 노력해야 할 지향점이다. 입문한 지 몇 해가 지난 이제야 겨우 화산의 검을 본 것이다.

"우리도 언젠가는 그 검을 펼칠 수 있을까요?"

모두의 시선을 받은 운종은 쏟아지는 시선을 묵묵히 감내하다가 천천히 고개를 끄덕였다.

"나는 그럴 수 있다고 믿는다."

그의 눈에 단호한 의지가 어렸다.

"우리는 화산의 제자다. 화산의 제자가 화산의 검을 펼치지 못할 리가 없지. 우리가 끊임없이 노력한다면 언젠가는 당연히 우리도 그 검을 펼쳐 낼 수 있을 것이다."

"그럼 수련을 열심히 하면 되겠군요."

"저도 언젠가는 반드시 그 경지에 오르고 말겠습니다. 목표가 생겼습니다."

"그래. 나 역시 노력할 것이다. 너희들과 함께 말이다."

화산의 삼대제자들이 긴 시간 만에 서로를 믿고 하나로 뭉치기 시작했다.

"설사 우리에게 부족한 면이 있더라도 청명이가 해결해 주지 않겠습니까?"

"도깨비 같은 놈이니까."

"대신에 확실하게 강하게는 만들어 주지 않습니까?"

"그건 그렇지."

그와 동시에 청명에 대한 신뢰감이 무럭무럭 솟아나기 시작했다. 하지만…… 그때였다. 쾅 소리와 함께 문이 과격하게 열렸다.

'문은 차는 게 아니라 여는 거라고 한 오십 번은 말한 것 같은데.'

하기야 저 귀에 말을 한다고 들리겠는가? 차라리 벽에 대고 도경을 외지.

안으로 들어온 너무도 익숙한 얼굴이 천천히 백매관 안의 제자들을 훑기 시작한다. 평온했던 그들의 얼굴이 순식간에 일그러졌다.

'저, 저거 또 시작이네.'

'또 무슨 말을 하려고?'

영 마음에 들지 않는다는 듯 실룩대던 청명의 입술이 열렸다.

"어디 그따위로 비무를 해 놓고 훈훈하게 덕담이나 주고받고 있어! 어?"

……귀신은 뭐 하나? 저 인간 안 잡아가고.

"와, 왔어?"

"고생 많았다. 좀 쉬……."

좋은 말. 좋은 말. 이 분위기를 어떻게든 해결할 수 있는 좋은 말. 삼대제자들은 필사적이었지만, 안타깝게도 청명은 남의 말 따위에 자신의 기분을 바꾸는 사람이 아니었다. 외려 그의 고개가 삐딱하게 꺾였다.

'저, 저거 왜 또 저러냐고!'

'좋은 일 있었으면 됐지! 또 왜!'

고개를 꺾은 청명이 입을 열었다. 목소리마저 삐뚤어져 들리는 것 같았다.

"괴앵장히 기분이 좋으신 모양이시죠, 사형드을?"

"……."

"와, 사람이 쉬네. 그렇게 비무를 해 놓고 쉬네. 나 같으면 당장 나가서 칼을 만 번 휘둘러 볼까, 아니면 접시에 물을 받고 코를 한번 박아 볼까 고민하고 있었을 것 같은데."

세상 모든 것에 대처할 수 있어도, 망할 사제의 꼬장에는 대처할 수 없는 삼대제자들이었다. 모두가 필사적으로 윤종에게 눈짓했다. 그래도 네가 대사형이니 어떻게 좀 해 보라는 뜻이다.

'이럴 때만 대사형이지. 썩을 것들!'

평소에 좀 존중을 해 주든가! 평소에! 하지만 뭐 어쩌겠는가? 이런들 저런들 그가 대제자인 건 사실인데.

"하하하."

윤종이 일단 어색한 웃음으로 포문을 열었다.

"왜 그렇게 화가 났느냐. 이번에는 우리도 나름 잘한 것 같은데."

비무에서 다 이겼는데 왜 구박이냐는 완곡한 표현이었다. 하지만 저 빌어먹을 놈은 완곡하게 돌려 말하면 알아듣지를 못하는 모양이다.

"잘해? 사형들이?"

청명이 눈을 희번덕댔다. 그 눈을 본 삼대제자들의 얼굴이 암담해졌다.

"거 뭐 대단한 놈들 이겼다고, 옹기종기 모여서 축하연까지 열고 있어! 그 시간에 수련을 해야 할 거 아냐, 수련을! 비무 이기면 인생 끝나나?"

그거였구나. 그거였어.

청명이 얼굴 전체에 못마땅함을 씌우고는 말을 이었다.

"나 때는 말이야! 전쟁에 나가서 칼침 맞고도 그다음 날이면 벌떡 일어나서 수련부터 했는데, 요즘 것들은 에잉……."

네가 언제 전쟁에 나갔는데? 그리고 우리가 연상이거든?

"조, 종남의 삼대제자들을 이겼으면 나름 대단한 전공 아니냐. 축하 정도는 할 수 있지."

윤종이 슬쩍 반항 아닌 반항을 해 보았다. 물론 언제나 그랬듯, 반항이 좋은 결과로 이어지는 일은 없다. 특히나 저 청명을 상대로는 말이다.

"이겨? 아, 그래. 말 잘했어."

"……."

"딱 봐도 사형들보다 다섯 살은 어린 애들이더구만! 그런 애들 이겼다고 지금 좋아서 날뛰고 있는 거야? 지금 봐도 어린애들이던데, 그럼 이 년 전에는 얼마나 어렸다는 거야? 그때는 완전 코찔찔이였을 텐데, 걔들한테 얻어맞았어? 걔들한테?"

……거, 왜 아픈 데를 찌르나. 달아올랐던 백매관의 분위기가 순식간에 우울해졌다.

"비무라도 잘했으면 내가 말을 안 해! 보법 밟다가 삐끗해서 넘어질 뻔한 놈!"

제자들 중 하나가 움찔하고는 시선을 돌린다.

"머리 내려치려다가 어긋나서 어깨 친 놈."

움찔.

"이기고 있다고 이성 잃고 달려들었다가 잘못 맞고 질 뻔한 놈!"

금방이라도 이어서 버럭 소리를 지를 듯하던 청명이 갑자기 한숨을 푹 내쉬더니 천장을 올려다봤다.

"내가 잘못 가르쳤지, 내가……. 사형들이 무슨 죄가 있겠어. 다 내 죄지."

조걸이 윤종과 시선을 교환했다.

'저 새끼 왜 저래요?'

'난들 알겠냐?'

'수습 좀 해 보세요.'

'하…….'

윤종이 죽을상을 지으며 입을 열었다.

"무, 물론 실수는 있을 수 있지. 하지만 결과적으로는 잘되지 않았느냐? 실전에서 실수야 당연히 나오는 거고."

"실수우우?"

윤종은 순간 자신이 뭔가 말을 잘못했다는 생각이 강하게 들었다.

"전장에서 칼 맞고 쓰러지면서 '허허허허. 이거 실수했구만?' 하고 돌아가실 생각이세요?"

"……아니지."

"실전에서 실수하지 말라고 수련을 하는 건데! 실수가 당연해? 그런 정신 상태로 수련을 하니까 이런 사태가 벌어지는 거야! 그냥 검 한번 제대로 휘두르라는데 그걸 못해? 그걸?"

윤종은 더는 이놈을 말리는 걸 포기했다.

"그러면서 뭐? 언젠가는? 언젠가느으으은?"

돌연 청명이 빙그레 웃었다.

"그 언제가 올 것 같아?"

"……."

"하루하루 침식을 잊고 수련을 해도 될까 말까인데! 비무는 그렇게 조져 놓고 지금 놀고 있으면서 뭐? 언젠가느으으은?"

조걸도 웃었다.

'어머니. 보고 싶습니다.'

제가 어머니께 잔소리 좀 그만하라고 한 거, 집에 가면 꼭 사과드릴게요. 그건 잔소리도 아니었네요. 잔소리 축에도 못 끼는 거였어요.

'저 새끼는 입에 회초리가 붙었나?'

어찌 한마디 한마디가 다 아픈가.

그때 청명이 살짝 목소리를 내리깔았다.

"일희일비하지 마."

"……."

"이제 겨우 한 번이야. 앞으로 수도 없이 부딪치고, 수도 없이 싸워야 해. 이게 사형들에게는 큰일일지 모르겠지만, 지나고 돌아보면 아무것도 아닌 일이야."

삼대제자들이 고개를 끄덕였다.

"하나 물어도 되냐?"

"얼마든지."

"정말 네 말대로 열심히 하면, 우리도 그런 검을 쓸 수 있는 거냐?"

청명이 얼굴을 확 일그러뜨렸다.

"사형들, 뭔가 착각하고 있는 모양인데."

"……응?"

"쓰고 싶다가 아니라 써야 한다겠지."

청명이 두 눈을 희번덕거렸다.

"화산의 제자라는 것들이 검으로 꽃 한 송이 못 피워 내는 게 말이나 돼? 내가 그 꼴을 두고 볼 것 같아?"

이상하다. 분명히 같은 말인데 누가 하느냐에 따라서 이렇게 달라질 수가 있는가?

조금 전까지 어떻게든 청명이 보여 주었던 검을 자신들도 펼쳐 보이겠다는 의욕에 가득 찼던 삼대제자들이 순식간에 의욕을 잃었다. 초롱초롱 빛나던 눈이 썩은 동태눈이 되어 간다.

"뭐 해?"

"응?"

청명이 바깥을 향해 턱짓했다.

"가야지. 오늘 수련 빼먹으려고?"

"……처, 청명아. 시간이 벌써…….."

"펼치고 싶다며, 그 검?"

아니. 그렇기는 한데……. 청명아, 우리가 그게 그리 급하지는 않거든? 아주 나중에도 괜찮은데.

"당장 안 튀어 나가?"

"히이익!"

삼대제자들이 우르르 백매관 밖으로 달려 나갔다. 와글와글 차 있던 공간이 순식간에 텅 비었다. 청명은 그 모습을 가만히 지켜보고 있다가 피식 웃고 말았다.

'들뜨면 안 되지.'

이제 겨우 첫걸음을 내디뎠을 뿐이다. 이번 승부가 삼대제자들에게 자신감을 심어 준 것은 좋지만, 자칫하면 그 자신감이 오만으로 변질될 수도 있다. 승리에 대한 만족감이 지속적인 수련으로 이어질 수 있어야 진짜 발전을 논할 수 있는 법이다. 조금 과하게 몰아붙인 감이 있기는 하지만 뭐…….

"내가 나 좋자고 이러는 것도 아니니까!"

청명이 어깨를 으쓱하고는 밖으로 따라가려는 순간, 한 사람이 백매관 안으로 들어왔다.

"어? 웬일이세요?"

예상외의 얼굴에 청명이 고개를 갸웃했다. 그러자 안으로 들어온 이의 눈가가 살짝 떨렸다.

"사숙을 봤으면 일단 인사부터……. 아니다. 네게는 이런 말이 의미가 없겠구나."

백천이 청명을 똑바로 응시하며 말했다.

"잠깐 시간을 내줄 수 있겠느냐?"

· ◆ ·

낙안봉에 오른 백천이 슬그머니 청명을 돌아보았다.
"아이고. 다리야."
청명은 주변을 두리번거리더니 나무 그루터기를 찾아 앉았다. 모양새가 영락없는 노인이다.
'어린 녀석이.'
하는 짓을 보면 중늙은이가 따로 없다. 하지만 지금은 그런 걸 지적할 상황이 아니다.
"시간 내 줘서 고맙다."
"별말씀을요. 그래도 사숙인데."
알긴 아니 다행이다.
"그런데 무슨 일로? 이 으슥한 곳으로 불러내는 걸 보니 습격이라도?"
……안 지 얼마 되지도 않은 놈이지만, 백천은 때때로 이놈의 머리를 열어 보고 싶었다. 대체 머릿속에 뭐가 들어 있으면 이런 말을 아무렇지도 않게 하는 걸까?
"너와 진금룡의 비무는 봤다."
"그 몸으로 고생하셨네요."
"압도적이더군."
"별말씀을."
백천은 아무 말 없이 청명을 가만히 바라보다가 한참이 지난 뒤에야 다시 입을 열었다.
"네 사숙들도 모두 꽤 동요하고 있다. 처음에는 그저 좋기만 했던 모양이지만, 이제는 심사가 복잡한 모양이다."
그렇겠지. 눈이 있는 이상 청명의 무위는 부정할 수가 없다. 그리고 삼대제자들 역시 눈에 띄게 강해진 게 사실이다.

그들은 사숙으로서 삼대제자를 이끌어야 한다. 그런데 까딱하다가는 삼대제자들이 그들보다 강해질지도 모르니 어찌 심란하지 않겠는가? 아니, 어쩌면 이미 삼대제자들은 그들보다 강해졌을지도 모른다.

"그래서 하고 싶은 말씀이?"

"강해지고 싶다."

"……호오."

백천이 단호한 눈으로 청명을 바라보았다.

"네가 알지는 모르겠지만, 사숙으로서 네게 이런 말을 하는 게 그리 쉬운 일은 아니다."

"충분히 이해해요."

새파란 어린애들에게 사숙이니 사숙조니 굽실거리고 다니는 청명이 아니면 누가 백천의 심정을 이해하겠는가?

'속 터지지, 그거.'

청명은 처음으로 백천에게 약간이나마 동질감을 느꼈다.

"하지만 아무리 생각해 봐도 이게 최선인 것 같다. 내가 사숙들을 못 믿는 건 아니지만, 그분들께 배울 수 있는 것과 네게 배울 수 있는 건 다를 테니까."

청명이 심드렁한 얼굴로 백천을 바라보았다.

"그러니까, 자존심이고 뭐고 다 내려놓으실 테니까, 본인을 포함한 이대제자들을 저보고 가르치라는 말씀?"

"말하자면 그렇다."

청명이 피식 웃었다.

"제가 왜 그래야 하죠?"

그 대답이 뜻밖이었는지, 백천은 말을 잃고 멍하니 청명을 바라보았다.

"귀찮기만 하고 딱히 얻을 것도 없는데, 제가 굳이 그런 수고스러움을 감수할 필요는 없을 것 같은데요."

"……나는 너의 사숙이다. 우리는 동문이 아니더냐?"

"그래서 사숙은 없는 시간 쪼개서 삼대제자들의 수련이라도 봐주신 모양이죠?"

백천이 입을 닫았다. 이 말이 나와 버리면 할 말이 없다. 확실히 그는 삼대제자들의 수련에 딱히 신경을 써 본 적이 없다. 그건 운검의 역할이라고 생각했으니까.

"하지만 너는 이미 삼대제자들의 수련을 봐주고 있지 않으냐?"

"왜일까요?"

청명이 되물어 오자 백천이 뭔가 말을 하려다 입을 닫았다.

왜일까? 왜일까……. 그 이유는 너무도 간단하다. 삼대제자들은 청명의 수하나 다름없기 때문이다. 지금이야 귀찮고 짜증 나지만, 잘 키워 놓으면 나중에는 손가락 하나 까딱하지 않고 살 수 있을 것이다. 백천이 한숨을 푹 내쉬었다.

"머리를 숙이라는 이야기구나."

"에이. 태연한 얼굴로 사람 패륜아 만드시네요. 제가 설마 그런 말을 하겠어요?"

말을 안 해도 알아서 기라는 뜻이다. 백천은 이런 말을 또 찰떡같이 알아듣는 자신이 싫었다.

"……그, 그래도 화산의 법도가 있거늘."

"사숙."

"응?"

청명이 태연하게 말했다.

"삼대제자들 수련하는 것 보셨죠?"

"……봤지."

거의 사람을 솔방울 굴리듯이 굴리더만. 그러고도 살아 있다는 게 대단한 거지. 대단하고말고.

"제가 사숙들을 그리할 수 있을 것 같아요?"

이에 대한 정확한 대답은 '너는 물론 그러고도 남을 놈이지만, 남의 눈을 봐서 참는 거겠지.'에 가깝다. 하지만 백천은 화법을 아는 이었다.

"어렵겠지. 그래도 네가 나름 예의가 있는 놈이니까."

"그렇죠, 그렇죠."

그렇긴 개뿔이.

청명이 태연자약하게 어깨를 으쓱했다.

"그래서 안 돼요. 사형들까지는 어떻게 해 볼 수 있는데, 사숙들은 제가 어떻게 할 수가 없어요. 그랬다가는 사숙조들이 저를 가만두지 않을걸요?"

백천이 가만히 청명을 바라보았다.

'할 수는 있다는 거로군.'

이런저런 문제가 있다는 말을 할 뿐, 불가능하다는 말은 하지 않는다.

"그럼 그 모든 걸 해결하면 강하게 만들어 줄 수는 있다는 뜻이겠지?"

"눈으로 보지 않으셨나요?"

봤다. 그렇기에 이곳에 온 것이다. 백천이 깊게 한숨을 내쉬었다.

청명은 화산의 삼대제자를 가르쳐 종남의 삼대제자를 꺾었고, 제 손으로는 종남의 이대제자와 진금룡을 꺾었다. 화산의 이대제자들이 손도 대 보지 못한 그들을 말이다.

백천이 입술을 질끈 깨물고는 말했다.

"그건 우리가 해결하마."

"어떻게요?"

"교육을 받는 동안 우리는 너의 사숙이 아니다. 가르침을 받는 이는 오로지 제자일 수밖에 없지. 스승으로 너를 존중하겠다."

"호오."

청명이 흥미롭다는 듯 백천을 보더니 이내 다시 고개를 내저었다.

"그거로는 안 되죠."

"……왜?"

"수련이 끝나고 욕하면 제가 방법이 없잖아요."

순간 당황한 백천이 멍한 얼굴로 말했다.

"아니, 우리가 그렇게 저열하지는……."

"수련 하루만 받아 보면 말이 달라질걸요? 사형들도 처음에는 안 저랬어요."

백천이 할 말을 잃고 청명을 바라보다 물었다.

"그, 그럼 어떻게 해야 하느냐?"

"하려면 확실하게 해야죠."

청명이 손가락을 튀겼다.

"배우고 싶으면 수련 시간이고 뭐고 할 것 없이 제대로 숙이세요. 그럼 저도 노력해 보죠. 하지만 그게 안 되면 아무것도 못 해 드려요. 저도 살아야죠."

백천은 깊은 고민에 빠졌다. 하지만 그 고민은 결코 길지 않았다.

'내게 남은 자존심이 있던가?'

사질에게 고개를 숙이는 건 치욕적인 일이다. 하지만 무인이 약하다는 건 더 큰 치욕이다. 그리고…….

'나도 언젠가는 그 검을 펼쳐 보고 싶다.'

진금룡을 무너뜨렸던 그 검. 화산의 검이 그의 뇌리에서 사라지지 않는다.

"좋다."

백천이 단호하게 대답했다.

"지금 이 순간부터 너는 이대제자의 사질이 아니다. 호칭은 사질일지 몰라도 이대제자 중 누구도 너를 지위로 누르려는 시도는 하지 않을 것이다. 내가 내 이름을 걸고 보장한다."

'낚았다.'

청명의 입가에 흐뭇한 미소가 어렸다. 안 그래도 이것들을 어떻게 낚아 볼까 고민했는데, 제 발로 그물로 뛰어들어 주는 물고기라니. 어찌이리 기특한가.

"진짜요?"

"그렇다!"

"확실하죠?"

"그렇다니까!"

"어, 그래. 그럼 내일 아침에 다들 모여서 나와."

"……."

"왜?"

"아, 아니. 아무것도."

백천은 뒤늦게 자신이 뭔가 큰 실수를 했단 걸 깨달았다.

다음 날 새벽.

"……사형. 저분들이 왜 저러고 계십니까?"

"글쎄."

그걸 나한테 묻는다고 무슨 답이 나오겠냐?

화산의 삼대제자들은 새벽 달빛을 받으며 어슬렁어슬렁 기어 나오는 이대제자들을 보며 살짝 몸을 떨었다.

화산은 워낙 높은 산에 있다 보니 겨울이 지나도 새벽 공기는 차갑다. 입에서 새하얀 김을 줄기줄기 뿜으며 걸어 나오는 이대제자들의 모습은 전장으로 나가는 장수의 모습을 방불케 했다.

"오늘 저희 죽는 겁니까?"

"……그런 건 아닌 것 같은데."

이윽고 이대제자들이 모두 나와 삼대제자들의 건너편에 도열했다. 그리고 마지막으로 백천이 느릿하게 걸어 나와 가장 앞에 섰다.

"다 왔나?"

"예, 사형!"

"그래."

백천이 가볍게 고개를 끄덕이고는 이대제자들을 둘러보았다. 그는 나직하게 한숨을 짓더니 먼 하늘로 시선을 돌렸다.

'설마.'

'아니겠지.'

그때, 백매관의 문이 벌컥 열리고 청명이 늘어지게 하품을 하며 나왔다.

"아우. 잠은 왜 항상 자도 자도 부족한 걸까?"

그럼 좀 자지. 말은 그렇게 하면서 어떻게 하루를 안 빼먹고 매일 나오냐? 매일!

터덜터덜 걸어 나온 청명이 윤종에게 다가왔다. 그러자 윤종은 기다렸다는 듯 잽싸게 청명 옆에 바짝 붙었다.

"청명아. 저분들은 왜 나오신 거냐?"

"아, 사숙들."

"그래, 사숙들!"

"사형."

청명이 돌연 손을 뻗어 윤종의 어깨를 감싸더니 다정하게 말했다.

"그동안 고생이 많았어."

뭐래? 갑자기.

"그동안 사형들이 사숙들에게 얼마나 치였는지 내가 아주 잘 알고 있지."

그런 적 없거든? 우리가 치였으면 너한테 치였지, 갑자기 사숙들은 왜 끌고 들어오냐!

"하지만 이제는 안심해도 돼. 오늘부터는 수련 시간만은 만민이 평등한, 아름다운 세상이 열릴 테니까."

"모두가 평등한 곳?"

"그렇지."

"혹시 거기를 지옥이라고 하는 거냐?"

"……어? 그럴싸한데?"

윤종이 얼굴을 일그러뜨렸다.

'결국은 백자 배마저.'

이놈의 마수는 끝을 모르고 뻗는다. 삼대제자들을 지옥으로 몰아넣은 지 얼마나 됐다고, 이제는 이대제자마저 자신의 손아귀에 틀어쥐었단 말인가?

'화산이 어찌 되려고.'

윤종이 못내 치밀어 오르는 서글픔을 누르는 동안, 청명이 중앙으로 가서 섰다.

"새벽부터 나오느라 고생했다, 제군들."

"…….."

"다들 이렇게 '자발적'으로 훈련에 동참해 주다니 이 교관은 무척이나 감동했다."

'양심도 없는 새끼!'

'쉬는 사람한테 쌍욕 쳐 가며 훈련하라고 할 때는 언제고! 태상노군이 천벌을 내릴 놈!'

삼대제자들은 입술을 질끈 깨물었지만, 의외로 이대제자들은 별 반응을 보이지 않았다.

"수련은 힘들어야 수련이다. 하고 나서 개운하고 보람차면 수련이라고 할 수 없지. 수련이 끝나는 순간 욕이 나오고, 젓가락을 들 힘이 없어서 식판에 얼굴을 처박을 지경이 되어야 진짜 수련이라고 할 수 있다!"

가공할 논리가 설파되어 가기 시작했다.

"강해지는 데는 왕도가 없다. 오로지 최선을 다해 구르고 구르는 것만이 강해질 수 있는 유일한 방법이다. 본 교관을 믿고 따라온다면 여러분은 강해질 것이다. 알겠습니까?"

윤종이 얼굴을 확 일그러뜨렸다.

'아니, 아무리 그래도 사숙들한테……. 사숙들, 부디 참지 마시고 따끔하게……!'

그 순간이었다.

"예에에에에에에엣!"

이대제자 쪽에서 우렁찬, 과도하게 우렁찬 대답이 터져 나왔다. 삼대제자들이 화들짝 놀라 주춤 물러섰다.

"뭐, 뭐야?"

"왜 저래?"

동생뻘도 안 되는 사질에게 가르침을 받는다는 건 껄끄러운 일일 수 있다. 하지만 지금 이대제자들에게 그런 건 문제도 아니었다.

'삼대제자들한테 뒤처지면 개망신이다!'

청명에게 교육을 받는 건 수치스러운 일이지만, 삼대제자보다 약해진다는 건 아예 혀 깨물고 죽어야 할 일이다. 그런데 그 일이 실제로 벌어지고 있다. 지금이야 어찌어찌 해 볼 수 있겠지만, 몇 년만 지나면 정말 이대제자는 삼대제자의 보호를 받는 처지로 전락할지도 모른다. 한두 사람도 아닌 삼대제자 전체보다 약해진다면 대체 어디서 위엄을 되찾아야 한단 말인가?

'절대로 그 꼴만은 볼 수 없어.'

'차라리 내가 혀를 깨물고 죽고 말지.'

이대제자들의 눈에 핏발이 섰다. 때로는 불순한 동기가 사람의 의욕을 불태우는 법이다. 아니, 정확하게 말하면 불순한 동기일수록 더 큰 의욕을 불러일으키는 경우가 많다. 강함에 대한 순수한 열망만으로는 이렇게까지는 하지 못했을 것이다. 지금 이대제자들의 등을 떠미는 것은 자존심과 불안함이었다. 그리고 마지막으로……

'방법은 모르겠지만, 우리도 저놈한테 배우면 종남의 이대제자를 이길 수 있다는 거겠지.'

'아니, 어쩌면 그 이상이 될 수 있을지도 모른다.'

'강호에서 무시당하느니, 차라리 여기에서 무시당하고 강호에 나가서 떵떵거리는 게 백 배는 낫다!'

'구른다!'

이대제자들의 초롱초롱한 눈빛을 받으며 청명이 크으 감탄사를 내뱉었다.

"이거지, 이거!"

저 배움을 갈구하는 눈빛!

금덩이를 떠다 입에 물려 줘도 자꾸 뱉어 내려고 하는 삼대제자들만 상대하다가 배움에 대한 열정이 가득한 이대제자들을 보고 있으니 절로 마음이 뿌듯해졌다. 물론 삼대제자들도 원래부터 반응이 저리 풍하지는 않았었지만, 청명이 그런 것을 생각할 리가 없었다.

"자, 그럼."

청명이 입꼬리를 확 말아 올렸다.

"뭐든 기초가 중요하지. 근력 운동부터 시작해 볼까, 사형들? 뭐 해? 사숙들에게 근력 운동 하는 법을 알려 줘야지."

그 말에 삼대제자들의 입꼬리도 슬그머니 말려 올라갔다.

"그렇지. 그래야지."

"아암. 내가 최선을 다해 알려 드려야지."

삼대제자들도 '어디 니들도 한번 당해 봐라' 하는 심정으로 두 눈에 핏발을 세웠다.

'이게 좋은 건 줄 아셨지?'

'한번 해 보면 곡소리가 석 달 열흘은 갑니다. 제가 아주 제대로 곡하게 만들어 드립죠!'

삼대제자들이 음흉한 미소를 지으며 기구(?)를 들고 다가오자 이대제자들이 불안한 눈빛으로 흠칫 물러났다. 하지만 의외로 그 상황에서 앞으로 나오는 이가 있었다.

청명은 자신의 앞에 선 사람을 보며 고개를 갸웃했다.

"응? 또 왜?"

"배우려고."

"저기 다른 애들한테 배워."

"나한테는 아무도 안 와."

"……어?"

청명이 유이설을 보며 고개를 갸웃했다.

"아니, 왜 아무도……. 사형들 뭐 해?"

청자 배들은 청명의 말을 듣고도 그저 먼 새벽하늘을 바라볼 뿐이었다.

"어색하면 그냥 여제자……. 잠깐만. 그러고 보니 왜 청자 배에는 여자가 없지? 왜 다 남자야? 백자 배에는 사고들이 저리 많은데."

청명이 윤종을 돌아보며 물었다.

"아니, 사형. 청자 배는 남자만 골라 받았어? 이러니까 백매관 들어가면 칙칙하고 분위기가 우울한 거 아냐. 왜 여제자를……."

"청명아."

윤종이 피눈물이라도 흘릴 것 같은 얼굴로 말했다.

"세상에는 건드리지 말아야 할 부분이라는 게 있는 거다."

잠깐 침묵하던 청명이 한참 윤종을 바라보다 고개를 숙였다.

"내가 잘못했다. 사과합니다. 용서해 줘."

"……주의해 줘."

"그럴게."

깔끔하게 사과를 마친 청명이 떨떠름한 시선으로 유이설을 바라보았다.

"나는 여자라고 봐주는 것 없어."

"바라던 바야."

"울고불고해도 절대 안 봐준다."

"그럴 일 없어."

찰거머리도 이런 찰거머리가 없다.

"대신 하나 약속해 줘."

"뭘?"

"이걸 버텨 내면 나도 검으로 매화를 피울 수 있는 거지?"

"다들 이상한 소리를 하네."

청명이 굳은 얼굴로 말했다.

"사숙들, 그리고 사형들이 화산의 제자라면 매화를 피우는 걸 목표로 삼아서는 안 돼. 그건 그저 과정일 뿐이야. 목표로 삼아야 하는 건 '완성'이다."

"완성……."

"뭐, 그렇지. 그럼……."

청명이 어깨를 으쓱했다.

"일단 개화를 위한 토대부터 만들어 보자. 시작해!"

이대제자들이 기구를 둘러메는 것을 보며 그는 사악한 미소를 지었다.

'예전에는 내 실력만 신경을 쓰고 사형들의 무공을 봐주지 못했지.'

그때는 그게 당연하다고 여겼지만, 이제는 아니다. 과거 십만대산에서 느끼지 않았던가? 결국 화산이 맞서야 할 상대는 단 한 명의 절대 강자가 아니라 다른 문파다. 혼자서 할 수 있는 일에는 한계가 있다.

그런데 언젠가 이들이 강해져 청명의 뒤를 받쳐 줄 수 있게 된다면?
"크흐흐흐. 다 뒈지는 거야. 강호일통이다. 내가 소림 그 빡빡이들 머리에 매화를 그려 주지."
뭔가 듣지 말아야 할 것을 들었다고 생각한 화산의 제자들이 눈을 감고 고개를 돌렸다.

"흐음."
운검은 먼 곳에서 수련에 열중하는 화산의 제자들을 바라보며 기분 좋게 웃었다.
'이제는 백자 배까지인가.'
하긴, 그럴 수밖에 없을 것이다. 그들도 본 것이 있고 느낀 것이 있을 테니까.
운검은 어제 있었던 장문인과의 대화를 떠올렸다.
– 내버려 두거라.
장문인은 그리 말했다.
– 어차피 우리 품으로는 안을 수 없는 아이다. 이끌겠다고 간섭하는 것이 오히려 그 아이의 길을 방해할 수도 있다. 우리는 낡았다. 그리고 저무는 해다. 우리가 해야 할 일은 그 아이들의 길이 빛날 수 있도록 거름이 되어 주는 일이다. 내버려 두거라. 그 아이의 안에 도(道)가 있으니 결코 나쁜 길로 빠지지는 않을 것이다.
괜히 궁금한 것이 있다고 이리저리 찔러보다가 아이가 경계하게 만들지 말라는 의미다. 운검도 그 사실에 동의했다. 청명이 피워 낸 매화라든가, 그 이해할 수 없는 실력, 그리고 불분명한 출신까지. 궁금한 것은 너무도 많았지만, 굳이 물어보고 싶지는 않았다.
'도(道)라.'
도는 그저 흘러가는 것. 그리고 품는 것이다. 청명이 어떤 아이든 그가 화산의 제자인 이상 품지 못할 이유가 없었다. 도란 더없이 넉넉한 것이니까.

그보다…….

'나도 한번 배워 볼까?'

한참 아이들을 바라보던 운검이 쓴웃음을 지으며 몸을 획 돌려 버렸다.

'욕심이지. 욕심이야.'

강해질 수만 있다면 사손의 지시에 따라 바닥을 구르는 게 무어가 대수겠냐마는 운검도 사실은 알고 있다. 그는 이제 나이가 있어 다른 방식으로 강해지는 것이 어렵다는 것을. 그나마 백자 배가 아직은 성장할 수 있는 나이인 걸 다행으로 알아야 한다.

'그렇다고 손 놓고 있을 수는 없지.'

아이들이 저리 노력하는데 스승 된 입장에서 어찌 게으름을 피우겠는가. 저 가르침은 청명에게 맡겨 두더라도, 그가 알려 줄 수 있는 부분은 최대한 가르쳐야 한다.

"화산은 강해지겠지."

종남이 끝이 아니다. 청명이 오고부터 화산은 완전히 달라졌다. 운검 역시 최근에야 자신이 그저 흘러가는 대로 몸을 맡기고 있었을 뿐이라는 것을 알아챘으니까.

이제는 일대제자는 물론이고 장로들도 분위기가 바뀌었다. 적어도 저 아이들에게 짐이 되어서는 안 된다. 할 수 있는 모든 것을 해 저 아이들에게 도움이 되어야 한다.

그리고…… 언젠가 저 아이들이 자신들의 무학을 완성하는 날이 온다면, 천하는 천하제일검문을 논했던 화산의 재림을 보게 될 것이다. 아직은 조금 먼 이야기지만 말이다.

운검이 고개를 슬쩍 돌렸다.

"허리를 펴지 말고 수련하란 말이야, 허리를! 아직 숨 쉴 힘이 남아 있으면 수련하는 데는 문제가 없어! 뭐? 괜찮아! 괜찮아! 안 죽어, 안 죽어! 내가 살면서 싸우다가 죽었다는 놈 이야기는 들어 봤어도 수련하다 죽었다는 놈은 본 적이 없어!"

운검이 몸을 부르르 떨었다.

"주화입마? 주우화아입마아아아? 아이고. 얼마나 고절한 무학을 익히셨기에 주화입마를 걱정하세요? 내가 그 무학 수준 한번 봐야 할 것 같은데? 나와! 주화입마로 죽는 게 빠른지, 대가리가 깨지는 게 빠른지 한번 보자!"

우르르 달려들어 청명을 말리는 삼대제자들을 보면서 운검이 겸연쩍은 얼굴로 먼 하늘을 바라보았다.

'어쩌면 그리 멀지 않았을지도 모르겠군.'

◆ ◈ ◆

청명은 연화봉에 올라 가만히 하늘을 올려다보았다. 이제는 딱히 무학을 숨길 필요도 없지만, 그동안의 수련이 버릇이 된 건지 연화봉에 올라야 마음이 편해졌다. 한참 동안 하늘을 바라보던 청명이 고개를 돌려 발아래로 보이는 화산을 굽어보았다.

"흐음."

산 하나를 넘었다. 하지만 아직은 조금도 만족스럽지 않다.

"갈 길이 구만리네."

조급함은 화를 부른다는 것을 알면서도, 은근슬쩍 마음이 조급해진다. 지금 삼대제자들의 성취가 느린 건 아니다. 이대로만 가도 언젠가 그들은 천하의 누구도 감히 무시하지 못할 고수가 될 것이다.

하나 그것은 먼 훗날의 일. 지금 당장의 화산은 여전히 나약하고 볼품 없는 문파에 지나지 않는다.

"이게 이끈다는 거로구나."

어깨에 무거운 짐이 올라와 있는 느낌이다. 이제는 어떤 일이 생길 때마다 제자들이 본능적으로 청명을 돌아본다. 과거에도 같은 일이 수없이 있었지만, 그때 사형제들이 보내던 눈빛과 지금의 사형제들이 보내는 눈빛에는 분명한 차이가 있었다.

"사형도 힘들었겠네요."

이끄는 자의 등을 밀어 주는 것은 어렵지 않은 일이다. 하지만 누군가 밀어 준다고 해도 모두를 이끌어 가는 것은 더없이 어려운 일이었다.

과거의 청명은 자신이 화산을 이끌고 있다고 생각했다. 천하에 가장 많이 알려진 화산의 이름은 누가 뭐라 해도 매화검존이었고, 화산의 위세를 만들어 낸 것 역시 매화검존의 존재였다. 그럼 정말 청명이 화산을 이끌었는가?

'그럴 리가 없지.'

살짝 가슴이 아려 왔다. 지금 그가 알고 있는 것들을 그때도 알았더라면 어쩌면 화산의 운명은 달라졌을지도 모른다. 화산의 후예들뿐 아니라, 청명의 사형제들도 그리되지 않았을 수도 있다. 자신이 가는 곳이 사지임을 알면서도 담담히 걸어가던 그들도 말이다.

"잡생각을."

청명은 이내 머리를 흔들었다. 이미 지나간 과거일 뿐이다. 중요한 것은 과거에 사로잡히는 것이 아니라 과거를 거름 삼아 현재를 살아가는 것. 그리고 더 나은 미래로 나아가는 것이다. 그러기 위해서는…….

"무엇보다 내가 더 강해져야 한다."

과거처럼 모든 것을 잃지 않기 위해서는 그 방법밖에 없다.

청명은 알고 있다. 강호는 더없이 비정한 곳. 협의? 물론 존재한다. 의리? 그것도 물론 있겠지. 하지만 그 협의와 의리 역시 강자가 약자에게 베풀 수 있는 권한에 불과하다. 힘이 없는 자는 협의를 실천할 기회도 얻지 못하고, 감히 의리를 논할 자격도 없다.

화산의 제자들은 이미 그 비정함을 겪었다고 생각할 것이다. 화산이 몰락하는 과정에서 더없는 고통을 겪었다고 생각하겠지. 하지만 그렇지 않다. 곧 그들도 알게 될 것이다. 그들은 이 험준한 화산의 보호를 받고, 화산이 해 온 일들에 보호받고 있었음을.

그러나 그것도 이제는 끝이다. 이제 곧 화산은 천하를 향해 나아가야 한다. 그렇게 되면 지금까지 보지 못했던 강호의 비정함을 대면하게 될 것이다.

'품에 안고 싸고돌 생각은 없지만.'

그때 그들이 믿고 의지할 곳을 만들어 주어야 한다. 그게 청명이 되었든 화산이 되었든.

청명은 그 자리에 가부좌를 틀고 앉았다. 그대로 가만히 눈을 감고 내부를 관조했다.

보인다. 그의 안에 자리한 단전이 이제는 작은 과실 정도의 크기로 자라나 있었다. 예전 그의 내공에 비한다면 여전히 조족지혈에 불과하다. 하지만 불어나고 있다. 느리지만 확실하게, 그가 원했던 대로 차근차근 말이다.

화산의 무학은 정공(正功). 험난한 산을 그저 두 발로 오르고 올라야 정상에 도달할 수 있는 정직한 무학이다. 편법 따위는 없다. 그저 한 걸음 한 걸음을 쉬지 않고 걸을 뿐이다.

'나는 더 강해진다.'

과거의 매화검존이 아닌, 지금의 청명으로서 강해지고 또 강해질 것이다.

그리하여 언젠가는 '그' 천마마저 뛰어넘는다.

무의 완성을 위한 끝없이 이어지는 여정.

청명이 가만히 고개를 들어 먼 하늘을 바라보았다.

– 네 매화는 피어났느냐?

청명의 입꼬리가 가만히 말려 올라간다.

"아직이죠."

하지만…….

"언젠가는 피어날 거예요."

언젠가 청명의 검 끝에서 그만의 매화가 피어날 때, 화산뿐 아니라 온 천하가 짙은 매화 향으로 뒤덮이리라.

청명이 자리에서 벌떡 일어났다.

"걱정할 것 없어요, 장문사형."

그리고 씨익 웃었다.

"저 청명이거든요."

그건 스스로에게 하는 다짐과도 같았다. 그는 불현듯 어디선가 풍겨 온 매화 향을 맡으며 살짝 미소를 지었다.

"봄이구나."

매화가 피어난다. 코끝을 스치는 매화 향에, 청명은 조금은 가벼워진 걸음으로 산을 내려갔다. 그리고 그런 그의 뒷모습을 화산이 말없이 내려다보았다.

청명을 품은 화산이 새로운 변화로 태동하는 와중에도 시간은 그저 무심하게 흘러갔다.

피고 지고, 다시 또 피고 지고.

매화가 두 번 피고 지도록.

세월은 그저 유수처럼 흐르고 또 흘러갔다.

화산귀환 2

발행 | 2023년 6월 26일

지은이 | 비가
펴낸이 | 강호룡
펴낸곳 | ㈜러프미디어
디자인 | 크리에이티브그룹 디헌
기획 편집 | 양동은, 배희선
단행본 기획 | 이유나

출판등록 | 2020년 6월 29일
주소 | 경기도 부천시 송내대로 29 리슈빌딩 3층
전화 | 070-4007-8555
E-mail | luffmedia@daum.net
블로그 | http://blog.naver.com/luffmedia_fm

ISBN 979-11-91284-56-0 04810
　　　979-11-91284-54-6 04810(set)

해당 도서는 ㈜러프미디어와 독점 계약되었으며, 저작권법에 의해 보호받는 저작물입니다.
무단 전재와 무단 복제를 엄금합니다.